존재의 세 가지 거짓말

존재의 세 가지 거짓말

아고타 크리스토프
용경식 옮김

까치

Le Grand Cahier, La Preuve, Le Troisième Mensonge

by Agota Kristof

Copyright © Editions du Seuil, 1986, Le Grand Cahier
Copyright © Editions du Seuil, 1988, La Preuve
Copyright © Editions du Seuil, 1991, Le Troisième Mensonge
All rights reserved.
This Korean edition was published by Kachi Publishing Co., Ltd. in
2014 by arrangement with Editions du Seuil through KCC(Korea
Copyright Center Inc.), Seoul.

역자 **용경식**(龍敬植)

서울대 불어불문학과 졸업. 같은 학교 대학원 불어불문학과 석사학위
취득. 역서로는 「먼 나라 여신의 사랑과 분노」, 「배회, 그리고 여러 사
건들」, 「일반 수사학」, 「문 위에 놓아둔 열쇠」, 「연인」, 「누군가 어디
에서 나를 기다렸으면 좋겠다」 외에 다수가 있다.

존재의 세 가지 거짓말
제1부 비밀 노트, 제2부 타인의 증거, 제3부 50년간의 고독

저자 / 아고타 크리스토프
역자 / 용경식
발행처 / 까치글방
발행인 / 박후영
주소 / 서울시 용산구 서빙고로 67, 파크타워 103동 1003호
전화 / 02 · 735 · 8998, 736 · 7768
팩시밀리 / 02 · 723 · 4591
홈페이지 / www.kachibooks.co.kr
전자우편 / kachibooks@gmail.com
등록번호 / 1-528
등록일 / 1977. 8. 5
초판 1쇄 발행일 / 2014. 12. 30
   17쇄 발행일 / 2022. 12. 20

값 / 뒤표지에 쓰여 있음

ISBN 978-89-7291-574-4 03860

이 도서의 국립중앙도서관 출판예정도서목록(CIP)은 서지정보유통지원시스템 홈페이
지(http://seoji.nl.go.kr)와 국가자료공동목록시스템(http://www.nl.go.kr/kolisnet)에서
이용하실 수 있습니다. (CIP 제어번호 : CIP2014036764)

차례

제1부
비밀 노트

할머니 집에 가다

우리는 대도시에서 왔다. 밤새 여행한 것이다. 엄마는 눈이 빨개졌다. 엄마는 커다란 골판지 상자를 들었고, 우리는 각자 작은 옷가방을 하나씩 들었다. 아버지의 대사전은 너무 무거워서 우리 둘이 번갈아 가며 들었다.

우리는 한참을 걸었다. 할머니 집은 역에서 멀리 떨어져 있다. 소도시의, 역의 반대쪽 끝에 있다. 거기에는 궤도 전차도, 버스도, 자동차도 없다. 군용 트럭들만 오갈 뿐이다.

지나다니는 사람들도 거의 없어서, 마을은 무척 조용했다. 우리는 우리의 발자국 소리를 들으며 말없이 걸었다. 엄마는 우리 둘 사이 한가운데에서 걸었다.

할머니 집 정원의 문 앞에서 엄마가 말했다.

"여기서 기다려."

우리는 조금 기다리다가, 정원으로 살며시 들어가 집 주위를 돌아보았다. 말소리가 들려오는 창 아래에 쭈그리고 앉아 있자니, 엄마 목소리가 들렸다.

"이제 우리 집에는 먹을 게 아무것도 없어요. 빵도, 고기도, 채소도, 우유도. 아무것도. 저 애들을 먹여 살릴 수가 없어요."

다른 목소리가 들렸다.

"오, 그래서, 내 생각이 나셨군. 십 년 동안이나 너는 날 잊고 살았지. 단 한번도 오지 않고, 편지도 한 장 안 썼어."

엄마가 말했다.

"왜 그랬는지 잘 아시잖아요. 저는 아버지를 좋아했어요."

다른 목소리가 말했다.

"그래, 이제야 너한테도 어미도 있다는 게 생각났다는 말이로구나. 네가 아쉬우니까 내 생각이 나든?"

엄마는 말했다.

"제게 뭘 해달라는 게 아니에요. 저는 단지 제 아이들이 전쟁 중에 살아남게만 해달라는 거예요. 대도시에는 밤낮없이 폭격이 이어지고, 먹을 것도 없어요. 사람들은 아이들을 다 시골로 보내고 있어요. 친척집이든, 낯선 집이든 닥치는 대로요."

다른 목소리가 말했다.

"너도 낯선 집 아무 데나 보내면 되겠구나."

엄마가 말했다.

"저 애들은 엄마 손자들이에요."

"내 손자라고? 난 손자 같은 거 몰라. 애들은 몇이나 되냐?"

"둘, 사내아이 둘이에요. 쌍둥이예요."

다른 목소리가 물었다.

"다른 애들은 어쨌니?"

엄마가 되물었다.

"다른 애들이라니요?"

"암캐들은 한 번에 네댓 마리씩 새끼를 낳잖니. 그중 한두 마리만 건지고, 나머지들은 물에 빠뜨려 죽이고."

다른 목소리가 큰 소리로 웃는다. 우리 엄마는 아무 말도 않았고, 다른 목소리가 물었다.

"그 애들에게도 아빠는 있겠지? 넌 내가 알기로는 결혼도 안 했어. 난 네 결혼식에 초대받은 적도 없고."

"전 결혼했어요. 애들 아빠는 전쟁에 나갔어요. 저는 여섯 달째 그 이 소식을 못 들었어요."

"그러면 너는 벌써 남편을 잊었겠구나."

다른 목소리가 다시 웃었고, 엄마는 울었다. 우리는 문 앞으로 돌아갔다.

엄마는 한 늙은 여자와 함께 집에서 나왔다.

엄마가 우리에게 말했다.

"이분이 너희 할머니야. 전쟁이 끝날 때까지만 할머니 집에서 지내도록 해."

우리 할머니가 말했다.

"전쟁은 오래갈 거다. 하지만 나는 저 애들에게 일을 시키면 되니까, 걱정 마라. 여기선 공짜로 먹여줄 수는 없다."

엄마가 말했다.

"제가 돈을 부쳐드릴게요. 애들 옷은 가방 속에 있어요. 그리고 상자 안에는 덮을 것들이 있고요. 애들아, 말 잘 들어야 해. 엄마가 편지할게."

엄마는 우리를 껴안고 눈물을 흘리더니 가버렸다.

할머니는 또 큰 소리로 웃더니 우리에게 말했다.

"덮을 것들이라고! 흰 셔츠에 에나멜 구두라! 내, 너희들에게 사는 법을 가르쳐주지, 내가!"

우리는 할머니에게 혀를 날름했다. 할머니는 무릎을 치면서 또다시 큰 소리로 웃어댔다.

할머니 집

　할머니 집은 소도시의 맨끝 동네에서도 5분쯤 더 걸어간 곳에 있다. 그 앞으로는 흙먼지만 이는 길이 이어지다가 그나마도 울타리로 막혀 있다. 더 이상은 갈 수 없는 곳으로, 거기에는 군인이 보초를 서고 있다. 그는 기관총과 쌍안경을 가지고 있으며, 비가 올 때는 초소에 들어간다. 우리는 나무들로 가려져 있는 그 울타리 너머에 비밀 군사기지가 있고, 그 기지 앞에는 국경선과 다른 나라가 있다는 것을 알고 있다.

　할머니 집을 둘러싸고 있는 정원 안쪽으로 개울이 흐르고 그 다음은 숲이다.

　정원에는 온갖 채소와 과일나무들이 있다. 한구석에는 토끼장, 닭장, 돼지우리, 염소우리가 있다. 우리는 가장 뚱뚱한 돼지 등에 겨우 올라타기는 하지만, 오래 머물 수는 없다.

　채소, 과일, 토끼, 오리, 병아리 따위를 할머니는 시장에 내다판다. 그뿐만이 아니라 달걀, 오리 알, 치즈도 가지고 간다. 돼지들은 정육점에 파는데, 정육점 주인은 그것을 돈을 주고 사기도 하고, 햄이나 소시지를 주고 사기도 한다.

　도둑을 지키는 개도 한 마리 있고, 생쥐나 들쥐를 잡는 고양이도 한 마리 있다. 그 녀석에게는 먹을 것을 줘서는 안 된다. 항상 배가 고프게 내버려둬야 쥐를 잘 잡으니까.

할머니는 길 건너편에 포도밭도 가지고 있다.

집 안으로 들어가려면 넓고 따뜻한 부엌을 거쳐야 한다. 장작을 지피는 아궁이에는 하루 종일 불이 훨훨 타고 있다. 창문 가까이에는 커다란 탁자와 장의자가 하나씩 있다. 우리는 그 장의자 위에서 잠을 잔다.

그 부엌 안에 있는 문을 통해서 할머니 방에 갈 수 있지만, 할머니는 항상 그 문을 잠가둔다. 저녁마다 할머니만 그 방에 들어가서 잠을 잔다.

다른 방이 하나 더 있는데, 그 방은 부엌을 지나지 않고 정원에서 바로 들어갈 수 있다. 그 방은 외국인 장교가 쓰고 있다. 그 문도 항상 잠겨 있다.

지하에는 먹을 것이 잔뜩 들어 있는 창고가 있고, 지붕 아래에는 다락방이 있는데, 우리가 사닥다리를 톱으로 잘라놓는 바람에 할머니는 떨어져서 다쳤다. 그 뒤로는 할머니는 다락방에 올라가지 않는다. 다락방 입구는 장교의 방문 바로 위에 있고, 우리는 밧줄을 타고 거기로 올라간다. 우리가 이 작문 노트와 아버지의 사전과 또 우리가 감춰야 하는 물건들을 두는 곳이 바로 이 다락방이다.

우리는 곧 어느 문이나 열 수 있는 만능 열쇠를 만들었고, 다락방 마룻바닥에 구멍 몇 개를 뚫었다. 만능 열쇠 덕분에 집에 아무도 없을 때면, 우리는 어디나 마음대로 돌아다닐 수 있고, 구멍들 덕분에 할머니나 장교가 자기들 방에서 무엇을 하는지 몰래 관찰할 수가 있다.

할머니

할머니는 엄마의 엄마이다. 우리는 할머니 집에 오기 전까지는 우리 엄마에게 아직도 엄마가 살아 있다는 사실을 몰랐다.

우리는 그녀를 할머니라고 부른다.

사람들은 그녀를 마녀라고 부른다.

그녀는 우리를 '개자식들'이라고 부른다.

할머니는 키가 작고 말랐다. 검은색 삼각형 숄을 머리 위에 쓰고 있다. 옷들은 진한 회색이다. 할머니는 낡은 군화를 신고 있다. 날씨가 좋으면 맨발로 걸어다닌다. 얼굴은 주름투성이에 흑갈색 반점과 사마귀가 있고, 그 사마귀 위에는 털까지 나 있다. 이는 하나도 없다. 적어도 밖으로 보이는 이는 하나도 없다.

할머니는 목욕을 생전에 해본 적이 없다. 음식을 먹거나 마신 뒤에는 숄의 한 귀퉁이로 입가를 닦는다. 할머니는 속바지를 입지 않는다. 오줌이 마려우면, 있던 자리에 그대로 멈춰 서서, 다리를 벌리고 치마 아래로 싸버린다. 물론 집 안에서 그런 짓을 하는 적은 없다.

할머니는 결코 옷을 벗지 않는다. 우리는 저녁마다 할머니의 방을 들여다본다. 할머니는 치마를 벗지만, 그 속에는 또다른 치마가 있다. 웃옷도 벗지만, 그 속에는 또다른 옷이 있다. 할머니는 그렇게 입은 채로 잔다. 숄도 머리에 두른 채로.

할머니는 말을 거의 하지 않는다. 저녁때 외에는. 저녁이면 선반 위에서 술병을 꺼내 병째로 마신다. 곧이어 뭐라고 말을 하기 시작하는데, 우리는 무슨 소리인지 알아들을 수가 없다. 그것은 외국 군인들이 쓰는 말도 아니다. 그것은 사뭇 낯선 말이다.

이 알 수 없는 말로, 할머니는 혼자 묻고 혼자 답한다. 이따금씩 웃기도 하고, 화를 내기도 하고, 소리를 지르기도 한다. 거의 매번 끝에 가서는 울음을 터뜨리고, 비틀비틀 방으로 가서 침대에 쓰러진다. 그런 날이면 우리는, 밤늦게까지, 오랫동안 할머니의 우는 소리를 들어야 한다.

노동

우리는 할머니를 위해서 무엇인가 일을 하지 않으면 안 된다. 그렇지 않으면 할머니는 우리에게 먹을 것을 주지도 않고, 밤이 되어도, 집에 들여보내주지도 않는다.

처음에 우리는 할머니 말을 듣지 않았다. 우리는 정원에서 자고, 생채소와 과일로 끼니를 때웠다.

아침마다 해가 뜨기도 전에 우리는 할머니가 집을 나가는 것을 본다. 할머니는 우리에게 아무 말도 하지 않는다. 할머니는 가축들에게 먹이를 주고, 염소젖을 짠 다음, 염소들을 냇가로 몰고 가서 나무에 묶어둔다. 그리고 나서 물을 주고 생채소와 과일을 따서 손수레에 싣는다. 손수레에 달걀이 가득 든 바구니도 싣고, 토끼와 다리들을 서로 묶은 닭들이나 오리들을 가둔 작은 가축 우리도 싣는다.

할머니는 그 손수레를 밀면서 시장으로 간다. 할머니는 자신의 가느다란 목에 걸려 있는 손수레의 가죽끈 때문에 머리가 자꾸 수그러진다. 할머니는 그 무게를 못 이겨 비틀거린다. 울퉁불퉁한 길 바닥을 메운 자갈들 때문에 균형을 잃곤 하지만, 오리처럼 뒤뚱거리면서도 열심히 걷는다. 시내로 해서 시장까지 걸어가는데, 단 한번도 손수레를 놓고 쉬었다 가는 법이 없다.

시장에서 돌아오면, 할머니는 팔다 남은 채소로는 수프를 끓이고, 과일로는 잼을 만든다. 할머니는 요기를 한 뒤, 포도밭으로 가서 한 시간쯤 낮잠을 잔다. 그러고 나서 포도밭 일을 하거나, 할 일이 없을 때는 집으로 다시 돌아와서 장작을 패고, 가축들에게 한 번 더 먹이를 주고, 염소젖을 짜고, 숲으로 가서 버섯을 따고, 마른 나뭇가지들을 주워온다. 치즈를 만들고, 버섯과 강낭콩을 말리고, 다른 채소들로 병조림을 만들고, 밭에 다시 물을 주고, 물건들을 지하창고에 옮겨다 놓고, 그런 식으로 날이 저물도록 계속 일을 한다.

우리가 온 지 엿새째 되는 날, 할머니가 집을 나설 때, 우리는 밭에 물을 주고 있었다. 우리는 할머니의 손에서 돼지먹이가 든 무거운 통을 빼앗아 들었고, 염소들을 냇가로 몰고 갔으며, 할머니가 손수레에 물건 싣는 일을 도왔다. 할머니가 시장에서 돌아왔을 때, 우리는 장작을 패고 있었다.

저녁을 먹으면서 할머니가 말했다.

"이제 뭘 좀 안 모양이구나. 지붕 아래서 자고 배불리 먹으려면 그 정도 일은 해야지."

우리는 말했다.

"그게 아니에요. 일하는 게 힘들긴 하지만, 일도 하지 않으면서 일하는 사람을 구경만 하는 것은 더 힘들어서 그래요. 더구나 노인이 일하는 것을 보는 것은 말이에요."

할머니가 비웃었다.

"개자식들! 내가 불쌍하게 보인다 이 말이구나?"

"아니에요, 할머니. 우리는 다만 우리 자신이 부끄러웠을 뿐이에요."

오후에 우리는 숲으로 나무를 하러 간다.

그후 우리는 우리가 할 수 있는 일은 무엇이든 다 한다.

숲과 개울

숲은 엄청나게 넓은데, 개울은 아주 작다. 숲으로 들어가기 위해서는 개울을 건너야 한다. 개울에 물이 적을 때, 우리는 징검다리로 뛰어 건널 수 있다. 그러나 이따금씩 비가 많이 오면, 물은 우리 허리까지 차오르고 더구나 차가운 흙탕물이 되기도 한다. 우리는 폭격으로 부서진 집 주변에 널려 있는 판자들과 벽돌들을 가지고 다리를 만들기로 했다.

우리가 만든 다리는 튼튼했다. 우리는 다리를 할머니에게 보여주었다. 할머니는 다리를 건너보고는 말했다.

"아주 좋아. 하지만 숲속으로 너무 깊이 들어가서는 안 돼. 국경 근처로 가면 군인들이 총을 쏠지도 몰라. 특히 길을 잃지 않도록 조심하고, 내가 너희를 찾으러 돌아다니는 일은 없을 테니까."

다리를 만들면서 우리는 물고기들을 보았다. 그것들은 큰 돌덩이 밑이나, 나뭇가지가 늘어져서 개울가에까지 닿아 덤불을 이룬 곳에 숨어 있다. 우리는 큰 놈을 골라잡아서 물을 가득 채운 물뿌리개 속에 담는다. 저녁에 우리가 그것을 집으로 가져오면, 할머니가 말한다.

"개자식들! 그걸 어떻게 잡았지?"

"손으로요. 쉬워요. 가만히 기다리기만 하면, 물고기들이 다가와요."

"그러면, 더 많이 좀 잡아오렴. 잡을 수 있는 데까지."

다음 날 할머니는 물뿌리개를 손수레에 싣고 시장으로 가서 물고기를 판다.

우리는 자주 숲에 가지만, 길을 잃은 적은 없다. 국경이 어디쯤에 있는지 잘 안다. 얼마 안 가서 보초를 서는 군인들도 우리를 알아보게 되었다. 그들은 절대로 우리에게 총을 쏘지 않는다. 할머니는 우리에게 식용 버섯과 독버섯의 구별법을 가르쳐주었다.

우리는 숲에서 나뭇단을 등에 지고 바구니에 버섯과 밤을 담아 가지고 내려온다. 그리고 땔감을 처마 밑 담벼락에 바싹 붙여서 차곡차곡 쌓아놓는데, 할머니가 없을 때면 아궁이에 밤을 구워 먹는다.

한번은 숲속 깊이 들어갔다가 폭격으로 팬 구덩이 속에서 군인의 시체를 발견했다. 시체는 까마귀가 눈을 파먹은 것 외에는 아직 온전했다. 우리는 그 군인의 총과 수류탄과 탄약을 주워왔다. 총은 나뭇단 속에 감추었고, 탄약과 수류탄은 바구니에 넣은 뒤에 버섯으로 덮었다.

우리는 집에 돌아오자마자 그것들을 짚으로 싸서 감자 부대에 담고는 장교의 방 창문 앞 벤치 아래에 땅을 파고 묻었다.

더러움

대도시의 우리 집에서는, 엄마가, 우리를 자주 씻겨주었다. 샤워로 아니면 욕조 속에 집어넣고서. 엄마는 우리에게 깨끗한 옷을 입히고, 손톱도 깎아주었다. 그리고 우리의 머리를 잘라주기 위해서 이발소에도 데리고 가곤 했다. 우리는 매번 밥을 먹고 나서는, 이를 닦았다.

할머니 집에서는 씻을 수가 없다. 목욕탕은 물론이고 수도조차 없다. 마당에 가서 우물물을 퍼서 물통으로 날라와야 한다. 집 안에는 세숫비누도, 치약도, 빨랫비누도 없다.

부엌도 형편없이 지저분하다. 울퉁불퉁한 붉은색 타일 바닥에는 발이 들러붙고, 커다란 식탁에도 손과 팔꿈치가 찐득찐득 달라붙는다. 부뚜막은 기름때로 새까맣고, 그 주변 벽 역시 그을음으로 새까맣다. 할머니가 설거지를 하기는 하지만, 접시고, 숟가락이고, 칼이고 간에 항상 완벽하게 깨끗한 적이 없다. 냄비에는 음식 찌꺼기가 눌어붙어 켜를 이루고 있다. 거무죽죽한 행주에서는 썩은 냄새가 난다.

처음에 우리는 할머니가 어떻게 식사 준비를 하는가를 본 뒤에는, 먹을 생각이 싹 가셔버렸다. 할머니는 소매에 코를 풀고, 손은 씻지도 않고, 음식을 만졌다. 그러나 얼마 후부터 우리는 그런 것에 신경을 쓰지 않게 되었다.

날씨가 따뜻할 때 우리는 개울에 가서 멱을 감고, 우물가에서 세수도 하고, 이도 닦는다. 추운 날에는 씻을 도리가 없다. 우리가 들어갈 만한 큰 통이 없기 때문이다. 우리의 시트도, 모포도, 속옷도 없어졌다. 우리는 엄마가 가져왔던 그 큰 골판지 상자를 여기 온 이래로 한번도 보지 못했다.

할머니가 모두 팔아버렸던 것이다.

우리 몸은 점점 더 더러워졌고, 옷도 마찬가지였다. 우리는 우리가 자는 장의자 밑에 놓아둔 여행 가방에서 깨끗한 옷을 찾아보지만, 이제 더 이상 깨끗한 옷은 없다. 우리가 입고 있는 옷들은 전부 해졌고, 구두에도 구멍이 났다. 될 수 있는 대로 우리는 맨발로 다니고, 옷은 팬티나 바지만 입는다. 발바닥은 딱딱하게 굳어서 가시에 찔리거나 돌을 밟아도 아프지 않다. 피부는 갈색으로 변했고, 팔다리는 온통 긁힌 자국, 찢어진 자국, 상처가 아문 딱지, 벌레 물린 자국투성이이다. 손톱은 한번도 깎은 적이 없지만 다 바스러져나갔고, 햇볕에 바래서 허예진 머리칼은 어깨까지 내려온다.

화장실은 정원의 한 끝머리에 있다. 거기에는 물론 종이도 없다. 우리는 적당한 식물을 골라 그것의 가장 넓은 잎사귀를 가지고 밑을 닦는다.

거름, 물고기, 풀, 버섯, 연기, 우유, 치즈, 진흙, 개흙, 흙, 땀, 오줌, 곰팡이의 냄새가 뒤섞인 것이 바로 우리의 냄새이다.

그것은 할머니의 냄새와도 같다.

몸을 단련하다

할머니는 뼈만 남은 앙상한 손으로, 또는 빗자루나 젖은 행주로 우리를 자주 때린다. 그뿐만 아니라 우리의 귀를 잡아당기고, 머리카락을 움켜쥐기도 한다.

다른 사람들도 툭 하면 우리의 뺨을 갈기며 발로 걷어차는데, 우리는 그 이유조차 모른다.

우리는 맞으면 아프니까 운다.

굴러 떨어지는 것, 긁히는 것, 찢기는 것, 일하는 것, 추위나 더위 따위가 다 고통스럽다.

우리는 우리의 몸을 단련시키기로 결심했다. 아파서 우는 일이 없도록 하기 위해서였다.

우리는 서로의 뺨을 갈기다가, 다음에는 주먹으로 때리기 시작한다. 우리의 얼굴이 부어오른 것을 본 할머니가 묻는다.

"누가 이래 놨냐?"

"우리가요, 할머니."

"서로 싸웠단 말이냐. 왜?"

"아무것도 아니에요, 할머니. 걱정하지 마세요, 연습을 한 것뿐이니까요."

"연습이라고? 이제는 완전히 돌아버렸구나! 좋아서 하는 짓이라면 할 수 없지……."

우리는 발가벗는다. 서로의 알몸을 혁대로 갈긴다. 맞을 적마다 말한다.

"하나도 안 아프다."

우리는 점점 세게, 더 세게 때린다.

우리는 불꽃 위로 손을 스치기도 한다. 우리는 허벅지, 팔, 가슴 등을 칼로 찔러 상처를 낸 뒤 그 위에 알코올을 붓는다. 그때마다 우리는 말한다.

"하나도 안 아프다."

어느 정도 시간이 지나니까, 우리의 감각은 정말로 없어졌다. 아픈 것은 누군가 다른 사람이었다. 화상을 입고, 칼로 베이고, 고통을 받는 것은 누군가 다른 사람이었다.

우리는 이제 울지 않는다.

할머니가 짜증을 내고 소리 지르면, 우리는 이렇게 말한다.

"소리 지르지 말고, 차라리 때려주세요, 할머니."

할머니가 우리를 때리면, 우리는 말한다.

"더요, 할머니! 보세요, 우리는 다른 쪽 뺨도 내놓겠어요, 성경에 나오는 말처럼. 다른 뺨도 때려주세요, 할머니."

할머니가 대답한다.

"성경이든 뺨이든 귀신은 왜 이 놈들을 안 잡아갈꼬!"

당번병

우리는 부엌의 장의자에서 잠을 잔다. 머리를 서로 맞대고. 우리는 아직 잠이 들지는 않았지만, 눈을 감고 있었다. 누군가가 문을 열었다. 눈을 떴다. 손전등 불빛에 눈이 부셨다. 우리는 물었다.

"누구세요?"

남자 목소리가 대답했다.

"겁낼 것 없다. 무서워하지 마. 거기 두 사람? 아니면 내가 너무 마신 건가?"

남자는 웃으며 식탁 위의 석유 램프에 불을 붙이고, 자신의 손전등을 껐다. 그제야 그의 얼굴이 잘 보였다. 그는 계급장도 없는 외국인 병사였다. 그가 말했다.

"나, 대위의 당번병이다. 너희는 지금 뭘 하지, 거기서?"

우리는 말했다.

"우리는 여기서 살고 있어요. 우리 할머니 집에."

"너희, 그 마녀의 손잔가? 난, 너희 본 적이 없다. 언제부터 여기 살았는가?"

"이 주일 전부터요."

"아! 나, 고향 마을 우리 집에 휴가 갔다 왔다. 즐거웠다."

우리는 물었다.

"당신은 어떻게 우리말을 할 줄 알죠?"

그가 말했다.

"우리 엄마, 이 나라에서 태어났다, 너희 나라에서. 우리 나라에 일하러 왔다, 술집 종업원으로. 그래서 우리 아버지를 만났고 결혼했다. 나 어릴 때, 엄마, 너희 나라 말 가르쳐줬어. 너희 나라하고 우리 나라는 친구 나라다. 함께 적과 싸우고. 너희 둘, 어디서 왔지?"

"대도시에서요."

"대도시, 위험 많아. 쾅! 쾅!"

"맞아요, 그리고 먹을 것도 없어요."

"여기, 먹을 거 많다. 사과, 돼지, 닭, 뭐든지. 너희, 여기 오래 있니? 아니면 휴가 동안만?"

"우리는 전쟁이 끝날 때까지 있을 거예요."

"전쟁, 곧 끝나. 너희, 여기서 자? 나무 장의자, 차갑고 딱딱해. 마녀가 방에 너희를 못 들어오게 해?"

"우린 할머니 방에서 자고 싶지 않아요. 할머니는 코를 골고, 고약한 냄새가 나요. 우리는 원래 시트도, 모포도 있었는데, 할머니가 다 팔아먹었어요."

당번병은 화덕 위의 작은 솥에서 더운 물을 퍼내며 말했다.

"나 방 닦아야 해. 대위도 오늘 저녁 아니면 내일 아침, 휴가에서 돌아와."

그는 나갔다. 몇 분 후 다시 돌아왔다. 우리에게 잿빛 군용 모포 두 장을 가져다주었다.

"이거 팔지 못해, 늙은 마녀는. 마녀가 너무 못되게 굴면, 너희, 나한테 말해. 빵, 빵, 내가 죽인다."

그는 웃었다. 그리고 우리에게 모포를 덮어주고 불을 끄고 가버렸다.

우리는 낮에는 그 모포들을 다락방에 숨겨두기로 했다.

정신을 단련하다

할머니가 우리에게 말했다.

"개자식들!"

사람들은 우리에게 말했다.

"마녀의 새끼들! 망할 자식들!"

또다른 사람들은 말했다.

"바보! 부랑배! 조무래기! 똥고집! 불결한 놈! 돼지새끼! 깡패! 썩어문드러질 놈! 고얀 놈! 악독한 놈! 살인귀의 종자!"

우리는 이런 말을 들을 때마다, 얼굴이 새빨개지고, 귀가 윙윙거리고, 눈이 따갑고, 무릎이 후들거린다.

우리는 더 이상 얼굴을 붉히거나, 떨고 싶지 않았다. 우리에게 상처를 주는 이런 모욕적인 말들에 익숙해지고 싶었다.

우리는 부엌 식탁 앞에 마주 앉아서 서로의 눈을 똑바로 쳐다보며, 이런 말들을 되는 대로 지껄여댔다. 점점 심한 말을.

하나가 말한다.

"더러운 놈! 똥구멍 같은 놈!"

다른 하나가 말한다.

"얼간이! 추잡한 놈!"

우리는 더 이상 할 말이 생각나지도 않고, 귀에 들리지도 않게 될 때까지 계속했다.

우리는 매일 30분씩 이런 식으로 연습을 하고 나서, 거리로 바람을 쐬러 나간다.

우리는 사람들이 우리에게 욕을 하도록 행동하고는, 우리가 정말 끄떡없는지를 확인했다.

그러나 옛날에 듣던 말들이 생각났다.

엄마는 우리에게 말했다.

"귀여운 것들! 내 사랑! 내 행복! 금쪽같은 내 새끼들!"

우리는 이런 말들을 떠올릴 적마다 눈에 눈물이 고인다.

이런 말들은 잊어야 한다. 이제 아무도 이런 말을 해주지 않을 뿐만 아니라, 그 시절의 추억은 우리가 간직하기에는 너무 힘겨운 것이기 때문이다.

그래서 우리는 연습을 다른 방법으로 다시 시작했다.

우리는 말했다.

"귀여운 것들! 내 사랑! 난 너희를 사랑해……난 영원히 너희를 떠나지 않을 거야……난 너희만 사랑할 거야……영원히……너희는 내 인생의 전부야……."

반복하다보니, 이런 말들도 차츰 그 의미를 잃고 그 말들이 주던 고통도 줄어들었다.

학교

삼 년 전에 이런 일이 있었다.

저녁이었다. 우리 부모는 우리가 자고 있다고 생각했는지, 다른 방에서 우리 문제를 이야기하고 있었다.

엄마가 말했다.

"저 애들은 서로 떨어질 수가 없어요."

아빠가 대답했다.

"학교에 가 있는 시간만 떨어져 있으면 돼."

엄마가 말했다.

"쟤들은 그럴 수 없을 거예요."

"그럴 필요가 있어. 아이들을 위해서도 필요한 일이야. 모두들 그렇게 말해. 선생님들도, 심리학자들도. 처음에는 힘들겠지만, 차츰 익숙해질 거야."

엄마가 말했다.

"어림없어요. 나는 알아요. 나는 우리 애들을 잘 알아요. 둘이지만, 한 몸이나 같은 걸요."

아빠의 목소리가 커졌다.

"그게 바로 비정상이란 말이오. 저 애들은 함께 생각하고, 함께 행동해. 걔들은 별세계에 살고 있어. 걔들만의 세계에 빠져 있다고. 그건 건전하지 못해요. 그러니 걱정이오. 솔직히 난 불안하오. 걔들은 정상이 아니란 말이오. 걔들이 무슨 생각을 하고 있는지 알 수가 없소. 나이에 비해 너무 조숙하단 말이오. 아는 게 너무 많아서 탈이야."

엄마가 웃었다.

"당신은 지금 애들이 너무 똑똑하다고 비난하는 것은 아니시겠죠?"

"그건 웃을 일이 아니야. 당신은 뭐가 우스워?"

엄마가 대답했다.

"쌍둥이들이란 늘 문제를 일으키게 마련이에요. 뭐 심각하게 생각할 거 없어요. 다 잘될 거예요."

아빠가 말했다.

"물론, 둘을 떼어놓는다면, 다 잘되겠지. 각자 자기 인생을 가야하니까."

며칠 뒤, 우리는 학교에 가기 시작했다. 서로 다른 반이었다. 우리는 맨 첫줄에 앉았다.

학교라는 기다란 건물이 우리 둘을 서로 갈라놓았다. 우리 사이의 거리가 우리에게는 끔찍하게 여겨졌고, 참을 수 없는 고통이었다. 그것은 한 몸을 둘로 갈라놓은 것과도 같았다. 우리는 더 이상 균형을 유지할 수가 없었고, 현기증이 났다. 우리는 쓰러져서, 그대로 의식을 잃고 말았다.

우리는 병원으로 실려가는 도중 구급차 안에서 깨어났다.

엄마가 우리를 찾아왔다. 엄마는 웃으며 말했다.

"내일부터 너희는 같은 반이 될 거야."

집에서 아빠는 이렇게 말했다.

"꾀병까지 부리다니!"

그후 얼마 되지 않아, 아빠는 전쟁터로 떠났다. 아빠는 신문기자, 즉 종군기자였다.

우리는 이 년 반 동안 학교에 다녔다. 남자 선생님들도 전쟁터로 떠났다. 그 대신 여자 선생님들이 새로 왔다. 얼마 뒤 공습경보와 폭격이 너무 자주 일어나자 학교는 결국 문을 닫았다.

지금, 우리는 읽고, 쓰고, 간단한 셈 정도는 할 줄 안다.

할머니 집에서 우리는 선생님 없이, 독학으로 공부를 계속하기로 결심했다.

종이와 연필과 노트를 사다

할머니 집에는 종이도, 연필도 없다. 우리는 '서점-문구점'이라는 간판이 붙은 가게로 그것들을 사러 갔다. 모눈종이 한 묶음, 연필 두 자루, 커다랗고 두꺼운 노트 한 권을 골랐다. 우리는 뚱뚱한 아저씨가 서 있는 계산대 위에 그것들을 내려놓았다. 그리고 그에게 말했다.

"우리는 이것들이 필요한데, 돈이 없어요."

주인은 말했다.

"뭐라고? 그래도……돈을 내야지."

우리는 같은 소리를 반복했다.

"우리는 돈이 없지만, 이것들이 꼭 필요해요."

주인은 말했다.

"학교는 문을 닫았어. 이제 노트와 연필은 아무한테도 필요치 않아."

우리는 말했다.

"우린 집에서 서로 가르쳐요. 우리끼리 공부하거든요."

"부모님에게 돈을 달라고 해."

"아빠는 전쟁터에 나갔고, 엄마는 대도시에 남아 있어요. 우리는 할머니 집에서 사는데, 할머니는 돈이 없어요."

주인은 말했다.

"돈이 없으면 아무것도 살 수가 없어."

우리는 더 이상 말하지 않고 그를 빤히 쳐다보았다. 그도 우리를 쳐다보았다. 그의 이마에 땀이 배어나왔다. 얼마쯤 있다가 그가 소리쳤다.

"그런 식으로 쳐다보지 마! 여기서 썩 꺼져!"

우리는 말했다.

"우리는 이 물건 값 대신에 노동을 행할 의사가 있어요. 예를 들면, 정원에 물을 주든지, 잡초를 뽑든지, 아니면 물건을 나르든지……."

그는 다시 소리를 꽥 지른다.

"난 정원 같은 건 없어! 너희 같은 놈들은 필요 없다고! 그보다도, 너희들은 좀 정상적으로 말할 수 없냐?"

"우리는 정상적으로 말했어요."

"너희 나이에 어울리지 않게 '행할 의사가 있다'는 건 또 뭐야? 그게 정상적이냐?"

"우리는 정확한 표현을 쓴 걸요."

"그렇지, 너무 정확하군. 난 아무튼 너희들의 말투가 영 못마땅해! 날 쳐다보는 그 태도도 싫고! 썩 꺼져!"

우리는 물었다.

"암탉을 기르시나요?"

그는 흰 손수건으로 하얗게 질린 얼굴의 땀을 찍어냈다. 이번에는 소리치지 않고 물었다.

"암탉? 암탉은 왜?"

"아저씨께서 암탉이 없으시다면, 우리는 달걀을 어느 정도 마음대로 처분할 수 있으므로, 우리에게 필요 불가결한 물건들을 가져가는 대가로 달걀을 아저씨께 갖다드리려고요."

주인은 아무런 말도 없이 우리를 바라보았다.

우리가 말했다.

"달걀 값이 날마다 상승하고 있어요. 반대로 종이나 연필 값은……."

그는 우리의 종이와 연필과 노트를 문 쪽으로 집어던지며 으르렁거렸다.

"나가! 난 너희 달걀 따윈 필요 없어! 가져가고 다시는 오지 마!"

우리는 그 물건들을 정중하게 주워 모은 뒤에 말했다.

"그래도 우리는 종이가 다 떨어지고, 연필이 다 닳으면, 다시 또 올 거예요."

우리의 공부

우리는 아빠의 사전과 이곳 할머니 집의 다락방에서 찾아낸 성경책을 가지고 공부한다.

철자법, 작문, 읽기, 암산, 산수 그리고 암기 연습도 한다.

우리는 사전을 이용해서 철자법과 낱말의 뜻을 익히고, 새 단어나 동의어, 반의어도 배운다.

성경은 낭독과 받아쓰기, 암기 연습에 이용한다. 그래서 우리는 성경을 몽땅 다 외워버렸다.

가령 작문 연습은 이런 식으로 진행한다.

우리는 모눈종이, 연필, 커다란 노트를 가지고 부엌의 식탁에 앉는다. 우리 둘뿐이다.

둘 중 하나가 말한다.

"네 작문 제목은 '할머니 집에 오다'야."

그러면 다른 하나가 다시 말한다.

"네 작문 제목은 '우리의 노동'이고."

우리는 쓰기 시작한다. 종이 두 장에다 두 시간 동안 그 주제로 작문을 한다.

두 시간이 지나면, 우리는 서로의 글을 바꿔서 본다. 사전을 찾아가며 상대방의 철자법 틀린 것을 고쳐주고, 끄트머리에는 '잘했음' 또는 '잘못했음' 따위의 평가를 써준다. '잘못했음'을 받은 작문은 불

속에 던져버리고, 다음번 작문시간에 같은 주제를 다시 다루게 된다. '잘했음'일 경우, 우리는 그 작문 내용을 커다란 작문 노트에 다시 옮겨 적는다.

우리가 '잘했음'이나 '잘못했음'을 결정하는 데에는 아주 간단한 기준이 있다. 그 작문이 진실이어야 한다는 것이다. 우리는 있는 그대로의 것들, 우리가 본 것들, 우리가 들은 것들, 우리가 한 일들만을 적어야 한다.

예를 들면, '할머니는 마녀와 비슷하다'라고 써서는 안 된다. 그것은 '사람들이 할머니를 마녀라고 부른다'라고 써야 한다.

'이 소도시는 아름답다'라는 표현도 금지되어 있다. 왜냐하면, 이 소도시는 우리에게는 아름다울지 모르지만, 다른 사람에게는 추하게 보일 수도 있기 때문이다.

마찬가지로 우리가 '당번병은 친절하다'라고 쓴다면, 그것은 진실이 아니다. 당번병이 우리가 모르는 심술궂은 면을 가지고 있을지도 모르기 때문이다. 따라서 우리는 이렇게만 써야 한다. '당번병은 우리에게 모포를 가져다주었다.'

우리는 또한 '호두를 많이 먹는다'라고 쓰지, '호두를 좋아한다'라고 쓰지는 않는다. 왜냐하면, '좋아한다'는 단어는 뜻이 모호하기 때문이다. 거기에는 정확성과 객관성이 부족하다. '호두를 좋아한다'와 '엄마를 좋아한다'는 같은 의미일 수가 없다. 첫 번째 문장은 입 안에서의 쾌감을 말하지만, 두 번째 문장은 감정을 나타낸다.

감정을 나타내는 말들은 매우 모호하다. 그러므로 그런 단어의 사용은 될 수 있는 대로 피하고, 사물, 인간, 자기 자신에 대한 묘사, 즉 사실에 충실한 묘사로 만족해야 한다.

우리 이웃집 아주머니와 딸

우리 이웃집 아주머니는 우리 할머니만큼은 늙지 않았다. 그녀는 소도시의 가장 끝에 있는 집에서 그녀의 딸과 함께 산다. 그 집은 다 쓰러져가는 오두막인데, 지붕에는 몇 군데 구멍이 뚫려 있다. 집 둘레에는 정원이 있지만, 할머니 집처럼 채소와 과일 나무 따위를 가꾸지는 않는다. 정원에는 잡초만 무성하다.

이웃집 아주머니는 자기 집 정원에서 하루 종일 앉은뱅이 의자에 앉아 앞만 똑바로 바라보고 있다. 그런데 그 여자가 무엇을 보는지는 알 수가 없다. 날이 저물거나 비가 오는 날이면, 딸이 어머니의 팔을 부축해서 집 안으로 데리고 들어간다. 이따금 딸이 잊어버리거나 집에 없을 때면, 그 아주머니는 날씨가 춥든 덥든 그렇게 앉은 채 밖에서 밤을 보낸다.

사람들 이야기로는 그 아주머니는 미쳤다고 한다. 그 아주머니에게 임신을 시킨 남자가 아주머니를 버리고 떠난 뒤로 그렇게 되었다고 한다.

할머니 이야기는 다르다. 그 여자는 단지 게을러서, 일을 하기보다는 차라리 가난하게 살기를 원한다는 것이다.

이웃집 딸은 키는 우리하고 비슷하지만, 나이는 우리보다 더 많다. 소녀는 하루 종일 시내의 선술집 앞이나 길모퉁이에서 구걸을 한다. 시장에 가서 사람들이 버린 상한 과일이나 채소를 주워서 집에 가져온다. 자기가 가지고 싶은 물건은 훔치기도 한다. 우리는 그녀가 우리 집 정원에서 과일과 달걀을 훔치려고 해서 쫓아버린 적이 있었다.

한번은 그녀가 우리 염소들 중 한 마리의 젖통에 매달려서 젖을 빨다가 우리에게 들켰다.

그녀는 우리를 보자, 일어서서 손등으로 입을 닦고 뒤로 물러서며 말했다.

"날 때리지 마!"

그녀는 덧붙였다.

"난 빨리 달릴 수 있어. 너희들은 나를 못 잡을 거야."

우리는 그녀를 바라보았다. 우리는 처음으로 그녀를 가까이에서 보았다. 그녀는 언청이에 사팔뜨기였고, 코에는 콧물이 흘렀고, 충혈된 두 눈 끝에는 노란 눈곱이 기어나와 있었다. 팔다리는 부스럼투성이였다.

그녀가 말했다.

"사람들이 날 '언청이'라고 불러. 난 우유를 좋아해."

소녀는 웃었다. 검은 이빨이 드러났다.

"난 우유를 좋아해. 난 특히 젖꼭지를 빨고 싶어. 그건 딱딱하면서도 부드럽거든."

우리는 대답하지 않았다. 그녀가 우리에게 다가왔다.

"난 다른 걸 빠는 것도 좋아해."

그녀가 손을 내밀자, 우리는 뒤로 물러났다. 그녀가 말했다.

"싫어? 우리 같이 놀지 않을래? 난 놀고 싶은데. 너희들은 너무 잘생겼어."

그녀는 고개를 숙이고 말했다.

"너희들은 내가 싫은 모양이지."

우리가 말했다.

"아니야, 우린 널 싫어하지 않아."

"알았어. 너희들은 너무 어리고 얌전해. 하지만 나하고는 그럴 필요 없어. 내가 아주 재미있는 놀이를 가르쳐줄게."

우리는 그녀에게 말했다.

"우리는 놀지 않아."

"그럼 너희들은 하루 종일 뭘 하니?"

"우린 일을 하고, 공부도 하지."

"난 말이야, 구걸을 하고, 훔치기도 하고, 놀기도 해."

"넌 너의 엄마도 돌보잖아. 넌 좋은 딸이야."

그녀가 다가오며 말했다.

"너희들은 나를 좋게 봐주는 거지, 정말이지?"

"그래. 네 엄마나 너한테 필요한 게 있으면 우리에게 말해. 우리가 과일도, 채소도, 생선도, 우유도 줄게."

그녀는 소리를 지르기 시작했다.

"난 너희들이 주는 과일이나 생선이나 우유 따윈 필요 없어! 그런 건 다 내가 훔치면 돼. 내가 원하는 것은 너희들이 날 좋아해주는 거야. 아무도 날 사랑하지 않거든. 우리 엄마조차도. 하지만 뭐, 나역시 아무도 사랑하지 않으니까. 우리 엄마도 너희들도! 나는 너희들을 미워해!"

구걸 연습

우리는 더럽고 다 해진 옷을 입고, 맨발에 얼굴과 손을 될 수 있는 대로 더럽게 하고서 거리로 나갔다. 그리고 멈춰 서서 기다렸다.

외국군 장교가 우리 앞을 지나갈 적마다 우리는 오른손을 들어 인사를 하면서 왼손을 앞으로 내민다. 대부분은 우리를 거들떠보지도 않고, 그냥 지나간다.

마침내 한 장교가 멈춰섰다. 그는 우리가 알아듣지 못하는 말로 뭐라고 지껄였다. 우리에게 질문을 하는 것 같았다. 우리는 대답하지 않고, 한 팔은 위로 쳐들고 다른 한 팔은 앞으로 내민 채 꼼작 않고 있었다. 그러자 그는 주머니를 뒤져서 동전 한 닢과 초콜릿 조각을 우리의 더러운 손 위에 놓고, 머리를 절레절레 흔들며 가버렸다.

우리는 계속 기다렸다.

한 부인이 지나간다. 우리는 손을 내민다. 그녀가 말한다.

"가엾은 것들. 난 너희들한테 줄 게 아무것도 없구나."

그녀는 우리의 머리를 쓰다듬어주었다. 우리가 말했다.

"고맙습니다."

다른 부인이 지나가며 사과 두 개를 주었고, 또다른 부인은 과자를 주었다.

어떤 부인이 지나갔다. 우리가 손을 내밀자, 그녀는 멈춰 서서 말했다.

"구걸하는 게 부끄럽지 않니? 우리 집으로 가자, 너희들한테 시킬 일거리가 있어. 나무를 베고, 베란다 청소를 하고. 너희들은 그 정도 일은 충분히 하겠구나. 일을 잘하면, 내가 수프와 빵을 주마."

우리는 대답했다.

"우리는 부인을 위해 일하고 싶지 않아요, 부인. 우리는 부인의 수프와 빵을 먹고 싶지 않아요, 배고프지 않거든요."

그녀가 물었다.

"그런데 왜 구걸을 하지?"

"구걸하는 기분이 어떤지, 그리고 사람들 반응은 어떤지 관찰하기 위해서예요."

그녀는 소리 지르며 가버렸다.

"더러운 자식들 같으니라고! 건방지게!"

우리는 돌아오는 길에 사과랑 과자, 초콜릿, 동전 등을 길가 풀숲에 던져버렸다.

우리의 머리를 쓰다듬어준 것은 버릴 도리가 없었다.

언청이

우리는 강에서 낚시질을 했다. 언청이가 달려왔다. 그녀는 우리를 보지 못했다. 그리고 풀밭에 눕더니 치마를 걷어 올렸다. 그녀는 속바지를 입지 않았다. 그녀의 드러난 넓적다리와 사타구니의 털이 보였다. 우리는 아직 사타구니의 털이 생기지 않았다. 그런데 언청이는 털이 있었다. 조금이기는 했지만.

언청이는 휘파람을 불었다. 개가 달려왔다. 우리 개였다. 그녀는 개를 팔로 끌어안더니, 풀밭에서 함께 뒹굴었다. 개는 짖으면서 그녀에게서 벗어나 몸을 털더니 달아나버렸다. 언청이는 손가락으로 사타구니를 어루만지면서 부드러운 목소리로 개를 불렀다.

개는 되돌아와서 몇 차례 코를 킁킁거리며 냄새를 맡더니 그녀의 사타구니를 핥기 시작했다.

언청이는 다리를 벌리고, 두 손으로 개의 머리를 자신의 배 위로 끌어당겼다. 그녀는 숨을 거칠게 몰아쉬는 듯했고 몸을 뒤틀었다.

개의 성기가 보였는데, 그것은 점점 더 길어졌다. 그것은 빨갛고 가늘었다. 개는 머리를 쳐들더니 언청이의 배 위로 기어오르려고 애썼다.

소녀는 몸을 뒤집었다. 무릎을 세우고 엎드려서 엉덩이를 개에게 내밀었다. 개는 두 앞발로 소녀의 허리를 끌어안고는 뒷다리를 부들부들 떨었다. 개는 그녀의 양 다리 사이로 점점 더 비집고 들어갔고,

완전히 밀착되었다. 개는 매우 빠른 속도로 몸뚱아리를 앞뒤로 흔들었다. 언청이는 비명을 질렀다. 그리고, 잠시 후 배를 깔고 엎드렸다.

개는 슬슬 뒤로 물러났다.

언청이는 한동안 늘어져 있다가 몸을 털고 일어났다. 그리고 우리를 발견하고는 얼굴을 붉혔다. 그녀가 소리쳤다.

"더러운 스파이 새끼들! 뭘 훔쳐보고 있는 거지?"

우리는 대답했다.

"우리는 네가 개하고 노는 걸 봤어."

그녀가 물었다.

"그래도, 너희들은 아직 내 친구지?"

"그럼. 우리 개하고 맘껏 놀아도 괜찮아."

"그러면, 오늘 본 걸 아무한테도 말하지 않는 거야?"

"우리는 아무한테도 아무 얘기도 안 해. 믿어도 돼."

그녀는 풀밭에 앉아 울었다.

"날 사랑하는 건 동물들뿐이야."

우리가 물었다.

"네 엄마는 정말 미쳤니?"

"아니. 엄마는 단지 귀머거리에 장님일 뿐이야."

"어쩌다가 그렇게 됐는데?"

"몰라. 특별한 이유는 없어. 어느 날부턴가 장님이 됐는데, 또 얼마 뒤부터는 귀도 안 들리게 됐어. 엄마 말로는, 나도 그렇게 될 거래. 내 눈 좀 볼래? 아침에 눈을 뜨려고 하면 속눈썹들이 붙어서 잘 떠지질 않아. 눈 속에 고름이 잔뜩 고여 있거든."

우리는 말했다.

"그건 눈병일 거야. 의사 선생님이 고칠 수 있을 텐데."

그녀가 말했다.

"그럴지도 모르지. 하지만, 돈이 없는데, 어떻게 의사한테 가니? 아무튼 의사도 없잖아. 의사들도 다 전쟁터에 나갔어."

우리는 물었다.

"네 귀는 어때? 귀도 안 들려?"

"아니야, 내 귀는 아직 별 문제 없어. 내 생각에는 엄마 귀도 아무 이상이 없는 것 같아. 엄마는 그냥 아무것도 못 듣는 척하는 걸 거야. 내가 뭘 물어보면, 그럭저럭 대답을 하거든."

장님과 귀머거리 연습

우리 가운데 하나는 장님 노릇을 하고, 하나는 귀머거리 노릇을 한다. 처음에는 훈련을 하기 위해서, 장님은 할머니의 검은색 삼각 숄로 눈을 가렸고, 귀머거리는 풀을 뭉쳐서 귀를 틀어막았다. 삼각 숄에서는 할머니의 고약한 냄새가 난다.

공습경보가 울리고 사람들이 모두 방공호에 숨어서 거리가 텅 비게 되면, 우리는 서로 손을 잡고 거리로 나간다.

귀머거리는 자기가 본 것을 말한다.

"거리는 일직선으로 쭉 길게 뻗어 있어. 지붕이 낮은 단층 집들이 늘어서 있고 계단은 없어. 집들은 흰색, 회색, 장미색, 노란색 그리고 청색이야. 거리 끝에는 공원이 있어. 공원에는 나무들도 있고, 분수도 있지. 하늘은 푸르고, 흰 구름이 몇 개 떠 있어. 비행기들이 나타나기도 하지. 폭격기 다섯 대. 그것들은 낮게 날아가고 있어."

장님이 천천히 말하면, 귀머거리는 그 입술을 보고 알아듣는다.

"난 비행기 소리가 들려. 끊어졌다가 이어지고 대단해. 엔진이 완전 가동하고 있어. 폭탄이 잔뜩 실려 있을 거야. 이제 지나갔다. 이젠 새 소리가 들려. 새 소리뿐이야."

귀머거리는 장님의 입술을 읽고 대답한다.

"그래, 거리는 텅 비어 있어."

장님이 말한다.

"하지만 누군가가 나타날 거야. 거리 옆쪽, 왼쪽에서 발자국 소리가 들려."

귀머거리가 말한다.

"그래, 맞아. 한 남자 오고 있어."

장님이 묻는다.

"어떤 사람이야?"

귀머거리가 대답한다.

"뻔하지, 뭐. 가난한 늙은이."

장님이 말한다.

"알겠어. 난 노인의 발자국 소리를 구별할 줄 알거든. 맨발이라는 것도 알겠어. 그러니까 가난한 사람일 테고."

귀머거리가 말한다.

"그는 대머리야. 위에는 낡은 군복을 입었고, 바지는 굉장히 짧아. 발은 더럽고."

"눈은 어때?"

"눈은 안 보여. 땅을 보고 있거든."

"입은?"

"입술이 말려 올라가 있는데, 이가 하나도 없는 것 같아."

"손은?"

"호주머니에 넣고 있어. 호주머니가 꽤 큰데, 뭔가가 잔뜩 들어 있어. 감자나 호두 같은 건가봐. 혹이 달린 것 같아. 머리를 들었어. 우릴 쳐다본다. 그렇지만 눈 색깔은 안 보여."

"또 보이는 건 없어?"

"얼굴에 주름들이 있는데, 깊은 상처 같아."

장님이 말한다.

"사이렌이 울린다. 공습경보 해제야. 돌아가자."

한참을 그렇게 연습을 거듭하고 나니 이제 삼각 숄로 눈을 가리거나, 풀 뭉치로 귀를 막지 않아도 된다. 장님 역은 단지 시선을 자신의 내부로 돌리면 그만이고, 귀머거리 역은 온갖 소리에 귀를 닫아버리면 그만이다.

탈주병

우리는 숲에서 한 남자를 발견했다. 살아 있는 젊은 사람이었는데, 군복을 입지는 않았다. 덤불 뒤에 누워 있었다. 그는 꼼짝도 않고 우리를 바라보았다.

우리는 그에게 물었다.

"왜 거기에 누워 있어요?"

그가 대답했다.

"걸을 수가 없어. 나는 지금 막 국경을 넘어왔거든. 이 주일간이나 걸었어. 밤낮없이. 주로 밤에 많이 걸었지. 이제 난 너무 지쳤어. 배도 고파죽겠어. 사흘 전부터 아무것도 못 먹었거든."

우리가 물었다.

"왜 군복을 안 입었어요? 젊은 사람은 전부 군복을 입어요. 젊은 사람은 모두 군인이잖아요."

그가 말했다.

"난 이제 군인 생활이 싫어졌어."

"더 이상 적과 싸우기 싫다고요?"

"난 아무하고도 싸우기 싫어. 나한테 적은 없어. 그저 집으로 돌아가고 싶을 뿐이야."

"집은 어딘데요?"

"아직 멀었어. 난 이제 뭘 좀 먹지 않으면, 영원히 집에 못 갈 것 같아."

우리가 묻는다.

"왜 먹을 걸 사러 가지 않으세요? 돈이 없어요?"

"물론 돈도 없지만, 사람들 눈에 띄면 안 돼. 난 숨어 있어야 해. 들키면 끝장이야."

"왜요?"

"난 허가 없이 연대(聯隊)를 떠났거든. 도망친 거야. 난 탈주병이란 말이야. 잡히면 총살형이나 교수형이야."

우리가 물었다.

"살인자처럼요?"

"그래, 꼭 살인자처럼."

"그렇지만, 아저씨는 아무도 죽이려고 하지 않았잖아요. 다만 집으로 돌아가려는 것뿐인데."

"그래, 난 집에 가고 싶을 뿐이야."

우리는 물었다.

"어떤 먹을 걸 가져다드릴까요?"

"아무거나."

"염소젖, 삶은 달걀, 빵, 과일, 그런 거요?"

"그래, 그래, 아무거나 좋아."

우리가 물었다.

"모포는요? 밤엔 추울 텐데, 그리고 비도 잘 내려요."

그가 말했다.

"그래, 하지만 너희도 들키면 안 돼. 그리고 아무한테도 말하면 안 돼, 알지? 너희 엄마한테도."

우리가 대답했다.

"우린 안 들킬 거예요, 아무한테도 말하지 않을 거고요, 그리고 우리는 엄마도 없는 걸요."

우리가 먹을 것과 모포를 가지고 그에게로 다시 가자, 그는 말했다.

"너희는 정말 친절하구나."

우리는 말했다.

"우리는 친절하고 싶어서 이러는 게 아니에요. 다만 아저씨에게 너무나 필요한 것들이니까 가져다주는 거죠. 그뿐이에요."

그는 다시 말했다.

"어떻게 감사해야 할지 모르겠구나. 너희를 잊지 못할 거야."

그의 눈에 눈물이 고였다.

우리가 말했다.

"아저씨도 아시다시피, 우는 건 소용없는 짓이에요. 우리는 절대로 울지 않아요. 우리는 아직 아저씨처럼 어른이 아니라구요."

그는 웃으며 말했다.

"너희 말이 옳아. 미안하다. 이제 안 그럴게. 단지 너무 지쳐서 나도 모르게 눈물이 나왔을 뿐이야."

단식 연습

우리는 할머니에게 예고했다.

"오늘하고 내일, 우린 아무것도 안 먹겠어요. 물만 마실 거예요."

할머니는 어깨를 으쓱했다.

"네놈들 마음이지. 그래도 일은 평소처럼 해야 한다."

"물론이지요, 할머니."

단식 첫날, 할머니는 영계를 한 마리 잡아 화로에서 구웠다. 점심 때, 할머니가 우리를 불렀다.

"어서들 와서 먹어라!"

우리는 부엌으로 갔다. 너무나 맛있는 냄새가 났다. 우리는 배가 조금 고프기는 했지만, 참을 만했다. 우리는 할머니가 닭고기를 뜯는 것을 바라보기만 했다.

할머니가 말했다.

"냄새 한번 좋다. 좋은 냄새 안 나니? 다리를 한 개씩 줄까?"

"필요 없어요, 할머니."

"이렇게 맛있는걸, 안됐구나."

할머니는 손으로 잡고 뜯어 먹으면서, 손가락을 쪽쪽 빨고 앞치마에 문질렀다. 뼈까지 아작아작 깨물어 먹고, 소리 내서 빨아 먹기도 했다.

할머니가 말했다.

"아주 부드럽구나, 역시 영계라서. 이렇게 맛있는 건 살다 처음이야."

우리는 말했다.

"할머니, 우리가 여기에 온 이후로, 할머니는 우리에게 한번도 닭을 구워준 적이 없었어요."

할머니가 말했다.

"오늘 이렇게 구웠잖니. 너희들이 먹기 싫어 안 먹는 거지."

"할머니는 우리가 오늘과 내일 단식을 한다는 것을 알고 계시잖아요."

"그건 내 잘못이 아니야. 너희가 바보짓을 하는 거지."

"그건 우리가 해야 하는 연습 중 하나예요. 굶주림에 익숙해지기 위해서 그러는 거예요."

"그래라, 익숙해지라고. 아무도 안 말린다."

우리는 부엌에서 나와, 정원으로 가서 일을 했다. 해가 질 무렵이 되자, 우리는 너무나 배가 고팠다. 우리는 물을 잔뜩 마셨다. 밤에도 잠이 잘 오지 않았다. 우리는 먹는 꿈만 꾸었다.

다음 날 점심 때 할머니는 남은 닭을 다 먹어버렸다. 우리는 의식이 몽롱한 가운데 할머니가 먹는 모습을 바라보았다. 이제 더 이상 배도 고프지 않았다. 그러나 현기증이 났다.

저녁에 할머니는 잼과 흰 치즈로 도넛을 만들었다. 우리는 구토와 위경련을 일으켰지만, 일단 드러눕자 깊은 잠에 빠졌다. 우리가 일어났을 때는 할머니는 벌써 시장에 가고 없었다. 우리는 부엌에서 아침식사를 하려고 했지만, 먹을 것이 하나도 없었다. 빵도, 우유도, 치즈도, 할머니가 먹을 것들을 몽땅 지하실에 넣고 문을 잠가버렸다. 우리는 문을 열 수 있었지만, 손을 대지 않기로 결심했다. 토마토와 날오이에 소금을 쳐서 먹었다.

할머니가 시장에서 돌아와서 말했다.

"너희들은 오늘 아침에 일을 안 했어."

"깨우지 그러셨어요, 할머니."

"너희들 스스로 일어나야지, 무슨 소리냐? 하지만, 오늘은 예외다. 먹을 걸 주마."

할머니는 우리에게 평소처럼 시장에서 팔다 남은 채소로 수프를 끓여주었다. 우리는 거의 먹지 못했다. 식사를 마친 후에 할머니가 말했다.

"그건 어리석은 연습이다. 건강을 해치는 짓이야."

할아버지의 무덤

어느 날 우리는 할머니가 물뿌리개와 밭에서 쓰는 도구들을 가지고 집을 나서는 것을 보았다. 하지만 할머니는 포도밭으로 가지 않고, 그 반대 방향으로 갔다. 우리는 할머니가 어디로 가는지 알아보려고, 거리를 두고 몰래 뒤쫓아갔다.

할머니는 공동묘지로 들어갔다. 어느 무덤 앞에 멈춰 서서 도구들을 내려놓았다. 묘지에는 아무도 없었다. 할머니와 우리들뿐이었다.

우리는 관목 덤불과 묘비에 몸을 숨기면서 조금씩 조금씩 다가갔다. 할머니는 시력도 나쁘고 청력도 나쁘다. 그래서 우리는 의심을 받지 않고 관찰할 수 있었다.

할머니는 무덤의 잡초를 뽑고, 꽃삽으로 땅을 파서 꽃나무를 심더니, 우물로 물을 길러 갔다. 돌아와서 무덤에 물을 뿌렸다.

할머니는 일을 마치고 연장들을 정돈하고 나서 나무 십자가 앞에 엉거주춤 무릎을 꿇었다. 마치 기도를 올리는 것처럼 양손을 배 위에 모으고 있었다. 잠시 후, 욕설이 들려왔다.

"더러운 놈……애비 없는 놈……추잡한 놈……썩어문드러질 놈……저주받을 놈……."

할머니가 간 뒤에, 우리는 무덤을 보러 갔다. 무덤은 잘 가꾸어져 있었다. 우리는 십자가를 보았다. 거기에 쓰인 성(性)은 우리 할아버지의 성이었다. 그것은 엄마의 결혼 전 성이기도 했다. 이름은 하이픈으로 연결된 두 가지였는데, 그것들은 우리의 이름이기도 했다.

십자가 위에, 출생과 사망 날짜가 쓰여 있었다. 계산해보니, 할아버지는 23년 전에 마흔넷의 나이에 돌아가셨다.

저녁에 우리는 할머니에게 물었다.

"할아버지는 어떤 분이셨나요?"

"할아버지라니? 무슨 소리냐? 너희한테는 할아버지가 없다."

"하지만 옛날엔 있었을 거 아녜요."

"아니다. 절대로 없었다. 너희들이 태어났을 때는 이미 죽고 없었어. 그러니 너희에게는 할아버지가 있었던 적이 없는 거지."

우리가 다시 물었다.

"할머니는 왜 할아버지를 독살하셨어요?"

"그건 또 무슨 소리냐?"

"사람들이 그러는데 할머니가 할아버지를 독살하셨대요."

"사람들이 그러더라고……사람들이 그러더라고……실컷 그러라고 하지."

"그럼 할머니는 독살하지 않으셨어요?

"시끄럽다, 이 개자식들아! 증거를 대보라고 해! 아무것도 아닌 걸 지껄이며 다니지 말고."

우리가 다시 말했다.

"우리는 할머니가 할아버지를 좋아하지 않는 걸 알아요. 좋아하지도 않으면서 묘지에는 왜 가세요?"

"바로 그것 때문이다! 사람들이 지껄이는 소리 때문이라고! 더 이상 지껄여대지 못하게 하려고. 그런데 너희는 내가 묘지에 가는 걸 어떻게 알지? 날 미행했구나, 개자식들, 염탐을 하다니! 귀신이 물어갈 놈들 같으니라고!"

잔혹 연습

일요일이었다. 우리는 영계 한 마리를 잡아서 전에 할머니가 그랬던 것처럼 목을 잘랐다. 목을 자른 영계를 부엌으로 가져갔다.

"이걸 구워주세요, 할머니."

할머니가 소리 지르기 시작했다.

"누가 이러랬어? 누구 맘대로 이러는 거야! 여기서는 내 명령에 따라야지, 이 망할 놈들아! 난 못 구워준다! 차라리 내가 죽고 말지, 못 해준다고!"

우리가 말했다.

"좋아요. 그러면 우리가 직접 구울게요."

우리가 영계의 털을 뽑기 시작하자, 할머니는 우리 손에서 그것을 낚아채갔다.

"할 줄도 모르는 주제에! 못된 자식들 같으니라고, 원수야, 원수, 어쩌다 저런 놈들을 맡아가지고는!"

영계를 굽는 동안 할머니는 울었다.

"제일 좋은 놈이었는데. 이 망할 놈들이 하필이면 그걸 잡아가지고는, 화요일 장에 내다팔기 딱 알맞게 자란 것을."

닭고기를 먹으며 우리가 말했다.

"와, 맛있다. 우리 일요일마다 먹자."

"뭐, 일요일마다라고? 네놈들이 미쳤구나. 누구 망하는 꼴을 볼

참이냐?"

"우린 일요일마다 영계를 한 마리씩 먹을 거예요, 할머니가 허락 안 하셔도 할 수 없어요."

할머니가 울기 시작했다.

"도대체 내가 저 녀석들에게 뭘 잘못해서 저런단 말이냐? 이 무슨 팔자람! 저 자식들은 내가 죽기를 바라는 거야. 이 가엾고 힘없는 늙은이를. 내가 왜 이런 대우를 받아야 해? 난 저 놈들한테 그렇게 잘해 줬는데!"

"맞아요, 할머니는 너무 너무 좋은 분이세요. 그러니까 우리에게 일요일마다 영계를 구워주세요."

할머니가 좀 잠잠해진 틈을 타서 우리가 다시 말했다.

"죽일 게 있으면 저희를 불러주세요. 이제부터 죽이는 일은 저희 몫이에요."

할머니가 말했다.

"그 짓이 그렇게 좋단 말이냐, 엉?"

"아니에요, 할머니, 그런 걸 좋아할 사람이 어디 있겠어요? 다만 저희는 그 일에 익숙해져야 하기 때문이에요."

"알겠다. 또 새로운 연습이구나. 너희 말이 옳아. 필요에 따라서는 죽일 줄도 알아야 하겠지."

우리는 생선부터 시작했다. 생선 꼬리를 붙잡고 돌로 대가리를 때렸다. 우리는 어차피 사람에게 잡아먹히도록 되어 있는 동물들을 죽이는 일에는 곧 익숙해졌다. 닭, 토끼, 오리 따위 말이다. 얼마 후 우리는 죽일 필요가 없는 동물들도 죽이게 되었다. 우리는 개구리를 잡아 뒤집은 뒤 판자 위에 못으로 고정시키고 배를 갈랐다. 어떤 날은 나비도 잡아서 마분지에 핀으로 고정시켜 멋진 곤충 채집 상자를 만들었다.

어느 날 우리는 우리의 다갈색 수고양이를 나뭇가지 위에 매달았다. 매달린 고양이는 축 늘어지며 자꾸 길어졌다. 그것은 몸부림을 치고 경련을 일으켰다. 더 이상 움직이지 않게 되었을 때, 우리는 그것을 풀어주었다. 그것은 풀밭에 축 늘어져 꼼짝 않고 있더니, 갑자기 벌떡 일어나서 달아나버렸다.

그 뒤로 그 고양이는 가끔씩 멀리서 우리 눈에 띈다. 그러나 집 근처에는 얼씬도 하지 않는다. 우리가 문 앞에 우유를 담은 작은 접시를 놓아두어도 절대로 먹으러 오지 않는다.

할머니가 우리에게 말했다.

"그 고양이는 점점 들고양이로 변할 게다."

우리는 말했다.

"걱정하지 마세요, 할머니, 쥐는 우리가 잡으면 돼요."

우리는 쥐덫을 만들었고, 잡힌 생쥐들은 끓는 물에 빠뜨려 죽였다.

다른 아이들

　우리는 이 소도시에서 다른 아이들을 만났다. 학교가 문을 닫았기 때문에, 아이들은 온종일 밖에서 산다. 그중에는 큰 아이들도 있고, 작은 아이들도 있다. 어떤 아이들은 이곳이 고향이라서 자기 집에서 엄마랑 같이 살지만, 우리처럼 다른 곳에서 온 아이들도 있다. 그중에는 특히 대도시에서 온 아이들이 많다.

　그런 아이들 대부분이 잘 알지도 못하는 사람들의 집에서 살고 있다. 그들은 채소밭이나 포도밭에서 일을 해야 한다. 그런데 그들을 데리고 있는 사람들이 그들에게 항상 친절한 것은 아니다. 큰 아이들은 작은 아이들을 자주 공격한다.

　큰 아이들은 작은 아이들의 주머니 속에 있는 것을 몽땅 빼앗고, 심지어는 입고 있는 옷까지 뺏는다. 그들은 때리기도 하는데, 특히 타지에서 온 아이들이 잘 당하게 마련이다. 원래 이곳에 살던 작은 아이들은 엄마의 보호를 받을 수 있으며, 밖에는 혼자 나다니지 않는다.

　우리를 보호해줄 사람은 아무도 없다. 그래서 우리는 스스로 큰 아이들에게 대항하는 법을 배워야 한다.

　우리는 무기를 만들었다. 돌을 갈아서 뾰족하게 만들고, 양말에 자갈과 모래를 채웠다. 우리는 면도칼도 가지고 다니는데, 다락방에 있는 상자 속 성경책 옆에서 발견했다. 우리가 면도칼을 꺼내기만 해도, 큰 아이들은 달아나버린다.

어느 무더운 날, 우리는 샘물가에 앉아 있었다. 집에 우물이 없는 사람들은 그곳으로 물을 길러 온다. 그 샘물에서 아주 가까운 풀밭에 우리보다 훨씬 더 덩치가 큰 남자아이들이 자고 있었다. 그곳은 샘물이 흐르고 나무 그늘이라서 시원하다.

언청이가 물통을 들고 오더니, 쫄쫄거리며 나오는 물줄기에 물통을 대놓았다. 그녀는 물이 다 채워지기를 기다렸다.

물통에 물이 하나 가득 차자, 그 녀석들 중 하나가 일어나서 다가오더니 물통에 침을 뱉었다. 언청이는 물을 다 버리고, 물통을 헹궈서 다시 물을 받기 시작했다.

물통이 차자, 이번에는 또다른 녀석이 일어나서 통 속에 침을 뱉었다. 언청이는 다시 헹군 물통을 물줄기에 대놓았다. 언청이는 물이 다 차기를 기다리지 않고, 반쯤 받아가지고 달아나버렸다.

녀석들 중 한 놈이 언청이를 뒤쫓아가서 팔을 낚아채더니, 물통에 침을 뱉었다.

언청이가 말했다.

"그만 좀 해! 난 깨끗한 먹는 물을 받아가야 한단 말이야."

녀석이 말했다.

"그건 깨끗한 물이야. 내가 그 속에 침을 좀 뱉었을 뿐인데 뭘. 너, 설마 내 침이 더럽다는 말은 아니겠지! 너희 집 어느 구석에도 내 침보다 깨끗한 건 없어."

언청이는 물을 다 쏟아버리고 운다.

그 녀석은 자신의 바지 앞자락을 열면서 말했다.

"자, 빨아! 이걸 빨면 물을 하나 가득 받아가게 해두지."

언청이가 쭈그리고 앉았다. 그 녀석이 뒤로 물러났다.

"내가 그걸 네 더러운 주둥이에 넣을 것 같아? 더러운 년!"

그는 언청이의 가슴을 발로 걷어차고 바지 앞을 여몄다.

우리가 다가갔다. 우리는 언청이를 일으켜세우고 물통을 가져다 헹궈서 샘물 줄기 아래에 대놓았다.

녀석들 중 하나가 다른 두 놈에게 말했다.

"이리들 와, 슬슬 다른 데로 가볼까?"

다른 녀석이 말했다.

"미쳤니? 이제 진짜 재미있어지는데 무슨 소리야?"

처음 말했던 녀석이 말했다.

"그만둬! 난 저 자식들을 알아. 저놈들은 위험해."

"위험하다고? 저런 꼬마 녀석들이? 내가 손 좀 봐주지. 자 구경이나 하라고!"

그 녀석은 우리에게 다가와서, 물통 속에 침을 뱉으려고 했다. 그러나 우리 중 하나가 녀석의 다리를 걸어 넘어뜨리자, 다른 하나가 모래주머니로 녀석의 머리를 갈겼다. 녀석은 쓰러져서 그대로 기절해버렸다. 다른 두 놈이 우리를 바라보았다. 그중 한 놈이 우리에게 다가왔다. 다른 한 명이 말했다.

"조심해! 저 더러운 자식들은 못 할 짓이 없다고. 한번은 저 새끼들 돌에 내 관자놀이 뼈가 금이 갔어. 저놈들은 면도칼도 가지고 다니면서 막 그어대. 맘만 먹으면 네 목이라도 따려고 덤빌 거야. 저것들은 완전히 미친놈들이라고."

녀석들은 가버렸다.

우리가 물을 가득 받은 물통을 언청이에게 내밀었다. 소녀가 우리에게 물었다.

"너희들은 왜 진작 날 도와주지 않았니?"

"네가 어떻게 하는지 보려고."

"덩치 큰 세 녀석이 덤비는데 내가 뭘 어떻게 할 수 있겠니?"

"네 물통을 놈들 대가리에 던져버리든지, 손톱으로 얼굴을 온통 할퀴어놓든지, 불알을 발로 걷어차든지, 그도 저도 안 되면, 고함을 치고, 울부짖기라도 해야지. 아니면 아예 달아났다가 나중에 다시 오든가."

겨울

날씨가 점점 더 추워진다. 우리는 여행 가방을 뒤져서 옷을 있는 대로 다 꺼내 껴입는다. 스웨터도, 바지도 겹겹으로. 하지만 신발은 도시에서 가져온 것이 다 닳아빠지고 구멍이 뚫렸어도 두 켤레를 겹쳐 신을 수가 없다. 게다가 더 준비한 신발도 없다. 우리는 장갑도, 모자도 없다. 우리 손발은 이미 다 동상에 걸렸다.

하늘은 잔뜩 회색으로 찌푸렸고, 도시의 거리는 텅 비어 있었고, 강은 꽁꽁 얼었고, 숲은 눈으로 뒤덮였다. 우리는 이제 숲에는 갈 수가 없다. 그런데 곧 장작이 바닥날 판이다.

우리가 할머니에게 말했다.

"고무장화 두 켤레만 사주세요."

할머니가 대답했다.

"또 뭐냐? 날더러 어디 가서 돈을 가져오라는 거냐?"

"할머니, 장작이 거의 다 떨어져가요."

"아껴 쓰면 된다."

우리는 이제 밖에 나가지 않는다. 우리는 집 안에서 할 수 있는 온갖 연습을 다 하고, 나무를 가지고 숟가락이나 빵 써는 도마 따위를 만들기도 하고, 밤늦게까지 공부도 한다. 할머니는 온종일 침대에서 지낸다. 할머니가 부엌에 나오는 일은 거의 없다. 덕분에 우리는 안심하고 지낸다.

우리는 제대로 먹지도 못한다. 과일도, 채소도 없고, 암탉도 더 이상 알을 낳지 않는다. 할머니는 지하창고에서 매일 마른 강낭콩과 감자만 꺼내온다. 거기에는 훈제 고기들과 과일 잼 병들이 그득한데도.

우체부가 가끔 온다. 그는 할머니가 나올 때까지 자전거의 방울을 울려댄다. 할머니가 나오면 그는 연필심에 침을 발라서 종이 끝에 뭐라고 적은 뒤, 연필과 함께 할머니에게 내민다. 할머니는 거기에 십자 표시를 한다. 우체부는 돈이나 소포 꾸러미나 편지를 내주고 나서, 휘파람을 불며 다시 시내로 가버린다.

할머니는 그 소포 꾸러미나 돈을 가지고 방으로 들어가서 문을 잠근다. 할머니는 편지를 불 속에 던져버린다.

우리가 물었다.

"할머니, 왜 편지를 읽지도 않고 태워버리세요?"

할머니가 대답했다.

"난 읽을 줄 몰라. 난 학교라고는 문 앞에도 못 가봤다. 일만 하고 살아왔어. 너희들처럼 그렇게 호강을 한 줄 아니?"

"우리가 편지를 읽어드릴 수 있어요."

"내게 오는 편지는 아무도 읽으면 안 돼."

우리가 질문을 퍼부었다.

"누가 돈을 보내는 거예요? 소포를 보내는 건 누구죠? 누가 편지를 보냈죠?"

할머니는 대답하지 않았다.

그 다음 날 할머니가 지하실에 내려간 사이에 우리는 할머니 방을 뒤졌다. 침대 밑에서 우리는 뜯어진 꾸러미를 발견했다. 몇 개의 스웨터, 털목도리, 모자, 장갑 등이 있었다. 우리는 할머니에게 아무 말도 하지 않았다. 왜냐하면 우리가 할머니 방의 문을 여는 열쇠를 가지고 있다는 사실이 탄로 날 것이기 때문이다.

저녁 식사 후 우리는 기다렸다. 할머니는 브랜디를 마시고 비틀거리며 일어나서 허리춤에 달린 열쇠로 방문을 열었다. 우리는 할머니 뒤에 바싹 따라붙다가 문을 여는 순간 할머니를 떠밀고는 방으로 들어갔다. 할머니가 침대에 쓰러졌다. 우리는 무엇인가를 찾는 척하다가 소포 꾸러미를 찾아냈다.

우리는 말했다.

"이건 너무해요, 할머니. 우리는 추워 죽을 지경이에요. 따뜻한 옷이 필요하다고요. 추워서 밖에도 못 나가고 있는데, 할머니는 엄마가 우리에게 짜서 보내주신 옷을 다 팔아먹을 생각을 하다니 말도 안 돼요."

할머니는 말없이 울었다.

우리가 또 말했다.

"돈을 보내주는 건 우리 엄마예요, 편지를 보내는 것도 엄마고요."

할머니가 말했다.

"너희 엄마가 편지를 쓴 것은 나한테가 아니야. 내가 글을 못 읽는다는 걸 잘 아니까. 예전에는 내게 편지를 보낸 적이 한번도 없어. 지금은 너희들이 있으니까 편지를 하는 거지. 하지만 나는 편지 따위는 필요 없다! 너희 엄마가 보내주는 것 중에는 내게 필요한 건 아무것도 없어!"

우체부

그날 이후로 우리는 정원 문 앞에서 우체부를 기다린다. 그는 노인인데, 차양 달린 모자를 쓰고 다닌다. 그의 자전거에는 짐칸에 커다란 가죽 가방이 두 개 매달려 있다.

그가 나타나면, 우리는 그가 방울을 울릴 시간을 주지 않고 바로 그 방울의 나사를 빼버린다.

그가 물었다.

"할머니는 어디 계시니?"

우리가 말했다.

"할머니는 찾지 마시고, 가져온 걸 어서 우리에게 주세요."

그가 말했다.

"아무것도 없다."

그가 그냥 돌아가려고 해서 우리는 그를 떠밀었다. 그는 눈 위에 넘어졌다. 그의 자전거가 그의 몸을 덮쳤다. 그가 욕설을 해댔다.

우리는 그의 가방을 뒤져서 편지 한 통과 우편환 한 장을 찾아냈다. 우리는 편지를 꺼내들고 말했다.

"돈 내놔요!"

그가 말했다.

"안 돼. 그건 너희 할머니한테 온 거야."

우리가 말했다.

"아니에요, 이건 우리한테 온 거예요. 우리 엄마가 보낸 거란 말이에요. 이걸 우리한테 주지 않으면 당신이 얼어 죽을 때까지 일어나지 못하게 할 거예요."

그가 말했다.

"알았다, 알았어. 날 좀 일으켜다오, 다리가 자전거 밑에 깔렸다."

우리는 자전거를 들어올리고 우체부가 일어나는 것을 도와주었다. 그는 너무 말랐고, 너무 가벼웠다.

그는 호주머니에서 돈을 꺼내 우리에게 건네주었다.

우리가 물었다.

"서명이나 십자 표시를 해야 하나요?"

그가 말했다.

"그래, 십자 표시로 해. 그건 누가 해도 마찬가지니까."

그가 덧붙였다.

"너희가 나선 것은 잘한 짓이다. 세상 사람들이 다 너희 할머니를 알고 있지. 그렇게 인색한 사람은 없을 거다. 그런데, 이 모든 걸 보내 주는 사람이 바로 너희 어머니시니? 어머니는 참 좋은 분이시구나. 내가 아주 어려서부터 잘 알지. 여길 떠난 것은 정말 잘한 짓이야. 여기에 있었으면 결혼도 못 했을 거다. 온갖 소문 때문에."

우리가 물었다.

"무슨 소문인데요?"

"남편을 독살했다는 거지. 말하자면 너희 할머니가 너희 할아버지를 독살했다는 소문이야. 아주 오래된 얘기지. 그래서 사람들은 할머니더러 마녀라고 부르는 거란다."

우리가 말했다.

"우리는 사람들이 우리 할머니를 욕하는 건 싫어요."

우체부는 자전거를 돌렸다.

"그럼, 그럼. 그래도 너희는 알고 있어야 해."

우리가 말했다.

"우리는 이미 알고 있어요. 아무튼 이제부터는 우편물을 우리에게 주셔야 해요. 그렇지 않으면 아저씨를 죽일 거예요. 아셨어요?"

우체부가 말했다.

"너희는 그런 짓을 하고도 남을 테지, 살인자의 새끼들이니까. 앞으로는 너희에게 우편물을 주마, 나야 아무래도 상관없는 일이니까. 마녀가 뭐라든 난 모르겠다."

그는 자전거를 밀면서, 떠났다. 우리가 잘못했다는 것을 확인시켜 주기라도 하듯이 다리를 질질 끌었다.

그 다음 날, 우리는 옷을 따뜻하게 입고 엄마가 보내준 돈을 가지고 고무장화를 사러 시내로 갔다. 엄마의 편지는, 우리 둘이 번갈아가며, 셔츠 속에 감추기로 했다.

구두장이

구두장이는 역 근처의 어느 집 지하에서 살면서 작업을 한다. 방은 넓다. 한쪽 구석에 침대가 있고, 다른 구석에는 부엌이 있다. 그의 작업장은 지면과 같은 높이에 나 있는 창문 앞에 있다. 구두장이는 낮은 간이의자에 앉아 있었는데, 주변에는 구두들과 연장들이 널려 있었다. 그는 코안경 너머로 우리를 바라보았다. 그는 우리의 다 삭아 버린 에나멜 구두에 눈길을 주었다.

우리가 말했다.

"안녕하세요, 아저씨. 우리는 고무장화가 필요해요. 방수도 되고, 따뜻한 걸로요. 파시겠어요? 돈은 있어요."

그가 말했다.

"그럼, 팔지. 하지만 이중에다 따뜻한 건 무척 비싼데."

우리가 말했다.

"우리는 그게 꼭 필요해요. 발이 시려서요."

우리는 가지고 있는 돈을 전부 꺼내 낮은 탁자 위에 놓았다.

구두장이는 말했다.

"딱 한 켤레 값이로군. 하지만, 너희는 한 켤레만 사면 되겠구나. 치수가 똑같겠는걸. 둘이 번갈아가며 신고 다니면 되겠구나."

"그럴 수는 없어요. 우리는 그렇게 따로따로 다닌 적이 없는걸요. 어디를 가도 항상 같이 다니거든요.

"그러면 부모님께 돈을 더 달라고 해야지."

"우리는 부모님이 없어요. 우리는 사람들이 마녀라고 부르는 할머니 집에서 살아요. 그런데, 할머니는 돈을 안 줘요."

구두장이가 말했다.

"마녀, 그 사람이 너희 할머니냐? 가엾은 것들! 거기서 여기까지 그 다 떨어진 신발을 신고 걸어오다니!"

"네, 그랬어요. 우리는 장화 없이는 겨울을 지낼 수가 없어요. 숲으로 나무도 하러 가야 하고, 눈도 치워야 하기 때문에. 우리는 장화가 꼭 필요해요……."

"따뜻하고 방수가 되는 장화 두 켤레라."

구두장이는 웃으며 장화 두 켤레를 우리 앞에 내놓았다.

"신어봐."

우리는 장화를 신어보았다. 꼭 맞았다.

우리가 말했다.

"이걸 다 가져갈게요. 나머지 한 켤레 값은 내년 봄에 생선과 달걀을 판 돈으로 갚을게요. 아니면 장작으로 가져다드리든지요."

구두장이는 우리의 돈을 돌려주었다.

"자, 이 돈도 가져가거라. 나는 너희들 돈까지 받고 싶지는 않구나. 좋은 양말이나 사도록 해라. 너희들이 그렇게 필요하다니, 이 장화들은 그냥 주마."

우리가 말했다.

"우리는 선물 받는 걸 싫어해요."

"그건 또 왜?"

"우리는 고맙다는 말을 하는 걸 싫어하거든요."

"그렇게 억지로 말을 둘러댈 건 없다. 그냥 가져가거라. 아니지.

잠깐 기다려라! 여름에 신을 슬리퍼와 샌들도 가져가거라. 이 굽 높은 단화도, 무척 튼튼해서 오래 신을 수 있을 거다. 이것들을 다 가져가도 좋아."

"하지만 왜 이런 걸 다 주시는 거죠?"

"나는 이제 그런 게 필요 없단다. 난 곧 여길 떠나거든."

우리가 물었다.

"어디로 가시는데요?"

"그건 나도 모르겠다. 아마도 붙잡혀가서 죽겠지."

우리가 물었다.

"누가 그런 짓을 하는 거죠, 왜요?"

그가 말했다.

"그런 건 묻지 말고. 얼른 집으로 돌아가도록 해."

우리는 단화, 슬리퍼, 샌들 따위는 손에 들고, 장화는 신었다. 우리는 문 앞에서 말했다.

"우리는 아저씨가 안 잡혀가시기를 빌겠어요. 잡혀가시더라도 살아 계시라고 빌 거예요. 안녕히 계세요, 감사합니다. 너무 감사합니다."

우리가 집에 돌아오자, 할머니가 물었다.

"너희들 이걸 다 어디서 훔쳤니? 죽일 놈들 같으니라고!"

"우리는 하나도 훔치지 않았어요. 이건 선물이에요. 세상 사람들이 다 할머니처럼 그렇게 인색하기만 한 줄 아세요?"

도둑질

우리는 이제 장화도 신었고, 따뜻한 옷도 입었기 때문에, 밖에 나갈 수 있었다. 꽁꽁 언 강 위에서 얼음지치기도 하고, 숲에 들어가서 나무도 했다.

우리는 도끼와 톱을 가지고 다닌다. 눈이 너무 많이 쌓여서, 이제는 땅에 떨어진 나뭇가지를 긁어모을 수도 없다. 나무 위로 기어올라가서, 죽은 나뭇가지를 톱으로 썰거나, 도끼로 찍어낸다. 그렇지만 우리는 춥지 않다. 오히려 땀이 날 지경이다. 그래서 우리는 장갑을 조금이라도 덜 닳게 하려고 벗어서 호주머니에 넣는다.

어느 날 우리는 나무를 두 단 해서 등에 지고 올라오는 길에 언청이를 보려고 길을 돌아갔다.

그 오두막 앞에는 눈이 수북이 쌓인 채 아무도 지나다닌 흔적이 없었다. 굴뚝에서도 연기가 나지 않았다.

문을 두드렸지만, 인기척이 없었다. 우리는 안으로 들어갔다. 너무 컴컴해서 처음에는 아무것도 보이지 않았지만, 눈은 어둠에 곧 익숙해졌다.

방 한 칸을 부엌 겸 침실로 쓰고 있었다. 그 방의 가장 어두운 구석에 침대가 하나 있었다. 우리가 다가갔다. 사람을 불러보았다. 누군가가 이불과 낡아빠진 옷 아래에서 움직였다. 언청이의 머리가 거기서 나타났다.

우리가 물었다.

"네 엄마도 거기에 계시니?"

그녀가 대답했다.

"응."

"엄마가 돌아가셨니?"

"나도 몰라."

우리는 나뭇단을 내려놓고, 아궁이에 불을 지폈다. 방 안은 마치 한데처럼 추웠다. 우리는 할머니 집으로 갔다. 지하창고에서 감자와 마른 강낭콩을 꺼내고, 염소젖도 짜서 언청이 집으로 다시 돌아왔다. 우유를 데우고, 냄비에 눈을 녹여서 강낭콩을 삶았다. 감자는 화로에서 구웠다.

언청이는 일어나 비틀거리며 불가로 다가와 앉았다.

그녀의 엄마는 죽지 않았다. 우리는 그녀의 입에 우유를 흘려 넣어 주었다. 그리고 언청이에게 말했다.

"다 구워지면 먹어, 엄마에게도 먹여드리고."

우리는 돌아왔다.

우리는 구두장이가 우리에게 돌려준 돈으로 양말을 몇 켤레 샀지만, 돈을 다 쓰지는 않았다. 식품점에 가서 밀가루를 조금 샀고, 설탕과 소금은 슬쩍했다. 그리고 정육점에도 들러 베이컨 작은 조각을 하나 샀고, 커다란 소시지 하나는 그냥 집어왔다. 우리는 언청이 집으로 다시 갔다. 그녀와 그녀의 엄마는 벌써 음식을 다 먹어치웠다. 엄마는 여전히 침대에 남아 있었고, 언청이는 설거지를 하고 있었다.

우리가 그녀에게 말했다.

"우리가 매일 땔감을 한 단씩 가져다줄게. 강낭콩과 감자도 가져다줄 수 있어. 하지만 다른 것은 돈이 필요해. 그런데 우리는 이제 돈이 없어. 돈이 없으면, 가게에 들어갈 수 없어. 훔치는 것도 돈이 좀 있어야 뭘 사면서 슬쩍하잖아."

그녀가 말했다.

"정말 머리가 좋네. 너희 말이 맞아. 사실 사람들은 날 가게에 들여보내주지도 않아. 너희도 도둑질을 하리라고는 상상도 못 했어."

우리가 말했다.

"왜 못 해? 그것도 능력을 기르는 하나의 연습이야. 하지만 돈이 좀 필요해. 꼭."

그녀가 잠시 궁리하다가 말했다.

"신부님한테 가서 달라고 해봐. 내가 나의 거기를 보여주면 신부님은 가끔씩 내게 돈을 주셨어."

"신부님이 너한테 그런 걸 요구했단 말이야?"

"그래. 그리고 가끔씩은 거기에 손가락을 집어넣기도 했어. 그러고 나서 내게 돈을 주면서, 아무에게도 말하지 말라고 했어. 그러니까 신부님에게 가서 언청이와 엄마한테 돈이 필요하다고 말해봐."

협박

우리는 신부님에게로 갔다. 그는 성당 옆에 있는 사제관(司祭館)
이라는 커다란 집에서 산다.

우리는 초인종 끈을 잡아당겼다. 한 노파가 문을 열었다.

"왜 그러느냐?"

"신부님을 뵈러 왔는데요."

"무슨 일이지?"

"어떤 사람이 죽어가고 있거든요."

노파는 우리를 대기실로 안내했다. 그녀가 문을 두드렸다.

"신부님, 종부성사랍니다."

노파가 소리쳤다. 문 뒤에서 대답하는 소리가 들려왔다.

"나갈 테니 기다리라고 하시오."

우리는 잠시 기다렸다. 키가 크고 비쩍 마른 차가운 얼굴의 한 남
자가 방에서 나왔다. 그는 우중충한 색깔의 옷 위에 흰색과 금색의
소매 없는 망토를 걸치고 있었다. 그는 우리에게 물었다.

"그 집이 어디지? 누가 너희들을 보냈니?"

"언청이와 그 엄마가요."

그가 말했다.

"나는 그 사람들의 정확한 이름을 묻는 거란다."

"우리는 그 사람들의 이름은 몰라요. 엄마는 장님에 귀머거리구요.

그 모녀는 동네에서도 제일 끝머리 집에 살아요. 그런데 지금 추위와 굶주림으로 죽어가고 있어요."

신부가 말했다.

"난 그 사람들을 전혀 모르겠다만, 종부성사는 해줄 수 있다. 같이 가자."

우리가 말했다.

"그 사람들은 아직 종부성사까지 할 필요는 없어요. 그들은 돈이 좀 필요해요. 우리가 땔감과 감자와 말린 콩을 좀 가져다줬지만, 그 이상은 우리도 어쩔 수가 없어요. 언청이가 우리를 여기에 보낸 거예요. 신부님께서 그녀에게 가끔씩 돈을 주셨다던데요."

신부가 말했다.

"그럴 수도 있겠지. 나는 많은 가난한 사람들에게 돈을 주니까. 그걸 다 기억할 수는 없는 노릇이야. 자, 받아라!"

그는 망토 아래 호주머니들을 뒤져서 동전 몇 닢을 우리에게 주었다. 우리는 그것을 받으며 말했다.

"겨우 이거예요? 이건 너무 적어요. 이걸로는 빵 한 조각도 못 사겠어요."

그가 말했다.

"안됐지만 어쩔 수가 없구나. 가난한 사람이 워낙 많으니. 이제 신자들도 거의 헌금을 안 한단다. 이 시기에 어렵지 않은 사람이 어디 있겠니? 가봐라, 신의 은총이 있기를 빌어주마!"

우리가 말했다.

"오늘은 이걸로 만족하지만, 내일 다시 뵈아겠는길요."

"뭐라고? 그게 무슨 소리냐? 내일이라고? 이제 너희들을 들여보내지 않겠다. 당장 여기서 나가."

"내일, 우리는 들여보내줄 때까지 초인종을 울릴 거예요. 그래도 안 되면 창문을 두드리고, 문을 발로 차고, 당신이 언청이에게 한 짓을 사람들에게 다 떠벌릴 거예요."

"난 언청이에게 아무 짓도 안 했다. 난 언청이가 누구인지도 모른다고. 아마도 스스로 무슨 얘기를 꾸며낸 게지. 머리가 모자라는 계집애가 횡설수설하는 걸 진짜로 믿을 건 없다. 아무도 너희들 말을 믿지 않을 게다. 그 계집애가 하는 말은 모두 거짓말이다!"

우리가 말했다.

"그 얘기가 진짜인지 거짓인지는 중요하지 않아요. 문제는 그것이 중상모략이라는 거죠. 사람들은 스캔들을 좋아하니까요."

신부는 의자에 앉아서 손수건으로 얼굴을 문질렀다.

"이건 엄청난 죄악이야. 너희들이 지금 무슨 짓을 하고 있는 줄이나 알고 이러는 거냐?"

"네, 신부님. 협박을 하고 있어요."

"그 나이에. 기막힐 노릇이구나."

"그래요, 우리가 이렇게까지 된 것은 기가 막히는 일이에요. 하지만 언청이와 그 엄마는 정말 돈이 필요해요."

신부는 일어나서 망토를 들어올리며 말했다.

"이건 하느님이 내게 내리신 시련이다. 얼마를 원하지? 난 부자가 아니야."

"신부님이 주신 돈의 열 배요. 일주일에 한 번씩. 우리는 지금 불가능한 것을 요구하는 게 아니에요."

그는 호주머니에서 돈을 꺼내 우리에게 주었다.

"토요일마다 오너라. 하지만 내가 너희들의 협박에 못 이겨서 그런다고는 절대로 생각하지 마라. 난 자비심에서 그러는 것뿐이니까."

우리가 말했다.

"우리가 신부님께 기대했던 것도 바로 그거예요."

비난

어느 날 오후, 당번병이 우리 집 부엌에 들어왔다. 우리는 그를 오랫동안 보지 못했다. 그가 말했다.

"너희, 내가 지프에서 짐을 내린다. 도와줄 수 있을까?"

우리는 장화를 신고 대문 앞 도로에 세워둔 지프로 그를 따라갔다. 당번병은 나무상자와 골판지 상자들을 우리에게 건네주었고, 우리는 그것들을 장교의 방으로 운반했다.

우리가 물었다.

"오늘밤에 장교님이 오나요? 우리는 아직 그를 한번도 못 봤어요."

당번병이 말했다.

"장교님은 이번 겨울에 안 온다. 어쩌면 절대로 안 온다. 장교님은 실연당했다. 나중에 새 짝을 찾을 거다. 너희한테는 재미없는 얘기다. 너희는 방을 데우게 나무를 가지고 온다."

우리는 땔감을 가져다 작은 무쇠 난로에 불을 지폈다. 당번병은 상자들을 개봉하여 테이블 위에 포도주, 브랜디, 맥주, 그리고 먹을 것들을 잔뜩 꺼내놓았다. 소시지, 고기와 채소 통조림, 쌀, 비스킷, 초콜릿, 설탕, 커피 등이 있었다.

당번병은 맥주 한 병을 따서 마시며 말했다.

"난 통조림을 그릇에 담아서 알코올 풍로에 데운다. 오늘 저녁, 친구들하고 먹고, 마시고, 노래한다. 승리 축하 잔치다. 우리는 기적의 신무기로 곧 전쟁에 이긴다."

우리가 물었다.

"그러면 전쟁이 곧 끝나나요?"

그가 말했다.

"응. 아주 빨리. 너희 왜 테이블 위의 음식을 보기만 해? 배고프면 먹는다, 초콜릿, 비스킷, 소시지, 뭐든지."

우리가 말했다.

"굶어 죽은 사람들이 많이 있어요."

"그래서? 그런 거 생각하지 않는다. 많은 사람이 굶어서 죽고 또다른 이유로 죽는다. 우리는 생각 안 한다. 우리는 먹는다, 그래야 안 죽는다."

그는 히죽거렸다. 우리가 말했다.

"우리가 아는 한 아주머니는 장님이고 귀머거리인데요, 딸하고 함께 이 근처에 살아요. 그 사람들은 올 겨울을 못 넘길 거예요."

"그것은 내 잘못 아니다."

"아니에요. 당신 잘못이에요. 당신과 당신 나라 때문이에요. 당신네가 우리 나라에 전쟁을 걸어왔어요."

"전쟁 전에는 그 사람들 어떻게 먹고살았니? 장님과 딸 말이다."

"전쟁 전에는 구걸해서 살았어요. 사람들이 헌옷이랑 신발을 주기도 하고, 하지만 지금은 아무도 아무것도 주지 못해요. 사람들이 모두 가난해진 탓도 있고, 또 가진 것이 다 떨어질까봐 두려워서 누굴 도와줄 생각을 못 해요. 전쟁이 모두를 인색하고 이기적인 사람으로 만들었어요."

당번병이 소리쳤다.

"나 알 바 아니다! 지겹다! 입 다문다!"

"그래요, 당신은 상관없겠죠, 우리의 식량을 먹고 있으니까."

"너희 식량 아니다. 나 이거 군대 창고에서 가져온다."

"이 테이블 위에 있는 모든 것은 다 우리 나라에서 나온 거예요. 음료수, 통조림, 비스킷, 설탕. 아저씨네 군대를 먹여 살리는 것은 우리 나라예요."

당번병은 얼굴이 빨개졌다. 그는 침대에 앉아서 머리를 두 손으로 감쌌다.

"너희 정말 내가 전쟁 원해서 너희 더러운 나라에 온다고 생각해? 나 정말로 집에 가고 싶다. 평화롭게 의자와 테이블 만들고, 우리 나라에서는 고향 포도주 마시고, 예쁜 아가씨들하고 논다. 여기, 모두들 사납다, 너희처럼, 조그만 아이들도. 너희는 나 나쁘게만 말하고. 나 어쩌란 말이야? 내가 전쟁에 안 나간다, 너희 나라에 안 간다 말하면, 총살당한다. 너희 다 가져, 자, 테이블 위에 있는 거 다 가져. 축제 끝났다, 나 슬퍼, 너희는 나 너무 나쁘게 말해."

우리가 말했다.

"우리는 이거 다는 필요 없어요, 통조림 몇 개하고 초콜릿 조금이면 돼요. 하지만 적어도 겨울 동안에는 분유랑 밀가루, 또 먹을 거면 뭐든 가끔 가져다주셨으면 좋겠어요."

그가 말했다.

"좋다. 그거, 나 할 수 있다. 너희는 내일 장님 집에 나와 함께 간다. 그러나 너희는 나한테 친절해, 앞으로, 응?"

우리가 말했다.

"그럴게요."

당번병은 또 히죽거렸다. 그의 친구들이 왔고, 우리는 자리를 떴다. 우리는 밤새 그들이 노래하며 노는 소리를 들었다.

신부의 하녀

어느 날 아침, 겨울이 다 끝나갈 무렵, 우리는 할머니와 함께 부엌에 앉아 있었다. 누군가가 문을 두드렸다. 한 젊은 여자가 들어왔다. 그녀가 말했다.

"안녕하세요? 감자를 좀 사러 왔는데요……."

그녀는 말을 하다 말고, 우리를 바라보았다.

"잘생기기도 했네!"

그녀는 앉은뱅이 의자를 끌어다 앉았다.

"이리 온, 애들아."

우리는 꼼짝도 하지 않았다. 그녀가 웃었다.

"이리와, 이리 가까이. 내가 무섭니?"

우리가 말했다.

"우리는 아무도 안 무서워해요."

우리가 그녀에게 가까이 가자, 그녀가 말했다.

"맙소사! 그 잘생긴 얼굴에! 더럽기는 또 이게 웬일이야!"

할머니가 그녀에게 물었다.

"뭘 달라고?"

"신부님께 가져갈 감자요. 너희는 왜 이렇게 더럽니? 생전 안 씻니?"

할머니가 화를 벌컥 냈다.

"네가 상관할 일이 아니야. 왜 할망구가 안 오고 네가 온 거지?"

젊은 여자는 또 웃었다.

"할망구라뇨? 당신보다 훨씬 더 젊었어요. 겨울에 돌아가셨지만. 그 사람은 제 숙모님이에요. 그래서 신부님 돌봐드리는 일을 제가 물려받게 됐죠."

할머니가 말했다.

"그 할멈은 나보다 다섯 살이나 더 먹었어. 결국 죽고 말았군…… 얼마나 가져갈 거지, 감자는?"

"십 킬로그램쯤. 더 있으면 더 주시고요. 사과도요. 그리고 또…… 뭐 더 있으세요? 신부님은 꼬챙이같이 말랐어요. 식품 창고에는 아무 것도 없고."

할머니가 말했다.

"그런 건 가을에 미리 생각해뒀어야지."

"가을에 저는 이곳에 없었어요. 어제 저녁에야 왔는걸요."

할머니가 말했다.

"내 미리 말해두겠는데, 이런 계절엔 먹을 것은 뭐든지 비싼 법이야."

"할머니 마음이죠, 선택의 여지가 있나요. 그나마 가게에는 물건이 하나도 없으니까요."

"곧 아무것도 구할 수 없게 될 거야, 어디를 가도."

할머니는 비웃으며 부엌에서 나갔다. 우리만이 신부님의 하녀와 남게 되자, 그녀가 우리에게 물었다.

"너희는 왜 안 씻고 사니?"

"욕실이 없어요, 비누도 없고요. 도대체가 씻으려고 해도 씻을 수가 없어요."

"옷은 또 그게 뭐냐! 끔찍이도 더럽구나! 다른 옷이 없니?"

"저기 의자 밑 가방 안에 있기는 한데, 그것들도 더럽긴 마찬가지고 다 찢어졌어요. 할머니는 절대로 빨아주지 않거든요."

"마녀가 너희 진짜 할머니인데도 말이야? 정말 놀랄 일이구나!"

할머니가 자루 두 개를 가지고 돌아왔다.

"은화 열 닢이나 금화 한 닢은 줘야 해. 난 지폐는 안 받거든. 그건 곧 아무런 가치도 없어질 거야. 종잇조각에 불과하지."

하녀가 물었다.

"자루 속엔 뭐가 들어 있어요?"

할머니가 대답했다.

"양식이지. 가져가든지 말든지."

"가져갈 거예요. 돈은 내일 가져올게요. 이 꼬마들이 저를 좀 도와서 자루를 옮겨줬으면 좋겠는데요."

"그 애들 마음대로 하라고 해. 항상 제멋대로니까. 누구의 말도 안 듣는 애들이거든."

하녀는 우리에게 물었다.

"좀 도와주지 않을래? 너희가 한 자루씩 짊어지면, 나는 너희 가방을 가져갈게."

할머니가 물었다.

"가방이라니, 그건 또 무슨 소리냐?"

"애들 더러운 옷을 좀 빨아주려고요. 옷은 내일 돈과 함께 가져다드릴게요."

할머니가 비웃었다.

"옷을 빤다고? 그래, 그거야 네 마음이니까……."

우리는 하녀와 함께 떠났다. 우리는 사제관까지 하녀의 뒤를 따라 걸었다. 우리는 숱이 많고 긴 그녀의 금발 갈래머리가 검은색 숄 위에서 춤추는 것을 보며 걸었다. 그 머리 타래는 허리까지 닿았다. 그녀의 엉덩이가 빨간색 치마 아래에서 씰룩거렸다. 치마와 장화 사이로 종아리가 조금 보였다. 양말은 검은색이었는데, 오른쪽 것은 올이 풀어져 구멍이 나 있었다.

목욕

우리는 하녀와 함께 사제관에 도착했다. 그녀는 우리를 뒷문으로 들여보냈다. 우리는 식품 창고 안에 자루들을 놓고, 세탁장으로 갔다. 거기에는 사방에 빨랫줄이 매여 있었다. 온갖 종류의 그릇들도 있었는데, 그중에 이상하게 생긴 마치 널찍한 안락의자 모양의 아연 욕조가 있었다.

하녀는 우리의 여행 가방을 열고 옷들을 모두 꺼내 찬물에 담갔다. 그리고 불을 지피고 커다란 가마솥 두 개에다 물을 끓였다. 그녀가 말했다.

"난 너희가 당장 갈아입을 옷만 먼저 빨아야겠어. 그러면 너희가 목욕하는 사이에 마를 거야. 그리고 나머지 옷들은 내일이나 모레 가져다줄게. 손질을 좀 해야겠어."

그녀는 끓는 물을 욕조에 붓고 찬물을 섞었다.

"누가 먼저 할래?"

우리는 움직이지 않았다. 그녀가 말했다.

"너? 아니면 너? 자, 옷 벗어!"

우리가 물었다.

"우리가 목욕하는 동안에도 여기에 있을 건가요?"

그녀는 배꼽을 잡고 웃어댔다.

"물론, 여기 있어야 하고말고! 너희 등도 밀어주고 머리도 감겨줄

거야. 내 앞에서 부끄러워할 것 없어, 자 어서들 벗어! 내가 너희 엄마
뻘은 되는데 뭘 그래."

우리는 여전히 움직이지 않았다. 그러자 그녀가 옷을 벗기 시작했다.
"할 수 없군. 내가 먼저 해야겠어. 자 봐, 난 너희 앞에서 하나도
안 부끄러워. 너희는 어린애들일 뿐이잖아."

그녀는 콧노래를 흥얼거렸지만, 우리가 자신을 지켜본다는 사실을
의식하자 얼굴이 붉어졌다. 그녀의 젖가슴은 반쯤 불다 만 고무풍선
처럼 탱탱하고 뾰족했다. 피부는 무척 희고, 온몸에 금빛 체모가 많이
나 있었다. 사타구니와 겨드랑이뿐만 아니라, 배 위와 허벅지 위도
마찬가지였다. 그녀는 목욕 수건으로 몸을 문지르면서 물속에서도
계속해서 노래를 불렀다. 그녀는 욕조에서 나오더니 재빨리 가운을
걸쳤다. 그리고 욕조의 물을 새로 받아놓고는 우리에게 등을 돌린
채 빨래를 시작했다. 우리는 옷을 벗고 둘이 같이 욕조에 들어갔다.
욕조가 커서 우리 둘이 들어가도 충분했다.

잠시 후, 하녀는 우리에게 커다란 흰색 수건을 두 장 내주었다.
"구석구석 잘 닦았는지 모르겠구나."

우리는 수건을 몸에 두르고 장의자에 앉아서 옷이 마르기를 기다
렸다. 세탁장은 수증기로 꽉 차서 무척 따뜻했다. 하녀는 가위를 가지
고 우리에게 다가왔다.

"손톱 좀 깎자. 이제 그만 마음 놓아라, 안 잡아먹을 테니."

그녀는 우리의 손톱과 발톱을 깎아주었다. 머리도 잘라주었다. 그
녀는 우리의 얼굴에도 목에도 키스를 해주며, 감탄을 연발했다.

"오! 조그만 발 좀 봐, 예쁘기도 하지, 깨끗해졌구나! 오! 귀도 잘생
기고, 목은 보드랍기도 하지, 너무 보드라워! 오! 이렇게 잘생기고
귀여운 사내 녀석을 둘씩이나 가질 수 있다면! 오직 나 혼자 소유할

수 있다면! 온몸을 애무해줄 텐데, 구석구석, 온몸을."

그녀는 우리의 몸뚱이를 끌어안고 어루만졌다. 그녀는 우리의 목, 팔 아래, 볼기짝 사이를 혀로 핥았다. 그녀는 장의자 앞에 무릎을 꿇고 앉더니 우리의 성기를 빨아댔다. 그것은 그녀의 입 안에서 점점 더 커지고 단단해졌다.

그녀는 이제 우리 둘 사이에 앉아 우리를 힘껏 끌어안았다.

"내게 이렇게 귀여운 아이가 둘 있다면, 달콤하고 맛있는 젖을 빨게 해줄 텐데. 자, 자, 여기, 옳지."

그녀는 가운 밖으로 삐져나온 젖꼭지 쪽으로 우리의 머리를 끌어당겼다. 우리는 아주 단단해진 그 빨간 젖꼭지를 빨았다. 하녀는 우리의 손을 자기 가운 속으로 밀어넣더니 양 다리 사이를 문지르게 했다.

"너희가 아직 어린 것이 참 유감이야! 오! 너무 좋아, 너희들하고 노는 게 너무 좋다!"

그녀는 한숨을 쉬고, 숨을 헐떡이더니, 갑자기 몸이 굳어졌다.

우리가 사제관을 떠날 때, 그녀가 우리에게 말했다.

"토요일마다 목욕하러 와. 더러운 옷도 가져오고. 난 너희들을 항상 깨끗하게 해주고 싶어."

우리가 말했다.

"그 보답으로 땔감을 가져다드릴게요. 생선이나 버섯도 있으면 가져오고요."

신부님

다음 토요일, 우리는 목욕하러 다시 사제관에 갔다. 우리가 목욕을 끝내자 하녀가 우리에게 말했다.

"부엌으로 와. 내가 차 한잔 끓여줄 테니, 버터 바른 빵도 먹고."

우리가 빵을 먹고 있을 때, 신부가 부엌으로 들어왔다.

우리가 인사했다.

"안녕하세요, 신부님."

하녀가 말했다.

"신부님, 제가 돌봐주는 애들이에요. 사람들이 마녀라고 부르는 그 할머니의 손자들이에요."

신부가 말했다.

"나도 알고 있지. 나를 따라 오너라."

우리는 신부를 따라갔다. 우리는 어느 방을 지나갔는데, 그 방에는 벽에 십자가상이 있고 커다란 둥근 테이블과 그 둘레에 의자가 몇 개 있을 뿐이었다. 그 다음에 우리는 어둠침침한 방으로 들어갔다. 그 방은 사방이 천장까지 책으로 꼭 차 있었다. 출입문 맞은편에는 십자가가 달린 기도대가 있었고, 창문 가까이에는 책상이 하나, 한쪽 구석에는 좁은 침대가 하나, 그리고 의자 세 개가 벽에 기대어 가지런히 놓여 있었다.

그 방의 가구는 그것이 전부였다.

신부가 말했다.

"너희도 많이 변했구나. 아주 말쑥해졌어. 꼬마 천사들 같구나. 앉아라."

그는 의자 두 개를 그의 책상과 마주보도록 내놓았다. 우리는 거기에 앉았다. 그는 책상 뒤에 앉았다. 그는 우리에게 봉투를 하나 내놓았다.

"자, 돈이다."

우리는 봉투를 받으면서 말했다.

"이제 곧 이런 돈은 안 주셔도 될 거예요. 여름이 되면, 언청이는 혼자서도 살아갈 수 있으니까요."

신부가 말했다.

"아니다. 나는 그 모녀를 계속 도울 생각이다. 진작부터 그렇게 돕지 못한 것이 부끄럽구나. 이제 다른 얘기나 해볼까?"

그는 우리를 바라보았다. 우리는 아무 말도 하지 않았다. 그가 말했다.

"나는 너희를 성당에서 본 적이 없구나."

"우리는 성당에 안 가요."

"이따금씩 기도는 하니?"

"아니요, 우리는 기도하지 않아요."

"가엾은 양들. 내가 너희를 위해 기도하마. 글 읽을 줄은 아니?"

"네, 신부님. 읽을 줄 알아요."

신부는 우리에게 책 한 권을 내놓았다.

"자, 이걸 읽어봐. 거기에는 예수의 모습과 선인들의 생에에 대한 아름다운 이야기들이 있거든."

"그런 얘기라면, 우리는 벌써 다 읽었어요. 우리는 성경책을 가지고 있어요. 구약과 신약을 다 읽었는걸요."

신부는 검은 눈썹을 치켜떴다.

"뭐라고? 너희가 성경책을 다 읽었다고?"

"네, 신부님. 몇몇 구절은 암송까지 하고 있어요."

"어떤 구절이냐, 예를 들면?"

"'창세기,' '출애굽기,' '전도서,' '요한 묵시록' 등이에요."

신부는 잠시 침묵하다가 말했다.

"그러면 '십계명'도 알겠구나. 너희들은 그걸 지키니?"

"아니요, 신부님. 우리는 지키지 않아요. 지키는 사람은 아무도 없어요. 거기에는 '살생하지 말라'고 되어 있지만, 사람들은 모두 죽이기를 일삼고 있어요."

신부가 말했다.

"그렇구나……지금은 전쟁 중이니까."

우리가 말했다.

"우리는 성경 말고 다른 책을 읽고 싶어요. 하지만 책이 없어요. 신부님은 가지고 계시죠. 그 책들을 좀 빌려주셨으면 좋겠어요."

"너희에게는 너무 어려운 책들이야."

"성경보다 더 어려운가요?"

신부가 우리를 물끄러미 바라보다가 물었다.

"너희는 어떤 종류의 책들을 읽고 싶은 거지?"

"역사나 지리 책들이요. 꾸며낸 이야기가 아닌, 실제 이야기들이 쓰여 있는 책들을 읽고 싶어요."

신부가 말했다.

"다음 주 토요일까지 너희에게 맞는 책들을 찾아놓도록 하마. 지금은 혼자 있고 싶구나. 부엌으로 돌아가서 빵이나 마저 먹도록 해."

하녀와 당번병

우리는 정원에서 하녀와 함께 체리를 따고 있었다. 당번병과 외국인 장교가 지프로 도착했다. 장교는 정원을 곧장 가로질러 자기 방으로 들어갔다. 당번병은 우리에게로 다가왔다. 그가 말했다.

"꼬마 친구들 안녕? 예쁜 아가씨 안녕? 체리 벌써 익었어? 나 체리 무척 좋아해, 나 예쁜 아가씨도 무척 좋아해."

장교가 창문에서 그를 불렀다. 당번병은 집으로 들어가야 했다. 하녀가 우리에게 물었다.

"왜 집에 다른 사람들이 산다고 말해주지 않았니?"

"외국인들이에요."

"그래? 무척 잘생겼구나, 장교는!"

우리가 물었다.

"당번병은 맘에 안 드세요?"

"그 사람은 너무 작고 뚱뚱해."

"하지만 친절하고 재미있어요. 그리고 우리말도 잘해요."

그녀가 말했다.

"난 관심 없어. 내 맘은 장교 쪽이야."

장교가 창문 앞에 놓인 장의자에 나와 앉았다. 하녀의 바구니는 체리가 가득 찼기 때문에, 사제관으로 돌아갈 수도 있을 텐데, 하녀는 그대로 남아 있었다. 그녀는 장교를 바라보고 깔깔거렸다. 그녀는 나뭇가지에 매달려서 그네를 타다가 멀리 뛰어내리는 바람에 풀밭에 나가떨어졌다. 그러고도 데이지 한 송이를 따서 장교의 발치에 던졌다. 장교는 말없이 일어나서 자기 방으로 돌아갔다. 잠시 후 장교는 지프를 타고 가버렸다.

당번병이 창가에서 상반신을 내놓고 소리쳤다.

"너무나 더러운 방을 청소하는 불쌍한 남자를 도와줄 사람 누구 없어?"

우리가 말했다.

"우리가 도와드릴게요."

그가 말했다.

"도와줄 여자 필요해. 예쁜 아가씨 필요해."

우리가 하녀에게 말했다.

"가서 좀 도와주세요."

우리 셋이 장교 방으로 갔다. 하녀는 빗자루를 들고 쓸기 시작했다. 당번병은 침대에 앉아서 말했다.

"나 꿈꾼다. 공주, 그래, 넌 내가 꿈에서 본 공주다. 공주는 내 잠을 깨우기 위해 날 꼬집어줘야 해."

하녀가 웃으면서 당번병의 뺨을 힘껏 꼬집었다.

당번병이 소리쳤다.

"나, 이제 잠깼다. 나도 마음씨 고약한 공주를 꼬집고 싶다."

그는 하녀의 팔을 붙잡고 궁둥이를 꼬집었다. 하녀는 발버둥을 쳤지만, 당번병 팔에서 빠져나오지 못했다. 그는 우리에게 말했다.

"너희, 나가! 그리고 문 잠근다."

우리가 하녀에게 물었다.

"우리가 남아 있기를 바라세요?"

그녀가 웃었다.

"뭐 하러? 나 혼자서도 충분해."

그래서 우리는 방을 나와서 문을 닫았다. 하녀가 창가로 와서 우리를 보고 웃더니 덧문을 닫고 창문도 닫았다. 우리는 다락방으로 올라가서 구멍을 통해 장교의 방에서 무슨 일이 벌어지는지 다 보았다.

당번병과 하녀는 침대에 드러누워 있었다. 하녀는 홀랑 벗었다. 당번병은 셔츠와 양말만 신고 있었다. 그는 하녀 위에 엎드려 있고, 둘 다 전후좌우로 움직여댔다. 당번병은 할머니의 돼지처럼 끙끙거렸고, 하녀는 누가 때리기라도 하는 것처럼 비명을 질러댔다. 하지만 그녀는 이따금씩 웃기도 하고 소리도 질렀다.

"응, 응, 오, 오, 오!"

그날 이후, 하녀는 자주 왔고, 그녀는 당번병과 함께 방에 틀어박히곤 했다. 우리는 가끔 그들을 구경했지만, 매번 그렇게 하지는 않았다.

당번병은 하녀가 허리를 구부리거나 네 발로 기는 것을 좋아했다. 그러면 그는 그녀의 등 뒤로 가서 달라붙었다.

하녀는 당번병이 바닥에 등을 대고 눕는 것을 좋아했다. 그러면 그녀는 그의 배 위에 올라가서 말을 타듯이 위아래로 움직였다.

당번병은 하녀에게 이따금 실크 양말이나 향수를 가져다주었다.

외국인 장교

우리는 정원에서 부동자세 연습을 하고 있었다. 날씨가 더웠다. 우리는 호두나무 그늘 속에서 벌렁 누워 있었다. 나뭇잎 사이로 하늘과 구름들이 보였다. 나뭇잎들은 움직이지 않았다. 구름들도 움직이지 않는 것 같았지만, 우리가 가만히 오랫동안 지켜보면 그것들은 모양이 변하기도 하고 길게 늘어나기도 했다.

할머니가 집에서 나온다. 우리 옆을 지나가면서 할머니는 우리에게 발길질을 한다. 우리의 얼굴과 몸에 모래와 돌조각들이 튄다. 그리고는 뭐라고 중얼거리면서 낮잠을 자러 포도밭으로 간다.

장교는 상반신을 홀랑 벗고, 눈을 감고, 머리를 하얀 벽에 기댄 채 땡볕 아래, 자기 방 앞에 있는 장의자에 앉아 있었다. 갑자기 그가 우리에게 다가왔다. 그는 우리에게 뭐라고 말했지만, 우리는 대답하지 않고 그를 바라보기만 했다. 그는 다시 의자로 돌아갔다.

한참 후 당번병이 우리에게 말했다.

"장교님이 부른다. 너희들은 그와 함께 얘기하기 위해 간다."

우리는 대답하지 않았다. 그가 다시 말했다.

"너희들 일어나서 간다. 너희들 복종 않으면 장교 화난다."

우리는 그래도 움직이지 않았다.

장교가 몇 마디 말하자 당번병은 방으로 들어갔다. 그가 집안일을 하며 부르는 노랫소리가 들렸다.

해가 지붕 굴뚝 옆에 왔을 때, 우리는 일어났다. 우리는 장교에게로 가서 그의 앞에 바로 섰다. 그가 당번병을 불렀다. 우리가 당번병에게 물었다.

"원하는 게 뭐예요?"

장교가 질문을 하고 당번병이 통역을 했다.

"장교님은 너희들이 왜 꼼짝도 안 하고, 말도 안 하는지 묻는다."

우리가 대답했다.

"우리는 부동자세 연습을 하고 있었어요."

당번병이 다시 통역을 했다.

"장교님은 너희들 연습 많이 한다 말한다. 다른 연습들도. 그는 너희들 벨트로 때리는 거 봤다."

"그건 신체 단련 연습이었어요."

"장교님 묻는다, 너희들 왜 그런 거 하는지?"

"고통에 익숙해지기 위해서요."

"그가 묻는다, 너희들은 아프면 즐거운가?"

"아니에요. 우리는 단지 고통, 더위, 추위, 배고픔, 이런 모든 참기 어려운 것을 이겨내고 싶을 뿐이에요."

"장교님 너희들 감탄한다. 그는 너희들 보통이 아니라고 한다."

장교가 몇 마디 덧붙였다. 당번병이 우리에게 통역했다.

"좋아, 끝났다. 난 이제 떠나야 한다. 너희도, 어디로든 간다, 낚시하러 간다."

그러나 장교는 웃으며 우리의 팔을 잡았고, 당번병에게만 가보라고 손짓한다. 당번병은 몇 걸음 가다가 돌아본다.

"너희들, 어디로든 떠나! 빨리! 시내로 놀러 나가."

장교가 그를 바라보자, 당번병은 대문까지 가서는 다시 우리에게 소리쳤다.

"도망쳐, 너희들! 남아 있지 마! 못 알아들어? 바보 자식들."

그는 가버렸다. 장교는 우리를 보고 웃으며, 우리를 자기 방으로 들여보냈다. 그는 의자 하나를 끌어다가 앉았다. 우리를 자기 앞으로 끌어당기더니 들어올려 자기 무릎에 앉혔다. 우리는 팔로 그의 목을 감아야 했고, 그의 빈약한 가슴에 꼭 끌어안겨야 했다. 그는 우리를 살살 흔들었다.

우리의 엉덩이 밑, 장교의 양 다리 사이에서, 우리는 뜨거운 움직임을 느꼈다. 우리는 서로 마주 보다가, 장교의 눈을 들여다보았다. 그는 우리를 살짝 밀어내면서, 우리의 머리를 헝클어뜨리고는 일어섰다. 그리고 우리에게 채찍을 하나씩 주고 자기는 침대에 배를 깔고 엎드렸다. 그는 자기 나라 말로 뭐라고 한마디 했는데, 우리는 느낌으로 무슨 말인지 이해할 수 있었다.

우리는 때렸다. 둘이서 한 번씩 번갈아가면서.

장교의 등에는 빨간 줄무늬가 생겼다. 우리는 점점 더 세게 때렸다. 장교는 신음하면서도, 그 자세 그대로, 그의 바지와 팬티를 발목까지 끌어내렸다. 우리는 그의 흰 엉덩이, 넓적다리, 정강이, 등, 목, 어깨 할 것 없이 있는 힘을 다해서 때렸다. 온몸이 빨갛게 변했다.

장교의 몸뚱이, 머리, 옷, 침대 시트, 양탄자, 우리의 손과 팔이 모두 빨갛게 물들었다. 피가 우리의 눈에까지 튀고 우리의 얼굴은 피와 땀으로 범벅이 되었다. 우리는 그가 마지막 비명을, 짐승 같은 비명을 지를 때까지 때렸고, 끝내 우리도 지쳐서 침대의 발치에 쓰러지고 말았다.

외국어

　장교는 우리가 그의 나라 말을 배울 수 있도록 사전을 한 권 가져다주었다. 우리는 단어들을 외웠다. 당번병이 발음을 교정해주었다. 몇 주일 후, 우리는 새로운 언어를 유창하게 말할 수 있었다. 우리는 계속해서 더 배웠다. 더 이상 당번병의 통역이 필요 없어졌다. 장교는 우리에게 대단히 만족했다. 그는 우리에게 하모니카를 주었다. 그리고 우리가 원할 때는 그의 방에 언제든지 드나들 수 있도록 방 열쇠를 주었다(우리는 이미 비밀 열쇠로 그렇게 하고 있었지만). 이제 우리는 몰래 드나들 필요가 없어졌고, 거기에서 우리 맘대로 할 수 있었다. 비스킷이나 초콜릿도 먹고, 담배도 피우고.

　우리는 그 방에 자주 들어갔다. 왜냐하면 그곳은 모든 것이 깨끗했고, 우리는 부엌에서보다 조용히 지낼 수 있었기 때문이다. 우리의 과제도 대개 다 거기에서 했다.

　장교는 축음기와 음반들을 가지고 있었다. 우리는 침대에 누워서 음악을 들었다. 한번은 장교를 기쁘게 해주려고 그의 국가(國歌)를 튼 적이 있었다. 그러나 그는 버럭 화를 내면서 주먹으로 그 음반을 깨뜨려버렸다.

　이따금 우리는 장교의 널찍한 침대에서 잠을 자게 되었다. 어느 날 아침, 당번병이 침대에 있는 우리를 발견하고는 언짢은 표정으로 말했다.

"이런 무례한 것들! 너희 너무 어리석어. 장교가 밤에 돌아오면 무슨 일 날 줄은 알고 이러는 거야?"

"무슨 일이 일어나는데요? 침대가 넓어서 셋이 같이 자도 충분할 텐데."

당번병이 말했다.

"너희, 진짜 바보야. 한번, 당하게 될 거야. 장교가 너희를 건드리면, 내가 그를 죽일 테니."

"장교는 우리를 해치지 않아요. 우리 걱정은 하지 마세요."

어느 날 밤, 장교가 돌아왔을 때 우리는 침대에서 자고 있었다. 석유 램프 불빛에 우리는 잠을 깼다. 우리는 물었다.

"우리가 부엌으로 가야겠지요?"

장교가 우리의 머리를 쓰다듬으며 말했다.

"그냥 있어. 그냥 있어도 돼."

그는 옷을 벗고 우리 둘 사이에 드러누웠다. 그는 우리를 두 팔로 감싸안으며 귀에 대고 속삭였다.

"어서 자. 난 너희를 사랑해. 편히 자."

우리는 다시 잠들었다. 한참 뒤 아침 무렵에 우리는 일어나려고 했지만, 장교가 붙잡았다.

"움직이지 마. 더 자."

"저희는 오줌이 마려워요. 밖에 나가야겠어요."

"나가지 마. 여기서 싸."

우리가 물었다.

"어디서요?"

그가 말했다.

"내 위에서. 그래. 겁낼 거 없어. 싸! 내 얼굴 위에다."

우리는 그가 시키는 대로 하고 정원으로 나왔다. 왜냐하면 침대가 젖었기 때문이다. 해가 벌써 떠올랐고, 우리는 아침 일을 시작했다.

장교의 친구

장교는 가끔 자기보다 젊은 장교인 친구를 데리고 돌아온다. 그들은 저녁 내내 함께 보냈고, 그 친구는 잠까지 자고 간다. 우리는 이따금 다락방 바닥에 뚫어놓은 구멍으로 그들을 관찰하곤 한다.

여름날 한 저녁이었다. 당번병이 알코올 풍로에 무엇인가를 준비했다. 그는 테이블 위에 식탁보를 깔았고, 우리는 꽃을 꽂았다. 장교와 그의 친구가 테이블 앞에 앉아서 술을 마셨다. 한참 뒤 그들은 식사를 했다. 당번병은 문 가까이 앉은뱅이 의자에 앉아서 먹었다. 그리고 그들은 또 술을 마셨다. 그러는 동안 우리는 음악을 들었다. 우리는 음반을 바꾸고 축음기를 다시 틀었다.

장교의 친구가 말했다.

"저 녀석들이 신경에 거슬리는데, 내보내지."

장교가 물었다.

"질투하는 건가?"

친구가 대답했다.

"저런 꼬마들한테? 우습군! 저런 버릇없는 녀석들한테 말인가?"

"저 애들은 잘생겼어, 그렇게 생각하지 않아?"

"글쎄. 난 자세히 보질 않아서."

"뭐? 자세히 못 봤다고? 그럼, 지금 잘 보게."

친구는 얼굴이 빨개졌다.

"왜 그래? 난 아무튼 녀석들의 엉큼해 보이는 표정이 맘에 안 들어. 녀석들이 우리말을 엿듣는 것 같은 눈치야."

"저 애들은 우리 얘기를 듣고 있는 걸세. 우리말을 완벽하게 할 줄 알아. 물론 다 알아듣고."

친구는 얼굴이 창백해져서 일어났다.

"이건 너무 지나치군! 난 가겠어!"

장교가 말했다.

"바보 같은 짓 말게. 애들아, 그만 나가봐."

우리는 방에서 나와 다락방으로 올라갔다. 우리는 구멍으로 내려다보며 엿들었다. 장교의 친구가 말했다.

"넌 그 어리석은 꼬마 녀석들 앞에서 날 우습게 만들었어."

장교가 말했다.

"난 그 애들보다 똑똑한 애들을 본 적이 없어."

친구가 말했다.

"넌 꼭 그런 식으로 말해서 내 비위를 건드려야겠어? 날 모욕하고 괴롭히기로 작정을 했군. 언젠가 널 죽여버릴 거야!"

장교는 테이블 위에 자신의 권총을 꺼내놓으며 말했다.

"제발 그렇게 해주게! 총을 들어. 날 쏴봐! 어서!"

친구는 총을 들고 장교를 겨냥했다. 장교는 눈을 감고 웃었다.

"그는 아름답고……젊고……강하고……품위 있고……섬세하고……교양 있고……부드럽고……명상적이고……용감하고……오만하고……나는 그를 사랑했다네. 그는 동부전선에서 죽었지. 그의 나이 열아홉에, 나는 그 없이는 살 수가 없어."

친구가 권총을 테이블 위에 다시 내려놓으며 말했다.

"더러운 자식!"

장교가 눈을 뜨고 친구를 바라본다.

"용기가 없나보군! 형편없는 놈!"

친구가 말했다.

"네가 직접 해보지, 그렇게 용기가 있고, 그렇게 슬픔에 잠겨 있으면. 그 없이 살 수 없으면 따라 죽지 그래. 아직도 내가 도와주길 바라나? 난 미치지 않았다고. 죽어! 혼자 죽으라고!"

장교는 권총을 들더니 자신의 관자놀이에 댔다. 우리는 다락방에서 뛰어내려갔다. 당번병은 장교 방의 열린 문 앞에 앉아 있었다. 우리는 그에게 말했다.

"장교가 자살하려고 해요."

당번병은 웃었다.

"겁내지 마. 저 사람들은, 술 많이 마시면 항상 그래. 내가, 미리 권총 두 자루 총알 다 빼놨어."

우리는 방으로 들어가서, 장교에게 말했다.

"정말 죽고 싶으시면 저희가 죽여드릴게요. 권총 이리 주세요."

친구가 말했다.

"더러운 꼬마자식들!"

장교가 웃으며 말했다.

"고맙다. 너희는 참 친절도 하구나. 장난으로 그런 것뿐이야. 가서 자도록 해."

그는 일어나서 우리를 내보내고 문을 닫으며 당번병을 쳐다본다.

"자네 아직도 거기 있나?"

당번병이 말했다.

"아직 가도 좋다는 허락을 못 받았습니다."

"가보게! 난 조용히 있고 싶어! 알겠나?"

그가 친구에게 하는 이야기가 문틈으로 새어나왔다.

"너한테는 좋은 교훈이야! 이 얼빠진 놈아!"

곧이어 싸우는 말소리, 치고받는 소리, 의자가 나자빠지는 소리, 무엇인가가 넘어지는 소리, 비명, 헐떡이는 소리가 들려왔다. 그리고 곧 잠잠해졌다.

우리의 첫 무대

하녀는 자주 노래를 불렀다. 흘러간 옛 노래나 전쟁을 소재로 한 최신 유행곡이었다. 우리는 그 노래들을 들었고, 하모니카로 불었다. 우리는 당번병에게 그의 나라의 노래를 가르쳐달라고 부탁했다.

하루는 저녁 늦은 시각에 할머니가 잠자리에 들자, 우리는 시내로 나갔다. 성벽 근처 옛 도로에서 우리는 지붕이 낮은 어떤 집 앞에 멈추어 섰다. 소란스러운 소리와 사람 소리, 그리고 연기가 층계 쪽으로 난 문의 열린 틈으로 흘러나왔다. 우리는 돌층계를 내려가서 지하창고를 개조한 간이주점으로 들어갔다. 사람들은 나무 의자나 술통에 앉거나 서서 포도주를 마셨다. 대부분이 늙은이들이었지만, 몇몇은 젊은이였고 그중에는 젊은 여자도 셋이 있었다. 아무도 우리에게 주의를 기울이지 않았다.

우리 중 하나는 하모니카를 불기 시작했고, 또 하나는 당시 유행하던 노래를 불렀다. 전쟁터에 나간 남편이 곧 승리해서 돌아오기를 기다리는 어느 아내에 관한 노래였다.

사람들은 차츰 우리를 주목하기 시작했다. 왁자지껄하던 소리가 잦아들었다. 우리는 점점 더 큰 소리로 신이 나서 노래를 부르고 하모니카를 불었다. 우리의 노래와 연주 소리가 지하창고의 둥근 천장에서 반향되어 다른 누군가가 노래하고 연주하는 것 같았다.

우리는 노래를 끝내고 위를 쳐다보았다. 거기에는 양 볼이 움푹 팬 피곤한 얼굴들이 있었다. 한 여자가 웃으며 박수를 쳤다. 한쪽 팔이 없는 한 젊은 남자가 쉰 목소리로 말했다.

"앙코르. 또다른 거 연주해봐!"

우리는 역할을 바꿨다. 하모니카를 불었던 아이가 노래 부르던 아이에게 하모니카를 넘겨주고 새 노래를 시작했다.

무척 야윈 한 남자가 비틀거리며 우리에게 다가오더니 우리의 얼굴에 대고 고함쳤다.

"조용히 해, 이 개새끼들아!"

그는 우리 사이에 비집고 들어와서 우리를 양쪽으로 거칠게 떠다밀었다. 우리는 균형을 잃고 하모니카를 떨어뜨렸다. 그 사람은 벽에 몸을 잇달아 부딪치며 층계를 올라갔다. 곧이어 거리에서 그의 고함소리가 들려왔다.

"모두들 입 닥쳐!"

우리는 하모니카를 주워서 닦았다. 누군가가 말했다.

"그는 귀머거리야."

또다른 사람이 말했다.

"그는 귀머거리인 데다가, 완전히 돌았어."

한 노인이 우리의 머리를 쓰다듬어주었다. 움푹 들어가고 가장자리가 검은 그의 두 눈에서 눈물이 흘러나왔다.

"불행한 일이야! 불행한 사람들! 가엾은 어린 것들! 가엾은 세상!"

한 여자가 말했다.

"귀가 먹었든 미쳤든 그는 살아 돌아왔어요. 당신도 살아 돌아왔고요."

그녀는 한쪽 팔이 없는 남자의 무릎 위에 앉아 있었다. 그 남자가 말했다.

"네 말이 맞아, 내 귀여운 것, 난 돌아왔어. 하지만 난 이제 뭘 가지고 일을 해야 하지? 톱질할 판자를 뭣으로 잡느냐 말이야. 내 윗도리의 텅 빈 소맷자락으로?"

의자에 앉아 있던 다른 젊은이가 비웃으며 말했다.

"나도 살아 돌아왔어. 아랫도리가 마비되긴 했지만. 다리는 물론 그 나머지 것도 말을 듣지 않아. 차라리 한방에 아주 가는 편이 나을 뻔했어."

다른 여자가 말했다.

"당신들은 만족할 줄 모르는군요. 나는 병원에서 죽어가는 사람들을 보았는데, 모두들 그러더군요. '내 몸이 어떻게 되든 상관없어, 난 살고 싶어, 살아서 고향에 돌아가 아내도 보고 어머니도 보고 싶어. 조금만 더 살았으면⋯⋯.'"

한 남자가 말했다.

"당신, 입 닥쳐. 여자들은 전쟁에 대해 아무것도 몰라."

그 여자가 말했다.

"아무것도 모른다고? 바보 같은 소리! 온갖 궂은 일, 온갖 걱정에 빠져 지내는 게 여자야. 아이들 먹여 살려야지, 부상병들 돌봐야지. 당신들은 일단 전쟁만 끝나면, 모두 다 영웅이 되잖아. 죽었으면 죽어서 영웅, 살아남았으면 살아서 영웅, 부상당했으면 부상당해서 영웅. 전쟁을 발명한 것도 당신들 남자들이고, 이번 전쟁도 당신들의 전쟁이야. 당신들이 원해서 그렇게 한 거야, 개똥같은 영웅들아!"

모두들 와자지껄 떠들고, 고함치기 시작했다. 우리 옆에 있던 노인이 말했다.

"아무도 이런 전쟁을 원하지 않았어. 아무도, 아무도."

우리는 지하창고에서 밖으로 나왔다. 집으로 돌아가기로 했다.

시가지와 할머니 집으로 가는 흙먼지 이는 도로가 달빛 속에서 환했다.

한 단계 발전한 우리의 공연

우리는 사과나 호두, 살구 등의 과일을 가지고 재주 부리기를 배웠다. 처음에는 두 개로 하다가 쉬워지자 세 개, 네 개로 늘려서 다섯 개까지 가능해지도록 연습했다.

우리는 카드와 담배를 가지고 요술을 부리는 법도 터득했다.

우리는 줄타기 연습도 한다. 바퀴 돌리기, 위험한 높이뛰기, 앞뒤로 재주넘기를 배우고, 손으로 땅 짚고 걷기도 자유자재로 한다.

우리는 우리에게는 너무 크고 다 해진 옷들을 다락방의 트렁크에서 찾아냈다. 헐렁하고 찢어진 바둑판무늬의 웃옷. 너무 커서 끈으로 허리를 동여매야 하는 바지. 또 검은색의 딱딱하고 둥근 모자도 찾아냈다.

우리 가운데 하나는 코끝에 빨간 피망을 붙이고, 다른 하나는 옥수수수염으로 가짜 콧수염을 만들어 붙인다. 우리는 립스틱을 구해서 입을 귀까지 연장하여 그린다.

우리는 그렇게 분장을 하고, 시장이 있는 광장으로 간다. 거기에는 상점도 많고, 사람도 많다.

우리는 속을 비워서 북처럼 만든 호박과 하모니카를 가지고 가능한 한 소리를 크게 내면서, 우리가 준비한 공연을 시작한다. 주변에 구경꾼이 충분히 모여들었을 때, 우리는 토마토나 때로는 계란을 가지고 재주를 부린다. 토마토는 진짜 토마토였지만, 계란은 속을 비우고 고운 모래를 채운 것이다. 사람들은 그것도 모르고, 우리가 떨어뜨릴 듯 말 듯 아슬아슬하게 그것들을 받아내는 척할 때마다, 소리를 지르며 웃고 박수를 쳐댄다.

우리의 공연은 마술 부리기로 이어지고, 줄타기로 끝이 난다.

우리 가운데 하나가 바퀴 돌리기와 위험한 높이뛰기를 하는 동안, 다른 하나는 낡은 모자를 입에 물고 물구나무를 선 채 구경꾼들 사이를 누비고 다닌다.

밤에는 우리는 분장을 하지 않고 술집을 돌아다닌다.

우리는 곧 시내의 모든 술집을 알게 되었다. 포도밭 주인들이 직접 자기네 포도주를 파는 지하창고 술집들, 사람들이 서서 술을 마시는 간이주점들, 옷을 잘 입은 사람들이나 여자를 찾아다니는 장교들이 드나드는 카페들.

술 마신 사람들은 돈을 쉽게 준다. 그들은 또한 쉽게 마음을 터놓고 이야기한다. 그런 종류의 사람들의 온갖 비밀을 다 알게 되었다.

종종 사람들은 우리에게 술을 권했고, 우리는 차츰 술에 맛을 들이게 되었다. 우리는 사람들이 주는 담배도 받아 피운다.

우리는 가는 곳마다 성공을 거두고 있다. 사람들은 우리의 목소리가 좋다고 칭찬하며 아낌없이 박수를 보내주고, 여러 번씩 앙코르를 외쳐댄다.

연극

이따금 사람들이 술에 너무 취하지 않고 맨 정신으로 있을 때, 우리는 우리의 창작극을 보여주기도 한다. 예컨대 "가난뱅이와 부자 이야기"라는 것이 있다.

우리 가운데 하나는 가난뱅이이고, 다른 하나는 부자이다.

부자가 테이블 앞에 앉아 담배를 피운다. 가난뱅이가 들어온다.

"장작을 다 팼습니다, 나리."

"잘했군. 운동은 역시 몸에 좋아. 그래서 자네는 혈색이 좋군. 뺨이 아주 빨개."

"손은 꽁꽁 얼었습니다, 나리."

"이리 와! 보여주게! 구역질이 나도록 지저분하군! 자네 손등은 갈라지고 짓물러 터졌어."

"동상에 걸려서 그렇습니다, 나리."

"자네 같은 가난뱅이들은 언제나 더러운 병에 걸려 있어. 불결해. 지겹네. 자, 품삯이나 받아가게."

부자는 가난뱅이에게 담배 한 갑을 던져준다. 가난뱅이는 한 개비를 꺼내 불을 붙인다. 그러나 문가에 서 있던 그는 재떨이를 찾지 못한다. 감히 테이블 가까이로 가지 못한다. 결국 자신의 손바닥에 담뱃재를 턴다. 가난뱅이가 빨리 나가주기만을 기다리던 부자는 가난뱅이가 재떨이를 찾는다는 사실을 모르는 척한다. 그러나 가난뱅이는 배가 고프기 때문에 그 집을 바로 떠나고 싶은 생각이 없다. 그가 말한다.

"좋은 냄새가 진동합니다, 나리."

"청결한 냄새지."

"그건 따끈한 수프 냄새입니다요. 저는 오늘 하루 종일 아무것도 못 먹었습니다."

"끼니는 제때에 먹어야지. 난 요리사가 휴가 중이라서 레스토랑으로 저녁을 먹으러 갈 참이네."

가난뱅이가 코를 킁킁거린다.

"하지만 이건 이 집에서 나는 따끈한 수프 냄새 같습니다."

부자가 역정을 낸다.

"우리 집에서는 수프 냄새가 날 리가 없네. 아무도 수프를 끓이고 있지 않아. 아마도 이웃집에서 새어나온 냄새이거나, 아니면 자네가 너무 배가 고파서 착각을 일으킨 걸세! 자네 같은 가난뱅이들은 먹을 것만 생각하지 않나? 그러니 돈을 모을 수가 없는 거야. 자네들은 번 돈을 수프와 소시지 사는 데 다 써버리지. 돼지와 진배없어. 돼지라고. 이제 우리 집 마룻바닥을 자네의 담뱃재로 다 더럽힐 셈인가! 여기서 썩 나가. 다시 보고 싶지 않으니까."

부자는 문을 열고, 가난뱅이를 발로 걷어찬다. 가난뱅이는 거리로 나가떨어진다.

부자는 문을 닫고 수프 접시 앞에 앉아 접시를 두 손으로 감싸며 말한다.

"주님의 모든 은혜에 감사합니다."

공습경보

우리가 할머니 집에 처음 도착했을 때만 해도, 소도시에서는 공습경보가 거의 울리지 않았다. 그런데 차츰 경보가 잦아졌다. 이제는 대도시에서와 마찬가지로, 사이렌이 밤낮 시도때도 없이 울려댄다. 사람들은 피신하려고 달리기 시작하고 방공호에 몸을 숨긴다. 금방 거리에는 단 한사람도 보이지 않는다. 이따금 상점들과 집들의 문이 열린 채 그대로 있는 때도 있다. 우리는 그 틈을 이용해서 가지고 싶은 물건들을 슬쩍 가져오기도 한다.

우리는 결코 방공호에 피신하지 않는다. 할머니도 마찬가지이다. 경보가 울리더라도, 낮이면 우리가 하던 일을 계속하고, 밤이면 그냥 잠을 잔다.

대개의 경우 비행기들은 인근의 국경지대를 폭격하기 위해서 우리 마을을 거쳐가는 것뿐이다. 어쩌다가 폭탄이 한 개쯤 어느 집 위에 떨어지기도 한다. 그럴 경우, 우리는 피어오르는 연기를 보고 방향을 짐작해보고는 현장으로 간다. 우리는 그 폐허 속에서 쓸 만한 물건들을 집어온다.

우리는 항상 폭격 맞은 집의 지하실에 있던 사람들이 모두 죽어 있는 것을 본다. 그런데 이상하게도, 그 집의 굴뚝만은 멀쩡하게 남아 있다.

어떤 비행기는 밭이나 거리에 있는 사람들에게 기관총을 발사하기 위해서 급강하하기도 한다.

당번병은 비행기가 우리를 향해 다가오면 주의를 해야 하지만, 우리의 머리 위로 지나갈 때는 이미 위험한 순간은 지나간 것이라고 가르쳐주었다.

언제 공습이 있을지 모르는 세상이었다. 저녁이면 창문으로 불빛이 새어나가지 않도록 만반의 준비를 하고서야 불을 켤 수 있었다. 할머니는 불을 아예 켜지 않는 것이 가장 좋은 방법이라고 생각했다. 순찰대는 불빛이 새어나오는 집이 있는지 감시하기 위해서 밤마다 순찰을 돈다.

식사 중에, 우리는 화염에 휩싸인 채 추락한 비행기를 본 이야기를 했다. 우리는 또 낙하산을 타고 뛰어내리는 조종사도 보았다.

"그 조종사가 어떻게 되었는지는 모르지만, 아무튼 그 사람은 적군이에요."

할머니가 말했다.

"적군이라고? 아냐, 아군이야. 그들이 곧 밀고 들어올 거다."

어느 날, 우리는 공습경보 중에 산책을 하러 나갔다. 당황한 어떤 남자가 우리에게로 달려왔다.

"폭격 중일 때는 밖에 있으면 안 돼!"

그는 우리의 팔을 방공호 입구 쪽으로 끌어당겼다.

"들어가, 어서 안으로 들어가."

"들어가고 싶지 않아요."

"여긴 방공호야. 여기 있어야 안전해."

그는 문을 열고 우리를 앞세우고 우리의 등을 밀며 방공호로 들어갔다. 지하실은 사람들로 만원이었다. 그 안은 쥐 죽은 듯이 조용했다. 여자들은 자기 아이들을 꼭 끌어안고 있었다.

갑자기 어디에서인가 폭탄이 연달아 터졌다. 폭음이 점점 가까이 들려온다. 지하실로 우리를 데리고 들어온 그 남자는 구석의 석탄더미 위로 몸을 던지더니 그 속으로 파고들어가려고 애를 썼다.

몇몇 여자들이 경멸하는 투의 코웃음을 쳤다. 나이든 어떤 여자가 말했다.

"정신이 이상해진 거야. 그래서 그는 군대에서 휴가를 받아 나왔어."

갑자기 우리는 숨쉬기가 힘들어졌다. 우리는 지하실 문을 열었다. 한 건장한 여자가 우리를 안으로 끌어당기고 다시 문을 닫았다. 그녀가 소리쳤다.

"너희 미쳤어? 지금은 나갈 수 없어."

우리가 말했다.

"지하실에 있는 사람들이 항상 죽어요. 우리는 나가고 싶어요."

그 뚱뚱한 여자는 몸으로 문을 가로막고 섰다. 그녀는 우리에게 '시민보호대' 완장을 보여주었다.

"여기서는 내 명령에 따라야 해! 너희는 나갈 수 없어!"

우리는 이빨로 그녀의 퉁퉁한 팔뚝을 물어뜯고, 정강이를 발로 걷어찼다. 그녀는 비명을 지르며 우리를 때리려고 했다. 사람들이 비웃었다. 마침내 그녀가 분노와 수치심으로 얼굴이 빨개지며 말했다.

"가! 썩 꺼져버려! 밖에 나가 뒈져! 그래도 손해 날 것 하나도 없으니까."

밖으로 나온 우리는 심호흡을 했다. 우리가 공포를 느낀 것은 그때가 처음이었다.

폭탄이 비 오듯이 쏟아지고 있었다.

끌려가는 사람들

우리는 사제관으로 우리의 깨끗한 속옷을 찾으러 갔다. 우리는 부엌에서 하녀와 함께 버터 바른 빵을 먹었다. 거리에서 고함소리가 들려왔다. 우리는 먹던 빵을 놓고 밖으로 나갔다. 사람들이 자기 집 문 앞에 나와 서 있었다. 그들은 역 쪽을 바라보았다. 흥분한 아이들은 소리치며 집으로 달려갔다.

"그들이 와요! 그들이 와요!"

길모퉁이에 외국인 장교들이 탄 군용 지프가 나타났다. 지프는 천천히 굴러왔고, 그 뒤를 이어 허리에 소총을 찬 군인들이 보였다. 그들 뒤에는 그야말로 가축 떼 같은 인간 무리가 따라오고 있었다. 우리 같은 아이들. 우리 엄마 같은 아주머니들. 구두장이 할아버지 같은 노인들.

군인들의 감시 하에 걸어가고 있는 그들은 200명에서 300명쯤 되었다. 어떤 부인들은 그녀들의 아이들을 등에 업기도 하고, 목말을 태우기도 하고, 가슴에 꼭 껴안기도 했다. 그녀들 중 한 사람이 쓰러졌다. 그 여자와 아이에게 사람들이 손을 내밀었다. 그들을 부축해서 걸었다. 한 군인이 벌써 총을 겨누고 있었다.

아무도 말하지 않았다. 울지도 않았다. 그저 땅만 보며 걸었다. 군인들의 징 박은 군화 발자국 소리뿐이었다.

우리 바로 앞을 지나던 무리 속에서 뼈만 앙상한 팔이 불쑥 나왔다.

더러운 손을 내밀면서 말했다.

"빵 좀."

하녀는 웃으며 그녀가 먹던 빵을 주는 시늉을 했다. 그녀는 뻗은 손 가까이로 빵을 가져가다가 큰 소리로 웃으며, 다시 자기 입에 집어 넣고 씹으며 말했다.

"나도, 배가 고프다고!"

그 광경을 지켜보던 한 병사가 하녀의 엉덩이를 살짝 때렸고, 그녀의 뺨도 꼬집어주었다. 그녀는 석양 속에서 먼지 구름을 일으키며 그 무리가 사라질 때까지, 그 병사를 향해 손수건을 흔들었다.

우리는 사제관으로 돌아왔다. 부엌에서 보니까 신부는 자신의 방 커다란 십자가 앞에 무릎을 꿇고 앉아 있었다.

하녀가 말했다.

"먹던 것 마저 먹어."

우리가 말했다.

"우리는 이제 배고프지 않아요."

우리는 방으로 갔다. 신부가 돌아보았다.

"너희도 나와 함께 기도하지 않겠어?"

"신부님도 잘 아시겠지만, 우리는 기도하지 않아요. 우리는 지금 무슨 일이 일어나고 있는지 알고 싶을 뿐이에요."

"너희는 너무 어려서 이해할 수 없어."

"신부님은 너무 어리지 않으시잖아요. 그러니까 여쭤보는 거예요. 그 사람들 누구예요? 그들을 어디로 데려가는 거죠? 그 이유는 뭐죠?"

신부는 일어나서 우리에게로 왔다. 그는 눈을 감고 말했다.

"하느님이 인도하시는 길은 아무도 이해할 수 없단다."

그는 눈을 뜨고 우리의 머리 위에 손을 얹었다.

"너희가 그런 광경을 목격했다는 사실은 퍽 유감스런 일이다. 온몸을 부들부들 떨고 있구나."

"신부님도요."

"그래, 난 늙어서 그런 거란다."

"그러면 우리는요? 추워서 그러는 거예요. 우리는 지금 웃옷을 안 입었거든요. 신부님의 하녀가 빨아준 셔츠를 가지러 가야겠어요."

우리는 부엌으로 갔다. 하녀는 우리에게 깨끗하게 빨아놓은 속옷 보따리를 내밀었다. 우리는 보따리에서 각자 셔츠를 하나씩 꺼냈다. 하녀가 말했다.

"너희는 너무 예민해. 너희가 할 수 있는 가장 좋은 방법은 너희가 본 것을 모두 잊어버리는 거야."

"우리는 영원히 아무것도 잊지 못할 거예요."

그녀가 우리를 밖으로 내몰았다.

"자, 진정하라고! 그런 일은 너희하고 아무 상관도 없어. 너희에게는 절대로 그런 일이 일어나지 않아. 그 사람들은 짐승이나 마찬가지니까."

할머니의 사과

우리는 사제관에서 나오자마자 구두 가게로 달려갔다. 유리창은 박살나고, 출입문은 부서져 있었다. 집 안도 엉망이었다. 벽은 온갖 추잡한 낙서들로 지저분했다.

한 노파가 이웃집 앞에 놓인 벤치에 앉아 있었다. 우리가 그 노파에게 물었다.

"구두장이도 떠났나요?"

"오래됐단다, 불쌍한 사람이지."

"오늘 이 마을을 지나간 행렬에 끼어 있었던 건 아닐까요?"

"아니야, 오늘 지나간 사람들은 다른 곳에서 온 사람들이야. 가축 운반 차량에 실려서 왔지. 구두장이 영감은 사람들이 여기서 죽였어. 바로 그의 작업장에서, 그의 연장들로. 하지만 걱정할 건 없어. 하느님이 다 보고 계시니까. 하느님은 당신을 따르는 사람들을 다 알아보실 거야."

집에 돌아와보니, 할머니가 정원에 사지를 펴고 벌렁 드러누워 있었고, 그 주변에는 사과들이 흩어져 있었다.

할머니는 꼼짝도 하지 않았다. 할머니의 이마에서는 피가 흐르고 있었다.

우리는 부엌으로 달려가서, 속옷 하나를 물에 적신 뒤에 선반에서 브랜디를 꺼냈다. 우리는 속옷을 할머니 이마에 얹고, 브랜디를 할머니의 입에 흘려넣었다. 잠시 후, 할머니는 눈을 뜨고 말했다.

"더!"

우리는 브랜디를 할머니 입에 부었다.

할머니는 팔꿈치를 짚고 몸을 일으키더니, 냅다 소리를 지르기 시작했다.

"이 사과들 줍지 못하겠니! 어서 줍지 못하고 뭘 꾸물거리고들 있어? 개자식들 같으니라고!"

우리는 거리의 흙먼지를 뒤집어쓴 사과들을 주웠다. 그리고 주운 사과를 할머니의 앞치마에 모았다.

적신 속옷이 할머니의 이마에서 미끄러져 떨어졌다. 이마에서 흘러나온 피가 눈으로 들어간다. 할머니는 삼각 숄의 한 귀퉁이로 피를 닦았다.

우리가 물었다.

"아프지 않으세요, 할머니?"

할머니가 픽 웃었다.

"개머리판 한 대로는 안 죽는다."

"무슨 일이 있었던 거예요, 할머니?"

"아무것도 아니다. 내가 사과를 주워 모으고 있었지. 그런데 행렬이 지나가기에 구경을 하려고 문 앞으로 갔어. 그때 앞치마 자락을 놓치는 바람에 사과가 쏟아져 거리로 굴러간 거야. 행렬의 한복판으로. 그렇다고 때릴 것까지는 없는 일인데."

"누가 때렸어요, 할머니?"

"누구일 거 같니? 너희가 바보가 아닌 이상 잘 알고 있겠지. 그놈들은 다른 사람들도 마구 때렸어. 무더기로. 그래도 몇 사람은 내 사과를 먹을 수 있었지!"

우리는 할머니를 부축해서 일으켰다. 그리고 할머니를 모시고 집으로 들어갔다. 할머니는 사과 잼을 만들겠다며 사과 껍질을 벗기기 시작했지만, 곧 쓰러지고 말았다. 우리는 할머니를 침대에 옮겼다. 그리고 할머니의 신을 벗겼다. 삼각 숄이 미끄러져 내렸다. 완전한 대머리가 나타났다. 우리는 얼른 삼각 숄을 원래의 위치에 가져다놓았다. 우리는 할머니의 침대 곁에 오래 머물렀다. 할머니의 손을 잡고 숨결이 고른지 지켜보았다.

형사

우리는 할머니와 함께 아침 식사를 하고 있었다. 한 남자가 노크도 없이 부엌으로 들어왔다. 그는 형사신분증을 제시했다.

할머니는 당장 고함부터 질러댔다.

"우리 집에 형사가 올 이유는 없어! 난 아무 짓도 안 했다고요!"

형사가 말했다.

"아니에요, 무슨 일은요, 절대로 없겠죠. 다만 독약을 여기저기 좀 뿌렸을 뿐이지요."

할머니는 말했다.

"증거를 대보라고. 증거가 없는데 당신들이 날 어쩔 수 있겠어요."

형사가 말했다.

"진정해요, 할머니. 죽은 사람을 다시 파내지는 않아요. 다시 묻기도 힘드니까요."

"그러면 왜 왔소?"

형사는 우리를 쳐다보더니 할머니에게 말했다.

"나무에서 열매가 떨어져봤자, 나무 밑에 떨어지지 어디 가겠어요?"

할머니도 우리를 쳐다본다.

"제발 부탁하마. 너희들이 또 무슨 일은 저지른 건 아니겠지, 개자식들 같으니라고."

형사가 물었다.

"너희들 어제 저녁에 어디 있었지?"

우리는 대답했다.

"여기요."

"보통 때처럼 술집을 전전하지는 않고?"

"아니에요. 우린 할머니가 사고를 당하셔서 여기 그대로 있었어요."

할머니가 재빨리 나섰다.

"내가 지하창고에 내려가다 굴렀거든. 층계에 이끼가 껴서 미끄러졌어요. 머리를 부딪쳤다고. 이 애들은 나를 끌어올리려다 간호를 해줬어요. 애들은 내 곁에서 밤을 새웠어요."

형사가 말했다.

"정말 혹이 생겼군요. 할머니 나이에는 조심해야지요. 좋습니다. 집을 수색하겠어요. 세 사람 다 따라와요. 지하창고부터 시작하지."

할머니는 창고 문을 열었다. 우리는 거기로 내려갔다. 형사는 모든 것을 다 옮겨놓았다. 자루들, 깡통들, 바구니들, 감자더미들.

할머니는 우리에게 낮은 목소리로 물었다.

"저자가 뭘 찾는 거냐?"

우리는 어깨를 으쓱했다.

창고 다음으로 형사는 부엌을 뒤졌다. 그 다음으로 할머니는 침실 방문을 열었다. 형사는 침대를 뒤졌다. 침대에도, 볏짚이 들어 있는 매트 속에도 아무것도 없었다. 다만 베개 밑에서 동전 몇 닢이 나왔을 뿐이다.

장교의 방문 앞에서 형사가 물었다.

"여긴 뭐하는 데죠?"

할머니가 말했다.

"거긴 내가 외국인 장교에게 세준 방이오. 내게는 열쇠가 없어요."

형사는 다락방 문을 바라보았다.

"사다리는 없어요?"

할머니가 말했다.

"부서진 건 있지요."

"할머니는 어떻게 올라가지요?"

"난 안 올라가요. 저 애들만 드나들지."

형사가 말했다.

"자, 올라가봐?"

우리는 밧줄을 타고 다락방에 올라갔다. 형사는 우리가 공부에 필요한 물건들을 정리해놓은 상자를 열었다. 그 안에는 성경책, 사전, 종이, 연필, 그리고 온갖 것이 다 적혀 있는 커다란 작문 노트가 있었다. 그러나 형사는 그런 것을 읽으려고 온 것은 아니었다. 그는 낡은 옷 보따리와 모포 보따리를 다시 한 번 조사했고, 우리는 내려왔다. 일단 아래로 내려오자, 형사는 주위를 살펴보며 말했다.

"내가 이 정원을 다 뒤질 수는 없고. 좋아. 나와 함께 가자."

그는 우리를 숲으로 데리고 갔다. 그는 우리가 시체 한 구를 발견한 적이 있던 큰 구덩이로 갔다. 시체는 없어졌다. 형사는 물었다.

"너희들이 벌써 이곳에 다녀갔지?"

"아니요, 정말 아니에요. 우리는 무서워서 이렇게 멀리까지는 안 와요."

"이 구덩이도, 죽은 군인도 본 적이 없다는 말이지?"

"네, 맹세코."

"우리가 군인의 시체를 발견했을 때는 이미 소총도, 탄약도, 수류탄도 없어진 뒤였어."

우리가 말했다.

"그 군인은 정신이 다 나갔던 모양이군요. 군인에게 필요한 물건을 다 잃어버리고 다니다니."

형사가 말했다.

"잃어버린 게 아니야. 죽은 뒤 누군가에게 도적질당한 거라고. 너희들이 이 숲에 자주 드나드는 모양인데, 이 문제에 대해 뭔가 짚이는 거 없어?"

"아뇨. 전혀 모르겠어요."

"그렇다면, 누군가가 소총이랑 탄약, 수류탄을 가지고 있는 것이 분명해."

우리가 말했다.

"누가 감히 그런 위험한 물건들에 손을 댔을까요?"

신문(訊問)

우리는 경찰서에 있었다. 형사는 테이블 앞에 앉아 있었고, 우리는 그의 앞에 서 있었다. 그는 종이와 연필을 준비했다. 그는 담배를 피웠다. 우리에게 질문했다.

"사제관 하녀와는 언제부터 알고 지냈지?"

"봄부터입니다."

"어디에서 알게 된 거지?"

"할머니 집에서요. 하녀가 감자를 사러 왔어요."

"너희는 사제관에 장작을 대고 있던데. 그 대가로 얼마를 받지?"

"안 받아요. 하녀가 우리의 속옷을 빨아주기 때문에, 그 보답으로 땔감을 가져다주기로 했거든요."

"하녀는 친절했나?"

"그럼요. 우리에게 버터 바른 빵을 주기도 하고, 머리며 손톱도 깎아주고, 목욕도 시켜줬어요."

"엄마처럼 말이지? 신부님도 너희에게 친절했어?"

"무척이요. 신부님은 책도 빌려주고, 많은 걸 가르쳐주셨어요."

"마지막으로 사제관에 장작을 날라다준 게 언제지?"

"닷새 전이요. 화요일 아침이었어요."

형사는 조사실 안을 왔다 갔다 했다. 그는 커튼을 치고 책상의 스탠드를 켰다. 그는 의자 두 개를 가져다가 우리를 앉혔다. 그는 우리의 얼굴에 불빛을 비추었다.

"너희들은 그 하녀를 무척 좋아했겠지?"

"그럼요, 무척 좋아해요."

"그녀에게 무슨 일이 일어난 줄 알아?"

"무슨 일이 생겼나요?"

"그래. 아주 끔찍한 일이야. 오늘 아침 평소처럼 그녀가 불을 지피는데 부엌의 아궁이가 폭발했어. 그녀는 얼굴을 정면으로 맞았지. 지금 병원에 있어."

형사는 말을 멈췄고, 우리는 아무 말도 하지 않았다. 그가 말했다.

"너희는 할 말이 없어?"

우리가 말했다.

"얼굴에 정면으로 폭발물을 맞았으면, 병원보다는 묘지로 가는 경우가 더 많아요. 죽지 않은 게 천만다행이군요."

"그녀의 얼굴은 완전히 망가졌어, 죽을 때까지 그 얼굴로 살아야 할 거야."

우리는 아무 말도 하지 않았다. 형사도 그랬다. 그는 우리를 빤히 쳐다보았다. 우리도 그를 쳐다보았다. 그가 말했다.

"너희는 별로 슬퍼하지도 않는군."

"우리는 그녀가 목숨을 건진 것만으로도 만족해요. 그런 엄청난 사고를 당하고도!"

"그건 사고가 아니야. 누군가가 장작더미에 폭발물을 숨겨놓은 거지. 군용 소총용 탄약이야. 탄약통이 발견되었거든."

우리가 물었다.

"누가, 왜 그런 짓을 했을까요?"

"그녀를 죽이기 위해서지. 아니면 신부를 죽이거나."

우리가 말했다.

"참 잔인한 사람들이군요. 그들은 죽이는 게 취미인 모양이지요. 그들을 그렇게 만든 건 전쟁이에요. 게다가 폭발물이 아무 데나 널려 있으니."

형사는 고함치기 시작했다.

"닥치지 못해, 교활한 녀석들! 사제관에 장작을 대는 건 너희들이 란 말이야! 숲속을 온종일 싸돌아다니는 것도 너희들이고! 시체를 뒤져가는 것도 너희들이야! 너희들은 못 할 짓이 없는 놈들이라고! 피는 못 속인다니까! 너희 할머니도 양심상 께름칙한 구석이 있을 거다. 자기 남편을 독살했으니. 할머니는 독약이더니, 손자들은 폭발 물이구나! 자백해, 더러운 종자들! 자백해! 네놈들 짓임이 분명해!"

우리는 말했다.

"우리만 사제관에 장작을 대는 것은 아니에요."

그가 말했다.

"그건 그래. 노인이 하나 있지. 그 노인은 벌써 조사를 끝냈어."

우리가 말했다.

"누구든 장작 속에 탄약을 숨길 수 있어요."

"그렇지. 하지만 탄약이 아무나 가질 수 있는 물건이 아니니까 문 제지. 난 하녀가 어떻게 되었는지는 상관없어! 내가 알고 싶은 것은 탄약이 어디서 났느냐 하는 거야. 수류탄은 어디 있고? 소총은 또 어디 있느냐 이거야. 노인은 다 자백했어. 내가 심하게 다그치니까 다 자백을 하더군. 하지만 그는 탄약이나 수류탄, 소총이 어디에 있는 지를 대지 못했어. 그는 범인이 아니야 범인은 바로 너희들이야! 니 희들은 탄약과 수류탄과 소총이 어디에 있는지 알고 있어. 너희들은 알아, 어서 바른 대로 대!"

우리는 대답하지 않았다. 그의 얼굴에 핏기가 가시더니 우리를 후려갈기기 시작했다. 우리는 의자에서 굴러 떨어졌다. 그는 우리의 옆구리를, 허리를, 가슴을 발로 걷어찼다.

"자백해! 자백해! 너희들 짓이지! 자백하란 말이야!"

우리는 눈을 뜰 수가 없었다. 우리 귀에 더 이상 아무 소리도 들리지 않았다. 우리의 몸은 땀과 피와 똥오줌으로 범벅이 되었다. 우리는 의식을 잃었다.

감옥에서

우리는 감방의 딱딱한 흙바닥에 누워 있었다. 작은 철창문으로 햇빛이 새어 들어왔다. 그러나 우리는 몇 시인지, 심지어는 아침인지 저녁인지조차 분간할 수가 없었다.

우리는 온몸이 아팠다. 조금만 움직여도 너무나 고통이 심해서 우리는 반(半)실신 상태에 빠졌다. 눈이 잘 보이지 않았고, 귀는 웅웅거렸고, 머리도 멍했다. 우리는 몹시 갈증이 났다. 입안이 바싹 말랐다.

그런 상태로 몇 시간이 흘렀다. 우리는 아무 말도 하지 않았다. 한참 뒤 형사가 들어와서 우리에게 물었다.

"뭐 필요한 거 없어?"

우리가 말했다.

"물 좀."

"말해, 자백하라고. 그러면 너희 먹고 싶은 걸 다 줄 테니."

우리는 대답하지 않았다. 그가 물었다.

"영감은 뭐 먹고 싶은 거 없어?"

아무 대답이 없다. 형사가 나갔다.

우리는 그 방에 우리 외에 다른 사람이 있다는 것을 그제서야 알았다. 우리가 조심스레 고개를 들고 살펴보니, 한 구석에 쪼그리고 쓰러져 있는 노인이 보였다. 우리는 조금씩 기어서 그에게 다가가서 그를 만져보았다. 그는 뻣뻣하게 굳어 있었고, 얼음처럼 차가웠다. 우리는 다시 기어서 문 옆 우리 자리로 돌아왔다.

형사가 손전등을 들고 다시 왔을 때는 이미 밤이었다. 그는 노인에게 불을 비추어보더니 말했다.

"푹 자라고. 내일 아침에는 집에 보내줄 테니."

그는 우리의 얼굴도 차례로 비추어보았다.

"그래도 말 안 해? 난 아무래도 좋아. 시간은 많으니까. 자백을 하든지 여기서 죽든지, 그건 너희들 맘대로 해!"

밤이 깊었을 때, 다시 문이 열렸다. 형사, 당번병 그리고 외국인 장교가 들어왔다. 장교는 몸을 숙여 우리를 들여다보았다. 그가 당번병에게 말했다.

"기지에 전화해서 구급차를 불러!"

당번병이 밖으로 나갔다.

장교는 노인을 검사하더니 말했다.

"죽도록 맞았군!"

그가 형사를 돌아보며 말했다.

"당신은 비싼 대가를 치르게 될 거야, 이 버러지 같은 놈! 이런 짓에 어떤 대가가 돌아오는지 깨닫게 해주지!"

형사는 우리에게 물었다.

"저 사람이 뭐라고 말했지?"

"노인이 죽었다고요. 그리고 당신이 그 대가를 비싸게 치르게 될 거라면서 버러지 같은 놈이라고 했어요."

장교는 우리의 이마를 만져보았다.

"내 새끼들, 가엾기도 해라. 저 녀석이 감히 너희들을 이렇게 만들다니, 돼지만도 못한 자식!"

형사가 말했다.

"날 어떻게 하겠다든? 저 사람에게 말 좀 해줘, 난 자식이 있는 몸이라고……난 아무것도 몰랐다고……저분이 너희 아버지니, 아니면?"

우리가 말했다.

"우리 삼촌이에요."

"진작에 말을 해주지 그랬어? 내가 그걸 어떻게 알 수가 있었겠어? 용서를 빈다. 내가 뭘 해야……."

우리가 말했다.

"하느님께 기도나 하시죠."

당번병은 다른 병사들과 함께 돌아왔다. 우리는 들것에 실려 구급차로 옮겨졌다. 장교는 우리 곁에 앉았다. 형사는 몇 명의 군인들에게 둘러싸인 채 당번병이 운전하는 지프에 태워졌다.

기지에 도착한 우리는 사방 벽이 흰색인 넓은 방으로 옮겨졌고, 곧이어 의사가 들어와서 우리를 진찰하기 시작했다. 그는 우리의 상처를 소독했고, 고통을 줄이고 파상풍을 예방하는 주사를 놓아주었다. 우리는 엑스레이도 찍었다. 우리는 이가 몇 개 부러진 것 외에는 크게 다친 데는 없었다. 다행히 부러진 이도 젖니들이었다.

당번병은 우리를 할머니 집으로 데려다주었다. 그는 우리를 장교의 널찍한 침대에 눕히고, 자기는 침대 옆에 모포를 깔고 누웠다. 다음 날 아침, 그는 할머니를 부르러 갔다. 할머니는 우리에게 따뜻한 우유를 가져왔다.

당번병이 나가자, 할머니가 우리에게 물었다.

"자백했니?"

"안 했어요, 할머니. 우리는 자백할 게 없어요."

"나도 그렇게 생각했다. 그러면 형사는 어떻게 됐니?"

"모르겠어요. 하지만 그는 이제 다시 돌아오지 못할 거예요."

할머니가 픽 웃었다.

"수용소로 끌려가거나, 총살을 당하겠지? 돼지새끼 같은 놈! 축하 파티를 해야겠구나. 어제 영계 한 마리를 삶아놨다. 다시 데워주마. 나도 하나도 안 먹고 놔뒀어."

정오에 우리는 일어나서 부엌으로 갔다.

식사하는 동안, 할머니가 말했다.

"너희가 왜 하녀를 죽이려고 했는지 알 수가 없구나. 너희 나름대로 이유가 있었을 거라는 생각은 든다만서도."

노신사

하루는 저녁 식사를 막 마쳤을 때, 한 노신사가 우리보다 조금 더 큰 여자아이를 데리고 찾아왔다.

할머니가 그에게 물었다.

"무슨 일이신가요?"

노신사가 이름을 대자, 할머니는 우리에게 말했다.

"나가 놀아라. 정원이나 한 바퀴 돌고 와."

우리는 밖으로 나왔다. 집을 한 바퀴 돈 뒤, 부엌 창문 아래에 앉았다. 그리고 엿들었다. 노신사가 말했다.

"불쌍히 여겨주세요."

할머니가 대답했다.

"당신은 나한테 어떻게 그런 일을 부탁하실 수 있죠?"

노신사가 말했다.

"부인은 그 애의 부모를 아십니다. 그들은 끌려가기 전에 저 애를 내게 맡겼지요. 그들은 아이가 내 집에서도 더 이상 안전하지 않을 경우에 대비해서 부인의 주소를 가르쳐주었습니다."

할머니가 물었다.

"내가 어떤 위험한 일을 당할지는 알고서 이리시는 건가요?"

"물론 잘 알죠. 하지만 아이의 목숨이 달린 문제입니다."

"이 집에는 외국인 장교가 살고 있어요."

"바로 그 점입니다. 그래서 아무도 여기를 수색하지 않아요. 그냥 부인의 손녀라고 해주세요, 아까 그 두 아이의 사촌이라고."

"내게 그 두 아이 외에 손자가 없다는 건 세상 사람이 다 아는 일인 걸요."

"그러면 부인의 사위 쪽 친척 아이라고 해둡시다."

할머니는 코웃음을 쳤다.

"난 사위라고는 얼굴도 못 봤어요!"

긴 침묵 끝에 노신사가 다시 말했다.

"이 아이를 몇 달간만 봐달라는데, 안 되겠습니까? 전쟁이 끝날 때까지만."

"전쟁은 몇 년간 계속될지도 모르는 일이에요."

"아닙니다, 결코 오래가지는 않을 겁니다."

할머니는 훌쩍거리며 말했다.

"나같이 죽어라고 일해서 겨우 먹고사는 늙은이가 무슨 재주로 이 많은 아이들을 먹여 살리겠어요?"

노신사가 말했다.

"이게 저 아이의 부모가 가지고 있던 전 재산입니다. 이건 패물들이고, 다 가지시고 저 아이만 살려주세요."

잠시 후 할머니가 우리를 불렀다.

"자, 너희 사촌이다."

우리가 말했다.

"알았어요, 할머니."

노신사가 말했다.

"셋이 사이 좋게 놀아야 한다, 알았지?"

우리가 말했다.

"우리는 놀지 않아요."

그가 물었다.

"그러면 뭘 하니?"

"우리는 일하고, 공부하고, 또 여러 가지 연습도 해요."

그가 말했다.

"그렇구나. 성실한 아이들이라 놀 시간이 없겠구나. 너희들의 사촌 누나도 좀 잘 보살펴주기 바란다."

"네, 아저씨. 우리가 잘 돌보겠어요."

"고맙구나."

우리의 사촌 누나가 말했다.

"내가 너희들보다 더 크다."

우리가 대답했다.

"하지만 우리는 둘이야."

노신사가 말했다.

"너희 말이 옳아. 둘이 힘을 합하면 훨씬 더 강해질 수 있지. 그리고 저 아이에게 '사촌 누나'라고 부르는 것을 잊어서는 안 된다, 알았지?"

"네, 아저씨. 우리는 결코 잊어버리는 게 없어요."

"너희만 믿는다."

우리의 사촌 누나

우리의 사촌 누나는 우리보다 다섯 살 위였다. 그녀의 눈은 검은색이다. 그녀의 머리는 헤나라는 염색약으로 염색을 해서 붉은 갈색이다.

할머니는 우리에게 사촌 누나는 우리 아버지의 조카라고 일러주었다. 우리는 사촌 누나에 대해서 궁금해하는 사람들에게 할머니가 말한 그대로 말했다.

우리는 아버지에게 여자 형제가 없다는 것을 알고 있었다. 그러나 그런 거짓말을 하지 않으면, 사촌 누나의 생명이 위험하다는 것도 알고 있었다. 게다가 우리는 그녀를 잘 돌보기로 노신사와 약속했다.

노신사가 떠난 뒤 할머니가 말했다.

"너희 사촌 누나는 너희들과 함께 부엌에서 자야 한다."

우리가 말했다.

"부엌에는 이제 더 이상 잘 자리가 없어요."

할머니가 말했다.

"너희끼리 알아서 해라."

사촌 누나가 말했다.

"모포 한 장만 줘, 그러면 내가 테이블 아래 땅바닥에서 잘게."

우리가 말했다.

"누나가 장의자 위에서 자. 모포도 덮고. 우리는 다락방에서 잘 거야. 이제는 별로 춥지도 않으니까."

그녀가 말했다.

"나도 너희와 함께 다락방에서 잘래."

"우리는 누나하고 같이 자기 싫어. 누나는 다락방에 발을 들여놓으면 안 돼."

"왜?"

우리가 말했다.

"누나도 비밀이 있지. 우리도 마찬가지야. 누나가 우리의 비밀을 지켜주지 않으면, 우리도 누나의 비밀을 지켜줄 수 없어."

그녀가 물었다.

"그러면, 너희는 나를 밀고할 수도 있단 말이지?"

"누나가 다락방에 올라오면, 누난 죽는 거야. 알았지?"

그녀는 잠시 말없이 우리를 쳐다보더니 말했다.

"알겠어. 너희는 완전히 돌아버린 2인조 꼬마 깡패야. 난 너희의 그 상스러운 다락방엔 절대로 안 올라가겠어, 약속할게."

그녀는 약속을 지켜서 다락방에는 결코 올라오지 않았다.

하지만 그녀는 끊임없이 우리를 귀찮게 했다.

그녀가 말했다.

"산딸기 좀 가져다줘."

우리가 말했다.

"누나가 밭에서 따다 먹어."

그녀가 말했다.

"책 좀 큰 소리로 읽지 마. 귀 따가워 죽겠어."

우리는 계속해서 읽었다.

그녀가 물었다.

"너희는 거기서 뭐 하니? 땅바닥에 드러누워서 움직이지도 않고,

몇 시간 전부터."

우리는 그녀가 썩은 과일을 우리에게 던져도 부동자세 연습을 계속했다.

그녀가 말했다.

"제발 말 좀 해봐, 정말 나를 신경질 나게 할래?"

우리는 침묵 연습을 계속하느라고 대꾸하지 않았다.

그녀가 물었다.

"오늘은 왜 아무것도 안 먹니?"

"오늘은 단식 연습하는 날이야."

사촌 누나는 일도, 공부도, 연습도 하지 않았다. 종종 그녀는 멍청히 하늘을 바라보았고, 이따금 눈물을 흘렸다.

할머니는 사촌 누나를 때리지 않았다. 그녀에게는 욕도 하지 않았다. 일도 시키지 않았다. 아무것도 물어보지 않았다. 결코 말을 시키는 법이 없었다.

보석

사촌 누나가 온 그날 저녁, 우리는 다락방으로 잠을 자러 올라갔다. 우리는 장교 방에서 모포 두 장을 가져왔고, 바닥에는 짚을 깔았다. 눕기 전에 우리는 구멍으로 아래를 내려다보았다. 장교 방에는 아무도 없었다. 할머니 방에서는 불빛이 새어나오고 있었는데, 그런 일은 좀처럼 없던 일이었다.

할머니는 부엌의 석유 램프를 가져다가 화장대 위에 걸어놓았다. 그 화장대는 아주 오래된 것으로 거울이 삼면에 붙어 있다. 중앙의 거울은 고정되어 있고, 양쪽의 거울은 움직인다. 옆모습을 볼 수 있도록 각도를 조절할 수 있게 되어 있다.

할머니는 화장대 앞에 앉아서 거울을 들여다보았다. 머리에는 검은 숄을 두른 채. 숄 위에는 번쩍이는 것들을 장식해놓았다. 목에는 여러 개의 목걸이들을, 팔에는 팔찌들을, 손에는 반지들을 끼고 있었다. 할머니는 혼자 중얼거리면서 열심히 거울 속 자신의 모습을 들여다보았다.

"부자, 부자도 별게 아니지. 이런 걸 다 걸치면, 예뻐지는 것도 시간문제야. 아주 쉬워. 횡재를 한 거지. 이제 이 보석들은 다 내 거니까. 내 것. 암, 당연히 그렇고말고, 눈부시구나, 눈부셔."

한참 뒤, 할머니가 말했다.

"그런데 그들이 돌아오면? 돌아와서 다시 내놓으라고 하면? 일단 위험을 넘기고 나면 그들은 고마움 따위는 잊겠지. 감사 따위는 잊고 말 거야. 그들은 가능하지도 않은 약속을 해놓고, 나중에는⋯⋯아니야, 아니야, 그들은 벌써 죽었어. 그 노신사도 죽을 거야. 그는 내가 이걸 다 가져도 좋다고 말했으니까⋯⋯하지만 저 어린 것이⋯⋯저것이 다 듣고, 다 보았으니⋯⋯저것이 나중에 내게 돌려달라고 우길지도 모르지. 확실해. 전쟁이 끝나면, 저 애는 돌려달라고 할 거야. 하지만 난 싫어, 돌려주다니 말도 안 돼. 이건 다 내 거야. 영원히.”

“저 아이를 죽여야겠어. 그렇게 하는 거야. 증거를 남기지 않고. 아무도 모르게 아무도 안 보이게. 그래, 저 계집애를 죽이는 거야. 사고를 당한 것처럼 꾸며서. 전쟁이 끝나기 직전에. 그래, 필연적인 어떤 사고를 가장하는 거야. 독약은 안 돼, 이번엔 안 돼. 사고. 강물에 빠트려 죽인다? 머리를 물속에 처박아버려? 그건 힘들지. 지하창고 계단에서 밀어서 떨어뜨린다? 그래 가지고는 안 죽어. 독약. 역시 독약이 최고야. 천천히 효과가 나게 잘 조제해서 몇 달에 걸쳐 시들시들 죽어가는 그런 병. 여기는 의사도 없으니까. 전쟁 중에는 실제로 많은 사람들이 그렇게 치료도 제대로 못 받고 죽어갔으니까.”

할머니는 주먹을 치켜들고 거울 속의 자신의 얼굴에 대고 위협했다.

“너희들이 날 어쩌겠다고? 어림없지!”

할머니는 킬킬거렸다. 할머니는 보석들을 모두 거두어서 마대에 집어넣더니 지푸라기 매트 속에 쑤셔넣었다. 할머니는 자리에 누웠고, 우리도 누웠다.

다음 날 아침, 사촌 누나가 부엌에서 나오자 우리는 할머니에게 말했다.

“할머니, 드릴 말씀이 있어요.”

“또 뭐냐?”

"잘 들으세요, 할머니. 우리는 노신사에게 우리의 사촌 누나를 잘 돌보겠다고 약속했어요. 그러니까 사촌 누나에게는 아무 일도 일어나지 않을 거예요. 사고도, 병도, 아무 일도. 그리고 우리에게도 그런 일은 결코 없을 거예요."

우리는 할머니에게 봉한 편지봉투 하나를 보여주었다.

"여기, 모든 게 다 적혀 있어요. 우리는 이 편지를 신부님께 드리러 갈 거예요. 우리 세 사람 중 누구에게든 무슨 일이 생기면, 신부님은 이 편지를 뜯어보실 거예요. 아시겠어요, 할머니?"

할머니는 거의 눈을 감다시피 한 채 우리를 노려보았다. 그러고는 숨을 거칠게 몰아쉬더니 아주 낮은 목소리로 말했다.

"개자식들, 창녀 악마의 자식들! 너희는 태어난 바로 그날 저주를 받을 거다!"

오후에, 할머니가 포도밭으로 일을 나가자, 우리는 매트 속을 뒤졌다. 거기에는 아무것도 없었다.

사촌 누나와 그녀의 애인

사촌 누나는 심각해졌고, 이제 더 이상 우리를 귀찮게 하지 않는다. 그녀는 우리가 술집에서 번 돈으로 사들인 큰 욕조 안에서 매일 목욕을 한다. 그리고 원피스도, 팬티도 너무 자주 빤다. 그녀는 옷이 마를 동안, 수건으로 몸을 감싸고 있거나, 아니면 젖은 팬티를 입은 채로 일광욕을 즐기며 햇빛에 말린다. 그녀의 몸은 갈색으로 탄다. 머리카락은 엉덩이를 덮을 정도로 길다. 가끔씩 등을 바닥에 대고 반듯이 누워 있기도 하는데, 그럴 때면 그 긴 머리칼로 가슴을 가린다.

저녁 무렵이 되면 누나는 시내로 나간다. 그녀가 시내에 머무는 시간이 점점 더 길어져갔다. 하루는 저녁때 우리가 그녀를 미행한 적이 있었다. 그녀는 전혀 눈치채지 못했다.

공동묘지 근처, 그녀는 남녀가 뒤섞인 어떤 그룹과 만나고 있었다. 모두들 우리보다 더 컸다. 그들은 나무 아래에 앉아서 담배를 피웠다. 그들은 또 포도주도 마셨다. 병째로 마셨다. 그들 중 한 명은 길목에서 망을 보았다. 누군가가 나타나면, 그는 그 자리에 슬쩍 앉아서 유행가를 휘파람으로 불어댔다. 나머지들은 흩어져서 덤불이나 묘비 뒤에 숨었다. 위험이 지나가고 나면, 그는 노래를 바꿔서 휘파람을 불었다.

그들은 낮은 소리로 전쟁에 대해서 이야기했고, 또 탈영에 대해서, 강제수용에 대해서, 레지스탕스에 대해서, 해방에 대해서 이야기했다.

그들의 말에 따르면, 지금 우리 나라에 주둔하면서 우리의 우방임을 자처하는 외국 군대는 실제로는 우리의 적이며, 곧 도착해서 전쟁을 승리로 이끌 사람들은 우리의 적이 아니라 오히려 우리를 해방시켜줄 사람들이었다.

그들은 말했다.

"아버지는 저쪽 편으로 갔어. 이제 그들과 함께 돌아오실 거야."

"우리 아버지는 전쟁이 터지자마자 탈영하셨지."

"부모님은 모두 저항군에 가담하셨는데, 그때 난 너무 어려서 같이 갈 수가 없었어."

"우리 부모님은 그 더러운 놈들한테 끌려가셨는데, 수용소로 가셨을 거야."

"넌 다시는 못 볼 거야, 너의 부모님 말이야. 나도 마찬가지고. 부모님들은 지금쯤 다 돌아가셨을 거야."

"꼭 그렇다고 할 수는 없어. 그중에도 살아남는 사람이 있을 거야."

"그래야 죽은 사람들의 원수를 갚아주지."

"우린 너무 어렸어. 빌어먹을. 우린 아무것도 할 수가 없었어."

"이제 곧 끝날 거야. '그들'이 반드시 올 테니까."

"꽃을 준비하고 대광장에서 그들을 기다리는 거야."

밤이 깊어지자, 그들은 흩어졌다. 각자 자기 집으로 돌아갔다. 사촌 누나는 남자 친구와 함께 자리를 떴다. 우리는 뒤쫓아갔다. 그들은 성벽 속의 좁은 길로 접어들더니, 반쯤 무너져 내린 성벽 뒤로 사라졌다. 그들은 더 이상 보이지 않았지만, 말소리는 들렸다.

사촌 누나가 말했다.

"내 위에 엎드려. 그래, 그렇게. 날 안아줘. 키스해줘."

남자 친구가 말했다.

"너는 너무 아름다워! 너를 가지고 싶어."

"나도 그래. 하지만 두려워. 임신하면 어떡해?"

"그럼 결혼하는 거야. 사랑해. 해방만 되면 결혼식을 올리자."

"우린 너무 어리잖아. 더 기다려야 할 거야."

"난 기다릴 수 없어."

"안 돼! 아파. 그러면 안 돼. 안 돼. 사랑해."

남자 친구는 말했다.

"그래, 네 말이 옳아. 하지만 애무해줘. 네 손으로. 그래, 그렇게 방향을 바꿔. 그러면 네가 나를 애무하는 동안 나는 네 거기에 키스해 줄게."

사촌 누나는 말했다.

"싫어, 그러지 마. 창피해. 오! 계속해, 계속해줘! 사랑해, 너무 사랑해."

우리는 집으로 돌아왔다.

축복

우리는 신부님에게서 빌려온 책을 돌려주기 위해서 사제관에 가야
만 했다.

새로 온 한 노파가 문을 열어주었다. 우리가 들어서자 노파가 말했다.

"신부님이 너희를 기다리고 계신다."

신부가 말했다.

"앉아라."

우리는 신부의 책상 위에 책을 놓고, 앉았다.

신부는 잠시 우리를 바라보다가 말했다.

"너희를 기다렸다. 너희가 다녀간 지 꽤 오래됐지?"

우리가 말했다.

"이 책을 다 읽고 오려고 그랬어요. 그동안 좀 바빴거든요."

"목욕은 어떻게 하니?"

"지금은 집에 목욕 용품들을 다 갖추고 있어요. 욕조랑 비누, 가위,
칫솔을 다 샀거든요."

"뭘로? 무슨 돈으로?"

"우리가 술집에서 노래해서 번 돈으로요."

"술집들은 퇴폐적인 곳이야, 특히 너희 또래에게는."

우리는 아무 말도 하지 않았다. 그가 말했다.

"너희는 장님을 위한 돈도 가지러 오지 않더구나. 이제 돈이 꽤

모였다. 오늘 가져가도록 해라."

그는 우리에게 돈을 내밀었다. 우리가 말했다.

"넣어두세요. 그동안 주신 것으로도 충분해요. 꼭 필요하면, 가지러 올게요. 지금은 우리 스스로 언청이를 도와줄 만큼 충분히 돈을 벌고 있으니까요. 우리는 그녀에게 일하는 법도 가르쳐줬어요. 우리가 그녀를 도와줘서 정원을 일구고 감자, 강낭콩, 호박, 토마토를 심었어요. 병아리랑 토끼도 몇 마리 줬어요, 길러보라고. 그 아이는 이제 자기 밭을 열심히 가꾸고 가축도 열심히 돌보고 있어요. 더 이상 구걸은 안 해요. 우리의 돈도 더 이상 받지 않고 있어요."

신부가 말했다.

"그러면 이 돈은 너희가 가져. 그러면 이제 술집으로 일을 하러 가지 않아도 되지 않겠니?"

"우리는 거기서 일하는 게 재미있어요."

신부가 말했다.

"너희가 얻어맞고 고문도 당했다는 소식을 들었다."

우리는 물었다.

"그녀는 어떻게 되었어요? 신부님의 하녀 말이에요."

"부상병들을 돌보기 위해서 전선으로 가려고 지원했었다만, 죽었단다."

우리는 입을 다물었다. 그가 물었다.

"나에게만은 고백하지 않겠니? 비밀은 절대로 지켜주마. 아무 염려 말고. 고백성사를 하기로 하자."

우리는 말했다.

"우리는 고백할 것이 없어요."

"너희가 잘못 생각하고 있는 거다. 어떤 죄는 짊어지고 다니기에는 너무 힘겨운 것이기도 하거든. 고백하고 나면 너희는 마음이 편안해질 거야. 하느님은 진심으로 회개하는 자를 모두 용서하신다."

우리가 말했다.

"우리는 결코 후회 같은 건 안 해요. 게다가 후회할 게 아무것도 없어요."

긴 침묵 끝에 신부가 말했다.

"나는 창문을 통해서 다 보았다. 그 빵 한 조각, 하지만 벌을 내리는 일은 하느님의 몫이다. 너희가 그분을 대신할 권리는 없는 거야."

우리는 아무 말도 하지 않았다. 그가 물었다.

"내가 너희를 위해 축복을 빌어도 좋겠니?"

"좋을 대로 하세요."

그는 두 손을 우리의 머리 위에 얹었다.

"전능하신 하느님, 이 아이들에게 축복을 내려주소서. 그들이 무슨 죄를 지었든지, 용서해주십시오. 이 추악한 세상에서 길 잃은 어린 양들입니다. 이 타락한 시대의 제물이 된 이 어린 것들은 스스로 저지른 짓이 어떤 것인지조차 모르고 있사옵니다. 바라옵건대, 이 아이들의 어린 영혼을 구해주시고, 당신의 무한한 관대함과 축복 속에서 정화시켜주시옵소서. 아멘."

그리고 신부는 우리에게 덧붙여 말했다.

"일이 없더라도, 가끔씩 날 보러 와다오."

패주

하룻밤 사이에 소도시에는 사방에 벽보가 나붙었다. 어떤 벽보는
한 노인이 땅에 쓰러져 있는데, 몸에 적군의 총검이 박혀 있는 장면이
다. 또다른 것은 적군이 어떤 아이의 발목을 붙잡고, 다른 아이를 후
려치는 사진이다. 또다른 것은 적군이 어떤 여자의 팔을 붙잡고, 다른
손으로 그녀의 블라우스를 찢는 사진이다. 그녀는 입을 벌린 채 눈물
을 흘리고 있다.

벽보를 본 사람들은 공포에 떨었다.

할머니는 비웃으며 말했다.

"다 거짓말이야. 겁낼 거 없어."

사람들은 대도시가 함락되었다고 했다.

할머니가 말했다.

"그들이 큰 강만 건너면, 아무도 저지하지 못할 거야. 그러면 곧
여기에도 도착하겠지."

사촌 누나가 말했다.

"그러면 나도 집에 돌아갈 수 있겠네요?"

하루는 사람들이 군대가 항복했고, 휴전이 되었으므로, 전쟁은 끝
났다고 했다. 그 다음 날, 사람들은 다시 새 정부가 들어서도 전쟁은
계속된다고도 했다.

많은 외국 군인들이 기차나 군 트럭에 실려서 왔다. 우리 나라 군

인들도 있었다. 부상자도 많았다. 사람들이 우리 나라 군인들에게 물어보았지만, 그들은 아무것도 모른다고 대답했다. 그들은 소도시를 지나갔다. 그들은 수용소 옆길을 지나 다른 나라로 가는 중이었다.

사람들이 말했다.

"저들은 도망치는 거야. 패주하는 거라고."

다른 사람들이 말했다.

"그들은 작전상 후퇴하는 것뿐이야. 국경 부근에서 재집결할 거야. 거기가 저지선이 되겠지. 그들은 적군이 국경을 넘어오게 내버려두지는 않을 거야."

할머니가 말했다.

"두고 보면 알겠지."

무수히 많은 사람들이 할머니 집 앞을 지나갔다. 그들도 다른 나라로 가는 사람들이다. 그들은 우리 나라를 영원히 떠나는 것이라고 말했다. 적군이 들어와서 복수를 할 것이고, 우리 국민은 적군의 노예로 전락할 것이라고 했다.

등에 가방을 메고 걸어가는 사람들, 온갖 잡동사니 ── 모포, 바이올린, 우리 안에 가둔 돼지새끼, 냄비들── 를 실은 자전거를 밀면서 가는 사람들, 말이 끄는 짐수레에 올라타고 가는 사람들. 짐수레를 타고 가는 사람들은 살림살이를 몽땅 싣고 갔다.

대부분이 우리 도시 사람들이지만, 먼 곳에서 온 사람들도 더러 있다.

하루는 아침에 당번병과 장교가 우리에게 작별 인사를 하러 왔다.

당번병이 말했다.

"만사 끝장이다. 하지만 죽는 것보다 지는 것이 낫지."

그는 킥킥 웃었다. 장교는 축음기에 음반을 걸었다. 우리는 큰 침대 위에 앉아서 조용히 음악을 들었다. 장교는 우리를 끌어안더니 눈물을 흘렸다.

"이제 너희를 다시는 못 보겠구나."

우리가 그에게 말했다.

"아저씨도 아이를 가지게 될 거예요."

"난 아이를 원치 않아."

장교는 축음기와 음반을 가리키며 말했다.

"이것들을 기념으로 너희들에게 주마. 하지만 이 사전은 필요 없을 거야. 너희는 다른 나라 말을 배우게 될 테니까."

시체 더미

어느 날 밤, 폭발음, 총성, 기관총 소리가 들려왔다. 우리는 무슨 일인가 하고 집 밖으로 나가보았다. 커다란 불길이 강제수용소에서 솟아올랐다. 우리는 적군이 도착했다고 생각했는데, 그 다음 날 우리 도시는 조용해졌다. 멀리서 대포 소리만 간간이 들릴 뿐이었다.

군사기지로 통하는 길목에는 이제 보초도 없었다. 구역질 나는 냄새를 풍기며 짙은 연기만 자욱하게 피어올랐다. 우리는 직접 가보기로 했다.

우리는 수용소 안으로 들어갔다. 그곳은 텅 비어 있었다. 사람이라고는 그 어디에도 없었다. 막사 몇 개는 계속 불타고 있었다. 역겨운 냄새가 코를 찔렀다. 그래도 우리는 코를 막고 앞으로 나아갔다. 가시철조망으로 막혀서 더 이상 갈 수가 없었다. 우리는 감시초소로 올라갔다. 넓은 광장이 보이고, 네 개의 검은 장작더미가 화형대처럼 세워져 있었다. 우리는 철조망에서 커다란 구멍을 찾아냈다. 그리고 감시초소를 내려와서 입구로 갔다. 거기에는 큼직한 철제문이 열려 있었다. 그 위에는 외국어로 쓰여 있었다. '임시수용소.' 우리는 안으로 들어갔다.

우리가 위에서 내려다보았던 검은 장작더미는 검게 타버린 시체들이었다. 어떤 것은 완전히 타서 뼈만 남았다. 그런가 하면, 검게 그을리기만 한 것도 있었다. 그 수는 어마어마하게 많았다. 큰 것부터 작은 것에 이르기까지. 어른 아이 할 것 없이. 우선 그들을 죽인 다음, 시체를 쌓아놓고 기름을 붓고는 불을 지른 것 같았다.

우리는 구역질을 했다. 그리고 수용소를 뛰쳐나왔다. 집으로 돌아왔다. 할머니가 점심을 먹으라고 불렀지만, 우리는 여전히 속이 메스꺼웠다.

할머니는 말했다.

"너희들 또 이상한 걸 먹은 거 아니야?"

우리가 말했다.

"네, 덜 익은 파란 사과를 먹었어요."

사촌 누나가 말했다.

"수용소에 불이 났어요. 가봐야 해요. 분명히 아무도 없을 거야."

"우린 벌써 갔다 왔어. 별거 없던데."

할머니가 히죽거리며 말했다.

"그 영웅들이 뭐 잊고 간 거 없디? 그자들은 제대로 다 챙겨가지고 갔어? 쓸모 있는 물건들은 하나도 없어? 잘 좀 살펴보지."

"네, 할머니. 잘 살펴봤어요. 아무것도 없었어요."

사촌 누나는 부엌을 나갔다. 우리는 그녀를 뒤쫓아갔다. 그리고 그녀에게 물었다.

"어디 가?"

"시내에."

"벌써? 보통 때는 저녁이 돼서야 갔잖아?"

그녀가 웃었다.

"그래, 하지만 난 누굴 기다리거든. 개봉 박두!"

사촌 누나는 씩 웃어 보이더니 시내를 향해서 뛰어갔다.

우리 엄마

우리는 정원에 있었다. 군용 지프가 집 앞에 멈추었다. 우리 엄마가 차에서 내렸고, 그 뒤로 외국 군인이 따라 내렸다. 그들은 정원을 거의 뛰다시피 가로질러 들어왔다. 엄마는 아기를 품에 안고 있었다. 엄마는 우리를 보자 소리쳤다.

"이리 와! 빨리 지프에 올라타! 우린 떠나야 해. 서둘러. 하던 일은 그만두고 어서 와!"

우리가 물었다.

"누구예요, 그 애기는?"

엄마가 말했다.

"너희 동생이야. 빨리 와! 우물거릴 시간이 없어."

우리는 물었다.

"어디로 가는데요?"

"다른 나라로. 질문은 나중에 하고 어서 와."

우리가 말했다.

"우리는 다른 나라에 가고 싶지 않아요. 여기 그대로 있겠어요."

엄마가 말했다.

"난 가야 해. 너희도 나와 함께 가는 거야"

"아니에요. 저희는 여기에 남을래요."

할머니가 집에서 나왔다. 할머니가 엄마에게 말했다.

"너, 거기서 뭘 하는 거냐? 품에 안고 있는 건 또 뭐고?"

엄마가 말했다.

"제 애들을 찾으러 왔어요. 돈은 나중에 보내드릴게요, 엄마."

할머니가 말했다.

"네 돈 따위는 필요 없다. 이 아이들은 데려갈 수 없다."

엄마는 장교에게 우리를 강제로 차에 태워달라고 부탁했다. 우리는 재빨리 밧줄을 타고 다락방으로 기어올라갔다. 장교가 우리를 잡으려고 했지만, 우리는 그의 얼굴을 발로 차버렸다. 장교는 욕설을 퍼부었다. 우리는 밧줄을 거두어 올렸다.

할머니가 재미있다는 듯이 웃었다.

"거 봐라, 저 애들도 너를 따라가지 않겠다고 하지 않니?"

엄마가 소리를 꽥 질렀다.

"엄마의 명령이야. 어서 타지 못해!"

할머니가 말했다.

"그 애들은 누구의 명령도 듣지 않는다."

엄마는 울기 시작했다.

"이리 온, 애들아. 난 너희를 놔두고는 떠날 수가 없어."

할머니가 말했다.

"튀기 사생아만으로는 부족하단 말이냐?"

우리가 말했다.

"우리는 여기에 있고 싶어요, 엄마. 마음 놓고 떠나도록 하세요. 우리는 할머니 집에서 아주 잘 지내고 있어요."

대포와 기관총 소리가 들려왔다. 장교는 엄마의 어깨를 붙잡고 차로 끌고 갔다. 그러나 엄마는 뿌리쳤다.

"애들은 내 아들들이에요. 난 애들을 원해요, 사랑한다고요!"

할머니가 말했다.

"나도 저 애들이 필요해! 난 이제 늙었어. 넌 아이를 또 낳으면 돼, 그 증거가 있잖니!"

엄마가 말했다.

"제발, 좀 저 애들을 붙잡지 말아주세요."

할머니가 말했다.

"난 붙잡지 않았다. 자 애들아, 어서 내려와서 엄마와 떠나도록 해라."

우리가 말했다.

"우리는 떠나고 싶지 않아요. 여기 남을래요. 할머니."

장교가 엄마의 팔을 잡아끌었지만, 엄마는 그를 떠밀었다. 장교는 지프로 돌아가더니, 시동을 걸었다. 바로 그 순간 정원에서 폭발음이 일어났다. 그 직후 우리는 땅에 쓰러진 엄마를 보았다. 장교는 엄마를 향해 달려왔다. 할머니는 우리를 물러나게 하려고 소리쳤다.

"보지 마! 집으로 들어가!"

장교는 욕설을 퍼부으며 지프로 뛰어가더니, 소리도 요란하게 떠나버렸다.

우리는 엄마를 바라보았다. 배에서는 창자가 터져 나왔다. 온몸이 피투성이였다. 아기도 마찬가지였다. 엄마의 머리는 폭탄으로 팬 구덩이 속에 늘어져 있었다.

두 눈은 뜬 채 아직도 눈물에 젖어 있었다.

할머니가 말했다.

"삽을 가져와!"

우리는 구덩이 한가운데에 모포 한 장을 깔고 그 위에 엄마를 눕혔다. 아기는 엄마의 가슴에 여전히 붙어 있었다. 우리는 시체 위에 모포 한 장을 다시 덮고, 구덩이를 메웠다.

사촌 누나가 시내에서 돌아와서 물었다.

"무슨 일이 있었니?"

우리가 말했다.

"응, 폭탄이 떨어져서 정원에 구덩이가 생겼어."

사촌 누나가 떠나다

밤새도록 총 소리와 폭발 소리가 들려왔다. 새벽에 갑자기 잠잠해졌다. 우리는 장교의 커다란 침대 위에서 자고 있었다. 그의 침대는 우리 것이 되었고, 그의 방도 우리 것이 되었다.

아침에 우리는 부엌으로 아침 식사를 하러 간다. 할머니는 아궁이 앞에 있다. 사촌 누나는 그녀의 모포를 개키고 있다.

사촌 누나가 말했다.

"간밤에 한숨도 제대로 못 잤어."

우리가 말했다.

"이제 정원에 나가서 자. 거기가 덜 시끄럽고 날씨도 따뜻하잖아."

그녀가 물었다.

"너희는 무섭지 않았니, 간밤에?"

우리는 대답 대신 어깨를 으쓱했다.

누가 문을 두드렸다. 사복 차림의 한 남자가 군인 둘을 거느리고 들어왔다. 군인들은 기관총을 메고 우리가 본 적이 없는 제복을 입고 있었다.

브랜디를 마시고 있던 할머니는 할머니의 모국어로 뭐라고 말했다. 군인들은 대답했다. 할머니는 그들의 목을 끌어안고 차례로 키스를 해주고는, 그들에게 계속해서 말했다.

사복이 말했다.

"그들의 말을 할 줄 아세요, 부인?"

할머니가 대답했다.

"그게 내 모국어라우, 신사 양반."

사촌 누나가 물었다.

"그들이 왔어요? 언제요? 꽃다발을 들고 대광장에서 기다리기로 했는데."

사복이 물었다.

"누가?"

"제 친구들과 제가요."

사복이 웃었다.

"저런, 이제 너무 늦었구나. 그들은 간밤에 도착했어. 나는 바로 그들을 따라왔지. 그런데 난 한 소녀를 찾고 있어."

그가 어떤 이름을 대자, 사촌 누나가 말했다.

"네, 바로 저예요. 우리 부모님은 어디 계시죠?"

사복이 말했다.

"나도 모른다. 다만 내 명단에 올라 있는 아이들을 찾는 게 내 일이야. 우리는 우선 대도시의 대기소로 가야 해. 거기에 가서 네 부모님을 찾아보도록 하자."

사촌 누나가 말했다.

"제 친구도 여기에 있어요. 그의 이름은 혹시 그 명단에 없어요?"

그녀는 애인의 이름을 댔다. 사복이 명단을 살펴보았다.

"그래. 그는 이미 군사령부에 도착해 있어. 우리와 함께 가면 될 것 같구나. 어서 짐을 꾸려라."

사촌 누나는 기뻐서 어쩔 줄 몰라 하며 옷을 챙기고, 세면도구들을 수건에 쌌다.

사복이 우리를 향해 돌아섰다.

"너희는? 너희는 이름이 뭐지?"

할머니가 말했다.

"그 애들은 내 손자요. 그 애들은 이 집에 남을 거요."

우리가 말했다.

"그래요, 우리는 할머니 집에 있을 거예요."

사복이 말했다.

"그래도 너희 이름을 알고 싶구나."

우리가 이름을 댔다. 그는 명단을 훑어보았다.

"너희들은 내 명단에 없구나. 부인이 애들을 보호해도 좋습니다."

할머니가 말했다.

"뭐라고! 내가 애들을 보호할 수 있다고!"

사촌 누나가 말했다.

"준비 다 됐어요. 가요."

사복이 말했다.

"너무 서두르는군. 최소한 부인께 감사의 말이라도 하고, 이 소년
들에게도 작별인사를 해야 하지 않겠니?"

사촌 누나는 말했다.

"소년들에게라고요? 꼬마 깡패들이라고 하세요."

그녀는 우리를 힘껏 끌어안았다.

"키스는 하지 않겠어. 너희도 그걸 원치 않겠지. 너무 못된 짓은
하지 말고, 조심들 해."

그녀는 다시 한번 우리를 힘껏 껴안으며 눈물을 흘렸다. 사복은
그녀의 팔을 잡고 할머니에게 말했다.

"감사합니다, 부인, 그동안 이 아이를 돌보시느라 수고가 많으셨

습니다."

우리는 모두 밖으로 나갔다. 문 앞에는 지프가 있었다. 군인 둘이 앞좌석에 앉아 있었고, 사복과 사촌 누나는 뒤에 앉았다. 할머니가 다시 뭐라고 소리쳤다. 군인들이 낄낄거렸다. 지프가 출발했다. 사촌 누나는 뒤돌아보지 않았다.

새로운 외국인들이 도착하다

사촌 누나가 떠난 뒤, 우리는 무슨 일이 일어났는지 알아보기 위해서 시내로 나갔다.

거리에는 구석구석 탱크가 있다. 대광장에는 트럭, 지프, 오토바이, 사이드카, 그리고 특히 군인이 무척 많이 있다. 아스팔트 포장이 되지 않은 장터에는 천막들이 들어서고 취사장이 마련되었다.

우리가 그들 곁을 지나갈 때, 그들은 우리를 보고 웃으며 말을 걸었지만, 우리는 그들의 말을 알아들을 수가 없다.

거리에는 군인들 외에 민간인이라고는 찾아볼 수도 없다. 집집마다 문을 굳게 닫고 덧문까지 닫아걸고 있으며, 상점들도 모두 덧문을 내린 상태이다.

우리는 집으로 돌아와서 할머니에게 말했다.

"시내는 조용해요."

할머니가 픽 웃었다.

"그들은 잠시 쉬는 거야, 하지만 오후만 돼봐라, 너희도 알게 될 테니!"

"무슨 일이 일어나는데요, 할머니?"

"가택 수색이지. 마구 들이닥쳐서 구석구석 뒤져가는 거야 자기들 마음에 드는 건 뭐든지. 난 이미 전쟁을 경험해봐서 잘 알아. 하지만 우리는 걱정할 게 없단다. 여기에서야 뭐 가져갈 게 있어야 말이지,

더구나 내가 그들 말을 할 줄 아니까."

"그들이 찾는 게 뭐예요, 할머니?"

"스파이, 무기, 탄약, 손목시계, 금, 여자들."

정말 오후가 되자, 군인들이 조를 짜서 집집마다 샅샅이 뒤지기 시작했다. 문을 열지 않으면, 그들은 공포탄을 쏘았고, 그래도 안 되면, 문을 부수고 들어갔다.

빈 집이 많았다. 마을 사람들은 아예 집을 버리고 멀리 피난을 갔거나, 숲으로 잠시 몸을 피했다. 군인들은 빈 집도 다른 집과 마찬가지로 철저히 수색했고, 상점들도 모두 뒤졌다.

군인들이 지나가고 나면, 빈 상점과 집들을 휩쓸고 다니는 것은 좀도둑들이다. 어린 아이들과 노인들, 가끔씩 겁 없고 가난한 부인들도 끼어 있다.

우리는 언청이를 만났다. 그녀는 옷과 구두들을 한 아름 안고 있었다. 그녀가 우리에게 말했다.

"아직 쓸 만한 게 남아 있을 때 빨리 서둘러. 난 벌써 세 탕째야."

우리는 문이 부서진 서점-문구점으로 들어갔다. 거기에는 우리보다 더 작은 아이들 몇 명이 있을 뿐이었다. 그 아이들은 색연필과 색분필, 지우개, 연필깎이, 서류첩 따위를 집어갔다.

우리는 우리에게 필요한 물건들을 차근차근 골랐다. 여러 권으로 된 백과사전, 연필 그리고 노트.

거리에서는 한 노인과 노파가 훈제 햄 한 개를 놓고 싸우고 있었다. 사람들은 두 노인을 둘러싸고 서서 킬킬거리며 싸움을 부추겼다. 결국 노파가 영감의 얼굴을 할퀴고는 햄을 빼앗아갔다.

도둑들은 훔친 술을 잔뜩 마시고는 비틀거리며 서로 치고받으며 싸웠다. 그들은 이미 약탈한 집이나 상점들의 창문과 진열대의 유리들을 깨뜨리고, 집기들을 부수고, 자신들에게 필요 없는 물건이나 가져갈 수 없는 물건들을 거리에 내팽개쳤다.

군인들 역시 잔뜩 취해서 이번에는 여자 사냥에 나서서 집집마다 뒤지고 다닌다.

사방에서 총성이 들리고 강간당하는 여자들의 비명이 들려온다.

대광장에서 한 군인이 아코디언을 연주한다. 다른 군인들은 거기에 맞추어 노래하며 춤춘다.

화재

며칠 전부터 이웃집 아주머니가 자기 집 정원에 나타나지 않았다. 우리는 언청이도 만나지 못했다. 우리는 무슨 일이 있는지 살펴보러 갔다.

오두막의 문은 열려 있었다. 우리가 안으로 들어갔다. 창문들이 작아서 방 안은 몹시 어두웠다. 바깥에는 햇살이 눈부셨다.

우리는 한참 만에 어둠에 익숙해졌고, 부엌 식탁 옆에 누워 있는 이웃집 아주머니를 알아보았다. 그녀는 다리를 축 늘어뜨리고, 양팔은 얼굴 위에 얹은 채 꼼짝 않고 있었다.

언청이는 침대에 누워 있었다. 그녀는 발가벗고 있었다. 그녀의 벌린 양 다리 사이에는 피와 정액이 뭉쳐져 말라붙어 있었다. 속눈썹들은 서로 엉겨붙었고, 미소 짓고 있는 벌어진 입술 사이로는 까만 이빨들이 보였다. 언청이는 죽어 있다.

이웃집 아주머니가 말했다.

"어서들 꺼져버려."

우리가 그녀 곁으로 가서 물었다.

"귀머거리 아니셨어요?"

"아니. 난 장님도 아니야. 썩 꺼져버려."

우리가 말했다.

"도와드리고 싶어요."

그녀가 말했다.

"난 도움은 필요 없어. 아무것도 필요 없어. 얼른 나가."

우리가 물었다.

"여기서 무슨 일이 있었어요?"

"너희들 눈으로 똑똑히 봐라. 그 애가 죽었잖니?"

"그래요. 새로 온 외국인들 짓인가요?"

"그래. 저 애가 그들을 불러들였어. 저것이 거리로 나가서 그들에게 들어오라고 손짓을 한 거야. 열둘이나 열다섯쯤 되더라. 놈들이 차례로 덮칠 때, 저것이 계속 소리를 질러대더라구. '아, 좋아요, 좋아! 얼마든지 오세요, 또 한 사람, 또다른 사람!' 저 애는 행복하게 죽었어, 완전히 기력이 다해서 죽은 거지. 하지만 난, 나는 왜 안 죽지! 난 먹지도 마시지도 않고, 이렇게 누워만 있는데 말이야. 언제부터인지도 모르겠어. 나는 왜 저승사자가 데려가지 않는 거야. 그놈의 저승사자는 부르면 안 온다더군. 우리를 실컷 골탕만 먹이고. 내가 몇 년 전부터 불렀는데도 이렇게 모른 척하는 거야."

우리가 물었다.

"정말 죽고 싶으세요?"

"내가 그밖에 뭘 바라겠어? 날 도와주고 싶거든, 이 집에 불이나 질러줘. 이런 꼴로 사람들 눈에 띄고 싶지는 않으니까."

우리는 말했다.

"하지만 고통스러울 거예요."

"그런 걱정까지는 안 해줘도 돼. 불이나 질러. 너희들이 내게 해줄 수 있는 건 그것뿐이니까,"

"그럴게요, 아주머니. 저희는 할 수 있어요. 저희를 믿으세요."

우리는 면도칼로 그녀의 목을 그었다. 그러고 나서, 군용 트럭으로 기름을 가지러 갔다. 두 시체와 오두막의 담장에도 기름을 부었다. 불을 붙이고 집으로 돌아왔다.

아침에 할머니가 우리에게 말했다.

"이웃집에 불이 났더라. 그 여자도 딸도 다 집 안에 있었는데. 딸년이 불 위에 뭔가를 올려놓고는 깜빡한 거야. 그 애도 온전한 정신은 아니니까."

우리는 암탉과 토끼들을 가지러 그 집에 갔는데, 간밤에 이미 다른 이웃들이 가져가고 없었다.

전쟁은 끝나고

　몇 주일 내내, 승전한 외국군 부대가 할머니 집 앞을 행진하며 지나갔다. 사람들은 그들을 해방군이라고 불렀다.

　탱크, 대포, 장갑차, 트럭 등의 대열이 밤낮없이 국경을 넘어갔다. 전선은 점점 이웃나라 깊숙이 멀어져갔다.

　반대 방향에서 또 한 무리의 행렬이 도착했다. 전쟁 포로들과 패잔병들이었다. 그들 중에는 우리 나라 사람들도 많았다. 그들은 여전히 제복을 입고 있었지만, 무기도, 계급장도 없었다. 그들은 고개를 푹 숙이고 맨발로 걸어서 역까지 갔다. 거기에서 그들은 기차에 태워졌는데, 그들이 어디로 가는지, 얼마 동안 억류될지는 아무도 몰랐다.

　할머니의 이야기로는, 그들은 사람도 살지 않는 아주 춥고 먼 나라로 보내져서 고된 노동을 하게 될 것이며, 그들 중 누구도 살아 돌아오지 못할 것이라고 했다. 그들은 얼어 죽고, 지쳐서 죽고, 굶어 죽고, 온갖 질병으로 죽을 것이라고 했다.

　우리 나라가 완전히 해방되고 한 달이 지나자 전쟁은 완전히 끝났고, 해방군이 우리 나라에 주둔했다. 사람들은 그들이 아주 주저앉을 것이라고들 했다. 그래서 우리는 할머니에게 그들의 말을 가르쳐달라고 했다. 할머니가 말했다.

　"내가 어떻게 너희를 가르치겠니? 선생도 아닌데."

　우리가 말했다.

"간단해요, 할머니. 할머니는 우리에게 종일 그 나라 말로만 말씀하시는 거예요. 그러면 우리는 결국 알아듣게 될 거예요."

우리는 곧 주민들과 해방군 사이에서 통역 일을 할 만큼 그들의 말을 잘하게 되었다. 우리는 그 실력을 장사하는 데에 이용했다. 군대에서 남아도는 물건들, 예를 들면, 담배, 초콜릿 따위를 민간인들이 가지고 있는 물건들, 즉 포도주, 브랜디, 과일들과 교환해주는 것이었다.

돈은 더 이상 아무런 가치도 없었다. 모두들 물물교환을 했다.

여자들은 군인들과 동침을 하고, 그 대가로 비단 양말, 보석, 향수, 손목시계 등을 받았다. 군인들이 거쳐온 마을들에서 약탈한 물건들이었다.

할머니는 더 이상 손수레를 끌고 시장에까지 나갈 필요가 없어졌다. 옷 잘 입은 부인들이 할머니 집으로 직접 찾아와서 반지며 귀걸이 등을 내놓고 영계나 소시지를 달라고 사정했다.

배급표가 나왔다. 사람들은 새벽 네 시부터 정육점과 빵집 앞에 줄을 섰다. 다른 가게들은 물건이 없어서 문을 닫았다.

모두들 물자 부족에 허덕였다.

할머니와 우리는 부족한 것이 없었다.

한참 뒤에 다시 우리의 군대와 정부가 들어섰다. 하지만 그들을 지배하는 것은 여전히 해방군이었다. 해방군의 깃발이 관공서 건물마다 펄럭였고, 그들의 통치자의 사진이 곳곳에 나붙었다. 그들은 우리에게 그들의 노래, 그들의 춤을 가르쳤고, 우리 영화관에서는 그들의 영화를 상영했다. 학교에서도 해방군의 언어를 사용했고, 다른 언어는 금지되었다.

해방군이나 우리의 신정부에 대해서는 어떠한 비난이나 농담도 허

168

용되지 않았다. 밀고만 하면 그가 누구든지 조사나 재판 절차도 없이 투옥되었다. 많은 사람들이 쥐도 새도 모르게 사라졌고, 일단 사라진 사람들은 가족조차도 소식을 알 길이 없었다.

국경이 다시 정비되었다. 이제는 함부로 넘나들 수 없게 되었다.

우리 나라는 철조망으로 둘러쳐졌다. 그래서 우리는 다른 세상과 완전히 격리되었다.

학교도 문을 열고

가을이 되자 우리만 빼고 아이들이 모두 학교로 돌아갔다.

우리는 할머니에게 말했다.

"할머니, 우리는 이제 더 이상 학교에 다니고 싶지 않아요."

할머니가 말했다.

"나도 그렇게 생각한다. 난 너희들이 필요해. 학교에서 뭐 더 배울 게 있겠니?"

"없어요, 할머니. 결코요."

우리는 곧 편지 한 통을 받았다. 할머니가 물었다.

"뭐라고 쓰여 있지?"

"할머니가 우리의 보호자이므로 우리를 학교에 보내야 한대요."

할머니가 말했다.

"그 따위 편지는 태워버려라. 난 읽을 줄 모르고, 너희도 마찬가지다. 그 편지는 아무도 안 읽은 거야."

우리는 편지를 불태웠다. 곧이어 우리는 두 번째 편지를 받았다. 우리가 학교에 가지 않으면, 할머니가 법에 따라 처벌을 받을 것이라고 쓰여 있었다. 우리는 그 편지도 불태웠다. 우리는 할머니에게 말했다.

"할머니, 잊지 마세요, 우리 중 하나는 장님이고, 하나는 귀머거리라는 거요."

며칠 뒤 한 남자가 우리 집에 나타났다. 그가 말했다.

"나는 초등교육 장학사입니다. 부인은 취학아동을 집에 둘씩이나 데리고 있습니다. 통지서를 두 차례나 보내드렸는데……."

할머니가 말했다.

"편지 말씀인가요? 저는 글을 읽을 줄 몰라요. 아이들도 마찬가지 고요."

우리 가운데 하나가 물었다.

"누구야? 뭐라고 하는 거야?"

"우리가 읽을 줄 아느냐고 물었어."

"그는 어떻게 생겼지?"

"키가 크고, 험악한 인상이야."

우리는 동시에 소리쳤다.

"가세요! 우리를 괴롭히지 마세요! 우리를 죽이지 마세요! 제발 살려주세요!"

우리는 식탁 밑에 숨었다. 장학사는 할머니에게 물었다.

"애들이 왜 저러죠? 무슨 일이 있습니까?"

할머니가 말했다.

"오! 가엾은 것들! 저 애들은 사람들을 무서워한다우! 대도시에서 너무 끔찍한 꼴들을 많이 겪어서. 게다가 한 녀석은 장님이고, 한 녀석은 귀머거리지. 못 듣는 애가 눈으로 본 것을 눈먼 애한테 얘기해주고, 눈먼 애가 들은 것을 귀먹은 애한테 전해주곤 하죠. 그렇게 서로 돕지 않으면 저 애들은 아무것도 알질 못해요."

식탁 아래에서 우리가 울부짖었다.

"살려줘요, 살려줘요! 포탄이 터졌어요! 소리가 너무 커요! 너무 눈이 부셔요!"

할머니가 변명했다.

"누군가가 저 애들을 겁나게 하면, 저렇게 환각을 보게 된다우."

장학사가 말했다.

"정신착란이군요. 병원에서 치료를 받게 해야 합니다."

우리는 더욱더 울부짖었다.

할머니가 말했다.

"그건 더욱 안 될 소리! 저 애들의 불행은 병원에서 시작됐어요. 애들 엄마가 일하고 있는 병원엘 찾아갔을 때, 마침 병원에 폭탄이 떨어졌지요. 애들은 거기에서 부상병과 시체들을 봤어요. 아이들은 며칠 동안 혼수상태에서 깨어나지 못했지."

장학사가 말했다.

"불쌍한 아이들이군요. 애들 부모는 어디 있습니까?"

"죽거나 실종됐겠죠. 그걸 어떻게 알겠수?"

"그들은 당신에게 너무 무거운 짐을 안겨줬군요."

"어쩌겠수? 그 애들에겐 나밖에 없는걸."

장학사가 가면서 할머니와 악수했다.

"정말 훌륭하신 분입니다."

우리는 세 번째 편지를 받았다. 거기에는 우리가 신체적 불구인데다가 정신적 충격으로 인한 병 때문에 학교에 다니지 않아도 된다고 쓰여 있었다.

할머니가 포도밭을 팔다

한 장교가 할머니 집에 찾아와서 할머니의 포도밭을 팔라고 했다. 그 땅에 군대가 국경경비대를 위한 막사를 지을 계획이라고 했다.

할머니가 물었다.

"그 대신 뭘 주겠소? 돈은 아무 가치도 없어요."

장교가 말했다.

"댁에 전기와 수도를 놔드리리다."

할머니가 말했다.

"난 전기도, 수도도 필요 없어요. 이제껏 그런 것 없이도 잘 살았다오."

장교가 말했다.

"우리는 아무것도 대신 주지 않고 그냥 몰수할 수도 있어요. 우리의 제안을 거절하시면, 아마도 그렇게 하는 수밖에 도리가 없습니다. 군대는 당신 땅이 필요하다고요. 그 땅을 내놓는 것이 애국하는 길입니다."

할머니가 뭐라고 말하려는 순간, 우리가 끼어들었다.

"할머니, 이제 나이도 많고 힘드시잖아요. 포도밭은 힘만 들지 남는 게 없어요. 그렇지만 수도와 전기를 놓으면 집값이 몇 배는 뛸걸요."

장교가 말했다.

"손자들이 할머니보다 훨씬 더 영리하군요, 할머니."

할머니가 말했다.

"그건 맞는 말이오. 그 애들과 의논하도록 해요. 애들이 결정할 테니."

장교가 말했다.

"하지만 부인의 서명이 필요합니다."

"서명은 당신 맘대로 하시오. 아무튼 난 쓸 줄을 모르니까."

할머니는 울기 시작하더니, 일어나서 우리에게 말했다.

"난 너희에게 맡기겠다."

할머니는 포도밭으로 가버렸다.

장교가 말했다.

"가엾은 할머니, 포도밭을 무척 아끼시는 모양이군. 자, 일을 마무리지을까?"

우리가 말했다.

"아저씨도 직접 보셨겠지만, 그 땅은 우리 할머니에게는 무척 소중해요. 군대는 가엾은 노인이 고생해서 얻은 재산을 함부로 빼앗아가지는 않겠죠? 더구나 할머니는 우리의 영웅적 해방군과 같은 나라 사람이시거든요."

장교는 말했다.

"아, 그래? 할머니가 그 나라 사람이라……."

"네. 할머니는 그들의 말도 완벽하게 할 줄 아시지요. 우리도요. 그러니까 우리를 속일 생각은 아예 마세요."

장교는 재빨리 말했다.

"무슨 소리, 그럴 리가! 너희들이 원하는 건 뭐지?"

"수도와 전기 말고도 욕실을 가졌으면 해요."

"그까짓 거야 아무것도 아니지. 욕실은 어디에 지어줄까?"

우리는 그를 우리 방으로 데리고 가서 욕실을 짓고 싶은 장소를 보여주었다.

"여기, 우리 방에서 드나들 수 있게요. 넓이는 7-8제곱미터로, 욕조를 박아넣고, 세면대, 샤워기, 온수 보일러, 변기 등을 놔주세요."

그는 우리를 한참 바라보다가 말했다.

"가능해."

우리가 말했다.

"우리는 라디오도 한 대 필요해요. 사고 싶어도 살 수가 없어요."

그가 물었다.

"그게 전부냐?"

"네, 그게 다예요."

그가 웃음을 터뜨렸다.

"욕실도 지어주고 라디오도 한 대 주지. 차라리 너희 할머니하고 흥정을 하는 게 나을 뻔했구나."

할머니의 병

하루는 아침에 할머니가 방에서 나오지 않았다. 우리는 문을 두드리고, 할머니를 불러보았지만, 대답이 없었다.

우리는 집 뒤로 돌아가서 창문을 부수고 방 안으로 들어갔다.

할머니는 침대에 누워 꼼짝도 하지 않았다. 그렇지만 숨은 쉬고 심장도 뛰고 있었다. 우리 가운데 하나는 할머니 곁에 남고, 다른 하나가 의사를 부르러 갔다.

의사가 할머니를 진찰하더니 말했다.

"너희 할머니는 뇌에서 출혈이 있었다. 뇌출혈이라고 하지."

"죽게 되나요?"

"그건 아무도 모르는 일이지. 늙으셨지만, 심장은 튼튼하시구나. 하루 세 번 열심히 약을 드리도록 해라. 그리고 누가 꼭 옆에서 지켜야 한다."

우리가 말했다.

"우리가 지킬 거예요. 그런데 뭘 해드려야 하죠?"

"먹여드리고, 씻겨드리고. 그대로 두면 영원히 전신마비가 될지도 몰라."

의사는 갔다. 우리는 채소로 퓌레를 만들어서 찻숟가락으로 할머니 입에 넣어주었다. 저녁 무렵, 방 안이 고약한 냄새로 진동했다. 우리는 이불을 들쳐보았다. 지푸라기 매트가 온통 똥 범벅이 되어 있었다.

우리는 한 농가로 볏짚을 얻으러 갔다. 나간 김에 아기용 방수 팬티와 기저귀도 샀다.

우리는 할머니의 옷을 벗기고, 우리가 쓰던 욕조에서 씻겼다. 침대도 깨끗이 치웠다. 할머니는 너무 말라서 아기용 방수 팬티가 꼭 맞았다. 우리는 하루에도 몇 번씩 기저귀를 갈아주었다.

일주일이 지나자, 할머니는 손을 움직이기 시작했다. 하루는 아침에 우리를 보자, 냅다 욕부터 했다.

"개자식들! 암탉 한 마리 굽지 못하겠냐! 매일 푸성귀와 퓌레만 먹여놓고, 내가 기운 차리기를 바라는 거야? 나도 염소젖을 먹고 싶단 말이다! 내가 아프다고 너희들 할 일을 게을리 하지는 않았겠지?"

"아니에요, 할머니, 우리는 게으름 피우지 않았어요."

"날 좀 일으켜다오, 이 망나니들아!"

"할머니, 그냥 누워 계셔야 해요, 의사가 그랬어요."

"의사는 무슨 얼어 죽을 의사! 바보 같은 놈! 날더러 그대로 식물인간이 되란 말이냐? 내 그놈한테 뵈주고 말 테다. 날더러 꼼짝 말고 있으라고? 말도 안 되는 소리!"

우리는 할머니가 일어나도록 도와서 부엌까지 부축하고 가서 의자에 앉혔다. 닭이 다 구워지자, 할머니는 혼자만 먹었다. 다 먹고 난 할머니는 말했다.

"너희는 뭘 기다리는 거냐? 튼튼한 지팡이나 하나 만들어 가지고 와, 어서, 이 게으름뱅이들아. 그동안 일들을 잘했는지 좀 둘러봐야겠다."

우리는 숲으로 달려가서 적당한 나뭇가지를 하나 꺾어왔다. 할머니가 보는 앞에서, 우리는 할머니 키에 맞게 나뭇가지를 깎아서 지팡이를 하나 만들었다. 할머니는 지팡이를 손에 쥐더니 우리에게 마구 휘둘렀다.

"조금이라도 뭔가 잘못되어 있으면 국물도 없다. 알겠니!"

할머니는 정원으로 나갔다. 우리는 멀찍이 뒤따라갔다. 할머니는 화장실로 들어갔고, 잠시 후 중얼거리는 소리가 들려왔다.

"아기 팬티라! 기가 막히는군! 저것들이 완전히 돌지 않고서야!"

할머니가 집 안으로 들어가자, 우리는 화장실로 가보았다. 할머니는 아기 팬티와 기저귀를 변기 속에 처넣어버렸던 것이다.

할머니의 보물

어느 날 저녁, 할머니가 말했다.

"문이고 창문이고 모두 단단히 잠가야 해. 내 너희에게 할 이야기가 있으니. 누가 엿들으면 큰일이야."

"이 근처에는 아무도 안 지나다녀요, 할머니."

"너희도 알잖니, 국경경비대에서 가끔 구석구석 순찰을 돈다는 거. 그 녀석들이 우리 문을 기웃거리다가 엿들을 수도 있어. 연필과 종이를 한 장 가져와."

우리가 물었다.

"글로 쓰시게요, 할머니?"

할머니가 소리 질렀다.

"시키는 대로나 해! 잔소리 말고!"

우리는 창문과 문을 닫고, 연필과 종이를 가져왔다. 할머니는 식탁의 한쪽 끝에 앉아서 종이 위에 무엇인가를 그렸다. 그리고 귓속말로 이야기했다.

"바로 여기에 내 보물이 있단다."

할머니는 그 종이를 우리에게 보여주었다. 직사각형 하나, 십자가 하나, 그리고 십자가 아래에 동그라미 하나가 그려져 있었다 할머니가 물었다.

"무슨 소린지 알겠니?"

"네, 할머니, 알겠어요. 하지만 우리는 이미 알고 있었어요."

"뭐야? 뭘 알고 있었단 말이냐?"

우리가 속삭이며 대답했다.

"할아버지 무덤의 십자가 아래에 할머니 보물이 숨겨져 있다는 거요."

할머니는 잠시 할 말을 잃고 있다가 말했다.

"전혀 의심치 않았는데, 언제부터 알았지?"

"아주 오래 전부터예요, 할머니. 할머니가 할아버지의 무덤을 보살피는 것을 본 이후부터요."

할머니는 한숨을 푹 쉬었다.

"아무래도 좋아. 어쨌든 그건 전부 너희들 거니까. 이제, 너희도 제법 영리해져서 그걸로 뭘 해야 할지 알겠지?"

우리가 말했다.

"당분간은, 꼭 사용해야 할 데가 없을 것 같은데요?"

할머니가 말했다.

"그래, 너희 말이 옳아. 기다려야 한다. 기다릴 수 있겠지?"

"그럼요, 할머니."

우리 세 사람은 잠시 침묵 속에 빠졌다. 그러다가 할머니가 말했다.

"할 이야기가 또 있다. 내가 다시 발작을 일으키면 말이다. 나를 욕조에 넣거나 아기 팬티나 기저귀 따위를 쓸 생각은 아예 말아라. 그런 건 딱 질색이니까."

할머니는 일어나더니, 선반 위의 단지들 중에서 무엇인가를 찾았다. 그러고는 파란색의 작은 병을 꺼내왔다.

"의사 놈이 지어주는 그 망할 놈의 약 대신에, 이 병에 있는 걸 내 첫 번째 우유잔에 부어서 주도록 해라."

우리는 대답하지 않았다. 할머니가 소리쳤다.

"알아들었냐, 못 알아들었냐고, 이 개자식들아!"

그래도 우리는 대답하지 않았다. 할머니가 또 소리 질렀다.

"너희는 부검이라도 하게 될까봐 겁나는 모양이구나. 멍청한 녀석들. 부검 같은 건 안 할 거다. 한 노파가 두 번째 발작을 일으켰다가 죽었다고 하면, 사람들은 당연한 일로 알고 귀찮게 굴지 않을 거다."

우리가 말했다.

"우리는 부검이 두려운 게 아니에요, 할머니. 다만 할머니가 다시 회복되실 수 있을 거라고 생각하기 때문이에요."

"아니다. 난 다시 일어나지 못해. 그건 내가 잘 알아. 그러니까, 가능한 한 빨리 끝장을 내는 게 좋아."

우리는 아무 말도 하지 않았고, 할머니는 울기 시작했다.

"너희는 전신마비가 어떤 건지 모른다. 뭐든지 다 보이고, 들리는데, 난 꼼짝도 할 수가 없는 거야. 나의 마지막 부탁을 들어주지 않으면, 너희는 배은망덕한 놈들이야, 내가 헛수고를 했지."

우리가 말했다.

"그만 우세요, 할머니. 소원대로 해드리겠어요, 정말 그걸 원하신다면, 그렇게 하겠어요."

우리 아빠

우리 아빠가 왔을 때, 밖에는 비가 내리고 있었다. 우리 세 사람은 부엌에서 일을 하고 있었다.

아빠는 문 앞에, 팔짱을 끼고 다리를 벌리고 딱 버티고 서 있었다. 아빠가 물었다.

"집사람은 어디 있죠?"

할머니가 비웃었다.

"저런! 진짜 남편이 있기는 있었군."

아빠가 말했다.

"네, 제가 할머니의 사위입니다. 이 애들은 제 아들들이고요."

그는 우리를 바라보며 덧붙여 말했다.

"무척 많이 컸구나. 그런데 하나도 안 변했어."

할머니가 말했다.

"내 딸, 그래, 바로 자네 마누라가 이 아이들을 내게 맡겼지."

아빠가 말했다.

"다른 사람에게 맡겼으면 좋았을 걸 그랬네요. 집사람은 어디 갔습니까? 외국으로 갔다는 이야기가 들리던데. 사실입니까?"

할머니가 말했다.

"그건 옛날 이야기지. 자네는 여태 어디에 있었나?"

아빠가 말했다.

"전쟁 포로로 잡혀 있었어요. 이제 집사람을 찾아야죠. 장모님이 아무리 마녀라 해도 집사람을 숨길 생각은 마세요, 어서 내놓으세요."

할머니가 말했다.

"자네 아들들을 키워준 데 대한 고마움의 표시가 이건가?"

아빠가 말했다.

"그게 문제가 아니에요! 집사람은 어디 있죠?"

할머니가 말했다.

"자넨 눈에 뵈는 게 없나? 아이들과 내 앞에서 이럴 수 있는 건가? 좋아, 내 보여주지, 자네 마누라가 어디에 있는지!"

할머니는 정원으로 나갔다. 우리도 따라 나갔다. 할머니는 지팡이로 우리가 엄마의 무덤 위에 잘 가꿔놓은 네모난 화단을 가리켰다.

"자, 보게! 그 애는 저기에 있네, 자네 아내 말일세. 저 땅속에 있어."

아빠는 물었다.

"죽었다고요? 왜죠? 언제?"

할머니가 말했다.

"죽었어. 포탄에. 전쟁이 끝나기 며칠 전에."

아빠가 말했다.

"사람을 아무 데나 묻는 건 위법입니다."

할머니가 말했다.

"우린 그 애가 죽은 바로 그 자리에 묻은 것뿐이야. 그리고 자네 말처럼 아무 데가 아니야. 여긴 내 정원이야. 그 애가 어려서 놀던 곳이기도 하고."

아빠는 비에 젖은 꽃들을 바라보며 말했다.

"내 눈으로 직접 보고 싶습니다."

할머니가 말했다.

"그럴 필요 없네. 죽은 사람은 건드리는 게 아니야."

아빠가 말했다.

"아무튼 공동묘지로 이장을 해야 돼요, 법에 따라. 삽을 가져다주세요."

비를 맞으며, 우리는 아빠가 우리의 작은 화단을 부수고 땅을 파는 것을 지켜보았다. 드디어 모포가 나왔고, 아빠는 그것을 젖혔다. 거기에는 커다란 해골이 있고, 그 해골의 가슴 부근에 작은 해골이 붙어 있다.

아빠가 물었다.

"이게 뭡니까, 아내가 가지고 있는 저 물건은?"

우리가 말했다.

"아기예요. 우리 여동생이에요."

할머니가 말했다.

"그러게 내가 죽은 사람은 고이 내버려두라고 하지 않았는가? 부엌으로 가서 손이나 씻게."

아빠는 대답하지 않았다. 그는 해골들을 바라보았다. 그의 얼굴은 땀과 비와 눈물로 젖어 있었다. 그는 간신히 구덩이를 빠져나오더니 돌아보지도 않고 가버렸다, 손과 옷이 진흙투성이인 채로.

우리는 할머니에게 말했다.

"어떻게 할까요?"

할머니가 말했다.

"구덩이를 다시 메워야지, 뭘 어쩌겠니?"

우리가 말했다.

"들어가서 몸 좀 녹이세요, 할머니. 이 일은 우리가 다 할게요."

할머니는 들어갔다.

우리는 해골을 모포에 싸서 다락방으로 옮겼다. 우리는 뼈들을 말리기 위해서 볏짚 위에 펼쳐놓았다. 그러고 나서 우리는 아무것도 없는 구덩이를 메우기 시작했다.

그후, 몇 달 동안 우리는 엄마와 아기의 해골과 뼈를 갈고 닦고 니스 칠까지 했다. 그리고 떨어져나간 부분을 가는 철사로 얽어매서 원상복구한 다음, 다락방의 대들보에 매달았다.

아기의 해골은 엄마의 목에 매달았다.

아빠가 다시 돌아오다

몇 년 뒤 아빠가 다시 돌아왔다.

그동안 할머니는 다시 발작을 일으켰고, 우리는 할머니의 소원대로 목숨을 끊도록 도와드렸다. 할머니는 지금 할아버지와 같은 무덤에 묻혀 있다. 할아버지의 무덤을 파헤치기 전에, 우리는 보물을 꺼내다가 우리 방 창문 앞 의자 밑에 숨겨두었다. 거기에는 아직 소총도, 탄약도, 수류탄들도 그대로 있었다.

어느 날 저녁, 아빠가 돌아와서 물었다.

"할머니는 어디 가셨니?"

"돌아가셨어요."

"너희 둘만 살고 있는 거니? 힘들겠구나?"

"아주 잘해나가고 있어요, 아빠."

아빠가 말했다.

"난 이곳에 숨으러 온 거야. 날 좀 도와줘야겠다."

우리가 말했다.

"아빠는 몇 년째 소식 한마디 없었어요."

아빠는 우리에게 자신의 손을 보여주었다. 손톱이 하나도 없다. 뿌리째 뽑혀나간 것이다.

"감옥에서 나오는 길이야. 고문을 당해서 이렇게 된 거고."

"왜요?"

"나도 몰라. 이유가 없어. 내가 정치적으로 의심스러운 자라는 거야. 난 직업도 가질 수 없어. 계속 감시당하고 있지. 그들은 내 집을 정기적으로 수색하고 있어. 난 이 나라에서는 더 이상 살 수가 없어."

우리가 말했다.

"국경을 넘으시려고요?"

아빠가 말했다.

"그래. 너희는 여기에 살았으니까, 잘 알 거 아니니……."

"그럼요, 잘 알고말고요. 국경을 넘는 것은 불가능해요."

아빠는 고개를 숙이고 자신의 손을 한동안 들여다보다가 말했다.

"분명히 빈틈이 있을 거야. 빠져나갈 방법이 있겠지."

"목숨을 건다면 가능해요."

"난 이 나라에 남아 있느니 차라리 죽는 편이 더 낫다."

"사정을 알고 나서 결심하셔도 돼요, 아빠."

아빠가 말했다.

"그래 우선, 들어보자."

우리는 설명했다.

"첫 번째 관문은 감시초소의 눈길을 피하고, 순찰대를 만나지 않고 첫 번째 철조망까지 가는 거예요. 그건 비교적 쉬워요. 우리는 감시초소의 위치며, 순찰 도는 시간을 잘 알고 있거든요. 그 철조망은 높이가 일 미터 오십 센티미터, 폭이 일 미터예요. 따라서 긴 판자 두 개가 필요해요. 하나는 철조망에 기어오르는 데 쓰고, 하나는 철조망 위에 얹어놓고 그 위로 걸어가야 해요. 그때 몸의 균형을 잃어서 철조망 사이로 떨어지면 빠져나올 수 없어요."

아빠가 말했다.

"난 균형을 잃지 않을 거다."

우리가 계속했다.

"칠 미터쯤 떨어진 곳에 또 철조망이 있기 때문에 그 판자들은 가지고 가야 해요. 거기서 다시 같은 방식으로 써먹어야 하니까요."

아빠가 웃었다.

"어린애 장난 같구나."

"네. 하지만 두 철조망 사이에는 지뢰가 묻혀 있어요."

아빠는 얼굴이 창백해졌다.

"그러면 안 되겠구나."

"그래요. 하지만 운이 좋으면 가능할지도 몰라요. 지뢰는 지그재그로, W자로 묻혀 있거든요. 일직선으로 가면 지뢰를 한 개만 밟게 되지요. 그런데 보폭이 큰 사람의 경우 그 지뢰를 피할 확률은 칠분의 일쯤 돼요."

아빠는 잠시 생각에 잠기더니 말했다.

"해보마."

우리는 말했다.

"그렇다면, 우리도 최선을 다해 돕겠어요. 첫 번째 철조망까지 같이 갈게요."

아빠가 말했다.

"좋아, 고맙다. 그런데 먹을 것 좀 없니?"

우리는 빵과 치즈를 내놓았다. 옛날 할머니 포도밭에서 난 포도로 담근 포도주도 내놓았다. 할머니가 약초로 조제한 수면제를 몇 방울 떨어뜨려서.

우리는 아빠를 우리 방으로 모시고 가서 말했다.

"푹 주무세요, 아빠. 내일 아침에 깨워드릴게요."

우리는 부엌으로 가서 장의자에서 잤다.

이별

다음 날 아침, 우리는 일찍 일어났다. 우리는 아빠가 깊이 잠들어 있음을 확인했다.

우리는 네 개의 판자를 준비했다.

할머니의 보물도 파냈다. 금화와 은화와 많은 보석들을. 우리는 그 중 상당량을 마대에 옮겨 담았다. 수류탄도 하나 넣었다. 만약 순찰대를 만나면 써먹을 셈으로, 순찰대를 제거하는 동안 시간을 벌 수 있기 때문이다.

최적의 장소, 즉 두 개의 감시초소의 사각지대를 물색하기 위해서 우리는 국경 근처에 대한 사전답사도 했다. 그 최적의 장소에 서 있는 큰 나무의 밑둥에 우리는 보물 자루와 판자 두 개를 감춰두고 돌아왔다.

우리는 돌아와서 아침 식사를 했다. 한참 뒤 우리는 아빠를 위해서 아침상을 차렸다. 우리는 아빠를 흔들어 깨웠다. 그는 눈을 비비며 말했다.

"이렇게 잘 자보기는 처음이다."

우리는 쟁반을 그의 무릎 위에 놓았다. 그가 말했다.

"이게 웬 잔칫상이냐! 우유, 커피, 달걀, 햄, 버터, 잼! 이런 건 대도시에서도 본 지 오래됐는데. 도대체 어떻게 된 거냐?"

"우리는 일을 하거든요. 어서 드세요, 아빠. 시간이 없어요. 아빠가 떠나기 전 마지막 식사가 될 거예요."

그가 물었다.

"오늘 저녁에 갈 거니?"

우리가 말했다.

"지금 당장이요. 아빠가 준비되는 대로요."

그가 말했다.

"미쳤니? 대낮에 국경을 넘다니 말도 안 돼! 당장에 발각될 거야."

우리가 말했다.

"잘 생각해보세요, 아빠. 한밤중에 국경을 넘는 사람이야말로 어리석은 사람이에요. 밤에는 순찰의 빈도도 네 배로 늘어나고, 탐조등이 끊임없이 구석구석을 훑어대고 있어요. 그렇지만 오전 열한 시경에는 감시가 느슨해져요. 순찰대도 그런 시각에 국경을 넘을 미친 놈은 없을 거라고 생각하는 거죠."

아빠가 말했다.

"너희 말이 옳아. 난 너희를 믿는다."

우리가 물었다.

"아빠가 식사하는 동안 아빠의 호주머니를 살펴봐도 되죠?"

"내 주머니를? 그건 왜?"

"아빠의 신분이 발각되면 안 되니까요. 만약 아빠에게 무슨 일이 생겨서 우리 아빠라는 것이 들통 나면, 우리도 공범으로 걸려들잖아요."

아빠가 말했다.

"너희는 별걸 다 생각하는구나."

우리가 말했다.

"우리의 안전은 우리 스스로 생각해야죠."

우리는 아빠의 옷을 뒤졌다. 서류, 신분증, 수첩, 기차표, 청구서 따위 그리고 엄마의 사진을 찾아냈다. 우리는 엄마의 사진만 빼고 모두 부엌 아궁이에 처넣었다.

열한 시경, 우리는 출발했다. 판자 두 개는 우리가 하나씩 들었다.

아빠는 아무것도 들지 않았다. 우리는 아빠에게 될 수 있는 대로 소리 내지 말고 우리 뒤를 따라오기나 하라고 부탁했다.

우리는 국경 근처에 도착했다. 우리는 아빠에게 큰 나무 뒤에 꼼짝 말고 엎드려 있으라고 말했다.

곧 우리에게서 불과 몇 미터 떨어진 곳으로 순찰대 두 명이 지나갔다. 우리는 그들이 말하는 소리를 들었다.

"오늘 메뉴는 뭘까 궁금하군."

"매일 그게 그거지 뭘."

"너절한 것뿐이지. 어제는 정말 형편없더군. 하지만 가끔씩 괜찮은 것이 나오기도 하지."

"괜찮다고? 넌 우리 엄마가 만들어주는 수프를 먹어보지 못해서 그런 소리를 하는 거야."

"난 네 엄마의 수프를 먹은 적이 물론 없지. 난 엄마가 누군지도 모르고 살아왔고, 너절한 음식밖엔 못 먹어봤어. 그래도 군대에서는 가끔씩 괜찮은 음식을 먹는 편이야."

순찰대가 멀어졌다. 우리가 말했다.

"가세요, 아빠. 다음번 순찰은 이십 분 후에 있어요."

아빠는 옆구리에 판자 두 개를 끼고 앞으로 나아가서 판자 하나를 바리케이드에 기대놓고 기어올라간다.

우리는 큰 나무 뒤에 배를 깔고 엎드려서 손으로 귀를 막고 입을 벌린다.

폭발음이 들린다.

우리는 미리 준비했던 다른 판자 두 개와 보물이 든 마대를 들고 철조망까지 달린다.

아빠는 두 번째 철조망 직전에 쓰러져 있다.

그렇다. 국경을 넘어가는 방법이 있기는 하다. 누군가를 앞서 가게 하는 것이다.

마대를 쥐고, 앞서 간 발자국을 따라간 다음, 아빠의 축 늘어진 몸 뚱이를 밟고, 우리 가운데 하나만 국경을 넘어갔다.

남은 하나는 할머니 집으로 돌아왔다.

제2부

타인의 증거

1

할머니 집으로 돌아온 루카스(Lucas)는 나무 그늘이 드리운 앞마당 울타리 옆에 누웠다. 그는 누군가를 기다리는 중이었다. 군 수송차량이 국경경비대 건물 앞에 섰다. 군인들이 차에서 내리더니 방수포로 싼 시체 한 구를 땅에 내려놓았다. 한 하사관이 건물에서 나와서 신호를 보내자, 군인들이 방수포를 펼쳤다. 하사관이 투덜거렸다.

"신원 확인이 쉽지 않겠는데! 이런 대낮에 빌어먹을 놈의 국경을 넘어가려고 하다니, 얼빠진 놈 같으니라구!"

한 병사가 말했다.

"그게 불가능한 일이라는 걸 사람들이 진즉 깨달아야 하는데."

다른 병사가 말했다.

"여기 사람들이야 잘 알겠지. 국경을 넘겠다는 자들은 다른 데서 온 것들이라고."

하사관이 말했다.

"아무튼, 앞집 바보나 만나보자고. 그 바보가 어쩌면 뭔가 알고 있을지도 모르니까."

루카스는 집 안으로 들어갔다. 그는 부엌의 장의자에 앉았다. 빵을 자르고, 식탁 위에 포도주 한 병과 치즈를 놓았다. 누군가가 문을 두드렸다. 하사관과 부하 한 사람이 들어왔다.

루카스가 말했다.

"당신들을 기다렸어요. 앉으시죠. 포도주와 치즈 좀 드세요."

병사가 말했다.

"좋지."

그는 빵과 치즈를 먹고, 루카스는 포도주를 따른다.

하사관이 물었다.

"우리를 기다렸다고? 그건 왜지?"

"폭발음을 들었거든요. 폭발사고만 생기면, 사람들은 으레 날 찾아와서 묻더군요, 혹시 누구 못 봤느냐고."

"그럼 아무도 못 봤단 말이야?"

"네."

"평소와 다름없이 말이지?"

"네, 평소와 마찬가지로. 아무도 국경을 넘겠다고 내게 말한 사람은 없었어요."

하사관이 웃었다. 그 역시 포도주와 치즈를 들었다.

"이 근처에서나 숲속에서 누군가가 서성이는 걸 보았을 듯도 싶은데……."

"아무도 못 봤어요."

"혹시 보았다면, 이야기를 하겠나?"

"내가 그렇게 말했다고 해도, 당신들은 나를 믿지 않을걸요."

하사관은 또 웃었다.

"나는 사람들이 왜 너를 바보라고 하는지 가끔씩 의심하게 되더군."

"나도 그래요. 어린 시절 전쟁 통에 심한 정신적 충격으로 신경쇠약에 걸린 것뿐인데 말입니다."

병사가 물었다.

"뭐라고? 그건 또 무슨 소리야?"

루카스가 설명했다.

"폭격 때문에 내 머리가 약간 고장 났다, 이 말입니다. 어린 시절에 그런 일이 있었다고요."

하사관이 말했다.

"치즈가 무척 맛있군. 잘 먹었어. 그런데 우리와 함께 좀 가야겠어."

루카스는 그들을 따라나섰다. 하사관이 시체를 보여주며 물었다.

"이 사람 알겠어? 본 적 있나?"

루카스는 아버지의 분해된 시체를 바라보았다.

"완전히 엉망이군요."

하사관이 말했다.

"입은 옷이나, 구두 또는 손이나 머리칼로도 누군지는 알아볼 수 있지."

루카스는 말했다.

"얼핏 보기에는 이 마을 사람이 아닌걸요. 이 사람의 옷은 여기 것이 아니에요. 이 마을에는 저렇게 좋은 옷을 입은 사람이 없어요."

하사관이 말했다.

"고마워. 하지만 그 정도는 우리도 다 알고 있어. 우리는 바보가 아니야. 너에게 묻는 것은, 시체의 어느 한 부분이라도 본 적이 있거나 알아볼 수 있는가 하는 점이야."

"없어요, 전혀요. 손톱들이 다 뽑힌 걸 보면 이 사람은 감옥살이를 한 적이 있나 보군요."

하사관이 말했다.

"감옥에서는 고문을 안 해. 이상한 건 말이야, 이 자의 호주머니가 텅텅 비어 있다는 점이야. 사진 한 장, 열쇠 한 개, 지갑 하나 없어. 그렇지만 신분증은 있어야 해, 국경을 통과하려고 했다면 통행증이라도 있어야 할 거 아냐. 그렇지?"

루카스가 말했다.

"숲에 버렸을지도 모르죠."

"나도 그런 생각을 했어. 신분이 노출되길 꺼린 거야. 누군가를 보호하기 위해서 그런 게 아닐까? 혹시, 버섯 따러 숲에 들어갔다가 그런 거 발견하면, 우리에게 즉시 알려줘, 루카스."

"염려 마십시오, 하사관님."

루카스는 머리를 하얀 담벽에 기댄 채 정원에 있는 벤치에 앉아 있다. 햇살이 눈부시다. 그는 눈을 감았다.

"이제 어떻게 한다?"

"예전처럼 아침이 되면 일어나고, 밤이 되면 자고, 살아가기 위해서 필요한 일을 하면 되는 거지."

"오래 걸릴 거야."

"어쩌면, 평생 동안."

가축들의 울음소리에 루카스는 눈을 떴다. 그는 일어나서 그의 가축들을 돌보러 갔다. 돼지, 닭, 토끼 등에게 먹이를 주었다. 그리고 강가로 가서 염소들을 찾아서 젖을 짰다. 우유를 부엌으로 가져왔다. 그 다음에는 부엌의 장의자에 앉아, 저녁이 되기를 기다렸다. 어두워지자, 일어나서 집 밖으로 나와 정원에 물을 주었다. 달이 밝다. 다시 부엌으로 돌아와서 치즈를 조금 먹고, 포도주를 마셨지만, 창밖으로 몸을 내밀고 토했다. 그리고 식탁을 치우고 할머니 방으로 들어가서 창문을 열어 환기를 했다. 화장대 앞에 앉아 거울을 들여다보았다. 한참 후에 루카스는 방문을 열었다. 커다란 침대를 바라보았다. 다시 문을 닫고 시내로 갔다.

거리에는 사람이 거의 없다. 루카스는 빠른 걸음으로 걷는다. 환하게 불이 켜진 열린 창문 앞에 멈춘다. 그것은 부엌이다. 어떤 가족이 저녁 식사를 하는 중이다. 어머니와 세 아이가 식탁에 둘러앉아 있다. 남자 아이 둘과 여자 아이 하나. 그들은 감자 수프를 먹고 있다. 아버지는 거기에 없다. 그는 아마도 작업장이나 감옥, 아니면 수용소에 있을 것이다. 아니면 전쟁터에서 돌아오지 않았거나.

루카스는 소란스러운 술집 앞을 지나간다. 그곳은 얼마 전까지만 해도 그가 하모니카를 연주하던 곳이다. 그러나 거기에 발을 들여놓지 않고 그냥 가던 길을 간다. 그러다가 불빛도 없는 골목길로 접어든다. 어둡고 좁은 길을 지나서 공동묘지로 간다. 할아버지와 할머니의 무덤 앞에서 루카스는 발을 멈춘다.

할머니는 지난해에 두 번째 뇌출혈을 일으켜서 세상을 떠났다.

할아버지는 아주 오래 전에 돌아가셨다. 마을 사람들은 할머니가 할아버지를 독살했다고들 말했다.

루카스의 아빠는 오늘 국경을 넘으려다가 죽었다. 그래서 루카스는 아버지의 무덤이 어디인지 알 길이 없다.

루카스는 집으로 돌아왔다. 밧줄을 타고 다락방으로 기어올라갔다. 그 위에는 지푸라기 매트, 낡은 군용 모포, 비밀 상자가 있다. 루카스는 상자를 열고, 어린 시절의 작문 노트를 꺼내 몇 자 적는다. 그리고 노트를 다시 덮고, 지푸라기 매트 위에서 잔다.

천장에 나 있는 창을 통해서 달빛이 쏟아져 들어오고, 대들보에 매달아놓은 엄마와 아기의 해골들이 흔들거린다.

루카스의 엄마와 여동생은 죽었다. 오 년 전, 전쟁이 끝나기 며칠 전에, 할머니의 집 바로 이곳 뜰에서 폭탄이 터지는 바람에 즉사했다.

루카스는 눈을 감은 채 정원의 벤치에 앉아 있다. 말 한 마리가 끄는 수레가 집 앞에서 멈춘다. 그 소리에 루카스는 눈을 뜬다. 채소 장수 조제프가 정원으로 들어선다. 루카스는 그를 바라본다.

"웬일이세요, 조제프 씨?"

"웬일이냐고? 오늘이 장날이었어. 나는 자네를 일곱 시까지 기다렸다고."

루카스가 말했다.

"죄송해요, 조제프 씨. 오늘이 며칠인지 잊어버렸어요. 원하신다면, 물건들을 당장이라도 실을 수 있어요."

"자네 농담하나? 지금 오후 두 시야. 난 물건을 실으러 온 게 아니라, 자네가 계속 내게 물건을 팔아달라고 하는 건지, 그만두라는 건지 알고 싶어서 온 거야. 그걸 미리 알아야 하니까. 아무래도 난 상관없네. 내가 자네 물건을 팔아주는 건 자네를 위해서 하는 일이야."

"무슨 소리예요, 조제프 씨. 난 오늘이 장날인 것을 깜빡 잊은 것뿐이어요."

"자네가 장날을 깜빡한 건 오늘만이 아니야. 지난 주에도, 그 지난 주에도 그랬어."

루카스가 말했다.

"삼 주일 동안이나? 난 몰랐어요."

조제프가 머리를 갸우뚱했다.

"자네 집은 엉망이야. 삼 주일 동안 채소와 과일들은 어떻게 한 건가?"

"어떡하긴요? 암튼 난 정원에 매일 물을 열심히 준 것 같은데요?"

"정말인가? 가보세."

조제프는 집 뒤편에 있는 채소밭으로 갔다. 루카스도 뒤따라갔다.

채소 장수는 허리를 굽혀 채소밭을 내려다보며 중얼거렸다.

"아이쿠! 다 썩어버렸어! 토마토는 땅에 뒹굴고, 강낭콩은 너무 커버렸고, 오이는 노랗게 시들었고, 딸기는 까맣게 썩어버렸어! 자네 미쳤나, 도대체 무슨 일인가? 이 좋은 물건들을 다 썩혀버리다니! 자네는 교수형이나 총살감이야. 올해 완두콩 농사는 끝장이네. 살구도 마찬가지고. 하지만 사과와 말린 자두는 쓸 만해. 양동이를 가져오게!"

루카스가 양동이를 가져오자, 조제프는 풀밭에 떨어진 사과와 자두를 주워모으기 시작했다. 그는 루카스에게 말했다.

"양동이를 하나 더 가져와, 썩어문드러진 것들도 다 주워모으게. 어쩌면 돼지 먹이로 쓸 수 있을지도 몰라. 제기랄! 이 좋은 것들을 짐승한테 먹이다니!"

조제프는 서둘러 닭장으로 갔다. 루카스도 따라갔다. 조제프는 이맛살을 찌푸리며 말했다.

"천만다행이군, 닭들은 죽지 않았으니. 갈퀴를 가져오게, 청소나 좀 하게. 가축 먹이 주는 것은 잊지 않았다니, 천만다행이로군!"

"그런 것들은 잊어버릴 수가 없어요, 배가 고프면 시끄럽게 울어대니까요."

조제프는 몇 시간 동안이나 일을 했고, 루카스는 조제프가 시키는 대로 일을 도왔다.

날이 저물어서야, 그들은 부엌으로 들어갔다.

조제프가 말했다.

"이건 또 뭔가? 난 이런 고약한 냄새는 맡아본 적이 없네. 뭐가 이렇게 썩고 있는 거야?"

그는 주위를 두리번거리다가 염소젖이 가득 든 커다란 대야를 발견했다.

"우유가 다 쉬었어. 제발 살려주게. 강에 내다버리게."

루카스는 시키는 대로 한다. 그가 돌아오자, 조제프는 부엌의 공기를 환기시키고 타일 바닥을 닦고 있다. 루카스는 지하창고로 내려가서 포도주 한 병과 베이컨을 조금 가지고 온다.

조제프가 말했다.

"빵도 있어야겠는데."

"빵은 없어요."

조제프는 말없이 일어나더니 자기 수레로 가서 둥근 빵 한 덩이를 가져왔다.

"자, 장에서 좀 샀지. 이제 집에서는 빵을 안 만들거든."

조제프는 먹고, 마셨다. 그리고는 물었다.

"자네는 안 마시나? 먹지도 않고? 도대체 무슨 일인가, 루카스!"

"난 피곤해요. 먹을 수가 없어요."

"자네 얼굴에 핏기가 하나도 없어. 그리고 너무 말랐어, 뼈만 앙상해."

"아무것도 아니에요, 괜찮아지겠죠 뭐."

조제프가 말했다.

"자네 머리가 어떻게 된 게 아닌가 의심스럽군. 혹시 여자 문제가 생긴 건 아닌가?"

"천만에요, 여자 문제는 절대로 아니에요."

조제프가 눈을 찡긋한다.

"내가 젊은 아가씨를 하나 알고 있어서 말이야. 하지만, 자네 같은 선량한 친구가 여자한테 빠져서 허우적거린다면, 나로서는 참 가슴 아픈 일이 될 걸세."

루카스가 말했다.

"여자 문제가 아니라니까요."

"그러면 도대체 무슨 문제인가?"

"나도 모르겠어요."

"자네도 정말 모른다는 말인가? 그렇다면 의사에게 가봐야 하지 않겠나?"

"너무 걱정 마세요, 조제프 씨, 괜찮아질 거예요."

"괜찮아지겠지, 물론 언젠가는 괜찮아지겠지. 자네는 채소밭을 돌보지 않고, 우유가 쉬도록 내버려두고, 먹지도 마시지도 않고, 그러면서 그냥 괜찮아질 거라고 생각하니 문제 아닌가?"

루카스는 대답하지 않았다.

조제프가 자리를 뜨면서 말했다.

"잘 듣게, 루카스. 앞으로는 자네가 장날을 잊지 않도록 내가 한 시간 일찍 일어나서 자네 집으로 오겠네. 자네를 깨워서 채소와 과일을 팔아야 할 가축들과 함께 마차에 싣기로 하지. 괜찮지?"

"그래요, 고맙습니다, 조제프 씨."

루카스는 조제프에게 다른 포도주 한 병을 주며, 마차가 있는 곳까지 배웅하러 나갔다.

조제프는 말에 채찍질을 하면서 소리쳤다.

"조심하게, 루카스! 사랑이 사람을 잡는 수도 있으니까."

루카스는 정원의 벤치에 앉아 있었다. 두 눈을 감은 채. 눈을 떴을 때, 그는 체리나무 가지에 매달려 그네를 타는 한 소녀를 발견했다.

루카스가 물었다.

"여기서 뭘 해? 넌 누구지?"

소녀가 땅으로 팔짝 뛰어내리더니, 길게 땋아내린 머리 끝에 붙어 있는 빨간 리본을 만지작거렸다.

"레오니 숙모가 아저씨를 신부님께 불러오라고 하셨어요. 신부님은 혼자 있어요. 레오니 숙모는 이제 더 이상 일을 못 하고 집 안에 누워 있어요. 숙모는 너무 늙어서 이제 일어나지도 못하신대요. 우리 엄마는 신부님께 갈 시간이 없대요. 엄마는 공장에서 일하고, 아빠도 마찬가지예요."

루카스가 말했다.

"알겠어. 근데 넌 몇 살이지?"

"잘 모르겠어요. 지난번 생일에 다섯 살이었는데, 그때가 겨울이었어요. 그리고 지금은 벌써 가을이잖아요. 조금만 일찍 태어났더라면 학교에 갔을 거예요."

"벌써 가을이라고!"

소녀가 깔깔거렸다.

"그것도 몰랐어요? 그저께부터 가을이에요. 아직 날씨가 더워서 여름이라고 생각하는 사람들이 많긴 하지만요."

"넌 참 잘도 아는구나!"

"네. 큰 오빠가 있어서 뭐든지 다 가르쳐줘요. 오빠 이름은 시몬이에요."

"넌, 네 이름은 뭐지?"

"아그네스."

"참 예쁜 이름이구나."

"루카스도 마찬가지예요. 난 아저씨 이름이 루카스라는 걸 알고 있어요. 숙모가 말했거든요. '루카스를 찾아가거라. 그 사람은 국경경비대 건물의 맞은편에 있는, 도시의 맨 마지막 집에 산다'고 하셨어요."

"경비대원들이 너를 붙잡지 않던?"

"그 사람들은 절 못 봤을 거예요. 뒷길로 왔거든요."

루카스는 말했다.

"나도 너같이 예쁜 여동생이 있으면 좋겠구나."

"여동생이 없어요?"

"응. 내게 그런 동생이 있으면, 그네를 만들어줄 텐데. 그네 하나 만들어줄까?"

아그네스가 말했다.

"집에 그네가 있어요. 하지만 나무 그늘 같은 데서 노는 게 훨씬 더 재미있어요."

그녀는 다시 체리나무로 뛰어가서, 굵은 가지에 매달린 그네를 타며 깔깔거렸다.

루카스가 물었다.

"넌 슬퍼해야 할 일이 없겠구나?"

"네, 그래요. 저는 슬픈 일이 있으면, 기쁜 일로 마음을 달래거든요."

소녀가 땅에 뛰어내렸다.

"아저씨는 빨리 신부님께 가봐야 해요. 숙모님이 어젠가 그저껜가, 아니지, 더 전엔가 제게 말씀하셨어요. 그런데 제가 아저씨께 전하는 걸 까먹었어요. 숙모님한테 혼날지도 몰라요."

루카스가 말했다.

"걱정 마라, 오늘 저녁에 가볼게."

"좋아요, 그럼 돌아갈게요."

"잠깐 더 있다 가지 않을래. 너 음악 듣고 싶지 않니?"

"어떤 음악이에요?"

"들어보면 알아, 자."

루카스는 소녀의 팔을 잡고 그의 방으로 들어가서 소녀를 커다란 침대 위에 앉혀놓고, 낡은 축음기에 음반을 걸었다. 그는 침대 옆 바닥에 앉아, 머리를 두 팔로 감싼 채 음악을 들었다. 아그네스가 물었다.

"울고 있는 것 아니에요?"

루카스가 고개를 흔들었다.

소녀가 말했다.

"무서워요. 난 이런 음악 싫어해요."

루카스는 소녀의 한쪽 다리를 손으로 잡고, 손아귀에 힘을 주었다. 소녀가 소리쳤다.

"아파요! 놔주세요!"

루카스는 손아귀의 힘을 뺐다.

음악이 끝나자, 그는 음반의 뒷면을 듣기 위해서 일어섰다. 소녀는 가버리고 없었다. 루카스는 날이 저물 때까지 음악을 들었다.

그날 저녁에 루카스는 채소, 감자, 달걀, 치즈를 바구니에 담았다. 그리고 암탉 한 마리를 잡아서 깨끗이 씻고, 우유와 포도주도 한 병 담았다.

그는 사제관에 가서 현관 벨을 눌렀지만, 아무도 나오지 않았다. 열린 대기실 문으로 들어가서 부엌에 바구니를 놓았다. 방문을 두드리고, 안으로 들어갔다.

키가 크고 뼈쩍 마른 늙은 노인이 책상 앞에 앉아 있다. 촛불을 켜놓고, 혼자 체스를 두고 있다.

루카스는 책상 가장자리로 의자를 하나 끌어다놓고 노인과 마주 앉아 말했다.

"죄송합니다, 신부님."

신부가 말했다.

"내가 자네에게 진 신세는 조금씩 갚아가겠네, 루카스."

루카스가 말했다.

"제가 안 온 지 무척 오래됐지요?"

"초여름부터지. 자네는 잘 기억하지 못하는군."

"네. 그동안 누가 수발을 들어드렸나요?"

"레오니가 날마다 내게 수프를 조금씩 가져다줬어. 하지만, 며칠 전부터 그녀마저도 병이 났어."

루카스가 말했다.

"죄송합니다, 신부님."

"죄송하다니? 왜? 난 몇 달 전부터 자네에게 돈을 주지 못했네. 나도 이제 돈이 없어. 정부가 성당과 분리되는 바람에, 나는 월급도 받지 못하고 있어. 신자들의 헌금으로 근근이 살아가고 있지. 그런데 사람들은 성당에 나오면 정부에 잘못 보일까봐 두려워하고 있어. 미사에 참석하는 사람은 가난한 노파들뿐일세."

루카스가 말했다.

"제가 그간 오지 않았던 건 신부님의 돈 때문이 아니었어요. 차라리 그런 이유였다면 좋겠어요."

"그건 또 무슨 소리인가?"

루카스가 고개를 숙였다.

"저는 신부님을 완전히 잊어버렸어요. 뿐만 아니라 제 채소밭도, 장날도, 우유도, 치즈도, 심지어는 먹는 것도 잊었어요. 몇 달 동안 저는 다락방에서 잠을 잤거든요. 제 방에 들어가기가 두려웠어요. 오늘 레오니의 조카인 소녀가 와서 겨우 용기를 내서 그 방에 들어갔어요. 그리고 그 소녀의 얘기를 듣고서야 신부님에 대한 저의 의무가 생각났어요."

"자네는 내게 아무런 의무도 없네, 아무 책임도 없어. 자네는 자네 물건들을 팔아서 그 돈으로 살아가는 사람이니까, 내가 지불 능력이 없으면, 자네는 내게 아무것도 공급하지 않는 것이 당연한 일이지."

"다시 말씀드리지만, 절대로 돈 때문이 아니있어요. 이해해주세요."

"설명해보게, 듣고 싶네."

"저는 이제 더 이상 어떻게 살아가야 할지 모르겠어요."

신부는 일어나서, 두 손으로 루카스의 얼굴을 감싸쥔다.

"나의 어린 양이여, 자네에게 무슨 일이 있었단 말인가?"

루카스가 고개를 끄덕였다.

"더 이상은 말씀드릴 수가 없군요. 그것도 무슨 병인 것 같은 걸요."

"알겠네. 마음의 병일걸세. 자네 나이 탓도 있고, 더구나 자네같이 외롭게 사는 사람에게 생길 수 있는 병이지."

루카스가 말했다.

"글쎄요. 아무튼 제가 식사 준비를 하겠습니다. 같이 식사를 하시죠. 저는 너무 오랫동안 먹지를 못했어요. 먹으려고만 하면 구역질이 나더군요. 신부님과 함께라면, 먹을 수 있을 것 같아요."

그는 부엌으로 가서 불을 지피고, 채소와 함께 암탉을 삶았다. 그리고 식탁을 차리고 포도주 한 병을 땄다.

신부는 부엌으로 갔다.

"다시 말해두겠는데, 루카스, 난 자네에게 줄 돈이 없네."

"그래도 드시기는 드셔야지요."

"그렇기는 해, 하지만 이런 진수성찬은 필요 없네. 감자와 옥수수 약간이면 충분해."

루카스가 말했다.

"제가 가져다드리는 걸 드세요. 그리고 돈 이야기는 이제 하지 마세요."

"난 받아들일 수 없네."

"받는 것보다는 주는 것이 훨씬 쉽지 않을까요? 오만도 죄입니다, 신부님."

그들은 말없이 먹었다. 포도주를 마셨다. 루카스는 토하지 않았다. 식사 후 그는 설거지를 했다. 신부는 자신의 방으로 돌아갔다. 루카스도 신부를 따라갔다.

"저는 이제 가보겠습니다."

"어디로 가지?"

"거리를 산책할 겁니다."

"내가 자네에게 체스를 가르쳐주면 어떻겠나?"

루카스가 말했다.

"저는 체스에 흥미를 느낄 것 같지 않습니다. 그건 집중력이 필요한 복잡한 게임입니다."

"한번 해보지 않겠나?"

신부는 룰을 설명했다. 그들은 체스를 한 판 두었는데, 루카스가 이겼다. 신부가 물었다.

"자네는 어디서 체스를 배웠지?"

"책에서요. 하지만, 실제로 둔 것은 이번이 처음입니다."

"체스를 두러 또 오지 않겠나?"

루카스는 매일 저녁 신부에게 갔다. 신부의 실력은 나날이 향상되었고, 게임은 점점 더 흥미로워졌지만, 번번이 루카스가 이겼다.

루카스는 다시 자신의 방으로 가서 커다란 침대에서 잘은 잤다. 이제 깡닐을 잊지 않고, 우유가 쉬도록 놔두지도 않는다. 가축 돌보기도, 채소밭 일도, 부엌 일도 열심히 한다. 그리고 숲에 들어가서 버섯을 따고, 마른 나뭇가지들도 줍는다. 그리고 낚시도 한다.

어린 시절에 루카스는 손이나 낚싯줄로 물고기를 잡곤 했다. 이제는 좀더 지능적인 방법으로 물고기를 잡는다. 곧, 물고기들이 한번 들어오면 빠져나갈 수 없는 웅덩이를 만들어놓고, 물의 흐름에서 벗어나서 그곳으로 들어가도록 유도한다. 그리고 싱싱한 물고기가 필요할 때면, 웅덩이에 모인 물고기를 건져내기만 하면 된다.

저녁마다 루카스는 신부와 식사를 같이 하고, 체스를 한두 판쯤 두고, 거리로 산책을 나갔다.

어느 날 밤, 그는 산책 중에 만난 첫 번째 술집으로 들어갔다. 그곳은 전쟁 중에도 꽤 그럴듯한 분위기가 감도는 술집이었다. 그런데 지금 술집 안은 어둠침침하고 손님도 거의 없다.

못생기고 피곤해 보이는 여자가 카운터에서 큰소리로 주문을 받는다.

"얼마나 드릴까요?"

"삼백."

루카스는 붉은 포도주와 담뱃재로 지저분해진 탁자 앞에 앉았다. 그녀는 지방산 붉은 포도주 300cc를 가져다주고, 그 자리에서 돈을 받았다.

루카스는 포도주를 마시고는 곧장 일어나서 술집을 나왔다. 그리고 더 멀리, 중앙 광장에까지 갔다. 그는 서점-문구점 앞에 멈춰 서서 진열대를 한참 들여다보았다. 초등학생용 노트, 연필, 지우개 그리고 책들.

루카스는 맞은편의 술집으로 들어갔다.

거기에는 사람이 약간 더 많았지만, 지저분하기는 좀 전의 술집과 마찬가지였다. 땅바닥은 톱밥으로 뒤덮여 있었다.

루카스는 열려 있는 출입문 가까이에 앉았다. 그 홀에는 환기창이 없었다.

한 무리의 국경경비대 병사들이 긴 탁자를 차지하고 있었다.

그들은 여자들과 함께 있다. 그리고 노래를 부른다.

누더기를 입은 한 노인이 루카스의 탁자로 와서 앉는다.

"자네 연주 좀 해줄 수 있겠나, 응?"

루카스가 소리쳤다.

"반병하고 잔 두 개!"

노인이 말했다.

"난 술값을 치를 생각은 없네. 자네 연주만 듣고 싶어, 옛날처럼."

"저는 옛날처럼 연주할 수 없어요."

"그렇겠지. 그래도 한번 해보게. 정말 듣고 싶어서 그래."

루카스는 포도주를 따랐다.

"드세요."

그는 호주머니에서 하모니카를 꺼내 슬픈 노래, 사랑 노래, 이별 노래를 잇달아 불었다.

경비대 병사들과 여자들도 노래를 불렀다.

여자들 중 하나가 루카스 옆으로 와 앉더니 그의 머리칼을 어루만 졌다.

"봐요, 너무 귀여워요."

루카스는 하모니카 연주를 중단하고 일어섰다. 그녀가 웃었다.

"어린 것이 버릇없게!"

밖에는 비가 오고 있었다. 루카스는 세 번째 술집으로 들어가서, 또 포도주 300cc를 시켰다. 그가 연주를 시작하자 사람들은 잠시 그에게로 얼굴을 돌리더니, 다시 술을 마셨다. 그 술집 사람들은 말없이 술만 마셨다.

갑자기 키가 크고 건장한 남자가 홀 한가운데의 하나밖에 없는 전등 아래로 나왔다. 그는 목발에 의지하고 한쪽 다리로 선 채, 금지곡을 부르기 시작했다.

루카스는 하모니카로 그의 노래에 반주를 했다.

다른 손님들은 급히 잔을 비우고 하나둘씩 술집을 나갔다.

노래의 마지막 두 소절에서는 그 남자의 얼굴에 눈물이 흘러내렸다.

"그 민족은 벌써 벌을 받았다네. 과거와 미래에 대해."

이틀 후 루카스는 서점-문구점에 갔다. 그는 연필 세 자루와 모눈종이 한 묶음과 두꺼운 종이 한 장을 샀다. 계산대로 가자, 뚱보이지만 얼굴에는 핏기가 하나도 없는 서점 주인이 말했다.

"꽤 오랜만이군, 어디 갔었나?"

"아니요, 좀 바빴을 뿐이에요."

"자네는 종이를 엄청 많이 쓰더군. 난 가끔씩 자네가 그 많은 종이를 어디에 쓰는지 궁금해."

루카스가 말했다.

"연필로 백지를 메우는 게 제 취미예요. 기분 전환도 되고요."

"그동안 쓴 것만 해도 굉장할 것 같군."

"낭비한 게 더 많아요. 망친 글은 불쏘시개로 써버렸고요."

"불행하게도, 자네 같은 단골손님이 없어. 장사가 통 안 돼. 전쟁 전에는 잘됐었는데. 여기에는 학교가 많았거든. 고등학교, 기숙학교, 대학교. 저녁마다 학생들이 거리를 누비고 다녔지. 음악학교에서는 연주회, 연극공연이 매주 있었고. 그런데 지금 거리를 보라고, 기껏해야 아이들과 노인들뿐이야. 소수의 노동자들과 포도밭 농부들하고. 이제 젊은이라고는 찾아볼 수도 없어. 초등학교만 빼고는 학교들이 전부 대도시로 이사를 갔어. 젊은이들은 학생이 아니더라도 모두 활기 넘치는 대도시로 떠나버리고. 이 도시는 이제 텅 빈 죽은 도시야. 국경지대라서 봉쇄된 채 잊혀진 거야. 자네도 이 도시 사람들은 다 안면이 있을 걸세. 항상 그 얼굴이 그 얼굴이지. 외지 사람들은 이제 이곳에 들어올 수도 없네……."

루카스가 말했다.

"국경경비대가 있잖아요? 그들은 젊어요."

"그렇지, 불쌍한 사람들이지. 막사에 갇혀서 살고, 밤이면 순찰이나 돌고. 그들은 주민들과 공모하지 못하도록 육 개월마다 교체되고 있어. 이 도시에는 주민이 만 명 정도 되는데, 외국 군인이 삼천 명이 넘고, 국경경비대가 이천 명이야. 전쟁 전에는 학생이 오천 명쯤 되었고, 여름에는 여행객들로 붐볐지. 여행객들은 국내에서뿐만 아니라 외국에서도 많이 찾아왔거든."

루카스가 물었다.

"국경은 개방되었어요?"

"물론. 저 국경 너머 농부들은 이곳으로 물건을 팔러 왔고, 학생들은 축제에 참석하기 위해 국경을 넘어오기도 했지. 이웃 나라 대도시까지 연결된 기차가 도착하면 이렇게 외쳤지. '종점입니다. 모두들 내리세요! 신분증을 준비하시고!'"

루카스가 물었다.

"자유롭게 오갈 수 있었다고요? 외국으로 여행을 갈 수 있었다는 말입니까?"

"물론이지. 자네는 그걸 전혀 몰랐군 그래. 지금은 신분증 없이는 한발자국도 넘어갈 수가 없어. 국경을 통과하려면 특별 허가증도 있어야 하고."

"그것이 없으면요?"

"있는 게 좋지."

"저는 없거든요."

"자네 나이가 몇이지?"

"열다섯입니다."

"그러면 하나쯤 가져야지. 심지어는 아이들도 학교에서 발급하는 학생증이 있네. 그러면 자네는 도시를 벗어나거나 돌아올 때는 어떻게 하지?"

"저는 이 도시를 떠나본 적이 없어요."

"정말? 자네는 여기에 없는 물건들을 사러 이웃 마을에조차도 갈 일이 없었다는 말인가?"

"네. 저는 육 년 전에 어머니가 저를 여기에 데려다놓은 후로는 한번도 이 도시를 떠난 적이 없어요."

서점 주인이 말했다.

"혹시 말썽이 생길지도 모르니까, 신분증을 하나 만들도록 하게. 시청에 가서 자네 처지를 설명하면 해줄 걸세. 만약 일이 잘 안 풀리면, 페테르 N을 찾게. 빅토르가 찾아보라고 해서 왔다고 말하게. 페테르는 나와는 동향이지. 북부지방 출신이야. 그는 당에서 중요한 직책을 맡고 있네."

루카스는 말했다.

"호의는 감사합니다만, 제가 신분증을 발급받는 일이 어려울까요?"

"그야 알 수 없는 일이지."

루카스는 성벽 부근의 커다란 건물로 들어갔다. 정면에는 두 개의 깃발이 펄럭이고 있었다. 검은색 바탕에 금색 글씨가 새겨진 팻말들이 각 부서를 가리키고 있었다.

'혁명당 정치국'

'혁명당 사무국'

'혁명청년연맹'

'혁명부녀연맹'

'혁명노동조합연합'

출입문의 다른 쪽에는 회색 바탕에 붉은 글씨가 쓰인 팻말이 하나 붙어 있었다.

"주민과는 이층으로"

루카스는 층계를 올라가서 '신분증'이라는 글씨가 쓰여 있는, 안이 들여다보이지 않는 문을 노크했다.

회색 웃옷을 입은 남자가 미닫이창을 열고 말없이 루카스를 바라보았다.

루카스가 말했다.

"안녕하세요, 신분증을 발급받으러 왔는데요."

"갱신하신다는 말씀이겠죠? 기한이 지났어요?"

"아닙니다. 저는 신분증이 없어요. 발급받은 적이 없거든요. 사람들 말로는 신분증이 있어야 한다기에."

관리가 물었다.

"나이가 어떻게 되죠?"

"열다섯입니다."

"그러면 정말 하나 있어야겠는데. 학생증 좀 봅시다."

루카스가 말했다.

"신분증이라고는 하나도 가진 게 없어요."

관리가 말했다.

"그럴 수가 있나? 아직 초등학교를 졸업하지 않았다면, 학생증이 있을 것이고, 견습생이리면 견습생 증명서가 있을 텐데."

루카스가 말했다.

"죄송합니다. 저는 아무것도 가지고 있지 않아요. 학교라고는 문앞에도 못 가봤거든요."

"어떻게 그럴 수가 있지? 열네 살까지는 의무교육인데."

"심한 충격으로 인한 병 때문에 학교교육을 면제받았어요."

"지금은? 지금은 뭘 하지?"

"제 채소밭을 가꾸면서 삽니다. 저녁이면 술집에서 연주도 하고."

관리가 말했다.

"아, 자네군 그래? 루카스 T, 자네 이름 맞지?"

"네."

"누구하고 같이 살지?"

"국경 근처에 있는 할머니 집에서 혼자 살고 있어요. 할머니는 몇 년 전에 돌아가셨고."

관리는 머리를 긁적거렸다.

"자네는 아주 특수한 경우야. 내가 좀 알아봐야겠네. 나 혼자 결정할 문제가 아니거든. 며칠 후에 다시 와줘야겠네."

루카스가 말했다.

"페테르 N 씨가 알아서 해주실 거라 하던데요?"

"페테르 N? 당 서기 말인가? 그를 안다고?"

그는 전화를 했다. 루카스가 그에게 말했다.

"빅토르 씨의 소개를 받았어요."

관리는 전화를 끊더니 사무실을 나갔다.

"이리 오게. 한 층 내려가야겠어."

그는 '혁명당 서기국'이라고 쓰여 있는 문을 두드렸다. 그들은 들어갔다. 한 젊은 남자가 책상 앞에 앉아 있었다. 관리는 그에게 기록되지 않은 신분증 용지를 내밀었다.

"신분증입니다."

"알았소. 내가 처리할 테니 가도 좋소."

관리가 밖으로 나가자, 젊은 남자는 일어나서 루카스의 손을 잡았다.

"반갑소. 루카스."

"저를 아세요?"

"이 마을에서 자네 모르는 사람이 어디 있나? 자네 일을 맡게 돼서 기쁘군. 자. 이 용지의 공란을 메우자고. 성, 이름, 주소, 생년월일. 자네는 아직 열다섯밖에 안 됐지? 나이에 비해 무척 크군. 직업은? '음악가'라고 쓸까?"

루카스가 말했다.

"저는 제 정원을 가꿔서 살아가고 있어요."

"그러면 '정원사'라고 쓰지 뭐. 그게 좀더 진지하군. 좋아. 갈색 머리, 회색 눈……정당에는 가입했어?"

루카스가 말했다.

"그건 쓰지 마세요."

"그러지. 그러면, '당국의 평가' 난에는 뭐라고 써줄까?"

"'바보'라고 써주세요. 저는 정신장애가 있으니까요. 완전한 정상인은 아니죠."

페테르가 웃었다.

"완전한 정상인이 아니라고? 누가 그걸 믿겠어? 하지만 자네 말이 옳아. 그렇게 해놓으면 많은 귀찮은 일들을 면제받을 수 있지. 우선 군복무가 면제되고, 그러면 이렇게 쓰지, '만성적 정신장애.' 어때?
됐지?"

루카스가 말했다.

"네, 감사합니다, 선생님."

"페테르라고 부르게."

루카스가 말했다.

"감사합니다, 페테르 씨."

페테르는 루카스에게 다가와서 신분증을 건네주었다. 다른 손으로
는 루카스의 얼굴을 어루만지면서. 루카스는 눈을 감았다. 페테르는
루카스의 머리를 그의 손으로 감싸쥐고 입술 위에 오랫동안 키스했
다. 그는 다시 루카스의 얼굴을 바라보다가, 책상으로 가서 앉았다.

"미안하네, 루카스. 자네가 너무 아름다워서 잠시 실수를 했네. 정
말 조심해야 하는데. 그런 일이 당에서는 용납되지 않거든."

루카스가 말했다.

"아무도 모를 거예요."

페테르가 말했다.

"어떤 죄는 평생 감춰질 수 없어. 난 이 자리에 오래 있지 못할
거야. 이 자리에 있게 된 것은 내가 탈영했다가 우리의 해방군인 승전
부대와 함께 돌아왔기 때문이야. 난 아직 학생 신분일 때 전쟁터에
보내졌어."

루카스가 말했다.

"결혼하셔야지요, 아니면 적어도 근심 걱정을 잊기 위해서라도 애
인을 만드세요. 당신은 여자를 유혹하기 쉬울 거예요. 미남이고 체격
도 건장하니까요. 그리고 당신의 표정은 우수에 차 있어요. 여자들은
슬픈 표정의 남자를 좋아하거든요. 당신은 아주 좋은 조건을 고루

갖추고 있는 셈이죠."

페테르가 웃었다.

"여자를 유혹할 생각은 전혀 없네."

루카스가 말했다.

"그렇지만 어떤 방식으로든 사랑할 수 있는 여자는 있을 거예요."

"자네는 그 나이에 별걸 다 아는군, 루카스!"

"실은 잘 몰라요, 그저 추측으로 해본 소리죠."

페테르가 말했다.

"뭐든 필요하면 날 찾아오게."

2

한 해의 마지막 날이었다. 북쪽의 찬바람이 불어와서 땅이 꽁꽁 얼어붙었다.

루카스는 강가로 내려갔다. 그는 신부와의 송년회를 준비하기 위해서 물고기를 가져갈 예정이다.

벌써 밤이다. 루카스는 호롱불과 곡괭이를 가지고 갔다. 그는 자신이 만들어놓은 웅덩이의 얼음을 깨고 있었는데, 어디서 아이 울음소리가 들려왔다. 그는 호롱불을 울음소리가 나는 곳으로 비추었다.

루카스가 몇 년 전에 만들어놓은 작은 다리 위에 한 여자가 앉아 있다. 그녀는 모포로 몸을 감싼 채, 눈과 얼음조각들을 싣고 흘러가는 강물을 바라보고 있다. 모포 속에서 아이 우는 소리가 들린다.

루카스는 그녀에게 다가가서 물었다.

"당신은 누구요? 여기서 뭘 하는 거지?"

그녀는 대답하지 않았다. 그녀의 검은 눈은 호롱불을 응시하고 있었다.

루카스가 말했다.

"날 따라와요."

그는 오른팔로 그녀를 감싸안고, 호롱불로 길을 밝히면서 집으로 그녀를 데려갔다. 아이는 여전히 울고 있었다.

부엌 안은 따뜻했다. 여자는 앉아서 아이에게 젖을 물렸다.

루카스는 돌아서서, 조금 남아 있던 채소 수프를 불 위에 얹었다. 아이는 엄마의 무릎 위에서 잠들었다. 여자는 루카스를 바라보았다.

"나는 아이를 물에 빠뜨려 죽이고 싶었지만, 그럴 수가 없었어."

루카스가 물었다.

"그래서 날더러 대신 그렇게 해달라는 거야?"

"그럴 수 있겠어?"

"나는 생쥐, 고양이, 강아지를 수없이 그렇게 빠뜨려 죽인 적이 있어."

"아이는 다르잖아."

"그렇게 해주기를 원한단 말이야? 도대체 원하는 게 뭐야?"

"아니, 이제는 싫어. 너무 늦었어."

잠시 침묵 끝에 루카스가 말했다.

"여기에 빈 방이 하나 있어. 아이와 함께 거기서 자면 돼."

그녀의 검은 눈동자가 루카스를 빤히 쳐다보았다.

"고마워. 내 이름은 야스민이야."

루카스는 할머니 방문을 열었다.

"아이를 침대에 눕히는 게 좋겠어. 방이 따뜻해지도록 방문은 열어놓고, 야스민은 뭘 좀 먹은 후에 아이 옆에 가서 자도록 해."

야스민은 할머니의 침대에 아이를 눕히고 부엌으로 돌아왔다.

루카스가 물었다.

"배고프지?"

"어제 저녁부터 아무것도 못 먹었어."

루카스가 그릇에 수프를 따랐다.

"먹고 가서 자도록 해. 얘기는 내일 하기로 하고. 난 이제 가봐야 해."

그는 웅덩이로 가서 그물에 걸린 물고기 중 두 마리를 건져서 사제관으로 갔다.

그는 평소처럼 식사 준비를 하고, 신부와 함께 저녁 식사를 하고, 체스를 한 판 두었다. 루카스는 처음으로 신부에게 졌다.

신부가 벌컥 화를 냈다.

"오늘 저녁, 자네는 정신이 딴 데 가 있어. 루카스. 엉뚱한 실수를 했지 않나. 다시 하세. 집중을 해야지."

루카스가 말했다.

"피곤합니다. 돌아가야겠어요."

"자네는 또 술집을 돌아다니는군."

"잘도 아십니다, 신부님."

신부가 웃었다.

"나는 노파들을 많이 만나거든. 그들이 거리에서 일어난 온갖 얘기를 다 해주지. 하지만 그런 거 신경 쓸 거 없네! 자, 가서 즐기게. 벌써 올해의 마지막 날 아닌가!"

루카스가 일어섰다.

"새해 복 많이 받으세요, 신부님."

신부도 일어나며 루카스의 머리에 손을 얹었다.

"신의 축복이 있기를. 그분이 자네에게 마음의 평화를 주실 걸세."

루카스가 말했다.

"제 마음은 결코 평온해질 수 없을 거예요."

"기도하고 갈구해야 하네, 내 어린 양이여."

루카스는 거리를 걸었다. 떠들썩한 술집 앞에서 걸음을 멈추는 대신, 더 빠른 걸음으로 지나, 할머니 집으로 가는 어둡고 좁은 골목에서는 거의 뛰다시피 했다.

그는 부엌문을 열었다. 야스민은 여전히 장의자에 앉아 있다. 그녀는 아궁이 뚜껑을 열어놓고 불을 바라보고 있다. 다 식어버린 수프가 가득 담긴 그릇이 식탁 위에 그대로 있다.

루카스가 야스민과 마주 앉았다.

"안 먹었군."

"배가 안 고파. 난 아직도 언 몸이 풀리질 않았거든."

루카스가 선반에서 브랜디를 한 병 꺼내서 잔 두 개에 따랐다.

"마셔. 그러면 속이 따뜻해질 거야."

그가 마시자 그녀도 마셨다. 그는 한 잔을 더 따랐다. 그들은 말없이 술만 마셨다. 멀리 시내로부터 종소리가 들려왔다.

루카스가 말했다.

"자정이군. 새해가 시작되는 거야."

야스민은 식탁 위에 머리를 숙이고 울었다.

루카스는 일어나서 야스민이 덮고 있는 모포를 들쳤다. 그는 그녀의 길고 윤이 나는 검은 머리칼을 쓰다듬었다. 그리고 젖이 불어 팽팽한 그녀의 젖가슴을 애무했다. 그는 그녀의 블라우스의 단추를 풀고, 상반신을 기울여서 그녀의 젖을 빨아 먹었다.

그 다음 날 루카스는 부엌으로 들어갔다. 야스민은 무릎에 아이를 앉힌 채 장의자에 앉아 있었다.

그녀가 말했다.

"애 목욕을 좀 시켰으면 좋겠어. 그리고 나서 떠날게."

"어디로 갈 거야?"

"몰라. 난 아무튼 그런 일이 있고 나서는 이 도시에서 살 수가 없게 됐어."

루카스가 물었다.

"무슨 일이 있었는데? 아이 때문에? 이 도시에는 애 가진 처녀들이 너 말고도 또 있잖아? 부모님이 내쫓으셨어?"

"난 부모님이 없어. 어머니는 날 낳자마자 돌아가시고. 난 아버지와 이모와 함께 살았어. 이모가 날 키워주셨지. 아버지는 전쟁터에서 돌아오셔서 이모와 결혼했고. 하지만 아버지는 이모를 사랑하지 않았어. 아버지는 나만 사랑했어."

루카스가 말했다.

"알겠어."

"이모가 그 사실을 알고는 우리 두 사람을 고발해버렸어. 아버지는 감옥에 가 계셔. 난 출산할 때까지 병원에서 허드렛일을 했지. 오늘 아침 그 병원을 나온 뒤, 집에 가서 문을 두드렸지만, 이모가 문을 열어주지 않았어. 이모는 문틈으로 욕설을 퍼부었어."

루카스가 말했다.

"소문으로 당신 얘길 들었어. 술집에서 얘기하더군."

"그래, 모두 다 아는 얘기지. 여긴 작은 도시니까. 그래서 여기에선 더 이상 살 수가 없어. 아이를 물에 빠뜨려 죽이고 국경을 넘으려고 했지."

"국경은 넘을 수가 없을걸. 지뢰를 밟게 될 거야."

"죽어도 상관없어."

"야스민은 몇 살이지?"

"열여덟."

"죽기에는 너무 아까운 나이야. 다른 곳에 가서 다시 시작할 수 있어. 나중에 아이가 좀더 큰 다음에 다른 곳으로 가도 되겠지. 그때까지는 야스민이 있고 싶은 만큼 여기서 살아도 돼."

그녀가 말했다.

"하지만 동네 사람들 눈이 있잖아!"

"사람들은 지껄이다 말겠지. 곧 잊어버린다고. 넌 그들을 안 보면 그만이야. 여기는 동네가 아니야, 내 집일 뿐이라고."

"내 아이와 함께 나를 돌봐줄 수 있겠어?"

"넌 이 방에서 지내면 돼. 부엌이나 드나들고. 하지만 내 방이나 다락방에는 절대 들어오면 안 돼. 내게 어떤 질문을 해서도 안 돼."

야스민이 말했다.

"아무것도 안 물어보고, 절대로 방해하지 않을게. 아이도 방해되지 않게 잘 단속할게. 부엌 살림은 내가 맡겠어. 난 뭐든지 할 수 있어. 집에서 살림을 도맡아했거든. 이모는 공장에 나가서 일을 했으니까."

루카스가 말했다.

"물이 끓고 있어. 아이 목욕 준비를 해."

야스민은 식탁 위에 대야를 놓고, 아이의 겉옷과 배냇저고리를 벗겼다. 루카스는 목욕 수건을 불가에서 따뜻하게 덥혔다. 야스민은 아이를 씻기고, 루카스는 지켜보았다.

그가 말했다.

"아이 어깨가 기형인가봐."

"응. 다리도 이상해. 병원에서 다른 사람들이 그러더군. 내가 잘못해서 그렇게 됐어. 난 임신 사실을 숨기려고 허리를 졸라매고 다녔거든. 그래서 불구가 됐어. 아이를 물에 던져버릴 용기라도 있었어야 했는데."

루카스는 수건으로 감싼 아이를 팔에 안고, 쭈글쭈글한 작은 얼굴을 들여다보았다.

"그런 얘기는 더 이상 하지 마, 야스민."

그녀가 말했다.

"얘는 불행해질 거야."

"너도 불행해, 하지만 넌 불구는 아니야. 얘는 어쩌면 너보다, 또는 그 누구보다도 더 불행하지 않을지 몰라."

야스민은 아이를 다시 끌어안았다. 그녀의 눈에 눈물이 가득했다.

"넌 참 친절하구나, 루카스."

"내 이름을 어떻게 알았지?"

"이 도시에서 널 모르는 사람은 없어. 사람들은 네가 미쳤다고 하지만, 난 그렇게 생각하지 않아."

루카스는 밖으로 나와서 나무판자들을 가져왔다.

"아이에게 요람을 만들어줘야겠어."

야스민은 빨래를 하고 나서, 식사 준비를 했다. 요람이 다 만들어지자, 그들은 아이를 그 안에 넣고 흔들어주었다.

루카스가 물었다.

"아이 이름은 뭐야? 이름은 지어줬어?"

"그럼. 병원에서 시청에 출생신고를 하기 위해서 이름을 물어보더군. 그래서 마티아스라고 지었어. 그건 아버지 이름이거든. 다른 이름이 생각나지 않아서 어쩔 수가 없었어."

"그러니까 아버지를 그렇게도 좋아했다는 말이지?"

"나한테는 그분뿐이야."

저녁마다 루카스는 사제관을 나오면 술집에 들르지 않고 곧바로 집으로 돌아온다. 아궁이에는 여전히 불이 활활 타고 있다. 빠끔히 열린 문으로 야스민의 부드러운 노랫소리가 흘러나온다. 그는 할머니 방으로 들어간다. 야스민은 속옷 차림으로 창가에서 요람 속의 아이를 흔들어 재우고 있다. 루카스가 묻는다.

"왜 아직도 안 자고 있어?"

"널 기다렸어."

"기다리지 마. 난 늦게 들어오는 날이 많아."

야스민이 웃었다.

"알아. 넌 술집에서 연주를 한다지?"

루카스가 그녀에게 다가가서 물었다.

"아이는 자는 거야?"

"잠든 지 오래됐어. 하지만 나는 아이를 흔들어주는 게 재미있어."

루카스가 말했다.

"부엌으로 나와봐. 아이가 깰지도 모르니까."

그들은 부엌에서 마주 앉아 말없이 브랜디를 마셨다. 한참 뒤에 루카스가 물었다.

"언제부터야? 너하고 너의 아버지 말이야."

"아버지가 전쟁에서 돌아오자마자……."

"네가 몇 살 때였지?"

"열두 살."

"강제로 그랬지?"

야스민이 웃었다.

"아, 아니야! 아버지는 날 강제로 그러지는 않았어. 아버지는 단지 내 옆에서 잠을 잤을 뿐이야. 날 꼭 끌어안고, 키스하고, 애무하고, 그리고 우셨지."

"그럴 때 이모는 어디에 있었어?"

"이모는 공장에서 일하고 있었지. 이모가 야근을 할 때마다, 아버지는 나와 함께 내 침대에서 잤어. 내 침대는 창문도 없는 골방에 있는 데다 무척 좁았어. 우리는 그 침대에서 마냥 행복했지."

루카스는 브랜디를 따르면서 말했다.

"계속해!"

"내가 점점 성숙해가자, 아버지는 내 가슴을 애무하면서 말하더군. '너도 곧 여자가 되겠구나, 그러면 넌 어떤 놈하고 떠나버리겠지.' 그래서 내가 말했지. '아니에요, 난 절대로 안 떠나요.' 어느 날 밤, 내가 잠결에 아버지의 손을 끌어다가 내 사타구니에 댔어. 난 아버지의 손가락을 눌렀고 처음으로 쾌감을 느꼈어. 그 다음 날 저녁, 그 달콤한 쾌감을 즐기려고 내가 아버지에게 부탁했어. 아버지는 울면서 안 된다고 말했어. 그건 나쁜 짓이라고. 하지만 내가 고집을 부리면서 애원했어. 아버지는 몸을 기울여서 거기를 핥고 빨고 키스해주더군. 내가 느낀 쾌감은 먼젓번과는 비교가 안 될 만큼 짜릿한 거였어. 어느 날 저녁, 아버지는 내 몸을 덮쳤어. 아버지는 당신의 성기를 내 넓적다리 사이에 밀어넣으며 말했어, '다리를 붙여, 단단히 붙여, 틈이 벌어지면 안 돼, 그렇지 않으면 아플 거야. 널 아프게 하고 싶지는 않아.' 우리는 몇 년 동안이나 그런 식으로 사랑을 나누었지만, 어느 날 밤은 내가 더 이상 버틸 수 없게 되었어. 아버지를 받아들이고 싶은 내 욕망이 극에 달한 거야. 난 다리를 벌렸어. 그것도 완전히 벌려서 아버지가 내 안으로 깊숙이 들어오게 되었지."

그녀는 말을 그치고, 루카스를 바라보았다. 그녀의 커다랗고 까만 눈동자가 빛났고, 그녀의 도톰한 입술이 살짝 벌어졌다. 그녀는 젖가슴을 내보이며 물었다.

"너도 원해?"

루카스는 그녀의 머리채를 휘어잡고 방으로 끌고 가서, 할머니의 침대 위에 그녀를 밀어 던지고는, 그녀의 목덜미를 물고 늘어졌다.

며칠 뒤 루카스는 술집을 배회했다. 그는 시내의 텅 빈 거리를 산책했다.

그는 집에 돌아오면 곧바로 자신의 방으로 갔다.

그러다가 하루 저녁은 만취해서 할머니의 방문을 열었다. 부엌의 불빛으로 방이 환해졌다. 야스민은 잠들었고, 아이도 자고 있었다.

루카스는 옷을 벗고 야스민의 침대로 들어갔다. 야스민의 몸은 뜨겁게 달아올랐지만, 루카스의 몸은 얼음 같았다. 그녀는 벽으로 돌아누웠고, 그는 야스민의 등 뒤에서 그녀의 넓적다리 사이로 그의 성기를 밀어넣었다.

그녀는 넓적다리를 단단히 붙이고 신음했다.

"아버지, 아, 아버지!"

루카스는 그녀의 귀에 대고 속삭였다.

"벌리지 마, 더 단단히 붙여."

그녀는 안간힘을 쓰며 숨을 몰아쉬었다. 그는 통과되었고, 그녀는 비명을 질렀다.

루카스는 손으로 야스민의 입을 틀어막으면서, 이불을 끌어다가 그녀의 머리에 덮어씌웠다.

"조용히 해. 아이가 깨겠어!"

그녀는 그의 손가락을 물더니, 엄지손가락을 빨아댔다.

끝났을 때, 그들은 잠시 그대로 누워 있다가, 루카스가 먼저 일어났다.

야스민은 울었다.

루카스는 그의 방으로 갔다.

여름이다. 아이는 아무 곳이나 돌아다닌다. 할머니 방, 부엌, 뜰.

네 발로 기어서 못 가는 곳이 없다.

아이는 꼽추이며, 기형이다. 두 다리는 형편없이 가늘고, 두 팔은 너무 길고, 몸뚱이는 균형이 맞지 않는다.

아이는 루카스의 방에도 온다. 루카스가 문을 열어줄 때까지 작은 두 주먹으로 문을 두드려댄다. 그리고 커다란 침대 위에 기어오른다.

루카스가 어떤 음반을 틀면, 아이는 침대 위에서 춤을 춘다.

루카스가 다른 음반으로 바꾸면, 아이는 모포를 뒤집어쓰고 숨어버린다.

루카스는 종이를 한 장 가져와서 토끼, 닭, 돼지를 그린다. 아이는 깔깔거리며 그 종이를 가슴에 품는다.

루카스가 기린과 코끼리를 그리면, 아이는 고개를 가로저으며 종이를 찢어버린다.

루카스는 아이를 위해서 모래밭을 만들어주고, 꽃삽과 물뿌리개와 손수레도 사주었다.

그는 그네도 세워주었고, 상자 모양의 차체에 바퀴까지 달린 자동차도 만들어주었다. 그는 그 자동차에 아이를 태워서 산책을 나갔다. 그는 아이에게 물고기도 보여주었고, 토끼 우리에도 들여보내주었다. 아이가 토끼를 쓰다듬으려고 했지만, 놀란 토끼는 사방으로 도망갔다.

아이는 울었다.

루카스가 시내로 가서, 곰인형을 하나 사다주었다.

아이는 곰을 바라보고, 껴안고, '얘기하고,' 그네를 태워주고는 루카스의 발치에 던져버렸다.

야스민이 곰을 집어다가 쓰다듬어주었다.

"착하지, 곰아. 아기 곰은 정말 착하구나."

아이는 엄마를 물끄러미 바라보다가 부엌 바닥에다 자기 머리를 짓찧었다. 야스민은 곰을 놓고 아이를 끌어안았다. 아이는 울부짖으며 엄마의 머리를 마구 때리고 엄마의 배를 발로 찼다. 야스민이 아이를 놓아주자, 아이는 저녁때까지 식탁 아래에 숨어 있었다.

저녁에 루카스는 조제프의 갈퀴에 걸려 죽을 뻔한 아주 어린 고양이를 가져왔다. 그 새끼 고양이는 부엌 바닥에 서서 사지를 달달 떨고 있었다.

야스민이 그릇에 우유를 담아서 고양이 앞에 놓아주어도, 고양이는 여전히 울기만 했다.

야스민이 고양이를 아이의 요람에 넣었다.

아이는 요람으로 기어들어가서, 옆에 누워 고양이를 꼭 끌어안았다. 고양이는 몸부림을 치며 아이의 얼굴과 손을 마구 할퀴었다.

며칠 뒤, 고양이는 주는 대로 뭐든지 잘 먹고, 요람 속 아이의 발치에서 잠을 잤다.

루카스는 강아지도 한 마리 구해달라고 조제프에게 부탁했다.

어느 날 조제프는 털이 길고 곱슬곱슬한 검정 강아지를 가져왔다. 야스민은 뜰에서 빨래를 하는 중이었고, 아이는 낮잠을 자고 있었다. 야스민이 루카스의 방문을 두드리며 소리쳤다.

"누가 왔어요!"

그녀는 할머니 방에 숨었다.

루카스가 조제프를 맞으러 갔다. 조제프가 말했다.

"자, 약속했던 강아지를 가져왔네. 이건 들판에서 양을 지키는 개의 종자야. 집을 잘 지킬 걸세."

루카스가 말했다.

"고마워요, 조제프 씨. 들어와서 포도주나 한잔하세요."

그들은 부엌으로 들어가서 포도주를 마셨다. 조제프가 물었다.

"부인을 인사시키지 않을 셈인가?"

루카스가 말했다.

"야스민은 내 아내가 아니에요. 달리 갈 곳이 없는 처지여서 여기서 같이 지내는 것뿐이지요."

조제프가 말했다.

"온 마을이 다 아는 얘기인데, 왜 그러나? 무척 미인이지? 강아지는 그녀의 아이를 위한 것 같은데."

"맞아요, 야스민의 아이를 위한 겁니다."

자리를 뜨기 전에 조제프는 다시 말했다.

"자네는 아직 젊어, 루카스, 한 여자와 아이까지 떠맡기에는 말일세. 그게 얼마나 큰 짐인가?"

루카스가 말했다.

"상관 마세요."

조제프가 떠나자 야스민이 나왔다. 루카스는 강아지를 안았다.

"이것 봐, 조제프가 마티아스를 위해서 가져온 거야."

야스민이 말했다.

"그 사람이 날 봤어. 내 얘기 안 해?"

"아니. 그가 널 아름답다고 말했어. 불안해할 것 없어, 야스민. 사람들이 우리를 어떻게 생각하든 상관없어. 조만간 시내에 같이 나가야겠어, 네 옷을 좀 사게. 여기 오던 날부터 지금까지 넌 매일 똑같은 옷을 입고 있잖아."

"난 이 옷으로 충분해. 다른 것은 필요 없어. 난 시내에는 안 나갈 거야."

루카스가 말했다.

232

"마티아스에게 강아지나 보여주자고."

아이는 부엌 식탁 아래에서 고양이와 함께 있었다.

야스민이 말했다.

"마티, 이것 봐. 네 선물이야."

루카스가 강아지와 함께 의자에 앉자 아이는 그의 무릎 위로 기어올랐다. 아이는 강아지를 바라보다가, 강아지의 콧등의 털을 쓰다듬었다. 강아지는 아이의 얼굴을 핥았다. 고양이는 강아지에게 입김을 훅 불고는 뜰로 달아나버렸다.

날씨가 점점 더 추워졌다. 루카스가 야스민에게 말했다.

"마티아스에게 따뜻한 옷이 필요해, 너도 마찬가지고."

야스민이 말했다.

"내가 뜨개질을 할 줄 알아. 털실하고 바늘만 있으면 돼."

루카스는 털실 한 꾸러미와 여러 가지 크기의 바늘들을 사다주었다. 야스민은 스웨터, 양말, 스카프, 장갑, 모자 등을 떴다. 나머지 실로는 알록달록한 커버들을 만들었다. 루카스는 그녀를 칭찬했다.

야스민이 말했다.

"난 바느질도 할 줄 알아. 집에는 엄마가 쓰던 낡은 재봉틀이 있었어."

"그걸 찾아다줄까?"

"이모 집에 갈 용기가 있어?"

루카스는 손수레를 끌고 당장 나섰다. 그는 야스민의 이모 집 문을 두드렸다. 아직 젊어 보이는 한 여자가 문을 열었다.

"왜 그러세요?"

"야스민의 재봉틀을 찾으러 왔어요."

그녀가 말했다.

"들어와요."

루카스가 들어간 부엌은 아주 깨끗했다. 야스민의 이모는 그의 얼굴을 뚫어지게 바라보았다.

"그러니까, 바로 당신이군요, 가엾은 사람. 당신은 아직 소년 같은데."

루카스가 말했다.

"열일곱입니다."

"그 애는 이제 곧 열아홉이 돼요. 그래 그 애는 어떻게 지내지요?"

"잘 있어요."

"아이는?"

"아이도 잘 있어요."

침묵 끝에 그녀가 말했다.

"아이가 태어날 때부터 불구라고 들었는데. 그건 신의 저주를 받은 거예요."

루카스가 물었다.

"재봉틀은 어디 있습니까?"

그녀가 문을 연 방은 창문도 없는 골방이었다.

"그 애가 쓰던 물건들은 전부 여기에 있어요. 가져가도 좋아요."

재봉틀과 여행용 가방이 하나 있었다.

루카스가 물었다.

"다른 것은 없습니까?"

"침대가 있었는데, 그건 내가 불살라버렸어요."

루카스는 재봉틀과 가방을 손수레에 싣고 나서 말했다.

"감사합니다, 부인."

"천만에. 앓던 이가 빠진 것 같군요."

비가 자주 온다. 야스민은 바느질과 뜨개질을 한다. 아이는 이제 밖에 나가 놀 수가 없다. 아이는 온종일 강아지와 고양이를 데리고 부엌의 식탁 밑에서 논다.

아이는 벌써 몇 마디 말을 할 줄 알지만, 걷지는 못한다. 루카스는 아이를 일으켜 세워보려고 애쓰지만, 아이는 발버둥을 치고 기어서 달아나 식탁 아래 숨어버린다.

루카스는 서점에 가서, 스케치북과 크레용과 그림책들을 샀다.

빅토르가 물었다.

"자네 집에 아이가 있던가?"

"네. 하지만 제 아이는 아니에요."

빅토르가 말했다.

"고아들이 많이 있지. 페테르가 내게 자네 소식을 묻더군. 그를 한 번 만나보게."

루카스가 말했다.

"요즘은 바빠서요."

"알겠네. 아이를 보자면 그렇겠지. 더구나 그 나이에."

루카스는 집으로 돌아왔다. 아이는 식탁 아래 매트 위에 잠들어 있다. 야스민은 할머니 방에서 바느질을 하고 있다. 루카스는 사온 물건들을 아이 옆에 내려놓는다. 그는 방으로 들어가서, 야스민의 목에 키스한다. 야스민은 바느질을 멈춘다.

아이는 그림을 그린다. 개와 고양이를 그린다. 다른 동물들도 그린다. 그리고 나무, 꽃, 집도 그린다. 자신의 엄마도 그린다.

루카스가 아이에게 물었다.

"왜 너는 날 한번도 안 그리니?"

아이는 고개를 가로젓더니, 그림책들을 가지고 식탁 아래로 숨어버렸다.

크리스마스 전날 밤, 루카스는 숲에서 전나무를 잘랐다. 그는 색색의 전구와 양초를 샀다. 할머니 방에서 그는 야스민과 함께 크리스마스트리를 장식했다. 선물들은 나무 아래에 놓았다. 야스민을 위해서는 옷감들과 따뜻한 장화, 자신을 위해서는 재킷, 마티아스를 위해서는 그림책들과 흔들 목마를 준비했다.

야스민은 화덕에 오리를 구웠다. 감자와 양배추와 마른 콩을 삶았다. 과자는 며칠 전에 준비해두었다.

밤하늘에 별이 나타나기 시작하자, 루카스는 나무에 촛불을 켰다. 야스민은 아이를 안고 방으로 들어갔다.

루카스가 말했다.

"네 선물 가지러 가자, 마티아스. 그림책도 있고, 말도 있어."

아이가 말했다.

"난 말이 좋아. 예쁜 말이야."

아이는 목마의 등에 올라타려고 안간힘을 썼지만, 번번이 실패했다. 아이는 소리를 질렀다.

"말이 너무 커. 루카스, 네가 그렇게 만들었지? 루카스 미워. 마티에게는 너무 크게 만들었단 말이야."

아이는 울면서 방바닥에 자기 머리를 짓찧었다. 루카스가 아이를 안아올려서 흔들며 달랬다.

"말이 너무 큰 게 아니야. 마티아스가 너무 작은 거야. 스스로 설 생각을 안 해서 그래. 항상 기어다니고, 동물처럼! 넌 동물이 아니야!"

그는 아이가 자기를 똑바로 쳐다보게 하려고 아이의 턱을 잡았다. 그는 아이에게 냉정하게 말했다.

236

"네가 걸으려고 하지 않는다면 넌 언제까지고 걷지 못해. 영원히, 알겠어?"

아이는 울부짖고, 야스민은 루카스에게서 아이를 빼앗아갔다.

"그냥 좀 내버려둬! 곧 걷게 될 테니까."

그녀는 아이를 목마 위에 앉히고 흔들어주었다. 루카스가 말했다.

"난 나가봐야겠어. 아이를 재우고 기다리고 있어. 곧 돌아올게."

그는 부엌으로 가서, 구운 오리고기를 반으로 잘라 따뜻한 접시 가운데에 놓고 가장자리에는 감자와 채소를 놓은 뒤에 보자기로 잘 쌌다. 그가 사제관에 도착할 때까지 오리고기는 여전히 따뜻했다.

루카스는 신부와 같이 식사를 했다. 루카스가 말했다.

"죄송합니다, 신부님. 일찍 가봐야겠어요. 집에서 기다리는 사람이 있거든요."

신부가 말했다.

"알고 있네. 사실은, 자네가 오늘 저녁에 여기 오리라고는 기대도 안 했다네. 자네가 죄 지은 여인과 그녀의 불륜의 씨앗과 함께 살고 있다는 것을 잘 아네. 그 아이는 영세도 안 받고서, 이름은 우리 성인의 이름을 빌려다 쓰는 모양이더군."

루카스는 말없이 듣기만 했고, 신부는 계속해서 말했다.

"자정 미사에 둘이 같이 오게, 오늘밤만이라도."

루카스가 말했다.

"아이만 남겨둘 수가 없어요."

"그러면, 혼자 와, 너만."

루카스가 말했다

"제게 '너'라고 하시는군요, 신부님."

"용서하게, 루카스. 너무 화가 나서 나도 모르게 그렇게 됐네. 하지만 자네를 내 친아들처럼 생각하고 자네의 영혼을 걱정해서 그렇게 부른 것이기도 하네."

루카스가 말했다.

"계속 그렇게 불러주세요, 신부님. 그게 저도 편하고 좋습니다. 하지만 신부님은 제가 성당에 안 나오리라는 것을 잘 알고 계십니다."

루카스는 돌아왔다. 할머니 집에는 불이 다 꺼져 있다. 고양이와 강아지는 부엌에서 자고, 구운 오리고기 반 마리는 손도 대지 않은 채 식탁 위에 있다.

루카스는 방으로 들어가려고 했다. 문이 잠겨 있다. 그가 문을 두드려보았지만, 야스민은 대답하지 않았다.

루카스는 시내로 갔다. 창문마다 촛불 빛이 새어나왔다. 술집들은 모두 문을 닫았다. 루카스는 거리를 한참 방황하다가 성당으로 들어갔다. 넓은 성당은 썰렁하게 추웠고, 거의 비어 있었다. 루카스는 문 가까이에서 벽에 기대어 서 있었다. 저 멀리 안쪽에서는 신부가 미사를 올리고 있다.

누군가의 손이 루카스의 어깨를 잡았다. 페테르였다.

"이리 와보게. 루카스. 밖으로 나가자고."

밖에서 그가 물었다.

"자네, 거기서 뭘 하고 있었어?"

"그러는 당신은요, 페테르 씨?"

"난 자네를 따라온 거야. 빅토르의 집에서 나오다가 자네를 보았지."

루카스가 말했다.

"술집이 다 문을 닫으니까, 이 도시에서 미아가 된 기분이에요."

"나도 마찬가지야. 돌아가기 전에 우리 집에 가서 몸이나 좀 녹이고 가게."

페테르는 중앙 광장에 있는 훌륭한 집에서 산다. 그의 집에는 안락의자들이 있고, 책꽂이가 사방에 있고, 따뜻했다. 페테르는 브랜디를 내놓았다.

"나는 이 마을에 빅토르 말고는 친구가 하나도 없어. 빅토르는 사람 좋고 배운 게 많지만, 좀 따분한 사람이야. 그는 끊임없이 불평을 늘어놓거든."

루카스는 앉은 채 잠들었다. 새벽에 잠을 깨어보니, 페테르는 여전히 맞은편에 앉은 채 그를 물끄러미 바라보고 있었다.

이듬해 여름에 아이는 일어섰다. 아이는 강아지의 등에 매달려서 소리쳤다.

"루카스! 이것 봐! 이거 보라고!"

루카스가 달려왔다. 아이가 말했다.

"마티가 강아지보다 더 크다."

마티아스가 일어섰다. 강아지가 몸을 빼자 아이는 넘어졌다. 루카스는 얼른 아이를 끌어안다가 목말을 태우고 말했다.

"마티아스가 루카스보다 크다!"

아이가 웃었다. 이튿날, 루카스는 아이에게 세발자전거를 사주었다. 야스민이 루카스에게 말했다.

"애한테 돈을 너무 많이 쓰는 거 아냐?"

루카스가 말했다.

"세발자전거를 타면 걷는 데 도움이 될 거야."

가을에 아이는 한 발자국씩 확실히 떼어서 걸었지만, 눈에 띄게 다리를 절었다.

어느 날 아침, 루카스가 야스민에게 말했다.

"아침 먹고 나서, 애 목욕 좀 시켜줘. 옷도 깨끗하게 갈아입히고, 의사에게 가봐야겠어."

"의사한테? 왜?"

"넌 애가 다리 저는 게 안 보여?"

야스민이 대답했다.

"걸을 수 있게 된 것만도 기적이야."

루카스가 말했다.

"난 저 아이가 다른 사람들처럼 걸을 수 있었으면 좋겠어."

야스민의 눈에 눈물이 고였다.

"난 말이야, 저 아이를 있는 그대로 받아들일 거야."

아이가 목욕을 하고 옷을 갈아입었을 때, 루카스가 아이의 손을 잡고 말했다.

"마티아스, 오늘 우리는 긴 산책을 나가는 거야. 네가 힘들면 안아줄게."

야스민이 물었다.

"그 애를 데리고 마을을 가로질러 병원까지 갈 셈이니?"

"그러면 어때?"

"사람들이 볼 거 아냐. 우리 이모도 만날지 몰라."

루카스는 대답하지 않았다.

야스민이 다시 말했다.

"이모가 아이를 데려가겠다고 해도 절대로 주면 안 돼, 알았지, 루카스?"

루카스가 말했다.

"바보 같은 소리!"

루카스는 병원에서 돌아와서 딱 한마디만 했다.

"네가 옳았어, 야스민."

그는 자신의 방에 틀어박혀서 음악을 들었다. 아이가 아무리 문을 두드려도, 그는 문을 열어주지 않았다.

저녁에 야스민이 아이를 재울 때, 루카스는 할머니의 방으로 갔다. 매일 저녁, 그는 요람 옆에 앉아서 마티아스에게 옛날 이야기를 해준다. 어느 날 그는 이야기를 끝내고 나서 한마디 했다.

"네 요람이 이제 곧 작아지겠구나. 침대를 하나 만들어줄게."

아이가 말했다.

"그러면 요람은 고양이하고 강아지가 쓰게 할 거야."

"그래, 요람을 그냥 놔두자. 난 또 네가 갖고 있는 책이랑 내가 사다준 다른 물건들도 모두 얹어둘 수 있는 선반을 만들어줄게."

아이가 말했다.

"옛날 얘기 또 해줘."

"이제 일하러 가야 해."

"밤에 무슨 일이야?"

"난 항상 일거리가 있어. 돈을 많이 벌어야 하거든."

"뭣 땜에?"

"우리 세 사람한테 필요한 물건들을 사야 하잖아?"

"옷이랑 신발이랑!"

"그래. 장난감도 사고, 책도 사고, 음반도 사야지."

"장난감하고 책하고, 좋아. 일하러 가."

루카스가 말했다.

"넌 이제 자야지, 그래야 빨리 클 테니까."

아이가 말했다.

"난 크지 않을 거야, 너도 잘 알잖아? 의사가 그렇게 말했어."

"네가 잘못 안 거야, 마티아스. 넌 클 거야. 다른 아이들보다 좀 늦기는 하겠지만, 너도 크기는 클 거야."

아이가 물었다.

"왜 늦게 크지?"

"사람마다 다 다르기 때문이지. 넌 다른 사람들만큼 크지는 않겠지만, 영리하잖아. 키는 중요하지 않아. 영리한 게 더 중요하지."

루카스는 집을 나섰다. 하지만 그는 마을로 향하는 대신에, 강가로 내려갔다. 그는 축축한 풀밭에 앉아 검은 흙탕물을 응시했다.

3

루카스가 빅토르에게 말했다.

"이 어린이용 책들은 모두 비슷하고 내용도 전부 어리석은 얘기뿐
이에요. 네 살짜리가 알아들을 수 없는 얘기들이라고요."

빅토르는 어깨를 으쓱했다.

"자네는 어떤 걸 원하나? 어른들 책도 다 마찬가지야. 자, 보게.
소설들도 다 체제를 찬양하는 것들이야. 이 나라에는 이제 작가가
없는 것 같아."

루카스가 말했다.

"네, 저도 그런 소설들을 알아요. 그런 것들은 종이 무게만큼밖에
가치가 없죠. 옛날에 나온 책들은 다 어떻게 됐어요?"

"금서야. 다 사라졌어. 서점에 있는 것들도 다 회수해갔지. 도서관
에는 있을지 모르겠군, 도서관이 아직 있다면 말일세."

"우리 도시에도 도서관이 있나요? 저는 처음 듣는 소린데요? 그럼
어디에 있죠?"

"성에서 출발해서 왼쪽으로 난 첫 번째 도로 곁에 있네. 그 도로의
이름은 모르겠어, 하도 자주 바뀌니까. 그들은 도로명을 붙였다 뗐다
하는 게 일이야."

루카스가 말했다.

"찾을 수 있을 것 같군요."

빅토르가 말해준 그 도로에는 아무도 없었다. 루카스는 기다렸다. 노인이 집에서 나왔다. 루카스가 그에게 물었다.

"도서관은 어디에 있지요?"

노인이 다 쓰러져가는 회색 건물을 가리켰다.

"저거야. 하지만 오래 못 갈 거야. 이사를 간다는 것 같던데. 매주 트럭 한 대가 와서 책을 실어가거든."

루카스는 그 회색 건물로 들어갔다. 그는 어둡고 긴 복도를 따라갔다. 복도 끝에 '국립 도서관'이라고 새겨진 녹슨 쇠팻말이 붙은 유리문이 나왔다.

루카스가 문을 두드렸다. 여자 목소리가 들려왔다.

"들어와요!"

루카스는 석양빛이 가득한 넓은 방으로 들어갔다. 회색 머리의 한 여자가 책상 앞에 앉아 있었다. 그녀는 안경을 썼다. 그녀가 물었다.

"무슨 일로 오셨죠?"

"책을 빌리고 싶어서요."

여자는 안경을 벗고 루카스를 쳐다보았다.

"책을 빌려요? 내가 여기 온 이후로, 책 빌리러 오는 사람을 본 적이 없었어요."

"여기 오신 지 오래 됐어요?"

"이 년 전에요. 난 이곳에서 책을 정리하는 책임을 맡고 있어요. 말하자면 금서를 추려내는 일이죠."

"추려낸 다음에는 어떻게 합니까? 그 책들로 뭘 하십니까?"

"상자에 담아놓으면 사람들이 실어가서 폐기 처분시키죠."

"금서가 많은가요?"

"거의 다예요."

루카스는 책이 가득 담긴 커다란 상자들을 바라보았다.

"당신은 참 슬픈 일을 하시는군요."

그녀가 물었다.

"책을 사랑하시나보죠?"

"나는 신부님의 책들을 다 읽었어요. 신부님은 책을 무척 많이 가지고 계시긴 한데, 하나같이 재미가 없어요."

그녀가 웃었다.

"알 만해요."

"서점에 있는 책들도 많이 읽었어요. 그런데 그것들은 더 재미가 없어요."

그녀가 또 웃었다.

"어떤 종류의 책을 좋아하시는데요?"

"금서로 지정된 것들."

그녀는 안경을 다시 쓰고 말했다.

"그건 불가능해요. 미안하지만, 나가주세요!"

루카스는 꼼짝도 하지 않았다. 그녀가 반복했다.

"나가라고 했잖아요."

루카스가 말했다.

"당신은 내 어머니를 닮았어요."

"내가 더 젊어 보이겠죠?"

"아니요. 어머니가 돌아가셨을 때는 당신보다 더 젊었어요."

그녀가 말했다.

"미안해요. 참 안됐군요."

"어머니는 머리가 검은색이었어요. 당신은 잿빛인 데다 안경도 썼군요."

여자가 일어섰다.

"다섯 시예요. 문을 닫아야겠어요."

거리로 나와서 루카스가 말했다.

"당신과 같이 가고 싶어요. 장바구니를 이리 주세요. 무척 무거워 보이는데."

그들은 말없이 걸었다. 역 근처 지붕이 낮은 작은 집 앞에서 그녀가 멈춰 섰다.

"난 여기 살아요. 고마웠어요. 당신 이름은 뭐죠?"

"루카스."

"고마워요, 루카스 씨."

그녀가 자기 바구니를 다시 가져가자, 루카스가 물었다.

"그 안에 뭐가 들었어요?"

"조개탄이요."

그 이튿날 늦은 오후 시간에 루카스는 도서관으로 다시 갔다. 회색 머리의 여자는 자기 책상 앞에 앉아 있었다. 루카스가 말했다.

"어제 제게 책 빌려주는 걸 잊으셨어요."

"그건 불가능하다고 말씀드렸는데요?"

루카스는 커다란 상자들 중 하나에서 책을 한 권 꺼냈다.

"이거 한 권만 빌려주세요, 딱 한 권만."

그녀가 언성을 높였다.

"당신은 그 책 제목조차도 보면 안 돼요. 어서 상자 속에 다시 집어넣고 나가세요!"

루카스가 상자 속에 책을 다시 넣었다.

"화내지 마세요. 한 권도 안 가져갈게요. 문 닫을 때까지 기다리겠어요."

"기다리긴 뭘 기다려! 여기서 나가, 더러운 선동자! 어린 나이에 그런 짓이 부끄럽지도 않아?"

그녀가 흐느끼기 시작했다.

"언제까지 나를 이렇게 감시하고 염탐하고 의심할 거지."

루카스는 도서관을 나와서, 맞은편에 있는 집 앞의 계단에 앉아서 기다렸다. 다섯 시가 조금 지나자, 그 여자가 웃으며 나왔다.

"미안해요. 난 너무 두려워요. 항상 두려워요. 모든 사람이 두려워요."

루카스가 말했다.

"이제 더 이상 책 빌려달라고 안 할게요. 난 다만 당신이 나의 어머니와 닮은 데가 있어서 다시 왔을 뿐이에요."

그는 호주머니에서 사진을 한 장 꺼냈다.

"보세요."

그녀는 사진을 들여다보았다.

"닮은 데가 하나도 없는데요? 당신 어머니는 너무 젊고, 예쁘고, 우아하네요."

루카스가 물었다.

"당신은 왜 굽이 낮은 구두를 신고, 옷도 우중충한 걸 입으세요? 왜 할머니같이 그러지요?"

그녀가 말했다.

"난 서른다섯 살이에요."

"사진 속의 내 어머니 나이도 그 정도예요. 머리 염색이라도 하세요."

"내 머리는 단 하룻밤에 이렇게 세어버렸어요. 그들이 내 남편을 대역죄로 몰아 교수형에 처한 날 밤. 그게 벌써 삼 년 전이네요."

그녀가 바구니를 루카스에게 내밀었다.

"나랑 같이 가요."

집 앞에 이르자 루카스가 물었다.

"들어가도 될까요?"

"우리 집에는 아무도 들어온 적이 없는데."

"왜지요?"

"난 이 마을에 아는 사람이 하나도 없어요."

"이제 날 알게 되셨잖아요."

그녀가 웃었다.

"좋아요. 들어와요, 루카스 씨."

부엌에서 루카스가 말했다.

"난 당신 이름도 몰라요. 당신을 '부인'이라고 부르고 싶진 않은데요."

"내 이름은 클라라예요. 바구니는 방 안으로 가져가서 난로 옆에 쏟아놔요. 난 차를 준비할게요."

루카스는 석탄 상자 속에 조개탄을 쏟았다. 그는 창가로 가서 밖을 내다보았다. 좁은 뜰은 가꾸지 않은 채 그대로 방치되어 있고, 멀리 잡초만 무성한 철로의 자갈들이 보인다.

클라라가 방으로 들어왔다.

"설탕을 산다고 하고는 깜빡 했네요."

그녀는 식탁 위에 쟁반을 놓고, 루카스 가까이로 갔다.

"여긴 무척 조용해요. 기차도 다니지 않고."

루카스가 말했다.

"집이 참 아담하군요."

"이 집은 당에서 접수한 집이에요. 망명한 사람들 집이거든요."

"그러면 가구들도 그들 건가요?"

"이 방에 있는 가구는 그래요. 다른 방에는 내 가구들이 있어요.

내 침대, 내 책상, 내 책꽂이."

루카스가 물었다.

"거길 좀 봐도 될까요, 당신 방 말이에요."

"다음에. 어서 와서 차나 마셔요."

루카스는 씁쓸한 차를 한 모금 마시고 말했다.

"가봐야겠어요. 일이 있어서. 하지만 밤늦게 다시 올게요."

그녀가 말했다.

"아니, 다시 오지 말아요. 난 석탄을 아끼려고 일찍 자거든요."

루카스가 집에 도착했을 때, 야스민과 마티아스는 부엌에 있었다. 야스민이 말했다.

"어린 것이 당신 없이는 안 자겠대. 나는 이미 가축들 먹이도 다 주고 염소젖도 짰어."

루카스는 마티아스에게 옛날 이야기를 하나 해준 뒤에 사제관으로 갔다. 그리고는 역 근처의 그 작은 집으로 다시 갔다. 불이 꺼져 있었다.

루카스는 거리에서 기다렸다. 클라라가 도서관에서 나왔다. 그녀는 바구니를 들고 있지 않았다. 그녀가 루카스에게 말했다.

"매일 이렇게 날 기다리지 말아요."

"왜요? 그게 싫으세요?"

"그래요. 우스워요, 아무짝에도 쓸모없는 짓이에요."

루카스가 말했다.

"난 당신과 함께 걷는 게 좋아요."

"난 이제 바구니도 없어요. 게다가 곧장 집으로 가지두 않을 거예요. 볼일이 좀 있어요."

루카스가 물었다.

"저녁 늦게 댁으로 가면 안 될까요?"

"미쳤어요?"

"왜요? 오늘은 금요일이에요. 내일은 출근 안 하잖아요? 그러니까 일찍 잘 필요도 없고."

클라라가 말했다.

"됐어요, 됐어! 내 일에 참견 말아요, 내가 몇 시에 자든 간에. 더 이상 날 기다리지도 말고, 강아지처럼 졸졸 따라다니지도 말아요."

"그러면 월요일까지 당신을 만날 수 없는 건가요?"

그녀는 한숨을 푹 쉬면서 머리를 흔들었다.

"월요일은 물론 그 뒤에도, 날 더 이상 귀찮게 하지 말아요, 루카스, 제발 부탁이에요. 도대체 내게 원하는 게 뭐예요?"

루카스가 말했다.

"당신을 보면 그냥 즐거워요. 낡은 옷이랑, 회색 머리칼도."

"못된 자식 같으니라고, 어린 것이!"

클라라는 몸을 홱 돌려서 중앙 광장 쪽으로 갔다. 루카스는 그녀를 따라갔다.

클라라는 옷 가게에 들어갔다. 다음에는 구두 가게에 들어갔다. 루카스는 오랫동안 기다렸다. 그러고 나서 그녀는 채소 가게로 갔다. 그녀는 두 팔에 물건을 잔뜩 안고, 역 근처로 들어섰다. 루카스가 그녀를 따라가 붙잡았다.

"도와드릴게요."

클라라는 멈추지 않고 말했다.

"고집 부리지 말고, 어서 가봐요! 두번 다시 안 볼 테니까!"

"좋아요, 클라라. 날 더 이상 못 보게 될 거예요."

루카스는 집으로 돌아왔다. 야스민이 그에게 말했다.

"마티아스는 벌써 잠들었어."

"벌써? 왜?"

"화가 난 것 같아."

루카스는 할머니 방으로 들어갔다.

"벌써 자니, 마티아스?"

아이는 대답하지 않았다. 루카스는 방에서 나왔다. 야스민이 물었다.

"오늘 저녁, 늦을 거야?"

"오늘은 금요일이야."

그녀가 말했다.

"채소밭이랑 가축만으로도 충분해. 당신은 이제 술집에 가서 연주할 필요 없어. 루카스. 거기서 벌어오는 몇 푼은 다리품도 안 돼."

루카스는 대답하지 않았다. 그는 저녁 일을 끝내고 사제관으로 갔다.

신부가 말했다.

"체스 둔 지도 꽤 오래됐군."

루카스가 말했다.

"지금 저는 무척 바쁩니다."

그는 시내로 갔다. 술집에 가서, 하모니카를 연주하고 술을 마셨다. 그는 시내의 술집이란 술집은 모두 돌아다니며 술을 마시고 클라라의 집으로 갔다.

부엌 쪽 창문에서, 커튼 사이로 불빛이 새어나오고 있었다. 루카스는 집의 뜰 주변을 한 바퀴 돈 후, 철도 길로 돌아와 클라라의 집 뜰로 들어섰다. 그쪽의 커튼은 아주 얇아서, 그가 어제 들어갔던 방 안에서 두 사람의 그림자가 어른거리는 것을 볼 수 있었다. 한 남자가 그 방 안에서 왔다 갔다 했고, 클라라는 벽난로에 기댄 채 서 있었다. 남자가 그녀에게 다가갔다가 멀어졌다가 다시 다가갔다. 남자가 말했다. 남자의 목소리가 들렸지만, 무슨 말인지는 알아들을 수가 없었다.

두 그림자가 뒤엉킨다. 그대로 한참 동안 계속된다. 그러고 나서 둘로 나눠진다. 침실에 불이 켜진다. 이제 거실에는 아무도 없다.

루카스가 다른 창문으로 가자, 불이 꺼졌다.

루카스는 다시 집 앞쪽으로 돌아왔다. 그는 어둠 속에 숨어서 기다렸다.

새벽녘에 한 남자가 클라라의 집에서 나오더니 빠른 걸음으로 사라진다. 루카스는 그의 뒤를 따라간다. 그 남자는 중앙 광장의 한 집으로 들어간다.

돌아오는 즉시 루카스는 부엌으로 들어가서 물을 마셨다. 야스민이 할머니 방에서 나왔다.

"난 밤새도록 기다렸어. 아침 여섯 시야. 어디 있었던 거야?"

"거리에."

"아무 일도 없는 거지, 루카스?"

그녀가 그의 얼굴을 어루만지려고 손을 뻗었다. 루카스는 그 손을 밀치고, 부엌을 나와 자기 방으로 들어가버렸다.

토요일 밤, 루카스는 술집을 전전했다. 사람들은 취했고, 너그러웠다.

갑자기 담배 연기 사이로 루카스는 그녀를 발견했다. 그녀는 입구 근처에 혼자 앉아서 붉은 포도주를 마시고 있었다. 루카스는 그녀의 테이블로 가서 앉았다.

"클라라! 여기서 뭘 하세요?"

"잠을 못 잤어요. 사람들이 보고 싶어서 견딜 수가 없었거든요."

"사람들이라니요?"

"아무나. 난 집에 혼자 있지 못해요."

"당신은 어제 저녁에 혼자가 아니었어요."

클라라는 말없이 포도주를 따라 마셨다. 루카스가 잔을 빼앗았다.

"너무 많이 마셨어요!"

그녀가 웃었다.

"아니. 난 많이 마신 적 없어요. 난 더 마시고 싶어요, 더."

"여기선 안 돼요! 저 사람들과는 안 돼요!"

루카스는 클라라의 손을 잡았다. 그녀가 그를 바라보더니 중얼거렸다.

"난 당신을 찾고 있었어."

루카스가 말했다.

"당신은 나를 더 이상 안 보겠다고 했잖아요?"

그녀는 대답하지 않고, 고개를 돌렸다.

손님들이 음악을 신청했다.

루카스는 테이블 위에 동전을 던졌다.

"가요."

그는 클라라의 팔을 잡고 출구로 끌고 갔다. 웅성거림과 야비한 웃음소리가 그들의 귓전을 때렸다. 밖에는 비가 오고 있었다. 클라라는 비틀거렸다. 굽이 높은 구두를 신은 그녀는 제대로 서지도 못했다. 루카스는 그녀를 거의 안다시피했다.

그녀의 방에서 그녀는 침대에 쓰러지듯이, 몸을 웅크리고 떨었다. 루카스는 그녀의 구두를 벗기고, 이불을 덮어주었다. 그는 옆방으로 가서 두 방을 동시에 덥혀주는 벽난로에 불을 지폈다. 그는 부엌에 가서 차를 끓이고, 잔을 두 개 가져왔다. 클라라가 말했다.

"찬장에 럼주가 있어요."

루카스는 럼주를 가져다가 찻잔에 따랐다.

클라라가 말했다.

"당신은 술 마시기에는 너무 어려."

루카스가 말했다.

"난 스무 살이에요. 열두 살 때부터 술 마시는 걸 배웠어요."

클라라가 눈을 감았다.

"난 거의 당신 엄마뻘은 되겠는데."

한참 뒤 그녀는 다시 말했다.

"여기 있어줘. 날 혼자 내버려두지 말고."

루카스는 의자에 앉아서, 방을 둘러본다. 침대 외에는 커다란 책상과 작은 책꽂이밖에 없다. 그는 책들을 살펴보았는데, 그가 이미 다아는 재미없는 것들뿐이다.

클라라는 잠이 들었다. 그녀의 한쪽 팔이 침대 밖으로 늘어져 있다. 루카스는 그 팔을 잡았다. 그는 손등에, 그리고 손바닥에 키스했다. 그는 그녀의 손을 핥았고, 그의 혀는 그녀의 팔꿈치까지 올라갔다. 클라라는 꼼짝도 하지 않는다.

이제 방 안이 따뜻해졌다. 루카스는 이불을 젖혔다. 클라라의 몸뚱이가 드러났다. 희고 검고.

루카스가 부엌에 있는 사이에, 클라라는 치마와 스웨터를 벗었던 것이다. 이제 루카스는 그녀의 검은색 양말, 검은색 가터벨트, 검은색 브래지어를 벗겨낸다. 그는 그녀의 흰 몸뚱이에 이불을 다시 덮어준다. 그러고 나서 옆방 벽난로에 속옷들을 불사른다. 그런 뒤에 침대 곁에 의자를 끌어다놓고 앉는다. 방바닥에 책이 한 권 떨어져 있다. 그는 그 책을 물끄러미 바라본다. 아주 낡고 오래된 그 책의 표지에는 도서관 소인이 찍혀 있다. 루카스는 그 책을 읽고, 시간은 흘러간다.

클라라가 신음하기 시작했다. 눈을 감은 채, 얼굴에는 식은땀이 흐르고, 머리를 좌우로 흔들어대면서 뭐라고 중얼거렸다.

루카스는 부엌으로 가서, 수건을 적셔다가 클라라의 이마에 얹어주었다. 그 알아들을 수 없는 웅얼거림은 울부짖음으로 변해갔다.

루카스는 그녀를 흔들어 깨웠다. 그녀가 눈을 떴다.

"내 책상 서랍에. 진통제. 흰색 상자."

루카스가 진통제를 찾아다주자, 클라라는 두 알을 입에 넣고, 남아 있던 다 식어버린 차를 마셨다. 그녀가 말했다.

"이건 아무것도 아니에요. 항상 똑같은 악몽이지."

그녀는 눈을 감았다. 그녀의 호흡이 정상으로 돌아오자, 루카스는 방을 나왔다. 그는 책을 가지고 갔다.

그는 아무도 없는 거리를 비를 맞으며, 천천히 걸었다. 마을 끝에 있는 할머니 집까지.

일요일 오후, 루카스는 클라라의 집으로 갔다. 그는 부엌문을 두드렸다. 클라라가 물었다.

"누구세요?"

"나예요, 루카스."

클라라가 문을 열었다. 그녀는 창백했고, 붉은색의 낡은 실내복을 입고 있었다.

"웬일이에요?"

루카스가 말했다.

"그냥 들러봤어요. 당신이 괜찮은지 궁금해서."

"이제 괜찮아졌어요."

문을 잡고 있는 그녀의 손이 떨렸다.

루카스가 말했다.

"죄송해요, 사실은 겁이 났어요."

"뭐가요? 당신이 내게 겁낼 이유는 없는데."

루카스는 나직하게 말했다.

"클라라, 좀 들어가도 될까요?"

클라라는 고개를 끄덕였다.

"당신은 고집 부리는 데 뭐가 있군요, 루카스, 들어와요, 커피나 한잔 하게."

그들은 부엌에 앉아서 커피를 마셨다.

클라라가 물었다.

"어제 저녁에 무슨 일이 있었어요?"

"기억 못 하세요?"

"네, 남편이 죽고부터 병이 생겨서 치료를 받고 있어요. 그런데 내가 지금 먹고 있는 약이 가끔씩 기억력을 흐리게 하는 것 같아요."

루카스가 말했다.

"내가 당신을 술집에서 데려왔어요. 지금 약을 먹고 있는 중이라면, 당신은 술을 마시면 안 되잖아요?"

그녀는 두 손으로 자신의 얼굴을 가렸다.

"당신은 내가 겪은 일을 상상도 못 할 거야."

루카스가 말했다.

"이별의 고통은 알 수 있어요."

"당신 어머니의 죽음?"

"또 있어요. 하나뿐인 형제가 떠났거든요."

클라라는 머리를 들어 루카스를 바라보며 말했다.

"토마스와 나, 우리는 완전히 한 몸이었어요. 그런데 그들이 그를 죽였어요. 당신의 형제도 그들이 죽였어요?"

"아니요. 그는 떠났어요. 국경을 넘어갔어요."

"당신은 왜 같이 떠나지 않았어요?"

"우리 중 하나는 여기 남아서 가축이랑, 채소밭이랑, 할머니 집을 지켜야 했거든요. 그리고 우리는 각자 홀로 살아가는 법도 배워야 했어요."

클라라는 루카스의 손 위에 자기 손을 얹었다.

"형제의 이름이 뭐죠?"

"클라우스(Claus)."

"클라우스는 돌아오겠죠. 하지만 토마스, 그 사람은 영원히 돌아올 수 없어요."

루카스가 일어섰다.

"방에 불을 피울까요? 당신 손이 얼음같이 차군요."

클라라가 말했다.

"고마워요. 난 간단한 빵을 좀 만들어볼게요. 오늘따라 먹을 것이 아무것도 없거든요."

루카스는 난로를 청소했다. 불탄 검은색 속옷의 흔적은 보이지 않았다. 그는 불을 피워놓고 부엌으로 돌아갔다.

"이제 석탄이 다 떨어졌어요."

클라라가 말했다.

"내가 창고에 가서 가져올게요."

그녀가 양동이를 들자, 루카스가 말했다.

"내가 갔다 오면 안 될까요?"

"안 돼요! 거긴 전등이 없어서 깜깜해요. 나야 습관이 되어서 괜찮지만."

루카스는 거실 의자에 앉아서, 전에 가져갔던 책을 호주머니에서 꺼냈다. 그는 그 책을 읽었다.

클라라가 빵을 가져왔다.

루카스가 물었다.

"그 사람은 누구예요, 당신 애인인가요?"

"당신, 날 미행했나요?"

루카스가 말했다.

"당신이 검은색 속옷을 사고, 굽 높은 구두를 신고, 머리 염색까지 했던 건 다 그 사람을 위해서였군요?"

클라라가 말했다.

"그런 건 당신이 상관할 바가 아니에요. 그런데 당신은 뭘 읽고 있는 거죠?"

루카스가 그녀에게 책을 내밀었다.

"당신한테서 어제 빌려갔던 거예요. 굉장히 재미있어요."

"누구 맘대로 당신 집으로 가져갔죠? 그 책은 도서관에 다시 가져가야 하는 건데."

루카스가 말했다.

"화내지 말아요, 클라라. 잘못했어요."

클라라가 고개를 돌렸다.

"내 속옷은? 그것도 당신이 빌려갔나요?"

"아니요. 그건 불태워버렸어요."

"뭐예요? 당신이 내 속옷을 불태웠단 말이에요? 무슨 권리로?"

루카스가 일어섰다.

"난, 이만 가봐야 할 것 같군요."

"그래요, 가세요. 기다리는 사람이 있을 테니까."

"누가 날 기다린다는 말이죠?"

"부인과 아이죠. 사람들이 내게 말해주더군요."

"야스민은 내 아내가 아닙니다."

"그 여자는 사 년 전부터 아이와 함께 당신 집에서 살고 있어요."

"아이도 내 아이가 아니에요, 하지만 지금은 내 아이나 마찬가지가 되었죠."

월요일, 루카스는 도서관 맞은편에서 기다렸다. 저녁이 되어도 클라라는 나오지 않았다. 루카스는 회색의 그 낡은 도서관 건물로 들어가서 긴 복도를 지나 유리문을 노크했다. 아무런 인기척도 없었고, 문은 잠겨 있었다.

루카스는 클라라의 집으로 단숨에 달려갔다. 그는 문을 두드릴 것도 없이 집 안으로 들어갔다. 침실 문이 반쯤 열려 있었다. 루카스가 그녀를 불렀다.

"클라라?"

"들어와요, 루카스."

루카스는 방으로 들어간다. 클라라는 침대에 누워 있었다. 루카스는 침대 가장자리에 앉아서 클라라의 손을 잡는다. 손이 뜨겁다. 그는 그녀의 이마도 짚어본다.

"의사를 불러 올까요?"

"아니, 그럴 필요 없어요. 오한이 난 것뿐이에요. 머리하고 목이 좀 아픈데, 괜찮아질 거예요."

"그러면 진통 해열제라도 먹었어요?"

"아뇨, 그게 다 떨어져서. 내일쯤이면 괜찮아질 거예요, 불이나 피우고 차를 끓여줘요."

그녀는 차를 마시면서 말했다.

"와줘서 고마워요, 루카스."

"내가 다시 오리라는 걸 당신도 잘 아셨을 텐데요."

"물론 그러기를 바랐어요. 혼자서 앓는다는 건 정말 비참한 일인 걸요."

루카스는 말했다.

"당신은 이제 혼자가 아니에요, 클라라."

클라라는 루카스의 손을 가져다가 그녀의 뺨에 댔다.

"내가 당신한테 못되게 굴었는데."

"당신은 나를 강아지 취급했지요. 하지만 괜찮아요."

그는 클라라의 땀에 젖은 머리칼을 어루만졌다.

"자도록 하세요. 내가 약을 사올 테니."

"약국은 벌써 문을 닫았어요."

"문을 열어달라고 하죠."

루카스는 중앙 광장까지 달려가서 그 마을에 하나뿐인 약국의 초 인종을 눌렀다. 여러 번. 마침내 나무로 된 출입문에 난 작은 창이 열리고, 약사가 물었다.

"뭐예요?"

"진통 해열제 좀 주세요. 급해요."

"처방전 있어요?"

"의사를 만나러 갈 시간이 없었어요."

"뭐, 그럴 수도 있겠지. 하지만 문제는 처방전이 없으면, 값이 비싸 다는 거요."

"괜찮아요."

루카스는 주머니에서 지폐 한 장을 꺼냈고, 약사는 알약이 들어 있는 병을 가져왔다.

루카스는 할머니 집까지 달려갔다. 야스민과 아이는 부엌에 있었다. 야스민이 말했다.

"가축은 내가 이미 다 돌봤어."

"고마워, 야스민. 오늘 저녁은 당신이 신부님께 식사를 드리고 오겠어? 내가 너무 바빠서."

야스민이 말했다.

"신부님이라니? 난 알지도 못하는데. 더군다나 난 그 사람을 만나고 싶지 않아."

"부엌 식탁에 바구니를 놓고 오기만 하면 돼."

야스민은 말없이 루카스를 바라본다. 루카스는 마티아스를 돌아다본다.

"오늘 저녁은 엄마가 네게 옛날 얘기를 해줄 거야."

아이가 말했다.

"엄마는 이야기할 줄 몰라."

"그러면, 네가 엄마한테 이야기를 해줘. 그리고 나한테 줄 예쁜 그림도 그리고."

"좋아, 예쁜 그림을 그려줄게."

루카스는 클라라의 집으로 다시 갔다. 그는 알약 두 알을 물에 타서 클라라에게 가져갔다.

"마셔요."

클라라는 시키는 대로 했다. 그녀는 곧 잠들었다.

루카스는 손전등을 들고 지하창고로 갔다. 한쪽 구석에 석탄더미가 있고, 사방 벽을 따라 자루들이 늘어서 있다 어떤 자루는 열린 채로, 어떤 자루는 끈으로 단단히 묶여 있다. 루카스는 자루 안을 들여다보았다. 감자가 가득 들어 있다. 그는 또다른 자루의 끈을 풀었다. 거기에는 석탄이 들어 있다. 그는 바닥에 자루를 쏟았다. 네다섯 개의 석탄 덩어리에 이어 이십여 권의 책이 쏟아져 나왔다. 그중 한 권을 고르고 나머지는 다시 자루에 담았다. 그리고 책과 석탄 양동이를 가지고 창고를 나왔다.

그는 클라라의 침대 옆에 앉아서 책을 읽었다.

아침이 되자 클라라가 물었다.

"밤새 여기 있었어요?"

"네. 난 잘 잤어요."

그는 차를 준비하고, 클라라에게 약을 주고, 불을 다시 피웠다. 클라라의 체온을 재보았는데, 열은 여전했다.

루카스는 말했다.

"침대에 그대로 있어요. 점심때 다시 올게요. 뭐 먹고 싶은 거 없어요?"

그녀가 말했다.

"난 배고프지 않아요. 하지만 한 가지 부탁이 있는데, 시청에 가서 내가 아프다고 말해줄 수 있겠어요?"

"그러죠."

루카스는 시청 청사에 들렀다가 집으로 돌아가서 암탉을 한 마리 잡아 채소와 함께 푹 고았다. 점심때 그는 클라라에게 그것을 가져갔다. 그녀는 조금밖에 먹지 못했다.

루카스가 그녀에게 말했다.

"어제 저녁, 석탄을 가지러 지하창고에 갔다가 책들을 봤어요. 이건 당신이 책들을 운반하는 장바구니 속에 있던 것 아닌가요?"

그녀가 말했다.

"그래요. 난 **그**들이 책을 모두 파괴하는 걸 그냥 보고만 있을 수는 없어요."

"그 책들을 읽고 싶어요, 그래도 될까요?"

"마음대로 해요. 다만 조심해야 해요. 잘못하다간 난 수용소에 갈지도 몰라요."

"알았어요."

해질 녘에 루카스는 집으로 돌아갔다. 겨울에는 채소밭은 할 일이 없다. 루카스는 가축들을 살펴보고 나서, 자기 방으로 들어가서 음악을 들었다. 아이가 문을 두드리자, 그는 문을 열어주었다.

아이는 커다란 침대에 올라 앉아 물었다.

"엄마는 왜 울어?"

"엄마가 울어?"

"응. 거의 매일. 왜 그러지?"

"엄마가 왜 그러는지 말 안 해줘?"

"난 물어보기가 겁이 나."

루카스가 음반을 바꾸기 위해서 몸을 돌렸다.

"엄마는 아마도 감옥에 있는 아빠 때문에 울 거야."

"그게 뭐야, 감옥이라고?"

"그건 철창이 있는 커다란 집이야. 사람들이 거기에 갇혀 있지."

"왜?"

"여러 가지 이유로. 그 사람들은 위험한 사람들이라는 거야. 내 아버지도 거기에 갇혔던 적이 있지."

아이는 커다랗고 까만 눈을 치켜뜨고 루카스를 바라보았다.

"그러면 너도, 너도 갇힐 수 있어?"

"그럼. 나도 마찬가지지."

아이는 코를 훌쩍 들이마시더니, 작은 턱을 달달 떨었다.

"나도?"

루카스는 아이를 무릎에 앉히고 껴안아주었다.

"아니. 넌 아니야. 아이는 가두지 않아."

"내가 어른이 되면?"

루카스가 말했다.

"이제 세상이 달라지면 사람을 더 이상 가두지 않게 될 거야."

아이가 잠시 입을 다물었다가 물었다.

"갇혀 있는 사람들은 그럼 영원히 감옥에서 나오지 못하잖아!"

루카스가 말했다.

"언젠가, 다 나오게 돼."

"엄마의 아빠도?"

"그럼, 물론이지."

"그러면 엄마는 이제 울지 않겠네?"

"그럼, 울지 않지."

"루카스의 아빠도 나올까?"

"우리 아빠는 벌써 나왔어."

"그럼 어디 있어?"

"돌아가셨어. 사고를 당하셨거든."

"감옥에서 안 나왔으면 사고도 안 났을 텐데."

루카스가 말했다.

"이제 난 나가봐야 해. 부엌으로 가봐. 그리고 엄마한테 엄마 아빠 얘기는 하지 마. 그러면 엄마는 더 울 거야. 엄마한테 잘해줘, 그리고 말 잘 듣고."

부엌 입구에 서 있던 야스민이 물었다.

"또 나가는 거야, 루카스?"

루카스는 뜰의 문 근처에서 멈춰 섰다. 그는 대답하지 않았다. 야스민이 말했다.

"나는 다만 내가 또 신부님께 가야 하는지를 알고 싶은 거야."

"그건 당신 맘대로 해. 난 시간이 없으니까."

루카스는 금요일까지 클라라의 옆에서 밤을 보냈다.

금요일 아침, 클라라가 말했다.

"이제 좋아졌어요. 월요일에는 일을 나갈 수 있을 거예요. 당신은 더 이상 여기서 밤을 보낼 필요가 없어요. 그동안 내게 너무 많은 시간을 할애해주셨어요."

"무슨 소리인가요, 클라라?"

"오늘 저녁은 나 혼자 있고 싶어요."

"'그'가 돌아오는군요! 그렇죠?"

그녀는 눈을 내리깔고 말이 없었다. 루카스가 말했다.

"당신이 어떻게 내게 이럴 수 있어요?"

클라라는 루카스의 눈을 빤히 들여다보았다.

"당신은 내가 늙은 여자처럼 하고 다닌다고 비난한 적이 있어요. 당신이 옳았어요. 난 아직 젊어."

루카스가 물었다.

"그게 누구예요? 그는 왜 금요일에만 오죠? 그는 왜 당신하고 결혼하지 않지요?"

"그는 이미 결혼했어요."

클라라가 운다. 루카스가 물었다.

"당신이 뭣 때문에 울지요? 정말 울어야 할 사람은 난데."

저녁에, 루카스는 술집에 갔다. 술집이 문을 닫자, 그는 거리를 방황했다. 눈이 왔다. 루카스는 페테르의 집 앞에 멈춰 섰다. 창문에는 불빛이 없다. 루카스가 초인종을 누르지만, 아무 반응이 없다. 루카스는 다시 눌렀다. 창문이 하나 열리고, 페테르가 물었다.

"무슨 일이요?"

"저예요, 루카스."

"기다리게, 루카스. 내 곧 나갈게."

창문이 닫히고 곧이어 대문이 열렸다. 페테르가 말했다.

"들어오게, 방랑자."

페테르는 잠옷 차림이다. 루카스가 말했다.

"잠을 깨워서 미안합니다."

"아, 괜찮아. 이리 앉게."

루카스는 가죽 팔걸이 의자에 앉았다.

"이 추위 속에 집에 돌아가기가 싫었어요. 너무 먼 데다 난 또 술을 너무 많이 마셨거든요. 여기서 좀 재워주실래요?"

"물론이지, 루카스. 내 침대에서 자게. 난 팔걸이 의자에서 자면 되니까."

"제가 소파에서 잘게요. 그래야 잠이 깨는 대로 조용히 나갈 수 있으니까요."

"그럼 자네 좋을 대로 하게, 루카스. 편히 자게. 모포를 가져다주지."

루카스는 옷과 장화를 벗고 소파에 누웠다. 페테르가 두툼한 모포를 가져왔다. 그는 루카스에게 모포를 덮어주고 머리를 들어 베개를 베어주고 나서, 소파 옆에 앉았다.

"무슨 일이 있었어, 루카스? 야스민 때문인가?"

루카스는 고개를 가로저었다.

"집안에는 별 문제 없어요. 다만 당신을 좀 보려고 온 거예요."

페테르가 말했다.

"그런 것 같지 않은데, 루카스."

루카스는 페테르의 손을 잡아다 자기의 아랫배를 눌렀다. 페테르가 손을 빼며 일어섰다.

"안 돼, 루카스. 내 방에 들어오지 말게."

그는 자기 방으로 가서 문을 닫아버렸다.

루카스는 기다렸다. 몇 시간 후에 그는 일어나서 문을 살며시 열고 페테르의 침대로 다가갔다. 페테르는 잠들었다. 루카스는 그 방을 나와서, 문을 다시 닫고, 장화를 신고, 옷을 입고, 주머니 속에 그의 '무기'가 있는지 확인하고 소리 없이 그 집을 빠져나왔다. 그는 역 근처 거리로 가서 클라라의 집 맞은편에서 기다렸다.

한 남자가 그 집에서 나오자, 루카스는 그를 뒤따라가다가 반대편 보도로 가서 앞질러갔다. 그 남자는 자기 집에 가려면 작은 공원 옆을 지나야 했다. 루카스는 그 공원의 숲에 숨었다. 그는 야스민이 짜준 커다란 붉은색 숄로 머리를 둘둘 감고 있다가, 그 남자가 다가오자 불쑥 나타났다. 루카스는 그 남자를 알아보았다. 그 남자는 마티아스를 진찰했던 병원의 의사 중 한 사람이다.

의사가 말했다.

"당신은 누구요? 뭘 원하오?"

루카스는 의사의 멱살을 잡은 채, 주머니에서 면도칼을 꺼냈다.

"당신, 한번만 더 그 여자 집에 나타나면, 그땐 목이 날아갈 줄 알아."

"당신은 완전히 정신병자군! 난 병원에서 야근을 하고 오는 길이야."

"거짓말해도 소용없어. 농담할 기분이 아니야. 난 무슨 짓이든 할 수 있어. 오늘은 경고만 해두는 거야."

루카스는 상의에서 자갈을 가득 채운 양말을 꺼내서 그 남자의 머리를 쳤다. 그 남자는 빙판 길에 쓰러져 꼼짝도 하지 않았다.

루카스는 페테르의 집으로 돌아가서, 소파에 다시 드러누워 잠들었다. 페테르가 일곱 시에 커피를 가져와서 그를 깨웠다.

"난 벌써 전에 자네를 보러 왔었어. 자네가 집으로 돌아간 줄 알았지."

루카스가 말했다.

"난 밤새 여기서 꼼짝도 안 했어요. 그건 중요한 문제예요, 페테르 씨."

페테르가 그를 한동안 바라본다.

"알겠네, 루카스."

루카스는 집으로 돌아왔다. 야스민이 그에게 말했다.

"경찰이 왔다 갔어. 경찰에 출두해야 한대. 무슨 일이 있어, 루카스?"

마티아스가 말했다.

"그 사람들이 루카스를 감옥에 가둘 거야. 그러면 루카스는 돌아오지 못할 거야."

아이는 히죽히죽 웃었다. 야스민은 아이의 팔을 낚아채더니 뺨을 한 대 갈겼다.

"조용히 못 해?"

루카스가 야스민에게 아이를 빼앗아 품에 안았다. 그는 아이의 얼굴에 흐르는 눈물을 닦아주었다.

"겁낼 것 없어, 마티아스. 나는 감옥에 가지 않아."

아이는 루카스의 눈을 빤히 쳐다본다. 아이는 눈물을 그친다. 아이는 말한다.

"유감이야."

루카스는 경찰서로 갔다. 그는 조사실로 가서 문을 노크하고 들어 갔다. 클라라와 의사가 한 경찰관과 마주보고 앉아 있다. 경찰관이 말했다.

"안녕하시오, 루카스. 이리 앉아요."

루카스는 자신이 몇 시간 전에 때려눕혔던 남자의 곁에 놓인 의자 에 앉았다. 경찰관이 그 남자에게 물었다.

"당신을 습격한 자를 알아보시겠소?"

"난 누구의 습격을 받은 게 아니라고 누누이 말했잖소? 난 빙판 길에 넘어졌을 뿐이오."

"당신은 뒤로 자빠져 있었어요. 순찰대원이 누워 있는 당신을 발견 한 거라고. 그런데 당신은 이마에 상처가 나 있으니 이상하지 않소?"

"난 사실 앞으로 넘어졌는데, 의식을 찾고 나서 돌아누운 겁니다."

경찰관이 말했다.

"그럴 수도 있겠죠. 그런데 당신은 병원에서 야근을 했다고 주장하 지만, 병원에 알아본 결과, 당신은 밤 아홉 시에 병원에서 나온 걸로 되어 있어요. 그러니 나머지 시간은 저 부인의 집에서 지내신 게 아닌 가요?"

의사가 말했다.

"나는 솔직히 저 여자를 스캔들에 말려들게 하고 싶지 않았어요."

경찰관이 루카스를 향했다.

"부인의 이웃들은 당신이 저 부인의 집에 들어가는 것을 여러 번 보았다고 하더군."

루카스가 말했다.

"얼마 전부터 볼일이 있어서 드나들었어요. 특히 지난 주에는 그녀 가 많이 아팠거든요."

"우리는 당신이 간밤에 집에 안 들어간 사실을 알고 있어. 어디에 갔지?"

"집에 돌아가는 길에 너무 피곤했어요. 술집들이 문을 닫아서 친구 집에 가서 잤어요. 그리고 그 집에서 아침 일곱 시 반에 나왔어요."

"누구지, 그 친구가? 술집 친구라고 생각되는데."

"아닙니다. 당 서기입니다."

"당신은 간밤을 당 서기 집에서 보냈다는 거야?"

"네. 그가 오늘 아침 일곱 시에 내게 커피를 줬습니다."

경찰관은 방에서 나갔다.

의사가 루카스 쪽으로 고개를 돌리더니 한참을 바라보았다. 루카스도 마주 쳐다보았다. 의사는 클라라를 바라보고, 클라라는 창문을 바라보았다. 의사는 정면을 응시하다가 말했다.

"난 당신이 범인임을 확신하지만, 고소는 하지 않겠소. 나를 취객으로 알고 이곳으로 데려다놓은 건 국경경비대의 순찰대원이었소. 이 모든 일이 내게는 너무나 구차스럽고 지겹소. 제발 비밀이나 지켜주시오. 난 국제적 명성이 있는 정신과 의사요. 아이도 있소."

루카스가 말했다.

"방법은 한 가지뿐입니다. 이 마을을 떠나세요. 여긴 작은 도시입니다. 조만간 모든 사람들이 알게 될 겁니다. 당신의 부인까지도."

"협박하는 거요?"

"그렇습니다."

"난 이 시골구석으로 유배당한 거요. 내 맘대로 떠날 처지가 못 된다는 말이오."

"아무 데든 가세요. 전근을 신청해보세요."

경찰관이 페테르와 함께 들어왔다. 페테르는 루카스를 쳐다보고,

클라라 그리고 의사에게 차례로 눈길을 돌렸다. 경찰관이 말했다.

"당신의 알리바이는 증명되었어, 루카스."

그는 의사를 향해서 말했다.

"우리는 이 정도에서 손을 떼겠습니다. 의사 선생님. 선생님은 병원에서 나오다가 빙판 길에 넘어진 걸로 하겠습니다. 이 사건은 그렇게 매듭을 짓겠습니다."

의사가 페테르에게 물었다.

"월요일에 당신 사무실로 찾아가도 되겠지요? 난 이 마을을 떠나고 싶군요."

페테르가 말했다.

"물론. 그렇게 하시죠."

의사가 일어나서 클라라에게 손을 내밀었다.

"섭섭하군."

클라라는 고개를 돌렸고, 의사는 방을 나가며 말했다.

"감사합니다, 여러분."

루카스가 클라라에게 말했다.

"내가 바래다줄게요."

클라라는 말없이 그의 앞을 지나갔다.

루카스와 페테르도 경찰서를 나왔다. 페테르는 클라라가 멀어지는 것을 바라보며 말했다.

"그러니까 저 여자 때문이었군."

루카스가 말했다.

"그 남자를 다른 곳으로 전근시키도록 힘써주세요, 페테르 씨. 그가 이 마을에 남아 있다가는 죽게 될 거예요."

페테르가 말했다.

"그럴 것 같군. 자네는 충분히 그럴 사람이야. 걱정 말게. 그는 떠날 거야. 하지만 그녀가 그를 사랑한다면, 자네가 그에게 한 짓을 그녀가 이해해줄까?"

루카스가 말했다.

"그녀는 그를 사랑하지 않아요."

루카스가 경찰서를 나와 집에 돌아왔을 때는 이미 정오가 다 되었다. 아이가 물었다.

"사람들이 너를 안 가둔대?"

야스민도 물었다.

"심각한 일은 아니겠지?"

루카스가 대답했다.

"아니야, 다 잘됐어. 어떤 싸움에 내 증언이 필요했던 것뿐이야."

야스민이 말했다.

"당신이 사제관에 가봐야겠어. 신부님은 아무것도 먹지 않아. 내가 어제하고 그저께 가져갔던 음식을 손도 안 댔어."

루카스는 우유 한 병을 들고 사제관으로 갔다. 부엌의 식탁 위에 있는 접시들이 얼어붙어 있었다. 요리용 화덕에도 냉기가 돌았다. 루카스는 텅 빈 방을 지나 신부의 침실로 노크도 없이 들어갔다. 신부는 침대 속에 있었다.

루카스는 물었다.

"어디 편찮으세요?"

"아니야, 좀 춥군. 난 항상 추워."

"제가 장작을 충분히 가져다드렸는데요. 왜 불을 안 피우세요?"

신부가 말했다.

"아껴야지. 장작도, 다른 것들도."

"신부님은 다만 불을 피우는 게 귀찮아서 그러시는 거예요."

"난 늙었어. 이제 그럴 힘도 없어."

"아무것도 안 드시니까 기운이 없으시죠."

"입맛이 없는 걸. 네가 음식을 가져오지 않으면서부터 입맛이 뚝 떨어졌어."

루카스는 신부에게 실내복을 내밀었다.

"옷 입고 부엌으로 나오세요."

그는 노인이 옷 입는 것을 도와주고, 부축해서 부엌까지 나와, 의자에 앉히고 우유를 한 잔 따라주었다. 신부는 우유를 마셨다. 루카스가 말했다.

"신부님은 이제 혼자 사실 수가 없어요. 그러기에는 연세가 너무 많으신 걸요."

신부는 우유잔을 내려놓고 루카스를 바라본다.

"난 떠날 걸세, 루카스. 수도원장의 부름을 받았어. 수도원으로 돌아가 쉬어야겠네. 이 마을에는 이제 신부가 오지 않을 거야. 이웃 도시의 신부가 일주일에 한 번씩 와서 미사를 드리게 될 걸세."

"현명한 판단을 하셨군요. 정말 잘된 일입니다."

"난 이 도시를 못 잊을 거야. 사십오 년이나 이곳에서 지냈거든."

잠시 말을 끊었다가, 신부는 다시 이었다.

"넌 지난 몇 년 동안 마치 아들처럼 내 수발을 들어왔어. 정말 고맙게 생각해. 하지만 이 많은 사랑과 은혜에 무엇으로 감사해야 하지?"

루카스는 말했다.

"제게 고마워하실 필요는 없어요. 저는 사랑도 은혜도 모르니까요."

"정말 그렇게 생각하나, 루카스? 난 그 반대야. 넌 심한 상처를 입었고, 아직 치유되지 않은 상태야."

루카스는 입을 다물었고, 신부가 덧붙여 말했다.

"나는 네가 인생에서 가장 힘든 시기에 있는 걸 보고도 너를 버리고 떠나게 된 것 같은 생각이 드는군. 하지만 난 늘 너를 생각하고 네 영혼의 구원을 위해 기도할 거야. 넌 지금 나쁜 길에 빠져 있어. 난 네가 어디까지 갈까를 가끔 생각해보지. 너의 정열적이고 불안한 영혼은 너를 최악의 경우까지 몰고 갈 수도 있겠지. 하지만 난 한 가닥 희망을 가지고 있어. 신의 자비는 무한하니까."

신부는 일어나서 루카스의 얼굴을 두 손으로 감싸쥐었다.

"젊은 날에 신을 섬기도록 해야 해. 불행한 날이 닥치기 전에, 그리고 네 입에서 '나는 살고 싶지 않다'라는 말이 나오기 전에."

루카스는 고개를 숙였고, 그의 이마가 노인의 가슴에 닿았다. 루카스가 신부의 말을 이어받았다.

"'그리고 태양과 빛이, 또 달과 별들이 빛을 잃고, 구름이 끼기 전에……' 그것은 「전도서」에 나오는 얘기입니다."

바싹 마른 노인의 육신이 흐느낌으로 떨렸다.

"그래. 넌 알고 있었지. 아직도 기억하는구나. 어린 시절에 넌 성경의 어떤 페이지들은 몽땅 암기하고 있었어. 지금도 가끔 읽고 있는 거니?"

루카스는 변명했다.

"할 일이 너무 많습니다. 그리고 다른 읽을거리도 많고요."

신부가 말했다.

"그렇구나. 네가 내 설교를 따분하게 생각한다는 걸 잘 안다. 이제 가봐라. 그리고 더 이상 안 와도 돼. 난 내일 첫 기차로 떠난다."

루카스가 말했다.

"편히 쉬시길 빌겠습니다, 신부님."

그는 집으로 돌아와서 야스민에게 말했다.

"신부님이 내일 떠나셔. 이제부터는 식사를 날라다드릴 필요가 없게 됐어."

아이가 물었다.

"네가 그를 사랑하지 않기 때문에 떠나는 거지? 엄마하고 나도 떠날 거야, 네가 우리를 사랑하지 않는다면."

야스민이 말했다.

"입 닥쳐, 마티아스!"

아이가 소리쳤다.

"엄마가 그렇게 말했잖아! 하지만 넌 우리를 사랑하지, 안 그래, 루카스?"

루카스는 아이를 안아주었다.

"물론이지, 마티아스."

클라라의 집에서는 거실 난로에 불이 타고 있다. 침실 문은 약간 열려 있다.

루카스는 방으로 들어갔다. 클라라는 두 손에 책을 든 채 누워 있었다. 그녀는 루카스를 보자 책을 덮어 머리맡 탁자 위에 놓았다.

루카스가 말했다.

"미안해요, 클라라."

클라라는 덮고 있던 솜이불을 젖혔다. 알몸이었다. 그녀는 루카스를 빤히 쳐다보았다.

"이게 바로 당신이 원하는 거지, 그렇지 않아?"

"나도 모르겠어요. 정말 모르겠다고요, 클라라."

클라라는 머리맡 전등을 껐다.

"뭘 더 기다려?"

루카스는 책상 위의 스탠드를 켜고, 그것을 침대 위로 가져갔다. 클라라는 눈을 감았다.

루카스는 침대 발치에 무릎을 꿇고, 클라라의 다리를 벌린 뒤, 외음부를 벌렸다. 거기에서는 피가 가늘게 한 줄기 흘러나왔다. 루카스는 몸을 기울였고, 클라라는 신음하면서, 두 손으로 루카스의 머리카락을 움켜쥐었다.

루카스는 옷을 벗고, 클라라를 덮쳤고, 그녀의 안으로 들어가며 울부짖었다. 한참 뒤 루카스는 일어나서 창문을 열었다. 밖에는 눈이 내리고 있었다. 루카스는 다시 침대로 돌아와서 클라라를 두 팔로 껴안았다. 루카스는 몸을 떨었다. 그녀가 말했다.

"진정해."

그녀는 루카스의 얼굴과 머리를 어루만졌다. 그가 물었다.

"당신은 내가 그자에게 한 일이 싫었지요?"

"아니. 그가 떠난 건 잘된 일이야."

루카스가 말했다.

"난 당신이 그를 사랑하지 않는다는 걸 알았거든요. 당신은 지난주에 술집에 왔을 때 너무나 불행해 보였어요."

클라라가 말했다.

"난 그를 병원에서 알게 되었어. 여름에 우울증이 도져서 그에게 치료를 받았어. 토마스가 죽고 나서 네 번째야."

"토마스 꿈을 자주 꾸세요?"

"매일 밤. 하지만 그의 사형 집행에 관한 것뿐이야. 토마스의 활기차고 행복한 시절에 관한 꿈은 안 꿔."

276

루카스가 말했다.

"나는 어디에서고 클라우스 형을 봐요. 내 방에서도, 뜰에서도, 거리에서도 내 옆에서 걷고 있어요. 형이 내게 말도 하지요."

"뭐라고 하지?"

"자기는 죽도록 외롭게 살고 있다고."

루카스는 클라라의 품에서 잠들었다. 밤이 깊어지자 다시 한 번 루카스는 그녀의 안으로 부드럽게, 천천히 들어갔다. 꿈결에서처럼.

그 이후, 루카스는 매일 밤을 클라라의 집에서 보냈다.

그해 겨울은 너무 추웠다. 다섯 달 동안 해를 보지 못했다. 얼음 같은 안개가 버려진 도시에 자욱했고, 땅은 얼어붙었고, 강도 마찬가지였다.

할머니 집 부엌은 불을 끌 수 없었다. 땔감이 급속히 줄어들었다. 오후마다 루카스는 숲으로 가서 나무를 해다가 화덕 옆에 널어놓고 말렸다.

부엌 문은 야스민과 아이의 방을 덥히기 위해서 열어놓았다. 루카스의 방은 따뜻하지 않았다.

야스민이 방에서 바느질이나 뜨개질을 할 때, 루카스는 야스민이 만들어서 부엌에 깔아놓은 매트 위에서 아이와 앉아서 강아지와 고양이를 데리고 놀았다. 그들은 그림책도 보고, 그림도 그렸다. 셈틀을 가지고, 루카스는 마티아스에게 산수도 가르쳤다.

야스민은 저녁 식사를 준비했다. 그들은 셋 다 부엌의 장의자에 앉아서 식사를 했다. 그들은 감자, 말린 콩, 아니면 양배추를 먹었다. 아이는 이런 음식을 좋아하지 않기 때문에 거의 먹지 않았다 루카스는 아이에게 깹 바른 빵을 주었다.

식사 후 야스민은 설거지를 하고, 루카스는 아이를 방으로 데리고

가서, 옷을 벗기고, 이야기를 해주면서, 재웠다. 아이가 잠들면, 루카
스는 도시의 반대편 끝에 있는 클라라의 집으로 갔다.

4

역 근처 도로에는 마로니에 꽃이 활짝 피었다. 흰 꽃잎들이 땅에 수북이 쌓여서 발자국 소리도 들리지 않았다. 루카스는 클라라의 집에서 밤늦게 돌아왔다.

아이는 부엌의 장의자에 앉아 있었다. 루카스가 말했다.

"다섯 시밖에 안 됐어. 넌 왜 벌써 일어났니?"

아이가 물었다.

"엄마는 어디 갔어?"

"엄마는 대도시로 떠났어. 엄마는 여기에 싫증이 났나봐."

아이의 까만 눈이 휘둥그레졌다.

"떠나다니? 나도 안 데리고?"

루카스는 고개를 돌려, 화덕의 불을 바라보았다. 아이가 물었다.

"엄마는 돌아올 거지?"

"아니, 안 돌아올 것 같아."

루카스는 냄비에 우유를 따라서 데웠다.

아이가 물었다.

"엄마는 왜 날 데려가지 않았어? 데려가겠다고 약속했었는데."

루카스가 말했다.

"엄마는 네가 나와 함께 여기에 있는 편이 더 좋을 거라고 생각한 거야. 그리고 나도 그렇게 생각해."

아이가 말했다.

"난 너와 함께 여기 있는 게 안 좋아. 난 엄마하고 함께라면 어디에 있어도 상관없어."

루카스가 말했다.

"대도시에는 아이에게 재미있는 게 하나도 없어. 채소밭도 없고, 가축도 없어."

아이가 말했다.

"하지만 엄마가 있잖아."

그는 창을 내다보았다. 그가 돌아보니, 아이의 작은 얼굴은 고통으로 일그러져 있었다.

"내가 병신이라서 엄마는 날 좋아하지 않는 거야. 그래서 날 데려가지 않은 거지."

"그렇지 않아, 마티아스. 엄마는 너를 진심으로 사랑해. 너도 잘 알면서."

"그러면, 엄마가 날 찾으러 다시 오겠네?"

아이는 우유잔도 접시도 다 밀어내고 부엌에서 나갔다. 루카스는 채소밭에 물을 주었다. 해가 떠올랐다.

강아지는 나무 아래에서 자고, 아이는 손에 몽둥이를 들고 강아지에게 다가간다. 루카스는 아이를 바라본다. 아이는 몽둥이를 들어 강아지를 후려친다. 강아지는 신음하며 달아난다. 아이는 루카스를 돌아본다.

"난 동물들을 싫어해. 난 채소밭도 싫어졌어."

아이는 몽둥이를 들고 토마토, 호박, 강낭콩, 꽃들을 마구 후려쳤다. 루카스는 말없이 아이가 하는 짓을 지켜보았다.

아이는 집 안으로 들어가서, 야스민의 침대에 누웠다. 루카스가 아이를 뒤따라 들어가서 침대 가에 앉았다.

"그러니까 넌 나하고 있는 게 그렇게도 싫단 말이구나, 왜지?"

아이의 눈은 천장을 응시했다.

"난 너를 미워하니까."

"나를 미워한다고?"

"그래, 나는 오래 전부터 널 미워했어."

"난 몰랐어. 왜 내게 말해주지 않았니?"

"너는 어른이고 잘생겼으니까 그랬지. 그리고 엄마는 널 사랑하니까. 하지만 엄마가 떠난 건, 엄마가 너를 사랑하지 않는다는 말이잖아, 너도 마찬가지고, 난 너도 나만큼 불행해지기를 원해."

루카스는 두 손으로 자신의 머리를 감싸쥐었다. 아이가 물었다.

"우는 거야?"

"아니, 난 안 울어."

"그렇지만 넌 우리 엄마 때문에 슬픈 거지?"

"아니야, 네 엄마 때문이 아니야. 난 너 때문에, 네가 슬프니까 슬픈 거야."

"정말? 나 때문이야? 그거 잘됐다."

아이가 웃었다.

"그렇지만 난 병신이고 어린애야. 엄마는 예뻐."

아이는 잠시 말을 멈췄다가 물었다.

"너네 엄마는 어디 있어?"

"우리 엄마는 죽었어."

"너무 늙어서, 그래서 죽었어?"

"아니. 우리 엄마는 전쟁 때문에 죽었어. 폭탄이 떨어져서. 엄마와 내 여동생이 함께 죽었어."

"그럼 그들은 지금 어디 있어?"

"죽은 사람은 어디에도 없는 거야."

아이가 말했다.

"다락방에 있잖아. 난 봤어. 커다란 뼈로 된 것하고, 작은 뼈로 된 걸."

루카스가 목소리를 낮추어서 물었다.

"너 다락방에 올라갔니? 어떻게 올라갔어?"

"기어서. 쉬워. 내가 가르쳐줄게."

루카스는 입을 다물었다. 아이가 말했다.

"겁내지 마, 아무한테도 얘기 안 했어. 난 누가 그들을 데려가는 걸 원치 않아. 난 그들을 사랑해."

"네가 그들을 사랑한다고?"

"그래. 특히 아가를. 아가는 나보다 더 못생기고 더 작아. 그 아가는 영원히 자라지 않을 거야. 난 그게 여자아이인 줄은 몰랐어. 뼈만 가지고는 구별할 수가 없잖아."

"그걸 바로 해골이라고 하는 거야."

"그래. 해골들이야. 난 네 책꽂이 꼭대기에 있는 커다란 책에서 봤어."

루카스와 아이는 정원으로 나왔다. 다락방 문에는 밧줄이 루카스의 손이 닿을 만한 높이까지만 늘어뜨려져 있다. 그가 아이에게 말했다.

"네가 어떻게 올라갔는지 한번 해봐."

아이는 좀 멀리, 루카스의 방 창문 아래 있던 벤치를 끌어다놓고, 뛰어서 끈을 붙잡고, 두 발로 벽을 딛고 균형을 유지하면서, 팔다리를 모두 동원해서 다락방 문에 도달했다. 루카스도 따라 올라갔다. 그들은 밀짚 매트 위에 앉아 대들보에 매달린 해골들을 바라보았다.

아이는 물었다.

"형제의 해골은 안 가지고 있어?"

"나한테 형제가 있었다고 누가 그러든?"

"아무도. 난 네가 그에게 말하는 걸 들었어. 네가 그에게 말했어. 그리고 그는 어디에도 없고, 따라서 그도 죽은 거라고."

루카스가 말했다.

"아니야, 그는 죽지 않았어. 그는 다른 나라로 떠난 것뿐이야. 그는 돌아올 거야."

"엄마처럼. 엄마도 돌아올 거야."

"그래. 내 형제나 네 엄마나 마찬가지야."

아이가 말했다.

"죽은 사람들하고 떠난 사람들하고는 한 가지 차이밖에 없어, 그렇지? 죽지 않은 사람들은 돌아오지."

루카스가 말했다.

"그렇지만 그들이 없는 동안 그들이 죽지 않았다는 걸 어떻게 알 수 있지?"

"그건 아무도 알 수 없지."

아이는 잠시 말을 멈췄다가 물었다.

"형제가 떠난 뒤에는 어땠어?"

"난 형제 없이 어떻게 살아가야 할지 몰랐어."

"지금은, 알고 있어?"

"그럼. 네가 여기에 온 뒤로 알게 되었어."

아이가 상자를 열었다.

"상자 안에 있는 커다란 노트들은 뭐지?"

루카스가 상자를 다시 닫으며 말했다.

"아무것도 아니야. 맙소사! 다행이다, 넌 아직 읽을 줄 모르지."

아이가 웃었다.

"틀렸어. 인쇄된 것들을 난 벌써 읽을 줄 알아."

아이는 상자를 다시 열고 할머니의 낡은 성경책을 꺼냈다. 단어들을, 문장 전체를 술술 읽었다.

루카스가 물었다.

"너 어디서 읽는 걸 배웠니?"

"책에서, 그냥. 내 책이랑, 네 책에서."

"엄마하고?"

"아니, 나 혼자. 엄마는 책 읽는 걸 좋아하지 않아. 엄마는 나를 절대로 학교에 안 보낼 거라고 말했어. 하지만 난 갈 거야, 그렇지, 루카스?"

루카스가 말했다.

"내가 뭐든지 다 가르쳐줄게."

아이가 말했다.

"여섯 살부터는 학교에 가야 하잖아."

"넌 아니야. 면제받을 수도 있어."

"병신이라서? 그렇지? 난 싫어. 면제받고 싶지 않아. 다른 아이들처럼 학교에 가고 싶어."

루카스가 말했다.

"네가 원하면 가도 좋아. 하지만 넌 왜 학교에 가려고 하지?"

"난 학교에 가면 힘이 더 세지고 더 영리해진다는 걸 잘 알거든."

루카스가 웃었다.

"그리고 더 건방져지겠지. 난 말이야, 항상 학교를 싫어했어. 난 학교에 가지 않기 위해서 벙어리인 척했어."

"그랬어?"

"응. 들어봐, 마티아스. 넌 네가 원할 때는 언제든지 여기에 올라올 수 있어. 넌 내 방에 들어와도 돼. 내가 없을 때라도. 그러니까 넌 성경도, 사전도, 백과사전도 아무 때나 읽을 수 있어. 하지만 이 노트들은 읽으면 안 돼, 요 악마의 자식아."

그가 덧붙였다.

"할머니는 우리를 그렇게 불렀지, '악마의 자식들'이라고."

"'우리'라니? 너하고 또 누구? 너하고 너의 형제?"

"그래. 내 형제하고 나."

그들은 다락방을 내려와서 부엌으로 갔다. 루카스가 식사 준비를 했다. 아이가 물었다.

"누가 설거지랑 빨래를 하지?"

"우리 둘이 함께. 너하고 나하고."

그들은 식사를 했다. 루카스는 창밖으로 몸을 내밀고 토했다. 그는 얼굴에 식은땀을 흘리며 돌아와서 부엌 바닥에 의식을 잃고 쓰러졌다.

아이가 소리쳤다.

"그러지 마, 루카스, 그러지 마!"

루카스가 눈을 떴다.

"울지 마, 마티아스. 날 좀 일으켜줘."

아이가 그의 한쪽 팔을 잡아당겼다. 루카스는 식탁을 잡고서 간신히 일어났다. 그는 비틀거리며 부엌을 나와 뜰에 있는 벤치에 앉았다. 아이는 그의 앞에 서서 그를 빤히 쳐다보았다.

"무슨 일이야, 루카스? 넌 잠깐 동안 죽었던 거야!"

"아니야, 너무 더워서 잠시 정신을 잃었어."

아이가 물었다.

"엄마가 떠난 건 아무렇지도 않지? 중요한 일이 아니지? 말해봐, 응? 그래서 죽을 것 같진 않지?"

루카스는 대답하지 않았다. 아이는 그의 발치에 앉아, 그의 다리를 껴안고, 자신의 까만 곱슬 머리를 루카스의 무릎에 기댔다.

"나중에 나는 어쩌면 너의 아들이 될 것 같아."

아이가 잠들자, 루카스는 다락방으로 다시 올라갔다. 그리고 상자에서 노트를 꺼내 보자기에 싸가지고 시내로 갔다.

루카스는 페테르의 집에 가서 초인종을 눌렀다.

"이걸 좀 맡아주셨으면 좋겠어요, 페테르 씨."

그는 가져온 보따리를 거실의 탁자 위에 놓았다. 페테르가 물었다.

"그건 또 뭔가?"

루카스가 보자기를 풀었다.

"초등학생용 노트들이에요."

페테르가 고개를 끄덕였다.

"빅토르가 내게 말했던 적이 있어. 자네가 글을 쓴다는 얘기를 하더군. 종이와 연필을 엄청나게 많이 사가곤 한다고 말일세. 몇 년 전부터 연필이랑, 모눈종이랑, 커다란 초등학생용 노트들을 사갔다던데, 책이라도 한 권 쓴 건가?"

"아닙니다, 책이라뇨. 단순히 메모만 해왔어요."

페테르는 노트들을 손에 들고 무게를 가늠해보았다.

"무거운데! 두꺼운 노트로 열 권이 넘겠는걸."

"세월이 흐르니까, 그렇게 쌓이더군요. 그렇지만 대부분은 없애고, 꼭 필요한 것만 모은 거예요."

페테르가 물었다.

"왜 이것들을 숨기려고 하지? 경찰 때문인가?"

"경찰이요? 무슨 말씀을! 아이 때문이죠. 아이가 글을 읽기 시작했고, 사방 안 뒤지는 곳이 없거든요. 아이에게 이 노트들을 읽게 하고 싶지 않아서요."

페테르가 웃었다.

"그러니까 아이 엄마가 이걸 읽으면 안 된다, 이 말인가?"

루카스가 말했다.

"야스민은 집에 없어요. 그녀는 떠났어요. 대도시가 오래 전부터 그녀의 꿈이었거든요. 제가 돈을 좀 줘서 보냈는걸요."

"그러면 아이는 자네에게 맡기고 혼자 갔단 말인가?"

"아이는 제가 맡기로 했어요."

페테르가 담배에 불을 붙이며, 말없이 루카스를 바라본다. 루카스가 물었다.

"이 노트들을 맡아주시겠습니까, 아니면 안 되겠습니까?"

"아, 물론 맡아주지."

페테르는 노트들을 자기 방으로 가져갔다. 그가 다시 방에서 나와서 말했다.

"내 침대 밑에 숨겨놓았네. 내일 더 안전한 곳을 물색해봐야겠어."

루카스가 말했다.

"감사합니다, 페테르 씨."

페테르가 웃었다.

"감사는 무슨……나도 자네 노트들에 관심이 많다네."

"읽어보실 생각이신가요?"

"물론. 내가 읽는 것이 싫다면, 자네는 노트들을 클라라에게 맡겼어야지."

"무슨 말씀을! 클라라는 읽을거리란 읽을거리는 모조리 다 읽어버려요. 하지만 빅토르 씨에게는 마음 놓고 맡길 수 있을 것 같군요."

"그렇게 하면, 난 빅토르의 집에 가서 읽을 걸세. 그는 내게 뭐든지 거절하는 법이 없으니까. 게다가 그는 곧 떠날 거야. 그의 누이가 사는 고향으로 되돌아가고 싶어해. 집과 서점은 팔아버릴 생각인가봐."

루카스가 말했다.

"노트를 돌려주세요, 숲속 어딘가에 묻어둬야겠어요."

"그러게, 땅속에 묻는 게 제일 안전하지. 아니면 더 좋은 방법은 불태워버리는 거야. 아무도 못 보게 하려면 그게 가장 좋은 방법이지."

루카스가 말했다.

"저는 그걸 꼭 보관해야 해요. 클라우스를 위해서. 이 노트들은 클라우스 혼자만의 것이거든요."

페테르가 라디오를 틀었다. 그는 채널을 한참이나 맞춰서 부드러운 음악이 나오는 방송을 찾아냈다.

"앉아보게, 루카스, 클라우스는 또 누군가?"

"제 형제예요."

"자네에게 형제가 있다는 얘기는 금시초문인데. 자네는 형제 얘기를 한 적이 없었어? 소문으로도 그런 얘기는 못 들었어. 자네를 어린 시절부터 줄곧 잘 아는 빅토르한테서조차도 말일세."

루카스가 말했다.

"제 형제는 몇 년 전부터 국경 너머 나라에서 살고 있어요."

"어떻게 국경을 넘었지? 국경은 넘을 수 없는 걸로 되어 있지 않나?"

"그는 국경을 넘었어요, 어쨌든."

잠시 침묵 끝에 페테르가 물었다.

"그럼 서로 연락은 하고 있어?"

"연락이라니요?"

"편지 말일세. 그가 자네에게 쓰든, 아니면 자네가 그에게 쓰든."

"저는 노트에다 그에게 매일 편지를 써요. 그도 틀림없이 그렇게 하고 있을 거예요."

"그러면 실제로는 한번도 편지를 받은 적이 없다는 말인가?"

"국경 너머에 있는 그가 어떻게 제게 편지를 보내겠어요."

"무슨 소리야, 국경을 넘어오는 편지가 얼마나 많은데? 자네 형제가 떠난 이후 한번도 편지를 안 보냈다는 말이지? 자기 주소를 알려주는 편지조차 없었다는 말이야?"

루카스는 고개를 끄덕이며 일어났다.

"당신은 그가 죽었다고 생각하시는 거죠, 그렇죠? 하지만 클라우스는 죽지 않았어요. 그는 살아 돌아올 거예요."

"그래, 루카스. 살아 돌아와야겠지. 자네 노트에 관해서는 말일세. 내가 그것들을 안 읽겠다고 맹세를 하더라도 자네가 알지 못할 걸세."

"그 말씀이 맞아요. 저는 당신의 맹세를 믿을 수 없을 거예요. 당신은 그걸 읽지 않을 수 없을 걸요. 여기 오면서도 내내 그 생각을 했어요. 그러면 읽어보세요. 그래도 클라라나 다른 누구보다도 당신한테 맡기는 편이 나을 것 같군요."

페테르가 말했다.

"또 한 가지 궁금한 게 있네. 자네하고 클라라의 관계 말이야. 그 여자는 자네보다 나이가 너무 많아."

"나이는 상관없어요. 저는 그녀의 애인이에요. 그 사실이 알고 싶다는 말씀이죠?"

"아니, 그게 다는 아니야. 그건 나도 이미 알고 있네. 하지만 자네는 그 여자를 사랑하나?"

루카스가 문을 열었다.

"저는 그 단어의 뜻을 잘 모르겠어요. 아무도 그 뜻을 모르는 것 아닐까요? 당신이 하는 그런 질문은 생각해본 적도 없어요."

"그렇지만 그런 종류의 질문이 자네 인생에서 가장 흔한 질문이 아니겠어? 때로는 그런 질문에 대답하지 않을 수 없을걸."

"그러면, 당신은요? 당신은 그런 질문에 한번 답해보세요. 당신이 연설을 하면 청중들은 박수갈채를 보내더군요. 당신이 한 말들을 당신은 진심으로 다 믿습니까?"

"난 내 말들을 믿어야 하네."

"하지만 정말 마음 속 깊이는 어떻게 생각하시죠?"

"그건 나도 모르지. 나에겐 그 정도의 사치가 허용되지 않았다네. 난 어려서부터 두려움에 시달려왔어."

클라라가 창 앞에 서서 어둠에 묻혀버린 정원을 바라보고 있다. 그녀는 루카스가 방에 들어가도 돌아보지 않았다. 그녀가 말했다.

"여름은 끔찍해요. 여름이야말로 죽음이 가장 가까이에 있는 계절인 것 같아. 모두 말라비틀어지고, 질식하고, 꼼짝을 안 해요. 그들이 토마스를 죽인 게 벌써 사 년 전이야. 팔월에, 그것도 이른 아침에, 아니 새벽에. 그들은 그를 목매달았지. 불안한 것은, 여름만 되면 그들의 악령이 되살아난다는 거야. 새벽에 당신이 돌아가고 나면, 난 창가에 가서 그들을 보지. 그들이 되살아나기는 하는데, 이제 더 이상 사람을 죽일 수는 없어"

루카스는 그녀의 목덜미에 키스했다.

"왜 그래요, 클라라? 오늘 무슨 일이 있었어요?"

"오늘 편지 한 통을 받았어. 공문이에요. 저기, 내 책상 위에 있어, 읽어봐도 돼. 거기에는 토마스의 복권을 선언하고 있어. 그가 무죄라는 거지. 난, 물론, 그의 무죄를 한번도 의심한 적이 없었어. 그들은 이렇게 말하더군. '당신 남편은 무죄입니다. 우리는 그를 실수로 죽였습니다. 우리는 실수로 몇몇 무고한 사람들을 죽였지만, 이제 질서가 회복되었고, 우리는 진심으로 사과드리며, 더 이상 그런 실수가 생기지 않도록 할 것을 약속드립니다.' 그들은 살인을 하고, 복권을 시키고, 사과를 하고 있어. 토마스는 이미 죽었는데! 그들이 그를 되살려낼 수 있을까? 그들이 백발이 된 내 머리를 다시 까맣게 만들 수 있을까? 미쳐버릴 것 같은 불면의 밤들을 지워버릴 수 있을까?

그 여름날 밤에도 나는 우리의 아파트, 그러니까 토마스와 나의 아파트에 혼자 있었어. 난 이미 몇 달 전부터 혼자 지냈지. 토마스가 투옥되고 나니, 아무도 더 이상 나를 찾아오려고 하지 않았고, 오고 싶어도 감히 올 수가 없었어. 나는 이미 혼자 사는 일에 익숙해졌고, 혼자 있는 것이 별로 이상한 일이 아니었지. 불면의 밤이 계속되었지만, 그것도 이미 낯선 일은 아니었어. 이상한 일이 있었다면, 그것은 그날 밤 따라 내가 눈물을 흘리지 않았다는 점뿐이지. 전날 저녁, 라디오에서는 대역죄인 몇 명을 사형에 처한다는 소식이 들려왔어. 그 이름들 중에서 나는 토마스의 이름을 분명히 들었지. 새벽 세 시가 사형집행 시간이었는데, 나는 그때 괘종시계를 바라보았지. 일곱 시가 될 때까지 시계를 바라보다가, 나는 직장인 도서관으로 갔지. 대도시의 도서관이었지. 나는 내 자리에 앉았어. 나는 열람실 담당이었지. 동료들이 하나둘 모여들면서 자기들끼리 속삭이더군 'ㄱ 여자가 왔어!' '그 여자 머리를 봤어요?' 나는 도서관을 나와, 저녁때까지 거리를 쏘다니다가, 길을 잃었지. 내가 어디로 가고 있는지도 모르고 무작정 걸었지만, 나는 그 도시를 잘 알고 있었어. 나는 택시를 타고 돌아왔어. 새벽 세 시에 나는 창문을 통해서 보았어. 그들이 보이더군. 그들이 토마스를 건물 정면에 매달아놓은 것도. 이웃들이 왔어요. 앰뷸런스가 나를 병원으로 실어갔지. 이제 와서, 그들은 그게 단순한 실수였다고 말하는 거예요. 토마스의 죽음, 내 병, 몇 달간의 입원, 백발이 된 나의 머리칼, 이 모두가 실수였다는 거지. 그러면 그들은 토마스를, 살아서 웃고 있는 토마스를 내게 돌려보내야지. 나를 품에 안고서, 머리를 어루만져주고, 따뜻한 두 손으로 내 얼굴을 감싸쥐고, 눈과 귀와 입에 키스를 해주던 토마스를 말이에요."

루카스는 클라라의 어깨를 붙잡고 그녀의 몸을 돌려 자신과 마주 보게 했다.

"당신은 언제까지나 내게 토마스 얘기만 계속 할 건가요?"

"영원히. 나는 언제까지고 토마스 얘기를 계속 할 거야. 당신은 언제부터 내게 야스민 얘기를 해주겠어?"

루카스가 말했다.

"그녀 얘기는 할 게 없어요. 더구나 지금은 같이 살지도 않거든요."

클라라는 루카스의 얼굴, 목, 어깨를 마구 때리고 할퀴었다. 그녀는 소리를 질렀다.

"그녀와 같이 안 산다고? 어디로 갔지? 그녀에게 무슨 짓을 한 거야?"

루카스는 클라라를 침대로 끌고 가서 그녀를 덮쳤다.

"조용히 해요. 야스민은 대도시로 떠났어요. 그것뿐이에요."

클라라는 루카스를 두 팔로 단단히 끌어안았다.

"그들은 나를 토마스와 갈라놓았듯이 너하고도 갈라놓을 거야. 그들은 너를 잡아가두고, 목을 매달 거야."

"아니에요, 이제 다 끝났어요. 토마스는 잊어버려요. 감옥도, 밧줄도,"

새벽에 루카스는 일어났다.

"난 돌아가봐야 해요. 아이가 일찍 일어나거든요."

"야스민이 자기 아이를 두고 갔다는 말이야?"

"그 애는 불구예요. 그녀가 대도시에 가서 그 아이를 데리고 뭘 어쩌겠어요?"

클라라가 되풀이했다.

"어떻게 자기 아이를 두고 갈 수 있을까?"

루카스가 말했다.

"그녀는 데려가고 싶어했어요. 못 데려가게 한 건 나예요."

"못 데려가게 하다니? 무슨 권리로? 그 애는 그녀의 자식인데. 그 애는 그녀의 자식이에요."

클라라는 루카스가 옷 입는 것을 바라보며 말했다.

"야스민은 당신이 자신을 사랑하지 않으니까 떠난 거야."

"난 그녀가 어려울 때 도와준 것뿐인 걸요. 난 그녀에게 아무런 약속도 한 적이 없어요."

"그건 나에게도 마찬가지지, 당신은 내게 아무런 약속도 안 했어요."

루카스는 마티아스에게 아침 식사를 차려주러 집으로 돌아왔다.

루카스는 서점으로 들어갔다. 빅토르가 물었다.

"자네 또 종이나 연필이 필요한가, 루카스?"

"아니에요. 당신께 드릴 얘기가 있어요. 페테르 씨한테 들었는데, 이 집을 팔려고 한다면서요?"

빅토르가 한숨을 쉬었다.

"이런 시국에, 가게 딸린 집을 살 만큼 돈이 있는 사람이 어디 있겠나?"

루카스가 말했다.

"저요, 제가 살게요."

"자네가? 정말인가 루카스? 자네가 뭘로?"

"할머니 집을 팔면 되겠지요. 군대에서 충분한 보상을 해주겠다고 했어요."

"그것만 가지고는 부족할 것 같아, 루카스."

"내 소유로 된 땅이 또 있어요. 그리고 다른 것도 좀 있거든요. 할머니한테서 물려받은 값진 물건들이 좀 있어요."

빅토르가 말했다.

"그러면 오늘 저녁 내 집으로 좀 오게나. 출입문을 열어둘 테니까."

저녁에, 루카스는 서점 위에 있는 빅토르의 살림집으로 통하는 좁고 어두운 층계를 올라갔다. 출입문 아래쪽에서 불빛이 약간 새어나오고 있었다. 그는 문을 두드렸다.

빅토르가 소리쳤다.

"들어오게, 루카스!"

루카스는 방으로 들어갔다. 창문이 열려 있는데도, 담배 연기가 자욱했다. 천장은 갈색 얼룩으로 지저분했고, 실크 커튼도 노랗게 담배 연기에 절어 있었다. 그 방은 낡은 가구들, 소파, 의자, 작은 탁자, 램프, 그 밖의 자질구레한 실내 장식품들로 가득했다. 벽마다 그림과 조각품들로 뒤덮여 있었고, 바닥에는 낡은 양탄자가 여러 겹 깔려 있었다.

빅토르는 창가의 붉은색 벨벳 천이 덮인 테이블 앞에 앉아 있다. 테이블 위에는 담뱃갑과 담배들, 담뱃재가 수북이 담긴 재떨이들, 그리고 노르스름한 액체가 반쯤 들어 있는 병이 있다.

"이리 오게, 루카스. 앉아서 한잔하지."

루카스가 앉자, 빅토르는 마실 것을 한 잔 따라주고, 자신도 잔을 비우고 다시 잔을 채운다.

"자네에게 진짜 좋은 브랜디를 맛보여주고 싶었네만, 지금은 다 떨어졌어. 누나가 올 때면 가져오곤 했지. 누나는 칠월에 나를 보러 왔어, 자네도 기억하겠지만. 난 더위를 무척 타기 때문에, 여름을 싫어하지. 비가 오고 시원한 여름은 괜찮지만, 삼복더위에는 꼭 병이 나거든.

누나는 올 때면 살구 브랜디를 일 리터씩 가져왔지. 내 고향에서는 옛날부터 늘 마시는 거지. 누나는 아마도 그 정도면 일 년 동안 두고 두고 마실 수 있을 거라고 생각한 모양이야, 적어도 크리스마스 때까지는 마실 거라고 생각했겠지. 그런데 난 가져오는 날 저녁에 벌써 반병을 마셔버리거든. 그래 놓고는 미안하니까, 나는 싸구려 브랜디를 한 병 사다가 ─ 시장에서는 그런 싸구려밖에 없거든 ─ 누나가 가져온 술병을 가득 채워서 전시용으로 자네 앞에 보이는 바로 저 찬장에 넣어두는 거야.

그러니까 매일 저녁 몰래 저질 살구 브랜디를 마시면서도, 거의 줄어들지 않는 누나의 술병을 전시해놓고는 누나를 안심시키지. 한두 번쯤, 공연한 걱정으로, 나는 맛을 보는 척하고 작은 잔에 한 잔 따라서 마셔보지만, 맛은 이미 형편없어진 뒤야.

나는 누나가 돌아가기를 참을성 있게 기다리는 거야. 누나는 나를 방해하지 않는데도 말이야. 식탁을 차려주고, 양말을 빨아주고, 옷들을 꿰매주고, 부엌과 더러운 곳을 구석구석 청소하고, 누나는 내게 그렇게 유용한 분이었어. 우리는 가게 문을 닫고 나면, 맛있는 음식을 먹으면서 마냥 수다도 떨곤 했지, 누나는 작은 방, 바로 이 옆방에서 잤어. 일찍 잠자리에 들었고, 처신도 조용한 편이었어. 나는 밤새 방뿐만 아니라 부엌이고 복도고 안 돌아다니는 곳이 없거든.

누나는 내가 이 세상에서 제일 사랑하는 사람이라는 것, 자네도 알아두게. 내 아버지와 어머니는 우리가 어릴 때 돌아가셨어. 특히 나는 아주 어린 아이였지. 누나는 나보다 나이가 좀 많아. 다섯 살이나 위지. 우리는 먼 친척 집 아저씨와 아주머니 손에서 자랐지만, 실제로 나를 키워준 것은 누나였네.

누나에 대한 나의 사랑은 세월이 가도 식지 않아. 자네는 내가 기차에서 내리는 누나를 볼 때 느끼는 그 기쁨을 상상도 못할 걸세. 십이 년 만에 만나는 누나였던 거야. 전쟁이 나고, 가난하기도 하고, 국경지대라는 것까지 겹쳐서 말일세. 누나는 여행할 돈을 모아놓고도, 국경을 통과할 수 없어서 못 오고 있네. 더욱이 나도 항상 여윳돈이 있기는 하지만, 내 맘대로 서점을 닫을 수가 없고, 누나의 입장에서도 갑자기 단골손님들을 끊을 수가 없고, 누나는 양장점을 하거든. 아무리 살림이 어려워도 여자들은 양장점을 드나드는 법이야. 심지어는 여자들이 새 옷감을 구입할 수 없을 정도로 가난한 시절이더라도, 가난한 시절에도 누나에게는 믿을 수 없을 정도로 일거리가 많았어. 죽은 남편의 바지로는 미니 치마를 만들고, 셔츠로는 블라우스를 만들고, 아이들 옷이야, 아무 천이나 자투리로 만들면 되니까.

누나는 필요한 만큼의 돈도 모으고, 필요한 서류와 허가증도 모두 구한 다음에, 내게 편지로 알려왔어. 이곳에 오겠노라고."

빅토르는 일어나서 창밖을 내다보았다.

"아직 열 시가 안 됐지?"

루카스가 말했다.

"네, 아직 안 됐어요."

빅토르는 다시 앉아, 술을 따르고, 담뱃불을 붙였다.

"나는 역에 가서 누나를 기다렸어. 역에서 누군가를 기다리는 건 그때가 처음이었어. 나는 필요하다면 기차를 몇 대라도 기다리기로 결심했지. 누나는 마지막 기차로 도착했어. 하루 종일 여행을 한 거야. 물론 나는 한눈에 알아봤지만, 누나는 내가 기억 속에 간직하고 있던 누나의 이미지하고는 너무나 많이 달라져 있더군! 누나는 굉장히 작아졌어. 항상 호리호리하던 누나가 이제는 그렇게 날씬하지도 않더군. 볼품없는 누나의 얼굴에는 이제 잔주름까지 생겨났어. 한마디로 누나는 너무 많이 늙어버린 거야. 물론 나는 누나에게는 그런 내색을 안 하고, 마음속으로만 새겨두었지만, 누나는 반대로 다 털어놓으며 울기 시작하는 거야. '오, 빅토르! 너, 너무 많이 변했구나! 난 너를 못 알아볼 뻔했어. 넌 너무 뚱뚱해지고 머리는 다 벗겨지고, 걸음걸이는 왜 또 그렇게 느려졌니.'

나는 여행가방을 받아들었지. 가방은 왜 그렇게 무겁던지, 과일 잼, 소시지, 살구 브랜디가 가득 들어 있었으니까. 누나는 부엌에다 짐을 풀어놓았어. 자기 채소밭에 심은 강낭콩도 가져왔더군. 나는 당장 브랜디를 맛보았지. 누나가 강낭콩을 삶는 동안, 나는 술병을 사분의 일이나 비운 거야. 설거지를 끝내고, 누나는 내 방으로 왔어. 창문을 활짝 열어놓았는데도 무척 더웠어. 나는 계속 마시며, 창가로 가서, 담배도 피웠지. 누나는 자기의 외롭고 고달픈 인생과는 다르게 사는 사람들 얘기를 하더군, 나는 브랜디를 마시며 담배를 피워가며 누나의 얘기를 들어주었지.

열 시가 되니까. 맞은편 창문에 불이 켜지더군. 백발의 남자가 나타났어. 그는 무언가를 씹고 있었지. 그는 이 시간에 항상 뭔가를 먹더라고. 밤 열 시가 되면, 그는 창가에 와서 먹는 거야. 누나는 이야기를 계속했어. 나는 누나의 방을 가리키며 말했지. '누나, 피곤하죠. 그렇게 오랜 시간 여행을 했으니. 가서 쉬어요.' 누나는 내 양쪽 뺨에 키스를 하고 바로 옆에 있는 골방으로 갔어. 내 생각에는 누나가 누워서 곧 잠이 들었던 것 같애. 그래서 나는 계속 술을 마시고 담배도 피우면서 방 안을 왔다 갔다 했지. 이따금씩 창밖도 내다보고, 창가에 몸을 기대고 서 있는 백발의 그 남자도 보았어. 나는 그가 드문드문 지나가는 행인에게 물어보는 소리를 들었어. '지금 몇 시요? 시간 좀 알려주실 수 있소?' 길 가던 누군가가 그에게 대답했어. '열한 시 이십 분입니다.'

나는 잠을 설쳤지. 옆방에 있는 누나가 너무 조용한 게 오히려 신경이 쓰이더군. 아침에는, 그날은 일요일이었는데, 그 불면증 환자가 시간을 물어보고 누군가가 대답하는 소리가 여전히 들리더라고. '일곱 시 십오 분 전이요.' 나는 늦게 잠이 드는 바람에 늦잠을 잤어. 일어나보니 누나는 벌써 부엌에서 일을 하고 있더군. 창문은 닫혀 있고.

어떻게 생각하나, 루카스? 십이 년 동안 못 만났던 누나가 나를 찾아왔는데도, 나는 맞은편 창가의 불면증 환자를 조용히 관찰하기 위해서 누나가 빨리 잠자리에 들기를 초조하게 기다렸으니. 나는 누나를 사랑하지만, 내게 가장 흥미로운 건 그 불면증 환자였거든.

자네는 아무 말도 안 하는군, 루카스. 하지만 자네가 무슨 생각을 하고 있는지 알겠네. 자네는 지금 내가 미쳤다고 생각하겠지, 그런데 자네가 옳아. 나는 밤 열 시에 자기 방 창문을 열었다가 아침 일곱 시에 닫는 그 노인에 대한 강박관념에 사로잡혀 있다네. 그는 창가에서 밤을 새우는 거야. 그러나 그가 무엇을 하는지는 모르겠어. 그는 잠을 잘까, 또는 그가 낮 동안 지낼 다른 방이나 부엌은 있을까? 나는 거리에서 그를 본 적이 없었어. 낮 동안에도 결코 눈에 안 띄더군. 난 그를 몰라. 그리고 어느 누구에게도 그에 관해서 물어본 적이 없었어. 그에 관한 얘기는 지금 자네에게 처음으로 하는 거야. 그는 밤새 창가에서 무슨 생각을 할까? 그걸 어떻게 알아낼 수 있을까? 자정이 넘으면 거리는 텅 비고. 그는 행인에게 시간을 물어볼 수도 없다네. 아침 여섯 시나 일곱 시경에나 물어볼 수가 있지. 그는 정말 시간을 알 필요가 있어서 그러는 건지, 또 정말 손목시계나 자명종 시계가 없어서 그러는 건지? 그렇다면, 그는 어떻게 정확히 밤 열 시에 창가에 나타날 수 있는지? 그에 대해서 내가 가지고 있는 의문은 그렇게도 많다네.

어느 날 저녁, 누나는 이미 떠났을 땐데, 그 불면증 환자가 내게 말을 걸어왔어. 나는 며칠 전부터 예고되었던 뇌우의 먹구름이 정말 나타날지 어떨지 관찰하려고 창가에 있었어. 그 노인이 길 건너에서 내게 말을 걸어오더군. 그가 내게 말했지, '이제 별이 안 보이는데. 곧 쏟아질 것 같군.' 나는 대답하지 않았어. 나는 다른 데, 거리의 왼쪽, 오른쪽을 두리번거렸지. 나는 그와 어떤 관계도 맺고 싶지 않았으니까. 난 그를 무시했어.

나는 그가 나를 볼 수 없도록 하려고 방구석에 앉아 있었어. 나는 이제야 내가 창가에 남아 있는 이유는 오직 술을 마시고 담배를 피우면서 그 불면증 환자를 관찰하기 위한 것이었음을 깨닫게 되었네. 그리고 이번에는 내가 불면증 환자가 될 거라는 걸 알았어."

빅토르는 창밖을 보다가 한숨을 푹 쉬면서 소파에 주저앉았다.

"그가 저기에 있어. 그는 저기에서 날 관찰하는 거야. 그는 나와 이야기할 기회를 엿보고 있지. 하지만 그렇게는 안 될걸. 그가 아무리 집요하게 굴어도 그는 끝내 내게 말을 못 붙일 테니까."

루카스가 말했다.

"진정하세요, 빅토르 씨. 어쩌면 그는 낮 동안 자는 게 습관이 된

야간 노동자인지도 모르잖아요."

빅토르가 말했다.

"야간 노동자라고! 그럴지도 모르지. 그건 아무래도 좋아. 내가 여기에 계속 살면, 그는 나를 망쳐버리고 말 거야. 난 벌써 반쯤 미쳐 있거든. 내 누나도 그걸 눈치챘어. 누나가 기차를 타기 전에 내게 말하더군. '난 이제 나이가 너무 많아서 이 길고 힘든 여행을 더 이상 못할 것 같아. 이제 결단을 내리자, 빅토르, 그렇지 않으면 우리는 이제 서로 영 못 만나게 될까봐 두렵구나.' 내가 물었지. '무슨 결단을?' 누나가 말했어. '네 장사가 잘 안 되는 거, 나도 잘 알아. 네가 하루 종일 가게에 나가 앉아 있어봤자, 손님은 한 사람도 없어. 밤이면 집 안을 서성이다가 아침에는 지쳐 있어. 너는 술을 너무 많이 마셔. 내가 가져온 브랜디를 반 이상 마셨더구나. 이런 식으로 계속하다가는 너도 알코올 의존자가 될 거야.'

나는 누나가 머무는 동안 브랜디를 여섯 병이나 더 마셨고 더구나 식사 때마다 우리가 함께 딴 포도주들까지 다 마셔버렸다는 사실을 고백하지 않으려고 여간 조심하지 않았네. 나는 물론 불면증 환자에 관해서도 누나에게는 말하지 않았어. 누나는 끊임없이 잔소리를 해대더군. '넌 안색이 너무 나빠. 눈가가 검어졌어. 얼굴은 창백하고 배가 너무 나왔어. 고기를 너무 많이 먹는구나. 운동을 해야지. 밖에도 좀 돌아다니고, 좀 건전하게 살아봐.' 나는 담배를 피웠지. 기차를 한참 기다렸어. 누나가 못마땅한 표정으로 돌아보며 또 잔소리를 하더군. '넌 담배를 너무 많이 피우는구나. 끊을 수 없겠니?'

나는 2년 전에 의사가 집에 왔었다는 사실도 숨겼어. 니코틴 중독으로 동맥에 이상이 생겼거든. 좌측 장골(腸骨) 동맥이 막혀서 왼쪽 다리에 혈액순환이 잘 안 되는 거야. 허리에 통증이 말할 수 없이

심하고, 왼발 엄지발가락은 감각이 없어. 의사가 약을 처방해주면서, 내가 담배를 계속 피우고 운동을 안 하면 약을 먹어도 아무 소용이 없을 거라고 하더군. 그런데 나는 담배를 끊을 생각은 조금도 없어. 게다가 나는 그럴 의지력도 없고, 알코올 의존자에게 의지력으로 술을 끊어보라고 하는 건 말도 안 되는 처방이야. 그러니 내가 담배를 끊으려고 한다면, 나는 우선 술부터 끊어야 할 거야.

담배를 끊어야 한다고 생각하면서도 나는 또 담배에 불을 붙이지. 담배를 피우면서도, 나는 담배를 끊지 않으면 혈액순환이 완전히 멈추고 다리가 썩어서 발이나 어쩌면 다리 전체를 절단하게 될지도 모른다는 생각을 떨쳐버릴 수가 없어.

나는 누나가 걱정할까봐 이런 얘기는 일체 안 했지만, 누나는 불안해하더군. 기차가 오자, 누나는 내 양 볼에 키스를 하면서 말했어. '서점을 팔고 고향으로 돌아와. 우리 어린 시절에 살던 집에서 같이 살자. 숲속으로 산책도 가고, 나는 일에 전념하고, 너는 담배랑 술을 끊고 책을 쓸 수도 있을 거야.'

기차가 떠난 뒤, 나는 돌아와서, 브랜디를 따르며 생각했지, 누나가 무슨 책을 쓰라고 하는 건지.

그날 저녁은 내가 혈액순환을 위해 늘 먹던 약 외에 수면제까지 먹고, 누나가 가져다준 술병에 남아 있던 브랜디를 다 마셨어, 아마 반 리터는 됐을 거야. 수면제를 먹었는데도 그 다음 날 아침 나는 무척 일찍 잠이 깼어. 일어나보니 왼쪽 다리에 완전히 감각이 없더군. 식은땀이 나고, 심장이 격렬하게 뛰고, 손이 부들부들 떨렸어. 나는 무서운 고뇌와 공포에 질렸지. 자명종 시계를 보니 멈춰 있더군. 나는 다리를 질질 끌고 간신히 창가로 갔어. 그 노인은 여전히 거기에 있었어. 텅 빈 거리를 가로질러 내가 그에게 물었지. '시간 좀 가르쳐주시겠어요? 제 시계가 죽었거든요.' 그는 내게 대답하기 전에 벽시계라도 보려는 듯이 몸을 돌렸어. '여섯 시 삼십 분이에요.' 옷을 입으려고 했더니 나는 이미 입고 있었어. 그러니까 옷을 입고 신을 신은 채 잠들었던 거야. 나는 거리로 내려가서 가장 가까운 식품점으로 갔지. 아직 문을 안 열었더군. 거리를 배회하면서 기다렸어. 그러는 사이, 주인이 와서 문을 열더군. 나는 브랜디를 아무 거나 한 병 사가지고 돌아와서 몇 잔 더 마셨어. 그제야 공포가 사라지더군. 맞은편 그 남자는 문을 닫고 들어가버렸고.

나는 서점에 나가 카운터 앞에 앉았지. 손님은 한 사람도 없고, 아직 여름이었거든, 학교는 방학 중이고. 그러니 책이고 뭐고 필요한 사람이 있을 턱이 없었지. 거기 앉아서, 책꽂이의 책들을 바라보다가, 나는 문득 누나가 말했던 내 책이 떠올랐어. 내가 젊은 시절에 구상했던 내 책 말이야. 나는 작가가 되어서 책을 쓰고 싶었거든. 그건 내 젊은 시절의 꿈이었어. 누나와 나는 종종 그 꿈에 대해서 함께 이야기를 나눴으니까. 누나는 나를 믿었고, 나도 나 자신을 믿었는데, 결국 나는 책을 쓰겠다던 꿈을 완전히 잊어버리고 말았어.

나는 이제 쉰 살밖에 안 됐어. 내가 담배와 술을, 그래, 술과 담배를 끊는다면, 책 한 권쯤은 쓸 수 있을 거야. 몇 권 더 쓸 수도 있겠지만, 어쩌면 단 한 권이 될 거야. 나는 이제 깨달았네, 루카스, 모든 인간은 한 권의 책을 쓰기 위해 이 세상에 태어났다는 걸, 그 외에는 아무것도 없다는 걸. 독창적인 책이건, 보잘것없는 책이건, 그야 무슨 상관이 있겠어. 하지만 아무것도 쓰지 않는 사람은 영원히 잊혀질 걸세. 그런 사람은 이 세상을 흔적도 없이 스쳐지나갈 뿐이네.

이곳에 남아 있으면, 나는 영영 책을 못 쓸 걸세. 나의 유일한 희망은 집과 서점을 팔고 누나 집으로 돌아가는 거라네. 누나는 내가 담배나 술을 못 하게 말릴 것이고, 우리는 건전한 생활을 할 것이고, 누나는 일을 열심히 하겠지. 나는 일단 알코올 중독과 니코틴 중독에서 벗어나면 내 책을 쓰는 일밖에 할 일도 없을 테고. 자네도 책을 한 권 쓰게. 누구에 대해서인지, 무엇에 대해서인지는 나도 모르겠네. 하지만 글을 쓰게. 어린 시절부터 자네는 종이와 연필과 노트들을 열심히 사갔지."

루카스가 말했다.

"당신 말씀이 맞아요, 빅토르 씨. 글을 쓴다는 것은 가장 중요한 일이에요. 가격을 말씀해보세요, 제가 집과 서점을 사겠어요. 몇 주일 안에 일이 해결될 거예요."

빅토르가 물었다.

"자네가 말했던 가치 있는 물건들은 도대체 뭔가?"

"금화와 은화예요. 보석도 있고."

빅토르가 웃었다.

"집 안을 둘러보고 싶어?"

"그럴 필요 없어요. 필요에 따라 좀 손질을 할 거예요. 우리는 두 식구니까 방도 두 개면 충분할 거예요."

"자네는 세 식구인 걸로 아는데, 아닌가?"

"우리는 둘뿐이에요, 아이 엄마는 떠났어요."

루카스가 아이에게 말했다.

"우리는 이사할 거야. 시내, 중앙 광장에 가서 살게 돼. 내가 서점을 샀어."

아이가 말했다.

"좋아. 그럼 나는 학교에 좀더 가까이 살게 되는 거네. 하지만 엄마가 돌아왔을 때, 우리를 어떻게 찾지?"

"이렇게 작은 도시에서는 쉽게 찾을 수 있어."

아이가 물었다.

"이제 우리는 가축도 못 기르고 채소밭도 없어?"

"채소밭은 작은 게 있어. 개하고 고양이, 그리고 달걀을 얻을 수 있는 암탉 몇 마리 정도는 키울 수 있어. 나머지 가축들은 조제프에게 팔아야지."

"난 어디서 자? 거기에는 할머니 방이 없잖아."

"너는 내 방 옆에 있는 작은 방에서 자면 돼. 서로 더 가까이에서 자는 거지."

"가축도 없고 채소밭도 큰 게 없으면, 우리는 뭘 팔아서 먹고 살지?"

"서점이 있잖아. 내가 연필이랑 책이랑 종이를 팔 거야. 너도 날 도와주고."

"좋아, 도와줄게. 언제 이사 가?"

"내일. 조제프 씨가 수레를 가지고 올 거야."

루카스와 아이는 빅토르의 집으로 이사했다. 루카스가 방에 칠을 다시 하고 나니, 방들이 훤해졌다. 부엌 옆 구석진 곳에 루카스는 욕실을 만들었다. 아이가 물었다.

"내 방에 해골들을 두어도 괜찮겠지?"

"그건 안 돼. 누군가가 네 방에 들어갔을 때를 생각해봐."

"내 방에는 아무도 안 들어올 거야. 엄마가 돌아오면, 엄마나 들어오겠지."

루카스가 말했다.

"맞아. 해골들을 둬도 좋아. 그 대신 커튼 뒤에 숨겨놓는 게 좋겠어."

루카스와 아이는 빅토르가 방치해두었던 뜰을 가꾸었다. 아이는 한 나무를 가리키며 말했다.

"이 나무 좀 봐, 루카스, 새카매."

루카스가 말했다.

"그건 죽은 나무야. 잘라버려야겠다. 다른 나무들도 잎이 없지만, 그건 죽은 거야."

종종 한밤중에 아이는 잠을 깨서, 루카스의 방으로 달려와 침대로 들어왔다. 루카스가 침대에 없으면, 아이는 자기가 꾼 악몽에 대해서 이야기하려고 그를 기다렸다. 루카스는 아이 옆에서 자면서, 아이가 떨지 않게 될 때까지 가냘픈 몸을 꼭 끌어안아주었다.

아이는 항상 똑같은 악몽에 대해서 말했다. 그 악몽은 주기적으로 반복해서 나타나 아이를 괴롭혔다.

그 꿈 중의 하나가 강에 대한 꿈이었다. 아이는 수면에 누워서 별을 바라보며 물결 따라 떠내려간 것이다. 아이는 행복했지만, 천천히 무엇인가가 다가와서 아이를 겁에 질리게 한다. 아이는 그것이 무엇인지는 모르지만, 그것이 나타나기만 하면, 소리를 지르고 울부짖다가 기절하고 만다.

다른 꿈은 아이의 침대 곁에 누워 있는 호랑이 꿈이었다. 호랑이는 자는 것같이 평화롭고 순한 표정이어서, 아이는 호랑이를 만지고 싶은 욕망에 사로잡힌다. 아이는 두렵지만, 호랑이를 만져보고 싶은 욕망이 점점 더 커져서 결국은 참을 수 없게 된다. 아이의 손가락들이 비단결 같은 털에 닿자마자, 호랑이는 한 발로 아이의 팔을 낚아채버린다.

또다른 꿈은 무인도에 대한 것이다. 아이는 장난감 손수레를 가지고 그곳에서 논다. 아이는 수레에 모래를 잔뜩 실어다가 다른 곳으로 가져가 쏟아놓고, 더 멀리 가서 또 가득 실어다가 다른 곳으로 가서 쏟아놓는다. 그런 식으로 오래 놀다보니, 갑자기 밤이 되어 날씨는 추워지고, 사람은 하나도 보이지 않고, 별들만 외롭게 빛나고 있다.

또다른 꿈 하나는 이렇다. 아이가 할머니 집에 가고 싶어서 거리로 나갔는데, 그 거리는 낯설기만 하고 결국 아이는 길을 잃어버린다. 거리에는 인적이 없고, 집이 있어야 할 곳에도 집이 없고, 사물들도 제자리에 없다. 야스민이 울면서 아이를 부르는 소리가 들리는데, 아이는 어느 길로 가야 엄마를 만날 수 있는지 알 수가 없다.

가장 무서운 꿈은 죽은 나무, 정원에 있는 검은 나무에 대한 것이다. 아이가 그 나무를 바라보고 있는데, 나무는 잎사귀 하나 없는 나뭇가지를 아이에게로 뻗어온다. 나무는 말한다. "나는 죽은 나무일뿐이야. 하지만 난 살아 있을 때하고 똑같이 너를 사랑해. 이리 와, 내 품 속으로 와." 나무는 야스민의 목소리로 말한다. 아이가 다가가면, 검은색의 죽은 나뭇가지들은 아이를 옭아매면서 목을 조른다.

루카스는 그 죽은 나무를 베어서, 잘게 토막을 낸 다음 그 자리에서 태워버렸다. 불이 사그라지자, 아이가 말했다.

"이제, 재밖에 안 남았네."

루카스는 자신의 방으로 갔다. 브랜디 한 병을 따서 마셨다. 구역질이 났다. 그는 다시 정원으로 가서 토했다. 검은 잿더미 속에서 아직도 흰 연기가 피어올랐지만, 굵은 빗방울이 떨어지기 시작했고, 소나기는 불을 완전히 꺼버렸다.

한참 뒤, 아이는 진흙구덩이의 축축한 풀밭에서 루카스를 발견했다. 아이는 그를 흔들었다.

"일어나, 루카스. 집 안에 들어가야지. 비 와. 밤이야. 춥단 말이야. 걸을 수 있어?"

루카스가 말했다.

"날 여기 그냥 내버려둬. 너나 집으로 돌아가. 하룻밤 자면 괜찮아
질 거야."

아이는 루카스 옆에 앉아서 기다린다.

해가 뜨고, 루카스가 눈을 떴다.

"무슨 일이 있었니, 마티아스?"

아이가 말했다.

"또다른 새로운 악몽일 뿐이야."

5

그 불면증 환자는 여전히 매일 밤 열 시만 되면 창가에 나타났다. 아이는 이미 잠들었고, 루카스는 집을 나섰다. 불면증 환자는 그에게 시간을 물었다. 루카스는 시간을 알려주고는 클라라의 집으로 갔다. 새벽에 그가 집으로 돌아왔을 때, 불면증 환자는 그에게 다시 시간을 물었고, 루카스는 시간을 알려주고, 잠자리에 들었다. 몇 시간 뒤, 불면증 환자의 방에 불이 꺼지고, 비둘기들이 그의 방 창문 앞에 우르르 모여들었다.

어느 날 아침, 루카스가 집으로 돌아오는데, 그 불면증 환자가 불렀다.

"여보시오!"

루카스가 말했다.

"다섯 시예요."

"그건 나도 알아. 시간이 문제가 아니야. 그건 단지 사람들에게 말을 걸기 위한 수단일 뿐이지. 난 자네에게 간밤에 아이가 소란을 피우더란 얘기를 하려는 거야. 아이는 새벽 두 시경에 잠을 깨서 몇 번이고 자네 방을 들락거리더니 창가에 한참 동안 우두커니 서 있더군. 그리고는 거리로 나와서 술집 앞으로 갔다 오더니, 들어가 다시 자는 것 같았어."

"그런 일이 자주 있었어요?"

"아이는 자주 깨더군. 거의 매일 밤. 하지만 한밤중에 집 밖으로 나오는 것은 오늘 처음 봤어."

"낮 동안은 안 나와요, 아이는 집 밖으로 안 나와요."

"아이는 자네를 찾았던 거야."

루카스는 집으로 들어갔다. 아이는 자기 침대에서 깊이 잠들어 있었다. 루카스는 창문으로 내다보았다. 불면증 환자가 물었다.

"아무 일 없어?"

"네. 아이는 자고 있어요. 그런데 당신은요? 당신은 왜 안 주무시지요?"

"난 이따금씩 졸아, 하지만 완전히 잠이 드는 적은 없어. 난 팔 년 전부터 잠을 안 자."

"낮에는 뭘 하세요?"

"산책을 하지. 피곤하면 공원 벤치에 앉아서 쉬고. 공원에 있을 때가 제일 상쾌해. 내가 몇 분씩 깜빡 잠이 드는 것도 바로 그 공원 벤치에서지. 한번 같이 가보지 않겠나?"

루카스가 말했다.

"괜찮으시다면, 지금 당장 가죠."

"좋아. 내 비둘기들에게 모이를 좀 주고 곧 내려가지."

그들은 아직 잠에서 깨어나지 않은 도시의 텅 빈 거리를 걸어 할머니 집 쪽으로 갔다. 불면증 환자는 누렇게 변한 풀밭이 드넓게 펼쳐진 곳에 이르러 멈춰 섰다. 거기에는 고목 두 그루가 잎사귀 하나 없는 앙상한 가지를 하늘을 향해서 뻗치고 서 있다.

"여기가 내 공원이지. 내가 잠시나마 눈을 붙일 수 있는 유일한 곳이야."

노인은 물기가 말라버린 분수대 옆의 하나뿐인 녹슬고 더러운 벤치에 앉았다. 루카스가 말했다.

"이 도시에는 아름다운 공원들이 있어요."

"내게는 그렇지도 않은데."

그는 지팡이를 들어 어떤 아름답고 큰 집을 가리켰다.

"우리는 예전에 저기서 살았어, 나하고 아내하고 말일세."

"부인은 돌아가셨어요?"

"집사람은 전쟁이 끝나고 삼 년 뒤에 권총을 몇 발 맞고 죽었어. 밤 열 시에."

루카스는 노인 곁에 걸터앉았다.

"난 항상 아내 생각을 하네. 우리는 국경 근처에서 살았거든. 우리는 도시에서 돌아오는 길에, 여기에서 물도 마시고 쉬었다 가곤 했어. 그러면 자네 부인이 창문으로 우리를 내다보고는 내려와서 우리에게 감자 설탕 조림을 한 덩이 가져다주곤 했지. 그후 난 그것을 못 먹게 되었지만. 난 또 내 아내의 미소, 억양 그리고 암살에 관해서도 기억하고 있네. 온 도시에 소문이 난 얘기지."

"무슨 얘기지요?"

"아내가 소유하고 있던 직물공장이 세 곳 있었는데, 그것들을 국유화하려고 아내를 죽였다고 말하더군."

노인이 말했다.

"아내는 장인어른 소유의 그 공장들을 유산으로 물려받았어. 나는 거기서 기술자로 일했지. 아내와 결혼하게 되었고, 아내는 여기에 계속 머물렀어. 아내는 이 도시를 무척 사랑했으니까. 아내는 국적을 버리지 않았고, 그래서 그들이 아내를 죽였던 거야. 해결책은 그것뿐이었으니까. 그들은 우리 침실에 들어와서 아내를 죽였어. 욕실에서 총성이 들렸어. 암살자는 베란다를 통해 도망쳤어. 아내는 머리에,

가슴에, 배에 총을 맞았어. 수사 결과, 어떤 원한을 품은 노동자가 복수를 하기 위해 범행을 저질렀으며, 범인은 국경을 넘어 외국으로 도주했다는 거야."

루카스가 말했다.

"그 당시에 국경을 넘는다는 건 말도 안 되고, 더구나 노동자가 권총을 소유한다는 것도 있을 수 없는 얘깁니다."

불면증 환자는 눈을 감고 말이 없다. 루카스가 물었다.

"지금은 그 집에 누가 살고 있는지 아십니까?"

"아이들이 가득해. 우리 집은 고아원이 됐어. 하지만 돌아가야겠어, 루카스. 마티아스가 곧 깰 거고, 자네는 서점 문을 열어야지."

"그렇군요. 벌써 일곱 시 반이군요."

이따금 루카스는 불면증 환자와 수다를 떨기 위해서 공원에 갔다. 노인은 과거에 대해서, 그의 아내와 함께 지낸 행복한 과거에 대해서 말했다.

"아내는 항상 웃었지. 어린아이같이 근심 걱정이 없고 늘 행복한 여자였어. 아내는 과일, 꽃, 별, 구름을 좋아했어. 해질 녘이면 아내는 베란다에 나가 하늘을 바라보곤 했지. 이 세상 어디를 가도 이 도시에서처럼 아름다운 황혼은 볼 수 없다는 거야. 하늘도 이곳처럼 눈부시게 아름다운 곳은 없다고 했어."

노인은 불면증으로 충혈되고 가장자리가 검은 두 눈을 감았다. 그는 갑자기 달라진 목소리로 말을 이어갔다.

"아내가 암살되고 나서, 관리들은 집과 모든 살림살이들을 몰수해 버렸어. 가구며 부엌살림이며, 책, 아내의 보석과 옷가지들까지도. 그들은 내게 내 옷의 일부를 담은 여행가방 하나만 가져가도록 허락

했어. 그들은 나더러 이 도시를 떠나라고 충고하더군. 나는 공장 일자리를 잃었고, 직업도 없었고, 집도 없었고, 돈도 없었지.

난 친구 집으로 갔어. 그 친구는 내가 아내의 암살사건이 있던 날 불렀던 바로 그 의사였지. 그는 내게 기차 삯을 주면서 말하더군. '이 도시에 다시 나타나지 않는 게 좋겠어. 널 살려준 것만도 기적이야.'

나는 기차를 타고 이웃 마을에 도착했다네. 그리고 역 대합실에 앉아 있었지. 내겐 좀더 갈 수 있는, 즉 수도(首都)쯤으로 갈 수 있는 여비가 남아 있었어. 하지만 수도가 아니라 그 어디를 간들 내게 일자리가 있을 리가 없었어. 나는 매표소에 가서 차표를 샀지. 다시 이곳으로 돌아오기 위해서. 나는 서점 맞은편의 한 허름한 집 문을 두드렸어. 나는 우리 공장에서 일하던 남녀 노동자들을 다 알거든. 문을 열어주는 여자를 알아보겠더라구. 그녀는 내게 아무것도 묻지 않고 들어오라고 하더니 방으로 안내하더군. '필요한 만큼 이곳에서 푹 쉬세요, 선생님.'

그녀는 나이가 많았는데, 전쟁 통에 남편과 두 아들과 딸아이를 잃었어. 딸은 열일곱 살밖에 안 되었는데. 무슨 끔찍한 사건으로 얼굴이 엉망이 된 뒤에 간호사로 전선에 나갔다가 거기서 죽었어. 그녀는 그 문제에 대해서 결코 말하지 않았지, 보통 말이 없기도 했지만. 그녀는 나를 거리 쪽으로 있는 방에 조용히 내버려두고, 자신은 뜰 쪽으로 문이 있는 더 비좁은 방을 썼어. 부엌도 뜰 쪽으로 있었지. 원할 때는 언제든지 나는 부엌에 드나들 수 있었어. 화덕 위에는 항상 따뜻한 음식이 있고, 매일 아침, 나는 깨끗이 닦아놓은 구두랑, 빨아서 다려놓은 속옷들을 보았어. 그것도 내 방문 앞 복도에 있는 의자의 등받이에 걸쳐두었어. 그녀는 절대로 내 방에 들어오는 법이 없었고 나하고 마주치는 일도 거의 없었어. 우리는 활동하는 시간대가 달랐으니까. 나는 그녀가 뭘로 먹고 사는지조차 몰랐어. 전쟁 미망인 보상금과 채소밭에서 얻는 수입으로 살겠거니 하고 짐작만 했지.

그녀의 집에 몇 달간 머물다가 나는 시청으로 갔어. 무슨 일자리든 부탁을 해보려고. 관리들은 나를 이 사무실 저 사무실로 보내더라고. 그들은 내 경우에는 어떤 결정을 내리기가 겁이 났던 거지. 나는 외국인 여자하고 결혼했다는 이유 하나로 항상 의심을 받아야 했으니까. 결국 당 서기 페테르가 나를 잡역부로 고용했어. 나는 수위이자, 유리창과 바닥 타일을 닦고 먼지나 낙엽이나 눈을 쓰는 청소부였어. 페테르 덕분에 이제 다른 사람들처럼 은퇴하고 연금도 타고 있지. 나는 구걸을 안 해도 되고, 내가 태어나서 살아온 이 도시에서 이제 생을 마칠 수 있게 됐어.

나는 저녁에 내 첫 월급을 부엌 식탁 위에 놓아두었지. 너무 적은 액수였지만, 그녀에게는 많은 돈이었어. 그녀의 표현으로는 너무도 엄청난 액수라는 거야. 그녀는 그 돈의 반을 식탁에 그대로 남겨두더군. 우리는 계속 그런 식으로 살아왔지. 내가 매달 내 적은 월급을 가져다가 그녀의 접시 옆에 놓아두면, 그녀는 그 액수의 반을 다시 내 접시 옆에 놓아두는 거야.”

커다란 숄로 머리를 감싼 한 여자가 고아원에서 나왔다. 그녀는 말랐고, 창백했다. 광대뼈가 두드러진 마른 얼굴에 커다란 눈만 빛났다. 그녀는 벤치 앞에 멈춰서 루카스를 바라보고 웃으며 노인에게 말을 걸었다.

“드디어 친구를 찾으셨군요.”

“그래요, 친구를 찾았어요. 내가 당신에게 루카스를 소개하지, 주디트. 이 친구는 중앙 광장에서 서점을 경영해요. 주디트는 고아원 원장이오.”

루카스가 일어나자, 주디트가 손을 내밀었다. 그들은 악수했다.

"저는 아이들을 위해 도서를 구입해야 하지만, 일에 쫓기고, 예산도 빡빡하고."

루카스가 말했다.

"제가 마티아스를 통해서 책을 보내드릴 수 있어요. 아이들이 몇 살쯤 되지요?"

"다섯 살부터 열 살까지 있어요. 마티아스는 누구예요?"

노인이 대답했다.

"루카스는 고아를 하나 맡아서 기르고 있어요."

루카스가 말했다.

"마티아스는 고아가 아닙니다. 그 애의 엄마는 떠났을 뿐, 죽지는 않았어요. 그래서 지금은 제가 아이를 맡고 있는 겁니다."

주디트가 웃었다.

"우리 아이들도 모두 고아는 아니에요. 대부분이 아버지는 누구인지 알 수 없고, 매춘부이거나 강간당한 여자들의 아이들이죠."

그녀는 노인 곁에 앉아서 그의 어깨에 머리를 기대고 눈을 감았다.

"이제 곧 난방을 해야 할 거예요, 미카엘. 날씨가 변하지 않는 한, 월요일에 난방을 시작할 거예요."

노인이 그녀를 꼭 끌어안았다.

"알았어, 주디트. 내가 월요일 아침 다섯 시에 그리로 가겠소."

루카스는 잊혀진 소도시의 완벽한 정적 가운데, 가을 아침의 습기찬 추위 속에, 눈을 감은 채, 서로 끌어안고 있는 남녀를 바라보았다. 루카스가 소리 없이 사라져주려고 돌아서서 몇 발자국 갔을 때, 주디트가 소스라치게 놀라며 눈을 뜨고 일어났다.

"거기 있어요, 루카스. 아이들이 깰 거예요. 나는 아이들에게 아침을 차려줘야 해요."

그녀는 노인의 이마에 키스했다.

"월요일에 봐요, 미카엘. 또 만나요, 루카스. 책에 대해서는 미리 감사를 드릴게요."

그녀는 집으로 돌아갔고, 루카스는 다시 벤치에 앉았다.

"그녀는 아름답군요."

"아름답지, 물론."

불면증 환자가 웃었다.

"처음엔 나를 경계했지. 그녀는 저만치에서 매일 벤치에 나와 앉아 있는 나를 봤어. 나를 호색한쯤으로 여겼지. 하루는 그녀가 내 곁에 와 앉더니 내게 묻더군, 여기서 뭘 하느냐고. 내가 그 내력을 다 얘기해줬지. 그게 지난해 초겨울이었어. 그녀는 내게 방에 불 피우는 일을 도와달라고 하더군. 부엌일을 도와주는 아이가 있기는 한데, 열여섯 살짜리 아이라서 혼자 힘들다는 거야. 고아원은 중앙난방이 안 돼 있어. 방마다 난로를 피워야 하는데, 방이 일곱 개나 되니까. 자네는 내가 우리 집 우리 방에 다시 들어갈 수 있게 되었을 때, 느낀 행복을 이해 못 할 걸세. 그리고 주디트를 도와주는 일도 물론 행복이지. 그녀도 고생을 많이 한 여자야. 남편은 전쟁 통에 실종되고, 그녀 자신은 강제수용소로 끌려가서 지옥의 문턱에까지 갔었네. 이건 비유법을 쓴 게 아니야. 실제로 수용소 건물 문 뒤에서 불이 활활 타고 있었다네. 인간의 시체를 태우기 위해 인간이 피워놓은 불이었다네."

루카스가 말했다.

"무슨 말씀인지 저도 알아요. 저도 그와 비슷한 것을 제 눈으로 직접 봤으니까요, 바로 이 도시에서."

"자네는 아직 어렸을 텐데."

"저는 물론 아이였지만, 아직도 기억에 생생해요."

"잊어버리게. 인생은 그런 거야. 모든 게 시간이 지나면 지워지게 마련이지. 기억은 희미해지고, 고통은 줄어들고. 나는 사람들이 어떤 새나 꽃을 기억하듯이, 내 아내를 기억하고 있지. 그녀는 인생의 기적이었어. 그녀가 사는 세상은 모든 게 가볍고, 쉽고, 아름다웠지. 처음에는 내가 그녀 때문에 이곳에 오곤 했는데, 이제는 주디트, 살아 있는 여인 때문에 이곳에 오네. 자네가 보기엔 우습겠지, 루카스, 하지만 난 주디트를 사랑해. 자기 자식도 아니면서 아이들에게 쏟는 그녀의 사랑, 은혜, 힘을 사랑하네."

루카스가 말했다.

"하나도 우습지 않아요."

"내 나이를 생각해도 말인가?"

"나이는 아무것도 아니에요. 본질만이 중요해요. 당신은 그녀를 사랑하고 그녀 역시 당신을 사랑하니까요."

"그녀는 남편이 돌아오기를 기다리지."

"많은 여자들이 실종되거나 죽은 남편을 기다리며 울고 있어요. 하지만 노인께서 방금 말했듯이, 기억은 희미해지고, '고통은 줄어들고 있지요.'"

불면증 환자는 눈을 뜨고 루카스를 바라본다.

"희미해지고, 줄어들고, 그래, 내가 그렇게 말했지. 하지만 사라지지는 않네."

아침에 루카스는 어린이용 도서를 추려서 골판지 상자에 넣고 마티아스에게 말했다.

"이 책들을 고아원에 좀 가져다줄 수 있겠니? 할머니 집으로 가는 길가의 공원 옆에 있는 고아원 말이야. 베란다가 있는 굉장히 큰 집이야. 분수대 앞에 있어."

아이가 말했다.

"어딘지 잘 알고 있어."

"원장 이름은 주디트야. 그분한테 내가 보냈다고 말하고 전해주면 돼."

아이는 책을 가지고 떠났는데, 곧바로 돌아왔다. 루카스가 물었다.

"어떻게 된 거니? 주디트랑 아이들은 만나봤어?"

"나는 주디트도, 아이들도 못 봤어. 그냥 문 앞에 책을 놓고 왔어."

"그러면 들어가지도 않았다는 말이야?"

"응. 내가 왜 거기에 들어가지? 뭣 때문에 나를 거기에 맡기려는 거야?"

"뭐라고? 그게 무슨 소리야? 마티아스!"

아이는 자기 방에 틀어박혔다. 루카스는 서점으로 가서 문을 닫을 때까지 계속 가게 안에만 있었다. 그러고 나서 저녁을 준비해서 혼자만 먹었다. 그가 샤워를 하고 옷을 다시 입는데, 아이가 불쑥 자기 방에서 나왔다.

"나갈 거야, 루카스? 매일 밤 어디에 가는 거야?"

루카스가 말했다.

"일하러 가는 거, 너도 잘 알잖아?"

아이는 루카스의 침대에 드러누우며 말했다.

"난 여기서 기다릴 거야. 술집에서 일하면, 문 닫을 땐 돌아오겠지? 자정에 말이야. 하지만 너는 그보다 훨씬 더 늦게 돌아오던데?"

"그래, 마티아스, 난 훨씬 늦게 돌아와. 술집 문이 닫히면 난 친구들을 만나러 친구 집으로 가는 거야."

"어떤 친구?"

"넌 몰라."

아이가 말했다.

"밤마다, 나는 혼자야."

"밤에는 너도 자야지."

"나는 네가 방에서 자고 있는 걸 보고 나서 잘 거야."

루카스는 아이 옆에 누워 아이를 포옹했다.

"넌 정말로 내가 너를 고아원에 맡기려고 거기 보낸 거라고 생각하는 거야? 어쩌다가 그런 생각을 하게 됐지?"

"사실은 그렇게 생각하진 않았어. 하지만 막상 그 문 앞에 가보니까 갑자기 무서운 생각이 났어. 알 수 없어. 엄마도 결코 나를 떠나지 않겠다고 약속해놓고서 떠났잖아. 난 이제 거기에는 심부름 안 갈거야. 난 할머니 집 방향으로 가는 것도 싫어."

루카스가 말했다.

"알았어."

아이가 말했다.

"고아는 부모가 없는 아이들이야. 난 부모가 없는 아이가 아니라고"

"물론. 너는 엄마가 있지."

"엄마는 떠났어. 아빠는? 아빠는 어디 있어?"

"네 아빠는 바로 나야."

"그래? 그게 정말이야?"

루카스는 대답에 앞서 잠시 입을 다물었다.

"네 진짜 아빠는 네가 태어나기도 전에 죽었어, 사고로, 내 아버지처럼."

"아빠들은 항상 사고로 죽는군. 너도, 곧 사고로 죽겠네?"

"아니. 난 아주 조심을 하거든."

아이와 루카스는 서점에서 일한다. 아이가 골판지 상자에 책들을 담아 루카스에게 넘겨주면, 루카스는 이중 사다리 위에 올라서서, 서가에 책들을 진열한다. 그날은 가을비가 부슬부슬 내리는 아침이었다.

페테르가 가게에 들어왔다. 그는 모자 달린 외투를 입고 서 있었는데, 얼굴에서는 빗물이 뚝뚝 떨어졌다. 그는 외투 밑에서 베보자기로 싼 꾸러미를 하나 꺼냈다.

"자, 받아, 루카스. 그걸 가져왔네. 난 더 이상 보관할 수가 없어. 내 집도 이제는 안전하지 않아."

루카스가 말했다.

"안색이 안 좋으신데요, 페테르 씨. 무슨 일이 있어요?"

"자네는 신문도 안 보나? 라디오도 안 들어?"

"신문은 안 봐요. 오래된 음반만 듣죠."

페테르가 아이를 돌아다보았다.

"저 애가 야스민의 아인가?"

루카스가 말했다.

"네, 마티아스예요. 페테르 씨에게 인사해라, 마티아스. 내 친구야."

아이는 말없이 페테르를 뚫어지게 바라보았다.

페테르가 말했다.

"마티아스는 이미 내게 눈으로 인사했어."

루카스가 말했다.

"가서 가축들에게 먹이나 줘, 마티아스."

아이는 눈을 내리깔고, 책상자를 뒤적거렸다.

"가축에게 먹이 줄 시간이 없어."

루카스가 말했다.

"네 말이 옳아. 여기 있다가 손님이 오면 내게 알려줘. 올라갑시다, 페테르 씨."

그들은 루카스의 방으로 올라갔다.

페테르가 말했다.

"눈빛이 무섭더군, 그 아이."

"네, 야스민의 눈 그대로예요."

페테르는 루카스에게 꾸러미를 건넸다.

"자네 노트에는 몇 페이지가 빠져 있더군, 루카스."

"그래요, 페테르 씨. 이미 말씀드렸잖아요, 고치고 지우고 꼭 필요한 것 외에는 다 삭제해버렸다고."

"자네 혼자서 고치고 지우고 삭제하면 자네 형 클라우스는 아무것도 이해하지 못할 걸세."

"클라우스는 이해할 수 있어요."

"나도, 이해했네."

"그래서 노트를 돌려주시는 건가요? 그걸 다 이해했다고 생각하시기 때문인가요."

페테르가 말했다.

"자네 노트가 문제가 아니네, 루카스. 훨씬 더 심각한 일이 있어. 우리 나라에서 폭동이 일어날 것 같아. 반혁명 말이야. 과격한 글을 쓰는 지식인들 사이에서 벌써 혁명이 시작되고 있어. 학생들에게도 번지고 있다네. 학생들이 혼란을 조장하고 다닌다는 소문이야. 그들은 시위대를 조직했는데 그것이 기존 질서에 대한 소요로 발전한 거야. 그러나 진짜 무서운 것은, 노동자와 일부 군인들이 학생들 편에 가담한 거라네. 어젯밤, 군인들은 민간인에게 무기를 나눠줬어. 수도에서는 총격전이 벌어졌는데, 그런 움직임이 시골과 농민계급으로까지 확산되고 있다는 거야."

루카스가 말했다.

"그런 현상은 모든 계급의 인민을 대변하고 있는 거예요."

"예외가 하나 있지. 내가 소속된 계급."

"당신네들은 반대세력들에 비하면 극소수예요."

"물론. 하지만 우리는 막강한 군대를 가지고 있어."

루카스는 더 이상 말하지 않았다. 페테르가 문을 열었다.

"우리는 아마도 다시 못 만나게 될 걸세, 루카스. 서로 미워하지 말고 헤어지세."

루카스가 물었다.

"어디로 가십니까?"

"당 지도자들은 외국군의 보호를 받게 되었네."

루카스는 일어나서, 페테르의 두 어깨를 두 손으로 꽉 잡고 그의 눈을 들여다보았다.

"말해주세요, 페테르 씨! 당신은 부끄럽지 않으세요?"

페테르는 루카스의 손을 잡아 그의 얼굴에 가져다댔다. 그는 눈을 감고 나직한 목소리로 말했다.

"그래, 루카스. 무척 부끄러워."

그의 꼭 감은 눈에서 눈물이 흘러나왔다. 루카스가 말했다.

"아닙니다. 그러지 마세요. 진정하세요."

루카스는 페테르를 거리까지 배웅했다. 그는 빗속에 고개를 숙이고 역 쪽으로 사라져가는 페테르의 뒷모습을 끝까지 지켜보았다.

루카스가 서점으로 돌아오자, 아이가 말했다.

"그 아저씨는 좋은 사람이야. 언제 돌아오는데?"

"나도 모르겠어, 마티아스. 어쩌면 못 돌아올 거야."

그날 밤에 루카스는 클라라의 집으로 갔다. 그는 불이 모두 꺼진 캄캄한 집으로 들어갔다. 클라라의 침대는 비어 있고, 온기도 없다. 루카스는 머리맡 전등을 켰다. 베개 위에는 클라라가 남긴 메모가 놓여 있다.

"나는 토마스의 원수를 갚으러 떠나요."

루카스는 집으로 돌아왔다. 아이가 그의 침대에 있다. 그는 아이에게 말했다.

"매일 밤 내 침대에서 너를 보는 것도 지겹다, 네 방으로 가서 자."

아이는 턱을 떨더니, 코를 훌쩍거렸다.

"난 페테르 아저씨가 하는 얘기 다 들었어. 수도에서 사람들이 총싸움을 한다는 거. 엄마가 위험하지 않을까?"

"엄마는 위험하지 않아, 걱정 마."

"너도 그렇게 말했잖아, 페테르 아저씨가 못 돌아올 거라고. 그게 무슨 소린데? 그가 죽을지도 모른다는 얘기잖아."

"아니야, 그렇지 않아. 하지만 클라라는, 확실히."

"클라라가 누군데?"

"내 여자친구. 네 침대로 가, 마티아스, 가서 자. 나 지금 너무 피곤해."

소도시에서는 거의 아무 일도 일어나지 않았다. 외국 국기와 그들의 지도자들의 초상화들이 공공건물에서 사라졌다. 어떤 행렬은 옛 국기를 들고, 옛 국가와 이전 세기의 이전 혁명을 연상시키는 옛날 노래를 부르면서 도시를 지나갔다.

술집들은 만원이다. 사람들은 평소보다 훨씬 더 요란하게 웃고, 떠들고, 노래를 부른다.

　루카스는 계속해서 라디오에 귀를 기울인다. 뉴스 대신에 클래식 음악이 나오게 되는 날까지.

　루카스는 창밖을 내다본다. 중앙 광장에는 외국 군대의 탱크가 세워져 있다.

　루카스는 담배를 사러 나갔다. 모든 상점들이 문을 닫았다. 루카스는 역까지 갔다. 길에도 탱크들이 눈에 띄었다. 탱크의 포신들은 그가 가는 방향을 향하고 있었다. 거리에는 아무도 없고, 창문은 물론 덧문까지도 꼭꼭 닫혀 있다. 그러나 역과 그 주변에는 무장해제된 국군과 국경경비대가 북적거렸다. 루카스가 그중 한 군인에게 물었다.

　"무슨 일인가요?"

　"모르겠어요. 우리는 동원해제 되었어요. 당신은 기차를 타려는 건가요? 민간인이 탈 기차는 없을 걸요."

　"난 기차를 타려는 게 아니에요. 담배를 좀 사러 나온 겁니다. 가게들이 모두 문을 닫았더군요."

　그 군인은 담배 한 갑을 루카스에게 건네준다.

　"당신은 역 안으로 못 들어가요. 이거나 가지고 얼른 집으로 돌아가세요. 거리에서 돌아다니면 위험해요."

　루카스는 집으로 돌아왔다. 아이도 일어났고, 함께 라디오에 귀를 기울였다.

　주로 음악만 나오다가 간간이 짧은 연설이 나왔다.

　"우리는 혁명에 성공했습니다. 인민은 승리했습니다. 우리 정부는 인민의 적들에 대항하기 위하여 우리의 위대한 지원국에게 원군을 요청했습니다."

　그리고 또 이런 소리도 들렸다.

"평정을 지켜주십시오. 두 사람 이상의 집회는 금지되었습니다. 주류 판매도 금지되었습니다. 새로운 지시가 있을 때까지 음식점도 카페도 문을 닫아야 합니다. 개인의 기차나 자동차 여행도 금지되었습니다. 야간 통행금지령을 엄수해야 합니다. 밤에는 외출 금지입니다."

다시 음악이 나오다가, 뒤이어 당부의 말과 위협이 있었다.

"공장은 다시 가동됩니다. 일터로 돌아가지 않는 노동자들은 해고될 것입니다. 파업을 선동하는 자는 특별재판에 회부됩니다. 그들은 사형에 처해질 것입니다."

아이가 말했다.

"난 아무것도 모르겠어. 누가 혁명에 이긴 거야? 그리고 왜 뭐든지 금지하지? 그 사람들은 왜 그렇게 못됐지?"

루카스가 라디오를 껐다.

"이제 라디오는 듣지 말아야 해. 들어봤자 아무 소용도 없어."

저항운동과 투쟁과 동맹파업이 계속되었다. 체포, 투옥, 실종, 처형도 계속되었다. 공포에 사로잡힌 이만여 주민이 국외로 떠났다.

몇 달 뒤, 다시 침묵과 평화와 질서가 다시 지배했다.

루카스가 페테르의 집을 방문했다.

"당신이 돌아오신 줄 알고 있었어요. 왜 제게는 안 알리셨어요?"

"내가 일부러 그런 건 아니야. 난 다만 자네가 나를 만나고 싶어하지 않을 거라고 생각했을 뿐이네. 난 자네가 와주기를 은근히 기다렸어."

루카스가 웃었다.

"그래서 이렇게 왔어요. 아무튼 모든 게 예전으로 돌아왔어요. 혁명은 아무 소용이 없었어요."

페테르가 말했다.

"역사가 심판할 거야."

루카스가 다시 웃었다.

"거창한 말이군요. 당신은 뭐에 홀리셨던 거 아닌가요, 페테르 씨?"

"비웃지 말게. 난 심각한 고비를 넘겼네. 우선 당에 탈당계를 냈고, 그 다음 이 도시에서 다시 내 할 일을 찾아보기로 했네. 난 이 도시를 사랑해. 이 도시는 영혼을 사로잡는 어떤 힘을 가지고 있어. 여기에 일단 살아본 사람은 여기에 다시 오지 않을 수 없어. 자네도 그렇지 않나, 루카스?"

"사랑의 고백이신가요?"

"아니. 애정이지. 내가 자네에게 기대할 건 아무것도 없네. 클라라 는? 클라라는 돌아왔나?"

"아닙니다. 돌아오지 않았어요. 그녀의 집에는 이미 다른 사람이 살고 있어요."

페테르가 말했다.

"수도에서는 삼만 명이 죽었다네. 부녀자와 아이들이 있는 행렬에 다 대고도 총질을 했으니까. 클라라가 어떤 사건에 개입했다면……."

"그녀는 수도에서 일어나는 모든 일에 참가했을 걸요. 그녀는 토마스를 따라가고 싶은 것 같았어요. 그녀에게도 차라리 그러는 편이 나을 걸요. 그녀는 끊임없이 토마스 얘기를 했거든요. 토마스만 생각 하고 토마스만 사랑하고, 토마스 때문에 병까지 났어요. 그녀는 결국 토마스 때문에 죽을 걸요."

잠시 침묵 끝에 페테르가 말했다.

"이 어수선한 틈을 타서 국경을 넘은 사람이 무척 많았어. 국경을 감시하는 사람이 아무도 없었거든. 자네는 왜 이 틈에 형제를 만나러 가지 않았지?"

"저는 그런 생각은 꿈도 안 꿨어요. 아이만 혼자 두고 어떻게 그럴 수가 있겠어요?"

"아이야 데리고 갈 수도 있지."

"아이를 데리고 하는 그런 모험은 안 하는 게 좋죠."

"진정으로 원하는 일이라면, 언제 어디서든 시도할 수 있네. 아이는 핑계일 뿐이지."

루카스가 고개를 숙였다.

"아이는 여기에 남아 있어야 해요. 그 애는 엄마가 돌아오기를 기다리고 있어요. 그 애는 나와 함께 가지 않을 거예요."

페테르는 아무 말도 하지 않았다. 루카스가 고개를 들고 페테르를 바라보았다.

"당신이 옳아요. 그러나 난 클라우스를 만나러 가고 싶지는 않아요. 돌아오는 건 그의 몫이지요. 떠난 것도 그였으니까."

페테르가 말했다.

"살아 있지 않으면, 돌아올 수도 없지."

"클라우스는 살아서 돌아옵니다!"

페테르가 루카스에게 다가가서 어깨를 잡았다.

"진정하게. 자네는 현실을 똑바로 바라보아야 하네. 자네 형제도 아이 엄마도 돌아오지 않을 걸세, 자네도 알다시피."

루카스가 중얼거렸다.

"아니야, 클라우스, 넌 돌아와야 해."

루카스는 소파에서 앞으로 넘어졌다. 이마를 낮은 탁자의 모서리에 부딪치면서 양탄자 위로 고꾸라졌다. 페테르는 그를 장의자 위로 끌어다 눕혀놓고, 수건을 물에 적셔다가, 땀에 흠뻑 젖은 그의 얼굴을 닦아주었다. 그가 깨어나자, 페테르는 그에게 물을 마시게 하고 담배에 불을 붙여주었다.

"용서하게, 루카스. 그런 얘기는 이제 하지 말기로 하지."

루카스가 물었다.

"우리가 무슨 얘기를 했는데요?"

"무슨 얘기냐고?"

페테르는 다시 담배에 불을 붙였다.

"정치 얘기지 뭐."

루카스가 웃었다.

"무척 따분한 얘기였나 보죠? 제가 여기서 잠든 걸 보면."

"응, 그런가봐, 루카스. 자네는 정치 얘기를 별로 좋아하지 않으니까, 그렇지?"

아이는 여섯 살 반이 되었다. 등교하는 첫날, 루카스가 데리고 가려 했지만, 아이는 혼자 가겠다고 했다. 아이가 정오쯤 돌아왔을 때, 루카스가 어땠느냐고 묻자, 아이는 그냥 다 좋다고 말했다.

그뒤 며칠 동안, 아이는 계속해서 학교에는 아무 일도 없고 다 잘되어가고 있다고 말했다. 그런데 하루는 아이가 뺨에 상처가 나서 돌아왔다. 아이는 넘어졌다고 말했다. 또 하루는 오른손에 붉은 반점이 생겨서 돌아왔다. 그 이튿날, 바로 그 손의 손톱들이 엄지손톱만 빼고 모두 검은색으로 변해서 돌아왔다. 아이는 손을 문에 찧어서 그렇게 되었다고 했다. 몇 주일 동안이나 아이는 왼손으로 글씨를 써야 했다.

어느 날 저녁, 아이는 입안이 찢어지고 얼굴이 퉁퉁 부어서 돌아왔나. 먹지도 못했다. 루카스는 아이에게 아무것도 묻지 않고, 아이의 입안에 우유를 부어주고 나서, 부엌의 식탁 위에 모래를 가득 담은 양말과 뾰족하게 갈아둔 돌과 면도칼을 내놓고 말했다.

"이것들은 우리 형제가 다른 아이들로부터 우리 자신을 지키기 위해 쓰던 무기들이야. 가져. 너를 지켜야 해!"

아이가 말했다.

"너희는 둘이었잖아, 난 혼자란 말이야."

"혼자라도 마찬가지야. 자신을 지킬 줄 알아야 해."

아이는 식탁 위의 물건들을 물끄러미 바라보았다.

"난 못해. 난 누구를 때리고 다치게 할 수는 없을 거야."

"왜? 다른 아이들이 너를 때리고 상처를 주는데."

아이는 루카스의 눈을 빤히 쳐다보았다.

"내가 당한 몸의 상처는 중요하지 않아. 하지만 내가 다른 사람을 다치게 해야 한다면, 그것이야말로 내게는 참을 수 없는 상처가 될 거야."

루카스가 물었다.

"그러면 내가 너의 선생님에게 말해줄까?"

아이가 말했다.

"그건 안 돼! 절대로 안 돼! 절대로 그러지 마, 루카스! 내가 언제 불평이라도 했어? 내가 너한테 도와달라고 했어? 네 무기를 달라고 했어?"

아이는 식탁 위의 방어무기들을 다 치워버렸다.

"난 그 누구보다도 힘이 세. 더 용감하고, 특히 머리가 좋아. 그게 중요한 거야."

루카스는 모래가 들어 있는 양말을 쓰레기통에 던져버렸다. 면도칼은 접어서 호주머니에 넣었다.

"난 아직도 이걸 가지고 다녀. 그렇지만 이제 사용하지는 않아."

아이가 잠자리에 들자, 루카스는 아이의 방으로 가서 침대 가장자리에 걸터앉았다.

"난 이제 네 일에 참견하지 않을게, 마티아스. 더 이상 물어보지도 않을게. 네가 학교를 그만두고 싶으면 내게 말해줘, 그럴 수 있지?"

아이가 말했다.

"난 학교 안 그만둘 거야."

루카스가 물었다.

"말해봐, 마티아스. 밤에 너 혼자 있을 때는 가끔 울지?"

아이가 말했다.

"난 이제 혼자 있는 거 아무렇지도 않아. 그리고 난 절대로 안 울어. 너도 잘 알잖아."

"그래, 알지. 그런데 넌 절대로 웃지도 않아. 어렸을 때, 넌 항상 웃었어."

"그건 엄마가 죽어서 그래."

"너 뭐라고 했어, 마티아스? 엄마는 죽지 않았어."

"아니야, 죽었어. 난 오래 전에 알았어. 그렇지 않으면 벌써 돌아왔을 거야."

잠시 침묵 끝에 루카스가 말했다.

"엄마가 떠난 뒤에도 넌 웃었어, 마티아스."

아이는 천장을 올려다보았다.

"그랬는지도 모르지. 적어도 할머니 집을 떠나기 전에는. 할머니 집을 떠나지 말았어야 했어."

루카스는 두 손으로 아이의 얼굴을 감싸쥐었다.

"네 말이 옳은 것 같아. 할머니 집을 떠나지 말았어야 했는지도 모르겠다."

아이는 눈을 감았고, 루카스는 아이의 이마에 키스했다.

"잘 자, 마티아스. 너무나 고통스럽고, 너무나 슬플 때는, 그러면서도 아무에게도 말하고 싶지 않을 때는 소리를 질러. 그러면 속이 시원해질 거야."

아이가 대답했다.

"난 벌써 그렇게 썼어. 난 뭐든지 다 써. 우리가 여기에 살면서부터 나한테 일어난 일은 다 써뒀어. 내 악몽들이랑, 학교랑, 뭐든지. 나도 너처럼 커다란 노트를 가지고 있어. 너는 여러 권 가지고 있지만, 난 아직 한 권뿐이야. 그나마도 아직 조금밖에 못 썼어. 난 그걸 너한테 절대로 안 보여줄 거야. 너도 네 것을 못 읽게 했으니까, 나도 못 읽게 할 거야."

아침 열 시에, 수염이 텁수룩하고 나이 많은 남자가 서점에 들어왔다. 루카스는 이미 그를 본 적이 있다. 단골손님 중 하나였다. 루카스는 일어서서 웃으며 물었다.

"어떤 책을 찾습니까, 손님?"

"책을 사러 온 게 아닙니다. 마티아스 문제로 당신한테 할 말이 있어서 왔어요. 내가 마티아스의 담임선생입니다. 나는 당신에게 학교로 나와달라는 편지를 여러 번 보냈지요."

루카스가 말했다.

"저는 편지를 받은 적이 없는데요."

"그런데 편지에는 당신의 서명이 있었어요."

교사는 주머니에서 편지를 세 통이나 꺼내서 루카스에게 건네주었다.

"이게 당신의 서명이 아닌가요?"

루카스는 편지를 살펴보았다.

"그런 것 같기도 하고 아닌 것 같기도 하군요. 제 서명을 아주 능숙하게 모방했군요."

선생은 편지를 다시 가져가며 웃었다.

"결국 나도 그렇게 생각했어요. 마티아스는 내가 당신에게 말하는 것을 원치 않았으니까. 그래서 나는 수업 시간을 이용해서 와야겠다고 생각했어요. 내가 없는 동안 반을 잘 이끌어달라고 나이가 가장 많은 학생에게 당부하고 왔지요. 당신이 필요하다면, 내가 여기에 온 것은 우리끼리만 아는 비밀로 합시다."

루카스가 말했다.

"네, 그게 좋겠군요. 마티아스는 제게 선생님을 찾아가지 말라고 신신당부를 하더군요."

"그 애는 아주 자존심이 강해서 건방지다고 할 정도입니다. 그리고 학급에서 가장 영리한 아이임에 틀림없지요. 그럼에도 불구하고 내가 드리고 싶은 충고는 아이를 학교에 보내지 말아달라는 것뿐입니다. 그에 따른 서류에는 내가 서명을 해드리겠습니다."

루카스가 말했다.

"마티아스는 학교를 떠나고 싶어하지 않는데요."

"그 애가 학교에서 당하는 수모를 몰라서 그러시죠. 아이들의 잔인성은 상식을 넘어서는 정도예요. 여자애들조차도 그를 놀려대지요. '거미', '꼽추', '사생아' 그런 식으로 불러요. 그는 첫째 줄에 혼자 앉아 있어요. 아무도 짝을 하지 않으려고 하거든요. 남자애들은 그 애를 때리고 발길질하고 주먹으로 갈깁니다. 바로 뒷좌석의 아이는 그 애의 손가락을 뚜껑처럼 열리고 닫히는 책상 상편으로 내리찍습니다. 몇 번이나 저도 개입해보았지만, 사태를 더 악화시킬 뿐이더군요. 그 애가 영리한 것조차 그 애에게 더 불리하게 작용합니다. 다른 아이들은 마티아스가 뭐든지 다 알고 뭐든지 잘하는 걸 참을 수가 없나봅니다. 그들은 질투가 나서 그 애를 못살게 구는 거예요."

루카스가 말했다.

"그 애가 말은 안 했지만, 저도 대충 알고 있었습니다."

"그래요, 그 애는 절대로 불평을 하지 않아요. 울지도 않고요. 그리고 정말 무서운 어떤 힘을 가지고 있어요. 하지만 그런 수모를 한없이 참게 할 수는 없는 노릇입니다. 자퇴시켜주세요. 그러면 내가 매일 저녁 이곳으로 와서 공부를 가르치겠습니다. 그렇게 영리한 아이를 가르치는 일은 나로서도 큰 즐거움이니까요."

루카스가 말했다.

"고맙습니다. 선생님. 그렇지만 저 혼자서 결정할 일이 아니라서. 다른 아이들과 꼭 같이 정상적인 학교교육을 받겠다고 고집을 피운 게 바로 마티아스 자신이었으니까요. 마티아스에게는 학교를 떠나는 것은 곧 자기가 남들과 다른 불구라는 걸 인정한다는 의미니까요."

선생은 말했다.

"이해는 됩니다만, 다르다는 것, 물론 그 애는 남들과 다른데, 그것을 하루빨리 인정하게 해야 합니다."

루카스는 입을 다물었고, 선생은 서가의 책들을 훑어보며 왔다 갔다 했다.

"가게가 넓군요. 여기에 테이블과 의자들을 들여놓아서 아이들 도서실을 꾸미면 어떨까요? 나도 헌책들을 가져다드리겠습니다. 그렇지 않아도 그 책들은 처치 곤란이었는데. 집에 책 한 권 없는 아이들도 많거든요. 그런 아이들이 여기 와서 한두 시간씩 책을 읽을 수 있으면 좋겠어요."

루카스는 선생을 빤히 쳐다보았다.

"그렇게 해서 마티아스와 다른 아이들의 사이를 원만하게 만들 수 있으리라고 생각하시는군요, 그렇지요? 한번 해볼 만한 일이에요. 좋은 아이디어입니다, 선생님."

6

밤 열 시였다. 페테르가 루카스 집의 벨을 울렸다. 루카스는 창문을 통해서 출입문 열쇠를 던져주었다. 페테르가 계단을 올라와서 루카스의 방으로 들어왔다.

"방해한 것 아닌가?"

"전혀요. 오히려 그 반대인 걸요. 당신을 찾아갔는데 안 계시더군요. 마티아스도 당신이 사라진 것을 불안해했어요."

페테르가 말했다.

"착하기도 하지, 그 애는 자나?"

"자기 방에 있는데, 자는지 다른 걸 하는지 모르죠. 한밤중에도 일어나 앉아서 읽고 쓰고 생각하고 공부를 하는 모양입니다."

"우리말을 엿들을지도 모르잖아?"

"맘만 먹으면 그럴 수도 있죠."

"그러면 자네가 우리 집으로 오는 편이 낫겠네."

"그러죠."

사신의 집에 도착하자, 페테르는 방마다 창문을 다 열어놓았다. 그는 팔걸이 의자에 털썩 주저앉았다.

"정말 참을 수 없게 덥군. 마실 것을 가져와서 여기 앉게. 난 역에서 오는 길이야, 온종일 여행을 했지. 기차를 네 번이나 갈아타야 했는데, 그때마다 또 얼마나 오래 기다렸던지."

루카스가 잔에 술을 따라서 가져왔다.

"어딜 갔다 오셨어요?"

"내 고향. 빅토르의 예심판사로부터 긴급 소환명령을 받았지. 빅토르가 알코올 중독에 의한 섬망증(譫妄症) 발작상태에서 누나의 목을 졸라 죽였어."

루카스가 말했다.

"가엾은 빅토르 씨. 그를 만나보셨어요?"

"그럼, 봤지. 그는 정신과 병원에 있어."

"어땠어요?"

"잘 있어. 아주 조용하더군. 약 때문에 약간 부기가 있어. 나를 보고 아주 반가워하면서 자네 소식이랑 서점 소식이랑 아이 소식을 물었어. 자네에게 안부 전해달라고 하더군."

"누나에 대해서는 뭐라고 하던가요?"

"그가 내게 조용히 그러더군. '이미 엎질러진 물이야, 아무도 어쩔 수 없어.'"

루카스가 물었다.

"그는 어떻게 될까요?"

"모르지. 아직 재판을 안 받았으니까. 내 생각으로는 죽을 때까지 정신 병동에 있게 될 것 같아. 빅토르는 감옥에 안 갈 거야. 내가 뭘 도와주면 좋겠느냐고 물었더니, 필기도구들을 규칙적으로 보내달라더군. '종이, 연필, 내가 필요한 건 그것뿐이야. 난 마침내 나의 책을 쓸 수 있게 됐어'라고 말했어."

"그래요, 빅토르 씨는 책을 한 권 쓰고 싶어했어요, 그는 내게 서점을 팔 때 그 얘기를 했지요. 그래서 서점을 판 거고요."

"그랬군, 그는 벌써 글을 쓰기 시작했어, 책을."

페테르가 손가방에서 타자기로 친 종이뭉치를 꺼냈다.

"나는 기차 안에서 읽어봤지. 집에 가져가서 읽어보고 내게 다시 돌려주게. 그는 누나의 시체 옆에서 그걸 썼다는 거야. 그는 누나를 목 졸라 죽이고 글을 쓰기 위해서 그의 책상 앞에 앉았어. 그런 상태로 사람들 눈에 발견된 거야. 그러니까 빅토르의 방에서 누나는 목이 졸린 채로 침대에 누워 있고, 빅토르는 브랜디를 마시고, 담배를 피우면서, 타자기를 두드리고 있더라는 거야. 그 이튿날 그의 누나의 고객들이 경찰에 신고했다네. 그 사건이 일어난 날, 빅토르는 집을 나온 뒤, 은행에서 돈을 찾았고, 브랜디와 담배를 사러 갔어. 그날 가봉을 하기로 약속한 손님들이 문 앞에서 기다리고 있었는데, 그는 누나가 더위를 먹어서 너무 고통스러워하고 있으니 방해하지 말고 돌아가라고 그들에게 말했다는 거야. 새 옷을 빨리 입어보고 싶은 손님들은 그 다음 날 와서 문을 두드리다가, 서로들 의논 끝에 뭔가 심상치 않다는 판단을 하고, 경찰에 신고한 거야. 경찰들이 문을 부수고 들어가보니, 빅토르는 만취된 상태에서, 조용히 타자기를 두드리고 있었다는군. 그는 이미 활자로 가득 채워진 종이뭉치를 들고 순순히 끌려 갔대. 읽어봐. 결점투성이이면서도, 잘 읽히고 재미있더군."

루카스는 빅토르의 원고를 가지고 집에 돌아와서 밤새도록 그의 노트에 옮겨 적었다.

오늘 팔월 십오일, 맹렬한 더위가 삼 주일째 계속되고 있다. 집 안이고 바깥이고 간에 참을 수 없이 덥다. 자신을 지킬 방법이 없다. 나는 더위를 싫어하기 때문에 여름도 싫어한다. 비 오고 시원한 여름, 그것은 그래도 낫다. 그러나 이런 더위가 찾아오면, 나는 영락없이 탈이 난다.

나는 방금 누나를 목 졸라 죽였다. 누나는 내 침대에 누워 있는데, 내가 시트를 덮어주었다. 이 정도 더위라면 시체는 곧 썩어서 냄새가 날 것이다. 상관없다. 나는 한참 뒤에 신고할 것이다. 나는 문을 잠가 버렸다. 사람들이 문을 두드려도 열어주지 않겠다. 창문도 덧문도 모두 달아버렸다.

나는 이 년 가까이 누나와 함께 살았다. 나는 국경 근처의 소도시에서 내가 소유하고 있던 집과 서점을 팔아버렸다. 그리고 책을 한 권 쓰려고 누나가 있는 곳으로 살러 왔다. 멀리 있는 소도시에서는 알코올에 중독되었고 몸이 아플 정도의 외로운 생활 때문에 글을 쓸 수 없을 것 같았다. 이곳, 누나가 청소며 빨래며 식사를 모두 마련해 주고, 살림을 맡아주는 이곳에서는, 건강하고 균형 잡힌 생활을 하면서 내가 항상 쓰고 싶어하던 책을 쓸 수 있으리라고 생각했다.

그런데 웬걸, 내가 상상했던 평화롭고 한가한 생활은 너무 빨리 지옥으로 변해버렸다.

누나는 나를 끊임없이 지켜보고 감시했다. 누나는 내가 도착하는 즉시, 내게 술과 담배를 금지시켰고, 쇼핑이나 산책에서 돌아오면 나를 다정하게 포옹했지만, 그것은 단지 내게서 술이나 담배 냄새가 나는지 확인하려는 행동임을 나는 알고 있다.

나는 몇 달 동안이나 술을 끊고 지냈지만, 담배까지 안 피우고는 살 수가 없었다. 어린아이처럼 몰래 담배를 피웠고, 시가 한 개, 또는 담배 한 갑을 사가지고 숲속으로 산책을 갔다. 돌아올 때는 입 냄새를 없애기 위해서 삼나무 잎을 씹거나 박하사탕을 빨아먹었다. 또 한겨울에도 한밤중에 일어나 창문을 열어놓고 담배를 피웠다.

나는 종종 종이를 가지고 책상 앞에 앉아보았지만, 머리는 빈 깡통이었다.

내가 무엇을 쓸 수 있었겠는가? 내 생활에서는 아무 일도 일어나지 않았다. 결코 아무 일도 일어나지 않았다. 내 주변을 보아도 마찬가지였다. 쓸 거리라고는 전혀 없었다. 누나는 끊임없이 나를 방해하고, 온갖 구실을 붙여서 내 방을 들락거리고, 누나는 내게 차를 날라다주고, 가구를 닦아주고, 내 장롱 안의 내 옷들을 정리해주었다. 누나는 내가 글을 얼마나 썼는지 확인하기 위해서 내 어깨 너머로 넘겨다보곤 했다. 그래서 나는 종이를 자꾸 메워나가야 했다. 나는 무엇을 써야 할지 몰랐기 때문에, 아무 책이나 닥치는 대로 베껴놓았다. 가끔씩 누나는 내 어깨 너머로 그 문장들을 한두 장 읽어보고는 멋진 문장이라고 만족스런 미소를 지으며 나를 격려했다.

누나가 나의 속임수를 알아챌 염려는 없었다. 누나는 책이라고는 통 읽지 않으니까. 누나는 평생 동안 단 한권의 책도 읽지 않았을 것이다. 어려서부터 아침부터 저녁까지 일만 해왔기 때문에 책을 읽을 시간도 없었다.

저녁이면 누나는 나에게 거실로 나오라고 했다.

"오늘은 너무 많이 썼으니까, 이제 얘기나 하면서 좀 쉬는 게 좋겠어."

손에는 여전히 바느질감을 들고 있거나, 아니면 발로 재봉틀의 페달을 밟으면서 누나는 얘기했다. 이웃집 여자들, 누나의 고객들, 옷과 옷감, 누나의 피곤함, 누나가 자신의 남동생, 즉 나, 빅토르의 작품활동과 성공을 위해서 치르는 희생에 대해서.

니는 술도 담배도 없이 누나의 따분한 수다를 들으며 앉아 있어야 했다. 마침내 누나가 자기 방으로 들어가고, 나도 내 방으로 왔을 때, 나는 시가나 담배에 불을 붙여 물고, 종이를 한 장 꺼내서 누나와 그녀의 뻔한 고객들과 누나가 만드는 우스꽝스러운 옷들에 대한 욕설로 종이를 메워나간다. 나는 그 종이를 아무 책이나 베껴놓은 잡다

한 종이들 속에 숨겨놓았다.

크리스마스 선물로 누나는 내게 타자기를 선물했다.

"네 원고 분량이 상당히 늘어난 걸 보니, 곧 책이 완성될 것 같구나. 다 쓰고 나서는 타자로 정리를 해야 할 거야. 넌 상업학교 다닐 때 타자를 배웠으니까, 지금은 다 잊어버렸다고 해도 다시 하다 보면 곧 그때 실력이 되살아날 거다."

나는 절망적이 되었지만, 누나를 기쁘게 해주기 위해서, 당장 내 책상 앞에 앉아서, 서투른 솜씨로, 그동안 아무 책이나 베껴놓았던 원고를 몇 장 타자로 쳐서 보여주었다. 누나는 아주 만족스런 표정으로 고개를 끄덕이며 나를 바라보았다.

"그런 대로 잘 치는구나, 빅토르, 정말 놀랐다, 곧 잘 치게 될 거야. 좀더 있으면, 넌 예전만큼 빨리 칠 수 있을 거야."

나는 타자기로 친 것을 다시 읽어보았는데, 오자투성이였다.

며칠 뒤, '건강을 위한' 산책에서 돌아오는 길에 나는 변두리 술집에 들어갔다. 단지 차 한 잔으로 몸을 녹일 생각이었다. 손발이 차가워지니까 지병인 혈액순환이 잘 되지 않아 완전히 마비가 되었기 때문에 홍차 한 잔을 마시면 몸이 따뜻해질 것이었기 때문이다. 내가 난롯가의 테이블에 앉자, 종업원이 주문을 받으러 왔다.

"홍차."

그러고 나서 나는 덧붙여 말했다.

"럼주도 함께."

왜 그 소리가 불쑥 나왔는지 나 자신도 알 수가 없었다. 나는 그렇게 덧붙일 생각은 없었는데, 아무튼 그렇게 되었다. 나는 홍차에 럼주를 타서 마시고, 다시 럼주 한 잔을 주문해서 이번에는 홍차 없이 술만 마시고, 나중에 셋째 잔까지 시켰다.

나는 불안한 마음으로 주위를 두리번거렸다. 도시가 크지 않은 만큼, 거의 모든 사람들이 누나를 알고 있다. 누나가 자신의 고객이나 이웃 여자들의 입을 통해서 내가 술집에 들어간 사실을 아는 날에는! 하지만 피곤하고 무관심한 표정의 남자들 얼굴만 눈에 띄어서, 나는 일단 안심했다. 나는 럼주를 한 잔 더 마시고 술집을 나왔다. 걸음걸이가 불안했다. 나는 몇 달 동안이나 술을 마시지 않은 탓에, 술기운이 금방 머리로 올라왔다.

어떤 얼굴로 귀가할 것인지, 나는 막막했다. 누나가 두려웠던 것이다. 잠시 거리를 배회하다가, 한 가게에 들러 박하사탕 한 봉지를 사서, 즉시 두 알을 입에 넣었다. 돈을 내려는 순간, 나도 모르게, 꼭 그러려고 한 것도 아닌데, 나는 점원 아가씨에게 넋 나간 사람처럼 말하고 있었다.

"자두 브랜디 한 병, 담배 두 갑 그리고 시가 세 개도."

나는 외투 안주머니에 술병을 넣었다. 밖에는 눈이 오고 있었고, 나는 남부러울 것 없이 행복했다. 집에 돌아가는 것도, 누나도 더 이상 두렵지 않았다. 내가 집에 도착하자, 누나는 작업실로 쓰고 있는 방 안에서 소리쳤다.

"난 지금 바빠, 빅토르. 네 식사는 화덕 위에 데워놨어. 먼저 먹어."

나는 부엌에서 허둥지둥 먹어치우고, 얼른 내 방으로 들어가서 문을 잠가버렸다. 내가 감히 내 방문을 잠근 것은 그때가 처음이었다. 누나가 방으로 들어오려고 할 때, 나는 소리를 질렀다. 내가 감히 소리를 질렀던 것이다.

"날 방해하지 마! 난 지금 멋진 생각이 떠올랐어! 잊어버리기 전에 얼른 옮겨 적어야겠어."

누나는 다정하게 말했다.

"널 방해할 생각은 추호도 없어. 다만 네게 저녁 인사를 하려는 것뿐이야."

"잘 자, 소피 누나!"

그녀는 여전히 문 앞을 떠나지 않았다.

"아주 급한 주문이 있었어. 원피스를 새해 첫날 입도록 만들어달라는 거야. 미안해, 빅토르, 혼자 식사하게 해서."

"아, 괜찮아, 어서 가서 자, 소피 누나, 밤이 늦었어."

잠시 침묵 끝에, 그녀가 물었다.

"그런데 넌 왜 문을 잠갔어, 빅토르? 그렇다면 문을 잠그지 말았어야지. 그렇게까지 할 필요는 없잖아?"

나는 마음을 가라앉히기 위해서 브랜디를 한 모금 마셨다.

"난 방해받고 싶지 않았을 뿐이야, 지금 글을 쓰고 있거든."

"그래, 다행이구나, 빅토르."

브랜디는 내가 병째 마셔버려 반 리터밖에 남지 않았다. 나는 시가를 두 개, 그리고 담배는 수도 없이 피워댔다. 그리고 창문을 통해서 담배꽁초를 던져버렸다. 여전히 눈이 내리고 있었다. 내가 창문으로 거리에 버린 빈 술병과 담배꽁초들이 눈에 덮였다.

이튿날 아침, 누나가 내 방문을 두드렸다. 나는 대답하지 않았다. 누나는 다시 두드렸다. 내가 소리를 질렀다.

"더 자게 날 좀 내버려둬!"

나는 누나가 멀어져가는 소리를 들었다.

나는 오후 두 시경에 일어났다. 부엌에서는 식사와 누나가 나를 기다리고 있었다. 우리는 이런 대화를 했다.

"음식을 세 번이나 다시 데웠어."

"난 배고프지 않아. 커피나 타줘."

"지금이 두 시야. 그렇게 오래 잘 수 있는 거니?"

"새벽 다섯 시까지 글을 썼거든. 난 예술가야. 내가 원할 때, 영감이 떠오를 때, 일할 권리가 있어. 글쓰기는 옷 만들기하고는 달라. 그걸 명심해줘, 소피 누나."

누나는 나를 보며 감탄했다.

"네가 옳아, 빅토르, 용서해줘. 그래, 너는 책을 곧 끝낼 모양이지?"

"그럼! 곧."

"너무 기뻐! 그건 아주 멋진 책이 될 거야. 난 몇 페이지 읽어보고 그렇게 확신했어."

나는 생각했다.

"가엾은 여자!"

나는 술을 점점 더 많이 마셨고, 조심도 하지 않게 되었다. 외투 호주머니 안에 담뱃갑을 그대로 남겨놓곤 했다. 누나는 솔질을 한다, 세탁을 한다는 핑계로 내 호주머니를 뒤진다. 그러던 어느 날, 그녀는 담배가 반쯤 남아 있는 담뱃갑을 흔들면서 내 방으로 들어왔다.

"너 또 담배 피울 거야!"

나는 도전적으로 대답했다.

"그래, 담배 피워. 담배 없이는 글을 쓸 수가 없어."

"더 이상 안 피우겠다고 나하고 약속했잖아!"

"물론 그건 나 자신과의 약속이기도 했지. 그렇지만 나는 담배를 피우지 않고는 글을 쓸 수 없다는 것을 깨달았어. 나로서는 양심적으로 내린 결정이야. 담배를 끊으면 글도 중단해야 해. 글을 쓰지 못하고 사는 것보다는 담배를 피우면서 글을 쓰는 편이 훨씬 나을 것 같아. 난 이제 곧 내 책을 끝낼 거야. 그때까지는 나를 좀 자유롭게 내버려둬. 담배를 피우느냐 안 피우느냐가 뭐 그리 대단한 일이겠어?"

누나는 내 말에 수긍하고 일단 물러나더니, 재떨이를 가져와서 내 책상 위에 놓았다.

"그러면 피워. 책만 완성된다면, 담배 피우는 거야 뭐 심각한 일이 아니지."

나는 술을 마시기 위해서 두 번째 술책을 동원했다. 같은 가게에 두 번 연달아 들어가지 않으려고 이웃 지역으로까지 원정을 가서 브랜디를 몇 리터씩 사왔다. 나는 외투 안주머니에 술병을 넣어와서는, 복도에 있는 우산꽂이 안에 숨겨두었다가, 누나가 외출했거나 잠들었을 때, 감춰두었던 술병을 가져 와서 내 방에 틀어박혀 밤늦도록 술을 마시고 담배를 피워댔다.

나는 술집을 피하고, 산책에서 멀쩡한 정신으로 돌아왔으므로, 그해 봄까지 나와 누나 사이도 원만할 수 있었다. 그런데 봄이 되니까 소피 누나는 안달하기 시작했다.

"이제 다 돼가니, 빅토르? 더 이상은 못 참겠다. 너는 매일 오후 두 시나 되어야 일어나고, 안색은 점점 더 나빠지고, 곧 병이 날 거야, 나도 그렇고."

"난 끝냈어, 누나. 지금 다시 고치고 다듬으면서 타자기로 옮기는 중이야. 그것도 큰일이거든."

"책을 한 권 쓰는 데 그렇게 오랜 시간이 걸리는 줄은 정말 몰랐어."

"책 한 권하고 옷 한 벌은 다르다니까. 소피, 이것을 잊지 말아줘."

다시 여름이 왔다. 나는 더위 때문에 죽을 지경이었다. 나는 오후 시간을 숲속에 들어가서 나무 그늘에서 낮잠 자는 것으로 보냈다. 가끔씩 잠에 떨어졌다가 혼란스런 꿈을 꾸기도 했다. 어느 날 저녁에는 잠을 자다가 소나기를 만났는데, 엄청난 소나기였다. 그때가 팔월 십사일. 나는 성치 않은 다리를 이끌고 부리나케 숲을 빠져나왔다. 그리고 우선 처음 눈에 띄는 술집으로 허둥지둥 들어갔다. 노동자, 평범한 서민들이 술잔을 기울이고 있었다. 몇 달 동안 비가 내리지 않았기 때문에 그들은 모두 소나기를 반가워했다. 내가 레모네이드를 시키자, 그들은 웃었다. 그중 한 사람이 내게 붉은 포도주 한 잔을 내밀었다. 나는 받아들었다. 그러고 나서 나는 붉은 포도주 한 병을 주문해서 모두에게 나누어주었다. 비가 내리는 동안 계속 그런 식으로 시간을 보내면서, 술을 자꾸 시켰다. 나는 뜨거운 우정을 느끼며 한껏 기분이 좋아졌다. 그런데 수중의 돈을 다 써버렸던 것이다. 나의 친구들은 하나둘 집으로 가버렸지만, 나는 집으로 돌아가고 싶지 않았다. 나는 이 세상에 나 혼자뿐이라는 느낌이 들었고, 집도 없고, 갈 곳도 없는 것 같았다. 그리고 갈 수만 있다면, 다시 나의 집, 즉 나의 서점으로 가고 싶었다. 이상적인 곳이었던 멀고도 작은 그 도시, 나는 지금도 확신을 가지고 그렇게 생각한다. 내가 어려서부터도 그렇게 증오하던 누나와 함께 살기 위해서 국경과 맞닿은 그 소도시를 떠난 것은 애당초 잘못된 판단이었다.

술집 주인이 말했다.

"문 닫습니다!"

내가 왼쪽 다리를 거리에 내딛는 순간, 아픈 오른쪽 다리가 휘청거려 나는 주저앉고 말았다.

나는 그 이후의 일이 기억나지 않는다. 나는 땀에 흠뻑 젖은 채 침대에서 잠을 깼다. 그러나 감히 방 밖으로 나갈 수가 없었다. 기억이 단편적으로 천천히 되살아났다. 변두리 술집, 천박한 웃음의 얼굴들……한참 뒤, 비, 진흙구덩이……나를 데려다준 제복의 경찰……누나의 일그러진 얼굴……누나에게 한 나의 욕설……경찰들의 웃음소리······.

집은 조용했다. 밖에는 다시 해가 쨍쨍했고, 더위는 숨이 막힐 지
경이었다.

나는 일어나서 침대 밑에서 낡은 여행가방을 꺼낸 뒤에 옷가지를
챙겨넣기 시작했다. 그것이 유일한 해결책이었다. 가능한 한 빨리 이
곳을 떠나는 것만이 내가 살 수 있는 길이었다. 머리가 빙빙 돌았다.
눈도, 입도, 목도 불타는 것 같았다. 나는 현기증이 나서 주저앉을
수밖에 없었다. 이런 상태로는 역까지 갈 수 없다고 생각했다. 나는
쓰레기통을 뒤져서, 마시다 남겨둔 브랜디 병을 찾아내서 병째 마셨
다. 기분이 한결 나아졌다. 머리를 만져보았다. 왼쪽 귀 뒤에 난 혹이
몹시 아팠다. 내가 다시 술병을 들어 입으로 가져가는 순간, 누나가
내 방으로 들어왔다. 나는 술병을 내려놓고 기다렸다. 누나 역시 기다
렸다. 기나긴 침묵. 조용하면서도 평소와는 다른 이상한 목소리로 누
나는 그 침묵을 깨뜨렸다.

"내게 할 얘기 없니?"

"응."

내가 말했다.

그녀가 울부짖었다.

"쉽기도 하구나! 배짱도 좋아! 신사 양반께서는 할 말이 없으시다!
죽도록 취해서 진흙구덩이에서 자지를 않나, 경찰이 집까지 데려
다주지를 않나, 그리고도 할 말이 없으시다?"

내가 말했다.

"날 좀 내버려둬. 내가 나가면 돼."

그녀는 한층 더 날카롭게 울부짖었다.

"그래, 다 봤다, 넌 짐까지 다 싸놨더구나. 하지만 네가 갈 곳이

어디 있어, 이 불쌍한 사람아, 돈도 한푼 없이."

"난 서점 판 돈이 아직 은행에 좀 남아 있어."

"아 그러셔? 글쎄, 몇 푼이나 남아 있는지 궁금한데? 서점은 헐값에 팔아치우고, 그나마 쥐꼬리만큼 받은 돈은 술값, 담뱃값으로 다 날리고."

나는 금화나 은화에 대해서는 물론 보석에 대해서도 누나에게 말한 적이 없었다. 나는 그것들도 모두 은행에 보관해두었다. 그래서 간단히 대답했다.

"떠날 만큼은 있어."

누나가 말했다.

"그러면 난? 난 한푼도 못 받았어. 난 너를 먹여주고 재워주고 보살펴줬어. 그건 누가 갚을 거지?"

내가 가방의 고리를 채웠다.

"내가 다 갚을 테니, 날 보내줘."

누나는 갑자기 부드러운 목소리로 말했다.

"어린애같이 굴지 마, 빅토르. 마지막으로 한 번만 용서해줄게. 어제 저녁에 일어났던 일은 사고일 뿐이야, 병이 재발한 거지. 네 책만 끝나면 모든 게 달라질 거야."

내가 물었다.

"무슨 책?"

누나는 내 '원고'를 들어올렸다.

"이 책. 네 책 말이야."

"난 단 한 줄도 쓰지 않았어."

"타자기로 친 게 200페이지나 되잖아."

"그래, 잡다한 책에서 베껴놓은 게 200페이지나 되었지."

"베끼다니? 무슨 소린지 모르겠구나."

"누난 모르는 게 당연하지. 그 200페이지는 다른 책들 속에 있는 걸 베낀 거라고. 내가 창작한 것은 단 한 줄도 없어."

누나는 나를 바라보았다. 나는 술병을 들고 벌컥벌컥 마셔댔다, 한참 동안. 누나는 고개를 끄덕였다.

"난 널 못 믿겠다. 넌 취했어. 되지도 않는 소릴 지껄이고 있어. 넌 왜 그런 짓을 했지?"

나는 비웃었다.

"내가 글을 쓰는 것처럼 보이기 위해서 그랬지. 하지만 나는 여기서는 도저히 글을 쓸 수가 없었어. 누나는 나를 방해하고, 끊임없이 나를 감시하고, 글을 쓸 수 없게 만들었어. 누나 때문에 글을 쓸 수가 없었다고. 누나가 모든 걸 다 파괴시키고 나쁘게 만들고, 창의력, 생명력, 자유, 영감을 말살시켰어. 어린 시절부터, 누나는 나를 감시하고 통제하면서 나를 못살게 굴었어, 어려서부터!"

누나는 한동안 침묵을 지키며, 천장을 보기도 하다가 낡은 양탄자를 내려다보기도 하다가, 잔소리를 시작했다.

"난 네 작업을 위해서, 네 책을 위해서 모든 걸 희생했어. 나의 일, 나의 고객, 나의 말년을. 난 너를 방해하지 않기 위해서 발끝으로 걸어다녔어. 그런데 넌 여기 온 지 이 년이 다 되어가도록 단 한 줄도 안 썼다고? 넌 먹고 마시고 피우는 일만 했어! 넌 게으름뱅이, 술주정꾼, 식충이야, 아무짝에도 쓸모없는! 난 내 손님들한테 네 책이 곧 나올 거라고 광고를 해놨단 말이야! 그런데 넌 아무것도 안 썼다고? 난 온 마을의 웃음거리가 되게 생겼어! 넌 내 집을 욕되게 한 거야! 난 그 더럽고 작은 도시의 구질구질한 서점에 너를 그냥 내버려뒀어야 했어. 넌 이십 년 넘게 거기서 혼자 살았어. 그런데 거기서는 왜 책 한 권 못 썼지? 내가 방해하지도 않았고, 그 어느 누구도 방해하지 않았을 텐데. 왜? 넌 형편없는 책 한 권, 아니 단 몇 줄도 쓸 능력이 없는 거야. 그러니까 아무리 좋은 환경, 좋은 조건에서도 마찬가지야."

누나가 말하는 동안 나는 계속해서 술을 마셨다. 누나에게 대답하는 내 목소리가 마치 옆방에서 들려오는 소리처럼 아득하게 들렸다. 나는 누나가 옳다고 말했다. 그러나 나는 누나가 살아 있는 한, 어떠한 글도 쓸 수가 없을 것이라고 했다. 나는 나보다 몇 살 더 많은 '누나'가 주도했던 어린 시절의 섹스 놀이를 들먹이며, 그것은 내게 '누나'가 상상했던 것보다 훨씬 더 큰 충격을 주었다는 점을 상기시켰다.

누나는 그것은 단지 어린애 장난일 뿐이었고, 더구나 자신이 아직도 처녀로 있고, 이미 오래 전부터 '그런 짓'에는 관심도 없는 마당에 옛 얘기를 들먹이는 것은 악취미라고 했다.

나는 '그런 짓'이 누나에게 흥미 없는 일이며, 누나는 고객들의 가슴과 엉덩이를 만지는 것으로 만족하는 것을 잘 안다고, 그리고 나서 누나가 가봉하거나 옷을 입혀보는 동안 관찰했더니, 젊고 예쁜 고객들을 만지는 데서 쾌감을 느끼는 것 같다고, 따라서 누나는 음탕한 여자일 뿐이라고 말했다.

나는 누나가 못생긴 데다 위선적인 청교도 정신 때문에, 어떠한 남자에게도 흥미를 느끼지 못했을 것이라고 말했다. 그래서 누나는 손님들을 상대로, 치수를 잰다거나 옷감을 만져본다는 핑계로, 옷을 주문한 예쁘고 젊은 여자의 몸을 만지는 데에 몰두해 있다고 말했다.

누나가 말했다.

"도가 지나치구나, 빅토르, 그만해!"

누나는 병을, 내 브랜디 병을 낚아채더니 타자기를 향해 집어 던졌다. 브랜디가 내 책상 위에 쏟아졌다. 누나는 깨진 병 주둥이를 집어 들고 내게 다가왔다.

나는 일어나서, 누나의 팔을 움직이지 못하게 잡고, 손목을 비틀었고, 누나는 병을 놓았다. 우리는 침대 위에 함께 쓰러졌고, 나는 누나를 덮쳤다. 내 두 손은 누나의 가느다란 목을 졸랐고, 누나가 더 이상 버둥거리지 않게 되자, 나는 사정(射精)했다.

그 이튿날, 루카스는 페테르에게 빅토르의 원고를 돌려주었다.

몇 달 뒤, 페테르는 재판에 참석하기 위해서 다시 고향 마을로 떠났다. 그는 몇 주일간 그곳에 머물렀다. 그는 돌아와서 서점에 들러 마티아스의 머리를 쓰다듬으며 루카스에게 말했다.

"오늘 저녁 우리 집에 좀 와주게."

루카스가 말했다.

"중대한 문제 같은데요, 페테르 씨?"

페테르가 고개를 끄덕였다.

"지금은 묻지 말게. 그럼, 나중에."

페테르가 나가자, 아이가 루카스를 돌아보았다.

"페테르 아저씨에게 무슨 불행한 일이 일어난 거지?"

"아니, 페테르 씨에게가 아니고, 그의 친구 일인 것 같아."

아이가 말했다.

"마찬가지야, 그건 똑같이 나쁜 일이야."

루카스가 마티아스를 끌어안았다.

"네 말이 맞아. 그럴 수도 있지."

페테르의 집으로 간 루카스가 물었다.

"그래서요?"

페테르는 자기 잔에 브랜디를 따르자마자 단숨에 마셔버렸다.

"그래서? 사형이야. 어제 아침에 교수형이 집행됐어. 마시자고!"

"당신은 취했어요, 페테르 씨."

페테르는 병을 들어올려 얼마나 남았는지 들여다보더니, 자조적이
되었다.

"그래, 난 벌써 반병이나 마셨어. 나는 빅토르 대신 마시는 거야."

루카스가 일어섰다.

"다음에 다시 올게요. 당신이 그런 상태로 얘기해봤자 아무 소용이
없어요."

페테르가 말했다.

"오히려 그 반대지. 난 이런 상태가 아니고서는 빅토르에 대해서
말할 수가 없어. 그러지 말고 다시 앉게. 자, 이건 자네 거야. 빅토르
가 자네에게 보낸 거야."

그는 거친 천으로 된 작은 가방을 루카스 앞에 밀어놓았다.

루카스가 물었다.

"이게 뭡니까?"

"금화와 보석들. 돈도. 빅토르는 그걸 쓸 시간이 없었어. 그는 내게
부탁했어. '이건 전부 루카스에게 돌려줘. 그는 내 집과 서점을 너무
비싸게 샀어. 자네에게는, 페테르, 내 집이자 누나 집이고 우리 부모
의 집을 물려주겠네. 우리는 상속자도 없어. 누나에게도, 내게도 없
네. 그 집을 팔게, 저주받은 집이야. 우리가 어려서부터 그 집은 흉가
였어. 그 집을 팔고 그 먼 작은 도시로 돌아가게. 그 도시야말로 내가
영원히 떠나지 말았어야 했던 이상적인 곳이야.'"

잠시 침묵 끝에, 루카스가 말했다.

"당신은 빅토르에게 그보다 가벼운 형이 구형될 거라고 했잖아

요? 감옥에는 안 가고 정신병원에서 생을 마감할지도 모른다고까지 했죠."

"내가 착각했던 거야, 그뿐이야. 나는 정신과 의사들이 빅토르에게 자기행위에 책임질 능력이 있다는 평가를 내리리라고는 예측하지 못했고, 또 빅토르가 자신의 재판에서 그렇게 바보같이 굴 줄은 몰랐지. 그는 후회나 아쉬움이나 반성의 기미를 전혀 보이지 않았어. 그는 계속 반복하기를 '나는 그렇게 해야만 했어요. 나는 "그녀"를 죽이지 않을 수 없었어요. 그것만이 내가 책을 쓸 수 있는 유일한 방법이었거든요.' 그러는 거야. 배심원들은 당신의 책 쓰기를 방해한다는 이유로 그 누군가를 죽일 권리는 없다고 판단했지. 술을 몇 잔 마시고, 훌륭한 사람들을 죽이고, 그들에게서 벗어나는 것은 아주 쉬운 일일 것이라고 선언했어. 그들은 빅토르가 이기적이고, 사악하고, 사회에 위험한 인물이라고 결론지었지. 내가 보기에는 모든 증거가 그에게 너무 불리하게 돌아갔어. 그의 누나는 아주 모범적이고 명예로운 인생을 살았고, 모든 사람들, 특히 그녀의 고객들의 높은 평가를 받으며 살다 억울하게 죽은 사람이 되었지."

루카스가 물었다.

"법정 밖에서 그를 만나보셨어요?"

"선고가 끝나고 만났지. 나는 그의 감방으로 들어가서 원하는 만큼 오래 그와 함께 있을 수 있었어. 나는 마지막 날까지 그의 곁에 있어주었네."

"그는 두려워했나요?"

"두려워하더냐고? 내가 보기에는 그렇지 않은 것 같았어. 처음에 그는 믿지 않았어, 믿을 수가 없었던 거지. 그가 사면이나 기적을 기대했는지 어쨌는지, 그건 잘 모르겠네. 그가 그의 유언장을 작성하고 서명하던 날, 그는 확실히 더 이상 환상은 가지지 않는 것 같더군. 마지막 날 저녁에 그가 내게 말했네. '내가 죽을 거라는 건 알겠는데, 페테르, 이해는 못 하겠어. 내 누나의 시체 하나만으로는 부족해서 거기에 내 것까지 보태야 하는 건가? 하지만 누가 그 두 번째 시체를 원하는 거야? 신, 그는 분명히 아닐 거고. 그는 우리의 육신을 필요로 하지 않아. 그러면 사회가 원하는 건가? 사회는, 나를 살려두면, 아무에게도 소용없는 시체 한 구 대신에 한 권이나 또는 여러 권의 책을 얻게 될 텐데.'"

루카스가 물었다.

"처형 때도 입회하셨어요?"

"아니야. 그는 내게 입회해달라고 했지만, 난 거절했지. 자네는 내가 겁이 많다고 생각하지?"

"글쎄요, 하지만 당신을 이해합니다."

"자네 같으면 입회했겠나?"

"그가 내게 부탁했다면, 그럼요, 했을 겁니다."

7

서점은 독서실로 바뀌었다. 몇몇 아이들은 이미 거기에 와서 책을 읽거나 그림 그리는 일이 습관처럼 되었고, 다른 아이들도 춤거나 눈 속에서 오래 놀다가 지치면 우연히 들어오기도 했다. 그런 아이들은 고작해야 십오 분가량 머물렀고, 그동안 그림책이나 뒤적이며 몸을 녹였다. 가게 진열장을 통해서 들여다보다가도, 루카스가 들어오라고 하려고 문을 열고 나가면, 달아나는 아이들도 있었다.

가끔씩 마티아스는 살림집에서 내려와서, 책을 가지고 루카스의 옆에 앉아 있다가 한두 시간 후에 다시 올라가고, 문을 닫을 무렵에 다시 내려왔다. 그는 다른 아이들과 어울리지 않았다. 그들이 다 가고 나면, 마티아스는 책들을 정리하고, 쓰레기통을 비우고, 탁자와 의자들을 제자리에 정돈하고, 더러워진 바닥은 걸레로 닦았다. 그는 또 재고 정리도 했다.

"그 애들은 또 색연필 일곱 자루, 책 세 권을 훔쳐갔어. 종이를 십여 장 낭비하고."

루카스가 말했다.

"괜찮아, 마티아스. 애들이 원했다면, 나는 애들에게 모두 줬을 거야. 애들은 수줍어서 말을 못 하고 몰래 가져간 거야. 심각해할 건 없어."

해질 무렵, 모두들 조용히 책을 읽고 있는데, 마티아스가 루카스

앞에 종이 한 장을 들이밀었다. 거기에는 이렇게 적혀 있었다. "저 여자를 봐!" 진열창 너머, 어둑한 거리에서, 한 여자의 그림자가 얼굴의 윤곽만 드러낸 한 여자가 밝은 서점 안을 들여다보고 있었다. 루카스가 일어서자, 그 그림자는 사라져버렸다.

마티아스가 속삭였다.

"저 여자가 나를 계속 쫓아다녀. 쉬는 시간에 그 여자는 학교 운동장의 담장 너머로 나를 지켜봤어. 그 여자는 내가 집으로 돌아오는 길에도 내 뒤를 밟았어."

루카스가 물었다.

"그 여자가 너에게 말을 걸디?"

"아니. 한번은, 며칠 전인데, 그 여자가 나한테 사과를 하나 줬지만 난 받지 않았어. 또 한번은, 남자 녀석 네 명이 나를 눈 속에 눕혀놓고 옷을 벗기려고 했더니, 그 여자가 달려들어 아이들을 막 야단치고 뺨을 갈겨줬어. 그래서 난 도망쳤지."

"그러면 나쁜 여자는 아니구나. 널 보호해줬으니까."

"응, 그런데 왜 그랬을까? 그 여자는 날 보호해줄 이유가 없는데. 그리고 왜 날 따라다니지? 날 지켜보는 것도 이상하고, 난 그 여자가 쳐다보는 게 무서워. 그 여자의 눈이 무섭다고."

루카스가 말했다.

"신경 쓸 것 없어, 마티아스. 전쟁 통에 자기 아이를 잃어버린 여자들이 많거든. 그 여자들은 잃어버린 아이들을 잊을 수가 없는 거야. 그래서 자신들이 잃어버린 아이와 닮은 아이를 보면 그렇게 쫓아다닐 수 있을 거야."

마티아스가 킥킥 웃었다.

"내가 누군가에게 그녀의 아이를 생각나게 할 수 있다니 놀라운 일인데?"

저녁에 루카스는 야스민의 이모 집을 찾아갔다. 그녀는 창문을 열고 말했다.

"왜 그러세요?"

"드릴 말씀이 있는데요."

"난 시간이 없어요. 일 나가야 해요."

"밖에서 기다리겠습니다."

그녀가 집에서 나오자, 루카스가 말했다.

"공장까지 같이 가면서 얘기하죠. 종종 밤일을 나가세요?"

"일주일에 세 번. 다들 마찬가지예요. 그런데 무슨 할 얘기가 있어요? 내 일에 관해선가요?"

"아닙니다. 아이에 관해서요. 저는 다만 아이를 그냥 내버려둬달라는 부탁만 드리겠습니다."

"난 그 애에게 아무 짓도 안 했어요."

"제가 다 알아요. 당신은 아이의 뒤를 밟고, 바라보고 하셨어요. 그런 짓은 아이를 혼란에 빠뜨릴 뿐입니다. 아시겠지요?"

"네. 가엾은 일이에요. 아이를 버리다니."

그들은 눈이 쌓인 텅 빈 거리를 말없이 함께 걸었다. 그녀는 스카프로 얼굴을 감싸고, 어깨를 들먹이며 흐느껴 울었다.

루카스가 물었다.

"당신 남편은 석방되었어요?"

"내 남편이라니? 그는 죽었어요. 모르셨어요?"

"네. 안됐군요."

"공식적으로는, 그는 자살했어요. 하지만 나는 거기에서 그와 같이 지내다가 석방된 사람을 통해서 알게 되었는데 자살이 아니라고 하더군요. 그의 감방 동료들이 죽였다는 거예요, 자기 딸을 강간한 놈이라고.”

그들은 네온사인이 환히 밝혀주고 있는 큰 직물공장 앞에 이르렀다. 사방에서 추위에 몸을 움츠리고 종종걸음으로 나타난 사람들의 그림자가 철문 안으로 사라졌다. 문 앞은 벌써 기계의 소음으로 말을 알아들을 수 없을 정도로 시끄러웠다.

루카스가 물었다.

“남편이 죽지 않았다면, 당신은 아내로서 그를 다시 받아들였을까요?”

“모르겠어요. 아무튼 그는 이 마을에 다시 발을 들여놓을 수 없었겠죠. 나는 그가 야스민을 찾아서 수도로 갔을 거라고 생각해요.”

공장의 사이렌 소리가 요란하게 울려댔다.

루카스가 말했다.

“가보세요. 늦으시겠어요.”

그녀는 창백하고 누렇게 찌든 얼굴을 들었다. 거기에는 야스민의 검고 커다란 눈이 빛나고 있었다.

“이제 나는 혼자예요. 당신이 원한다면, 당신이 동의만 한다면, 아이를 집으로 데려오고 싶어요.”

루카스는 공장 사이렌보다 더 큰 소리로 울부짖었다.

“마티아스를 데려간다고요? 말도 안 돼요! 그 애는 내 애예요. 내 아이라고요! 당신이 앞으로도 그 애에게 접근하고 바라보고 말을 걸고 쫓아다니고 하면, 가만 있지 않겠어요.”

그녀는 공장 문을 향해서 뒷걸음질쳤다.

“조용히 해요. 당신 미쳤어요? 그건 다만 희망사항일 뿐이에요.”

루카스는 서점까지 한걸음에 달려왔다. 그는 자기 집 담장에 몸을 기대고 심장의 두근거림이 가라앉기를 기다렸다.

한 젊은 여자가 서점에 들어와서 루카스 앞에 서서 웃었다.

"나를 모르시겠어요, 루카스 씨?"

"내가 어떻게 당신을 알겠습니까?"

"아그네스라고 해요."

루카스는 생각에 잠겼다.

"미안하지만, 모르겠는데요, 아가씨."

"우리는 옛날에 친구였어요. 나는 음악을 들으러 당신 집에 한 번 갔었어요. 그때가 여섯 살 때였지요. 당신은 내게 그네를 만들어주겠다고 했었죠."

루카스가 말했다.

"아, 생각나는군. 당신을 보낸 사람은 레오니 숙모였고요."

"그래요, 맞았어요. 숙모는 벌써 죽었어요. 이번에 나를 보낸 사람은 공장장이에요. 탁아소 아이들을 위한 그림책을 사오래요."

"공장에서 일하세요? 학교에 다녀야지요."

아그네스가 얼굴을 붉혔다.

"나는 열다섯 살이에요. 작년에 학교를 졸업했어요. 그리고 공장에서 일하는 게 아니고, 아이들 보모예요. 아이들은 날더러 선생님이라고 불러요."

루카스가 웃었다.

"나는 당신을 아가씨라고 부르죠."

그녀는 루카스에게 지폐 한 장을 내놓았다.

"책이랑, 그림 그릴 종이하고 색연필들을 좀 주세요."

그 이후, 아그네스는 서점에 자주 왔다. 그녀는 서가에서 한참씩 책들을 찾았고, 아이들 사이에 앉아서 그들과 함께 책도 읽고, 그림도 그렸다.

마티아스가 그녀를 처음 보았을 때, 루카스에게 말했다.

"굉장히 아름다운 여인이야."

"여인이라고? 아직 소녀야."

"가슴도 나왔는데? 소녀는 아니야."

루카스는 빨간 스웨터 위로 볼록한 아그네스의 가슴을 바라보았다.

"네 말이 옳아, 마티아스, 젖가슴이 있구나. 난 주의 깊게 보지 않았어."

"머리도 그렇지 않아? 머릿결이 너무 좋아. 불빛에 반짝반짝 빛나잖아?"

마티아스는 신이 나서 계속 말했다.

"속눈썹 좀 봐, 새까맣지?"

루카스가 말했다.

"속눈썹 화장을 해서 그래."

"입 좀 봐."

"립스틱을 발랐어. 그 나이에는 화장을 안 해도 되는데."

"맞아, 루카스. 저 여자는 화장을 안 해도 아름다울 거야."

루카스가 웃었다.

"그리고 너, 네 나이에는, 아직 여자들을 자세히 보면 안 돼."

"난 우리 반 여자애들은 안 쳐다봐. 그 애들은 어리석고 못생겼어."

아그네스가 일어나더니, 책을 한 권 꺼내기 위해서 사다리 위로 올라갔다. 그녀의 치마가 너무 짧아서 가터벨트와 줄이 간 검은색 스타킹이 보였다. 그녀 자신도 그것을 눈치채고는, 얼른 집게손가락에 침을 묻혀서 줄이 간 곳에 발랐다. 그렇게 하기 위해서, 그녀는 몸을 수그렸고, 그러는 바람에 빨간 꽃무늬가 있는 흰색 팬티, 소녀의 것 같은 그 팬티까지 보이고 말았다.

하루는, 그녀가 가게 문을 닫을 때까지 남아 있었다. 그녀는 루카스에게 말했다.

"청소 좀 해드릴게요."

루카스가 말했다.

"청소는 마티아스가 해요. 그 애가 아주 잘하죠."

마티아스가 아그네스에게 말했다.

"당신이 날 도와주면, 훨씬 더 빨리 끝날 거예요. 그러면 당신에게 잼을 바른 크레이프를 만들어드릴게요, 좋아하신다면."

아그네스가 말했다.

"잼 바른 크레이프는 누구나 좋아해."

루카스는 계단 위의 자기 방으로 올라갔다. 조금 뒤에 마티아스가 그를 불렀다.

"이리 와서 빵 먹어, 루카스."

그들은 부엌에서 잼 바른 크레이프를 먹으며 차를 마셨다. 루카스는 아무 말도 하지 않고, 아그네스와 마티아스는 깔깔거리며 수다를 떨었다. 식사 후, 루카스가 말했다.

"아그네스를 바래다줘야겠어. 날이 어두워져서."

아그네스가 말했다.

"난 혼자 돌아갈 수 있어. 난 밤에도 안 무서워."

루카스가 말했다.

"괜찮아요. 내가 바래다드리죠."

아그네스는 자기 집 앞에 이르자, 루카스에게 말했다.

"들어가지 않을래요?"

"아닙니다."

"왜요?"

"당신은 아직 소녀예요, 아그네스."

"아니에요. 나는 이제 소녀가 아니에요. 나는 여자예요. 당신이 내 방의 첫손님도 아닌 걸요. 부모님은 여기 안 계세요. 일 나가셨거든요. 그리고 부모님이 계셔도⋯⋯난 내 방이 있고, 거기서는 무슨 일이든 할 수 있어요."

루카스가 말했다.

"잘 자요, 아그네스. 난 가야겠어요."

아그네스가 말했다.

"난 당신이 어디로 가는지 다 알아요. 저기, 더 멀리, 골목길에 있는 창녀 동네이죠?"

"정확히 맞혔어요. 그러나 당신이 참견할 일이 아니죠."

이튿날, 루카스가 마티아스에게 말했다.

"누군가를 우리 집 식사에 초대하려면, 나한테 먼저 물어봐."

마티아스가 다시 말했다.

"아그네스가 맘에 안 들었어? 유감이군. 그녀는 너를 사랑하던데. 보면 알아. 그녀가 여기에 그렇게 자주 들르는 건 너 때문이야."

루카스가 말했다.

"넌 상상력이 풍부하구나, 마티아스."

"그녀하고 결혼하고 싶지 않아?"

"결혼을 해? 무슨 소리! 아니야, 절대로 아니야."

"왜? 넌 우리 엄마를 기다리는 거야? 엄마는 안 돌아올 거야."

루카스가 말했다.

"난 아무하고도 결혼하고 싶지 않아."

봄이다. 뜰 쪽으로 난 문을 열어둔다. 마티아스는 그의 식물들과 동물 돌보기에 열심이다. 그는 흰색 토끼 한 마리, 고양이 여러 마리, 조제프가 준 검정 개 한 마리를 기르고 있다. 그는 또 닭장에서 알을 품고 있는 암탉에게서 병아리가 부화하기를 초조하게 기다리고 있다.

루카스는 아이들이 책에 달라붙어 독서에 열중하고 있는 독서실을 돌아보기도 한다.

한 어린 소년이 고개를 들더니, 루카스를 보고 웃었다. 그 아이는 금발에 푸른 눈을 하고 있는데, 처음 온 아이였다.

루카스는 그 아이에게서 눈을 뗄 수가 없었다. 그는 계산대 뒤에 앉아서 책을 펼쳐놓은 채, 그 낯선 아이를 주시했다. 갑자기 날카로운 통증이 책 위에 얹어놓고 있던 그의 왼손을 스쳐갔다. 컴퍼스가 그 손등에 꽂혔다. 통증이 너무 강렬해서 거의 무감각해진 루카스가 천천히 마티아스를 돌아보았다.

"왜 그런 짓을 하지?"

마티아스는 잇새로 휘파람을 불었다.

"난 네가 그 애를 바라보는 게 싫어!"

"난 아무도 안 봤어."

"아니야! 거짓말하지 마! 난 네가 그 아이를 쳐다보는 걸 봤어. 난 네가 그 애를 그런 식으로 보는 게 싫단 말이야!"

루카스는 컴퍼스를 뽑고, 상처 위에 손수건을 가져다댔다.

"난 이층에서 상처를 소독해야겠다."

그가 다시 내려왔을 때, 그 아이는 거기에 없었다. 마티아스는 철문을 내려버렸다.

"내가 아이들에게 말했어. 오늘은 문을 좀 일찍 닫는다고."

루카스가 마티아스의 팔을 잡고, 살림집으로 끌고 올라가서 그의 침대에 쓰러뜨렸다.

"무슨 짓이야, 마티아스?"

"넌 왜 그 아이를 쳐다봤어, 그 금발 아이를?"

"그 아이를 보니까 생각나는 사람이 있어서 그랬어."

"네가 사랑했던 사람이야?"

"그래, 내 형제."

"너는 나 말고 다른 사람을 사랑해서는 안 돼, 네 형제라도."

루카스는 말이 없다. 아이가 계속 말한다.

"똑똑한 건 아무 소용도 없어. 잘생기고 금발이라는 게 더 중요해. 넌 결혼하면 그 아이 같은, 네 형제를 닮은 잘생긴 아이를 낳겠지. 넌 불구가 아닌 금발의 잘생긴 아이를 가지게 될 거야. 나는 루카스의 아들이 아니야. 나는 야스민의 아들이야."

루카스가 말했다.

"넌 내 아들이야. 나는 너 외의 다른 아이를 가질 생각이 없어."

그는 붕대로 감은 손을 아이에게 내밀어 보였다.

"넌 나에게 상처를 주었어, 알고 있어?"

아이가 말했다.

"너도 마찬가지야. 넌 나에게 상처를 주었다고, 그래도 넌 모르지?"

루카스가 말했다

"난 네 마음에 상처를 줄 생각은 아니었어. 넌 한 가지 사실만은 알아야 해, 마티아스. 이 세상에서 내게 가장 소중한 유일한 사람이 바로 너라는 것."

아이가 말했다.

"믿을 수 없어. 나를 진정으로 사랑하는 것은 엄마뿐이었는데, 엄마는 죽었어. 내가 이미 여러 번 말했잖아."

"네 엄마는 죽지 않았어. 그냥 떠난 것뿐이야."

"엄마는 나를 두고 떠나지 않을 거야, 그러니까 죽은 게 틀림없어."
아이가 다시 말했다.

"독서실을 없애버려야 해. 넌 무슨 생각으로 독서실을 연 거지?"

"너를 위해서였어. 네가 거기서 친구를 사귀게 될 거라고 생각했어."

"친구, 난 그런 거 필요 없어. 너한테 독서실을 열어달라고 부탁한 적 없어. 나는 오히려 문을 닫아버렸으면 해."

루카스가 말했다.

"닫을게. 내가 내일 저녁에 아이들에게 말하면 되겠지. 날씨가 따뜻하니까 밖에 나가서 책도 읽고, 그림도 그리도록 하라고 말이야."

금발의 그 소년은 이튿날 다시 왔다. 루카스는 그 소년을 쳐다보지 않았다. 그는 책 한 권을 펴들고 앉아 글에만 눈을 박고 있었다. 마티아스가 말했다.

"그 아이를 감히 쳐다보지도 못하고 있지? 보고 싶으면서도. 오 분 전부터 너는 책을 한 페이지도 넘기지 않았어."

루카스는 책을 덮고, 두 손으로 얼굴을 가렸다. 아그네스가 서점에 들어오자, 마티아스는 달려가서 그녀를 맞으며 포옹했다. 마티아스가 물었다.

"그동안 왜 안 왔어요?"

"시간이 없었거든. 나는 유아원 선생이 되기 위한 강의를 듣느라고 이웃 마을에 갔어. 그래도 집에는 가끔씩 들렀어."

"지금은 여기, 우리 도시에 있어요?"

"응."

"오늘 저녁 우리 집에 크레이프 먹으러 올래요?"

"좋아. 하지만 난 내 남동생을 돌봐줘야 해. 부모님이 일하러 가시거든."

마티아스가 말했다.

"그러면 동생도 데리고 와요. 크레이프는 많이 있으니까. 나는 올라가서 밀가루 반죽부터 해야겠어요."

"난, 너 대신에 가게 정리를 도울게."

마티아스는 위층 살림집으로 올라갔고, 루카스는 아이들에게 말했다.

"너희들은 지금 탁자 위에 있는 책들을 다 가져가도록 해. 종이도, 크레용도 각자 쓰던 것은 다 가지고 가도 좋아. 날씨가 따뜻한 동안은 이곳에 틀어박혀 있을 필요가 없어. 각자 자기 집 뜰이나 공원에 가서 책도 읽고, 그림도 그리도록 해. 가져간 물건을 다 쓰면 또 와서 달라고 하고."

아이들이 밖으로 나가고, 마침내 그 금발의 소년만 자리에 그대로 얌전히 앉아 있었다. 루카스는 그 아이에게 다정하게 물었다.

"너는? 넌 안 돌아가니?"

아이가 대답하지 않자, 루카스가 아그네스를 돌아보았다.

"난 이 아이가 당신의 동생인지 몰랐어요. 이 아이에 대해서 전혀 몰랐어요."

"걔가 좀 소심하거든요. 이름은 사무엘이에요. 이곳에 가보라고 말해준 건 바로 나예요. 이제 막 글을 읽기 시작했거든요. 애는 내 막냇동생이에요. 오빠 시몬은 벌써 오 년 전부터 공장에 나가서 일하지요. 트럭 운전수예요."

금발의 소년은 일어나더니 누나의 손을 잡았다.

"아저씨 집에서 크레이프 먹을 거야?"

"응, 올라가자. 마티아스를 도와줘야 해."

그들은 살림집으로 통하는 계단을 올라갔다. 부엌에서 마티아스는 크레이프를 만들 밀가루 반죽을 하고 있었다. 아그네스가 말했다.

"마티아스, 내 동생을 소개할게. 이름은 사무엘이야. 너희는 친구 하면 되겠다. 나이가 거의 비슷할 거야."

마티아스는 눈이 휘둥그레져서, 나무 주걱을 놓고 부엌 밖으로 나가버렸다. 아그네스는 루카스를 돌아보며 말했다.

"왜 저러죠?"

루카스가 말했다.

"마티아스는 아마 자기 방에 볼 일이 있나보군요. 크레이프를 만들기 시작해도 좋겠지요, 아그네스, 내 곧 돌아올 테니."

루카스가 마티아스의 방으로 들어갔다. 아이는 이불 위에 누운 채 말했다.

"날 좀 내버려둬. 난 자고 싶어."

"네가 그들을 초대했어. 마티아스. 이건 예의에 관한 문제야."

"난 아그네스를 초대했어. 아그네스의 동생이 바로 그 소년인지는 몰랐다고."

"나도 마찬가지야. 나도 몰랐어. 아그네스를 위해 참아. 넌 아그네스를 무척 좋아하잖니?"

"그런데 루카스. 넌, 아그네스의 동생을 사랑해. 난 세 사람이 부엌에 들어올 때 저들이 바로 진짜 한 가족이구나 하는 걸 느꼈어. 부모가 금발이고 잘생겼으면, 아이도 당연히 금발이고 잘생겨야 하니까. 그런데 난, 난 가족이 없어. 난 엄마도 아빠도 없어, 난 금발도 아니고, 못생기고, 불구야."

루카스는 아이를 끌어안았다.

"마티아스, 넌 사랑스런 아이야. 너는 내 인생의 전부야."

미디아스가 미소를 지으며 말했다.

"좋아, 먹으러 가."

부엌에는 식탁이 차려져 있고, 한가운데에 크레이프가 수북이 쌓여 있다.

아그네스는 수다를 떨면서, 홍차를 준비하느라고 자주 일어났다. 그녀는 마티아스와 동생을 똑같이 보살펴주었다.

"잼? 치즈? 초콜릿?"

루카스는 마티아스를 유심히 관찰했다. 마티아스는 먹는 척하면서 금발의 소년에게서 눈을 떼지 않았다. 금발 소년은 맛있게 먹으면서, 루카스와 눈이 마주치면 루카스에게 웃어 보이고, 그의 누나가 무엇인가 건네주면 누나에게 웃어 보였지만, 마티아스의 검은 눈과 마주치면 눈을 내리깔았다.

아그네스는 마티아스와 함께 설거지를 했다. 루카스는 자기 방으로 올라갔다. 한참 뒤 마티아스가 그를 불렀다.

"아그네스와 그녀의 동생을 바래다줘야 돼."

아그네스가 말했다.

"우린 우리 두 사람만 가도 정말 하나도 안 무서워."

마티아스가 고집을 부렸다.

"이건 예의에 관한 문제야. 루카스, 그들을 바래다줘."

루카스가 그들을 바래다주었다. 그는 그들에게 잘 자라고 작별 인사를 하고 공원으로 가서 불면증 환자의 벤치에 앉았다.

불면증 환자가 말했다.

"세 시 삼십 분이야. 아이가 열한 시에 자기 방에서 불을 피웠어. 나는 평소에는 그런 적이 없었지만, 어쩔 수 없이 아이를 급히 불러서 물어봤지. 불이 날까봐 겁이 나더군. 내가 아이에게 무슨 짓이냐고 물었더니, 아이 얘기가 창가에 양동이를 놓고 망친 숙제들을 태워버렸다는 거야. 왜 부엌에서 태우지 그랬냐고 물었더니, 그런 걸 위해서 부엌까지 가기가 귀찮았다는 거야. 불은 곧 꺼졌고, 아이는 더 이상 보이지 않고, 아무 소리도 들리지 않더군."

루카스는 계단을 올라가서 자기 방에 들렀다가 아이의 방으로 갔다. 창가에는 종이들이 탄 재가 담긴 양동이가 있고, 아이의 침대는 비어 있다. 베개 위에는 푸른색 노트가 덮인 채 놓여 있다. 제목란에는 "마티아스의 노트"라고 적혀 있다. 루카스가 노트를 펼쳤다. 백지뿐이고 찢어낸 흔적이 있다. 루카스는 자줏빛 커튼을 젖혔다. 엄마와 아기의 해골 옆에, 마티아스의 시체가 매달려 있다. 시체는 벌써 푸르스름하게 변하고 있다.

불면증 환자는 길게 울부짖는 소리를 들었다. 그는 거리로 내려와서 루카스의 집 초인종을 눌렀다. 대답이 없다. 그 노인은 계단을 올라가서 루카스의 방으로 들어갔다. 또 하나의 문이 눈에 띄어서, 문을 열었다. 루카스가 침대 위에서 아이의 시체를 가슴에 끌어안고 누워 있다.

"루카스?"

루카스는 눈을 크게 뜨고 천장을 응시하며 대답하지 않았다.

불면증 환자는 거리로 다시 내려와서, 페테르의 집으로 가서 초인종을 울렸다. 페테르가 창문을 열었다.

"무슨 일이요, 미카엘?"

"루카스에게 가보게. 큰일 났네. 어서 나와요."

"먼저 가시오, 미카엘. 내가 다 책임질 테니."

그는 루카스의 집으로 올라갔다. 그는 양동이와 침대 위의 두 사람을 보았다. 그는 커튼을 젖히고 해골들을 보았다. 그 해골들이 매달려 있는 갈고리에는 면도칼로 자른 밧줄이 늘어져 있다. 그는 다시 침대로 돌아가서 아이의 몸을 살짝 밀어보고, 루카스의 뺨을 두 대 때렸다.

"일어나게 이 사람아!"

루카스는 눈을 감았고, 페테르는 그를 흔들었다.

"이게 무슨 일인가 말 좀 해봐!"

루카스가 말했다.

"야스민이 그랬어요. 그녀가 아이를 내게서 뺏어갔어요."

페테르가 단호하게 말했다.

"나 말고 다른 사람 앞에서 다시는 그런 소리 말게, 루카스. 날 알아보겠어? 날 쳐다보라고!"

루카스가 페테르를 바라보았다.

"그럼요, 알고말고요. 난 이제 뭘 해야 하죠, 페테르 씨?"

"아무것도. 그냥 누워 있어. 우선 진정제를 좀 가져다주겠네. 그리고 대외적인 일은 내가 다 처리하겠네."

루카스는 마티아스의 시체를 다시 끌어안았다.

"감사합니다, 페테르 씨. 진정제 같은 건 필요 없어요."

"필요 없다고? 그러면 적어도 눈물이라도 보이게. 자네 열쇠는 어디 있나?"

"모르겠어요. 아마 출입문에 그대로 꽂혀 있을 걸요."

"내가 자네를 가둬야겠네. 그대로 있게. 나오면 안 돼. 내 곧 돌아올 테니까."

페테르는 부엌에서 가방을 하나 찾다가, 자루 속에 담아 자기집으로 가져갔다.

루카스와 페테르는 아이의 관을 실은 조제프의 손수레 뒤를 따라갔다.

공동묘지에서는 매장 인부 한 사람이 흙더미 위에 앉아서 양파를 곁들여 베이컨을 먹고 있었다.

마티아스는 루카스의 할아버지와 할머니의 무덤에 함께 묻혔다.

매장 인부가 구덩이를 다 메우고 나자, 루카스가 직접 십자가를 꽂았다. 거기에는 "마티아스" 그리고 두 개의 날짜가 새겨져 있다. 아이는 칠 년하고 사 개월을 살았다.

조제프는 물었다.

"우리 집으로 가겠어, 루카스?"

루카스가 말했다.

"돌아가세요, 조제프 씨, 고마웠어요. 정말 감사합니다."

"여기 있어봤자 뭘 하겠나?"

페테르가 말했다.

"이리 와, 조제프. 나와 함께 돌아가세."

루카스는 손수레가 멀어져가는 소리를 들었다. 그는 무덤 곁에 앉았다. 작은 새들이 노래했다.

검은 옷을 입은 한 여자가 소리 없이 지나가며 오랑캐꽃 한 묶음을 십자가 아래에 놓았다.

한참 뒤, 페테르가 다시 왔다. 루카스의 어깨를 두드렸다.

"그만 가세. 곧 밤이야."

루카스가 말했다.

"나는 여기에 아이를 혼자 놔두고 갈 수 없어요. 더구나 밤에. 걔는 밤을 무서워해요. 아직 너무 어리거든요."

"아니야, 지금은, 이제 무섭지 않을 거야. 가세, 루카스."

루카스는 일어나면서도 무덤을 뚫어지게 바라보았다.

"그 애를 자기 엄마와 함께 떠나도록 내버려뒀어야 했는데, 무슨 수를 써서라도 아이를 지키고 싶은 욕심에 내가 치명적인 실수를 저질렀어요."

페테르가 말했다.

"우리는 누구나 인생에서 그런 큰 실수를 할 수 있어. 우리가 그걸 깨달았을 때는 이미 돌이킬 수 없는 결과가 생긴 뒤이지."

그들은 시내로 다시 내려왔다. 서점 앞에서 페테르가 물었다.

"우리 집으로 가겠나, 아니면 자네 집으로 가겠나?"

"제 집으로 가겠어요."

루카스는 집으로 돌아왔다. 그는 책상 앞에 앉아, 아이 방의 닫힌 문을 바라보며, 노트를 펼치고, 거기에 이렇게 적었다.

"마티아스에게는 잘된 일이다. 그는 영원히 초등학교 일 학년생이고 다시는 악몽을 꾸지 않게 되었다."

루카스는 노트를 덮고, 집을 나와서, 다시 공동묘지로 갔다. 그리고 아이의 묘지 위에서 잠이 들었다.

새벽에 불면증 환자가 그를 깨우러 왔다.

"가야 해, 루카스. 서점을 열어야지."

"그래야죠, 미카엘 씨."

8

클라우스는 기차를 타고 이곳에 도착했다. 작은 역은 변한 것이 없지만, 버스 한 대가 여행자들을 기다리고 있다.

클라우스는 차를 타지 않고, 시내 중심가를 향해 걷는다. 마로니에 나무에는 꽃이 만발하고, 거리는 예전과 마찬가지로 인적이 거의 없고, 조용하다.

중앙 광장 앞에서 클라우스는 멈춰 섰다. 초라하고 낮은 작은 집들 대신에 큰 이층 건물이 들어서 있다. 그것은 호텔이다. 클라우스는 호텔로 들어가서 로비 직원에게 물었다.

"이 호텔은 언제 세워졌습니까?"

"십 년 전입니다, 선생님. 방을 쓰시게요?"

"아직은 잘 모르겠군요. 몇 시간 후에 다시 오겠습니다. 그동안 내 여행가방을 좀 보관해주시겠습니까?"

"물론 해드려야죠."

클라우스는 다시 걷기 시작했다. 도시를 가로질러, 마지막 집을 지난 뒤에 비포장도로로 접어들었다. 거기에는 운동장이 있었다. 클라우스는 운동장을 가로질러 가서 강가 풀밭에 앉았다. 한참 뒤에 아이들은 공놀이를 시작했다. 클라우스가 그중 한 아이에게 물었다.

"이 운동장은 생긴 지 오래됐니?"

그 아이는 어깨를 으쓱했다.

"운동장이요? 옛날부터 있었어요."

클라우스는 다시 시내로 돌아와서 성으로 가서 거기서 공동묘지로 향했다. 그는 한참을 찾았지만, 할머니와 할아버지의 무덤을 찾지 못했다. 그는 시내로 다시 와서 중앙 광장의 벤치에 앉아서 사람들을 구경했다. 볼일을 보러 다니는 사람, 일터에서 집으로 돌아가는 사람, 걸어서 또는 자전거로 산책하는 사람. 자동차는 아주 드물게 눈에 띄었다. 가게들이 문을 닫자, 광장은 텅 비고, 클라우스는 다시 호텔로 돌아갔다.

"방 하나 주시오, 아가씨."

"며칠이나 쓰실 건가요?"

"그건 잘 모르겠는데요."

"여권을 보여주시겠어요?"

"여기."

"외국인이시네요? 어디서 그렇게 완벽하게 우리말을 배우셨어요?"

"여기서. 난 이 도시에서 자랐소."

"그러면 아주 오래 전이군요."

클라우스가 웃었다.

"내가 그렇게 늙어 보여요?"

그 젊은 여자는 얼굴을 붉혔다.

"아니, 아니에요, 제 말은 그게 아니에요. 우리 호텔에서 제일 좋은 방을 드릴게요, 아직은 비수기라서 방들이 거의 다 비어 있거든요."

"여행객이 많이 오는가보군."

"여름엔, 많아요. 저희 레스토랑도 많이 이용해주세요, 선생님."

클라우스는 이층 방으로 올라갔다. 창문 두 개가 광장 쪽으로 나 있다.

클라우스는 텅 빈 레스토랑에 가서 식사를 하고, 다시 방으로 돌아왔다. 여행가방을 열어, 옷들을 옷장에 정리하고, 팔걸이 의자 하나를 창가에 끌어다놓고 사람이 드문드문 지나다니는 거리를 내려다보았다. 광장의 반대편에는 여전히 옛날 집들이 그대로 남아 있다. 그 집들은 수리한 흔적이 있고, 빨강, 노랑, 파랑, 초록 등으로 다시 칠해져 있다. 그 집들의 일층은 대개가 상점이다. 식료품 가게, 기념품 가게. 우유 가게, 서점, 옷가게. 서점은 푸른색 집 일층에 있는데, 서점에는 클라우스가 이미 어린 시절에 종이와 연필을 사러 들어가본 적이 있었다.

이튿날 클라우스는 운동장, 성벽, 공동묘지, 역으로 다시 가보았다. 그는 피곤해지면, 술집으로 들어가거나 공원에 앉아 쉬었다. 오후 늦게 중앙 광장으로 돌아와서, 서점에 들어갔다.

백발의 한 남자가 계산대에 앉아서 스탠드를 켜놓은 채 책을 읽고 있다. 가게는 어둠침침하고, 손님은 하나도 없다. 백발의 남자가 일어났다.

"미안합니다. 불 켜는 걸 깜빡 잊었어요."

실내와 진열대가 환해졌다. 그 남자가 물었다.

"뭘 찾으십니까?"

클라우스가 말했다.

"신경 쓰지 마십시오. 그냥 좀 둘러보고 있습니다."

그 남자는 안경을 벗었다.

"루카스!"

클라우스가 웃었다.

"당신은 내 형제를 아시는군요! 루카스는 지금 어디 있습니까?"

그 남자가 또 한번 외쳤다.

"루카스!"

"나는 루카스의 쌍둥이 형제입니다. 내 이름은 클라우스예요."

"농담하지 말게, 루카스, 왜 이러나?"

클라우스는 주머니에서 여권을 꺼냈다.

"직접 보시지요."

그 남자는 여권을 살펴보았다.

"이걸로는 증명이 안 돼요."

클라우스는 말했다.

"유감스럽게도, 나는 달리 내 신분을 증명할 길이 없습니다. 나는 클라우스 T지요. 그리고 지금 내 형제인 루카스를 찾는 중입니다. 그를 아시지요? 그는 틀림없이 당신에게 형제인 나에 관해 말했을 겁니다."

"그래요, 종종 당신 얘기를 했소. 하지만 솔직히 말해서 나는 결코 당신의 존재를 믿을 수가 없었소."

클라우스가 웃었다.

"내가 누군가에게 루카스 얘기를 하면, 사람들은 나를 믿지 않았어요. 참 우스운 일이죠, 그렇지 않은가요?"

"아니, 이건 정말 우스운 일이 아니오. 아무튼 거기 좀 앉읍시다."

그는 뜰 쪽으로 난 창문 앞, 가게 한가운데에 놓인 낮은 탁자와 의자들을 가리켰다.

"당신이 루카스가 아니라면, 내가 누군지부터 소개해야겠군. 난 페테르라고 하오. 페테르 N, 그렇지만 당신이 루카스가 아니라면, 당신은 어떻게 가게로 들어왔소, 정확히 이곳으로?"

클라우스가 말했다.

"나는 어제 도착했습니다. 우선 할머니 집에 먼저 갔었지만, 그 집은 이미 없어졌고, 그 자리에는 운동장이 생겼더군요. 내가 여기에 들어온 것은 어린 시절부터 이곳이 서점-문구점이었기 때문입니다. 우리는 여기에 와서 종이랑 연필을 사곤 했지요. 나는 그때 그 주인을 아직도 기억하고 있어요. 약간 창백하고 뚱뚱한 아저씨였죠. 나는 그 아저씨를 만나보려고 여기에 들어온 겁니다."

"빅토르?"

"이름은 모르겠어요. 어렸을 때니까 이름은 몰랐죠."

"그 사람이 빅토르요. 그는 죽었소."

"그랬겠죠. 그 당시에도 과히 젊은 나이는 아니었으니까요."

"그렇지."

페테르는 어둠이 깔린 정원을 바라보았다. 클라우스가 말했다.

"나는 할머니 집에 가면 루카스를 만날 수 있을 거라고 생각했어요. 이렇게 오랜 세월이 흘렀는데도 말입니다. 어리석게도. 그런데 루카스는 어디에 있지요?"

페테르는 계속해서 어둠을 응시했다.

"모르겠소."

"알 만한 사람이 이 도시에 있을까요?"

"아니오, 그럴 것 같지 않아요."

"그걸 어떻게 아시지요?"

페테르가 클라우스의 눈을 뚫어지게 쳐다보았다.

"누구든 알기만 한다면야."

페테르가 갑자기 탁자 위로 몸을 기울더니, 클라우스의 어깨를 움켜쥐었다.

"이러지 말게, 루카스, 연극 그만하라고! 그래봤자 아무 소용없네! 내게 그런 짓을 하다니 부끄럽지도 않은가? 나한테 정말 이럴 수 있어?"

클라우스는 몸을 빼면서, 일어났다.

"당신이 루카스와 아주 가까운 사이라는 걸 알 것 같군요."

페테르는 팔걸이 의자에 다시 주저앉았다.

"그럼, 정말로 가깝다오. 미안하오, 클라우스. 나는 루카스가 열다섯 살 되던 해부터 알고 지냈소. 서른 살에 그는 실종됐소."

"실종이라니요? 그가 이 도시를 떠났다는 말씀입니까?"

"이 도시, 어쩌면 이 나라를 떠났을지도 모르지. 그리고 그는 오늘 이렇게 다른 이름으로 다시 나타난 거요. 난 당신이 이름을 가지고 말장난하는 것은 어리석은 짓이라고 생각하오."

"우리 할아버지가 클라우스-루카스(Claus-Lucas)라는 복합적인 이름이었어요. 어머니는 자신의 아버지를 무척 사랑했기 때문에 우리에게 그 이름을 하나씩 나눠주신 거죠. 당신 앞에 있는 사람은 루카스가 아닙니다, 페테르 씨, 나는 분명히 클라우스입니다."

페테르가 일어났다.

"좋아, 클라우스. 그렇다면, 나는 당신 형제 루카스가 내게 맡기고 간 물건을 당신에게 주어야겠소. 기다려요."

페테르는 살림집으로 올라가서 커다란 노트 다섯 권을 가지고 잠시 후에 내려왔다.

"자. 이걸 당신에게 주겠소. 처음에는 그보다 훨씬 더 많았는데, 그가 불필요한 것을 삭제하고 고치고 다듬었다오. 그에게 시간이 좀 더 있었더라면, 다 지워버리고 말았을 거요."

클라우스는 머리를 저으며 말했다.

"아니죠, 모두는 아니겠죠. 핵심만은 간직했을 겁니다. 나를 위해서라도."

그는 노트들을 받아들고 미소 지었다.

"결국 이것이 루카스의 존재의 증거이겠군요. 감사합니다, 페테르 씨. 이걸 읽은 사람은 없습니까?"

"나 말고는, 아무도."

"나는 저 맞은편 호텔에 묵고 있어요. 다시 오겠습니다."

클라우스는 밤새 그것을 읽었다. 간간이 시선을 돌려 거리를 내다 보면서.

서점 위, 살림집에 있는 세 개의 창 중에서 두 개는 오래도록 불이 켜져 있었고, 세 번째 창은 깜깜했다.

아침에 페테르가 가게 철문을 올릴 때쯤, 클라우스는 잠자리에 들 었다. 정오가 지나서야 클라우스는 호텔을 나섰고, 하루 종일 아무 때나 따끈한 음식을 파는 식당에 들러 식사를 했다.

날씨가 흐렸다. 클라우스는 운동장으로 갔고, 강가에 앉았다. 그는 날이 어두워지고 비가 오기 시작할 때까지 앉아 있었다. 클라우스가 중앙 광장에 도착했을 때, 서점은 벌써 문을 닫았다. 클라우스는 살림 집의 출입문 초인종을 눌렀다. 페테르가 창문으로 내다보았다.

"문은 열려 있소. 당신을 기다리던 참이오. 그냥 올라오면 되오."

클라우스는 부엌에서 페테르를 보게 되었다. 냄비 몇 개가 화덕 위에서 보글거리고 있었다. 페테르가 말했다.

"식사 준비가 아직 덜 됐어요. 브랜디가 있는데, 한잔하겠소?"

"네. 노트는 다 읽었습니다. 그후에는 어떻게 됐지요? 아이가 죽은 후로는요?"

"아무 일도 없었소. 루카스는 일을 계속했지. 아침에 서점을 열고 저녁에 닫으면서. 그는 말없이 손님들을 대했소. 거의 말을 하지 않고 살았어요. 어떤 사람들은 그가 벙어리인 줄 알았을 정도였으니까. 내가 종종 그를 보러 갔는데, 그때에도 우린 말없이 카드놀이를 했지만, 그는 카드놀이도 잘하지 못했소. 그리고 책도 더 이상 읽지 않고, 쓰지도 않았소. 그는 먹는 것도 너무 조금 먹고, 잠도 거의 자지 않는 것 같았다오. 그의 방은 불이 밤새 켜져 있어도, 그는 방에 없었소. 어두운 거리나 공동묘지를 배회했던 거요. 잠이 가장 잘 오는 곳은 과거에 자신이 사랑했던 사람의 무덤이라고 말하더군."

페테르가 말을 멈추고 술을 마시자, 클라우스가 말했다.

"그러고 나서는요? 계속해주세요, 페테르 씨."

"좋아요. 오 년 뒤, 운동장을 만드는 작업 도중, 할머니 집 가까운 강가에서 파묻혀 있던 여자의 시체 한 구가 발견되었다는 걸 나는 알게 되었소. 나는 얼른 루카스에게 그 사실을 알렸소. 그는 내게 고맙다고 하더니 그 다음 날 어디론가 가버린 것이오. 그날 이후 아무도 그를 본 사람이 없어요. 그의 책상 위에, 내게 그의 집과 서점을 맡긴다는 부탁의 편지가 있더군. 그 사건에서 가장 슬픈 사실은, 클라우스, 그것은 야스민의 시체가 신원 확인이 안 된 거예요. 당국에서 일을 적당히 처리해버린 게지. 시체들이야, 전쟁과 혁명을 치른 뒤에는 이 나라 어디를 가도 널려 있었으니까. 그 시체도 국경을 넘으려다 지뢰를 밟은 어떤 여자의 것으로 간주되었지요. 루카스는 그렇게 겁먹을 필요도 없었는데."

클라우스가 말했다.

"이제 돌아올 수 있을 텐데요. 시효가 있잖습니까?"

"그렇지, 아마 이십 년일 거요."

페테르는 클라우스의 눈을 빤히 들여다보았다.

"그래요, 클라우스, 루카스는 이제 돌아와도 되지요."

클라우스는 페테르를 뚫어지게 바라본다.

"그렇습니다. 페테르 씨. 루카스는 돌아올 수 있습니다."

"그는 숲속에 숨어 있다가 밤이 되면 거리로 나와 돌아다닌다고들 하지만, 그건 소문일 뿐이오."

페테르가 고개를 저었다.

"내 방으로 갑시다, 클라우스. 루카스의 편지를 보여줄 테니."

클라우스가 편지를 읽었다.

"내 집과 서점을 맡깁니다. 그 일부는 페테르 씨의 것이기도 합니다. 단 '그 상태 그 장소'를 그대로 보존한다는 조건으로, 내가 돌아올 때까지, 혹 내가 돌아오지 못하면 내 형제 클라우스가 돌아올 때까지. 루카스 T."

페테르가 말했다.

"'그 상태 그 장소'를 강조한 건 바로 그요. 이제, 당신이 루카스든 클라우스든, 아무튼 이곳은 당신 집이오."

"그런데 페테르 씨, 나는 이곳에 잠시 시간을 내서 온 것일 뿐입니다. 여권의 체류기간이 삼십 일밖에 안 됩니다. 나는 다른 나라 시민이거든요. 아시다시피, 여기에서는 어떤 외국인에게도 시민증을 주지 않습니다."

페테르가 말했다.

"그러면 당신은 내가 그동안 서점에서 번 돈이라도 가져가시오. 이십 년 전부터 매달 은행에 저금해뒀소."

"당신은 뭘로 사시겠습니까?"

"나는 연금도 나오고, 집도 빅토르가 남겨주었소. 나는 단지 당신들 두 사람을 위해서 이 서점을 돌본 것뿐이오. 나는 양심적으로 계산했소, 한번 검토해보시오."

클라우스는 말했다.

"감사합니다, 페테르 씨. 난 돈은 필요 없어요. 당신의 계산을 검토하고 싶지도 않고요. 나는 다만 내 형제를 보려고 온 겁니다."

"당신은 왜 그에게 편지를 쓰지 않았소?"

"우리는 서로 헤어지기로 결정했거든요. 완전히 분리되기로 했던 겁니다. 국경만으로는 부족해서, 침묵까지 지켰던 거지요."

"그렇지만 당신은 돌아왔소. 왜 왔지요?"

"시련이 너무 오래 계속되었지요. 나는 지치고 병들어서 루카스를 다시 보고 싶었습니다."

"당신은 그를 다시 보지 못하리라는 걸 잘 아셨을 텐데."

어떤 여자의 목소리가 옆방에서 들려왔다.

"누가 있어요, 페테르 씨? 누구죠?"

클라우스가 페테르를 바라보았다.

"부인이 있으신가요? 결혼하셨습니까?"

"아니요, 클라라요."

"클라라? 그녀는 죽지 않았습니까?"

"사람들은 그렇게 믿고 있었소. 그러나 그녀는 감금되어 있었을 뿐이었소. 루카스가 실종되고 얼마 안 있어서 그녀가 돌아왔지. 그녀는 직장도, 돈도 없었소. 그녀는 루카스를 찾았던 거죠. 내가 그녀를 내 집, 바로 이곳에 데려왔소. 그녀는 아이가 쓰던 작은 방을 쓰고, 나는 그녀를 돌보고 있소. 한번 만나보시겠소?"

"네, 보고 싶습니다."

페테르가 방문을 열었다.

"클라라, 친구 한 분이 찾아오셨어."

클라라가 방에서 나왔다. 클라라는 창문 앞에 놓인 흔들의자에 앉아 있다. 무릎에는 담요를 덮고, 어깨에는 숄을 두른 채. 그녀는 책을 들고 있었지만, 읽고 있지는 않았다. 그녀의 초점 없는 시선은 열어놓은 창문 쪽을 향하고 있다. 그녀는 의자를 흔들고 있다. 클라우스가 말했다.

"안녕하세요, 클라라."

클라라는 그를 쳐다보지도 않은 채, 억양 없는 목소리로 중얼거렸다.

"여전히 비가 오는군요. 차가운 보슬비예요. 집에도, 나무에도, 무덤에도 내리죠. 그들이 날 보러 오던 날도, 그들의 수척한 얼굴 위로 빗물이 흘러내렸어요. 그들이 날 바라보고 있었고 추위는 점점 심해졌어요. 나의 벽은 나를 더 이상 보호해주지 못했어요. 벽은 나를 결코 보호해주지 못했어요. 벽의 견고함은 착각일 뿐, 벽의 흰색은 더럽혀져 있었어요."

그녀의 목소리는 갑자기 변했다.

"난 배고파요, 페테르! 식사는 언제 하죠? 당신하고는 항상 식사가 늦어요."

페테르가 부엌으로 돌아가자, 클라우스가 말했다.

"나요, 클라라."

"정말?"

그녀는 클라우스를 바라보다가 그의 손을 잡았다. 그는 그녀의 발치에 무릎을 꿇고, 그녀의 두 다리를 감싸안으며, 그녀의 무릎 위에 머리를 얹었다. 클라라는 그의 머리칼을 쓰다듬었다. 클라우스는 클라라의 손을 잡아, 자기 뺨에 꼭 댔다가 입술로 가져갔다. 가늘고 깡마른 손은 노인성 반점투성이였다.

그녀가 말했다.

"당신이 나를 그렇게 오래도록 혼자 놔두다니, 그렇게 오래, 토마스."

눈물이 그녀의 얼굴 위로 흘렀다. 클라우스는 손수건을 꺼내서 그녀의 얼굴을 닦아주었다.

"난 토마스가 아니오. 루카스에 대한 기억은 전혀 없어요?"

클라라는 눈을 감고 고개를 저었다.

"당신은 하나도 안 변했어, 토마스. 당신은 좀 늙긴 했지만, 여전해. 날 안아줘."

그녀는 미소 지었다. 이 없는 잇몸이 드러났다.

클라우스는 물러나며 일어섰다. 그는 창가로 가서 거리를 내다보았다. 중앙 광장은 텅 비어 있었고, 비가 와서 날은 우중충했다. 그랜드 호텔만이 불을 밝혀놓은 입구 때문에 돋보였다.

클라라는 다시 의자를 흔들기 시작했다.

"가세요. 당신은 누구죠? 당신은 지금 내 방에서 뭘 하세요? 왜 페테르는 안 오지요? 난 식사를 하고 자야 하는데. 너무 늦었어요."

클라우스는 클라라의 방을 나와, 페테르가 있는 부엌으로 갔다.

"클라라가 배가 고프답니다."

페테르는 클라라에게 쟁반을 가져갔다. 그가 다시 부엌으로 와서 말했다.

"그녀는 먹는 것에만 관심이 있소. 난 하루에 세 번 그녀에게 쟁반을 올려 보내지. 다행히도 약 덕분에 잠도 많이 자고 있소."

"그녀는 당신에게 큰 부담이 되겠군요."

페테르는 밀가루 반죽으로 만든 스튜를 내놓았다.

"아니, 그렇지 않아요. 그녀가 날 방해하는 일은 없소. 그녀는 나를 자기 하인으로 생각하고 부리고 있소. 그렇지만 난 상관없어요. 들어요, 클라우스 씨."

"배가 고프지 않군요. 그녀는 전혀 외출하지는 않습니까?"

"클라라요? 네. 나가고 싶어하지도 않거니와, 나가면 길을 잃을 거요. 그녀는 책을 많이 읽고, 하늘을 바라보는 걸 좋아하오."

"그러면 불면증 환자는요? 그는 맞은편에 사는 모양인데, 거기에는 지금 호텔이 들어서지 않았습니까?"

페테르가 일어났다.

"그래, 맞아요. 나도 배고프지 않소. 자, 나갑시다."

그들은 거리를 걸었다. 페테르는 어떤 집을 가리켰다.

"난, 바로 여기에 살았소, 그 당시에는 이층이었소. 당신이 피곤하지 않다면, 난 클라라가 살았던 집도 보여드릴 수 있소."

"난 괜찮습니다."

페테르는 역 근처의 층계도 없는 어떤 작은 집 앞에 멈춰 섰다.

"여기였소. 이 집은 곧 헐릴 거요."

"이 거리의 다른 모든 집들과 마찬가지로 너무 낡았고, 지저분합니다."

클라우스는 몸을 떨었다.

"돌아갑시다. 춥군요."

그들은 호텔 입구에서 헤어졌다. 클라우스가 말했다.

"나는 몇 번이고 공동묘지에 갔었지만, 할머니의 무덤은 찾지 못했습니다."

"그건 내가 내일 가르쳐드리겠소. 저녁 여섯 시에 서점으로 나오시오. 그때까지도 날은 저물지 않을 거요."

공동묘지의 방치되어 있는 한 공터에 와서, 페테르는 우산을 땅에 꽂았다.

"여기가 그 무덤이오."

"어떻게 그렇게 정확히 아시지요? 잡초뿐이고 십자가 하나 없는데. 빈터에서. 잘못 아실 수도 있지 않을까요?"

"내가 잘못 안다고? 내가 당신 형제 루카스를 찾아서 여기를 얼마나 많이 왔었는지 안다면, 그런 소리는 못 할 거요. 그 뒤, 그가 더이상 여기에 오지 않게 된 뒤에도 수없이 왔소. 내게는 이 장소가 거의 매일 하는 산책의 목적지가 되어버렸으니까."

그들은 다시 시내로 돌아왔다. 페테르가 클라라를 돌봐주고 나서, 그들은 루카스가 썼던 방에서 브랜디를 마셨다. 비가 창가에 들이치다가 방 안에까지 들어왔다. 페테르는 빗물을 닦기 위해서 걸레를 가지러 갔다.

"당신 이야기를 해주시오, 클라우스."

"나는 아무 할 얘기가 없습니다."

"거기에서의 생활은 훨씬 더 수월했소?"

클라우스는 어깨를 으쓱했다.

"돈에 기초를 둔 사회입니다. 인생에 대해 회의를 느낄 여지도 없죠. 나는 삼십 년 동안 끔찍이도 외롭게 지냈습니다."

"결혼은 안 하셨소, 아이도 없고?"

클라우스가 웃었다.

"여자들, 여자들은 많았지요. 아이는 없었습니다."

잠시 침묵 끝에 그가 물었다.

"해골들은 어떻게 하셨지요, 페테르 씨?"

"제자리에 다시 가져다놨소. 보고 싶으시오?"

"클라라에게 방해가 될 텐데요."

"그녀의 방을 거치지 않고도 갈 수 있소. 문이 하나 더 있거든. 당신은 그걸 기억 못 하시오?"

"내가 그걸 어떻게 기억할 수 있겠습니까?"

"그 앞을 지나오면서 보았을 텐데. 계단참에 잇대어 있는 왼쪽 첫번째 문이오."

"아니, 눈여겨보지 않았습니다."

"하긴, 그 문은 벽지와 혼동하게 생기기도 했으니까."

그들은 두꺼운 커튼으로 클라라의 방과 분리된 좁은 공간으로 들어갔다. 페테르는 손전등을 켜서 해골들을 비추었다. 클라우스는 아주 작은 소리로 말했다.

"세 구가 있군요."

페테르가 말했다.

"크게 말해도 괜찮아요. 클라라는 깨지 않아요. 그녀는 강력한 진정제를 먹거든. 내가 그걸 말해주지 않았군요. 루카스는 마티아스를 땅에 묻은 지 이 년 만에 다시 파냈소. 그는 아이와 함께 있으려고 매일 밤을 공동묘지에서 보내는 일에도 지쳐서 그렇게 했다고 변명하더군."

페테르는 해골들 아래에 있는 짚 매트를 비춰 보였다.

"그는 저기에서 자곤 했소."

클라우스는 그 매트와 그 위에 있는 잿빛 군용 모포를 만져보았다.

"미지근하군요."

"당신은 그 매트로 무슨 상상을 하려는 거요, 클라우스?"

"여기에서 자고 싶습니다, 하룻밤만, 괜찮으시겠죠, 페테르 씨?"

"여기는 당신 집이오."

K시 당국이 D대사관에 보내기 위해서 작성한 조서.

사유 : 지금 K시 감옥에 수감되어 있는 귀국의 시민 클라우스 T의 본국 송환을 요구함.

클라우스 T, 나이는 오십 세이며, 삼십 일간 체류할 수 있는 여행자 여권을 소지하고, 올해 4월 2일에 우리 시에 도착했다. 그는 중앙 광장에 위치한 우리 시의 유일한 호텔인 그란드 호텔에서 방을 하나 빌렸다.

클라우스 T는 삼 주일간을 그 호텔에서 보냈다. 여행자처럼 행세하며 도심을 산책하고, 역사적인 장소들을 답사하고, 호텔 레스토랑이나 시내의 대중 식당에서 식사를 했다.

클라우스 T는 종이와 연필을 사기 위해서 호텔 맞은편에 있는 서점-문구점에 자주 가곤 했다. 이 나라 말을 알기 때문에, 그는 서점 주인인 B부인과 잡담을 즐겼고, 또 공공장소에서 다른 사람들과도 이야기를 자유롭게 나누었다.

삼 주일간을 보낸 클라우스 T는 B부인에게 서점 위층에 방 두 개를 월세로 빌려달라고 부탁했다. 그가 높은 가격을 제시했기 때문에, B부인은 그녀의 방 두 개를 그에게 내주고, 자신은 거기에서 멀지 않은 곳에 사는 딸네 집으로 가서 기거했다.

클라우스 T는 세 번이나 여권 기간을 연장했고, 그것은 쉽게 해결

되었다. 그러나 결국 팔월에 있었던 네 번째 연장 신청은 받아들여지지 않았다. 클라우스 T는 거부 사실을 완전히 무시했고, 우리 직원들의 부주의로 그 일은 시월까지 미해결로 남아 있게 되었다. 시월 삼십일, 관례적인 신원 확인 과정에서, 우리 지방경찰이 클라우스 T의 신분증명서가 법적으로 하자가 있는 것을 발견하였다.

그때 클라우스 T는 돈이 한푼도 없었다. 그는 B부인에게 두 달분 월세를 내야 했으나, 거의 먹지도 않았고, 술집을 전전하며, 하모니카 연주를 했다. 술꾼들이 그에게 술을 사주었고, B부인은 매일 그에게 죽을 끓여다주었다.

조사를 받을 때, 클라우스 T는 우리 나라에서 태어나, 어린 시절을 우리 도시에 있는 할머니 집에서 보냈다고 주장했으며, 그의 형제인 루카스 T가 돌아올 때까지 여기에 남아 있겠다고 희망했다. 루카스라는 사람은 K시의 어떤 등록 대장에도 올라 있지 않았고, 그 점은 클라우스 T 또한 마찬가지였다.

우리는 여기 동봉한 계산서(벌금, 조사비용, B부인에게 지불해야 할 집세)의 결제를 요구하며, 동시에 당신들의 책임하에 클라우스 T의 본국 송환을 요청하는 바이다.

서명, K시 당국 : I. S.

추신 :

우리는 당연히, 치안 문제 위해서, 클라우스 T가 소유하고 있는 원고를 검토해보았다. 그는 원고의 대부분을 루카스가 썼다는 사실만으로도 루카스의 존재는 입증된다고 주장했다. 클라우스 자신은 마지막 부분, 즉 여덟 장만 썼다고 한다. 그런데 필체가 처음부터 끝까지 똑같고 종이도 오래된 흔적이 보이지 않는다. 글 전체가 한 사람에 의해서 일정 기간에 집중적으로 쓰여진 것처럼 일관된 특징을 가지며, 그 기간은 여섯 달 정도, 즉 클라우스 T가 우리 시에 머물던 기간과 일치한다.

그 내용에 관해서 말하면, 단순한 허구일 가능성이 높다. 왜냐하면 거기에 묘사된 사건이나 등장인물들은 클라우스 T가 소위 할머니라고 부르는 한 사람 외에는, 그 누구도 호적계에 등록이 되어 있지 않아 그 존재 여부를 확인할 길이 없기 때문이다. 그 할머니는 실제로 현재의 운동장 자리에 집을 가지고 있었다. 후손 없이 삼십오 년 전에 죽은 그 할머니는 마리아 Z라는 이름으로 우리 호적계에 올라 있고, V와 결혼한 것으로 되어 있다.

전쟁 중에 누군가가 그녀에게 한두 명의 아이를 맡겼을 가능성은 배제할 수 없다.

제3부
50년간의 고독

제1편

나는 내가 어린 시절을 보낸 소도시의 감옥에 갇혀 있다.

사실은 진짜 감옥이 아니라 경찰서 청사의 보호실이다. 보호실 건물은 이 도시의 다른 집들과 다를 바 없는 이층 건물일 뿐이다.

내가 갇혀 있는 방은 옛날에 세탁장이었던 곳인데, 출입문과 창문이 안마당 쪽으로 나 있다. 유리창은 안에서 깨뜨리거나 여는 것을 막기 위해서 창살이 유리창 안쪽에 붙어 있다. 한쪽에 변기가 있는데, 커튼으로 가려져 있다. 다른 한쪽 벽 쪽에는 탁자 한 개와 의자 네 개가 바닥에 나사로 고정되어 있다. 그 맞은편 벽 쪽에는 접을 수 있는 침대가 네 개 있는데, 그중 세 개는 접혀 있다.

나는 이 보호실에 혼자 있다. 이 도시에는 죄수가 거의 없고, 죄수가 있다고 해도 약 이십 킬로미터쯤 떨어진, 이 지방의 도청 소재지인 이웃 도시로 즉시 호송된다.

나의 경우, 죄수는 아니다. 내가 이곳에 있는 이유는 내 서류들에는 잘못이 없지만 여권 기한이 만료되었기 때문이다. 그리고 갚아야 할 집세도 약간 있다.

아침마다 간수가 내게 아침 식사로 우유와 커피와 빵을 가져다준다. 나는 커피를 조금 마시고, 샤워를 하러 간다. 내가 아침 식사를 끝내면, 간수는 내 방을 청소한다. 문은 열려 있고, 나는 마음대로 안마당에 나갈 수 있다. 안마당은 높은 담장이 둘러싸고 있고, 담쟁이 덩굴과 야생 포도덩굴이 그 담장을 타고 뻗어 올라가고 있다. 그 담장들의 한쪽에는, 내 방에서 나오면 왼쪽에는 초등학교의 운동장이 있다. 나는 아이들이 쉬는 시간에 웃고 떠들며 노는 소리를 듣는다. 그 학교는 내가 어렸을 때부터 그곳에 있었다. 나는 학교에 다닌 적은 없지만, 기억이 난다. 그러나 그 당시 보호실은 다른 곳에 있었다. 나는 어렸을 때, 거기에 한 번 가본 적이 있기 때문에 기억하고 있다.

아침에 한 시간, 그리고 저녁에 한 시간, 나는 안마당에서 산책을 한다. 그것은 내가 어린 시절, 즉 내가 걷기를 다시 배워야만 했던 다섯 살 때부터 이어져온 습관이다.

나의 그 습관은 간수의 비위에 거슬리는 것이었다. 산책 도중에는 내가 아무 말도 하지 않고, 어떠한 질문에도 대답을 하지 않기 때문이다.

시선을 땅에 박고, 두 손은 뒷짐을 지고, 나는 담벽을 따라 걷는다. 땅바닥에는 포석이 깔려 있지만, 포석 틈새로 풀이 자라고 있다.

안마당은 거의 정사각형이다. 가로가 열다섯 걸음, 세로가 열세 걸음. 보폭이 1미터라고 가정할 때, 안마당의 면적은 195제곱미터가 될 것이다. 그러나 내 보폭은 확실히 그보다 짧다.

안마당 한가운데에는 둥근 탁자와 옥외용 의자가 두 개 있고, 구석의 보호실 벽 쪽으로는 나무로 만든 벤치가 하나 있다.

나는 벤치에 앉아서 어린 시절에 보았던 그 큰 하늘을 쳐다보았다.

내가 이곳에 수감된 첫날부터, 서점 여주인은 내 옷가지들과 건더기가 많은 채소 수프를 가지고 면회를 왔다. 그녀는 매일 점심 무렵이면 수프를 만들어온다. 나는 여기에서 잘 먹고 지내며, 간수가 하루 두 번씩 건너편 레스토랑에서 정식을 가져다주니까 걱정하지 말라고 해도, 그녀는 하루도 거르지 않고 수프를 가져왔다. 나는 예의상 수프를 조금 먹고, 간수에게 냄비를 넘겨주면, 나머지는 간수가 먹는다.

나는 그녀의 집을 너무 어질러놓은 데 대해서 사과했다.

그녀가 내게 말했다.

"걱정하지 마세요. 벌써 다 정리해놓았어요. 나하고 딸하고 둘이서. 특히 종이가 엄청 많더군요. 구겨진 종이와 휴지통에 버려진 종이들은 내가 다 태워버렸어요. 나머지들은 탁자 위에 놔뒀는데, 경찰이 와서 가져갔어요."

나는 잠시 침묵을 지키다가 말했다.

"두 달치 집세도 드려야 하는데."

그녀가 웃었다.

"내가 변변치 못한 집을 너무 비싸게 세놓았어요. 그래도 계속 쓰시겠다면, 밀린 세는 나중에 돌아오셔서 주세요. 내년에 오실 수 있겠죠."

내가 말했다.

"다시 올 것 같지는 않아요. 집세는 대사관에서 갚아드릴 겁니다."

그녀는 내게 필요한 물건은 없느냐고 물었다. 내가 대답했다.

"종이하고 연필이 필요합니다. 그렇지만 살 돈이 없군요."

그녀가 말했다.

"그 생각을 못 했군요."

이튿날, 그녀는 수프와 함께 모눈종이 한 묶음과 연필 몇 자루를 가져왔다.

나는 그녀에게 말했다.

"고맙습니다. 이 빚은 대사관에서 다 갚아드릴 겁니다."

그녀가 말했다.

"당신은 늘 빚 갚는 얘기만 하시는군요. 저는 당신이 다른 얘기를 좀 하셨으면 좋겠어요. 말하자면, 쓰시는 글에 대해서라든가."

"그건 별거 아닌 걸요."

그녀가 고집스럽게 말했다.

"제가 관심 있는 것은요, 당신이 쓰시는 글의 내용이 사실인지, 아니면 꾸며낸 이야기인지 하는 점이에요."

나는 실제로 일어난 일을 쓰려고 하지만, 어떤 때는 사실만 가지고는 이야기가 되지 않기 때문에, 그것을 바꿀 수밖에 없다고 그녀에게 말해주었다. 그리고 나 자신의 이야기를 쓰고 싶지만 그럴 수도 없고, 그럴 용기도 없는 나 자신이 너무 괴롭다고 말했다. 그래서 나는 모든 것을 미화시키고, 있었던 일을 쓰는 것이 아니라, 있었더라면 좋았겠다고 생각하는 그런 얘기를 쓴다고 했다. 그녀가 말했다.

"그래요. 가장 슬픈 책들보다도 더 슬픈 인생이 있는 법이니까요."

내가 말했다.

"그렇죠, 책이야 아무리 슬프다고 해도, 인생만큼 슬플 수는 없지요."

잠시 침묵 끝에 그녀가 물었다.

"다리를 저는 것은 사고 때문인가요?"

"아닙니다. 아주 어렸을 때 병에 걸려서 그래요."

그녀가 덧붙인다.

"사람들은 거의 알아보지 못하죠."

내가 웃었다.

나는 다시 필기도구를 구했지만, 담배는 간수가 식후에 가져다주는 두세 개비의 담배 외에는 일체 피우지 않았다. 나는 서장의 면회를 신청했고, 그것은 곧 받아들여졌다. 그의 사무실은 이층에 있었다. 나는 이층으로 올라갔다. 그리고 그와 마주 앉았다. 그의 머리카락은 붉은 갈색이었고, 얼굴은 주근깨투성이였다. 그는 테이블 위에서 체스 게임을 하고 있었다. 서장은 말을 전진시킨 뒤, 그 말의 위치를 노트에 기록하고서, 그의 엷은 푸른색 눈을 들었다.

"무슨 일이시죠? 조사가 아직 안 끝났는데. 이삼 주일, 아마 한 달쯤 걸릴 거요."

내가 말했다.

"급할 것은 없습니다. 지내기도 편하고. 다만 몇 가지 필요한 것들이 있어요."

"뭔가요?"

"나의 구류비(拘留費)로 하루에 포도주 일 리터와 담배 두 갑을 더 넣어주시면 좋겠습니다. 대사관에서도 상관하지는 않을 겁니다."

그가 말했다.

"안 돼요. 당신의 건강에 해로워요."

내가 말했다.

"알코올 의존자가 갑자기 술을 끊으면 어떻게 되는지 아세요?"

그가 말했다.

"모르오. 그건 내가 알 바가 아니거든요."

내가 말했다.

"나는 알코올 중독에 의한 섬망증(譫妄症)이 생길지도 몰라요. 지금 당장 죽을 수도 있죠."

"농담하지 말아요."

그는 다시 체스 판으로 눈길을 돌렸다. 내가 그에게 말했다.

"흑 나이트."

그는 체스 판에서 눈을 떼지 않았다.

"왜지? 난 모르겠는데."

내가 나이트를 움직였다. 그는 수첩에 적었다. 그는 한참 생각에 잠겼다. 룩을 놓았다.

"안 되겠는데!"

그는 룩을 놓고, 나를 바라보았다.

"당신은 체스를 잘하는군요."

"모르겠네요. 해본 지가 하도 오래돼서. 아무튼 당신보다는 잘하겠지요."

그의 얼굴은 그의 얼굴의 주근깨보다도 더 빨개졌다.

"난 시작한 지 석 달밖에 안 됐거든요. 가르쳐줄 사람이 없어요. 당신이 좀 가르쳐주겠소?"

내가 말했다.

"좋아요. 하지만 내가 이겨도 화내시면 안 돼요."

그가 말했다.

"이기고 지는 게 문제가 아니오. 내가 바라는 건 배우는 것이오."

내가 일어났다. 그가 말했다.

"당신이 원할 때 언제든지 와요. 되도록 아침에. 그때가 오후나 저녁보다 정신이 더 맑으니까."

그리고 다시 그가 말했다.

"고맙소."

그는 다시 체스 판으로 시선을 주었고, 나는 기다리다 못해, 헛기침을 했다.

"포도주하고 담배는?"

그가 말했다.

"별 문제는 없소. 내가 명령하겠소. 담배도 포도주도 허락하겠소."

나는 그의 방을 나왔다. 계단을 내려와서 안마당으로 나갔다. 그리고 벤치에 앉았다. 올해 가을 날씨는 무척 따뜻하다. 해가 지고, 하늘은 오렌지색, 노란색, 보라색, 붉은색 그리고 말로 표현하기 어려운 여러 가지 색깔로 물들었다.

나는 거의 매일 두 시간 정도씩 서장과 체스를 했다. 시간이 오래 걸린 이유는 서장이 생각을 너무 오래하고, 일일이 메모를 했으나, 매번 졌기 때문이었다.

나는 어느 날 오후에는 간수하고 카드놀이도 했는데, 그때 서점 여주인이 뜨개질한 옷을 한 벌 놓고 갔다. 이 나라의 카드놀이는 다른 곳에서의 카드놀이와는 사뭇 달랐다. 그것은 아주 간단하면서도 다분히 운에 좌우되기 때문에, 나는 그에게 번번이 졌다. 우리는 돈내기를 했으나, 내가 돈을 가지고 있지 않았기 때문에 간수는 내 빚을 적어놓았다. 게임이 끝날 때마다, 그는 껄껄거리며 떠들어댔다.

"오, 난 운이 좋아!"

그는 나이는 젊었지만 이미 결혼을 해서, 그의 아내가 몇 달 뒤면 아이를 낳을 예정이었다. 그는 종종 이렇게 말했다.

"만약 아들이면, 그리고 당신이 그때까지 여기에 있게 되면, 당신 빚을 탕감해주겠소."

그는 자기 아내에 대해서 자주 이야기했다. 아내가 얼마나 아름다운지, 그러나 지금은 몸무게가 많이 늘고 가슴과 엉덩이는 평소의 두 배 가까이로 커졌다는 사실을 떠벌렸다. 그는 그들의 만남에서부터, 빈번한 데이트, 숲속에서의 밀회, 그녀의 저항, 그의 승리, 임신으로 인해 부랴부랴 치러진 결혼에 대해서 시시콜콜 이야기했다.

그러나 그가 더 자세히, 더 신바람 나서 떠벌리는 것은 저녁 식사 후이다. 자신의 아내가 무슨 재료를 가지고 어떤 방식으로 몇 시간 동안이나 음식 준비를 하는지 따위를 말이다. "약한 불로 정성을 들여 오래 요리를 해야 더 맛이 있거든요."

서장은 말을 하지 않는다. 아무 이야기도 하지 않는다. 그가 내게 털어놓은 유일한 비밀 이야기는, 그가 사무실에서 오후에 한 번, 그리고 집에 가서 저녁에 두 번씩 수첩의 메모를 참고하면서 혼자 체스를 한다는 것이다. 내가 그에게 결혼을 했는지 물었더니, 그는 어깨를 으쓱해 보이며 대답했다.

"결혼을? 내가?"

서점 여주인도 필요 이상의 말은 하지 않는다. 그녀는 할 이야기가 없다고 말했다. 그녀는 자식을 둘 키웠고, 육 년 전부터 과부 신세였다. 그것이 전부라고 했다. 그녀가 다른 나라에서의 내 생활에 대해서 물으면, 나는 아이를 키워본 적도 없고, 아내도 없기 때문에, 그녀보다 더 할 이야기가 없다고 말했다.

하루는 그녀가 말했다.

"우리는 거의 비슷한 나이예요."

내가 놀라서 말했다.

"그래요? 당신이 나보다 훨씬 더 젊어 보이는데요?"

그녀가 얼굴을 붉혔다.

"무슨 말씀을……내가 말하고 싶은 것은 당신이 어린 시절을 이 고장에서 보냈다면, 우리가 같은 초등학교에 다니지 않았을까 하는 점이에요."

내가 말했다.

"그럴 수도 있겠군요, 하지만 나는 초등학교를 안 다녔어요."

"말도 안 돼요. 초등학교는 그 당시에 이미 의무교육이었어요."

"나는 예외였어요. 나는 그때 정박아였거든요."

그녀가 말했다.

"당신하고는 진지한 얘기를 할 수가 없군요. 늘 농담만 하시니."

나는 심각한 병에 걸려 있다. 내가 그 사실을 안 지도 오늘로 꼭 일 년이 된다.

그 병은 다른 나라, 즉 내가 선택한 그 나라에서, 십일월 초 어느 날 아침에 시작되었다. 새벽 다섯 시에.

바깥은 아직 어두웠다. 나는 숨쉬기가 어려웠다. 심한 통증으로 숨이 막힐 지경이었다. 가슴에서 시작된 그 고통은 옆구리, 등, 어깨, 팔, 목구멍, 목덜미, 턱으로 번져나갔다. 마치 거대한 손이 내 상반신을 압박하는 것 같았다.

나는 팔을 뻗어서 천천히 머리맡 전등의 불을 켰다.

나는 침대에 조심스럽게 일어나 앉았다. 기다리다가, 일어섰다. 책상까지 가서 전화를 걸었다. 다시 의자에 앉았다. 구급차를 부르자. 아니야! 구급차는 안 돼. 기다려.

부엌으로 가서 커피를 끓이자. 서두를 것 없다. 숨을 크게 쉬지 말자. 천천히 부드럽게 얌전하게 숨을 쉬자.

커피를 마시고 나서, 샤워를 하고, 면도를 하고, 이를 닦았다. 방으로 돌아와서 옷을 입었다. 여덟 시가 될 때까지 기다렸다가 전화로 부른 것은 구급차가 아니라 택시였고, 내가 평소에 진찰을 받던 의사에게도 전화했다.

그는 나를 서둘러 맞아들였다. 내 말을 자세히 듣고 나서, 그는 폐 엑스레이를 찍고, 심장 부분을 진찰하고 혈압을 쟀다.

"옷을 입으세요."

우리는 진찰실에서 마주 앉았다.

"담배는 여전히 피우시죠? 얼마나? 술도 여전하시고? 얼마나 드시죠?"

나는 솔직히 대답한다. 그에게 나는 결코 거짓말을 한 적이 없었다고 생각한다. 나는 그가 나의 건강과 나의 병에 대해서 철저히 무관심하다는 사실을 잘 안다.

그는 내 진료 카드에 기록을 하면서, 나를 쳐다보았다.

"몸을 망치려고 작정을 하셨군요. 내가 상관할 일은 아닙니다만. 이건 전적으로 환자분에게 달린 문제입니다. 내가 금주와 금연을 지시한 지 벌써 십 년이 되었어요. 그런데 환자분은 지금껏 계속하고 계시니. 하지만 환자분이 앞으로 몇 년간이라도 더 살고 싶다면, 지금 당장 술, 담배를 끊어야 합니다."

나는 물었다.

"무슨 병입니까?"

"아마도 협심증일 겁니다. 추측이긴 하지만. 난 심장 전문의가 아니라서요."

그는 내게 종이 한 장을 내밀었다.

"유명한 심장 전문의를 한 사람 소개해드릴 테니까, 이 소개장을 가지고 그가 있는 병원으로 가서 정밀검사를 받아보도록 하시죠. 빠를수록 좋아요. 검사 결과를 기다리는 동안, 통증이 올 때에는 이 약을 먹도록 하세요."

그는 처방전을 써주었다. 내가 물었다.

"수술을 해야 할까요?"

그가 말했다.

"아직 그럴 시간적 여유가 있다면요."

"그렇지 않으면?"

"언제 심근경색이 일어날지 몰라요."

나는 가장 가까운 약국으로 가서, 처방전에 따라 약을 두 상자 샀다. 그중 하나는 흔히 먹는 진통제였고, 다른 하나에는 "트리니트린, 효과, 효능 : 협심증, 성분 : 니트로글리세린"이라고 쓰여 있었다.

나는 집으로 돌아와서, 두 가지 약을 각각 한 알씩 먹고, 침대에 누웠다. 고통이 곧 사라지면서 잠이 왔다.

나는 어린 시절에 살던 도시의 거리를 걸었다. 그곳은 죽은 도시이다. 집집마다 출입문은 물론이고 창문도 모두 닫혀 있다. 도시 전체가 침묵 그 자체이다.

나는 철저하게 노후화되어가는 창고와 목조 가옥들이 줄지어 서 있는 구시가지에 이르렀다. 고운 흙먼지가 이는 땅이라서, 맨발로 걷는 촉감이 좋았다.

그런데 알 수 없는 긴장이 감돈다.

내가 돌아설 때, 거리의 반대편 끝에 퓨마가 보인다. 베이지색과 황금색이 조화를 이루어 화려한 비단 같은 털을 가진 동물이 타오르는 태양 아래에서 눈부시게 빛나고 있다.

갑자기 모든 것이 불탄다. 집들도 창고들도 불타오르고 나는 그 불타는 거리를 계속 걸어간다. 왜냐하면 퓨마 역시 걸어가고 있기 때문이다. 퓨마는 우아한 걸음걸이로 일정 간격을 유지한 채 나를 뒤쫓고 있다.

어디에 숨을까? 출구가 없다. 앞에는 불꽃. 뒤에는 이빨.

혹시 거리의 끝쯤에 있을까?

이 거리는 어딘가에서 끝날 것이다. 어느 거리든지 끝이 있고, 어떤 광장으로나 다른 길로 또는 들판으로, 시골로 열려 있다. 막다른 골목을 빼고는. 이 거리가 바로 그런 경우, 즉 막다른 골목일지도 모른다. 그렇다.

나는 내 뒤, 아주 가까운 곳에서 퓨마의 헐떡거리는 숨결을 느낀다. 나는 감히 뒤돌아보지도 못하고, 앞으로 나아가지도 못한다. 발이 땅에 그대로 붙어버린 듯이 꼼짝하지 못한다. 나는 공포에 떨며 퓨마가 내 등을 덮치고, 어깨에서 넓적다리까지 물어뜯고, 머리와 얼굴을 찢어발기게 될 순간을 기다린다.

그러나 퓨마는 나를 지나쳐서, 태연하게 자기가 가던 길을 계속해서 가고 있다. 퓨마는 길 끝에 있는 아이의 발치에 드러눕는다. 좀 전에는 거기에 아이가 없었는데 지금은 있다. 아이는 자기 발치에 누워 있는 퓨마를 쓰다듬는다.

아이가 내게 말한다.

"이놈은 사납지 않아요. 제 거예요. 두려워하실 필요 없어요. 이놈은 사람을 잡아먹지 않아요. 고기를 안 먹거든요. 영혼만 먹어요."

더 이상 불꽃은 보이지 않는다. 불은 꺼져가고 거리는 부드럽고 차가운 재로 변한다.

내가 아이에게 묻는다.

"너는 내 형제야, 그렇지? 넌 나를 기다리고 있었지?"

아이가 고개를 젓는다.

"아뇨, 난 형이 없어요. 아무도 기다리지 않고요. 나는 영원한 젊음을 지키는 수호신이에요. 어떤 사람이 자기 형제를 기다리면서 중앙 광장 벤치에 앉아 있어요. 그는 굉장히 늙었어요. 어쩌면 그가 기다리는 사람이 바로 아저씨일지도 몰라요."

나는 중앙 광장의 어느 벤치에서 내 형제를 발견한다.

그는 나를 보자 일어선다.

"넌 너무 늦게 왔어. 우린 서둘러야 되겠어."

우리는 공동묘지로 올라가서 누런 풀밭에 앉는다. 주위에 있는 모든 것은 썩어가고 있다. 십자가들, 나무들, 덤불들, 꽃들 모두가. 내 형제가 자신의 지팡이로 땅을 건드리자, 하얀 벌레들이 기어나온다.

내 형제가 말한다.

"모두 다 죽은 건 아니야. 이것들은 살아 있어."

벌레들이 우글거리고 있다. 나는 이것들을 보자마자 구역질이 난다. 내가 말했다.

"생각에 깊이 빠지기 시작하면, 인생을 사랑할 수 없어."

내 형제가 자기 지팡이로 내 턱을 들어올린다.

"생각하지 마. 저길 바라봐! 저렇게 아름다운 하늘을 본 적이 있어?"

나는 눈을 든다. 해가 서산으로 넘어가고 있다.

"아니, 한번도. 어디에서도 본 적이 없어."

우리는 성까지 나란히 걷는다. 우리는 성 아래 뜰에서 멈춘다. 내 형제는 성벽을 기어올라가 성벽 위에 올라갔다. 그는 성벽 위에서 지하에서 흘러나오는 듯한 음악에 맞추어 춤을 추기 시작한다. 그는 하늘을 향해, 별을 향해, 이제 막 나타난 달을 향해, 두 팔을 흔들면서 춤을 춘다. 검은색 긴 외투를 걸친 바싹 마른 몸이 춤을 추며 성벽 위로 걸어가고, 나는 성벽 밑에서 그를 쫓아 달려가면서 소리친다.

"안 돼! 그러면 안 돼! 멈춰! 내려와! 떨어지겠어!"

그는 내가 있는 곳 위에서 멈춘다.

"넌 생각 안 나? 우리는 지붕 위에서 걸어다녔잖아, 그래도 우리는 떨어질까봐 겁낸 적이 없었어."

"그땐 어렸고, 현기증이란 걸 몰랐지. 지금은 다르잖아, 어서 내려와!"

그가 웃는다.

"걱정 마, 난 안 떨어져. 난 날 수가 있거든. 나는 밤마다 도시 위를 날아다녀."

그는 두 팔을 치켜들고, 펄쩍 뛰어오르더니, 뜰에 서 있는 내 발 아래로 떨어진다. 나는 몸을 굽혀 그를 내려다본다. 나는 그의 두개골과 주름진 얼굴을 잡고 운다.

얼굴이 분해되어, 눈은 사라지고, 내 손에서는 누구의 것인지도 알 수 없는 두개골이 부서져서 가는 모래알처럼 뼈들이 내 손가락 사이로 빠져 달아난다.

나는 눈물을 흘리다가 잠을 깼다. 내 방은 어둠침침했다. 나는 거의 하루 종일 잠을 잤다. 나는 땀에 젖은 셔츠를 갈아입고, 세수를 했다. 거울을 들여다보며, 내가 마지막으로 운 것이 언제였던가를 생각했다. 기억나지 않았다.

나는 담배에 불을 붙여 물고, 창가에 앉아, 어둠이 깔리기 시작하는 도시를 지켜보았다. 창문 아래 정원에는 잎사귀가 다 떨어진 나무 한 그루가 있을 뿐이다. 저 멀리 있는 집들의 창문에는 하나둘 불이 켜지기 시작한다. 그 창문 뒤에는 삶이 있다. 평온한 삶, 정상적이고 조용한 삶이 있다. 부부, 아이들, 친척들. 멀리로부터 자동차 소리도 들려온다. 나는 사람들이 왜 밤에까지 차를 타고 돌아다녀야 하는지 궁금하다. 그들은 어디를 가는가? 무엇을 하러?

죽음이 당장 모든 것을 지워버릴 것이다.

나는 죽음이 두렵다.

나는 죽을까봐 겁이 나기는 하지만, 병원에는 가지 않을 것이다.

나는 소년 시절 대부분을 병원에서 보냈다. 그 당시의 기억들이 생생하다. 이십여 개나 되는 침대들 가운데에 있던 내 침대, 복도에 있는 내 옷장, 내 휠체어, 내 목발, 풀장과 운동기구들을 갖춘 고문실(拷問室) 등이 지금도 눈에 선하다. 가죽 띠에 묶인 채 끝없이 걸어야 하는 러닝벨트, 매달려 있어야 하는 링, 고통으로 울부짖으면서도 계속 페달을 밟아야 하는 고정된 자전거.

나는 그 고통과 그 냄새들을 기억한다. 피와 땀과 똥오줌 냄새가 뒤섞인 약냄새.

나는 또한 주사바늘과 간호사의 하얀 상의, 대답 없는 질문, 그리고 특히 기다림을 기억한다. 무엇을 기다렸던가? 아마도 치료를 받기 위한 기다림이었겠지만, 그밖에도 여러 가지를 위해서 기다려야 했다.

나는 중병에 걸려 있던 중, 혼수상태에서 병원에 도착했다는 사실을 한참 뒤에 사람들에게서 들었다. 내가 네 살 때, 그 전쟁은 시작되었다.

나는 병원에 가기 전에 있었던 일은 모른다.

조용한 거리에 위치한 초록색 덧문의 하얀 집, 부엌에서는 어머니가 노래를 하고, 안마당에서는 아버지가 나무를 자르던, 하얀색 집에서의 그런 완벽한 행복이 실제로 있었던 사실인지, 아니면 내가 병원에서 보낸 오 년간 지루한 밤마다 꿈꾸고 상상해온 허구인지는 알 수 없다.

작은 방의 다른 침대에서 잠자면서 나와 같은 리듬으로 숨 쉬던 사람, 즉 내가 아직 그 이름을 알고 있다고 믿는 그 형제는 죽은 것일까, 아니면 아예 존재하지도 않았던 것일까?

어느 날, 나는 다른 병원으로 옮겨졌다. 그곳의 이름은 '재활원'이었지만, 병원과 똑같았다. 많은 방들, 침대들, 옷장들, 간호사들이 똑같았고, 고통스러운 운동도 계속되었다.

재활원은 거대한 공원으로 둘러싸여 있었다. 우리는 병원 건물을 빠져나가 진흙탕에서 철벅거릴 수 있었다. 우리가 진흙 속에서 뒹굴고 엉망이 될수록, 간호사는 만족해했다. 우리는 긴 털이 난 조랑말을 타고 천천히 공원을 돌아다닐 수도 있었다.

여섯 살 때, 나는 병원 안에 있는 학교에 다니기 시작했다. 한 클래스는 여덟 명 내지 열두 명 정도 되었는데, 우리의 건강상태에 따라 학생 수가 결정되었다.

여선생은 흰 가운을 입지 않았고, 화려한 색의 블라우스와 짧고 몸에 꽉 끼는 스커트, 그리고 굽 높은 구두를 신었다. 그녀는 캡도 쓰지 않았고, 머리카락은 어깨 위에서 물결쳤다. 그 색깔은 구월에 공원의 나무들에서 떨어지는 밤 색깔과 비슷했다.

내 주머니들은 반짝반짝 윤이 나는 밤톨들로 가득했다. 나는 밤톨들을 간호사의 감독자들에게 던지는 데 이용했다. 저녁마다 나는 신음하거나 우는 아이들이 있으면, 그들의 침대에 밤톨들을 던져서 조용하게 만들었다. 정원사 노인이 우리가 먹는 샐러드 채소를 재배하는 온실이 있었는데, 나는 온실의 유리를 향해서도 밤톨을 던지곤했다. 어느 날 아침 일찍, 원장실 문 앞에 밤톨 이십여 개를 놓아두었다. 물론 나는 원장이 그것을 밟고 미끄러져서 계단에서 굴러 떨어지는 꼴을 보려는 속셈이었다. 그러나 그녀는 살진 엉덩이로 그 자리에 주저앉는 바람에, 하나도 다치지 않았다.

그 당시 나는 휠체어를 더 이상 쓰지 않았고, 목발을 짚고 걸었는데, 사람들은 내가 많이 좋아졌다고 말했다.

나는 아침 여덟 시부터 정오까지 수업을 들었다. 점심 식사 후에는 낮잠 시간이었지만, 나는 자는 대신 여선생이 내게 빌려주거나, 원장이 자리를 비운 사이에 내가 슬쩍 집어온 책들을 읽었다. 오후에는 다른 사람들과 마찬가지로 나도 물리치료를 받았고, 저녁에는 숙제를 했다.

나는 숙제를 재빨리 해치우고 나서, 여선생님에게 편지를 썼다. 그러나 나는 그 편지들을 그녀에게 준 적은 없다. 나의 부모에게, 나의 형제에게도 썼지만, 보낸 적은 없었다. 그들의 주소를 몰랐기 때문이다.

그런 식으로 거의 삼 년이 흘러갔다. 나는 더 이상 목발이 필요 없게 되었고, 지팡이 하나만 짚고 걸을 수 있었다. 나는 읽고, 쓰고, 셈까지 할 수 있게 되었다. 성적표 같은 것은 없었지만, 나는 선생님이 게시판에 붙어 있는 우리의 이름들 옆에 붙여주는 별표를 자주 받았다. 특히 암산에 뛰어났다.

선생님은 병원에 방을 하나 가지고 있었지만, 늘 거기에서 자지는 않았다. 그녀는 저녁에는 시내로 갔고, 아침이 되어야 돌아왔다. 나는 그녀에게 나를 데리고 나가고 싶지 않느냐고 물었다. 그녀는 내가 재활원 밖으로 나가는 것은 금지되어 있으므로 같이 외출하는 것은 불가능하다고 대답했다. 그 대신 초콜릿을 사다줄 것을 약속했다. 그녀는 초콜릿을 모두에게 다 줄 수는 없었기 때문에, 나에게 몰래 가져나주었나.

어느 날 저녁, 나는 그녀에게 말했다.

"저는 이제 남자애들하고 같이 자는 게 지겨워요. 저는 한 여자하고 자고 싶어요."

그녀가 웃었다.

"그럼 여자애들 방에서 자고 싶다는 거니?"

"아니요. 여자애들은 필요 없어요. 저는 한 여자와 자고 싶어요."

"어떤 여자?"

"예를 들면, 선생님 같은. 저는 선생님의 방, 선생님의 침대에서 자고 싶어요."

그녀가 나의 눈에 키스해주었다.

"네 나이의 소년들은 혼자 자는 거야."

"선생님도, 혼자 주무세요?"

"그럼, 나도."

어느 날 오후, 나는 책을 읽기도 좋고, 도시도 내려다보이는 호두나무 꼭대기의 가지 위에 앉아 있었는데, 그녀가 나를 찾아왔다.

선생님이 내게 말했다.

"오늘 저녁, 모두들 잠들면, 몰래 내 방으로 와."

나는 모두가 잠들기를 기다릴 수 없었다. 그렇게 하려면 아침까지 기다려야 했을 것이다. 그들은 결코 동시에 다 같이 잠드는 법이 없었다.

우는 아이, 하룻밤에 열 번씩이나 화장실을 들락거리는 아이, 더러운 수작을 하려고 한 침대에 엉켜 있는 아이들, 새벽까지 소곤대는 아이들이 있었다.

나는 평소대로 훌쩍거리는 녀석들의 따귀를 갈겨주고 나서, 움직이지도, 말하지도 못하는 전신마비의 금발 소년을 보러 갔다. 소년은 천장만 바라보고 있거나, 사람들이 밖으로 데려다주면, 웃으며 하늘을 바라보았다. 나는 그의 손을 잡고, 내 얼굴에 가져다댔다가, 내 두 손으로 그의 얼굴을 감싸쥐었다. 그는 천장을 바라보며 미소 지었다.

나는 공동 침실을 나와서, 선생님의 방으로 갔다. 선생님은 거기에 없었다. 나는 선생님의 침대에 드러누웠다. 냄새가 좋았다. 나는 잠이 들었다. 내가 잠을 깼을 때는 한밤중이었고, 선생님이 두 팔을 엇갈리게 하여 자신의 얼굴 위에 얹은 채 내 곁에 누워 있었다. 나는 선생님의 팔을 풀고, 품으로 파고들었다. 나는 그런 상태로 침대에서 아침까지 있었다.

우리 중에는 편지를 받는 아이들도 있었는데, 간호사들이 편지를 나누어주었고, 읽을 수 없는 아이들에게는 읽어주기도 했다. 읽을 수 없었던 아이들이 나중에 내게 부탁하면, 나는 그들의 편지를 읽어주었다. 보통 나는 편지에 쓰여 있는 내용을 정반대로 바꾸어서 읽었다. 예를 들면 다음과 같다. "우리의 사랑스런 아가야, 어쨌든 낫지 말거라. 우리는 너 없이도 잘 지내고 있단다. 너는 우리에게 아무 필요도 없는 존재야. 우리는 네가 거기에 계속 남아 있기를 바란단다. 왜냐하면 우리는 집 안에 신체장애자를 두고 싶은 생각이 눈곱만큼도 없기 때문이지. 그렇지만 우리는 널 약간은 이해한단다. 똑똑하게 굴어라. 너를 돌보는 사람들은 훌륭한 사람들이기 때문이다. 우리는 그만큼 잘해주지 못할 거야. 우리가 너를 위해 해줘야 할 일을 떠맡아줄 누군가가 있다는 것은 우리에게 큰 행운이다. 왜냐하면 우리 식구는 모두다 건강하므로, 불구인 너를 끼워줄 여유가 없기 때문이란다. 너의 부모, 너의 자매들, 너의 형제들 모두가."

내가 편지를 다 읽고 나면, 듣고 있던 아이가 내게 말했다.

"간호사는 내게 다르게 읽어줬어."

나는 말했다.

"간호사가 다르게 읽어준 것은 너를 슬프게 하고 싶지 않아서였던 거야. 난 쓰여 있는 대로 읽었어. 넌 사실을 있는 그대로 알 권리가 있다고 생각해."

그가 말했다.

"그래, 난 그럴 권리가 있어. 하지만 나는 진실을 좋아하지 않아. 먼젓번 것이 차라리 나았어. 간호사가 내게 편지를 다르게 읽어준 것은 잘한 짓이야."

그는 울었다.

우리 가운데 많은 아이들이 소포 꾸러미를 받곤 했다. 그 보따리 속에는 과자, 비스킷, 햄, 소시지, 잼, 꿀 등이 들어 있었다. 원장은 꾸러미들이 우리 모두에게 골고루 돌아가야 한다고 말했다. 먹을 것들을 침대나 장롱 속에 숨기는 아이들도 있었다.

나는 그들 가운데 하나에게 접근해서 물어보았다.

"너는 거기에 독약이 들었을까봐 두렵지 않니?"

"독약이? 왜?"

"부모들은 불구인 아이가 차라리 죽기를 바라거든. 넌 그런 생각해 본 적 없어?"

"응, 결코, 넌 거짓말쟁이야. 꺼져버려."

한참 뒤 나는 그 아이가 자신의 소포를 쓰레기통에 던져버리는 것을 보았다.

아이들을 보러 오는 부모들도 있었다. 나는 그들을 현관에서 기다렸다.

나는 그들에게 방문 목적과 그들의 아이 이름을 물었다. 그들이 대답하면, 나는 그들에게 말했다.

"죄송합니다. 그 아이는 이틀 전에 죽었어요. 편지를 아직 못 받으셨군요?"

그런 뒤 나는 재빨리 도망가서 숨어버렸다.

원장이 나를 불러서 물었다.

"넌 왜 그렇게 못됐니?"

"못됐다고요? 제가요? 저는 원장님이 무슨 말씀을 하시는지 모르겠어요."

"아니야, 넌 잘 알고 있어. 넌 한 아이의 부모에게 그 아이가 죽었다고 말했어."

"그러면요? 그 아이가 죽지 않았나요?"

"물론이지. 그건 네가 더 잘 알고 있잖아."

"제가 이름을 혼동했나봐요. 모두들 그 이름이 그 이름이니까요."

"네 이름만 빼고, 그렇지? 하지만 이번 주일에는 아무도 죽지 않았어."

"아니라고요? 그러면 제가 지난 주하고 혼동을 했나봐요."

"그래, 분명히 그래. 하지만 나는 더 이상 이름도 날짜도 혼동하지 말라고 충고하겠다. 그리고 나는 네게 아이들의 부모나 방문객들에게 말을 거는 것을 금하겠다. 또한 글을 읽지 못하는 아이들에게 편지를 읽어주는 일도 이제부터는 해선 안 돼."

내가 말했다.

"나는 단지 도움을 주려고 생각했을 뿐이에요."

그녀가 말했다.

"너는 내가 누구에게도 도움을 주지 않기를 바란다. 알겠니?"

"네, 원장님, 잘 알겠습니다. 하지만 어떤 아이든 계단 오르는 것을 도와주지 않았다거나, 넘어진 것을 일으켜주지 않았다고, 또 산수를 잘 가르쳐주지 않았다거나, 편지 쓰기에서 틀린 철자를 지적해주지 않았다고 해서 제게 불평하는 일이 있어서는 안 됩니다. 원장님, 제가 누군가를 돕는 것을 금지시키시려거든, 누군가가 제게 도움을 청하는 것도 금지시켜주세요."

그녀는 나를 한참 동안 쳐다보다가 말했다.

"좋아, 나가봐."

나는 원장실을 나와서, 떨어뜨린 사과를 줍지 못하고 울고 있는 아이를 보았다. 그 아이의 옆을 지나가며 말했다.

"네가 아무리 울어도, 사과가 되돌아오지는 않아."

그는 그의 휠체어에 앉은 채 내게 부탁했다.

"네가 좀 가져다줄 수 없겠니?"

내가 말했다.

"너 혼자 해결해, 이 바보야."

저녁에 원장이 식당에 와서 설교를 했다. 설교 끝에 그녀는 누구도 나에게 도움을 청하지 말도록 당부했고, 더 나아가 간호사나 선생님, 그리고 부득이한 경우라도 원장 자신에게 도움을 청할망정 그 누구에게도 도움을 청하지 말라고 말했다.

그런 일이 있고 나서, 나는 매주 두 번씩 간호사실 옆에 있는 작은 방에 가야만 했다. 그 방에는 한 늙은 부인이 무릎에 두꺼운 모포를 덮고 커다란 소파에 앉아 있었다. 나는 벌써 그곳에 대해서 들은 적이 있었다. 그 방에 갔던 아이들의 말로는, 그 부인은 할머니처럼 다정하고, 아이들은 간이침대에 눕거나 탁자 앞에 앉아서 자기가 그리고 싶은 것을 마음대로 그릴 수 있다고 했다. 그리고 그림책을 볼 수도 있고 아무 말이나 하고 싶은 말을 할 수도 있다고 했다.

내가 처음으로 거기에 갔을 때, 나는 "안녕하세요"라는 말 외에는 할 말이 없었다. 나는 따분했지만, 책도 재미가 없었고, 그림도 그리기 싫었다.

그래서 나는 출입문에서 창문까지, 창문에서 출입문까지 왔다 갔다 했다.

한참을 그러니까, 부인이 내게 물었다.

"너는 왜 그렇게 쉬지 않고 걸어다니니?"

나는 멈춰 서서 그녀에게 대답했다.

"저는 불구인 다리 한쪽을 연습시켜야 하거든요. 저는 가능한 한, 그리고 달리 할 일이 없을 적마다 걷고 있어요."

그녀는 나를 보고 미소 지었다. 그녀의 얼굴은 주름살투성이가 되었다.

"다리는 멀쩡해 보이는데?"

"온전하지 못해요."

나는 침대 위에 지팡이를 던져놓고, 몇 발자국 걸었는데, 창가에 가서 넘어졌다.

"보세요, 이게 온전한 건가요?"

나는 기어가서, 내 지팡이를 다시 집어들었다.

"이것을 가지고 다닐 때는 별 문제가 없어요."

그 뒤 몇 번인가는 내가 거기에 가야만 할 때에도 가지 않았다. 사람들이 나를 사방으로 찾아다녔지만, 나를 찾지 못했던 것이다. 나는 정원 구석에 있는 호두나무 가지에 앉아 있었다. 여선생님만은 그 비밀장소를 알고 있었다.

마침내 원상 사신이 나서서 점심 식사가 끝나는 대로 나를 그 작은 방으로 끌고 갔다. 그녀는 나를 그 방 안에 밀어넣었고, 나는 침대 위에 쓰러졌다. 나는 거기에 남아 있었다. 늙은 부인이 내게 질문을 했다.

"너는 너의 부모를 기억하니?"

내가 그녀에게 대답했다.

"아니요, 전혀 못해요. 할머니는요?"

그녀는 질문을 계속했다.

"너는 저녁마다 잠들기 전에 무슨 생각을 하지?"

"잠잘 생각을 하죠, 할머니는 아닌가요?"

그녀가 내게 물었다.

"너는 어떤 아이들의 부모들에게 그 아이들이 죽었다고 말했는데, 왜 그랬지?"

"그들의 부모들을 즐겁게 해주려고요."

"어떻게?"

"그들은 불구인 자식이 죽었다고 하면 기쁠 거 아니에요."

"네가 그런 걸 어떻게 알지?"

"저는 알아요, 그냥."

늙은 부인은 내게 다시 질문했다.

"너의 부모가 한번도 안 오시니까 그런 짓을 하는 거지?"

나는 그녀에게 말했다.

"그게 할머니와 무슨 상관이죠?"

그녀는 계속했다.

"네 부모님은 너에게 편지도 한번 안 하고, 소포도 한번 안 보내지. 그래서 너는 다른 아이들에게 분풀이를 하는 거야."

나는 침대에서 벌떡 일어나서 말했다.

"그래요, 그리고 할머니에게도 분풀이를 하고요."

414

나는 내 지팡이로 그녀를 때리다가 쓰러졌다.

그녀가 울부짖었다.

그녀는 계속 울부짖었고, 나는 계속 그녀를 때렸다. 땅바닥에서 넘어진 채로. 내 지팡이는 그녀의 다리, 무릎까지밖에 닿지 않았다.

그 울부짖음에 놀란 간호사들이 들어왔다. 그녀들은 나를 꼼짝 못하게 하고 다른 작은 방으로 데려갔다. 그 방 역시 좀 전의 방과 비슷했는데, 탁자도 책꽂이도 없었고, 침대 하나만 덩그러니 놓여 있었다. 그 방에는 창문에 창살이 있고, 출입문은 밖에서 잠그도록 되어 있었다.

나는 잠깐 동안 잠이 들었다.

잠이 깼을 때, 나는 문을 두드리고 문에 발길질을 하며 소리를 질렀다. 나는 내가 할 일, 내 숙제, 내 책들을 달라고 울부짖었다.

아무런 대답이 없었다.

한밤중에 여선생님이 내 방에 들어와서, 좁은 침대에 올라와 내 옆에 누웠다. 나는 그녀의 머리카락 속에 내 얼굴을 파묻자, 갑자기 심한 경련이 왔다. 전신이 마구 떨리고, 입에서는 딸꾹질이 나고, 눈에서는 눈물이, 코에서는 콧물이 흘러나왔다. 나는 나도 모르게 흐느껴 울었다.

재활원에는 식량이 점차 부족해져갔다. 정원을 텃밭으로 바꿔야 했다. 일할 수 있는 사람은 모두 나와서 늙은 농부의 지휘 아래 일을 했다. 우리는 감자, 강낭콩, 당근 따위를 심었다. 나는 휠체어를 더 이상 타지 않게 된 것이 후회스러웠다.

우리는 점점 더 자주 공습경보를 듣게 되었고, 따라서 지하실로 자주 내려가야 했다. 밤새도록 그곳에서 보내는 날도 많아졌다. 걸을 수 없는 아이들을 간호사들이 팔을 부축해서 데리고 다녔다. 감자더미와 석탄자루들 사이에서 나는 여선생님을 발견했고, 나는 그녀를 꼭 껴안으며 두려워할 필요가 없다고 말해주었다.

재활원에 폭탄이 떨어졌을 때, 우리는 교실에 있었고, 경보도 울리지 않았다. 폭탄이 우리 주변에 떨어지기 시작하자, 학생들은 책상 밑에 숨었고, 나는 시를 암송 중이었으므로, 내 자리에 서 있었다. 여선생님은 급히 내게로 와서 내 몸을 덮치며 나를 바닥에 쓰러뜨렸고, 나는 더 이상 아무것도 보지 못했고, 질식할 것 같았다. 내가 그녀를 밀어내려고 했지만, 그녀는 점점 더 무거워졌다. 진하고, 미지근하고, 찝찔한 액체가 눈으로, 입으로, 목으로 흘러들었고, 나는 정신을 잃었다.

나는 체육관에서 깨어났다. 한 수녀가 젖은 수건으로 내 얼굴을 닦아주면서 누군가에게 말했다.

"이 아이는 하나도 안 다친 것 같아요."

나는 토하기 시작했다.

체육관 사방에 사람들이 매트 위에 누워 있었다. 어린이들도, 어른들도. 어떤 사람들은 소리를 질러댔고, 어떤 사람들은 꼼짝도 하지 않았다. 그들이 살아 있는지, 죽었는지 알 수 없을 정도였다. 나는 그들 속에서 여선생님을 찾아보았지만, 찾을 수 없었다. 몸이 마비된 금발 소년도 거기에 없었다.

이튿날, 나는 질문을 받았다. 내 이름과 내 부모와 내 주소에 대해서. 그러나 나는 그 질문에 내 귀를 막아버렸다. 나는 대답하지 않았고, 더 이상 아무 말도 하지 않았다. 그래서 사람들은 나를 농아로 알고 더 이상 나를 귀찮게 하지 않았다.

나는 새 지팡이를 하나 받았고, 어느 날 아침, 한 수녀가 내 손을 잡았다. 우리는 역으로 가서, 기차를 타고, 다른 도시에 도착했다. 우

리는 걸어서 그 소도시를 가로질러, 숲 바로 근처 마지막 집까지 갔
다. 그 수녀는 나를 그곳에 맡겼다. 나중에 내가 '할머니'라고 부르게
되는 그 노파의 집에.

그녀는 나를 '개자식'이라고 불렀다.

나는 역에 있는 벤치에 앉아 있다. 그리고 기차가 오기를 기다린다. 아직 한 시간이나 남았다.

나는 이곳 소도시를 구석구석 알고 있다. 내가 사십 년 가까이 살았던 곳이다.

옛날에 내가 이곳에 도착했을 때, 이곳은 호수, 숲, 지붕 낮은 낡은 집들, 집집마다 정원들이 있어서 무척 매력적인 도시였다. 지금은 도로가 나면서 호수가 잘려나갔고, 숲은 황폐해졌으며, 정원들도 사라졌고, 새로 고층건물들까지 들어서서 이 도시는 흉한 모습으로 변했다. 좁은 구도로에는 자동차가 넘쳐흘러 보도까지 차지하게 되었다. 옛날의 선술집들은 특색 없는 레스토랑이나 셀프 서비스 간이식당으로 변했다. 거기에서는 식사를 빨리 해야 하고, 때로는 선 채로 먹어야 한다.

내가 이 도시를 바라본 것은 그때가 마지막이었다. 나는 결코 다시 돌아오지 않을 것이었다. 나는 이곳에서 죽고 싶지 않았다.

나는 아무에게도 다시 보자든가, 잘 있으라든가 하는 인사를 해보지 못했다. 이곳에는 이제 내 친구가 더 이상 없다. 남자든 여자든. 그 많던 내 애인들도 다 결혼을 해서 아이 엄마가 되었을 것이고, 지금은 훨씬 더 젊은 아가씨들만 있다. 내가 거리에서 더 이상 여자들을 알아보지 못하게 된 것은 이미 오래 전부터이다.

나의 가장 친한 친구 페테르는 내 젊은 시절의 후견인이었는데,

심근경색으로 이 년 전에 죽었다. 그의 부인 클라라는 나의 첫 애인이었는데, 이미 오래 전에 자살했다. 왜냐하면 그녀는 노년이 다가온다는 것을 참지 못했기 때문이다.

나는 내 뒤에 아무도, 아무것도 남기지 않고 떠났다. 나는 모든 것을 처분했다. 대단한 것은 없었다. 내 가구들은 쓸모가 없었고, 내 책들 또한 가치가 없었다. 내 낡은 피아노와 그림 몇 점은 돈을 조금 받을 수 있었고, 그것이 내 재산의 전부였다.

기차가 오자, 나는 기차에 올랐다. 나는 여행가방 하나만 가지고 있다. 나는 올 때 가져왔던 것만 그대로 가지고 이곳을 떠났다. 이 풍요롭고 자유로운 나라에서 나는 돈을 벌지 못했다.

나는 모국으로 갈 수 있는 여행자 여권을 가지고 있는데, 유효기간은 한 달이지만, 갱신이 가능하다. 나는 내 돈으로 몇 달간, 어쩌면 일 년은 충분히 살 수 있기를 바랐다. 나는 약도 충분히 준비했다.

두 시간 후, 나는 국제적 규모의 큰 역에 도착했다. 더 기다린 뒤, 나는 침대칸을 예약해둔 밤 열차로 갈아탔다. 아래층으로 예약을 했는데, 그 이유는 잠을 자기보다는 담배를 피우러 밖으로 나갈 것을 예상했기 때문이다.

잠시 동안, 나는 혼자다.

서서히 기차는 사람들로 채워진다. 한 노파, 두 처녀, 내 나이 또래의 한 남자. 나는 복도에 나가서, 담배를 피우며 밤하늘을 바라보았다. 나는 새벽 두 시경에 누웠지만, 잠은 별로 자지 못했다.

아침 일찍, 다른 큰 역에 도착했다. 세 시간을 기다리는 동안 나는 간이식당에 들러 커피를 마셨다.

이번에 내가 탄 기차는 내 모국의 기차이다. 여행자들이 약간 있을 뿐 승객은 많지 않았다. 좌석은 불편하고, 창문은 더럽고, 재떨이는 넘치고, 바닥은 시꺼멓고 끈끈하고, 화장실은 사용할 수 없었다. 열차식당도, 간이매점도 없었다. 여행자들은 도시락을 꺼내 먹고는 기름종이와 빈 병들을 창가에 버리거나, 아니면 바닥이나 의자 밑에 던져버렸다.

여행자 중 두 사람만이 나의 모국어로 말을 했다. 나는 그들의 말에 귀를 기울였지만, 그들에게 말을 걸지는 않았다.

나는 창밖을 내다보았다. 풍경이 바뀌었다. 기차는 산악지대를 벗어나서 평야에 이르렀다.

통증이 다시 시작되었다.

나는 물도 없이 약을 삼켰다. 나는 마실 것을 준비할 생각을 미처 하지 못했고, 여행자들에게 물을 얻어먹고 싶지도 않았다.

나는 눈을 감았다. 그리고 우리가 국경 근처에 다가가고 있음을 알았다.

우리는 드디어 도착했다. 기차가 멈췄다. 국경경비대, 세관 관리, 경찰들이 기차에 올랐다. 그들은 내게 신분증을 요구했고, 웃으며 되돌려주었다. 반대로 우리말을 쓰던 여행자 두 명은 오랫동안 심문을 받았고, 가방도 수색당했다.

기차가 다시 출발하고, 멈출 때마다 승차하는 사람들은 우리 나라 사람들 일색이었다.

나의 소도시는 외국에서 오는 기차가 정거하지 않는 곳이었다. 나는 그보다 더 크고 더 깊숙이 위치한 이웃 도시에 도착했다. 그리고 즉시 차를 갈아탈 수 있었다. 사람들은 차량 세 개로 편성한 빨간색 미니 기차를 가리켜주었다.

그 기차는 매시간 1번 플랫폼에서 소도시로 출발한다. 나는 그 기차가 출발하는 것을 지켜본다.

나는 역을 빠져나와 택시를 타고 호텔로 가자고 했다. 도착하자 곧 방으로 올라가서, 샤워를 하고 즉시 곯아떨어졌다.

잠을 깨자마자, 나는 창문의 커튼을 젖혔다. 창문은 서쪽으로 나 있었다. 거기에 나의 소도시가 있었고 산 뒤로 해가 지고 있었다.

나는 매일 역으로 가서 빨간색 기차가 도착하고 출발하는 것을 바라보았다. 그러고 나서 거리를 돌아다녔다. 저녁에 나는 호텔의 바나 시내의 여느 술집에 들러 낯모르는 사람들과 함께 술을 마셨다.

내 방에는 베란다가 있었다. 이제 더워지기 시작했으므로 나는 종종 거기에 앉아 있었다. 거기에서 나는 끝없는 하늘을 보았다. 사십 년 만에 광대한 하늘을 보고 있는 것이다.

나는 점점 멀리로 산책을 나갔다. 그 도시를 벗어나기도 했고, 농촌을 찾아가기도 했다.

나는 돌과 금속으로 된 어떤 담장을 따라 갔다. 그 담장 뒤에서는 새 한 마리가 노래했고, 나는 마로니에 나무들의 앙상한 가지들을 알아보았다.

철제의 출입문이 열려 있었다. 나는 그 안으로 들어가서, 입구 가까이에 있는 이끼로 뒤덮인 커다란 돌 위에 앉았다. 우리는 그 커다란 돌을 '검정 바위'라고 불렀지만, 사실은 검은색이 아니었다. 그것은 잿빛이나 푸른색에 가까웠는데, 이제 완전히 초록색으로 변했다.

나는 정원을 바라보았다. 옛날 모습 그대로였다. 나는 정원 안에 있는 커다란 건물도 알아보았다. 어쩌면 나무들도 옛날 그대로일 것이다. 새들은 분명히 그 옛날의 새가 아니었지만, 수십 년이 흘렀다. 나무는 몇 년이나 살까? 새는 몇 년이나 살까? 나는 그에 대해서는 아는 바가 전혀 없다.

사람들은 얼마나 오래 살까? 영원히, 내가 보기에는. 나는 재활원 시절의 원장이 다가오는 것을 보았기 때문이다.

그녀가 내게 물었다.

"여기서 뭘 하죠?"

내가 일어나서 그녀에게 말했다.

"그냥 구경하고 있어요, 원장님. 어릴 적에 여기서 오 년이나 보냈지요."

"언제라고요?"

"약 사십 년 전이에요. 정확히 사십오 년. 난 당신을 알아보겠어요. 당신은 그 당시 재활원 원장이셨지요."

그녀가 소리 질렀다.

"무례하게시리! 이봐요, 사십 년 전에 나는 이 세상에 태어나지도 않았어요. 그러나 나는 멀리서 벌써 당신이 치한이라는 걸 알아봤어요. 어서 나가요, 아니면 경찰을 부르겠어요."

나는 할 수 없이 호텔로 돌아와서 어떤 낯선 사람과 함께 술을 마셨다. 나는 그에게 원장 이야기를 했다.

"결코 동일인이 아닙니다. 그 사람은 죽었을 겁니다."

나의 새 친구는 잔을 들었다.

"결론적으로 원장들은 나이가 들면 서로 닮게 되거나, 아니면 아주 오래 살거나 둘 중 하나입니다. 내일 내가 당신이 있었던 그 재활원에 당신과 함께 가죠. 마음만 있으면, 그곳을 방문할 수 있어요."

이튿날, 그 낯모르는 사람은 호텔로 나를 찾아왔다. 그는 재활원까지 자동차로 나와 같이 갔다. 들어가기 직전 출입문 앞에서 그가 내게 말했다.

"당신이 알다시피, 당신이 보았던 그 노파는 과거의 원장과 동일인입니다. 그녀는 이곳에서도 다른 곳에서도 이제는 원장이 아닐 뿐입니다. 내가 알아봤지요. 당신이 있었던 재활원은 지금 양로원이 되었어요."

내가 말했다.

"나는 공동 침실을 보고 싶습니다. 그리고 정원도."

그 호두나무는 거기에 있었지만, 발육이 좋지 않아 보였다. 그것은 곧 죽을 기색이었다.

나는 내 동행인에게 말했다.

"곧 죽을 것 같군요, 내 나무가."

그가 말했다.

"감상에 빠지지 마세요. 모두가 죽어요."

우리는 건물 안으로 들어갔다. 우리는 복도를 거쳐서, 사십 년 전에 나와 다른 아이들이 쓰던 방으로 들어갔다. 십여 개의 침대, 하얀 벽, 텅 빈 하얀 침대. 침대들은 옛날과 마찬가지로 그 시간에 여전히 비어 있었다.

나는 위층으로 달려 올라가, 내가 며칠 동안 갇혀 지냈던 방의 문을 열었다. 침대가 여전히 거기, 똑같은 장소에 놓여 있었다. 어쩌면 옛날 것이 아직 그대로 있는지도 모른다.

젊은 부인이 우리를 배웅하며 말했다.

"여긴 다 폭격을 맞았어요. 그래서 완전히 새로 지은 거예요, 예전처럼. 모든 게 예전 그대로지요. 무척 아름다운 건물이었기 때문에 어떤 변경도 하지 않고 그대로 부활시켰죠."

오후에 나는 또 통증을 느꼈다. 나는 호텔로 돌아가서 약을 먹고, 가방을 싸고, 계산을 끝내고, 택시를 불렀다.

"역으로 갑시다."

택시는 역 앞에 멈췄고, 내가 기사에게 말했다.

"K시로 가는 기차표를 좀 사다주시오. 난 환자입니다."

운전기사가 말했다.

"그건 내 일이 아니지요. 난 당신을 역까지 태워다드렸어요. 내리세요. 환자하고는 할 일이 없으니까."

그는 내 가방을 보도 위에 내려놓고, 내가 앉은 좌석의 문을 열었다.

"나오시오. 내 차에서 내리라고요."

나는 지갑에서 외화를 꺼내서 그에게 내밀었다.

"부탁입니다."

기사는 역 안으로 들어가더니, 기차표를 사가지고 돌아와서 내가 차에서 내리는 것을 도와주기 위하여 팔을 잡아주고, 내 가방을 들어주고, 1번 플랫폼까지 나를 따라와서 나와 함께 기차를 기다렸다. 기차가 도착하자, 그는 내가 기차에 오르는 것을 도와주고, 내 옆에 가방을 놓아주고, 승무원에게 나를 부탁했다.

기차가 출발했다. 기차 안에는 사람이 거의 없었다. 객실에서는 금연이었다.

나는 자리에 앉아 눈을 감았다. 통증도 누그러들었다. 기차는 거의 십 분마다 멈춰 섰다. 그 여행은 사십 년 만에 하는 것이었다.

소도시의 역에 도착하기 전에 기차가 멈췄다. 수녀가 내 팔을 잡아당기더니, 나를 흔들었고, 나는 꼼짝도 하지 않았다. 그녀는 기차에서 뛰어내려 달려갔고, 들판에 엎드렸다. 다른 여행자들 모두 달려가서 들판에 엎드렸다.

나만 기차 안에 남아 있었다. 비행기 편대가 우리 위로 지나가면서 기차에 대고 마구 기관총을 쐈다. 다시 침묵이 흘렀고, 수녀도 되돌아왔다. 그녀는 나를 찰싹 때렸고, 기차는 다시 출발했다.

나는 눈을 떴다. 우리는 곧 도착할 것이다. 나는 벌써 산 위에 떠 있는 은빛 구름을 보았고, 성벽의 탑들과 수많은 교회의 종탑도 보았다.

사월 이십이일, 사십 년간의 부재 끝에, 나는 어린 시절을 보낸 소도시로 되돌아왔다.

역은 변하지 않았다. 역은 다만 더 깨끗해졌고, 생전 처음 보는 이름 모를 꽃들로 장식되어 있었다.

드문드문 오는 기차의 여행자들과 역 맞은편에 있는 공장의 노동자들이 주요 고객인 버스도 한 대 운행되고 있었다.

나는 버스를 타지 않았다. 나는 그 자리에 남아 있었다. 역 앞에, 내 가방을 땅에 내려놓은 채. 그리고 나는 그 도시로 통하는 도로의 마로니에 가로수 길을 바라보았다.

"가방을 들어드릴까요, 아저씨?"

열댓 살은 됨직한 소년이 내 앞에 나타났다.

소년이 말했다.

"버스는 이미 떠났어요. 삼십 분 후에나 다시 올 거예요."

내가 소년에게 말했다.

"괜찮다. 난 걸어갈 거거든."

소년이 말했다.

"가방이 무겁군요."

소년은 내 가방을 들어올렸고, 내려놓지 않았다. 내가 웃었다.

"그래, 무거워. 넌 멀리까지 들고 가기 힘들 거다. 나도 옛날에 그런 일을 했지."

소년이 가방을 내려놓았다.

"이, 그래요? 언세요?"

"내가 네 나이만 할 때. 아주 오래 전이지."

"어디서요?"

"바로 여기. 이 역 앞에서."

소년이 말했다.

"저는 이 가방을 잘 들고 갈 수 있어요."

내가 말했다.

"좋아, 그렇지만 우선 십 분간만 날 내버려두면 좋겠다. 난 혼자 걷고 싶으니까. 서두를 필요는 없어. 난 바쁘지 않으니까. '검은 정원'에서 널 기다릴게. 그 공원이 아직 있다면 말이다."

"네, 아저씨, 아직 있어요."

'검은 정원'은 마로니에 가로수 길 끝에 있는 작은 공원인데, 철책 울타리 외에는 검은색이 없었다. 나는 그곳의 한 벤치에 앉아, 그 소년을 기다렸다. 소년은 금방 도착했고, 나와 마주 보이는 위치의 벤치 위에 내 가방을 내려놓고 앉아서 숨을 몰아쉬었다.

나는 담배에 불을 붙여 물고 물었다.

"넌 왜 이런 일을 하지?"

소년이 말했다.

"자전거를 사고 싶어서요. 경주용 자전거요. 담배 한 개비 주실래요?"

"아니, 넌 피우면 안 돼. 나는 지금 담배 때문에 죽어가고 있어. 너도 담배 때문에 죽고 싶니?"

소년이 내게 말했다.

"어떠어떠한 것 때문에 죽는다……아무튼, 학자라는 사람들은 모두 그렇게 말하지요……."

"학자들이 뭐라고 한다고?"

"지구는 끝장났다. 이제 거기에서는 더 이상 할 일이 없다. 너무 늦었다고."

"넌 어디서 그런 소릴 들었니?"

"여기저기에서요. 학교에서, 그리고 특히 텔레비전에서요."

나는 담배를 던져버렸다.

"너는 아무튼 담배를 피우면 안 돼."

소년이 내게 말했다.

"참 심술궂으시군요."

내가 말했다.

"그래, 나는 심술쟁이다. 그래서? 이 도시에도 어딘가에는 호텔이 있겠지?"

"그럼요. 몇 개나 있어요. 모르셨어요? 근데 아저씨는 이 도시를 잘 아시는 것 같던데요."

내가 말했다.

"내가 여기에 살았을 때는 호텔이 하나도 없었어. 하나도."

소년이 말했다.

"그때는 아주 오래 전이잖아요. 중앙 광장에 아주 큰 새 호텔이 하나 있어요. 그랜드 호텔이라고. 이름 그대로 제일 큰 호텔이에요."

"그리로 가자."

호텔 앞에서, 소년은 내 가방을 내려놓는다.

"저는 못 들어가요, 아저씨. 로비 여직원이 제 얼굴을 알아요. 절 보면 우리 엄마한테 이를 거예요."

"이르다니, 뭐라고? 내 가방을 들었다고?"

"네. 엄마는 제가 이런 일 하는 걸 싫어하시거든요."

"왜?"

"모르겠어요. 엄마는 제가 이러는 게 싫으신 거죠. 엄마는 제가 공부만 하기를 원하거든요."

내가 물었다.

"너의 부모님은 뭘 하시니?"

소년이 말했다.

"엄마만 계세요, 아빠는 없고. 저는 원래 아빠가 없어요."

"그러면 어머니는 뭘 하시니?"

"마침, 이곳, 이 호텔에서 일하세요. 엄마는 하루에 두 번씩 타일 바닥을 청소하죠. 그렇지만 엄마는 제가 학자가 되기를 바라세요."

"무슨 학자?"

"그건, 엄마도 잘 모르시죠. 엄마는 학자들의 종류에 어떤 것이 있는지도 모르니까요. 그냥 막연하게 교수나 의사 따위를 생각하고 계신 것 같아요."

내가 말했다.

"그렇구나. 네게 얼마를 주면 되니?"

소년이 말했다.

"주시고 싶은 대로 주세요, 아저씨."

내가 동전 두 개를 주었다.

"이거면 되겠니?"

"네, 아저씨."

"아니야. 이것으로는 안 돼. 너는 이렇게 적은 돈을 받고 역에서부터 이 무거운 가방을 운반해서는 안 돼!"

소년이 말했다.

"저는 사람들이 주는 대로만 받아요, 아저씨. 저는 더 이상 요구할 권리가 없어요. 그리고 가난한 사람들도 있거든요. 어떤 때는 공짜로 들어주기도 하는 걸요. 이 일이 재미있어요. 저는 역에서 기다리는 것이 좋기도 하고요. 도착하는 사람들을 보는 게 재미있어요. 이곳 사람들은 첫눈에 알아볼 수 있어요. 저는 다른 곳에서 오는 사람들을 보는 게 좋아요. 아저씨처럼. 아저씨는 멀리서 오셨지요?"

"그래, 아주 멀리서. 다른 나라에서 왔지."

나는 소년에게 지폐 한 장을 주고 호텔로 들어갔다.

나는 모퉁이의 방을 택했다. 그곳에서는 광장 전체, 교회, 식료품 가게, 옷가게, 서점이 한눈에 들어왔다.

밤 아홉 시, 광장은 텅 비어 있다. 집집마다 불이 켜지고, 블라인드를 내리고, 덧문을 닫고, 커튼을 친다. 광장은 폐쇄된 공간이 된다.

나는 내 방의 창가에서 늦게까지 어둠 속의 광장과 집들을 바라보았다.

어린 시절에 나는 중앙 광장 근처의 집에서 살아보는 것이 소원이었다. 특히 푸른색 집에. 그런데 그 자리에는 여전히 서점이 있었다.

그러나 나는 국경 근처의 변두리 소도시에서, 그것도 중심가에서 멀리 떨어진 다 쓰러져가는 '할머니' 집에서만 살았다.

할머니 집에서 나는 아침부터 저녁까지 일을 했다. 할머니처럼. 할머니는 나를 먹여주고 재워주었지만, 내게 돈은 한푼도 주지 않았다. 그러나 나는 비누, 치약, 옷 그리고 장화 따위를 사기 위해서 돈이 필요했다. 그래서 나는 저녁마다 시내로 나와서 술집을 전전하며 하모니카를 불었다. 내가 숲에서 주워모은 땔감, 버섯, 밤 등을 팔기도 했다. 나는 또 할머니 집에서 훔친 달걀이나, 내가 낚시질로 잡은 물고기도 팔았다. 나는 누구에게든 원하는 일은 가리지 않고 다 해주었다. 전언(傳言)이나 편지나 물건들을 전해주었는데, 사람들은 나를 농아(聾啞)로 알고 있었기 때문에 안심하고 비밀 심부름도 시켰다.

처음에 나는 말을 하지 않았다. 할머니에게조차. 그러나 곧 물건값을 흥정하기 위해서 숫자를 말하지 않을 수 없었다.

나는 저녁이면 중앙 광장에 가서 서성이곤 했다. 서점-문구점의 진열장에 있는 하얀 종이들, 초등학생용 노트, 지우개, 연필 따위를 바라보곤 했다. 그런 것들은 모두 내게는 너무도 비싼 물건들이었다.

나는 돈을 조금이라도 더 벌기 위해서, 틈만 나면 역으로 가서 여행자들을 기다렸다. 그리고 그들의 짐을 날랐다.

그 덕택에 나는 종이 몇 장, 연필 한 자루, 지우개 한 개 그리고 커다란 노트를 한 권 사서 나의 첫 번째 거짓말을 적기 시작했다.

할머니가 죽고 열 몇 달이 지난 뒤, 노크도 없이 내 집으로 들어온 사람들이 있었다. 그들은 세 사람이었는데, 그중 한 사람은 국경경비대 제복 차림이었고, 다른 두 사람은 민간인이었다. 그중 한 사람은 말없이 메모만 했다. 그는 청년이었는데, 거의 나와 비슷한 나이였다. 다른 한 사람은 백발이었다. 바로 그 사람이 내게 질문을 했다.

"자네는 언제부터 여기에 살았지?"

내가 말했다.

"모르겠어요. 병원이 폭파된 뒤부터인데."

"어느 병원이지?"

"잘은 모르지만, 재활원이었어요."

제복을 입은 사람이 끼어들었다.

"내가 이 부대를 처음 맡았을 때부터, 얘는 이미 이 집에 살고 있었어요."

민간인이 물었다.

"그게 언제였소?"

"삼 년 전, 그러니까, 그 이전에 이미 여기서 살고 있었다는 얘기죠."

"당신은 그걸 어떻게 알고 있죠?"

"그야 뻔하죠. 이 청년은 항상 여기서 사는 사람처럼 집 주변에서 일을 하고 있었으니까요."

백발의 남자가 나를 돌아다보았다.

"자네는 옛 이름이 마리아 Z라고 하는 V 부인과는 무슨 관계이지?"

내가 말했다.

"우리 할머니예요."

그가 내게 물었다.

"그걸 증명할 만한 서류를 가지고 있어?"

내가 말했다.

"그런 건 없어요. 저는 종이라고는 서점에서 산 종이들밖에 없는 걸요."

그가 말했다.

"그러면 그렇지. 기록하시오!"

사복을 입은 청년이 쓰기 시작했다.

"옛 이름이 마리아 Z라고 하는 마리아 V 부인은 상속인 없이 죽었다. 따라서 그녀의 재산, 즉 그녀의 집과 토지는 정부의 재산이 될 것이며, K시는 그것들을 필요에 따라 자유롭게 사용할 수 있다."

그 사람들이 일어나자, 내가 그들에게 물었다.

"나는 어떻게 해야 하지요?"

그들은 서로 쳐다보았다. 제복의 남자가 말했다.

"당신은 이곳을 떠나야 해."

"왜요?"

"이 집은 당신 것이 아니기 때문이지."

내가 물었다.

"언제 떠나야 하죠?"

"모르겠어."

그가 회색의 사복 청년을 바라보자, 청년이 말했다.

"우리가 필요할 때 미리 통보를 해줄 거야. 당신은 지금 나이가 어떻게 되지?"

"곧 열다섯 살이 돼요, 토마토가 익기 전에는 떠날 수가 없는데요."

그가 말했다.

"물론, 그래야겠지. 열다섯밖에 안 되었다고? 그러면 문제가 없겠지."

내가 물었다.

"나는 어디로 떠나야 하는데요?"

그는 잠시 말이 없다가, 제복의 남자를 바라보았다. 제복의 남자는 그를 쳐다보았고, 사복의 청년은 눈을 내리깔았다.

"걱정 말아요. 누군가가 당신을 돌봐줄 거야. 특히, 조용히 있는 게 몸에 좋겠지."

세 사람은 나갔다. 나는 소리가 나지 않도록 풀밭 위로 걸어서 그들을 뒤쫓았다.

경비대원이 말했다.

"당신은 그 친구를 조용히 놔둘 수 없어? 그는 좋은 사람이오, 일밖에 모르는."

사복이 말했다.

"문제는 없어. 법이 있으니까. V 부인의 땅은 자치체 소유가 되는 거요. 그 친구는 아무 권리도 없이 거기에 살아온 지가 거의 이 년이 넘었다고."

"그게 누구한테 피해가 된다는 거요?"

"아무도……그렇지만, 어떻다는 거요? 그 꼬마 건달을 두둔하자는 거요?"

"삼 년 전부터 나는 그를 지켜봐왔소. 자기 밭을 가꾸고 가축을 열심히 돌보는 것을. 그는 건달이 아니란 말이오. 어느 모로 봐도 당신보다 못하지 않아요."

"당신, 감히 나를 건달 취급하는 거요?"

"그렇게 말하려는 의도는 결코 없었소. 다만 그가 당신과 마찬가지로 건달은 아니라는 말을 하려는 것뿐이오. 나하고는 상관없는 일이오. 당신도 그도. 삼 주일 후면, 나는 동원해제가 되어 내 밭이나 가꾸며 쉴 거요. 당신이 그 소년을 거리로 내쫓는 비양심적인 짓은 하지 않기를 바랄 뿐이오. 안녕히 가시오, 편히 주무시고."

사복이 말했다.

"우리는 그 친구를 거리로 내쫓지는 않을 거요. 우리가 돌보게 될 거요."

그들은 가버렸다. 며칠 뒤, 그들이 다시 왔다. 백발의 바로 그 남자, 청년, 그리고 한 여자, 이렇게 셋이었다. 재활원 원장을 닮은 그 여자는 나이가 많았고, 안경을 썼다.

그녀가 내게 말했다.

"잘 들어. 우리는 너한테 해를 끼칠 생각은 추호도 없어. 너를 돌보려는 것뿐이야. 너는 우리와 함께 아름다운 집으로 가는 거야. 거기에는 너 같은 아이들이 많이 있어."

내가 그녀에게 말했다.

"나는 어린이가 아니에요. 나는 누구의 보살핌도 필요하지 않아요. 그리고 결코 병원에는 가고 싶지 않아요."

그녀가 말했다.

"거기는 병원이 아니야. 넌 거기에서 공부도 할 수 있어."

우리는 부엌으로 들어갔다. 그 여자는 말했으나, 나는 듣고 있지 않았다. 백발의 남자도 말했다. 나는 그의 말 역시 듣지 않았다.

모든 것을 기록하고 있던 청년만은 아무 말도 하지 않았다. 그는 나를 쳐다보지도 않았다.

떠나면서 그 여자가 말했다.

"걱정하지 마. 우리가 너와 함께 있으니까. 곧 다 잘될 거야. 우리는 너를 혼자 놔두지 않을 거야. 널 돌봐줄게. 우리는 널 구해줄 거야."

남자가 덧붙여 말했다.

"너는 이번 여름은 여기서 보내게 될 거야. 팔월 말에 집을 헐기 시작할 테니까."

나는 나를 돌보고 구해준다는 어떤 집으로 가기가 두려웠다. 나는 이곳을 떠나야만 한다. 어디로 가야 할지 곰곰이 생각해보았다.

나는 전국의 지도와 수도의 지도를 샀다. 매일 역으로 나가서 기차 시간표도 알아보았다. 그리고 이 도시 저 도시의 기차표 값을 물어보았다. 돈은 조금밖에 없었지만, 할머니의 유산을 쓸 생각은 없었다. 할머니는 생전에 내게 경고한 바 있었다.

"네가 이것들 모두를 가지게 된다는 사실을 아무도 알아서는 안 된다. 너를 조사하고 가두고 모든 재산을 빼앗으려는 자가 있을 테니까. 그래도 절대로 사실을 말해선 안 된다. 그 질문을 이해하지 못하는 척하면 된다. 사람들이 너를 바보 취급하면 차라리 그 편이 나을 게다."

할머니의 전 재산은 보석과 금붙이와 은붙이였는데, 헝겊자루에 담긴 채 집 앞의 벤치 아래에 묻혀 있었다. 내가 그것을 전부 팔려고 했다면, 아마도 나는 도둑으로 몰렸을 것이다.

내가 국경을 넘으려고 하는 사람을 만난 것은 역에서였다.

저녁 무렵, 그 사람은 거기, 역 앞에, 두 손을 호주머니에 넣고 서 있었다. 다른 여행자들은 이미 다 떠나고 역 앞 광장은 텅 비어 있었다.

그 사람이 내게 가까이 오라고 손짓을 했고, 나는 그에게로 다가갔다. 그는 짐이 하나도 없었다.

내가 말했다.

"저는 여행자들의 가방을 들어주는 일을 합니다. 그런데 아저씨는 가방이 하나도 없군요."

그가 말했다.

"그래, 난 가방이 없어."

내가 말했다.

"그러면 무슨 다른 심부름을 해드릴까요? 이 도시 사람이 아니신 것 같은데요."

"뭘 보고 나를 타지 사람이라고 생각하는 거지?"

내가 말했다.

"우리 도시에는 아저씨 같은 옷차림을 한 사람이 없거든요. 도시 사람들은 얼굴들도 모두 똑같고요. 아주 낯익은 얼굴들이죠. 마을 사람들은 개인적으로 친분이 없더라도 서로 알아보는 걸요. 그러니까 타지 사람은 금방 눈에 띄죠."

그 사람은 주위를 두리번거렸다.

"내가 그렇게 금방 눈에 띈단 말이냐?"

"물론이죠. 그러나 상관없어요, 아저씨의 서류들에 잘못만 없다면. 아저씨는 내일 아침 서류들을 경찰에 제시하고, 원하시는 만큼 여기 머무르실 수 있을 거예요. 여기에는 호텔도 없어요. 그렇지만 방을 빌려주는 집은 있어요. 제가 알려드릴 수 있어요."

그 사람은 내게 말했다.

"날 따라와."

그는 시내 방향으로 갔다. 그런데 중앙 광장으로 접어드는 대신 오른쪽의 흙먼지 이는 좁은 길로 들어가더니 덤불들 사이에 앉았다. 나는 그의 옆에 앉아서 질문을 했다.

"아저씨는 몸을 숨기시려는 거죠? 왜 그러시죠?"

그가 내게 물었다.

"넌 이 도시를 잘 아니?"

"그럼요, 훤히 알죠."

"국경은?"

"그것도."

"너의 부모님은?"

"부모님은 안 계세요."

"다 돌아가셨니?"

"모르겠어요."

"그럼 넌 누구 집에서 살지?"

"제 집이요. 원래는 할머니 집인데, 할머니는 돌아가셨어요."

"누구하고 살고 있니?"

"혼자."

"네 집은 어디지?"

"도시 끝. 국경 근처예요."

"하룻밤 재워줄 수 있겠니? 돈은 많아."

"그럼요, 재워드릴 수 있어요."

"넌 사람들 눈에 띄지 않고 집까지 가는 길을 알고 있어?"

"그럼요."

"가자. 내가 널 따라갈게."

우리는 집들 뒤로, 밭들을 가로질러 걸었다. 이따금 우리는 남의 집 채소밭이나 뜰을 가로지르기 위해서 울타리나 철책을 넘어야 했다. 날이 어두워지고, 내 뒤를 따라 걷던 사람은 아무 소리도 없었다.

할머니 집에 이르러서, 내가 그를 치켜세웠다.

"아저씨는 나이에 비해서 굉장히 민첩하시군요."

그가 웃었다.

"내 나이라고? 난 이제 마흔밖에 안 됐어. 그리고 난 전쟁을 치렀나. 소리노 없이 마을들을 가로질러 가는 건 누워서 떡먹기지."

잠시 후, 그가 덧붙였다.

"네 말이 옳다. 나는 지금 늙었어. 내 젊은 시절은 전쟁이 다 삼켜 버렸거든. 마실 것 좀 있을까?"

내가 식탁 위에 브랜디를 꺼내놓고 말했다.

"국경을 넘으시려는 거죠?"

그는 또 웃었다.

"네가 그걸 어떻게 알았지? 먹을 것도 좀 있니?"

내가 말했다.

"버섯을 넣고 오믈렛을 만들어드릴게요. 치즈도 좀 있어요."

내가 저녁 식사를 준비하는 동안, 그는 술을 마셨다.

우리는 식사를 했다. 내가 그에게 물었다.

"아저씨는 어떻게 이 국경지대에 들어오셨어요? 우리 도시에 들어오려면 특별 허가증이 있어야 하는데."

그가 말했다.

"누님이 이 마을에 살고 계셔. 그래서 누님을 방문한다고 신청해서, 허가증을 얻었지."

"그런데 아저씨는 그분을 만나러 가지 않으셨잖아요."

"응, 난 누님하고 따분한 수다나 떨 생각은 없거든. 자, 이걸 아궁이 불에 태워버려."

그는 자신의 신분증과 다른 서류들을 내놓았다. 나는 그것들을 모두 아궁이에 던져넣었다.

내가 물었다.

"왜 이곳을 떠나려고 하시는 거죠?"

"그건 네가 알 바 아니다. 길이나 알려줘, 내가 부탁하고 싶은 것은 그것뿐이야. 내가 가진 돈은 전부 네게 주마."

그는 지폐 묶음을 식탁 위에 내놓았다.

438

내가 말했다.

"이렇게 많은 돈을 받아야 할 만큼 대단한 일도 아닌 걸요. 아무튼 이 돈들은 국경만 넘어가면 쓸모없는 것이긴 하죠."

그가 말했다.

"그러나 여기에서, 너같이 어린 친구에게는 거액이지."

나는 아궁이 불 속으로 돈 묶음을 던져버렸다.

"아저씨도 아시다시피, 난, 그렇게 많은 돈은 필요하지 않아요. 여기에, 내가 필요한 것은 뭐든지 다 가지고 있거든요."

우리는 돈이 불타고 있는 것을 바라보았다. 내가 말했다.

"목숨을 걸지 않고는 국경을 넘을 수 없어요."

그 사람이 말했다.

"알고 있어."

내가 말했다.

"내가 아저씨를 지금 당장 고발할 수 있다는 것도 아셔야 해요. 우리 집 맞은편에, 국경경비대 본부가 있어요. 나는 그들에게 협조를 하고 있어요, 스파이라고요."

그 사람은 안색이 매우 창백해져서 말했다.

"스파이라고, 네 나이에?"

"나이는 아무 상관도 없어요. 나는 국경을 넘으려는 사람을 벌써 몇 명이나 고발했어요. 숲속에서 일어나는 일은 뭐든지, 내가 보는 대로 보고를 하죠."

"하지만 왜?"

"그들이 이따금 염탐꾼들을 내게 보내서 내가 그들을 고발하는지 안 하는지 알아보려고 하기 때문이죠. 지금까지, 나는 그들이 염탐꾼이었든 아니었든 간에 보이는 대로 고발을 해야 했어요."

"지금까지는?"

"내일, 나도 아저씨와 함께 국경을 넘을 테니까요. 나도, 이곳을 떠나고 싶거든요."

이튿날, 정오를 조금 앞둔 시간에 우리는 국경을 넘었다.

그 사람이 앞장서서 걸었는데, 그는 운이 없었다. 두 번째 바리케이드 바로 앞에서, 지뢰가 터져서 그는 날아가버렸다. 나는 그의 뒤에 떨어져서 걸었기 때문에 무사했다.

나는 밤이 깊도록 텅 빈 광장을 바라보았다. 그러다가 결국 잠이 들었고 꿈을 꾸었다.

나는 강으로 내려갔는데, 거기 강둑에 내 형제가 앉아서, 낚시를 하고 있었다. 나는 그의 옆에 앉았다.

"많이 잡았어?"

"아니. 난 널 기다리고 있었어."

내 형제가 일어나서, 그의 낚싯대를 거두었다.

"여기에 물고기가 없어진 지는 오래됐어. 물도 없잖아."

그러고 보니 강바닥이 드러나 있었다. 그는 돌을 집어 물기가 말라 버린 강바닥의 다른 돌들을 향해 던졌다.

우리는 시내를 향해 걸었다. 나는 초록색 덧문들이 있는 집 앞에 멈춰 섰다. 내 형제가 말했다.

"그래, 여기가 우리 집이었지. 너는 이 집을 알아보았군."

내가 말했다.

"난 알고 있었어. 그러나 여기에는 집이 없었어. 전에는."

"그 집은 다른 도시에 있었지."

내 형제가 고쳐 말했다.

"다른 세상에. 그런데 지금은 그 집이 여기에 있고, 집은 텅 비어 있어."

우리는 중앙 광장에 도착했다.

서점 문 앞에서, 두 어린 아이들이 이층 살림집으로 통하는 계단 위에 앉아 있다.

내 형제가 말했다.

"저 애들은 내 아들들이야. 애들 엄마는 떠났어."

우리는 커다란 부엌으로 들어갔다. 내 형제는 저녁 준비를 했다. 아이들은 조용히 눈을 내리깔고 먹었다.

내가 말했다.

"저 애들은 행복하겠지, 네 아들들 말이야."

"무척 행복해. 난 아이들을 재워야겠어."

그가 돌아와서 말했다.

"내 방으로 가지."

우리는 커다란 방으로 들어갔다. 내 형제는 책꽂이의 책들 뒤에 숨겨놓은 술병을 하나 가져왔다.

"이게 전부야. 술병들이 다 비었어."

우리는 마셨다. 내 형제는 빨간색 식탁보를 어루만졌다.

"보다시피 변한 건 아무것도 없어. 난 모든 걸 간직했어. 이 지긋지긋한 식탁보까지도. 내일, 너는 그 집으로 살러 갈 수 있어."

내가 말했다.

"난 그러고 싶지 않아. 난 차라리 여기서 네 아이들과 놀겠어."

내 형제가 말했다.

"내 아이들은 놀지 않아."

"그럼 뭘 하지?"

"그 아이들은 저 바깥세상으로 건너갈 준비를 하고 있어."

내가 말했다.

"나도 저 바깥세상으로 건너가보았지만, 아무것도 발견하지 못했어."

내 형제가 말했다.

"발견할 건 아무것도 없어. 너는 뭘 찾고 있는데?"

"너. 내가 다시 돌아온 것도 너 때문이야."

내 형제가 웃었다.

"나 때문이라고? 너도 잘 알잖아, 나는 단지 꿈일 뿐이라는 걸. 그 걸 받아들여야 해. 아무것도 존재하지 않아, 어디에도."

나는 추워서 일어났다.

"늦었어, 난 돌아가야겠어."

"돌아간다고? 어디로?"

"호텔로."

"호텔이라니? 너는 지금 네 집에 있는 거야. 내가 부모님께 네가 왔다고 말씀드리겠어."

"부모님이라고? 어디에 계시지?"

내 형제는 살림집의 다른 방으로 통하는 갈색 문을 가리켰다.

"저기에 계셔. 지금 주무시고 계시지."

"함께?"

"당연하지."

내가 말했다.

"깨우면 안 돼."

그가 말했다.

"왜? 두 분은 너무 오랜만이라서 널 보면 무척 반가워하실 거야."

나는 문을 향해 뒷걸음질쳤다.

"나는, 나는 싫어. 두 분을 다시 뵐 수 없어."

그가 내 팔을 붙잡았다.

"너는 싫어도 해야 해. 난, 나는 두 분을 매일 뵙지. 너는 단 한번만이라도 두 분을 뵈어야 해, 단 한번만이라도!"

그가 갈색 문 쪽으로 내 손을 잡아끌었다. 그래서 나는 잡히지 않은 다른 쪽 손으로, 식탁 위에 있던 꽤 무거운 유리 재떨이를 집어서, 그의 뒤통수를 내리쳤다.

이마가 문에 부딪치면서 그는 쓰러졌고, 그의 머리 언저리와 마룻바닥에 피가 낭자했다.

나는 그 집을 나와 벤치에 앉았다. 보름달이 텅 빈 광장을 밝혀주고 있었다.

한 노인이 내 앞에 멈춰서더니, 담배 한 개비를 달라고 했다. 나는 담배를 주고 불도 붙여주었다.

그는 그 자리에서, 내 앞에서, 담배를 피웠다.

잠시 후, 그가 물었다.

"그래서, 너는 그를 죽였어?"

내가 대답했다.

"네."

노인이 말했다.

"너는 해야 할 일을 한 거야. 잘했어. 꼭 해야 할 일을 제때에 하는 사람은 드문 법이지."

내가 말했다.

"그가 문을 열려고 했기 때문이에요."

"넌 잘한 거야. 그가 하려는 짓을 못 하게 막은 것은 잘한 짓이야. 넌 그를 죽여야 했어. 모든 게 다 이치에 맞아야 하듯이."

내가 말했다.

"하지만 이제 그는 거기에 없을걸요. 이치가 중요한 게 아니에요. 만약 그가 거기에 영원히 없어야 한다면."

노인이 말했다.

"그 반대지. 지금부터, 그는 네가 가는 곳마다 네 옆에 있을 거야."

노인은 멀어져갔다. 어떤 작은 집 문 앞에서 초인종을 울리고, 집 안으로 들어갔다.

내가 잠을 깼을 때, 광장은 이미 사람들로 북적였다. 사람들이 걸어서 또는 자전거를 타고 광장을 오고 갔다. 상점들도 문을 열고, 서점도 문을 열었다. 호텔 복도에서는 진공청소기가 지나가는 소리가 났다.

문을 열고, 청소하는 메이드를 불렀다.

"커피 한잔 가져다주시겠어요?"

돌아보았더니, 그녀는 검은 머리의 젊은 여자였다.

"저는 손님들 심부름까지는 하지 않아요. 저는 청소만 합니다. 저희 호텔은 룸서비스를 하지 않아요. 레스토랑과 바가 있어요."

나는 방으로 돌아와서, 이를 닦고, 샤워를 하고, 다시 모포를 쓰고 누웠다. 나는 추웠다.

노크 소리가 들리더니, 청소하는 여자가 들어와서 머리맡 탁자 위에 쟁반을 내려놓았다.

"커피 값은 손님이 나가시는 길에 바에 내세요."

그녀는 침대로 다가오더니 내 옆에 누워, 내게 그녀의 입술을 맡겼다. 나는 고개를 돌려버렸다.

"안 돼, 아가씨. 난 늙고 병들었어요."

그녀는 일어나서 말했다.

"저는 돈이 없어요. 제가 하는 일은 보수가 너무 형편없어요. 아들에게 생일선물로 경주용 자전거를 사주고 싶지만, 남편도 없는 걸요."

"이해할 수 있소."

나는 그녀에게 지폐 한 장을 주었다. 그것이 적은지 많은지 따져보지도 않았다. 나는 이곳의 물가가 어느 정도인지 아직 잘 알지 못했다.

오후 세 시경, 나는 호텔을 나왔다.

나는 천천히 걸었다. 삼십 분 후, 시내의 끝에 이르렀다. 거기 할머니 집이 있던 장소에 잘 정리된 운동장이 있었다. 아이들이 놀고 있었다.

나는 강가에 오랫동안 앉아 있다가, 시내로 돌아왔다. 구 시가지를 지나, 성벽 주위의 골목길을 거쳐 공동묘지에 올라가보았지만, 할머니의 무덤은 찾지 못했다.

매일 나는 그런 식으로 몇 시간씩 골목골목을 누비며 산책을 했다. 특히 창문이 땅에 닿을 정도로 지붕이 낮은 낡은 집들이 있는 좁은 골목길을. 나는 이따금 공원에 앉아 있기도 했고, 성벽의 낮은 벽이나 공동묘지의 무덤 위에 앉아 있기도 했다. 배가 고프면 작은 술집에 들어가서 아무것으로나 요기를 했다. 그러고 나서 나는 노동자들이나 순박한 사람들과 함께 술을 마셨다. 아무도 나를 알아보지 못했고, 기억하는 사람도 없었다.

하루는 종이와 연필을 사러 서점에 들어갔다. 내 어린 시절 그곳에 있던 뚱보 아저씨는 없었고, 이제 한 아주머니가 주인이 되어 있었다. 그녀는 정원이 내다보이는 유리 출입문 가까이에 놓인 소파에 앉아 뜨개질을 하고 있었다. 그녀가 나를 보고 미소 지었다.

"저는 손님을 자주 봐서 알고 있어요. 매일 호텔에 들어가고 나오고 하는 것을 보았어요. 손님이 너무 늦게 돌아와서 내가 이미 잠이 들어버린 날을 제외하고는 말이에요. 저는 서점 위에 딸린 살림집에 사는데, 저녁마다 광장을 내려다보는 걸 좋아하거든요."

내가 말했다.

"저도요."

그녀가 물었다.

"여기에는 휴가차 오셨어요? 얼마나 오래 계시지요?"

"네, 휴가차, 말하자면 그런 셈이죠. 저는 가능한 한 오래 여기에 머물고 싶어요. 내 여권, 그리고 돈에 달린 문제지만."

"여권이요? 그러면 외국인이신가요? 전혀 몰랐는데요?"

"저는 어린 시절을 이 도시에서 보냈어요. 이 나라에서 태어났고요. 하지만 오래 전부터 외국에서 살았지요."

그녀가 말했다.

"이제 이 나라도 자유의 나라가 되고 나서는 외국인들이 많이 와요. 혁명 이후 떠났던 사람들이 방문차 돌아오기도 하지만, 특히 호사가들, 관광객들이 많아요. 당신도 아시겠지만, 날씨가 좋으면 그들은 버스로 하나 가득씩 도착하곤 해요. 덕분에 이 도시의 고요함도 끝났어요."

사실 호텔은 점점 더 사람들로 북적대기 시작했다. 토요일마다 파티가 벌어졌다. 파티는 가끔씩 새벽 네 시까지 계속되었다. 나는 음악 소리도, 즐기는 사람들의 괴성과 웃음소리도 참을 수가 없다. 따라서 나는 거리에 남아서, 낮에 일찌감치 사두었던 포도주 한 병을 들고 벤치에 앉아서, 기다린다. 파티가 끝나기를.

어느 날 저녁, 한 소년이 내 곁에 와서 앉았다.

"아저씨, 저 여기 좀 있어도 괜찮으시지요? 저는 밤이 무서워요."

나는 그 목소리의 주인공을 알아보았다. 내가 도착하던 날, 내 가방을 들어준 바로 그 소년이었다. 나는 그에게 물었다.

"너는 이 밤중에 여기서 뭘 하는 거지?"

그가 말했다.

"엄마를 기다려요. 파티가 있는 날이면, 엄마는 손님들 시중을 들고, 설거지를 하느라고 늦게까지 여기 계시거든요."

"그래서? 너는 집에서 얌전히 잠이나 자야지."

"저는 얌전히 잠만 잘 수는 없어요. 엄마에게 무슨 일이 생길까봐 걱정이 돼서 잠이 안 와요. 우린 여기서 멀리 떨어진 곳에 살지요. 엄마 혼자 밤길을 다니시게 할 수가 없어요. 밤길을 혼자 가는 여자들을 습격하는 사람들이 있거든요. 텔레비전에서 그런 걸 봤어요."

"그러면 아이들은, 아이들은 습격하지 않는다든?"

"네, 안 그래요. 여자들만. 특히 예쁜 여자들을. 저는요, 만약 공격을 받더라도 제 자신을 방어할 수 있어요. 저는 굉장히 빨리 뛰거든요."

우리는 기다렸다. 천천히, 침묵이 호텔 안에서 번져나오기 시작했다. 한 부인이 호텔에서 나왔는데, 그녀는 매일 아침 나에게 커피를 날라다주는 그 여자였다. 소년은 그녀를 향해 달려갔고, 그들은 함께 손을 잡고 가버렸다.

다른 직원들도 호텔을 나와 재빨리 사라졌다.

나는 내 방으로 올라갔다.

이튿날 나는 서점 주인을 보러 갔다.

"더 이상 호텔에 머물 수가 없군요. 사람이 너무 많고, 너무 시끄러워요. 제게 방을 하나 빌려줄 만한 사람이 없을까요?"

그녀가 말했다.

"저희 집으로 오세요. 여기, 위층 말이에요."

"방해가 되지 않을까요?"

"천만에요. 저는 딸네 집에 가서 있으면 돼요. 그 애는 여기서 멀지 않은 곳에 살아요. 당신이 위층 전체를 다 쓰실 수 있어요. 방 두 개, 부엌, 욕실."

"얼마나 내면 될까요?"

"호텔에서는 얼마나 내셨어요?"

내가 금액을 말해주었다. 그녀가 웃었다.

"그건 관광객들에게 받는 요금이지요. 저는 그 반값만 받을게요. 제가 가게 문을 닫고 나서 청소도 도와드리고요. 그 시간 동안만, 밖에 나가 계신다면, 제가 당신을 방해하지 않아도 되겠지요. 한번 올라가보시겠어요?"

"아닙니다. 보나마나 제게 썩 잘 어울릴 것 같습니다. 언제 짐을 옮길 수 있을까요?"

"내일이라도 당장, 원하신다면. 저는 옷가지하고 필수품 몇 가지만 가져가도 되니까요."

다음 날, 나는 가방을 꾸리고, 호텔에서 계산을 끝냈다. 내가 서점에 도착하자, 막 문을 닫으려는 참이었다. 서점 주인이 내게 열쇠를 주었다.

"출입문 열쇠예요. 가게에서 직접 올라갈 수도 있지만, 바깥에 있는 다른 출입문을 쓰세요. 그 문은 거리랑 연결되어 있어요. 지금 가서 가르쳐드리죠."

그녀는 가게 문을 닫았다. 우리는 좁은 계단으로 올라가서, 뜰 쪽으로 두 개의 창문이 나 있는, 환한 층계참에 이르렀다. 서점 주인이 내게 설명했다.

"왼쪽 문은 침실, 맞은편 문은 욕실. 두 번째 문은 거실 문인데, 거기에서 침실로 직접 갈 수도 있어요. 저 구석은 부엌, 냉장고도 있고요. 그 안에 먹을 걸 좀 남겨놓았어요."

내가 말했다.

"저는 포도주와 커피만 있으면 됩니다. 식사는 음식점에 가서 하지요."

그녀가 말했다.

"음식점에서 파는 건 시원찮아요. 커피는 선반 위에 있고, 냉장고에 포도주 한 병이 있어요. 그럼 전 이만 가볼게요. 편히 쉬세요."

그녀가 갔다. 나는 곧바로 포도주 병을 땄다. 나는 내일 그것을 충분히 사둘 것이다. 그리고 거실로 들어갔다. 그곳은 간소하게 가구가 갖추어진 넓은 방이었다. 창문이 두 개 있는데, 그 사이에 커다란 탁자가 있고 빨간색 헝겊 식탁보가 덮여 있었다. 나는 즉시 내가 가지고 온 종이와 연필들을 그 위에 정리했다. 그리고 나서 침실로 갔다. 창문이 하나뿐인 좁은 방이었다. 그나마도 그것은 창문이라기보다는 비좁은 베란다로 나 있는 출입문 겸용의 창문이었다.

나는 침대 위에 가방을 내려놓고, 비어 있는 장롱에 옷들을 정리했다.

그날 저녁, 나는 외출하지 않았다. 그 대신 거실 창문 중 하나 앞에 놓인 낡은 소파에 앉아 포도주 병을 다 비웠다. 그 뒤 광장을 바라보다가 침실로 가서 비누 냄새가 나는 침대에 누웠다.

다음 날에는 열 시경에 일어났는데, 부엌 식탁 위에는 두 가지 신문이 놓여 있었고, 화덕 위에는 채소 수프 냄비가 얹혀 있었다. 나는 우선 커피를 타서 신문을 읽으며 마셨다. 수프는 한참 뒤, 외출하기 전에, 그러니까 오후 네 시경에야 먹었다.

서점 주인은 나를 방해하지 않았다. 나는 내가 서점에 내려갔을 때 외에는 그녀와 마주치지 않았다. 내가 없는 동안, 그녀는 집 안을 청소하고, 내 더러운 옷을 가져가서 세탁하여 다림질한 뒤에 가져왔다.

세월은 빨리도 흘러갔다. 나는 여권을 갱신하기 위해서 이웃 도시인 도청 소재지에 가야 했다. 내 여권에 "일 개월 연장"이라는 소인을 찍어준 사람은 젊은 여자였다. 나는 돈을 지불하면서 그녀에게 감사했다. 그녀는 나를 보고 웃었다.

"오늘 저녁에, 저는 그란드 호텔 바에 갈 거예요. 거기 가면 재미있어요. 외국인도 많고, 당신도 거기 가면 동향인들을 만나실 수 있을 거예요."

내가 말했다.

"네, 저도 어쩌면 갈 겁니다."

나는 곧바로 집으로 돌아가기 위해서 빨간색 기차를 탔다.

다음 달, 그 젊은 여자는 덜 친절했다. 그녀는 아무 말 없이 내여권에 도장만 찍었다. 그리고 세 번째 갔을 때에는 그녀가 네 번째 연장은 불가능하다고 퉁명스러운 말투로 내게 경고했다.

여름이 다 지나갈 무렵, 나는 돈이 거의 다 떨어져서, 절약을 해야 했다. 나는 하모니카를 하나 사서 어린 시절에 그랬듯이 술집에서 연주를 했다. 손님들은 내게 술을 주었다. 식사는 서점 주인이 해주는 채소 수프로 만족해야 했다. 구월과 시월에는 집세조차 낼 수 없게 되었다. 그러나 서점 주인은 독촉을 하기는커녕, 계속해서 청소를 해주고, 빨래도 해주고, 수프도 날라다주었다.

나는 어찌해야 할지를 몰랐지만, 다른 나라로 돌아갈 생각은 없었다. 나는 이곳에 있어야 하고, 이곳에서 죽어야 한다.

이곳에 도착한 이후로 술, 담배를 과하게 했음에도 불구하고, 통증이 재발하지 않았다.

시월 삼십일, 나는 내 생일을 축하하기 위해서 술 친구들과 함께 그 도시에서 가장 인기가 있다는 어느 술집에서 술잔치를 벌였다. 그들이 술값을 내고, 쌍쌍이 내 하모니카 연주에 맞춰 춤을 추었다. 여자들은 내게 와서 키스했다. 나는 취했다. 나는 내 형제에 대해서 이야기하기 시작했다. 내가 술에 취할 때마다 그랬듯이. 그 도시 사람들은 모두 내 이야기를 알고 있다. 나는 내가 이 도시에서 열다섯 살 때까지 함께 살았던 내 형제를 찾는 중이라는 것을, 나는 바로 이곳에서 그를 다시 찾아야 하고, 내가 외국에서 돌아온 것을 그가 알면 당장 돌아올 것이기 때문에, 그때까지 여기에서 기다리고 있다는 사실을.

이 모든 것은 거짓말에 불과했다. 내가 이 도시에서 할머니 집에 살 때, 분명히 나 혼자였고, 참을 수 없는 외로움 때문에 둘, 즉 내 형제와 나라는 우리를 상상해왔음을 나는 잘 알고 있다.

술집은 자정 무렵이 되어서야 조용해졌다. 나는 이제 연주를 끝내고, 혼자 술을 마셨다.

누더기를 걸친 한 노인이 나와 마주 앉았다. 그는 내 잔으로 술을 마셨다. 그가 말했다.

"나는 자네 두 사람을 잘 알고 있었지. 자네 형제와 자네 말이야."

나는 아무 말도 하지 않았다. 그 노인보다 조금 덜 늙은 한 사람이 내 테이블로 포도주 일 리터를 가져왔다. 나는 새 잔을 달라고 했다.

우리는 마셨다.

덜 늙은 사람이 내게 물었다.

"자네 형제를 찾아주면 내게 뭘 줄 수 있지?"

내가 그에게 말했다.

"난 돈이 없어요."

그가 웃었다.

"하지만 자네는 외국에서 돈을 가져오게 할 수는 있겠지. 외국인들은 모두 부자더군."

"난 아니에요. 나한테는 당신에게 술 한잔 살 돈도 없어요."

그가 말했다.

"그래도 상관없어. 일 리터 더! 돈은 내가 내겠어."

여자가 포도주를 가져다주며 말했다.

"이게 마지막이에요. 이제 당신들한테 서빙을 하지 않겠어요. 문을 안 닫으면, 경찰과 문제가 생기거든요."

노인은 우리 곁에서 계속 마셔대며 이따금 한마디씩 내뱉었다.

"그래, 나는 자네들을 잘 알고 있다고. 자네 둘, 자네들은 그 당시에 벌써 아주 별난 녀석들이었지. 그럼, 그렇고말고."

그보다 덜 늙은 사람이 내게 말했다.

"나는 자네 형제가 숲에 숨어 있다는 걸 알고 있어. 이따금 멀리서 그를 보곤 하지. 그는 야생동물처럼 살고 있어. 군용 모포로 옷을 해 입고, 한겨울에도 맨발로 걸어다니지. 그리고 풀, 나무뿌리, 밤, 작은 동물 따위를 먹고 살지. 긴 머리는 잿빛이고, 수염도 잿빛이야. 칼과 성냥으로, 자기가 직접 만 담배를 피우기도 해. 그걸로 봐서 그가 밤에는 가끔씩 마을에 들어온다는 걸 알 수 있어. 어쩌면 공동묘지 너머에서 사는 몸 파는 아가씨들이 그를 알지도 몰라. 적어도 그 아가씨들

중 하나는. 어느 한 아가씨가 몰래 그를 받아들이고, 그에게 필요한 물건들을 대줄지도 모르지. 꼭 찾아야 한다면, 수색대를 조직할 수도 있을 텐데. 사람들을 총동원해서 그를 체포할 수도 있겠지."

나는 일어나서, 그를 때렸다.

"거짓말쟁이! 그건 내 형제가 아니야, 그리고 당신은 누군가를 체포하고 싶은 모양인데, 거기에 날 걸고넘어지지 말란 말이오."

나는 그를 또 때렸고, 그는 의자에서 굴러 떨어졌다. 나는 테이블을 둘러엎으며 계속 울부짖었다.

"그건 내 형제가 아니야!"

여자가 거리에다 대고 소리쳤다.

"경찰! 경찰!"

누군가가 전화를 했음에 틀림없었다. 경찰관이 곧장 도착했다. 경찰관 두 명이 걸어들어왔다. 술집 안이 조용해졌다. 그중 한 경찰관이 물었다.

"무슨 일이야? 여긴 벌써 문을 닫았어야 할 시간인데."

내게 맞은 사람이 신음하며 말했다.

"저놈이 날 때렸어요."

몇 사람이 나를 손가락질했다.

"저 사람."

경찰관은 쓰러진 사람을 일으켜 세웠다.

"엄살 떨지 말고. 당신은 아무렇지도 않는데. 또 코가 비뚤어지게 마셨군 그래. 집으로 돌아가시지. 당신들도 모두, 집으로 돌아들 가란 말이오."

그는 나를 돌아다보았다.

"당신은? 처음 보는 얼굴인데, 신분증 좀 봅시다."

454

나는 달아나려고 했지만, 나를 둘러싸고 있던 사람들에게 붙잡혔다. 경찰관은 나의 호주머니들을 뒤졌고, 내 여권을 찾아냈다. 그는 한참 살펴보더니, 동료 경찰관에게 말했다.

"이건 만료된 건데. 벌써 몇 달이나 지났어. 연행해야겠지?"

나는 몸부림을 쳤지만, 그들은 내게 수갑을 채웠고, 나를 거리로 끌어냈다. 나는 비틀거리며, 간신히 걸어서, 경찰서까지 끌려갔다. 거기에서 그들은 수갑을 풀어주고 나를 어떤 침대에 눕혀놓더니, 문을 잠그고 가버렸다.

다음 날 아침, 서장이 내게 물었다. 젊은 서장은 머리가 붉은 갈색에 얼굴은 주근깨투성이이다.

그는 내게 말했다.

"당신은 우리 나라에 체류할 권리가 없어요. 떠나야 해요."

내가 말했다.

"나는 기차를 탈 돈이 없어요. 돈이라곤 한푼도 없어요."

"내가 당신네 대사관에 연락하겠소. 그쪽에서 당신을 본국으로 송환할 거요."

내가 말했다.

"나는 여기를 떠나고 싶지 않아요. 나는 내 형제를 찾아야 합니다."

그는 어깨를 으쓱했다.

"당신이 원하실 때, 다시 올 수 있어요. 당신은 여기에 영구 정착할 수도 있겠지요. 하지만 그러려면 수속 절차가 필요해요. 당신네 대사관에서 그걸 설명해드릴 겁니다. 당신의 형제에 관해서는, 내가 수소문해보겠어요. 그를 찾는 데 도움이 될 만한 무슨 정보라도 가지고 있나요?"

"그럼, 난 그가 직접 쓴 원고를 가지고 있어요. 그 원고는 지금 내가 살고 있는 서점 위층 거실의 탁자 위에 있습니다."

"당신은 그 원고를 어떻게 입수했어요?"

"누군가가 그것을 호텔 카운터에 맡겼더군요."

"이상하군요. 정말 이상한 일이군요."

십일월 어느 날 아침, 나는 경찰서로 소환되었다. 경찰서장은 나에게 앉으라고 하더니, 내 원고를 돌려주었다.

"자, 돌려드리겠소. 이건 허구에 불과해요. 그리고 그 안에는 당신의 형제에 대한 단서도 없어요."

우리는 서로 말이 없었다. 창문은 열려 있었다. 비가 오고 날씨는 추웠다. 결국 서장이 먼저 입을 열었다.

"당신하고 관계있는 것들조차도, 우리는 이 도시의 옛날 기록들 중에서 하나도 찾지 못했소."

나는 말했다.

"당연하죠. 할머니는 나를 어디에도 신고하지 않았으니까요. 나는 학교도 못 다녔어요. 그러나 내가 수도에서 태어났다는 것만은 알고 있지요."

"수도의 옛 기록들은 폭격으로 모두 없어졌어요. 당신의 신병을 인수할 사람들이 오후 두 시에 올 것이오."

그는 재빨리 그렇게 덧붙여 말했다.

나는 탁자 밑으로 얼른 손을 감췄다. 손이 떨렸기 때문에.

"오후 두 시? 오늘 말이오?"

"그렇소, 유감이지만. 아주 급하오. 다시 말해두지만, 당신은 원할 때 다시 올 수 있소. 많은 이민자들이 그렇게 하고 있소. 우리 나라도 지금은 자유진영에 속하니까. 당신은 머지않아 여권 없이도 입국이

가능할 겁니다."

나는 그에게 말했다.

"그래도 내게는 너무 늦을 겁니다. 나는 심장병에 걸렸어요. 내가 다시 돌아온다면, 그것은 여기서 죽고 싶어서일 겁니다. 내 형제에 대해 말하자면, 그는 어쩌면 아예 존재하지도 않았는지 모르겠어요."

서장이 말했다.

"그렇겠지요. 당신이 당신의 형제에 대해서 계속 말한다면, 사람들은 당신을 돌았다고 생각할 거요."

"당신도 그렇게 생각하시오?"

그는 고개를 가로저었다.

"아닙니다. 나는 단지 당신이 문학과 현실을 혼동하고 있다고 생각할 뿐이죠. 당신의 문학. 나는 또한 당신이 당신 나라에 돌아가서 좀더 깊이 생각해본 다음에 이곳으로 되돌아와야 한다고 생각합니다. 결국은 그렇게 될 것 같아요. 그러는 것이 내가 당신에게 바라는 것이기도 합니다."

"우리가 한 체스 게임 때문에?"

"아니, 그건 아닙니다."

그는 일어나서 내게 손을 내밀었다.

"나는 당신이 떠날 때 여기 없을 거예요. 지금 작별인사를 하겠습니다. 당신의 방으로 돌아가시지요."

나는 내 방으로 돌아왔다. 간수가 내게 말했다.

"당신은 오늘 떠날 것 같군요."

"그럴 것 같소."

나는 침대에 누워서 지나갔다. 성오에, 서점 여주인이 수프를 가지고 면회를 왔다. 나는 떠날 것 같다고 그녀에게 말했다. 그녀는 울었다. 그녀는 가방에서 스웨터를 꺼내며 나에게 말했다.

"당신에게 드리려고 이 스웨터를 짰어요. 입어보세요. 날씨가 추워요."

나는 스웨터를 입고 그녀에게 말했다.

"고맙습니다. 두 달치 방세는 꼭 갚아드리겠습니다. 대사관에서 갚아주리라고 생각합니다."

그녀가 말했다.

"그게 뭐 그리 대단하다고! 당신은 다시 돌아오지 않으시겠죠?"

"돌아오려고 노력하겠습니다."

그녀는 눈물을 뿌리며 돌아갔다. 그녀는 가게를 보아야 했다.

간수와 나는 보호실 안에 앉아 있었다. 그가 말했다.

"내일이면 당신이 여기 안 계실 거라고 생각하니 참 이상하군요. 그러나 당신은 돌아올걸요, 분명히. 기다리는 동안, 제가 당신 빚은 장부에서 지워드리죠."

내가 말했다.

"아니야, 그건 말도 안 돼. 하나도 지우지 마. 난 자네에게 빚을 갚을 거야, 대사관 직원들이 도착하는 대로."

그가 말했다.

"아니, 아니에요, 그건 재미로 한 말일 뿐입니다. 난 항상 속임수를 썼어요."

"아, 그래서 자네가 항상 이겼군!"

"날 원망하지는 마세요, 나는 속임수를 쓰지 않을 수 없었어요."

그는 훌쩍이다가 코를 풀었다.

"전에도 말씀드렸지만, 아들을 낳으면 아이에게 당신 이름을 붙여주고 싶군요."

내가 그에게 말했다.

"그보다는 내 형제 이름을 붙여주는 게 더 좋겠어, 루카스라고. 그러는 게 난 더 기쁘겠는데."

그가 생각했다.

"루카스? 네. 예쁜 이름이군요. 아내에게 얘기해줘야겠어요. 아내도 반대하지 않을 거예요. 아무튼, 아내는 말이 없어요. 집에서 모든 결정권은 내게 있지요."

"알 만해."

경찰관 한 사람이 내 방으로 왔다. 간수와 나는 앞뜰로 나왔다. 우산을 들고, 넥타이를 매고, 모자를 쓴 잘 차려입은 한 남자가 거기에 있었다. 포석이 깔린 뜰은 빗물로 번들거렸다.

대사관 직원인 그 사람은 말했다.

"자동차가 기다리고 있어요. 당신의 빚은 내가 다 청산했습니다."

그는 내가 알아듣지 못했으리라고 생각했겠지만, 나는 알아들었다. 나는 나의 간수를 가리켰다.

"이 사람에게도 빚이 조금 있어요. 내기에서 진 빚이오."

그가 물었다.

"얼마나 됩니까?"

그는 돈을 지불하고 나서, 내 팔을 잡고, 집 앞에 서 있는 검은색의 큰 자동차로 인도했다. 철모를 쓴 운전기사가 차문을 열었다.

자동차의 시동이 걸렸다. 나는 대사관의 직원에게 부탁했다. 중앙 광장에 있는 서점에 잠시 들렀다 갈 수 있기를. 그러나 그는 내 말을 알아듣지 못하고 나를 빤히 바라보았다. 나는 내가 이 나라 말로 이야기했음을 깨달았다.

운전기사가 차를 빨리 몰았기 때문에, 우리는 광장을 지나가서,

역 앞 도로를 달리고 있었다. 곧 이어 나의 소도시가 우리 뒤로 사라졌다.

자동차 안은 더웠다. 창문을 통해서, 나는 집들, 밭, 포플러와 아카시아, 비바람에 시달린 내 고향의 풍경들이 차례차례 나타나는 것을 지켜보았다.

갑자기 나는 대사관 직원을 향해 몸을 돌렸다.

"이건 국경도로가 아닌데요? 우리는 반대방향으로 가고 있어요."

그가 말했다.

"우리는 당신을 우선 수도에 있는 대사관으로 모시고 가는 겁니다. 며칠 후에 국경을 넘게 됩니다, 기차로."

나는 눈을 감았다.

소년이 국경을 넘는다.

그 남자가 앞장을 서고, 소년은 기다린다. 폭발. 소년은 다가간다. 그 남자는 두 번째 바리케이드 가까이에 누워 있다. 소년은 달린다. 소년은 앞서 간 발자국을 되밟아가다가, 그 남자의 늘어져 있는 몸뚱이를 넘어서, 다른 나라 국경에 이르자, 수풀 뒤에 숨는다.

국경경비대가 자동차로 곧바로 도착했다. 하사관 한 명과 병사 몇 명이었다. 그들 중 하나가 말했다.

"불쌍한 친구!"

다른 사람이 말했다.

"애석하게 됐군. 거의 다 와서."

하사관이 소리쳤다.

"농담들 집어치워. 시체를 회수해야 해."

병사들이 말했다.

"그대로 두는 것이……."

"왜 그렇게 해야 합니까?"

하사관이 말했다.

"신원 확인을 위해서야. 명령이다. 시체를 회수해야 해. 지원자 없나?"

병사들이 서로 쳐다보았다.

"기리기… 남이 있을 덴네."

"그래서? 이건 너희들 의무야. 비겁한 새끼들!"

한 병사가 손을 들었다.

"제가 하겠습니다."

"좋았어. 가봐. 너희들, 다른 사람들은 뒤로 물러서."

그 병사는 처참하게 찢어진 시체 바로 앞까지 천천히 걸어가더니, 갑자기 달리기 시작했다. 그는 소년을 보지 못한 채 소년 옆을 지나갔다.

하사관이 부르짖었다.

"치사한 자식! 쏴버려! 뭣들 해? 어서 쏴!"

병사들은 쏘지 않았다.

"이미 다른 나라 국경으로 넘어갔습니다. 이제 쏠 수 없습니다."

하사관은 자기 총을 들었다. 두 명의 외국인 국경경비대가 맞은편에서 나타났다. 하사관은 총을 내리더니, 한 병사에게 넘겨주었다. 그는 시체가 있는 곳까지 걸어가서, 목덜미를 잡아끌고 돌아와서 땅바닥에 팽개쳤다. 그리고 군복 소매로 얼굴을 닦았다.

"이 대가를 톡톡히 치르게 될 테니 두고 봐, 이 개새끼들아. 개똥만도 못한 놈들 같으니라고."

병사들은 시체를 방수포로 둘둘 말아서 차의 트렁크에 실었다. 그들은 가버렸다. 두 명의 외국인 국경경비대원도 멀어져갔다.

소년은 꼼짝 않고 누워 있다가 잠이 들었다. 이른 아침, 새 소리에 잠에서 깼다. 외투를 단단히 여미고 고무장화를 신고, 마을을 향해서 걸어갔다. 소년은 두 명의 국경경비대원을 만났다. 그들이 소년에게 물었다.

"넌? 넌 어디서 왔지?"

"저쪽 국경 너머에서요."

"네가 국경을 넘어왔단 말이냐? 언제?"

"어제요. 아버지하고. 그런데 아버지는 지뢰가 터지는 바람에 쓰러져서 그냥 거기에 있을 수밖에 없었어요. 저쪽 경비대가 와서 끌고 갔어요."

"그래, 그건 우리도 봤어. 그런데 넌 못 봤어. 탈영병도 너를 못 봤다는데."

"숨어 있었거든요. 무서워서."

"너는 어떻게 우리말을 할 줄 알지?"

"전쟁 중에 군인들한테서 배웠어요. 그들이 간호를 해줄까요? 우리 아버지 말이에요."

경비대원은 눈을 내리깔았다.

"물론이지. 우리와 함께 가자. 너 배고프겠구나."

경비대원은 소년과 함께 마을로 가서, 그들 중 한 사람의 아내에게 소년을 맡겼다.

"이 소년에게 먹을 걸 좀 줘, 그러고 나서 경찰서로 데려가. 보고하러 열한 시에 들르겠다고 말해주고."

부인은 뚱뚱하고 금발이었으며, 불그레한 얼굴에는 웃음을 띠고 있었다. 그녀가 소년에게 물었다.

"너 우유랑 치즈랑 좋아하니? 식사는 아직 준비가 안 됐어."

"네, 아줌마, 저는 다 좋아해요. 뭐든지 잘 먹어요."

부인이 소년을 돌봐주었다.

"아니다, 기다려라. 우선 좀 씻어야겠다. 적어도 얼굴과 손만이라도. 옷도 좀 빨아야겠는데 갈아입을 게 없구나."

"아니에요, 아주머니."

"우리 그이 셔츠를 빌려줄게. 너무 크셨지만, 뭐 어떠냐. 소매만 접으면 됐지. 자, 갈아입을 옷이다. 목욕탕은 저기에 있고."

소년은 외투를 입은 채, 장화도 신은 채 욕실로 들어갔다. 소년은 씻고 나서 부엌으로 돌아와 빵과 치즈를 먹고, 우유도 마셨다. 소년이 말했다.

"고맙습니다, 아주머니."

그녀가 말했다.

"넌 참 예의도 바르구나. 그리고 우리말도 잘하고, 네 어머니는 저쪽에 그냥 남아 계시니?"

"아니에요, 어머니는 전쟁 통에 돌아가셨어요."

"가엾기도 해라. 자, 이제 경찰서에 가야겠구나. 겁먹을 것 없어. 경찰은 친절하거든. 우리 그이 친구들이야."

경찰서에 가서, 그녀는 경찰관에게 말했다.

"이 애는 어제 국경을 넘으려던 남자의 아들이래요. 우리 그이가 열한 시에 들러서 보고하겠다고 했어요. 무슨 결정이 내려질 때까지 이 애는 제가 기꺼이 돌보도록 하죠. 어쩌면 돌려보내야 할지도 모르겠네요, 미성년자라서."

경찰이 말했다.

"알겠습니다. 아무튼 점심때까지는 부인에게 돌려보내겠습니다."

그 부인은 가고 경찰이 소년에게 조서를 주었다.

"아는 대로 써넣어. 모르는 건 물어보고."

소년은 카드를 작성해서 넘겨주자, 경찰은 큰 소리로 그것을 읽었다.

"성과 이름 : 클라우스(Claus) T. 나이 : 18세. 넌 나이에 비해서 그렇게 크지 않군."

"어렸을 때 병을 앓아서 그래요."

"신분증은 있어?"

"아뇨, 아무것도. 아버지와 저는 떠나기 전에 우리가 가지고 있던 모든 서류를 불태워버렸어요."

"왜?"

"모르겠어요. 신원 확인 때문에. 아버지가 그렇게 하자고 했어요."

"네 아버지는 지뢰를 밟았어. 네가 그 옆에 있었다면, 너도 살아남지 못했을 텐데."

"저는 아버지와 나란히 걷지 않았거든요. 아버지는 자신이 다른 쪽 국경에 닿을 때까지 기다리라고 하셨어요. 그래서 멀리 떨어져서 아버지를 따라 걸었어요."

"왜 국경을 넘으려고 했지?"

"아버지가 그러고 싶어하셨어요. 사람들이 자꾸 감옥에 넣고, 감시하고 그랬거든요. 아버지는 그곳에서는 더 이상 살 수 없었어요. 아버지는 저를 혼자 남겨두지 않으려고 데리고 오셨던 거예요."

"어머니는?"

"어머니는 전쟁 중에 폭사하셨어요. 그후, 저는 할머니하고 살았는데, 할머니마저 돌아가셨어요."

"그래서, 너는 저쪽 나라에 아무도 없단 말이지, 너를 데려갈 사람이. 혹시 네가 범죄라도 저지르고 왔다면, 당국이 데려가겠지만."

"저는 아무 죄도 짓지 않았어요."

"좋아, 상부의 결정을 기다리기만 하면 돼. 얼마 동안, 너는 이 마을을 떠날 수 없어. 그뿐이야. 이 종이 끝에 서명이나 해."

소년은 조서에 서명을 했다. 거기에는 세 가지 거짓말이 적혀 있었다.

국경을 같이 넘은 남자는 그의 아버지가 아니었다.

이 소년은 열여덟 살이 아니고, 열다섯 살이다.

이름은 큰라우스(Claus)기 이니다.

몇 주일 후, 그 도시에서 온 한 남자가 국경경비대원이 사는 집에 도착했다. 그가 소년에게 말했다.

"내 이름은 페테르 N이다. 내가 지금부터 너를 맡을 사람이야. 여기 네 신분증이 있어. 네가 서명만 하면 돼."

소년은 신분증을 바라보았다. 생년월일이 삼 년이나 앞서 있고, 이름은 클라우스, 그의 국적란에는 '무국적자'로 적혀 있었다.

바로 그날, 페테르와 클라우스는 그 도시로 가는 버스를 탔다. 버스 안에서 페테르가 물었다.

"전에는 뭘 했지, 클라우스? 학생이었어?"

"학생이요? 아니에요. 저는 제 밭에서 일을 하고, 가축을 기르고, 술집에 나가 하모니카를 연주하고, 여행자들의 짐꾼 노릇을 했어요."

"앞으로는 뭘 하고 싶지?"

"모르겠어요. 아무것도. 왜 꼭 뭘 해야 하지요?"

"살기 위해서는 돈을 벌어야 하니까."

"아, 그건 그래요. 저는 항상 돈을 벌었어요. 돈을 좀 벌기 위해서라도 아무 일이든 하고 싶어요."

"돈을 좀 벌겠다고? 그것도 아무 일이나 해서? 너는 장학금을 받아서 공부도 할 수 있어."

"공부는 하고 싶지 않아요."

"그렇지만 말을 정확하게 배우기 위해서는 공부를 조금이라도 해야 돼. 네가 말은 썩 잘한다만, 읽고 쓰는 법도 배워야지. 너는 다른 학생들과 함께 기숙사에 묵게 될 거야. 네 방도 가지게 되고. 어학 코스를 끝내고 나서 다시 보자."

페테르와 클라우스는 대도시의 어느 호텔에서 하룻밤을 보냈다. 아침에, 그들은 기차를 타고 숲과 호수 사이에 위치한 아주 작은 도시에 도착했다. 기숙사는 그 소도시의 중심가 가까이에 있는 어느 정원 한복판의 비탈길에 자리하고 있었다.

기숙사의 사감 부부가 그들을 맞았다. 그들은 클라우스를 방으로 안내했다. 창문이 정원 쪽으로 나 있다.

클라우스가 물었다.

"정원은 누가 가꾸지요?"

사감 부인이 말했다.

"주로 내가 하지만, 아이들이 많이 도와주지."

클라우스가 말했다.

"저도 도와드리겠어요. 꽃들이 무척 아름답군요."

사감 부인이 말했다.

"고마워, 클라우스. 여기란다, 이 방은 너 혼자 쓰는 거야. 그렇지만 늦어도 밤 열한 시까지는 돌아와야 해. 네 방은, 너 스스로 청소해야 해. 경비원에게 부탁해서 진공청소기를 쓸 수는 있어."

사감이 말했다.

"문제가 생기면, 내게 알리도록 하고."

페테르가 말했다.

"잘 지낼 수 있겠지, 클라우스?"

그들은 클라우스에게 식당, 샤워실, 공동휴게실을 안내했다. 그리고 그곳에 있는 소년소녀들에게 그를 소개했다.

한참 뒤, 페테르가 클라우스에게 도시를 방문하도록 했고, 그의 집으로 데려갔다.

"나를 만나고 싶을 때는 이곳으로 찾아오면 돼. 여기는 내 아내, 클라라야."

그들은 셋이 함께 점심 식사를 하고, 상점가로 가서 옷과 신발을 사느라고 오후 시간을 다 보냈다.

클라우스가 말했다.

"저는 이제까지 이렇게 많은 옷을 가져본 적이 없어요."

페테르가 웃었다.

"이제 낡은 외투와 장화는 버리도록 하지. 학비와 용돈으로 매달 얼마씩 받게 될 거야. 더 필요하면, 내게 말하고. 기숙사비와 학비는 당연히 면제돼."

클라우스가 물었다.

"누가 그 많은 돈을 제게 주는 건가요? 아저씨인가요?"

"아니, 나야 네 후견인일 뿐이지. 돈은 정부에서 나와. 너는 부모가 없으니까, 정부가 너를 책임지는 거야. 자립할 수 있을 때까지."

클라우스가 말했다.

"가능한 한 빨리 자립할 수 있었으면 좋겠어요."

"일 년 뒤에, 너는 결정하게 될 거야, 공부를 계속할 것인지, 아니면 기술을 배울 것인지를."

"저는 공부할 생각은 없어요."

"두고 보자고, 두고 보면 알겠지. 그러니까 넌 야망이 없는 친구로군, 클라우스?"

"야망이요? 모르겠어요. 저는 다만 상을 받고 싶어요, 글을 써서."

"글을 써? 무슨 글을? 작가가 되고 싶어?"

"네. 작가가 되는 데 공부는 필요 없어요. 틀리지 않게 쓸 줄만 알면 되지요. 아저씨 나라 언어를 더 정확히 배우고 싶어요. 저는 그걸로 충분해요."

페테르가 말했다.

"글을 써서는 먹고 살 수가 없어."

클라우스가 말했다.

"네, 그건 저도 알아요. 그러나 저는 낮 동안은 일을 하고, 밤에만 조용히 글을 쓸 거예요. 할머니 집에서부터도 이미 그렇게 해왔어요."

"어떻게? 벌써 글을 써왔단 말이냐?"

"네. 노트로 여러 권이나 돼요. 그 노트들은 제 낡은 외투 속에 싸뒀어요. 제가 아저씨네 나라 말을 쓸 줄 알게 되면, 번역해서 보여드릴게요. 그 노트들은 지금 기숙사 방에 있어요."

클라우스는 그의 낡은 외투를 묶은 끈을 풀었다. 그는 탁자 위에 노트 다섯 권을 놓았다. 페테르는 하나하나 펼쳐보았다.

"여기에 무슨 내용이 들어 있는지 정말 궁금하군. 일종의 일기 같은 거니?"

클라우스가 말했다.

"아니요, 순 거짓말이죠."

"거짓말이라고?"

"네. 꾸며낸 얘기예요. 진짜로 일어난 일은 아니지만, 있을 수 있는 얘기지요."

페테르가 말했다.

"어서 우리말로 쓰게 되도록 해, 클라우스."

우리는 저녁 일곱 시경에 수도에 도착했다. 날씨가 나빠졌다. 너무 추워서 빗방울은 내리는 대로 얼음으로 변했다.

대사관 건물은 넓은 정원으로 둘러싸여 있었다. 나는 아주 따뜻하고 더블 베드와 욕실까지 딸린 방으로 안내되었다. 마치 일류 호텔 방 같았다.

웨이터가 내게 식사를 날라다주었다. 나는 조금밖에 먹지 못했다. 그 음식은 소도시에서 내게 친숙하던 것들과 사뭇 달랐다. 나는 문 앞에 쟁반을 가져다놓았다. 거기서 몇 미터 떨어진 곳 복도에 한 남자가 앉아 있었다.

나는 샤워를 하고, 욕실에 마련되어 있는 새 칫솔로 이를 닦았다. 거기에는 빗도 있었으며, 침대 위에는 잠옷도 있었다. 나는 누웠다.

다시 통증이 찾아왔다. 통증이 가라앉기를 잠시 기다려보았지만, 통증은 점점 더 참을 수 없을 정도로 심해졌다. 나는 일어나서, 가방을 뒤져, 약을 꺼내서 두 알을 먹었다. 그리고 다시 누웠다. 통증이 가라앉기는커녕 더 심해졌다. 나는 문까지 간신히 기어가서, 문을 열었다. 그 남자는 여전히 거기에 앉아 있었다. 내가 그에게 말했다.

"의사 좀, 제발. 난 환자요. 심장이."

그는 그의 바로 옆 벽에 붙어 있는 전화기로 전화를 걸었다. 그 이후 어떻게 되었는지 나는 더 이상 기억이 나지 않았다. 기절해버린

470

것이다. 나는 어느 병원 침대에서 깨어났다.

나는 그 병원에 사흘 동안 입원했다. 그동안 온갖 검사를 다 받았다. 마침내 심장병 전문의가 나를 보러 왔다.

"일어나서 옷 입어요. 환자분을 대사관에 데려다드릴 겁니다."

내가 물었다.

"수술은 안 해도 됩니까?"

"수술은 필요 없어요. 당신의 심장은 정상입니다. 통증은 불안, 걱정, 심한 우울증에서 오는 거지요. 이제부터는 트리니트린은 복용하지 말고, 내가 처방해주는 강력한 진통제를 먹도록 해요."

그는 내게 손을 내밀었다.

"걱정 마세요. 환자분은 더 오래도록 살 겁니다."

"나는 오래 살고 싶지 않아요."

"우울증만 고치면, 환자분의 생각도 달라질 겁니다."

차가 와서 나를 대사관에 데려다놓았다. 나는 사무실로 안내되었다. 한 곱슬머리의 젊은이가 웃으며 나에게 가죽 소파를 가리켰다.

"앉으세요. 병원에서는 다 잘되어서 다행입니다. 그러나 제가 당신을 오라고 한 것은 그것 때문이 아닙니다. 당신은 당신 가족들을 찾고 있더군요. 특히 당신의 형제를, 그렇죠?"

"네. 내 쌍둥이 형제이지요. 그러나 큰 기대는 안 합니다. 무슨 단서라도 찾으셨나요? 옛날 기록들은 다 없어졌다고 들었는데."

"기록 따위는 필요 없어요. 나는 다만 전화번호부를 뒤져봤지요. 이 도시에 당신과 같은 성씨를 가진 사람이 하나 있어요. 성뿐만 아니라 이름까지 같더군요."

"클라우스(Claus)?"

"네, 클라우스(Klaus) T, K로 시작하는. 그러니까 그 사람은 당신 형제가 아닌 것이 분명하고. 그렇지만 당신 친척일지도 모르지요, 아무튼 당신에게 그에 관한 정보를 드리도록 할게요. 여기 그의 주소와 전화번호가 있어요, 한번 만나보고 싶으면."

나는 그 주소를 받으면서 말했다.

"모르겠어요. 나는 우선 그가 사는 곳이 어디쯤인지 알고 싶군요."

"그러시죠. 다섯 시경에는 갈 수 있어요. 나랑 같이 가시죠. 여권의 기한이 이미 만료되었기 때문에, 당신은 혼자 나갈 수 없거든요."

우리는 시내를 가로질러 갔다. 날이 거의 저물어가고 있었다. 자동차 안에서 그 곱슬머리 남자가 내게 말했다.

"당신 이름과 발음이 같은 이름을 찾아보았습니다. 이 나라에서 가장 유명한 시인 중 한 사람도 같더군요."

나는 말했다.

"내게 집을 빌려준 서점 주인은 내게 그런 얘기를 한 적이 없었어요. 그녀는 분명히 그 이름을 알고 있었을 텐데."

"꼭 그렇다고 볼 수는 없습니다. 클라우스 T는 필명으로 글을 쓰거든요. 그의 필명은 클라우스 루카스(Klaus Lucas)예요. 그는 염세가로 유명합니다. 아무도 그를 공공장소에서 본 적도 없고, 그의 사생활도 전혀 알려져 있지 않아요."

자동차가 멈춘 좁은 도로변에는 정원으로 둘러싸인 단층집들이 양쪽에 늘어서 있었다.

곱슬머리 남자가 말했다.

"자, 18번지. 바로 여깁니다. 여기는 이 도시에서 가장 아름다운 동네 중 하나죠. 제일 조용하고, 제일 비싸기도 하죠."

나는 아무 말도 하지 않았다. 그리고 그 집을 바라보았다. 그 집은 도로에서 약간 안으로 들어가 있었다. 정원에서 현관문 쪽으로 층계

472

가 있었다. 도로 쪽으로 난 네 개의 창문에는 초록색 덧문이 아직도 열려 있었다. 부엌에는 불이 켜져 있었고, 거실 창문 두 개에도 곧 푸른색 불이 들어왔다. 서재는 잠시 어둠 속에 그대로 남아 있었다. 그 집의 다른 부분, 곧 뒤쪽의 안뜰로 향해 있는 부분은 거기에서 보이지 않았다. 그 집에는 방이 세 개 있었다. 부모의 침실, 아이들 방, 그리고 어머니가 바느질할 때 종종 쓰던 손님을 위한 방.

안뜰에는 장작, 자전거, 장난감 따위가 넘쳐흘렀던 창고가 있었다. 나는 두 대의 빨간색 세발자전거와 나무로 만든 외발 스케이트가 생각났다. 나는 또 거리를 따라서 막대기로 굴리며 다니던 굴렁쇠들도 생각났다. 거대한 연이 벽 가운데 어디인가에 기대어 세워져 있었다. 마당에는 그네도 있었다. 그네에는 나란히 두 개의 의자가 매달려 있었다. 어머니는 우리를 그네에 앉혀놓고 밀어주었고, 우리는 여전히 집 뒤쪽 그 자리에 있을지도 모르는 그 호두나무 가지까지 날아오르곤 했다.

대사관 직원은 내게 물었다.

"이런 것들을 보면서 뭐 생각나는 게 있습니까?"

내가 말했다.

"아니오, 아무것도. 나는 그때 겨우 네 살이었으니까요."

"당장 들어가보고 싶죠?"

"아니오. 오늘 저녁에 내가 전화를 해보지요."

"그러시죠, 그게 낫겠군요. 그는 쉽게 접근할 수 있는 사람이 아닙니다. 어쩌면 그를 못 만날지도 모릅니다."

우리는 대사관으로 돌아왔다. 나는 내 방으로 올라갔다. 그리고 전화기 옆에 전화번호를 적은 메모지를 준비했다. 진통제를 한 알 먹고, 창문을 열었다. 눈이 내리고 있었다. 함박눈이 정원의 누런 잔디 위에, 검은색 땅 위에 소리 없이 내렸다. 나는 침대에 누웠다.

나는 어느 미지의 도시의 거리를 걷는다. 눈이 내리고, 날은 점점 더 깜깜해진다. 내가 들어서는 길들은 점점 더 어두워진다. 옛날 우리 집은 거리 뒤에 있다. 멀리 보이는 배경은 시골이다. 불빛이라고는 없는 밤. 우리 집 맞은편에는 선술집이 하나 있다. 나는 그 집에 들어가서, 포도주 한 병을 주문한다. 내가 유일한 손님이다.

그 집의 창문들이 동시에 불을 밝힌다. 나는 커튼을 통해서 그림자들이 이동하는 것을 본다. 나는 술 마시기를 끝내고, 술집을 나와 길을 건너서, 그 집 대문의 초인종을 누른다. 아무런 인기척이 없고, 초인종도 작동되지 않는다. 나는 무쇠로 된 육중한 문을 열었다. 문은 잠겨 있지 않았다. 계단의 다섯 계단을 올라가서 베란다의 현관문 앞에 섰다. 나는 다시 초인종을 눌렀다. 두 번, 세 번. 남자 목소리가 문 뒤에서 물었다.

"무슨 일이오? 왜 그러시오? 누구요?"

내가 말했다.

"클라우스라고 합니다."

"클라우스, 무슨 클라우스?"

"당신한테 클라우스라는 이름의 아들이 있지요?"

"내 아들은 여기. 이 집에 있어요. 우리와 함께. 가보시오."

그 사람은 문에서 멀어졌다. 나는 다시 초인종을 울리고, 두드리고, 소리쳤다.

"아버지, 아버지, 들여보내주세요. 제가 착각을 했어요. 제 이름은 루카스예요. 저는 당신의 아들 루카스예요."

어떤 여자 목소리가 말했다.

"들여보내줘요."

문이 열렸다. 한 노인이 내게 말했다.

"들어와요."

그는 앞장서서 거실로 가서, 소파에 앉았다. 한 늙은 여자가 다른 소파에 앉아 있었다.

그녀가 내게 말했다.

"그러니까, 당신이 우리 아들 루카스란 말이지? 그렇다면 여태까지 어디에 있었지?"

"외국에요."

나의 아버지가 말했다.

"그렇군, 외국에 있었군. 그런데 왜 돌아왔지?"

"아버지를 만나려고요. 아버지와 어머니 두 분. 그리고 클라우스를."

나의 어머니가 말했다.

"클라우스는 떠나지 않았어."

아버지가 말했다.

"우리는 몇 년 동안이나 너를 찾아헤맸어."

어머니가 계속했다.

"그러다가, 우리는 너를 잊기로 했지. 너는 돌아오지 말았어야 했어. 너는 모든 사람들을 방해하게 되겠지. 우리는 평온하게 살고 있어. 방해받고 싶지 않아."

내가 물었다.

"클라우스는 어디에 있어요? 나는 클라우스를 보고 싶어요."

어머니가 말했다.

"자기 방에 있어. 병소처럼. 자고 있어. 깨우면 안 돼. 이제 네 살밖에 안 됐어. 잠이 필요해."

아버지가 말했다.

"당신이 루카스라는 증거는 하나도 없어. 가보도록 하오."

나는 더 이상 그들의 말을 듣지 않고, 거실을 나와서, 아이들 방의 문을 열고, 천장의 등을 켰다. 한 아이가 침대에 앉아 나를 바라보더니 울기 시작했다. 나의 부모가 달려왔다. 어머니는 그 아이를 팔에 안고, 달랬다.

"겁낼 것 없다, 아가야."

아버지는 나의 팔을 붙잡고, 거실로 해서 베란다로 끌고 간 뒤, 현관문을 열더니 나를 계단 쪽으로 떠다밀었다.

"너는 자는 아이를 깨웠어, 멍청한 자식. 썩 꺼져버려!"

나는 굴러 떨어지면서, 머리를 충계에 부딪쳤다. 나는 피를 흘리면서 눈 속에 쓰러져 있었다.

나는 추워서 잠을 깼다. 눈과 바람이 내 방으로 들이쳐서, 창문 앞마루가 다 젖었다.

나는 창문을 닫고, 목욕탕 안에서 속옷을 찾아다가 흥건히 고여 있는 물을 닦았다. 떨려서 이가 딱딱 마주쳤다. 따뜻한 욕실에서, 나는 욕조 가장자리에 앉아, 진정제를 한 알 먹고, 사지가 떨리는 것이 멈추기를 기다렸다.

저녁 일곱 시. 식사가 배달되었다. 나는 식사를 가져다준 청년에게 포도주 한 병을 가져다줄 수 없겠느냐고 부탁했다.

그가 내게 말했다.

"알아보겠습니다."

그리고 몇 분 후에 포도주 한 병을 가져왔다.

내가 말했다.

"저 쟁반을 치워줘요."

나는 술을 마시면서 방 안을 왔다 갔다 했다. 창문에서 출입문까지, 다시 출입문에서 창문까지.

여덟 시에, 나는 침대 위에 앉아 나의 형제에게 전화를 걸었다.

제2편

여덟 시, 전화 벨이 울린다. 어머니는 이미 자리에 누워 있었다. 나는 매일 저녁 그랬듯이 텔레비전 탐정 영화를 보고 있다.

나는 먹고 있던 비스킷 조각을 냅킨 위에 두었다. 나중에 다시 먹을 수 있도록.

나는 수화기를 들었다. 그리고 내 이름은 말하지 않고, 다만 이렇게 말했다.

"여보세요, 듣고 있습니다."

남자 목소리가 저쪽 선에서 들려왔다.

"저는 루카스 T입니다. 형제인 클라우스 T와 통화하고 싶습니다."

나는 침묵했다. 등줄기를 타고 식은땀이 흘러내렸다. 나는 결국 입을 열었다.

"전화 잘못 거셨어요. 나는 형제가 없습니다."

그 목소리가 말했다.

"아니야. 난 쌍둥이 형제. 루카스라고."

"내 형제는 오래 전에 죽었어요."

"아니야, 난 안 죽었어. 난 살아 있다고, 클라우스, 그리고 난 널 보고 싶어."

"당신은 어디에 있소? 어디서 오셨소?"

"나는 오랫동안 외국에서 살았어. 나는 사실 수도의 D대사관

478

에 있어.”

나는 크게 심호흡을 하고 나서, 단숨에 말해버렸다.

“당신이 내 형제라고는 생각할 수 없어요. 나는 만나지 않겠소. 방해받고 싶지 않단 말이오.”

그가 고집을 부렸다.

“오 분이면 돼, 클라우스. 더도 말고 딱 오 분만. 이틀 후 이 나라를 떠나면 나는 다시는 안 돌아올 거야.”

“내일 오시오. 하지만 저녁 여덟 시 전에는 안 돼요.”

그가 말했다.

“고마워. 우리 집으로 갈게. 그러니까 너의 집으로 여덟 시 삼십 분에 가겠어.”

그는 수화기를 내려놓았다.

나는 이마의 땀을 닦았다. 다시 텔레비전 앞으로 돌아갔다. 그러나 더 이상 영화가 눈에 들어오지 않았다. 나는 비스킷을 쓰레기통에 버리러 갔다. 더 이상 먹고 싶지 않았다. ‘우리 집’, 그래, 옛날에는 여기가 우리 집이었지. 그러나 그것은 아주 오래 전이다. 지금은 내 집이다. 여기에 있는 모든 것이 나 혼자만의 것이다.

나는 살며시 어머니 방문을 열었다. 어머니는 자고 있었다. 어머니는 몸집이 너무 작아서 아이 같았다. 나는 어머니의 얼굴 위의 회색 머리칼을 헤치고, 이마에 입을 맞추고, 이불 위에 얹혀 있는 주름투성이의 손을 어루만졌다.

어머니가 잠결에 미소 지으며, 내 손을 꼭 잡고 중얼거렸다.

“내 아가. 여기 있구나.”

그리고 다시 어머니는 내 형제의 이름을 덧붙였다.

“루카스, 내 사랑스런 루카스.”

나는 그 방을 나와서 부엌으로 갔다. 독한 술을 한 병 가지고, 매일 밤 그랬듯이 글을 쓰려고 서재로 갔다. 그 서재는 아버지 것이었는데, 나는 하나도 바꾸지 않고 그대로 쓰고 있다. 낡은 타자기, 불편한 나무 의자, 전등, 연필꽂이. 나는 글을 쓰려고 했지만, 우리의 삶을 송두리째 망쳐놓은 '그 사건' 생각에 울 수밖에 없었다.

루카스가 내일 올 것이다. 나는 그가 루카스라는 것을 안다. 전화벨이 처음 울리는 순간, 나는 그것이 그라는 사실을 알았다. 내 전화는 거의 오는 적이 없으니까. 내가 전화를 설치한 것은 전적으로 어머니를 위해서였다. 내가 슈퍼마켓까지 갈 힘이 없어지거나, 아니면 어머니의 상태가 악화되어 내가 집 밖으로 나갈 수 없게 되는 날에는 전화로 주문을 할 수 있도록 하기 위해서 말이다.

루카스가 내일 올 것이다. 어머니가 그 사실을 알지 못하도록 하기 위해서는 어떻게 해야 할까? 루카스가 와 있는 동안 어머니가 깨지 않도록 해야 할까? 어머니를 옮겨놓아야 할까? 달아날까? 어디로? 어떻게? 어머니에게 무슨 이유를 대고? 우리는 결코 여기를 떠날 수 없다. 어머니는 여기를 떠나고 싶어하지 않는다. 어머니는 바로 이곳만이 루카스가 돌아와서 우리를 찾을 수 있는 장소라고 생각한다.

사실, 그가 우리를 다시 찾았던 곳이 이곳이다.

그것이 그라면.

그것은 분명 그이다.

나는 그를 알아보는 데 아무런 증거도 필요 없다. 나는 그를 안다. 나는 그를 알았고, 그가 죽지 않고 돌아올 것이라는 것을 알고 있었다.

그러나 왜 이제야? 왜 이렇게 늦게? 왜 오십 년이나 지난 지금에야?

나는 나를 지켜야 한다. 나는 어머니를 보호해야 한다. 나는 루카스가 우리의 평화, 우리의 일상, 우리의 행복을 깨뜨리는 것을 원하지 않는다. 나는 우리의 삶이 뒤집어지는 것을 원하지 않는다. 루카스가 다시 과거를 들춰내고, 추억을 되살려내고, 어머니에게 질문을 해대면, 나도 어머니도 참을 수 없을 것이다.

나는 무슨 수를 써서라도 루카스를 멀리하고, 그 끔찍한 상처를 다시는 건드리지 못하게 해야 한다.

겨울이다. 나는 석탄을 아껴야 한다. 어머니 방은 전기난로로 난방을 하는데, 나는 어머니가 잠자리에 들기 전 한 시간 동안 켰다가, 잠들고 나면 끄고, 어머니가 일어나기 한 시간 전에 다시 켠다.

나 자신은 화덕의 열기와 거실의 석탄난로만으로도 충분하다. 나는 우선 부엌에 불을 피우기 위해서 아침 일찍 일어나는데, 그때까지도 불씨가 많이 남아 있어서 그중 일부를 거실의 난로에 옮겨놓는다. 나는 난로에 조개탄을 조금 더 넣는데, 그렇게 하고 삼십 분쯤 지나면 실내가 따뜻해진다.

밤늦게, 어머니가 이미 잠들고 나서 내가 서재의 문을 열어놓으면, 거실의 온기가 곧바로 방으로 스며든다. 그 방은 아주 작기 때문에 금방 따뜻해진다. 나는 그 방에서 글을 쓰기 전에 파자마와 실내복을 입는다. 그렇게 하고 나서 글을 쓰고, 나는 내 방으로 가서 잠을 잔다.

그날 저녁, 나는 집 안을 한 바퀴 돌아보았다. 나는 부엌에서 몇 번이나 멈추었다. 그러고 나서 아이들 방으로 갔다. 나는 정원을 바라보았다. 호두나무의 앙상한 가지들이 창문을 스치고 있었다. 눈발이 날리면서 나뭇가지들에도, 땅바닥에도 눈이 내려앉으며 얇은 층을 이루었다.

나는 이 방 지붕으로 오고 있다. 서재의 문은 이미 열어놓았다. 내가 내 형제를 맞을 곳은 바로 이 서재이다. 나는 그가 그 방에 들어오자마자 문을 닫을 것이다. 방이 좀 춥기는 하겠지만, 나는 어머니가 우리의 말을 엿듣거나, 우리의 대화 때문에 잠을 깨는 것을 원하지 않기 때문이다.

그럴 경우 나는 뭐라고 말할 것인가?

나는 이렇게 말할 것이다.

"다시 주무세요, 어머니. 신문기자일 뿐이에요."

그리고 나는 다른 사람, 즉 내 형제에게 말할 것이다.

"안토니아라고, 내 장모야. 내 아내의 어머니. 장모님은 몇 년 전에 혼자되고부터 이 집에서 살고 계셔. 장모님은 머리가 온전치 못해. 모든 걸 혼동하고, 생각이 뒤죽박죽이야. 장모님은 자기가 나를 키워 줬다는 구실로 이따금씩 내 친어머니라고 착각을 하고 있어."

나는 그들이 서로 만나는 것을 막아야 한다. 그렇지 않으면 그들은 서로를 알아볼 것이다. 어머니는 루카스를 한눈에 알아볼 것이다. 그리고 루카스가 어머니를 알아보지 못하더라도, 그녀는 먼저 그를 알아보고서 그에게 말할 것이다.

"루카스, 내 아들!"

나는 '루카스, 내 아들!'을 원하지 않는다. 지금은 더욱더. 내가 원하는 대로 하기는 쉬운 일일 것이다.

오늘, 나는 어머니가 낮잠을 자는 동안, 집 안의 탁상시계와 벽시계들을 모두 한 시간씩 빠르게 해놓았다. 다행히도, 요즈음은 날이 일찍 저문다. 오후 다섯 시경이면 벌써 어두워진다.

나는 한 시간 먼저 어머니의 저녁 식사를 준비했다. 감자 몇 개와 당근으로 만든 퓌레, 구워서 얇게 저민 고기, 그리고 후식으로 캐러멜 크림.

나는 식탁을 차리고, 어머니 방으로 어머니를 부르러 갔다. 어머니는 부엌으로 와서 말했다.

"난 아직 배고프지 않아."

내가 말했다.

"어머니는 원래 배고픈 적이 없잖아요. 그래도 드셔야 해요."

어머니는 말했다.

"나중에 먹으마."

내가 말했다.

"나중에는 다 식어버려요."

어머니가 말했다.

"다시 데우면 되지 않니. 식은 걸 먹을 순 없지."

내가 말했다.

"입맛 나게 샴페인 한 잔 드세요."

나는 술잔에 수면제를 한 알 넣었다. 그것은 어머니가 평소에도 먹는 것이었다. 나는 그 술잔과 나란히 잔을 한 개 더 놓았다.

십 분 후, 어머니는 텔레비전 앞에서 잠들있다. 나는 어머니를 안아서 방에 옮겨놓고, 옷을 벗기고, 이불을 덮어주었다.

나는 거실로 돌아왔다. 텔레비전의 소리를 줄이고, 빛도 약하게 조절했다. 그리고 부엌의 자명종 시계와 거실의 벽시계를 다시 제시간으로 돌려놓았다.

나는 형제가 도착하기 전에 식사할 시간이 충분했다. 부엌에 가서 당근 퓌레와 고기를 좀 먹었다. 내가 얼마 전에 틀니를 해드렸지만, 어머니는 씹는 것이 시원치 않았다. 당연히 소화를 잘 못 시켰다.

나는 식사를 끝내고, 설거지를 히고, 냉장고에 먹다 남은 것을 넣었다. 점심 식사를 하기에 충분할 만큼 많이 남았다.

나는 거실에 앉았다. 잔 두 개와 브랜디 한 병을 내 소파 옆 작은 탁자 위에 준비했다. 그리고 기다리는 동안 먼저 마셨다. 여덟 시 정각에, 나는 어머니를 보러 갔다. 어머니는 깊은 잠에 빠져 있었다. 탐정 영화가 시작되었고, 나는 그것을 보려고 했다. 여덟 시 이십 분경, 나는 영화 보기를 포기하고 부엌의 창문 앞에 앉았다. 불을 껐기 때문에, 밖에서는 내가 보이지 않았다.

정확히 여덟 시 삼십 분에, 커다란 검은색 자동차가 집 앞에 멈추더니 이내 보도 블록 위에 세워졌다. 한 남자가 차에서 내리더니, 철문으로 다가와서 초인종을 눌렀다.

나는 거실로 돌아가서 인터폰으로 말했다.

"들어오시오. 문은 열려 있어요."

나는 베란다 불을 켜고 나서, 소파에 다시 앉았고, 루카스가 들어왔다.

그는 마르고 얼굴이 창백했다. 옆구리에 서류가방을 끼고 다리를 절며 내게로 다가왔다. 내 눈에서는 눈물이 흘러나왔고, 나는 일어나서 그에게 손을 내밀었다.

"때마침 잘 왔소."

그가 말했다.

"난 너를 오랫동안 방해할 생각은 없어. 차가 밖에서 기다리고 있어."

내가 말했다.

"내 서재로 가시죠. 거기가 더 조용할 테니."

나는 텔레비전 소리를 그대로 놔두었다. 만약 어머니가 잠을 깨면, 매일 저녁 그랬듯이 탐정 영화의 소리를 들을 수 있도록.

루카스가 물었다.

"텔레비전 안 꺼?"

"네. 괜찮아요. 서재에서는 안 들릴걸요."

나는 술병과 잔 두 개를 들고, 내 책상으로 가 앉아서, 나와 마주 보는 자리의 의자를 가리켰다.

"앉으시죠."

내가 술병을 들었다.

"한잔할까요?"

"응."

우리는 술을 마셨다. 형제가 말했다.

"이 방은 우리 아버지 서재였어. 하나도 안 변했군. 나는 저 전등이랑, 타자기, 가구, 의자들을 모두 기억하고 있어."

내가 미소 지었다.

"다른 건 또 기억나는 거 없나요?"

"모두 다. 베란다와 거실. 부엌이 어디에 있는지, 아이들 방과 부모님 방이 어디에 있는지도."

내가 말했다.

"그건 어려운 일이 아니죠. 이곳 집들은 모두 똑같은 모델로 지어져 있으니까요."

그가 계속했다.

"아이들 방 앞에는 호두나무가 한 그루 있었어. 그 나뭇가지가 창문을 스치고 있었고, 그 가지에 그네가 매여 있었고, 그네는 두 개였지. 마당 구석에는, 처마 아래에, 나무로 만든 스케이트보드와 세발자전거가 있었고."

내가 말했다.

"처마 밑에는 장난감들이 여진히 있시반, 예전 것들은 아니죠. 그 것들은 내 아이들의 장난감이거든요."

우리는 둘 다 입을 다물었다. 나는 다시 잔을 채웠다. 루카스가 술
잔을 놓고 물었다.

"말해줘, 클라우스, 부모님은 어디 계시지?"

"내 부모님은 돌아가셨어요. 당신의 부모님이야 내가 알 수 없는
일이지요."

"너는 왜 내게 존대를 하는 거야, 클라우스? 나는 네 형제 루카스
야. 너는 왜 나를 못 믿지?"

"내 형제는 죽었어요. 나는 당신의 신분증명서를 무척 보고 싶군
요, 괜찮으시다면."

루카스는 그의 호주머니에서 외국 여권을 꺼내서 내게 내밀었다.
그가 말했다.

"그걸 너무 믿지 않았으면 좋겠어. 거기에는 몇 가지 오류가 있으
니까."

나는 여권을 살펴보았다.

"그러니까 당신 이름은 클라우스, C로 시작하는 클라우스(Claus)군
요, 당신의 생년월일도 나랑 같지 않소. 그렇지만 루카스와 나는 쌍둥
이란 말이오. 당신은 나보다 세 살이나 더 많아요."

나는 그의 여권을 그에게 돌려주었다. 내 형제의 손이 떨렸고, 목
소리도 떨렸다.

"내가 국경을 넘을 때가 열다섯 살이었어. 나는 실제 나이보다 더
많게 고쳤어, 성년 행세를 하려고, 나는 보호받는 게 싫었거든."

"그러면 이름은? 이름은 왜 바꿨지요?"

"너 때문이지, 클라우스(Klaus). 국경경비대 사무실에서 조서를 작
성하면서, 네 생각을 했어. 네 이름, 내 어린 시절 나를 따라다니던
그 이름을. 그래서 나는 루카스 대신에 클라우스(Claus)라고 썼지. 너

는 클라우스 루카스(Klaus Lucas)라는 이름으로 네 시들을 발표했어. 왜 루카스지? 그것도 내 생각이 나서였지?"

내가 말했다.

"내 형제 생각이 나서. 하지만 당신은 내가 시를 발표한 사실을 어떻게 알았지요?"

"나도 글을 쓰거든. 하지만 시는 아니야."

그는 그가 가져온 서류가방을 열고, 커다란 노트를 한 권 꺼내서 탁자 위에 놓았다.

"이게 내 최근의 원고야. 아직 끝나지는 않았어. 나는 끝낼 시간이 없을 거야. 이걸 네게 주겠어. 네가 이걸 끝내도록 해. 네가 이걸 끝내야 해."

나는 노트를 펼쳤지만, 그가 몸짓으로 나를 막았다.

"아니야, 지금은 안 돼. 내가 간 다음에. 내가 알고 싶은 중요한 일이 한 가지 있어. 내 상처는 어디서 생긴 거지?"

"무슨 상처 말이오?"

"척추 근처에 있는 상저. 총에 맞아서 생긴 거. 그건 어디서 생겼지?"

"내가 그걸 어떻게 알 수 있겠소? 내 형제 루카스는 상처가 하나도 없었어요. 어려서 병을 앓은 적은 있어도, 소아마비였던 것으로 알고 있는데. 그가 죽었을 때, 나는 겨우 네다섯 살이었소. 정확한 기억은 없어요. 내가 알고 있는 것은 모두 훨씬 뒤에 사람들의 입을 통해 들은 사실들이오."

그가 말했다.

"그래 맞았어. 나도 어렸을 때 무슨 병에 걸렸던 거라고 오래 전부터 믿고 있었어. 사람들이 내게 그렇게 말해줬지. 그러나 나중에 나는 총을 맞았다는 사실을 알았어. 어디서? 어떻게? 전쟁이 막 시작되던 때였어."

나는 말없이 어깨를 으쓱했다. 루카스가 계속해서 말했다.

"네 형제가 죽었다면, 무덤이 있을 거야. 그의 무덤은 어디에 있지? 내게 보여줄 수 있겠어?"

"아니, 난 그럴 수 없어요. 내 형제는 S시의 공동묘지에 묻혔소."

"아 그래? 그러면 아버지 무덤과 어머니 무덤은 어디에 있지? 그건 보여줄 수 있겠지?"

"아니, 그것도 할 수 없소. 아버지는 전쟁터에서 돌아오지 않으셨고, 어머니는 내 형제 루카스와 함께 S시에 묻혀 있단 말이오."

그가 물었다.

"그러니까 내가 소아마비로 죽은 건 아니군?"

"내 형제는, 아니오. 그는 폭격 때에 죽었소. 어머니는 그 일이 있기 얼마 전에 S시로 그를 따라갔고, 그곳 재활원에서 그를 보살폈지요. 재활원이 폭격을 당한 바람에, 내 형제도 어머니도 돌아오지 못한 거요."

루카스가 말했다.

"사람들이 네게 그렇게 말했다면, 그건 거짓말이야. 어머니는 S시로 날 따라오지 않으셨어. 어머니는 결코 나를 면회 오신 적이 없어. 나는 몇 년 동안이나 재활원에서 병과 싸우며 지냈지, 병원이 폭격당하기 전까지. 그리고 나는 폭격 때 죽지 않고 살아남을 수 있었어."

나는 또 한번 어깨를 으쓱했다.

"당신은 그렇다고 칩시다, 그러나 내 형제는 아니오. 내 어머니도 아니고."

우리는 서로 상대편의 눈을 빤히 들여다보았다. 나는 그의 시선을 피하지 않았다.

"당신도 보다시피, 문제는 다른 두 개의 운명이오. 당신이 찾고자 하는 사람은 다른 방향에서 찾아야 할 것 같소."

그는 고개를 가로저었다.

"아니야, 클라우스, 넌 잘 알아. 너는 내가 네 형제 루카스라는 걸 알면서도 부인하고 있어. 넌 뭘 두려워하고 있는 거지? 말해봐, 클라우스, 뭣 때문이지?"

내가 대답했다.

"아무것도 아니오, 내가 뭘 두려워하겠소? 내가 만약 당신이 내 형제라는 것을 확신한다면, 나는 당신이 다시 찾게 된 사람들 중에서 제일 기뻐할 사람이 아니겠소?"

그가 물었다.

"내가 네 형제가 아니라면 내가 왜 여기에 왔겠어?"

"그야 내가 알 바 아니지요. 당신의 외모도 그래요."

"내 외모라고?"

"그렇소, 나를 본 뒤 당신을 보시오. 우리가 조금이라도 닮은 데가 있는가를. 루카스와 나는 진짜 쌍둥이요. 우리는 완전히 닮았소. 그런데 당신은 나보다 키는 머리 하나가 크지만, 몸무게는 삼십 킬로그램쯤 가벼울 거요."

루카스가 말했다.

"너는 내가 앓았고 불구가 됐던 사실을 잊은 모양이군. 내가 다시 걸을 수 있게 된 건 기적이야."

내가 말했다.

"그거 그렇다고 칩시다. 폭격을 당한 이후 어떻게 되었는지 들어봅시다."

그가 말했다.

"부모님이 나를 데려가지 않았기 때문에, 나는 K시의 어느 농사일을 하는 노파의 집에 맡겨졌어. 나는 그 집에서 살면서 일을 했어, 외국으로 떠날 때까지."

"그러면 외국에서는 뭘 했소?"

"온갖 일을 다 하다가, 책을 썼어. 그리고 너, 클라우스, 너는 어머니와 아버지가 돌아가신 후에 어떻게 살았지? 네 얘기에 따르면, 너는 아주 어려서 고아가 되었는데."

"그래요, 아주 어려서. 하지만 나는 운이 좋았소. 고아원에서 몇 달밖에 안 지냈지요. 어느 친절한 집에서 나를 데려갔고, 나는 그 집에서 아주 행복한 생활을 했소. 그 집은 아이가 넷이나 되는 대가족이었는데, 나는 나중에 그중 큰딸인 사라와 결혼하게 되었고, 우리에게는 아이가 둘 생겼소. 아들 하나, 딸 하나, 지금 나는 할아버지요, 아주 행복한 할아버지."

루카스가 말했다.

"그건 이상한데. 여기에 들어올 때, 나는 네가 혼자 산다는 인상을 받았거든."

"지금은 나 혼자요. 그건 사실이오. 하지만 크리스마스 때까지만 그렇소. 나는 급히 끝내야 할 일이 있어요. 새 시집을 준비 중이지요. 그러고 나서, 나는 내 아내 사라, 그리고 아이들과 손자들이 있는 K시로 돌아갈 거요. 우리는 그곳에서 겨울 휴가를 함께 보낼 참이오. 거기에는 처가로부터 물려받은 집이 있소."

루카스가 말했다.

"나는 K시에 산 적이 있어. 나는 그 도시를 환히 알고 있어. 당신 집은 어디에 있지?"

490

"중앙 광장, 그란드 호텔 맞은편, 서점 옆에."

"나는 이제 막 K시에서 몇 달을 지내다 왔어. 나는 바로 그 서점 위층에서 살았어."

내가 말했다.

"이런 일치가 있을 수 있다니! 거긴 무척 아름다운 도시가 아니오! 나는 내 어린 시절에 종종 거기에서 방학을 보냈고, 내 손자들도 그렇게 지내는 걸 무척 좋아하오. 특히 쌍둥이들, 내 딸의 아들들이."

"쌍둥이라고? 그 아이들의 이름은?"

"클라우스와 루카스, 이건 사실이오."

"사실이라고."

"내 아들은 아직 그 애의 할머니, 즉 내 아내와 같은 사라라는 이름의 어린 딸밖에 없어요. 그러나 내 아들은 아직 젊으니까, 다른 아이들을 또 가질 수 있어요."

루카스가 말했다.

"너는 행복한 사람이야, 클라우스."

내가 대답했다.

"그렇소. 무척 행복하오. 내가 보기에는, 당신도 가족이 있을 것 같은데."

그가 말했다.

"아니. 나는 아직 혼자 살고 있어."

"왜 혼자 살지요?"

루카스가 말했다.

"모르겠어. 어쩌면 아무도 내게 사랑하는 법을 가르쳐주지 않았기 때문인 것 같아."

내가 말했다.

"그거 유감이군요. 아이들이 있으면 무척 즐겁소. 나는 아이들 없는 인생을 상상할 수가 없어요."

루카스가 일어났다.

"차에서 기다리는 사람이 있어. 나는 더 이상 너를 방해하고 싶지 않아."

내가 미소를 지었다.

"당신은 나를 방해하지 않았어요. 그러면, 당신은 당신의 나라로 돌아갈 예정이오?"

"물론. 나는 여기에서 할 일이 아무것도 없어. 잘 있어, 클라우스."

나는 일어났다.

"내가 배웅하리다."

현관에서 나는 그에게 손을 내밀었다.

"잘 가시오, 나는 당신이 정말 당신 가족을 찾게 되기를 바라오. 행운을 빌겠소."

그가 말했다.

"너는 끝까지 연극을 하려고 하는군, 클라우스. 너의 마음이 그렇게 냉혹하다는 사실을 알았다면, 너를 만나러 오지 않았을 텐데. 나는 여기에 온 것을 진심으로 후회하고 있어."

내 형제는 커다란 검은색 차에 올랐고, 차는 이내 시동이 걸렸고, 그를 싣고 가버렸다.

현관 계단을 올라가다가, 나는 빙판이 된 계단에서 미끄러졌고, 넘어지면서 이마를 돌 모서리에 부딪쳤다. 피가 흘러 눈으로 들어가서 눈물과 뒤섞였다. 나는 그 자리에 누워서 얼어 죽고 싶었다. 그러나 나는 그럴 수가 없었다. 내일 아침에 어머니를 돌보아야 한다.

나는 집으로 들어가서, 욕실에서 상처를 씻고, 소독을 하고 반창고

를 붙였다. 그러고 나서 나는 내 형제의 원고를 읽기 위해서 서재로
돌아갔다.

다음 날 아침, 어머니가 물었다.
"어디서 다쳤니, 클라우스?"
내가 말했다.
"계단에서요. 문이 잘 잠겼는지 확인하러 내려갔다가, 빙판에 미끄
러졌어요."
어머니가 말했다.
"틀림없이 술을 너무 많이 마신 탓일 거야. 넌 주정꾼, 무능력자,
얼치기야. 아직도 차를 안 끓였니? 아무튼 믿을 수 없어! 게다가, 집
안은 너무 춥구나. 삼십 분쯤 일찍 일어날 수 없겠니? 내가 잠을 깼을
때 집 안이 따뜻하고, 마실 차가 준비되어 있도록 말이다. 넌 게으름
뱅이에다가 아무짝에도 쓸모없는 바보야."
내가 말했다.
"여기 차 있어요. 몇 분만 지나면, 따뜻해질 거고. 사실, 서는 한숨
도 못 잤어요, 밤새 글을 썼거든요."
어머니가 말했다.
"아직도? 선생께서는 집 안을 따뜻하게 하고 차를 끓이는 일보다
는 글쓰기가 더 중요하시겠지. 너도 다른 모든 사람들이 낮에 일하듯
이 낮 동안 쓰면 뭐가 덧나니?"
내가 말했다.
"옳은 말씀이세요. 어머니. 낮에 일하는 편이 더 나을 거예요. 그러
나 인쇄소에서 밤에 일히디보니 이런 습판이 생겼어요. 저도 어쩔
수가 없어요. 아무튼, 낮에는, 방해요소가 너무 많은 걸요. 가게에 갈

일, 식사 준비, 특히 거리의 소음이 그래요."

어머니가 말했다.

"그리고 나도 방해요소지, 안 그러니? 말해봐, 분명히 말해보라고, 낮 동안 내가 너를 방해하는 게 사실이지? 너는 이 어미가 누워서 잠들었을 때만 글을 쓸 수 있는 거야, 그렇지? 너는 항상 저녁만 되면 나를 침대로 보내려고 조바심을 치더구나. 난 다 알고 있다. 진작부터 다 알고 있었다."

내가 말했다.

"사실, 어머니, 저는 글을 쓸 때는 완전히 혼자가 되어야 해요. 저는 침묵과 고독 속에서만 글을 쓸 수 있어요."

어머니가 말했다.

"나는 시끄럽게 한 적이 없어. 너를 지나치게 간섭하고 귀찮게 군 일도 없고, 내가 아는 바로는. 네가 원하기만 한다면, 나는 내 방에서 한발자국도 나가지 않겠다. 난 이제 더 이상 너를 방해하지 않을 것이고, 심부름도 식사 준비도 시키지 않겠어. 너는 글만 쓰고 다른 일은 안 해도 돼, 내가 일단 무덤에만 들어가면. 거기에서는, 적어도, 내 아들 루카스를 만날 수 있겠지. 그 애는 나를 귀찮아하지도 않을 거고, 내가 죽거나 없어져버리기를 바라지도 않을 거다. 거기에서, 나는 행복할 거야. 그리고 아무도 나를 이러쿵저러쿵 비난하지도 않을 테고."

내가 말했다.

"어머니, 저는 어머니를 비난한 적이 없어요. 그리고 어머니가 방해하신 적도 없고요. 저는 심부름도, 식사 준비도 알아서 했어요. 하지만 글을 쓰기 위해서는 밤 시간이 필요해요. 제가 인쇄소를 그만둔 이후, 제 시는 유일한 수입원이거든요."

어머니가 말했다.

"물론 그래. 너는 인쇄소를 그만두지 말아야 했어. 인쇄소는 정상적이고 합리적인 일자리였어."

내가 말했다.

"어머니, 어머니도 잘 아시잖아요, 제가 그 일을 그만둔 것은 제 병 때문이라는 것을. 저는 건강이 너무 나빠져서 일을 계속할 수 없었어요."

어머니는 더 이상 대답하지 않고, 텔레비전 앞에 앉았다. 그러나 저녁 식사 시간에 어머니는 다시 잔소리를 시작했다.

"집 안이 엉망이 됐어. 빗물받이 홈통이 떨어져나가서 물이 마당 아무 데로나 쏟아지고, 곧 집 안으로도 빗물이 흘러들게 생겼어. 마당엔 잡초만 무성하고, 방 안은 늘 연기가 자욱하고, 선생께서 피우신 담배연기 때문에 말이야. 부엌은 그 연기 때문에 노랗게 절었고, 거실의 창문 커튼도 마찬가지고, 담배연기가 온통 배어버린 서재나 아이들 방은 말할 것도 없고, 이 집 안에서는 더 이상 쉴 수가 없어. 하다못해 정원에서까지 집 안에서 흘러나온 악취 때문에 꽃들이 죽어버렸어."

내가 말했다.

"그래요, 어머니. 그만 좀 해두세요. 정원에 꽃들이 없는 것은 지금이 겨울이라서 그래요. 제가 방들과 부엌은 다시 칠할게요. 다행히도 어머니는 그 사실을 깨우쳐주셨어요. 봄이 되면, 칠을 다시 하고 홈통도 고치겠어요."

어머니는 수면제를 먹고, 진정을 하고 침대로 갔다.

나는 텔레비전 앞에 앉아서, 저녁마다 보는 탐정 영화를 보며 술을 마셨다. 그리고 나서 나는 서재로 가서, 내 형제의 원고 마지막 부분을 다시 읽고, 글을 쓰기 시작했다.

우리는 항상 넷이 식탁에 앉았다. 아버지, 어머니, 그리고 우리 둘.

낮에는 내내, 어머니가 노래를 부르곤 했다. 부엌에서, 정원에서, 안마당에서. 어머니는 저녁마다 우리를 재우기 위해서 우리 방에 와서 노래를 불렀다.

아버지는 노래를 하지 않았다. 아버지는 이따금 아궁이에서 쓸 장작을 패며 휘파람을 불었고, 우리는 저녁마다 그리고 밤늦게까지 아버지가 치는 타자기 소리를 듣곤 했다.

그 소리는 음악처럼 즐거웠고, 편안했다. 어머니의 재봉틀 돌아가는 소리, 설거지하는 소리, 정원의 티티새 노랫소리, 베란다의 포도 넝쿨 잎사귀와 안마당에 있는 호두나무 가지들 사이로 불어오는 바람소리 또한 그랬다.

태양, 바람, 밤, 달, 별, 구름, 눈, 비, 이 모든 것이 경이로웠다. 우리는 두려울 것이 아무것도 없었다. 어른들이 서로 주고받는 말들은 우리 가족과 상관없는 것들이었다. 그것은 전쟁에 관한 이야기였다. 그때, 우리는 네 살이었다.

어느 날 저녁, 아버지는 제복을 입고 돌아왔다. 그리고 현관문 가까이에 놓인 옷걸이에 외투와 허리띠를 걸어두었다. 그 허리띠에는 권총이 매달려 있었다.

아버지가 식사를 하면서 말했다.

"아빠는 다른 도시로 떠나야 한단다. 전쟁이 터졌어. 동원명령을 받았어."

우리가 말했다.

"우리는 아빠가 군인인 줄 몰랐어요. 아빠는 군인이 아니고 신문기자였잖아요."

그가 말했다.

"전쟁 중에는, 모든 남자가 군인이 되는 거야. 신문기자들까지도, 특히 신문기자는. 나는 전선에서 일어나는 일을 지켜보고 기사로 써야 해. 그런 사람을 종군기자라고 부르지."

우리가 물었다.

"아빠는 왜 총을 가지고 계세요?"

"장교거든. 졸병들은 소총을, 장교들은 권총을 가지게 되지."

아버지는 어머니에게 말했다.

"아이들을 재우도록 해요. 당신에게 할 얘기가 있으니."

어머니는 우리에게 말했다.

"침대로 가. 엄마가 잠시 후에 이야기를 들려주러 갈게. 아빠한테 인사하고."

우리는 아버지에게 키스하고 우리 방으로 갔지만, 우리는 곧 소리 없이 방에서 빠져나왔다. 그리고 복도로 나와 거실 문 뒤에 쪼그리고 앉았다.

아버지가 말했다.

"나는 그녀와 함께 살기 위해 떠나겠소. 지금은 전쟁 중이오. 더 이상 지체할 시간이 없소. 난 그녀를 사랑하오."

어머니가 물었다.

"이이들 생각은 안 하세요?"

아버지가 말했다.

"그녀 역시, 한 아이가 태어나기를 기다리고 있소. 그러니 나도 더 이상 침묵하고 있을 수는 없소."

"당신은 이혼하고 싶으신 건가요?"

"지금은 그럴 시기가 아니오. 그것은 전쟁이 끝나고 생각해봅시다. 그동안, 나는 태어날 아기를 보러 가야 하오. 내가 돌아올 수 있을지 모르겠소. 그건 아무도 모르는 일이오."

어머니가 물었다.

"당신은 이제 우리를 사랑하지 않으세요?"

아버지가 말했다.

"그렇지는 않소. 난 당신을 사랑하오. 내 마음은 항상 당신과 두 녀석에게 가 있소. 하지만 나는 또다른 한 여자를 사랑하오. 내 마음을 이해할 수 있겠소?"

"아니요, 전 못 해요, 이해하고 싶지도 않고요."

우리는 총소리를 들었다. 우리는 거실 문을 열었다. 총을 쏜 것은 어머니였다. 어머니는 아버지의 권총을 들고 있었다. 어머니는 또 한 발을 쏘았다. 아버지는 바닥에 쓰러졌고, 어머니는 또 방아쇠를 당겼다. 내 옆에, 루카스도 쓰러졌다. 어머니는 총을 집어던졌고, 울부짖으며 루카스 옆에 무릎을 꿇고 쓰러졌다.

나는 집 밖으로 나와 거리를 달리며 소리쳤다. "도와주세요." 사람들이 나를 붙잡았고, 집으로 데려왔다. 그들은 나를 진정시키려고 애썼다. 그들은 어머니도 진정시키려고 했지만, 어머니는 여전히 울부짖었다. "안 돼, 안 돼, 안 돼."

거실은 사람들로 꽉 찼다. 경찰관들이 도착했고, 두 대의 구급차가 왔다. 우리는 모두 병원으로 실려 갔다.

병원에서는 내가 계속 소리를 지르니까, 잠을 재우려고 나에게 주사를 놓았다.

이튿날, 의사가 말했다.

"그 애는 무사해. 말짱해. 돌려보내도 좋아."

간호사가 말했다.

"어디로 돌려보내죠? 그 집에는 아무도 없어요. 그 애는 겨우 네 살인데."

의사가 말했다.

"사회복지사를 불러요."

간호사가 나를 어떤 사무실로 데려갔다. 복지사는 쪽진 머리의 노파였다. 그녀는 내게 물었다.

"넌 할머니가 있니? 숙모는? 널 귀여워하는 이웃집 아주머니는?"

내가 물었다.

"루카스는 어디에 있지요?"

그녀가 말했다.

"그 애는 여기 있이, 병원에. 부상을 당했거든."

내가 말했다.

"루카스를 보고 싶어요."

그녀가 말했다.

"그 애는 의식이 없어."

"그게 무슨 뜻이에요?"

"당분간 말을 할 수가 없단다."

"그럼, 죽었어요?"

"아니야, 그렇지만 쉬어아 해."

"엄마는요?"

"네 엄마는 잘 있어. 하지만 너는 이제 더 이상 엄마를 못 보게 될 거야, 엄마는 안 돼."

"왜요? 엄마도 다쳤어요?"

"아니야, 엄마는 자."

"그리고 아빠는요, 아빠도 자요?"

"그래, 아빠도 자."

그녀는 내 머리를 쓰다듬어주었다.

내가 물었다.

"왜 그들은 모두 자고, 나는 안 자는 거죠?"

그녀가 말했다.

"그렇게 됐구나. 가끔씩 이런 일이 생기기도 하지. 한 가족이 다 잠자리에 들더라도 혼자 안 자고 남아 있는 사람이 있을 수 있지."

"난 혼자 남아 있는 거 싫어요. 나도 자고 싶어요, 루카스처럼, 그리고 엄마, 아빠처럼."

그녀가 말했다.

"누군가는 깨어 있어야 해. 그래야 그들이 돌아올 때, 말하자면 그들이 깨어났을 때, 돌봐줘야 하잖니."

"그들이 다시 깨어난다고요?"

"그들 중 누군가는, 그래. 적어도, 그런 희망을 가져야지."

우리는 잠시 이야기를 멈추었다. 그녀가 물었다.

"네가 그들을 기다리는 동안 너를 돌봐줄 사람이 아무도 없다는 걸 너는 알지?"

내가 물었다.

"뭘 기다리는데요?"

"너희 식구 중 누군가가 돌아오기를 기다려야지."

내가 말했다.

"아니요, 아무도. 그리고 나는 누구의 보살핌도 받고 싶지 않아요. 나는 집으로 돌아가고 싶어요."

그녀가 말했다.

"네 나이에는 집에서 혼자 살 수가 없어요. 네가 아무도 원치 않는다면, 나는 너를 고아원에 맡기는 수밖에 없어."

내가 말했다.

"그건 상관없어요. 우리 집에서 살 수 없다면, 나는 혼자 어디로든 가버릴 거예요."

한 부인이 사무실로 들어오더니 말했다.

"아이를 데리러 왔어요. 이 아이를 내 집으로 데려가고 싶어요. 이 아이에게는 달리 아무도 없어요. 난 이 아이의 가족을 잘 알고 있어요."

복지사는 내게 복도에 나가 있으라고 말했다. 복도에는 사람들이 있었다. 그들은 장의자에 앉아서 이야기를 하고 있었다. 그들은 거의 모두 실내복 차림이었다.

그들은 말했다.

"끔찍한 일이야."

"안됐어, 그렇게 단란하던 가족이."

"그 여자가 옳아."

"남자들은 다 그 모양이라니까."

"아무튼 딸들에게 부끄러운 일이에요."

"그건 그렇고, 이제 막 전쟁이 시작됐어요."

"이제 다른 걱정거리가 생겼어요."

"이 아이를 내 집으로 데려가고 싶어요"라고 말했던 부인이 사무실에서 나왔다. 그녀가 내게 말했다.

"나와 함께 가자. 내 이름은 안토니아야. 너는? 루카스니, 클라우스니?"

나는 안토니아에게 손을 내밀었다.

"클라우스예요."

우리는 버스를 타고 가다가 내려서 한참을 걸었다. 우리는 어느 집의 작은 방으로 들어갔는데, 그 방에는 커다란 침대와 어린이 침대, 그리고 철제 간이침대가 각각 하나씩 있었다.

안토니아가 내게 말했다.

"너는 아직 너무 작아서 이 침대에서는 잘 수 없겠구나, 그렇지?"

내가 말했다.

"네."

나는 어린이 침대에 누웠다. 폭은 넉넉했는데, 길이가 짧아서 발이 난간에 닿았다.

안토니아가 다시 말했다.

"이 작은 침대는 곧 태어날 아기 거야. 그 애가 네 여동생이 될지 남동생이 될지는 모르지만."

내가 말했다.

"저는 이미 형제가 있어요. 다른 동생은 필요 없어요. 여동생도 필요 없고요."

안토니아는 커다란 침대에 누우며 말했다.

"이리 와, 내 곁으로 와."

나는 내 침대에서 빠져나와 그녀 곁으로 갔다. 그녀는 내 손을 잡더니, 자기 배 위에 얹었다.

"느낄 수 있겠지? 아기가 움직이고 있어. 곧 태어날 거야."

그녀는 나를 끌어당겨, 껴안았다.

"아기가 너처럼 잘생겼으면 좋겠다."

그러고 나서, 그녀는 나를 다시 작은 침대로 옮겨놓았다.

안토니아가 나를 껴안을 적마다, 나는 아기의 움직임을 느꼈고, 나는 그것이 루카스라고 생각했다. 나는 잘못 생각했다. 안토니아의 배에서 나온 아기는 여자 아기였다.

나는 부엌에 앉아 있었다. 두 노파가 나에게 부엌에 그대로 있으라고 말했다. 나는 안토니아의 비명소리를 들었다. 나는 꼼짝도 하지 않았다. 두 노파는 가끔씩 물을 끓이기 위해서 부엌으로 왔고, 올 적마다 나에게 말했다.

"여기 얌전히 있어라."

한참 후에, 한 노파가 내게 말했다.

"들어가."

나는 방으로 들어갔고, 안토니아가 두 팔을 뻗어 나를 껴안으며 말했다.

"여자 아이야. 봐. 아주 예쁜 아이야, 네 여동생이다."

나는 요람을 들여다보았다. 불그스름한 물체가 울고 있었다. 나는 아기의 손을 잡고, 생각하다가, 그 손가락을 하나하나 만져보았다. 모두 열 개였다. 내가 아기의 왼손 엄지손가락을 아기의 입에 밀어넣자, 아기는 울음을 그쳤다.

안토니아가 나를 보고 웃었다.

"이 아이를 사라라고 부르자. 어때? 이름이 맘에 드니?"

내가 말했다.

"네, 이름은 아무래도 상관없어요. 그건 중요한 게 아니에요. 내 귀여운 동생이에요, 그렇지요?"

"물론이지, 네 동생이야."

"그러면 루카스의 동생이기도 한 거죠?"

"그럼, 루카스에게도 마찬가지지."

안토니아는 울기 시작했다. 내가 그녀에게 물었다.

"아기가 작은 침대를 쓰게 되면 저는 어디서 자지요?"

"부엌에서. 내가 어머니에게 부엌에 네가 쓸 침대를 하나 마련해달라고 부탁해뒀어."

내가 물었다.

"저는 이제 이 방에서 잘 수 없겠네요?"

안토니아가 말했다.

"부엌에서 자는 편이 나을 거야. 아기가 수시로 울어대서 밤에도 몇 번씩 사람들을 깨우거든."

내가 말했다.

"아기가 울어서 성가시면, 아기의 입에 아기의 엄지손가락을 물려주면 돼요. 왼손 엄지손가락을, 저처럼."

나는 부엌으로 돌아왔다. 그곳에는 안토니아의 어머니인 할머니만 있었다. 그 할머니는 나에게 꿀을 바른 빵을 먹으라고 주었다. 그녀는 내게 우유도 마시게 했다. 그러고 나서 내게 말했다.

"자거라, 아가야. 네 맘에 드는 자리에서 자."

두 개의 매트가 바닥에 놓여 있었다. 베개와 모포도 함께. 나는 창문 아래에 놓인 자리를 택했다. 거기에 누우면 하늘과 별이 보였다.

안토니아의 어머니는 다른 매트에 누워서, 잠들기 전에 기도했다.

"전지전능하신 하느님, 도와주소서. 아기는 아빠가 없습니다. 제 딸은 아빠 없는 아기를 낳았습니다! 제 남편이 그 사실을 알았다면! 저는 그이에게 거짓말을 했습니다. 저는 그이에게 진실을 숨겼습니다. 그리고 다른 아이, 그 아이는 제 딸의 아이도 아닙니다! 오, 이 모든 불행. 저 죄 많은 딸년을 위해 저는 무엇을 해야 합니까?"

할머니가 중얼거리는 동안, 나는 잠이 들었다. 안토니아와 사라 옆에 있다는 행복감 속에서.

안토니아의 어머니는 아침 일찍 일어났다. 그녀는 나에게 거리의 상점으로 심부름을 시켰다. 나는 쪽지를 내밀고 돈을 주기만 하면 되었다.

안토니아의 어머니는 식사 준비를 했다. 아기를 목욕시키고, 하루에도 몇 번씩이나 옷을 갈아입혔다. 그리고 빨래를 해서 부엌에 있는 빨랫줄에 널었다. 빨래를 널면서 중얼거렸다. 아마도 기도를 하는 것 같았다.

안토니아의 어머니는 딸네 집에 오래 머물지 않았다. 사라가 태어난 지 열흘 만에, 마지막으로 기도를 하고 나서 옷가방을 들고 훌쩍 떠나버렸다.

나는 부엌에서 혼자 잘 지냈다. 아침마다, 나는 일찍 일어나서 우유와 빵을 사러 갔다. 안토니아가 일어났을 때, 나는 사라의 젖병과 안토니아의 커피를 준비해서 방으로 들어갔다. 이따금, 내가 사라에게 젖병을 물려주었다. 그러고 나서 나는 사라의 목욕을 도와주었고, 안토니아와 내가 함께 산 장난감을 가지고 사라를 웃기려고 애를 썼다.

사라는 점점 더 예뻐졌다. 머리칼과 이가 돋아났고, 드디어 웃을 줄 알게 되었고, 자기의 왼손 엄지손가락 빠는 법을 배웠다.

불행하게도, 안토니아는 그녀의 부모가 더 이상 돈을 보내주지 않았기 때문에 다시 일을 해야 했다.

안토니아는 저녁마다 나갔다. 카바레에서 일을 했는데, 거기에서 춤추고 노래했다. 그녀는 밤 늦게 집에 돌아왔고, 아침에는 피곤해서 사라를 돌볼 수가 없었다.

이웃집 여자가 아침마다 와서, 사라를 목욕시키고, 부엌에서 보행기에 앉혀놓고 장난감을 쥐어주었다. 나는 이웃집 여자가 점심을 차리고 빨래를 하는 동안, 사라와 놀았다. 설거지를 끝낸 이웃집 여자가 가버리고 안토니아가 다시 잠을 자면, 나머지 일들은 내 몫이었다.

오후에, 나는 사라를 유모차에 태우고 바람을 쐬러 나갔다. 우리는 공원 놀이터에서 놀았다. 나는 잔디밭에서 사라를 뛰어다니게 하고, 모래밭에서 놀게 하고, 그네를 태워주기도 했다.

여섯 살이 되자, 나는 학교에 가야 했다. 처음에는 안토니아가 나를 데리고 갔다. 안토니아는 선생과 이야기를 하고 나서, 나를 혼자 남겨두고 가버렸다.

학교 수업이 끝나면, 나는 허둥지둥 집으로 달려와서 집안일이 다 잘되어가고 있는지 살피고 사라를 데리고 산보하러 나갔다.

우리는 점점 더 멀리까지 나갔다. 그리고 내가 나의 부모님과 함께 살던 거리를 발견한 것은 너무도 우연한 일이었다.

나는 그 사실을 안토니아에게도, 다른 누구에게도 말하지 않았다. 그러나 매일, 나는 초록색 덧문이 달린 그 집 앞을 지나가기 위해서 애썼고, 그곳에서 잠시 머뭇거리고 눈물을 흘리곤 했다. 사라도 나를 따라 함께 울었다.

그 집에는 아무도 살지 않았다. 덧문은 닫혀 있었고, 굴뚝에서 연기도 나지 않았다. 앞 정원은 잡초만 무성했고, 뒷 정원은 나무에서 떨어진 호두알들이 뒹구는데도 아무도 주워가지 않았다.

어느 날 저녁, 사라가 잠이 들었을 때 나는 혼자 집을 나섰다. 그리고 칠흑 같은 어둠 속의 거리를 소리 없이 달렸다. 전쟁 때문에 도시에서도 불빛을 찾아보기 힘들었고, 집집마다 창문들도 조심스럽게 불빛이 새어나가는 것을 막아놓았다. 나에게는 별빛만으로도 충분했다. 거리마다, 골목마다 내 머릿속에 선명하게 새겨져 있다.

나는 울타리를 넘어 들어가서 집을 한 바퀴 돌아보고 호두나무 아래 앉았다. 잡초들 속에 떨어져 있는 단단하고 바싹 마른 호두알들이 손에 잡혔다. 나는 호주머니에 그것들을 가득 넣었다. 다음 날 나는 가방을 가지고 그곳으로 다시 가서, 가방이 터지도록 호두알을 주워 담았다. 부엌에 놓아둔 호두 가방을 보자, 안토니아가 내게 물었다.

"이 호두알들은 어디서 났니?"

내가 말했다.

"우리 집 정원에서요."

"정원이라니? 우리는 정원이 없는데."

"제가 옛날에 살던 집 정원 말이에요."

안토니아는 나를 자기 무릎 위에 앉혔다.

"그 집을 어떻게 찾았니? 어떻게 그걸 기억해냈어? 그때 넌 네 살밖에 안 되었는데."

내가 말했다.

"이제 저는 여덟 살이에요. 말해주세요, 안토니아, 도대체 어떻게 된 건지? 모두 어디에 있는지 말해주세요. 다 어떻게 됐어요? 아빠, 엄마, 루카스."

안토니아는 울면서 나를 꼭 끌어안았다.

"다 잊어버리는 게 좋아. 나는 네가 다 잊기를 바랐기 때문에 너한테 아무 얘기도 안 한 거야."

내가 말했다.

"저는 아무것도 잊지 않았어요. 매일 저녁 지는 하늘을 볼 때마다 가족을 생각했어요. 저 하늘에 있지요. 그렇지 않아요? 제 가족은 모두 죽었어요."

안토니아가 말했다.

"아니야, 모두 죽지는 않았어. 네 아빠만. 그래, 네 아빠만 돌아가셨어."

"그러면 엄마는, 엄마는 어디에 있어요?"

"병원에."

"내 형제 루카스는요?"

"재활원에. 국경 근처, S시에 있는."

"루카스에게 무슨 일이 일어났지요?"

"총알을 맞았어, 바로 맞은 건 아니지만."

"총알이라니요?"

안토니아는 나를 밀어내고 일어섰다.

"날 내버려둬, 클라우스, 제발, 더 이상 묻지 마."

그녀는 방으로 가서, 침대에 누워 흐느껴 울기 시작했다. 사라도 울기 시작했다. 나는 사라를 품에 안고, 안토니아의 침대 모서리에 앉았다.

"울지 마세요, 안토니아. 제게 다 말해주세요. 다 알고 있는 편이 나아요. 저도 이제 진실을 알 만큼 충분히 컸어요. 의문을 품고 있는 것은 다 알고 있는 것보다 더 나쁜 일인 걸요."

안토니아는 사라를 받아 자기 옆에 눕히고 내게 말했다.

"너도 이쪽에 누워, 사라를 재우자. 내가 네게 들려주는 얘기를 사라가 들으면 안 되니까."

우리는 커다란 침대에 셋이 함께 누웠다. 긴 침묵이 흘렀고, 안토니아는 사라의 머리칼을 만졌다가 내 머리칼을 만졌다가 했다. 우리는 사라의 고른 숨소리를 듣고서 사라가 잠든 것을 알았다. 안토니아는 천장을 바라보며 이야기를 시작했다. 그녀는 어머니가 어떻게 해서 아버지를 죽였는지 이야기했다.

내가 말했다.

"나는 총소리와 구급차들을 기억해요. 그리고 루카스에 대해서도. 엄마가 루카스에게도 총을 쏘았어요?"

"아니야, 루카스는 빗나간 총알을 맞아서 다친 거야. 그 총알이 척추 가까이에 박혔어. 루카스는 몇 달 동안 깨어나지 못했어. 모두들 영영 불구가 될 거라고 생각했지. 그런데 지금은 완전히 나을 가능성이 있대."

나는 물었다.

"엄마도 S시에 계세요, 루카스처럼?"

안토니아가 말했다.

"아니야, 네 엄마는 이곳, 바로 이 도시에 있어. 정신병원에."

내가 물었다.

"정신병원? 그게 무슨 소리예요? 엄마가 환자예요, 미친 건가요?"

안토니아가 말했다.

"미친 것도 일종의 병이야."

"제가 면회를 가도 될까요?"

"모르겠어. 안 될 거야. 그건 너무 슬픈 일이거든."

나는 잠시 생각하다가 다시 물었다.

"엄마는 왜 미쳤을까요? 왜 아빠를 죽였죠?"

안토니아가 말했다.

"네 아빠가 나를 사랑했거든. 그는 우리, 그러니까 사라와 나를 사랑했어."

내가 말했다.

"사라는 아직 태어나지도 않았을 때였어요. 그러니까, 당신 때문이
군요. 이 모든 일이 당신 때문에 일어난 거군요. 당신만 없었다면,
초록색 덧문이 있는 그 집의 행복은 전쟁 중에도, 그리고 전쟁 후에도
계속되었을 거예요. 당신만 없었다면, 아빠는 죽지 않았을 거예요.
엄마는 미치지 않았을 거예요. 내 형제도 불구가 되지 않았을 거고,
저도 이렇게 혼자 남지 않았을 거예요."

안토니아는 말이 없었다. 나는 그 방을 나왔다.

나는 부엌으로 가서 안토니아가 준비해놓은 돈을 가지고 집을 나섰다. 그녀는 다음 날 장 볼 돈을 저녁마다 미리 식탁 위에 놓아두었다. 그녀는 내게 영수증을 요구하는 적이 없었다.

나는 집을 나와 버스와 전차가 다니는 대로까지 걸었다. 나는 길모퉁이에서 버스를 기다리고 있는 한 노파에게 물었다.

"죄송합니다만, 할머니, 역으로 가려면 어떤 버스를 타야 하지요?"

그녀가 물었다.

"어느 역 말이냐, 꼬마야? 역이 세 개나 있는데."

"여기서 제일 가까운 역이요."

"5번 전차를 타고 가다가, 3번 버스로 갈아타거라. 어디서 갈아타는가 하는 것은 차장이 가르쳐줄 게다."

나는 사람들이 북적대는 아주 큰 역에 도착했다. 사람들은 서로 밀치고 소리 지르고 욕설까지 해댔다. 나는 매표소 앞에 길게 늘어선 줄 맨 끝에 가서 섰다. 줄은 천천히 앞으로 나아갔다. 그러다가 마침내 내 차례가 되자 내가 말했다.

"S시로 가는 표요."

직원이 말했다.

"여기서는 S시로 가는 기차가 없어. 남부역으로 가야 해."

나는 다시 버스와 전차를 탔다. 내가 남부역에 도착했을 때는 날이 이미 어두워졌고, S시로 가는 기차는 다음 날 아침에나 있다고 했다.

나는 대합실로 갔고, 빈 의자를 하나 발견했다. 사람들이 무척 많았고, 악취가 났다. 담배연기는 눈이 매웠다. 나는 잠을 청했지만, 눈을 감자마자, 방에서 혼자 울고 있을 사라가 눈앞에 아른거렸다. 사라는 부엌으로 나와서 내가 없는 것을 알면 울기 시작할 것이다. 그리고 밤새 혼자 있을 것이다. 왜냐하면 안토니아는 일을 나가야 했고, 나는 내 형제 루카스가 살고 있는 도시, 즉 다른 도시로 가기 위해서 대합실에 앉아 있기 때문이다.

나는 내 형제가 살고 있는 도시로 가고 싶다. 그를 만나고 싶다. 그리고 둘이 같이 어머니를 찾으러 갈 것이다. 내일 아침, 나는 S시로 떠날 것이다. 꼭 떠날 것이다.

나는 잠을 잘 수가 없었다. 호주머니에서 배급 카드를 찾았다. 카드가 없으면, 안토니아와 사라는 굶어 죽을 것이다.

나는 돌아가야 한다.

나는 달렸다. 운동화는 소리를 내지 않았다. 아침에 나는 우리 집 근처에서 줄을 서서 빵과 우유 배급을 받아가지고 집으로 돌아왔다. 안토니아가 부엌에 앉아 있었다. 그녀는 나를 껴안았다.

"어디 갔었니? 사라하고 나는 밤새도록 울었어. 우리만 남겨두고 떠나면 안 돼."

내가 말했다.

"저는 두 사람만 남겨놓고 가지 않을 거예요. 여기 빵과 우유가 있어요. 돈이 좀 부족했어요. 저는 한 역에 갔어요. 그리고 다른 역에도. S시로 가고 싶었거든요."

안토니아가 말했다.

"우린 곧 그곳으로 갈 거야, 다 함께. 우리는 네 형제를 만나게 될 거야."

512

내가 말했다.

"엄마도 보고 싶어요."

어느 일요일 오후, 우리는 정신병원에 갔다. 안토니아와 사라는 대기실에 남아 있었다. 한 간호사가 나를 작은 방으로 안내했는데, 거기에는 탁자 한 개와 소파가 몇 개 있었다. 창문 앞에는 조그만 원탁이 있었고, 그 위에는 녹색 식물들이 있었다. 나는 앉아서 기다렸다.

간호사가 실내복을 입은 한 부인의 팔을 부축하고 다시 나타나서 그 여자를 소파에 앉혔다.

"엄마한테 인사하렴, 클라우스."

나는 그 부인을 바라보았다. 그녀는 뚱뚱하고 늙었다. 반백의 머리칼은 뒤로 빗어 넘겨 한 갈래로 묶여 있었다. 그녀가 고개를 돌리고 닫힌 문을 한참 동안 바라보았을 때, 나도 그것을 보았다. 그러고 나서, 그녀는 간호사에게 물었다.

"루카스는? 그 애는 어디 있지요?"

간호사가 대답했다.

"루카스는 올 수가 없었어요. 이 애는 클라우스예요. 엄마에게 인사드려, 클라우스."

나는 말했다.

"안녕하세요, 엄마."

그녀가 물었다.

"너는 왜 혼자 왔니? 왜 루카스는 같이 오지 않았지?"

간호사가 말했다.

"루카스도 올 거예요. 미지않아."

어머니는 나를 쳐다보았다. 커다란 눈물방울이 푸른 두 눈동자에서 흘러나오기 시작했다. 그리고 말했다.

"거짓말, 항상 거짓말이야."

그녀의 코에서 콧물이 흘러나왔다. 간호사가 코를 풀어주었다. 어머니는 고개를 푹 숙이고, 더 이상 말하지 않았고, 나를 쳐다보지도 않았다.

간호사가 말했다.

"우린 지금 피곤해. 침대로 돌아가야겠어. 엄마에게 키스해주겠니, 클라우스?"

나는 고개를 저으며 일어났다.

간호사가 말했다.

"너 혼자 대기실을 찾아갈 수 있겠지?"

나는 아무런 말도 없이, 그 방을 나왔다. 말없이 안토니아와 사라 앞을 지나서 그 건물을 나와 출입문 앞에서 기다렸다. 안토니아가 내 어깨를 잡고, 사라는 내 손을 잡았지만, 나는 그들을 뿌리치고 내 손을 주머니에 넣었다. 우리는 아무 말 없이 버스 정류장까지 걸었다.

저녁에 안토니아가 일을 나가기 전에, 나는 그녀에게 말했다.

"제가 보았던 부인은 우리 엄마가 아니에요. 저는 더 이상 그 사람을 보러 가지 않겠어요. 그 사람을 보러 가야 할 사람은 바로 당신이에요. 당신이 저지른 짓이 어떤 건지 똑똑히 깨닫기 위해서라도."

그녀가 물었다.

"너는 나를 죽어도 용서할 수 없다는 거니, 클라우스?"

나는 대답하지 않았다. 그녀가 덧붙였다.

"내가 너를 얼마나 사랑하는지 안다면……."

나는 말했다.

"당신은 그럴 수 없어요. 당신은 내 엄마가 아니에요. 나를 사랑해야 할 사람은 우리 엄마예요. 그런데 엄마는 루카스만 사랑해요. 당신이 잘못해서."

전선이 가까워졌다. 도시는 밤낮 없이 폭격당했다. 우리는 지하실에서 보내는 시간이 많아졌다. 그래서 아예 거기에 매트와 모포를 가져다놓았다. 우리 이웃들도 처음에는 그 지하실에 왔었지만, 어느 날 그들은 사라져버렸다. 안토니아는 그들이 수용소로 끌려갔다고 말했다.

안토니아는 더 이상 일을 나가지 않았다. 그녀가 노래하던 카바레는 없어졌다. 학교도 문을 닫았다. 식량은 구하기가 힘들어졌고, 배급 카드조차 얻을 수가 없었다. 다행히도 안토니아에게는 이따금 우리에게 빵과 분유와 비스킷과 초콜릿을 가져다주는 남자 친구가 있었다. 저녁마다 그는 우리 집에 왔다가 야간 통행금지 시간에 걸리는 바람에 자기 집으로 돌아가지 못했다. 그런 날 밤이면, 사라는 나와 함께 부엌에서 잤다. 나는 사라를 재우면서, 우리가 곧 만나게 될 루카스에 대해서 이야기해주었고, 우리는 밤하늘의 별을 구경하다가 잠들었다.

어느 날 아침, 안토니아가 우리를 일찍 깨웠다. 그녀는 우리에게 옷을 따뜻하게 입으라고 말했다. 우리는 속옷과 스웨터를 몇 개씩 껴입고, 외투도 입고, 양말도 겹으로 신었다. 우리는 긴 여행을 하게 될 거라고 그녀가 말했다. 그녀는 나머지 옷들을 두 개의 가방에 가득 넣었다.

안토니아의 남자 친구가 차를 가지고 우리를 데리러 왔다. 우리는 차 트렁크에 가방들을 실었고, 안토니아는 앞좌석에, 사라와 나는 뒷좌석에 앉았다.

자동차는 공동묘지 입구에 있는 옛날 우리 집 바로 맞은편에 멈춰 섰다. 그는 차 안에 남아 있고, 안토니아는 우리, 그러니까 사라와 내 손을 잡고 재빨리 걸었다.

우리는 나무로 만든 십자가가 세워진 무덤 앞에 섰다. 그 십자가에는 내 이름과 형제의 이름을 합한 이름, 즉 클라우스-루카스 T (Klaus-Lucas T)가 우리 아버지의 이름으로 새겨져 있었다.

그 무덤 위에는, 시든 꽃다발들 사이에 방금 가져다놓은 것같이 싱싱한 흰색 카네이션 꽃다발이 있었다.

나는 안토니아에게 말했다.

"카네이션을, 우리 엄마는 정원에 온통 카네이션을 심었어요. 아빠가 좋아하시던 꽃이에요."

안토니아가 말했다.

"나도 알아. 너희 아빠에게 작별인사를 하렴, 얘들아."

사라가 점잖게 말했다.

"안녕히 계세요, 아빠."

내가 말했다.

"사라의 아빠가 아니야. 그는 우리, 루카스와 나만의 아빠였어."

안토니아가 말했다.

"내가 이미 설명했잖니. 너 아직도 이해 못 하겠니? 곤란한 일이구나. 자, 머뭇거릴 시간이 없어, 가자."

우리는 자동차로 돌아왔고, 차는 우리를 남부역으로 데려갔다. 안토니아는 그녀의 친구에게 감사와 작별인사를 했다.

우리는 매표소 앞에 줄을 섰다. 나는 그제야 감히 안토니아에게 물어보았다.

"우리는 어디로 가는 거예요?"

그녀가 말했다.

"내 부모님에게로. 우선 S시로 가서 너의 형제 루카스를 데리고 함께 가려고."

나는 그녀의 손을 잡고 입을 맞추었다.

"고맙습니다."

그녀는 자신의 손을 뺐다.

"나한테 고마워할 건 없어. 나는 사실 그 도시 이름과 재활원 이름만 알 뿐이야. 그 이상은 나도 몰라."

안토니아가 기차표 값을 지폐로 지불할 때, 나는 반찬 값 따위로는 내가 S시까지 갈 수 없었다는 것을 깨달았다.

그 여행은 불편했다. 사람이 너무 많았다. 사람들은 모두 전선(戰線)을 피해 달아나고 있었다. 우리 셋은 좌석을 하나밖에 차지하지 못해서, 안토니아와 나는 서서 가야 했는데, 앉을 때는 사라를 무릎 위에 앉혔다. 우리는 교대로 앉아서 갔는데, 평소에는 다섯 시간 걸리던 여행이 공습 때문에 열두 시간이나 걸렸다. 기차는 불시에 들판에 서곤 했는데, 사람들은 기차에서 내려 땅바닥에 엎드려 있어야 했다. 그럴 때마다 나는 내 외투를 땅바닥에 펼쳐놓고, 사라를 그 위에 눕히고, 내 몸으로 그녀를 덮어서 탄환이나 파편이나 포탄으로부터 그녀를 보호해주려고 했다.

저녁 늦게 우리는 S시에 도착했다. 우리는 호텔에 방을 하나 잡았다. 사라와 나는 커다란 침대에서 곧바로 곯아떨어졌고, 안토니아는 무엇인가 물어볼 것이 있다고 바에 내려가서 아침까지 돌아오지 않았다.

그녀는 루카스가 있으리라고 짐작되는 재활원의 수소를 알아냈다. 우리는 다음 날 그곳으로 갔다.

그것은 공원 중앙에 있는 건물이었다. 건물의 반은 허물어지고, 안은 텅 비어 있었다. 우리는 연기로 검게 그을린 벽들을 보았다.

재활원이 폭격을 당한 것은 벌써 삼 주일 전이었다.

안토니아는 수소문을 하고 다녔다. 그녀는 시 당국에 조회를 하고, 재활원의 생존자들을 찾아보려고 애썼다. 그녀는 재활원 여원장 집의 주소를 알아냈다. 우리는 그 집으로 찾아갔다.

원장이 말했다.

"루카스 꼬마를 잘 알지요. 재활원 안에서 제일 못된 녀석이었으니까요. 항상 사람들을 골탕 먹이고 괴롭혔어요. 정말 다루기 힘든 못 말리는 녀석이었어요. 아무도 면회 오는 사람도 없고, 그 아이에게 관심을 가져주는 사람도 없더군요. 내가 더 잘 기억하는 이유는 아이의 가족사건 때문이죠. 나는 당신에게 더 이상은 해줄 얘기가 없군요."

안토니아는 고집스럽게 되풀이해서 같은 질문을 했다.

"폭격이 있고 나서, 혹시 그 아이를 다시 보셨어요?"

원장이 말했다.

"나 역시 그 폭격으로 부상을 당했지만, 아무도 내게 관심을 가지지 않았어요. 많은 사람들이 내게 와서 자기 아이에 대해서만 질문을 퍼붓더군요. 그렇지만, 나는 그 폭격 이후 이 주일간 병원에 입원해 있었어요. 그 충격을 이해하시겠어요? 나는 그 모든 아이들을 책임진 사람이었으니까요."

안토니아는 또 질문을 했다.

"잘 생각해보세요. 루카스에 대해서 뭐 생각나는 게 없으세요? 폭격 후 루카스를 보셨어요? 생존자들은 어떻게 되었어요?"

원장이 말했다.

"나는 그 아이를 다시 보지 못했어요. 아까도 말씀드렸지만, 나 자신도 부상을 당했어요. 살아남은 아이들은 각자 자기 집으로 돌려보냈을 거예요. 죽은 아이들은 공동묘지에 묻었겠죠. 죽지는 않았어도, 주소를 모르는 아이들은 다른 곳으로 분산 수용되었어요. 마을로, 농가로, 다른 여러 소도시로. 그 사람들은 전쟁이 끝나면, 아이들을 돌려보내주겠지요."

안토니아는 그 시에서 사망한 사람들의 명단을 살펴보았다.

그녀는 내게 말했다.

"루카스는 안 죽었어. 다시 만나게 될 거야."

우리는 다시 기차를 탔다. 작은 역에 도착해서 도심까지 걸었다. 안토니아는 잠든 사라를 품에 안고, 나는 여행가방을 들었다.

중앙 광장, 우리는 거기에서 멈췄다. 안토니아가 초인종을 누르자, 한 노파가 문을 열었다. 그 노파는 내가 이미 본 적이 있는 할머니였다. 그는 안토니아의 어머니였다. 그녀가 말했다.

"하느님 맙소사! 너희들이 멀쩡히 살아 있었구나. 나는 무서워서 죽을 뻔했어. 너희들을 위해서 쉬지 않고 기도를 했단다."

그녀는 나의 얼굴을 두 손으로 감싸쥐었다.

"너도 함께 왔구나?"

내가 말했다.

"달리 어쩔 수가 없었어요. 저는 사라를 돌봐야 하니까요."

"물론, 사라를 돌봐줘야 하고말고."

그녀는 나를 꼭 끌어안더니 내게 키스했고, 그러고 나서 사라를 품에 안았다.

"예쁘기도 하지. 많이두 컸구나."

사라가 말했다.

"나 졸려. 난 클라우스와 함께 자고 싶어."

우리는 같은 방에 누웠다. 그 방은 안토니아가 어렸을 때 쓰던 방이었다.

사라는 안토니아의 부모님을 할머니, 할아버지라고 불렀지만, 나는 마틸다 숙모, 안드레아스 삼촌이라고 불렀다. 안드레아스 삼촌은 목사인데, 징집되지 않은 것은 질병이 있었기 때문이었다. 그는 항상 체머리를 흔들고 있었다. 마치 끊임없이 "아니야"라고 말하는 것처럼.

안드레아스 삼촌은 나를 데리고 소도시의 거리를 산책했는데, 때로는 날이 저물도록 돌아다녔다. 그가 말했다.

"난 항상 아들이 하나 있었으면 했다. 아들이 있다면, 이 마을에 대한 내 사랑을 이해해줄 거야. 아들은 이 거리며, 집들이며, 하늘이 얼마나 아름다운지 이해할 거야. 그래, 이곳 하늘은 그 어느 곳의 하늘보다 더 아름다워. 봐라. 저 색깔에 어떤 이름을 붙일 수 있겠니?"

내가 말했다.

"정말 꿈 같아요."

"꿈이라고? 그래 맞았어. 나는 딸 하나밖에 없어. 그 애는 일찍이 어려서 집을 떠났지. 결국 어린 딸과 너를 데리고 이렇게 돌아왔지만 말이다. 넌 안토니아의 아들이 아니야. 그래, 내 진짜 손자는 아니지. 하지만 너는 내가 늘 바라던 바로 그 아들이다."

내가 말했다.

"그런데 저는 어머니 병이 다 나으면 어머니 곁으로 돌아가야 해요. 내 형제 루카스노 찾아야 하고요."

"그럼, 물론 그래야지. 나는 네가 그들을 다시 만나기를 바란다. 그러나 그들을 찾지 못하면, 언제까지고 우리 집에 있어도 좋다. 공부를 하고 그 다음에는 마음에 드는 직업을 가질 수 있겠지. 너는 커서 뭘 하고 싶니?"

"저는 사라와 결혼하고 싶어요."

안드레아스 삼촌은 웃음을 터뜨렸다.

"너는 사라와 결혼할 수 없어. 너희는 오누이야. 결혼할 수 없어. 그건 법으로 금지되어 있어."

내가 말했다.

"그러면, 저는 그냥 사라와 함께 살 거예요. 사라와 함께 사는 것을 아무도 못하게 하지는 않겠죠.

"앞으로 너는 결혼하고 싶은 여자들을 얼마든지 만나게 될 거야."

나는 말했다.

"저는 그럴 생각 없어요."

곧이어, 거리로 산책을 나가는 일이 위험해졌고, 밤에는 외출이 금지되었다. 경보가 울리고 폭격이 시작되면 무엇을 할 것인가? 낮 동안에 나는 사라에게 공부를 가르쳤다. 나는 읽고 쓰기를 가르쳤고, 셈하는 연습도 시켰다. 집 안에는 책이 많이 있었다. 다락방에는 안토니아가 쓰던 그림책과 교과서들이 있었다.

안드레아스 삼촌은 나에게 체스를 가르쳤다. 여자들이 침대로 가면, 우리는 체스를 두기 시작했고, 밤이 깊도록 게임을 했다.

처음에는 안드레아스 삼촌이 계속 이겼다. 그러나 지기 시작하자, 그는 흥미를 잃어버렸다.

그가 나에게 말했다.

"너는 내게 너무 강적이야. 더 이상 게임이 안 되겠어. 난 게임할 의욕을 잃었어. 이제 재미있는 꿈을 꿀 수가 없어, 긴부한 꿈뿐이야."

나는 사라에게 체스를 가르치려고 했지만, 사라는 체스를 좋아하지 않았다. 그녀는 금방 지치고 짜증을 냈다. 더 단순한 놀이를 좋아했고, 특히 아무 이야기든, 내가 수십 번도 더 읽어준 이야기를 다시 읽어주는 것을 좋아했다.

전쟁이 멀리 다른 나라로 옮겨갔을 때, 안토니아가 말했다.

"우리는 수도로 돌아가야 해요."

그녀의 어머니가 말했다.

"굶어 죽을지도 몰라. 당분간 사라는 여기에 놔둬라. 적어도 네가 일자리를 찾고 변변한 집이라도 마련할 때까지만이라도."

안드레아스 삼촌은 말했다.

"아들 녀석도 여기에 놔두렴. 이 도시에도 좋은 학교가 있어. 그의 형제를 찾게 되면, 그 아이도 여기로 데려오고."

내가 말했다.

"저는 수도로 돌아가고 싶어요, 어머니가 어떻게 되셨는지 알아봐야 하거든요."

사라가 말했다.

"클라우스가 수도에 가면, 나도 갈 거야."

안토니아가 말했다.

"이번에는 나 혼자 갈게. 아파트를 구하면, 그때 너희를 데리러 올게."

그녀는 사라와 나에게 차례로 키스했다. 그리고 내 귀에 대고 속삭였다.

"사라를 잘 돌봐줄 거지. 난 너만 믿는다."

안토니아는 떠났고, 우리는 마틸다 숙모와 안드레아스 삼촌 집에 남게 되었다. 우리는 깨끗했고, 먹기도 잘 먹었다. 그러나 외국 군인들과 거리의 무질서 때문에 집 밖으로 나갈 수 없었다. 마틸다 숙모는 우리에게 무슨 일이 일어날까봐 두려워했다.

우리는 이제 각방을 썼다. 사라는 그녀의 엄마가 쓰던 방에서 잤고, 나는 손님방에서 잤다.

저녁에 나는 창가에 의자를 끌어다놓고 앉아서 광장을 내다보곤 했다. 광장은 거의 텅 비어 있었다. 몇몇 취객들과 군인들이 오갈 뿐, 가끔 한 아이가, 나보다도 어려 보이는 아이가 다리를 절며 광장을 가로질러 갔다. 그는 하모니카를 불며, 이 술집에서 저 술집으로 오갔다. 자정 무렵, 술집들이 전부 문을 닫자, 아이는 여전히 하모니카를 불며 그 도시의 서쪽으로 사라졌다.

어느 날 저녁, 나는 안드레아스 삼촌에게 하모니카 부는 아이를 가리키며 말했다.

"저 애는 왜 밤늦게까지 돌아다녀도 괜찮아요?"

안드레아스 삼촌이 말했다.

"나는 저 애를 일 년 전부터 봐왔지. 저 애는 이 도시의 끝에 있는 그의 할머니 집에서 살고 있어. 그 할머니는 무지하게 가난하지. 아이는 아마도 고아인 것 같아. 돈 몇 푼을 벌려고 술집을 전전하며 하모니카를 연주하지. 저 애를 모르는 사람이 없을 게다. 아무도 저 애를 해치지는 않아. 저 애는 이 도시 전체의 보호를, 그리고 신의 보호를 받고 있어."

내가 말했다.

"저 애는 참 행복하겠어요."

삼촌이 말했다.

"분명히 그럴 거야."

석 달 후, 안토니아가 우리를 데리러 왔다. 미틸디 숙모와 안드레아스 삼촌은 우리가 떠나는 것을 원하지 않았다.

숙모가 말했다.

"사라는 좀더 둬라. 그 애는 여기에서 아주 행복해. 부족한 거 없이 잘 지내고 있어."

안드레아스 삼촌이 말했다.

"저 녀석만이라도 두고 가거라. 질서도 잡혀가니, 우리는 그 애의 형제도 찾아볼 수 있을 게다."

안토니아가 말했다.

"이 애 없이도 루카스는 찾아볼 수 있을 거예요, 아버지. 저는 둘 다 데리고 가겠어요, 저 애들은 저와 함께 있어야 해요."

수도에서 우리는 이제 방 네 개짜리 넓은 아파트에서 살게 되었다. 방뿐만 아니라, 거실과 욕실도 있었다.

우리가 도착한 날 저녁에, 나는 사라에게 이야기를 들려주었다. 사라가 잠들 때까지 그녀의 머리를 어루만져주었다. 나는 안토니아와 그녀의 남자 친구가 거실에서 이야기하는 것을 들었다.

나는 운동화를 신고, 계단을 내려가서, 낯익은 거리를 달려갔다. 도로, 골목, 그밖의 통로들이 이제는 환하게 불을 밝히고 있었다. 전쟁은 더 이상 없었고, 등화관제도, 야간 통행금지도 없었다.

나는 나의 집 앞에서 걸음을 멈췄다. 부엌에서 불빛이 흘러나오고 있었다. 나는 처음에는 낯선 사람들이 그 집에 들어와 살고 있다고 생각했다. 거실에도 불이 들어왔다. 여름철이라서, 창문들은 다 열려 있었다. 나는 다가갔다. 누군가가 말을 하는데, 그것은 남자 목소리였다. 조심스럽게, 나는 창문을 들여다보았다. 나의 어머니가 팔걸이 의자에 앉아 라디오를 듣고 있었다.

일주일 내내, 하루에도 몇 차례씩이나, 나는 어머니를 보러 갔다. 어머니는 방마다 들락거리며, 특히 주로 부엌에서 머물며 집안일에 열중하고 있었다. 또 정원에도 나와서, 화초들을 돌보고 꽃에 물을 주었다. 저녁이면 창문이 안마당 쪽으로 나 있는 침실에서 오래도록 책을 읽었다. 이틀에 한 번씩 간호사가 자전거를 타고 와서 이십 분가량 머물면서, 어머니와 이야기를 나누고, 혈압을 재고, 때로는 주사를 놓기도 했다.

하루에 한 번씩, 아침마다, 한 젊은 여자가 바구니 가득 물건을 가져와서는 갈 때에는 빈 바구니를 들고 나가곤 했다. 안토니아는 이제 장을 볼 수도 있고, 그녀를 도와줄 남자 친구도 있었지만, 그래도 나는 그녀를 위해서 여전히 장을 보러 다녔다.

어머니는 야위었다. 어머니는 내가 병원에서 보았을 때처럼 이제 그런 정신이 나간 노파 같지는 않았다. 얼굴에는 예전의 부드러운 표정이 되살아났고, 머리칼도 예전의 색깔과 윤기가 되돌아왔다. 숱이 많은 붉은색 머리칼도 곱게 빗어 뒤로 틀어올렸다.

어느 날 아침, 사라가 내게 물었다.

"클라우스, 어디 가? 요즘 너무 자주 나가던데? 밤에까지. 간밤에 오빠 방에 왔었어. 악몽을 꾸고 무서웠거든. 그런데 오빠는 방에 없었어, 내가 얼마나 무서웠다고."

"너는 무서울 때 왜 엄마 방으로 가지 않지?"

"거긴 갈 수 없어. 엄마 친구가 있잖아. 그는 거의 매일 우리 집에서 자. 오빠는 그렇게 자주 어디 가는 거야?"

"그냥 바람 쐬러 나가는 거야. 거리를 쏘다니지."

사라가 말했다.

"오빠, 그 빈 집 앞에 가서, 울지, 안 그래? 왜 이제는 날 데려가지 않지?"

내가 말했다.

"그 집에는 이제 사람이 살고 있어, 사라. 우리 엄마가 돌아오셨어. 엄마가 우리 집에서 다시 살고 있어. 나도 우리 집으로 돌아가야 해."

사라가 울기 시작했다.

"오빠는 오빠 엄마랑 살러 갈 거야? 우리하고는 이제 안 살아? 난 오빠 없이 어떻게 해?"

나는 그녀의 눈 위에 키스했다.

"그러면 난? 나도 너 없이는 못 살아, 사라."

우리는 둘 다 울었다. 서로 부둥켜안고 거실의 소파에 누웠다. 우리는 서로를 더 꼭 끌어안았다. 두 사람의 팔다리가 서로 얽혔다. 눈물이 우리의 얼굴에서 머리칼, 목, 귀로 흘러내렸다. 우리는 흐느끼며, 추위에 몸을 매우 떨었다.

나는 내 바짓가랑이 사이가 젖어드는 것을 느꼈다.

"너희들 뭐 하니? 무슨 일이야?"

안토니아는 우리를 떼어서 나를 떠다밀고는 우리 사이에 앉아, 내 어깨를 잡아 흔들었다.

"너 뭐 했어?"

내가 소리 질렀다.

"난 사라에게 아무 짓도 안 했어요."

안토니아는 사라를 품 안에 끌어안았다.

"맙소사. 내가 이런 일을 예상했어야 했는데,"

사라가 말했다.

"팬티에 오줌을 눈 것 같아."

사라는 자기 엄마의 목을 끌어안았다.

"엄마, 엄마! 오빠가 자기 엄마한테 간대."

안토니아는 말을 더듬었다.

"뭐, 뭐라고?"

내가 말했다.

"네, 안토니아, 저는 제 어머니와 같이 살아야 해요."

안토니아가 소리쳤다.

"안 돼!"

그러고 나서 그녀가 말했다.

"그래, 너는 네 엄마에게로 돌아가야 해."

다음 날 아침, 안토니아와 사라는 나를 배웅했다. 우리는 거리 끝, 나의 거리에서 멈추었다. 안토니아는 나에게 키스를 하고 열쇠 하나를 건네주었다.

"이게 아파트 열쇠야. 네가 오고 싶을 때는 언제든지 와도 좋아. 네 방도 그대로 둘 테니까."

내가 말했다.

"고맙습니다. 가능한 한 자주 놀러 올게요."

사라는 아무 말도 하지 않았다. 그녀의 얼굴은 창백했고, 눈은 빨갰다. 그녀는 하늘을 바라보았다. 여름 아침의 하늘은 구름 한 점 없이 푸르렀다. 나는 사라를, 일곱 살 소녀를, 내 첫사랑을 바라보았다. 나는 그녀 외에는 아무도 사랑하지 않을 것이다.

나는 그 집 정면에, 맞은편 거리에서 멈췄다. 가방을 내려놓고 그 위에 앉았다. 젊은 여자가 바구니를 들고 들어갔다가 나가는 것을 보았다. 나는 그대로 앉아 있었는데, 일어날 힘조차 없었다. 정오 무렵, 나는 배가 고팠다. 현기증이 나더니, 속이 아파왔다.

오후에, 간호사가 자전거를 타고 왔다. 나는 가방을 들고 달려서 길을 건넜다. 간호사가 정원으로 들어서기 전에 그녀의 팔을 잡았다.

"간호사님, 제발, 간호사님. 저는 당신을 기다렸어요."

그녀가 물었다.

"무슨 일이야? 어디 아프니?"

내가 말했다.

"아니요, 전 두려워요. 이 집에 들어가기가 겁이 나요."

"왜 이 집에 들어가려고 하지?"

"여기가 바로, 제 집이에요, 제 엄마의 집. 저는 엄마가 무서워요. 칠 년 동안 보지 못했거든요."

나는 몸을 떨며 말을 더듬었다. 간호사가 말했다.

"진정해라, 애야. 너는 클라우스니, 아니면 루카스니?"

"저는 클라우스예요. 루카스는 여기 없어요. 저는 루카스가 어디에 있는지조차 몰라요. 아무도 모를 거예요. 그래서 저는 엄마를 만나는 게 두려워요. 혼자이기 때문에. 루카스가 없어서요."

그녀가 말했다.

"그래, 알겠다. 날 기다리길 잘했구나. 네 어머니는 자신이 루카스를 죽였다고 믿고 있어. 우리 함께 들어가자. 날 따라와."

간호사가 초인종을 울리자, 어머니가 부엌에서 소리쳤다.

"들어오세요. 문 열렸어요."

우리는 베란다를 지나, 거실로 갔다. 간호사가 말했다.

"오늘은 당신이 깜짝 놀랄 일이 있어요."

어머니가 부엌 문 앞에 나타났다. 어머니는 앞치마에 손을 문지르며, 눈이 휘둥그레져서 나를 쳐다보더니, 속삭이듯이 말했다.

"루카스?"

간호사가 말했다.

"아니에요, 이 애는 클라우스예요. 하지만 루카스도 반드시 돌아올 거예요."

어머니가 말했다.

"아니야, 루카스는 안 돌아와. 내가 죽였는걸. 내가 어린 것을 죽였어. 그 애는 영원히 돌아올 수 없어."

어머니는 거실의 팔걸이 의자에 앉아서, 몸을 부들부들 떨었다. 간호사가 어머니의 소매를 걷어올리고 주사를 놓았다. 어머니는 그냥 몸을 맡기고 있었다. 간호사가 말했다.

"루카스는 죽지 않았어요. 그는 재활원으로 옮겨갔어요, 전에 말씀 드렸잖아요."

내가 말했다.

"네, S시에 있는 재활원, 나는 루카스를 찾으러 거기에 갔어요. 그곳은 폭격으로 다 부서졌지만, 루카스의 이름은 사망자 명단에 없었어요."

어머니가 낮은 소리로 물었다.

"너 거짓말하는 거 아니지, 클라우스?"

"그럼요, 엄마, 저는 거짓말 안 해요."

간호사가 말했다.

"아무튼 분명한 사실은 당신이 그 아이를 죽이지 않았다는 거예요."

어머니는 이제 진정되어서 말했다.

"우린 거기에 가봐야 해. 넌 누구하고 거기에 갔었니, 클라우스?"

"고아원의 어떤 아주머니예요. 그 아주머니가 나를 데려가줬어요. S시 근처에 그 아주머니의 가족이 있대요."

어머니가 말했다.

"고아원이라고? 너는 어느 가정집에 맡겨졌던 걸로 들었는데. 너를 잘 돌봐줄 만한 집이라고. 주소를 가르쳐줘, 내가 가서 그분들에게 감사드려야겠다."

나는 또 말을 더듬기 시작했다.

"저는 그 집 주소를 몰라요. 거기에는 얼마 안 있었어요. 그들이 수용소로 끌려갔거든요. 그래서 고아원으로 들어간 거예요. 아무 부족함 없이 잘 지냈고, 모두들 친절하게 대해줬어요."

간호사가 말했다.

"저는 이만 가볼게요. 할 일이 많아서. 넌 날 좀 따라오겠니, 클라우스?"

나는 집 앞까지 그녀를 따라 나갔다. 그녀가 내게 물었다.

"너는 지난 칠 년간 어디서 지냈니, 클라우스?"

나는 그녀에게 대답했다.

"엄마에게 말한 거 다 들으셨잖아요."

그녀가 말했다.

"그야 물론 들었지. 그건 사실이 아니잖니. 너는 거짓말을 잘 못하는구나, 꼬마야. 우리는 고아원마다 다 알아봤어. 너는 어디에도 없었어. 어떻게 집을 찾아왔니? 엄마가 돌아온 걸 어떻게 알았지?"

나는 입을 다물었다. 그녀가 말했다.

"비밀을 지키는 건 좋아. 그럴 만한 이유가 네게는 분명히 있을 거야. 그렇지만 내가 몇 년 전부터 너의 엄마를 돌보고 있다는 걸 잊지 않았으면 좋겠구나. 내가 엄마에 대해서 많이 알면, 그만큼 치료에 도움이 되는 거야. 너는 가방만 하나 들고 느닷없이 들이닥쳤어. 그러니 나는 네가 어디에서 왔는지 물어볼 권리가 있지 않겠니?"

내가 말했다.

"아뇨, 아주머니에게는 그럴 권리가 없어요. 저는 여기 있어요. 그게 전부예요. 제가 엄마를 어떻게 간호해야 하는지나 말씀해주시겠어요?"

그녀가 말했다.

"좋을 대로 해. 그러나 진득하게, 참을성이 있어야 해. 엄마가 발작을 일으키면, 나한테 전화하고."

"발작이라니요, 어떤 일이 일어나지요?"

"걱정할 건 없어. 지금보다 더 나빠지지는 않을 테니까. 엄마가 소리를 지르고, 몸을 떨고 그러는 거야. 자, 내 전화번호야. 문제가 생기면 바로 전화해."

어머니는 거실 팔걸이 의자에서 잠들었다. 나는 내 가방을 가지고 복도 끝에 있는 아이들 방으로 갔다. 거기에는 여전히 침대가 두 개 있었다. '그 사건'이 있기 직전에 부모님이 샀던 성인용 침대들이었다. 나는 우리에게 일어났던 일들을 어떻게 표현해야 할지 적당한 단어를 아직 찾지 못했다. 드라마, 비극, 파국 따위로도 부를 수 있겠지만, 나의 머릿속에는 단순히 '그 사건'으로 새겨져 있었다. 거기에 걸맞은 이름은 없었다.

아이들 방은 깨끗했고, 침대도 마찬가지였다. 어머니는 우리를 분명히 기다리고 있었다. 그러나 어머니가 가장 간절히 기다린 것은 바로 내 형제 루카스였다.

우리는 말없이 부엌에서 식사를 했는데, 어머니가 불쑥 말을 꺼냈다.

"엄마는 네 아빠를 죽인 걸 결코 후회하지 않아. 네 아빠를 우리에게서 떠나게 만든 그 여자를 알기만 했다면, 그 여자도 죽였을 거야. 내가 루카스에게 부상을 입혔다면, 그건 그 여자 잘못이야, 모든 게 그 여자 잘못이지, 난 아니야."

내가 말했다.

"엄마, 너무 괴로워하지 마세요, 루카스는 다쳤지만, 죽지는 않았어요, 돌아올 거예요."

어머니가 물었다.

"그 애가 집을 어떻게 찾아오겠니?"

내가 말했다.

"저처럼요. 제가 집을 찾았으니까, 루카스도 찾을 수 있을 거예요."

어머니가 말했다.

"네 말이 옳아. 그러니까 우리는 결코 여기를 떠나서는 안 돼. 그애가 우리를 찾아올 테니까 말이다."

어머니는 잠을 청하기 위해서 약을 먹었고, 곧 잠이 들었다. 한밤중에 나는 어머니 방으로 가보았다. 어머니는 커다란 침대의 한쪽에 똑바로 누워 자고 있었다. 얼굴은 창 쪽을 향하고, 남편의 자리는 비워둔 채.

나는 잠을 설쳤다. 나는 별을 바라보았고, 안토니아의 집에서 매일 밤 나의 가족과 우리 집을 생각하곤 했던 것처럼, 이곳에서는 사라와 그녀의 가족, K시에 있는 그녀의 할머니와 할아버지를 생각했다.

나는 잠을 깨자, 내 방 창문 앞의 호두나무 가지들을 바라보았다. 나는 부엌으로 가서 어머니에게 키스했다. 어머니는 나를 보고 웃었다. 커피와 차가 있었다. 젊은 여자가 신선한 빵을 가지고 왔다. 나는 그녀에게 이제부터는 내가 장을 보면 되니까, 더 이상 올 필요가 없다고 말했다.

어머니는 말했다.

"아니야, 베로니크. 계속 오도록 해. 클라우스는 장을 보러 가기에는 아직 너무 어려."

베로니크는 웃었다.

"클라우스는 그렇게 어리지는 않아. 하지만 가게에서 필요한 물건들을 다 살 수는 없을 거야. 나는 병원 식당에서 일해. 내가 여기로 가져오는 것들은 거기에 있는 물건들이야, 알겠니, 클라우스? 고아원에서는 잘 먹고 지냈을 거야. 하지만 여기 도시에서는 먹을 것을 구하려고 우리가 어떻게 하는지 너는 상상도 하지 못할걸. 너는 가게들 앞에 줄을 서서 마냥 시간을 보내야 할 거야."

어머니와 베로니크는 재미있어했다. 그 여자들은 서로 끌어안으며 웃었다. 베로니크는 자신의 연애 이야기를 했다. 바보 같은 이야기들. "그래서, 그가 내게 말했어요, 그래서 내가 그에게 말했어요, 그래서 그는 나에게 키스하려고 했어요."

베로니크는 어머니가 머리 염색하는 것을 도왔다. 어머니는 당신의 머리칼에 예전과 같은 색깔을 물들이기 위해서 헤나라는 머리 염색약을 썼다. 베로니크는 어머니의 얼굴도 손질해주었다. 그녀는 어머니를 '분장'시켰다. 그녀는 작은 솔, 튜브, 색연필로 어머니의 화장을 도왔다. 어머니가 말했다.

"나는 루카스를 맞이하기 위해 화장을 하는 거야. 그 애에게 내 늙고 추한 모습을 보이고 싶지 않거든. 알겠니, 클라우스?"

내가 말했다.

"네, 알겠어요, 엄마. 그렇지만 엄마는 회색 머리에 화장 안 한 얼굴도 보기 좋아요."

어머니는 나를 찰싹 때렸다.

"네 방으로 가거라, 클라우스, 안 그러면 밖에 바람 쐬러 나가든가. 날 화나게 하지 말고."

그녀는 베로니크를 보면서 덧붙였다.

"나는 왜 너 같은 딸도 하나 없을까?"

나는 밖으로 나갔다. 그리고 안토니아와 사라가 살고 있는 집 주위를 맴돌았다. 나의 아버지의 무덤을 찾기 위해서 공동묘지에도 갔다. 나는 안토니아와 함께 단 한번 그곳에 간 적이 있는데, 공동묘지는 무척 넓었다.

나는 집으로 돌아와서, 정원을 돌보는 어머니를 도우려고 했지만, 어머니는 내게 말했다.

"가서 놀아라. 스쿠터를 타든 세발자전거를 타든."

나는 어머니를 바라보았다.

"그건 네 살짜리 어린 애들이나 탄다는 걸 모르세요?"

그녀가 말했다.

"그럼 그네가 있지 않니."

"저는 이제 그네 따위는 타고 싶지 않아요."

나는 부엌으로 가서, 칼을 가서나가 그네들이 매달려 있는 밧줄 네 개를 다 끊어버렸다.

어머니는 말했다.

"하나는 그냥 놔뒀어야지. 그러면 루카스가 좋아할 텐데. 너는 문제아야, 클라우스. 성질도 고약하고."

나는 아이들 방으로 올라갔다. 나는 내 침대에 누워서 시를 썼다.

어머니는 저녁마다 우리를 불렀다.

"루카스, 클라우스, 저녁 먹어라!"

나는 부엌으로 들어갔다. 어머니는 나를 쳐다보고 나서, 루카스 몫인 세 번째 접시를 찬장에 도로 넣는다. 아니면 개수대에 던져서 깨뜨리거나, 루카스가 거기에 있기라도 한 것처럼 음식을 덜어주기도 했다.

또 어머니가 한밤중에 내 방으로 오는 경우도 있었다. 그리고 루카스의 베개를 토닥거리며 그에게 말했다.

"잘 자. 좋은 꿈꾸고. 내일 아침까지."

그러고 나서 그녀는 가버리지만, 때로는 침대 옆에 무릎을 꿇은 채 한참 머물다가 루카스의 베개에 머리를 대고 그대로 잠이 들기도 했다.

나는 숨을 죽이고 내 침대에 꼼짝 않고 있다가 잠이 들곤 했는데, 아침에 일어나보면, 어머니는 거기에 없었다. 나는 다른 침대의 베개를 만져보았는데, 그것은 어머니의 눈물로 젖어 있었다.

내가 무슨 일을 하든, 어머니는 못마땅해했다. 내가 내 접시에서 콩 한 알만 식탁에 떨어뜨려도, 어머니는 말했다.

"너는 언제나 깨끗이 먹는 법을 배울래? 루카스를 봐라, 저 애는 식탁보를 더럽히는 적이 한번도 없잖니."

내가 온종일 정원에서 잡초를 뽑느라고 흙투성이가 되어서 집에 들어오면, 어머니는 내게 말했다.

"넌 꼭 돼지 새끼같이 지저분하구나, 루카스 같았으면 깨끗하게 했을 텐데."

어머니는 정부가 주는 돈을 받으면, 그 길로 시내에 가서 비싼 장난감을 사다가 루카스의 침대 밑에 숨겨두었다. 어머니는 내게 경고까지 했다.

"여기 손대면 안 돼. 이 장난감들은 루카스가 돌아올 때까지 그대로 놔둬야 해."

나는 어머니가 먹어야 하는 약들을 다 알고 있었다.

간호사는 내게 모든 것을 설명해주었다.

그래서 어머니가 약을 먹기 싫어하거나 잊어버렸을 때, 나는 그 약들을 커피나 차나 수프에 타주었다.

구월에 나는 다시 학교에 가게 되었다. 내가 전쟁 전에 다니던 바로 그 학교였다. 나는 그곳에서 사라를 만나게 될 줄 알았는데, 그녀는 거기에 없었다.

수업이 끝나고, 나는 안토니아 집으로 가서 초인종을 울렸다. 아무 대답이 없었다. 나는 열쇠로 문을 열었다. 아무도 없었다. 나는 사라의 방으로 들어갔다. 찬장, 장롱 같은 것을 열어보았지만, 거기에는 노트도, 옷도 없었다.

나는 그 집을 나와서, 아파트 열쇠를 지나가는 전차 앞에 던져버리고, 어머니 집으로 돌아왔다.

구월 말, 나는 공동묘지에서 안토니아를 만나게 되었다. 마침내 무덤을 발견하게 된 것이다. 나는 아버지가 좋아하던 꽃인 흰색 카네이션 꽃다발을 가져갔다. 이미 한 나발의 꽃이 무덤 위에 놓여 있었다. 나는 그 옆에 내가 가져간 꽃을 놓았다.

어디서 나타났는지, 안토니아가 불쑥 나타나서 내게 물었다.

"너 우리 집에 왔었니?"

"네. 사라의 방에는 아무도 없었어요. 사라는 어디 갔어요?"

안토니아가 말했다.

"할머니 집에. 사라는 널 잊어버려야 해. 네 생각만 하고, 계속해서 널 찾아가겠다는 거야. 네 어머니 집이 어디든 간에."

나는 말했다.

"저도, 항상 사라 생각을 해요. 그 애 없이는 살 수가 없어요. 어디서든 어떻게든 같이 살았으면 좋겠어요."

안토니아는 내 팔을 잡았다.

"너희가 오누이라는 사실을 잊지 말아라, 클라우스. 너희는 그런 식으로 사랑할 수 없는 사이야. 내가 너를 우리 집에 데리고 있었던 게 잘못이었어."

내가 말했다.

"오빠와 여동생. 그게 뭐가 그렇게 중요해요? 그 사실을 아무도 모르는데. 우리는 성(姓)도 달라요."

"고집부리지 마, 클라우스. 말도 안 돼. 사라는 잊어버려."

나는 아무 대답도 하지 않았다. 안토니아가 덧붙였다.

"나는 곧 아기를 낳을 거야. 재혼했거든."

내가 말했다.

"당신은 다른 남자를 사랑하고, 새 생활을 시작했는데, 여기에는 왜 왔어요?"

"나도 모르겠어. 어쩌면 너 때문인지도 모르지. 너는 칠 년 동안이나 내 아들이었잖니."

내가 말했다.

"아니에요, 전 결코 그런 생각해본 적이 없어요. 제게 어머니는 오직 지금 저와 같이 살고 있는, 당신이 미치게 만든 그분뿐이라고요. 당신의 잘못으로, 저는 아빠와 형제를 잃었어요, 그런데 이제 당신은 제게서 어린 여동생까지 데려가버렸어요."

안토니아가 말했다.

"날 믿어줘, 클라우스, 나는 그 모든 것을 후회하고 있어. 그렇게 되는 건 나 역시 원하지 않았어. 그런 결과를 상상도 못 했어. 나는 진심으로 너의 아빠를 사랑했어."

내가 말했다.

"그러니까, 당신은 사라에 대한 제 사랑을 이해해주셔야 해요."

"그건 불가능한 사랑이야."

"당신의 사랑도 마찬가지였어요. '그 사건'이 일어나기 전에 우리 아빠를 잊고 떠나기만 했으면 아무 일도 없었겠죠. 저는 더 이상 당신과 여기에서 마주치는 것이 싫어요, 안토니아. 저는 아빠의 무덤 앞에서 당신을 만나는 건 더 이상 참을 수 없어요."

안토니아가 말했다.

"좋아, 더 이상 여기에 오지 않을게. 하지만 난 너를 결코 잊지 않을 거야, 클라우스."

어머니는 돈이 조금밖에 없었다. 장애자로서 국가의 생활보조금을 받았다. 어머니는 나의 부양가족인 셈이다. 그래서 나는 가능한 한 빨리 일거리를 찾아야 했다. 나에게 신문배달을 맡긴 것은 베로니크였다.

나는 새벽 네 시에 일어나서, 인쇄소로 갔다. 거기에서 신문 꾸러미를 받아가지고 나에게 할당된 거리를 뛰어다니면서, 집집마다 대문 앞이나 우편함 속이나 닫혀 있는 가게의 철문 아래에 신문을 배달했다.

내가 집에 돌아오면, 어머니는 그때까지 자고 있었다. 그리고 아홉 시경에나 일어났다. 나는 커피와 차를 준비한다. 그리고 학교에 갔다. 점심은 학교에서 나온다. 집에는 오후 다섯 시경에 돌아왔다.

점점 간호사의 방문이 뜸해졌다. 그녀의 말로는, 이제 어머니가 거의 다 나았기 때문에 진정제와 수면제만 복용하면 된다고 했다.

베로니크도 점점 오는 횟수가 줄어들었다. 그녀는 오직 자신의 결혼에 실망을 느낄 때만 어머니를 찾아와서 속마음을 얘기하고 갔다.

열네 살에 나는 학교를 졸업했다. 그리고 내가 삼 년간 배달해온 신문의 인쇄소에 식자공 훈련생으로 들어갔다. 밤 열 시부터 아침 여섯 시까지 일했다.

가스파르, 그는 나의 주인인데, 나와 함께 밤참을 먹었다. 어머니는 나에게 밤참을 준비해준다는 것은 생각할 수도 없었고, 겨울을 나기 위해서 석탄을 주문하는 것조차 까맣게 잊고 있었다. 어머니는 루카스 외에는 아무 생각이 없었다.

열일곱에 나는 식자공이 되었다. 다른 직업에 비해서 과히 적지 않은 보수를 받았다. 나는 어머니를 한 달에 한 번씩 미장원에 데리고 갈 수 있었다. 어머니는 미장원에서 머리 염색을 하고, 파마를 하고, 얼굴과 손도 '손질을 했다.' 어머니가 루카스가 돌아왔을 때 늙고 추한 자신의 모습을 보이고 싶어하지 않았기 때문이다.

어머니는 내가 학교를 그만두었다고 나를 끊임없이 비난했다.

"루카스 같았으면 공부를 계속했을 거야. 그 애는 의사가 되었을 걸. 훌륭한 의사가."

노후화된 우리 집 지붕에서 빗물이 새자, 어머니는 말했다.

"루카스라면 건축가가 되었을 거야. 훌륭한 건축가가."

내가 나의 첫 시 작품들을 어머니에게 보여드렸더니, 어머니는 읽고 나서 말했다.

"루카스라면 작가가 되었을 거야. 훌륭한 작가가."

나는 내 시들을 더 이상 보여주지 않고 감춰두었다.

기계들의 소음은 내가 글을 쓰는 데에 도움이 된다. 그 소리는 나의 문장들에 리듬을 주고, 나의 머릿속에 이미지를 떠오르게 해준다. 나는 그날의 신문 조판을 끝내고, 늦은 밤이면, 죽었거나 실종되었을 내 형제를 생각하며 "클라우스 루카스"라는 필명으로 서명을 한 나의 시집을 편집하고 인쇄한다.

우리가 신문에 인쇄하는 내용들은 전부 현실과는 완전히 반대다. 우리는 내일내일 백 번도 너 "우리는 사유이나"라는 문장을 찍어내지만, 실제로 거리에는 사방에 외국 군대의 군인들이 널려 있고, 감옥에는 정치범이 무수히 많다는 사실은 누구나 다 알고 있으며, 해외여행은 물론 금지되어 있고, 심지어는 국내에서도 우리는 어디로도 마음대로 갈 수가 없었다. 내가 그 사실을 알게 된 것은 사라를 찾아 소도시 K에 갔을 때다. 그때 나는 그 이웃 마을까지 갔다가 체포되어 하룻밤 조사를 받고 수도로 보내졌다.

우리는 매일 수십 번씩 이런 문장도 인쇄한다. "우리는 풍족하고 행복하게 살고 있다." 그래서 나는 처음에 다른 사람들은 다 그렇게 잘사는데, 우리, 즉 나와 어머니만은 '그 사건' 때문에 이렇게 불행하고 비참하게 사는 것이라고 생각했다. 그러나 가스파르 씨가 말하기를, 우리만 예외가 결코 아니며, 그의 아내와 세 아이들 역시 그 어느 때보다도 어렵게 살고 있다고 한다.

게다가 일터에서 집으로 돌아가는 이른 아침이면, 나는 일터로 나가는 사람들을 많이 마주치게 되는데, 그 어디에서도 행복은 물론이고, 풍족함도 찾아볼 수 없다. 내가 우리는 왜 매일 거짓말을 찍어내야 하느냐고 물었더니, 가스파르 씨가 대답했다.

"어쨌든 그런 소리하지 말게. 다른 생각 말고 자네 일이나 열심히 하게."

어느 날 아침, 사라가 인쇄소 앞에서 나를 기다리고 있었다. 나는 그녀를 알아보지 못하고 그냥 지나쳤다. 나는 내 이름을 부르는 소리를 듣고서야 돌아다보았다.

"클라우스!"

우리는 서로 쳐다보았다. 나는 지치고, 더럽고, 수염이 텁수룩했다. 사라는 아름답고, 상큼하고, 우아했다. 그녀는 이제 열여덟 살이었다. 먼저 말을 한 것은 그녀였다.

"나한테 키스 안 해줘, 클라우스?"

나는 말했다.

"미안해, 난 지금 너무 더러워."

그녀는 내 뺨에 키스했다. 내가 물었다.

"내가 여기서 일하는 거 어떻게 알았어?"

"네 엄마에게 물어봤지."

"내 엄마라고? 너, 우리 집에 갔어?"

"그래, 어제 저녁에. 이곳에 도착하자마자. 오빠는 벌써 나가고 없더라."

나는 손수건을 꺼내서 땀범벅이 된 얼굴을 문질렀다.

"네가 누구라는 것도 말했어?"

"그냥 어릴 적 친구라고 했어. 그러니까 '고아원에서?'라고 물으시더라. 내가 '아뇨, 학교에서요'라고 말했지."

"안토니아는? 안토니아도 네가 여기 온 거 알고 있어?"

"아니, 엄마는 몰라. 난 엄마한테 대학에 등록하러 간다고 말해뒀어."

"아침 여섯 시에?"

사라가 웃었다.

"엄마는 아직 자고 있어. 그리고 내가 대학에 가는 것도 사실이야. 좀 있다가 갈 거야. 어디 가서 커피 한잔 할 시간은 있겠지?"

내가 말했다.

"난 졸려. 너무 피곤하고. 그리고 엄마에게 아침 식사를 차려드려야 해."

그녀가 말했다.

"날 만난 게 반갑지 않은 모양이지, 클라우스."

"무슨 소리야, 사라! 너의 할아버지 할머니는 안녕하셔?"

"그럼. 하지만 많이 늙으셨어. 엄마는 할머니 할아버지를 이리로 오시게 하고 싶어하지만, 할아버지께서 소도시를 떠나지 않으려고 하셔. 우린 자주 만날 수 있을 거야, 네가 원한다면."

"넌 무슨 학과에 등록하고 싶니?"

"난 의학 공부를 하고 싶어. 내가 다시 돌아오면, 우리는 매일 만날 수 있을 거야, 클라우스."

"넌 남동생이나 여동생이 있을 텐데. 내가 안토니아를 마지막으로 보았을 때, 임신 중이었어."

"그래, 난 여동생 둘에 남동생이 하나 있어. 그렇지만 내가 하고 싶은 얘기는 우리 둘에 관한 거야, 클라우스."

내가 물었다.

"네 양아버지는 뭘 하시기에 그 많은 식구를 먹여 살리니?"

"그 사람은 당 지도부에 있어. 오빠는 일부러 다른 얘기만 하는구나."

"그래, 우리 두 사람에 대해서 이야기해봤자 아무 의미가 없어. 할 얘기도 없고."

사라가 아주 낮은 목소리로 말했다.

"우리가 얼마나 서로 사랑했었는지 잊어버렸어? 난 결코 잊지 않았어, 클라우스."

"나도 마찬가지야. 그렇지만 다시 만나봤자 무슨 소용이 있겠니. 넌 내 말을 못 알아듣는 것 같구나."

"아니. 방금 깨달았어."

그녀는 택시를 잡아타고 가버렸다.

나는 버스 정류장까지 걸어가서, 십 분쯤 기다렸다가, 매일 아침처럼 만원에 악취를 풍기는 버스를 탔다.

내가 집에 도착했을 때, 평소와는 달리, 어머니는 벌써 일어나 있었다. 그녀는 부엌에서 자신의 커피를 끓이고 있었다. 그녀는 나를 보고 미소 지었다.

"그 애, 무척 예쁘더구나, 사라라는 네 애인 말이다. 그 애 성이 뭐야? 사라 뭐라고? 성 말이야."

내가 말했다.

"모르겠어요, 엄마. 그 애는 제 애인이 아니에요. 저는 몇 년 전부터 그 애를 못 만났거든요. 그 애는 그냥 옛날 학교 친구를 찾아온 거예요, 그뿐이에요."

어머니가 말했다.

"정말? 그렇다면 안됐구나. 너도 여자 친구를 사귈 나이가 되지 않았니? 그런데 너는 너무 둔해서 여자 아이들을 즐겁게 해줄 수 있을지 걱정이구나. 특히 그런 좋은 가문의 여자애들을 말이다. 게다가 네 직업으로는 곤란하겠구나. 루카스라면 얘기가 전혀 다를텐데. 그래, 사라라는 여자애는 루카스에게 더 잘 어울리겠구나."

내가 말했다.

"네, 그래요, 엄마. 죄송하지만, 저는 잠을 좀 자야겠어요. 졸려 죽을 지경인걸요."

나는 침대에 누워서 잠들기 전에 머릿속으로 루카스에게 말했다. 그것은 내가 몇 년 전부터 해온 버릇이었다. 내가 그에게 하는 말은 거의 습관적으로 하는 똑같은 말들이었다. 나는 그에게 말했다. 그가 죽었는지 살았는지 궁금하다는 것, 그는 운이 좋다는 것, 그리고 내가 그의 처지가 되고 싶다는 것을. 나는 그가 더 좋은 처지에 있고, 나는 너무 무거운 짐을 혼자 짊어지고 있다고 말하곤 했다. 나는 인생은 아무짝에도 쓸모없고, 무의미하고, 착오이고, 무한한 고통이며, 비-신(非-神)의 악의가 만들어낸 노저히 이해알 수 없는 발넁퉁이라고 그에게 말했다.

사라, 나는 그녀를 더 이상 만나지 못했다. 이따금 거리에서 그녀인 듯한 여자를 보았지만, 그녀는 아니었다.

나는 전에 안토니아가 살았던 집 앞을 한 번 지나간 적이 있는데, 우편함에 적혀 있는 이름들은 하나도 알 수 없었다. 아무튼 나는 안토니아의 새 이름을 모른다.

몇 년 뒤, 나는 결혼 청첩장을 받았다. 사라는 어떤 외과의사와 결혼을 했고, 두 집안의 주소는 그 마을에서 가장 부유한 계층이 사는 '장미의 언덕'이었다.

'애인'이라면, 내게도 많이 있었다. 인쇄소 주변의 술집에서 내가 만난 여자들. 나는 일을 시작하기 전에, 그리고 끝내고 나서 술집에 들르는 버릇이 있었다. 그 여자애들은 공장 노동자이거나 여종업원들인데, 나는 가끔 어쩌다가 만나기는 했지만, 어머니에게 소개하기 위해서 집으로까지 데려간 여자는 없었다.

나는 일요일 오후를 나의 주인인 가스파르의 집에 가서 그의 가족들과 함께 보냈다. 우리는 맥주를 마셨고, 카드놀이를 했다. 가스파르에게는 아이가 셋 있었다. 가장 큰 아이가 에스테르로, 우리와 함께 놀았다. 그녀는 나와 거의 동갑이었다. 그녀는 직물공장에서 일했고, 열세 살부터 직조공이 되었다. 두 아들은 좀더 어렸는데, 둘 다 식자공이었고, 일요일 오후에는 외출하고 없었다. 그들은 축구 경기장이나 극장에 가거나, 시내로 산책을 나갔다. 가스파르의 부인, 안나는 딸과 마찬가지로 직조공이었는데, 설거지나 빨래를 하고, 저녁 식사를 준비했다. 에스테르는 금발에, 푸른 눈이어서, 그녀의 얼굴은 사라의 얼굴을 연상시켰다. 그러나 그녀는 사라가 아니었고, 그녀는 내여동생도 아니었고, 더구나 내 '생명'은 아니었다.

가스파르는 내게 말했다.

"내 딸은 자네에게 빠졌네. 결혼하게. 내 딸을 주겠어. 그 애를 데려갈 사람은 자네밖에 없네."

내가 말했다.

"저는 결혼하고 싶지 않습니다, 가스파르 씨. 저는 어머니를 돌보고 루카스를 기다려야 합니다."

가스파르가 말했다.

"루카스를 기다려? 가엾은 친구, 미쳤군."

그가 덧붙였다.

"자네가 에스테르와 결혼하고 싶지 않다면, 우리 집에 더 이상 드나들지 말게."

나는 가스파르의 집에 더 이상 가지 않았다. 그 이후, 나는 공동묘지나 시내에 나가서 산책하는 시간 외에는 줄곧 어머니와 단 둘이 집에 있었다.

마흔다섯 살에 나는 통상의 인쇄소와는 다른, 출판사 소속의 인쇄소의 사장이 되었다. 이제 밤일은 더 이상 하지 않았지만, 아침 여덟 시부터 시작해서 점심시간에 두 시간 쉬고, 저녁 여섯 시까지 일했다. 이때 이미 나의 건강은 몹시 나쁜 상태였다. 내 폐에는 납이 가득 찼고, 혈액도 산소 공급이 잘 되지 않은 탓에 중독 상태가 되었다. 그것은 인쇄공과 식자공들의 직업병인 납중독 증세였다. 나는 심한 복통과 구토에 시달렸다. 의사는 나에게 우유를 많이 먹고, 가능한 한 자주 신선한 공기를 마실 것을 권했다. 그러나 나는 우유를 좋아하지 않았다. 나는 또한 불면증으로 인해서 정신과 육체가 지칠 대로 지쳐 있었다. 삼십 년간 밤일을 한 탓에, 나는 밤에 잠을 잘 수가 없었다.

새 인쇄소에서는 시, 산문, 소설 등의 온갖 인쇄물을 찍어냈다. 출판사 사장은 일을 점검하기 위해서 종종 나타났다. 하루는 선반에 놓여 있는 내 시집을 발견한 사장이 내게 말했다.

"이게 뭡니까? 이 시는 누구 작품이죠? 클라우스 루카스가 누구죠?"

나는 머뭇거렸다. 왜냐하면 원래 나는 사적인 인쇄물을 찍어낼 권리가 없었기 때문이다.

"제 겁니다. 제 시들이에요. 저는 작업 외 시간에 그것들을 찍었습니다."

"그럼 당신이 이 시집의 작가인 클라우스 루카스란 말입니까?"

"네, 바로 접니다."

그가 물었다.

"당신은 언제 이 시들을 썼지요?"

내가 말했다.

"최근 몇 년 동안. 전에, 젊었을 때도 많이 썼습니다."

그가 말했다.

"당신이 쓴 걸 전부 가져와보세요. 전부 가지고 내일 아침 내 사무실로 오세요."

이튿날 아침, 나는 내 시들을 가지고 출판사 사장실로 들어갔다. 그것들은 수백 페이지, 아니 어쩌면 천 페이지에 달했다.

사장은 원고뭉치를 손에 들고 무게를 가늠해보았다.

"이게 전부인가요? 발표해본 적은 한번도 없는가요?"

내가 말했다.

"저는 그런 생각을 해본 적이 없습니다. 저는 제 자신을 위해서, 시간을 보내기 위해서, 즐기기 위해서 썼습니다."

사장이 웃었다.

"즐기기 위해서? 당신의 시에서는 즐거운 것이라고는 찾아볼 수가 없어요. 아무튼 내가 이미 읽은 것들은 그렇지 않았어요. 하지만 당신의 젊은 시절은 즐거웠을지도 모르겠군요."

내가 말했다.

"제 젊은 시절은, 분명히 그렇지 않았습니다."

그가 말했다.

"그건 사실이지요. 그 당시에는 즐거운 것이 없었어요. 그러나 혁명 이후, 많은 것이 달라졌어요."

내가 말했다.

"저는 그렇지 않습니다. 제게는 달라진 게 아무것도 없습니다."

그가 말했다.

"적어도, 이제, 우리는 당신의 시를 출판할 수 있어요."

내가 말했다.

"그렇게 생각하신다면, 그렇게 믿으신다면, 출판하십시오. 그러나 저는 제 주소, 제 본명은 아무에게도 알리고 싶지 않습니다."

루카스가 돌아왔다. 그리고 다시 떠났다. 나는 그를 돌려보냈다. 그는 내게 자신의 미완성 원고를 남겨두고 갔다. 나는 그것을 완성시키는 중이다.

대사관 직원이 예고도 없이 나를 찾아왔다. 형제가 나를 찾아온 지 이틀 뒤, 밤 아홉 시에 누군가가 내 집 초인종을 울렸다. 다행히도, 어머니는 이미 잠들어 있었다. 그 사람은 곱슬머리에 얼굴은 깡마르고 창백했다. 나는 그를 내 서재로 안내했다. 그가 말했다.

"나는 당신 나라 말을 잘하지 못합니다. 내가 무례한 표현을 하더라도 용서하십시오. 당신의 형제, 바로 형제라고 자처하던 클라우스(Claus) T가 오늘 자살했습니다. 그는 우리가 본국으로 송환하려던 바로 그 순간, 동부역에서 열네 시 십오 분에 기차에 몸을 던졌습니다. 그는 우리 대사관에 당신께 보내는 편지를 남겨놓았어요."

그 사람은 나에게 겉봉투에 "클라우스(Klaus) T에게"라고 쓰인 편지봉투를 내밀었다.

나는 봉투를 열었다. 편지지에는 "나는 우리 부모님 곁에 묻히고 싶어"라고 쓰여 있었다. 루카스라고 서명되어 있었다.

나는 편지를 대사관 직원에게 주었다.

"그는 이곳에 묻히기를 원했군."

그 사람은 편지를 읽어보고 나에게 물었다.

"왜 루카스(Lucas)라고 서명했을까요? 그가 정말 당신의 형제인가요?"

내가 말했다.

"아닙니다. 하지만 그 사람이 자꾸 우기니까 나도 어쩔 수가 없군요."

그 사람은 말했다.

"이상한 일입니다. 이틀 전에, 그가 당신의 집을 방문한 뒤, 우리가 그에게 물었어요. 가족 중 누구를 찾았느냐고. 그랬더니 그가 아니라고 대답했거든요."

내가 말했다.

"그게 사실입니다. 우리 사이에는 아무 혈연관계도 없어요."

그 사람이 물었다.

"그런데도 당신은 그가 당신 부모 곁에 묻히도록 허락하시겠습니까?"

내가 말했다.

"네. 내 아버지 곁에요. 가족 중에 세상을 떠난 사람은 아버지뿐이니까요."

우리는 영구차를 따라갔다. 대사관 직원과 나. 눈이 내리고 있었다. 나는 흰색 카네이션 한 다발과 빨간 카네이션 한 다발을 들고 갔다. 나는 그것들을 꽃가게에서 샀다. 우리 집 정원에는 여름철에도 카네이션은 없었다. 어머니는 카네이션만 빼고 온갖 꽃들을 다 심었다.

아버지 무덤 옆에 새로운 구덩이를 팠다. 거기에 내 형제의 관을 넣고, 내 이름과 철자가 하나만 다른 이름을 새긴 십자가를 세웠다.

나는 매일 묘지에 간다. 나는 Claus라는 이름이 새겨진 십자가를 바라보며 Lucas라는 이름이 새겨진 다른 십사가로 내체뇌어야 한나는 생각을 한다.

나는 또한 우리 네 사람이 곧 다시 만나게 될 것이라고 생각한다.
어머니만 돌아가시면, 나는 더 이상 살아야 할 이유가 없다.

기차, 그래, 그건 좋은 생각이다.

작가와 작품 해설

아고타 크리스토프(Agota Kristof)가 오 년여에 걸쳐 쓴 이 소설들의 원 제목은 각각 「커다란 노트」(Le Grand Cahier, 1986), 「증거」(La Preuve, 1988), 「세 번째 거짓말」(Le Troisième Mensonge, 1991)이다. 꽤 시차를 두고 발표된 이 세 작품은 구성이나 시점에서도 큰 차이가 있어서 하나의 제목으로 묶는 데에는 무리가 있다. 그러나 우리는 세 작품을 동시에 번역, 소개하게 된 관계로 약간의 무리를 감수하면서 하나의 제목, 곧 「존재의 세 가지 거짓말」이라는 제목하에서 3부로 나누어 각각 「비밀 노트」, 「타인의 증거」, 「50년간의 고독」이라고 했다. 물론 이 3부작은 각각 하나의 독립된 작품들로 읽어도 전혀 무리가 없는 구도를 가지고 있다.

우리의 귀에 익은 아가사 크리스티와 비슷한 이름을 가진, 우리에게는 아직 낯선 작가인 아고타 크리스토프에 관해서, 그리고 위의 세 작품에 관해서 프랑스어권의 신문, 잡지의 인터뷰와 서평 기사들을 종합해서 소개한다.

작가 아고타 크리스토프

아고타 크리스토프는 1935년에 오스트리아와 국경을 접한 헝가리의 한 시골 마을에서 태어나서 전시(제2차 세계대전)에 어린 시절을 보냈다. 조등학교 교사였던 아버지는 전쟁에 동원되었고, 어머니는 집에서 기르는 채소와 가축들에만 매달렸다. 그래서 삼남매(작가와 오빠와 남동생)는 숲과 들판과 길거리를 자유분방하게 쏘다녔다. 작가는 부모님보다 오빠를 더 좋아했다. (오빠의 존재는 작중 인물인 쌍둥이 형제의 모티브가 된다.) 제1부「비밀 노트」에서의 쌍둥이처럼 고양이를 매단 적도 있고, 단식 훈련, 부동자세 훈련 등도 실제로 했다. 식량 부족으로 매일 옥수수를 먹었고, 빵을 훔친 적도 있었다. 전쟁이 생활의 일부가 되었고, 그 속에서 평화시와 다름없는 생각으로 살았다. 그녀가 살던 마을은 당시 독일에 합병되어 있던 오스트리아와의 국경지대에 위치해 있었으므로 숲속에 들어서면 독일과 소련 병사의 시체가 무기와 탄약 등과 함께 나뒹구는 것을 쉽게 볼 수 있었다.

1944년, 아고타 일가는 그때까지 살고 있던 마을에서 가까운 마을로 이사를 간다. 이 마을이야말로 제1부와 제2부의 무대가 된 K시의 모델이다.

열네 살 때 기숙학교에 들어가면서부터 그녀의 내면에 변화가 생겼다. 그녀는 부모님과, 특히 그녀가 좋아했던 오빠와 떨어져서 지내야 하는 이별의 고통을 경험해야 했고, 더구나 그 학교는 마르크스주의를 가르치는 학교여서 그녀에게는 감옥과도 같은 곳이었다.

열여덟 살의 여름, 그녀는 자신의 역사 선생과 결혼했고, 스무 살에 아기 엄마가 되었다. 1956년 소련의 탱크가 부다페스트로 밀고 들어오자, 반체제 운동을 하던 남편과 함께 갓난아기를 품에 안고 조국을 탈출했다. 그녀는 정치에 별로 관심이 없었지만, 조국을 짓밟는 소련인에 대해서는 증오심을 품게 되었다. 처음에는 오스트리아로 갔지만 그곳에는 난민이 넘쳐났다. 난민으로서 선택의 여지가 거의 없이 스위스에 정착했다. 친구도 친척도 없는 그곳에서 그녀는 철저히 외로움을 경험했다. 그곳 사람들은 난민들에게 무관심하고 냉정했다. 생활은 궁핍했고 생계를 위해서 하루 열 시간씩 시계 공장에서 일해야 했다. 그런 열악한 환경 속에서 프랑스어를 배울 시간이 없었으므로 헝가리어로 시를 썼고, 그것을 망명 문인들의 동인지에 발표하는 정도였다.

그녀는 이혼을 한 후에 드디어 바라던 대학에 들어가서 프랑스어를 배웠고, 재혼도 했다. 1970년대 이후에는 프랑스어로 작품 활동을 하면서 스위스의 뇌샤텔에서 세 자녀와 함께 살다가 2011년 사망했다.

그녀는 자신의 젊은 시절을 말하기 위해서 글을 쓰고 싶었지만, 그렇다고 슬픔 속에 침몰하지는 않았다. 이 소설에는 그녀의 자전적 요소가 많이 들어 있다. 그러나 그녀는 우울과 분노와 고통을 동정도 눈물도 없이, 차라리 유머러스하게 그려내고 있다. 수식도 감정도 배제된 "소년의 나체와 같은" 간결한 문체로.

제1부 「비밀 노트」(1986년 출간)

아고타는 이 작품(Le Grand Cahier)의 원고를 파리의 유명한 출판사인 갈리마르, 쇠유, 그라세에 동시에 보냈는데, 쇠유에서 수정 없이 즉시 출판할 것을 수락했다고 한다. 이 책은 천천히 프랑스 독자층에 침투했고, 드라마화되었으며, 현재 40여 개국에서 번역, 소개되었다.

작가는 처음에 무작위로 여러 개의 장면들을 각각 써서 모자이크하는 기분으로 구성했다고 한다. 인간세계의 현실을 냉혹히 파헤친 신랄하고도 잔혹한 정경 혹은 촌극들을 냉철한 객관성에 입각해서 써내려간 60여 개의 작문 노트가 구성의 기본이 된 것이다. 주인공을 1인칭 단수가 아닌 복수(우리)로 한 이유도 감정의 과잉표현이나 주관적 표현을 배제하기 위한 의도에서였다. 물론 그것은 나치스(점령군)와 사회주의 체제(해방군)가 차례로 등장하는 혼란 속에서의 아이덴티티의 미분화를 의미하기도 한다.

작가는 자신이 사랑했던 한 살 반밖에 차이가 나지 않는 오빠를 클라우스로, 작가 자신을 루카스로 등장시켰다고 한다.

주인공인 쌍둥이 형제인 '우리'는 전쟁 통에 ㄴ자로 상징되는 점령자들과, 그리고 다음에는 낫과 망치로 상징되는 해방군들에게 짓밟히는 어느 국경 근처의 소도시에서 할머니와 함께 살게 된다. 그곳에서 그들은 최악의 상황을 이겨나가는 연습을 한다. 그들에게 도덕성이란 존재하지 않는다. 아이들은 누구의 가르침이나 영향도 받지 않고, 그들 특유의 도덕을 만들어간다. 그들은 커다란 노트에 자신들의 성장과정과 죄악에 관해서 세심하게 기록해나간다. 쌍둥이의 이별은 둘로 분화된 그들이 극복해야 할 아이덴티티의 회복과 상실을 동시에 의미한다.

제1부의 분위기는 한마디로 아이들의 폭력적인 암흑세계이며, 악마적인 진실의 소용돌이이다.

제2부 「타인의 증거」(1988년 출간)

「비밀 노트」를 쓸 때, 작가는 이 속편(La Preuve)을 예정하지는 않았다고 한다. 그저 연속해서 쓰고 싶을 때에 쓰겠다는 막연한 생각으로 여지를 남겨놓았던 것이다. 제2부의 이야기는 "유럽이 둘로 갈라졌기 때문에 둘로 나뉘어버린 내 인생 그 자체의 이미지"이기도 하다고 작가는 말한다. 특히 그 시간적 배경은 1956년의 헝가리 반체제 혁명의 시기이다. 사회주의 체제에서의 아이덴티티 상실은 제2부에서 '그'라는 제3인칭에 의해서 상징되는 것 같다. 물론 그것이 '우리'의 분리를 뜻한다는 점은 더욱 분명하다.

「비밀 노트」에서는 고유명사가 일체 나오지 않았던 것과는 달리, 「타인의 증거」에서는 쌍둥이 중 하나인 루카스를 비롯해서 등장인물 모두가 이름을 가지게 된다. 쌍둥이인 루카스(Lucas)와 클라우스(Claus)라는 이름은 같은 철자들의 순서만 바뀐 이름이다. 그들은 정말 둘인가, 하나인가? 제3부에서 끊임없이 독자들을 혼란시키는 이 의문은 이 이름들에 의해서도 짙게 드러난다.

제2부는 클라우스가 자유를 찾아서 떠난 뒤, 할머니 집에 그대로 혼자

남게 된 루카스의 이야기이다. 한 몸처럼 지내던 쌍둥이의 이별은 슬픔을 넘어서 고통스럽기까지 하다. 제1부의 무대가 되었던 소도시(K시), 할머니의 집, 서점-문구점, 사제와 사제관, 술집들, 묘지, 광장 등이 그대로 등장한다. 또 루카스의 할머니 집의 내부도 변함이 없다. 다락에는 루카스와 클라우스의 어머니와 여동생의 해골이 매달려 있고, 무엇보다도 귀중한 '커다란 노트'가 보관되어 있다. 그러나 언청이 소녀가 물을 긷던 샘은 말라버렸고, 술집들도 예전과 달리 한산하고 조용하다. 세월이 흐르고 시대가 바뀐 것이다. 특별허가 없이는 들어갈 수 없는 국경지대에 위치한 그 소도시는 고립되었고, 폐허가 되었다. 전쟁은 끝났어도 여전히 사회 분위기는 무겁고 고통스럽다.

8개 장과 에필로그로 구성된 제2부는 등장인물과 구성면에서도 제1부에 비해 훨씬 더 중층적(重層的)이다. 아버지의 아이를 낳고 방황하는 처녀, 남편의 억울한 죽음으로 정신과 치료를 받고 있는 도서관 여직원, 한 권의 책을 쓰겠다는 꿈을 좇으며 폐인이 되어가는 알코올 중독자인 서점 주인, 자신의 출생의 비밀을 모르는 영리하지만 불구인 소년, 미남이고 지적이지만 소심한 동성연애자인 공산당 간부, 사회체제의 희생양이 된 늙은 불면증 환자……이들의 인생은 각각 한 편의 장편소설이 되기에 충분한 사연을 가지고 있다. 그리고 제8장에서 모습을 드러낸 클라우스는 독자를 미궁에 빠지게 한다. 인간존재에 대한 불확실한 증거. 이것은 첫 장에서 신분증(아이덴티티 카드) 발행의 에피소드와 연결된다. 제1부에서의 '우리'와 '할머니'는 신분증이 필요하지 않았다. 취학 통지서도 무시하고 살 수 있었다.

제3부 「50년간의 고독」(1991년 출간)

무엇이 진실이고 무엇이 거짓인가? 제1부는 첫 번째 거짓말이고, 제2부는 두 번째 거짓말이고, 제3부는 세 번째 거짓말이란 말인가? 이 책은 몽상과 거짓말 사이를 오락가락하는 하나의 잔인한 우화이다.

제1, 2부에서와는 달리 제3부에서는 1인칭 단수(나)를 주어로 해서 서술되고 있지만, 여전히 주관적인 생각이나 감정표현은 절제되어 있다. 쌍둥이는 어렵게 다시 만나게 되지만, 클라우스의 루카스에 대한 단호한 부인 뒤에 그들은 더 확실하게 헤어진다. 대사관 직원에게 쌍둥이 형제 클라우스의 존재를 주장하던 루카스마저도 상대방을 부인하게 되는 것이다. 그와 같은 부인 뒤에 루카스는 자살하고, 대사관 직원에게서 그 소식을 들은 클라우스도 루카스와 꼭 같은 방법으로 자신이 죽을 수밖에 없다는 것을 예감한다.

제1부에서 한 몸처럼 지내던 쌍둥이가 제2부에서는 루카스와 클라우스로 각각의 삶을 살게 되는 그들의 기억이 제3부에서는 서로 공유되는 것은 물론이고 그들의 가족 관계마저 상호 모순을 드러내고 있다. 모순들을 조작하는 작가의 진정한 의도는 무엇인가? 제3부에서 주목되는 것은 작중 화자가 '나'라는 1인칭이 되는 것은 사회주의 체제의 붕괴에 의해서 나타나는 아이덴티티의 회복을 의미한다는 점이다. 크리스토프는 제2부와 제3부의 에필로그에 해당되는 부분에서 독자들을 예상 밖의 미로로 끌어들임으로써 인간 존재와 그 아이덴티티의 불확실성을 끊임없이 암시하고 있다.

작가는 이 소설에 대해서 다음과 같이 말한다.

"이 소설은 자전적 요소가 많이 들어 있다. 나는 나의 어린 시절을 이야기하고 싶어서 이 글을 쓰기 시작했다. K시는 물론 내가 어린 시절을 보냈던 쾨세그(Köszeg)이다. 작중 인물인 루카스는 나와 닮은 점이 많다. 내가 열 살 때 전쟁이 끝났다. 나도 어려서 국경을 넘었다. 루카스가 고국에 돌아온 나이가 바로 지금의 내 나이(55세)이다. 클라우스 쪽은 나와 어린 시절을 같이 보낸 오빠이다. 우리는 어디를 가든 무엇을 하든 함께였다. 나는 오빠와 아주 가까운 사이였고, 나는 이 소설에서 소년으로 변신했다. 이 소설에서 기술하고자 했던 것은 이별 —— 조국과, 모국어와, 자신의 어린 시절과의 이별 —— 의 아픔이다. 나는 가끔 헝가리에 가지만, 어린 시절의 낯익은 포근함을 찾아볼 수가 없다. 어린 시절의 고향은 세상 어느 곳에도 없다는 느낌이 든다."(Clavel, Andre : 「Agota Kristof」, "L'Evenement du Jeudi," 1991년 9월 5-11일자)

아고타의 문학세계에 대해서 작가 자신의 말을 들어보자.

문체/나는 일찍이 헝가리어로 시를 썼다. 처음에는 시를, 그것도 감상적인 시를 썼다. 그러나 지금은 그런 시를 젊은 시절의 치기로 생각한다. 나는 그런 것들에 염증을 느꼈고, 그 이후 가능한 한 수식이 없는 간결한 문체를 추구하게 되었다.

프랑스어로 쓰기/나는 우연히 프랑스어권에 살고 있기 때문에 프랑스어를 쓰는 것이다. 1956년 스위스에 왔을 때, 얼마간은 낮에는 프랑스어로 말하고, 밤에는 헝가리어로 옮겨 적는 작업을 했지만 그것은 무리였다.

창작/나는 내 작품의 인물들이 체험하는 일들을 모두 내 자신의 일로 느낀다. 따라서 그들과 함께 슬픔에 빠지기도 하고 두려움에 떨기도 한다. 나는 작중 인물들의 내부에는 결코 들어가지 않는다. 그들이 말할 때도 나는 일체 부연 설명을 하지 않는다. 단지 외부로부터의 시선을 계속 유지할 뿐이다.

글 쓰는 행위/나의 경우, 글쓰기는 하나의 습관이나. 니의 이버기는 초등학교 교사로 항상 무엇인가를 쓰시곤 했다. 우리 집에서는 책이 항상 대단한 가치를 가진 물건이었다. 작가가 된 나의 동생은 부다페스트에 살고 있는데, 그는 많은 소설들을 썼다. 나는 망명 후의 여공 시절에도 공장에서 일하며 머리로는 시를 짓곤 했다. 기계의 리듬에 맞춰서. 작품을 끝냈을 때의 기분은 허탈했다. 완성된 작품은 이미 내 것이 아니다. 쓰는 행위를 정신분석과 같다고 하는 사람들이 있는데, 그것은 하나의 작품을 완성했을 때 거기에 행복이 기다리고 있다는 의미이다. 그러나 내가 보기에 그것은 하나의 속임수이다. 쓰면 쓸수록 병은 더 깊어진다. 쓴다는 것은 자살 행위이다. 나는 쓰는 것 이외에는 흥미가 없다. 나는 작품이 출판되지 못하더라도 계속 쓸 것이다. 쓰지 않으면 살아 있을 이유가 없다. 쓰지 않으면 따분하다.

"3부작"의 구성과 스토리 전개의 상호 모순은 작가의 철저하고 치밀한 의도하에서 내적인 상호 통일성을 획득하고 있다. 이 3부작의 각각의 주요 배경이 되는 제2차 세계대전, 헝가리의 미완의 반사회주의 체제 혁명, 그리고 그 이후의 사회주의 체제 붕괴 등은 바로 유럽의 현대사이며 작가 아고타의 조국 헝가리의 현대사이기도 하다. 작가는 루카스와 클라우스라는 형과 아우로 분리되지 않는 오직 '형제'라는 호칭이 사용되는 쌍둥이를 통해서 유럽 현대사 속의 개인사와 인간 존재의 조건을 구체적으로 형상화하고 있다. 이 형상화를 위해서 작가는 의도적으로 '모순의 모험'을 감행했다고 할 수 있을 것이다.

역자 씀